GLUE

Irvine Welsh lives in London.

GLUE

IRVINE WELSH

W. W. NORTON & COMPANY

New York • London

Manufacturing by Quebecor Fairfield Inc.
Production manager: Leelo Märjamaa-Reintal

ISBN 0-393-32215-7 (pbk.)

W. W. Norton & Company, Inc., 500 Fifth Avenue, New York, N.Y. 10110
www.wwnorton.com

W. W. Norton & Company Ltd., Castle House,
75/76 Wells Street, London W1T 3QT

1 2 3 4 5 6 7 8 9 0

This book is dedicated to
Shearer, Scrap, George, Jimmy, Deano, Mickey,
Tam, Simon, Miles, Scott and Crawf
for sticking together even when falling apart

glue: *glōō, n.* an impure gelatine got by boiling animal refuse, used as an adhesive.

Chambers 20th Century Dictionary

Contents

4 | APPROXIMATELY 2000: A FESTIVAL ATMOSPHERE

Round About 1970: The Man of the House

Windows '70

The sun rose up from behind the concrete of the block of flats opposite, beaming straight into their faces. Davie Galloway was so surprised by its sneaky dazzle, he nearly dropped the table he was struggling to carry. It was hot enough already in the new flat and Davie felt like a strange exotic plant wilting in an overheated greenhouse. It was they windaes, they were huge, and they sucked in the sun, he thought, as he put the table down and looked out at the scheme below him.

Davie felt like a newly crowned emperor surveying his fiefdom. The new buildings were impressive all right: they fairly gleamed when the light hit those sparkling wee stanes embedded in the cladding. Bright, clean, airy and warm, that was what was needed. He remembered the chilly, dark tenement in Gorgie; covered with soot and grime for generations when the city had earned its 'Auld Reekie' nickname. Outside, their dull, narrow streets nipping with people pinched and shuffling from the marrow-biting winter cold, and that rank smell of hops from the brewery wafting in when you opened the window, always causing him to retch if he'd overdone it in the pub the previous night. All that had gone, and about time too. This was the way to live!

For Davie Galloway, it was the big windows that exemplified all that was good about these new slum-clearance places. He turned to his wife, who was polishing the skirtings. Why did she have to polish the skirtings in a new hoose? But Susan was on her knees, clad in overalls, her large black beehive bobbing up and down, testifying to her frenzied activity. — That's the best thing aboot these places, Susan, Davie ventured, — the big windaes. Let the sun in, he added, before glancing over at the marvel of that wee box stuck on the wall above her head. — Central heating for the winter n aw, cannae be beaten. The flick ay a switch.

Susan rose slowly, respectful of the cramp which had been settling into her legs. She was sweating as she stamped one numbed, tingling foot, in order to get the circulation back into it. Beads of moisture gathered on her forehead. — It's too hot, she complained.

Davie briskly shook his head. — Naw, take it while ye can get it. This is Scotland, mind, it's no gaunny last. Taking in a deep breath, Davie picked up the table, recommencing his arduous struggle towards the kitchen. It was a tricky bugger: a smart new Formica-topped job which seemed to constantly shift its weight and spill all over the place. Like wrestling wi a fuckin crocodile, he thought, and sure enough, the beast snapped at his fingers forcing him to withdraw them quickly and suck on them as the table clattered to the floor.

— Sh . . . sugar, Davie cursed. He never swore in front of women. Certain talk was awright for the pub, but no in front of a woman. He tiptoed over to the cot in the corner. The baby still slept soundly.

— Ah telt ye ah'd gie ye a hand wi that Davie, yir gaunny huv nae fingers and a broken table the wey things are gaun, Susan warned him. She shook her head slowly, looking over to the crib. — Surprised ye dinnae wake her.

Picking up her discomfort, Davie said, — Ye dinnae really like that table, dae ye?

Susan Galloway shook her head again. She looked past the new kitchen table, and saw the new three-piece suite, the new coffee table and new carpets which had mysteriously arrived the previous day when she'd been out at her work in the whisky bonds.

— What is it? Davie asked, waving his sore hand in the air. He felt her stare, open and baleful. Those big eyes of hers.

— Where did ye get this stuff, Davie?

He hated when she asked him things like that. It spoiled everything, drove a wedge between them. It was for all of them he did what he did; Susan, the baby, the wee fellay. — Ask no questions, ah'll tell ye no lies, he smiled, but he couldn't look at her, as unsatisfied himself with this retort as he knew she would be. Instead, he bent down and kissed his baby daughter on the cheek.

Looking up, he wondered aloud, — Where's Andrew? He glanced at Susan briefly.

Susan turned away sourly. He was hiding again, hiding behind the bairns.

Davie moved into the hall with the stealthy caution of a trench soldier fearful of snipers. — Andrew, he shouted. His son thundered down the stairs, a wiry, charged life-force, sporting the same dark brown hair as Susan's, but shorn to a minimalist crop, following Davie through to the living room. — Here eh is, he cheerfully announced for Susan's benefit. Noting that she was studiously ignoring him, he turned to the boy and asked, — Ye still like it up in yir new room?

Andrew looked up at him and then at Susan. — Ah found a book ah never had before, he told them earnestly.

— That's good, Susan said, moving over and picking a thread from the boy's striped T-shirt.

Looking up at his father, Andrew asked, — When can ah get a bike, Dad?

— Soon, son, Davie smiled.

— You said when ah went tae school, Andrew said with great sincerity, his large dark eyes fixing on his father's in a milder form of accusation than Susan's.

— Ah did, pal, Davie conceded, — and it's no long now.

A bike? Where was the money coming from for a bloody bike? Susan Galloway thought, shivering to herself as the blazing, sweltering summer sun beat in relentlessly, through the huge windows.

Terry Lawson

The First Day at School

Wee Terry and Yvonne Lawson sat with juice and crisps at a wooden table of the Dell Inn, in the concrete enclosure they called the beer garden. They were looking over the fence at the bottom of the yard, down the steep bank, contemplating the ducks in the Water of Leith. Within a few seconds awe turned to boredom; you could only look at ducks for so long, and Terry had other things on his mind. It had been his first day at school and he hadn't enjoyed it. Yvonne would go next year. Terry said to her that it wasn't very good and he'd been frightened but now he was with their Ma, and their Dad was there as well, so it was okay.

Their Ma and Dad were talking and they knew their Ma was angry.

— Well, they heard her ask him, — what is it yuv got tae say?

Terry looked up at his Dad who smiled and winked at him before turning back to address the boy's mother. — No in front ay the bairns, he said coolly.

— Dinnae pretend tae care aboot thaim, Alice Lawson scoffed, her voice rising steadily, implacably, like a jet engine taking off, — yir quick enough tae walk oot oan thaim! Dinnae pretend that!

Henry Lawson shuffled around to check who'd heard. Met one nosy gape with a hard stare until it averted. Two old fuckers, a couple. Interfering auld bastards. Speaking through his teeth, in a strained whisper, he said to her, — Ah've telt ye, they'll be looked eftir. Ah've fuckin well telt ye that. Ma ain fuckin bairns, he snapped at her, the tendons in his neck taut.

Henry knew that Alice was always driven to believe the best in people. He fancied that he could summon enough controlled outrage, enough injured innocence into his tone of voice to suggest that her audacity in believing that he (for all his faults, of which he'd be the first to admit) could leave his own children unprovided for, was overstepping the mark, even accounting for emotions running high in the break-up of their relationship. Indeed, it was just those sort of allegations that had practically driven him into the arms of Paula McKay, a spinster of the Parish of Leith.

The fine Paula, a young woman of great virtue and goodness which had repeatedly been called into question by the embittered Alice. Was not Paula the sole carer for her father George, who owned the Port Sunshine Tavern in Leith and who was stricken with cancer? It would not be long now and Paula would need all the help she could to get through this difficult time. Henry would be a tower of strength.

And his own name had been continually sullied, but Henry was graciously prepared to accept that people tended to say things they didn't mean in emotionally fraught times. Did he not also know the pain of the breakdown of their relationship? Was it not harder for him, he being the one who had to leave his children? Looking down and across at them Henry let his eyes glisten and a lump constrict his throat. He hoped Alice caught that gesture and that it would be enough.

It seemed as if it was. He heard burbling noises, like the stream below them, he fancied, and he was moved to put his arm round her shaking shoulders.

— Please stay, Henry, she shuddered, pressing her head into his chest, filling her nostrils with the scent of Old Spice still fragrant on his cheese-grater chin. Henry was not so much a five-o'clock-shadow man, as a lunchtime-shadow man, having to shave at least twice a day.

— There, there, Henry cooed. — Dinnae you be worryin. We've got the bairns, yours n mine, he smiled, reaching over and tousling young Terry's mop of curls, considering that Alice really should take the boy to the barber's mair often. He was like Shirley Temple. It could cause the laddie to grow up funny.

— Ye never even asked how he got oan at school. Alice sat up straight, fused with a new bitterness as she focused again on what was happening.

— You never gave me the chance, Henry retorted in tetchy impatience. Paula was waiting. Waiting for his kisses, for that comforting arm that was now round Alice. Crying, puffy, sagging Alice. What a contrast with Paula's youthful body; tight, lithe, unmarked by childbirth. There really could be no contest.

Thinking, beyond his words, smells and strong arm, about what was actually happening and letting the pain pulse hard and unremittingly in her chest, Alice managed to snap, — He cried and cried and cried. He gret his eyes oot.

This angered Henry. Terry was older than the rest of his class, missing a year's schooling due to his meningitis. He should have been the *last* one to cry. It was Alice's fault, she spoiled him, still treated him like a baby because of his sickness. There was nothing wrong with the boy now. Henry was about to mention Terry's hair, about how she had him looking like a wee lassie, so what else could she expect from him? But Alice was now staring at him, her eyes blazing in accusation. Henry looked away. She stared at his jawline, his heavy growth, and then found herself looking at Terry.

The laddie had been so ill just eighteen months ago. He'd barely survived. And Henry was walking out on all of them, walking out for her: dirty, flighty wee hoor.

She let the savage realisation just throb in her chest and didn't try to cower and brace herself for it.

BANG

Still upright and proud, Alice was feeling his arm limp, across her shoulders. Surely the next pulse of racking sickness wouldn't be as bad as that one

BANG

When would it get better, when would the horror abate, when would she, they, be somewhere else

BANG

He was leaving them for her.

And then the anchor of his arm was gone and Alice was drowning in the void of the space around her. In her peripheral vision she could see him, swinging Yvonne in the air, then gathering up the children and huddling them together; whispering important but encouraging instructions, like a school football coach giving his players a half-time pep talk.

— Your daddy's got a new job so he'll be working away a lot. See how upset Mum is? Henry didn't see Alice first sit up rigid, then slump in defeat at his words; it was as if she'd been kicked in the stomach. — That means you two have tae help her out. Terry, ah don't want tae hear any mair nonsense aboot you greetin at the school. That's for daft wee lassies, he told his son, making a fist and pressing it under the boy's chin.

Henry then fished in his trouser pockets, producing a couple of two-bob bits. Crushing one into Yvonne's hand, he watched her expression stay neutral while Terry's eyes went wide and wild in anticipation.

— Mind what ah sais, Henry smiled at his son, before giving him the same treatment.

— Will ye still see us sometimes, Dad? Terry asked, eyes on the silver in his hand.

— Of course, son! We'll go tae the fitba. See the Jam Tarts!

This made Terry's spirits rise. He smiled at his dad, then looked again at the two-bob bit.

Alice was behaving so strangely, Henry considered, checking that his tie was straight as he planned his exit. She was just sitting there, all buckled up. Well, he'd said his piece, given her every reassurance. He'd be round to check on the kids, take them out, a shake at the Milk Bar. They liked that. Or chips at Brattisanni's. But there was little to be gained in talking further to Alice. It would only antagonise her and be bad for the kids. Best just slip off quietly.

Henry nipped past the tables. He gave the old cunts the eye again. They looked back at him in contempt. He stole up to their table. Tapping his nose, Henry told them with a cheery coldness, — Keep that oot ay other people's business, or yi'll git it fuckin broke, right?

The old couple were speechless at his audacity. Holding his stare for a second, Henry gave a beaming smile, then headed through the back door to the pub, without stopping to look at Alice or the kids.

Best not cause a scene.

— Bloody nerve, Davie Girvan shouted and stood up, making to follow Henry before being restrained by his wife Nessie. — Sit doon, Davie, dinnae git involved wi rubbish. That's just trash, that.

Davie reluctantly took his seat. He didn't fear the man, but he didn't want to make a scene in front of Nessie.

In the bar, on his way out the front of the pub, Henry exchanged a few nods and 'how's-it-gaun's. Old Doyle was there, with one of his laddies, Duke he thought, and some other nutter. What a clan of gangsters; the old boy, bald, fat and twisted like a psychotic Buddha, Duke Doyle with his wispy, thinning hair still teased up, Teddy-boy style, his blackened teeth and the big rings on his finger. Giving Henry a slow, shark-like nod as he passed. Aye, Henry considered, the best place for that crowd was out here; the scheme's loss was the toon's gain. The reverence the other drinkers had for the men at that table hung heavily in the air, with more money changing hands for a casual game of dominoes than most of them made at the local building sites and factories in a month. This had been the pub Henry had used since they'd moved out here. Not the nearest, but his preference. You got a decent pint of Tartan Special. But this would be his last visit for a long time. He'd never really liked it out here, he thought, as he headed out the door; stuck in the middle of nowhere, but no, he wouldn't be coming back.

Back outside, Nessie Girvan was recalling the images of Biafran famine on the telly last night. They wee souls, it would break your heart. And there was that rubbish, and there were loads like him. She couldn't understand why some people had kids. — That bloody animal, she said to her Davie.

Davie was wishing he'd reacted quicker, had followed the bastard into the pub. The man had been a real rogue mind you; olive-skinned, with hard, shifty eyes. Davie had taken on a lot harder before, but it was all some time ago. — If our Phil or Alfie had been there, he wouldnae have been so bloody smart, Davie said. — When ah see rubbish like that ah wish ah wis younger maself. For five minutes, that's aw it wid take . . . christ . . .

Davie Girvan stopped in his tracks, unable to believe his eyes. The wee kids had got through a hole in the wire fence and were scrambling down the bank towards the river. It was shallow at this stretch, but it had a sloping gradient and the odd treacherous pocket of depth.

— MISSUS! he shouted at the woman on the seat, pointing frantically at the space in the wire meshing, — MIND YIR BAIRNS, BI CHRIST!

Her bairns

BANG

In blind terror Alice looked at the space to her side, saw the gap in the fence and ran towards it. She saw them standing halfway down the steep bank. — Yvonne! C'mere, she pleaded with as much composure as she could.

Yvonne looked up and giggled. — Nup! she shouted.

BANG

Terry had a stick. He was lashing at the long grass on the bank, chopping it down.

Alice implored, — You're missin aw the sweeties n juice. Thir's ice cream here!

A light of recognition filled the children's eyes. They scrambled eagerly up the bank and through the fence towards her. Alice wanted to batter them, she wanted to thrash them

she wanted to thrash him

Alice Lawson exploded in a sob and hugged her children in a crushing grip, anxiously kneading at their clothes and hair.

— Whaire's the ice-cream but, Ma, Terry asked.

— Wir jist gaunny git it, son, Alice gasped, — wir jist gaunny git it.

Davie and Nessie Girvan watched the broken woman stagger away with her children, each one gripped firmly by the hand, as jerky and full of life as she was soundly crushed.

Carl Ewart

The Works

The particles of filed metal hung in the air, as thick as dust. Duncan Ewart could feel them in his lungs and nostrils. You got used to the smell though; it was only when it had competition that you became aware of it. Now it was duelling with the more welcome scent of sponge and custard which wafted through the machine shop from the canteen. Every time the swing doors of the kitchen flew open Duncan was reminded that lunch was closer and that the weekend was approaching.

He worked the lathe deftly, cheating a bit by lifting the guard slightly, to get a better edge on the metal he was turning. It was perverse, he thought, but in his role as shop steward he'd bawl out anybody who tried to cut corners by flouting the safety regulations in this way. Risk losing some fingers for a bonus for a bunch of rich shareholders living in Surrey or somewhere? Fuck that, he was mad. But it was the job, the process of actually doing it. It was your own world and you lived almost exclusively in it from nine till five-thirty. You strived to make it better, in every way.

A blur pulled into focus from the edge of his sight-line as Tony Radden walked past, goggles and gloves off. Duncan glanced at his new space-age watch. 12.47. What the fuck was that? Nearly ten-to. Almost lunch hour. Duncan considered again the dilemma he faced, it was one he'd encountered many Friday mornings.

The new single from Elvis, *The Wonder of You*, was out today. It had been constantly previewed this week on Radio One. Aye, the King was back bigtime. *In the Ghetto* and *Suspicious Minds* were better, but they'd both peaked at number two. This one was more commercial, a sing-a-long ballad, and Duncan fancied it to go to the top spot. In his head he could hear people drunkenly singing along with it, see them slow-dancing to it. If you could make the people sing and dance, you were on a winner. Dinner hour was sixty poxy minutes, and the Number One bus to Leith and Ards record shop took fifteen minutes there and the same back. Sufficient time to buy the record and get a filled roll and a cup of tea from the Canasta. It had been a straight choice between purchase of the single or the leisurely enjoyment of a pie and pint up at Speirs's Bar, the nearest pub to the factory. But now the teasing canteen smells announced that it was Friday, and the big nosh was coming into the picture. They always made a special effort on a Friday, because you were more inclined to go to the pub at dinner time then, which made high productivity and the final afternoon of the week uneasy bedfellows.

Duncan clicked the machine off. Elvis Aaron Presley. The King. No contest. The record it would be. Looking at his watch again, he elected to head straight out in his overalls, impatiently punching the clock and sprinting to catch the bus outside the factory gates. Duncan had negotiated with the management to provide lockers, so that workers could travel in 'civvies' and change into their working gear. In practice, few, including himself, bothered, except if they were heading straight out into town on Friday after work. Settling down upstairs at the back and recovering his puff, Duncan lit up a Regal, thinking that if he got a copy of *The Wonder of You* he'd play it tonight up the Tartan Club with Maria. The purr from the engine of the vehicle seemed to echo his own contentment as he basked in the warm fug.

Aye, it was shaping up to be a good weekend. Killie were over at Dunfermline the morn and Tommy McLean was fit again. The Wee Man would provide the crosses that Eddie Morrison and this new boy Mathie thrived on. Mathie and that other young guy, McSherry they called him, they both looked promising players, Duncan had always liked going to Dunfermline, considering them a sort of east-coast version of Kilmarnock; both teams from small towns in mining areas who'd achieved real glory in the last ten years and had battled with some of Europe's finest.

— These bloody buses are useless, an old guy in a bunnet, puffing on a Capstan shouted over at him, breaking his thoughts, — Twenty-five minutes ah've waited. They should never huv taken oaf the trams.

— Aye, right enough, Duncan smiled, easing slowly back into his anticipation of the weekend.

— Nivir huv taken oaf the trams, the old guy repeated to himself.

Since his Edinburgh exile, Duncan generally divided his Saturday afternoon time between Easter Road and Tynecastle. He'd always preferred the latter, not for convenience but because it always brought back memories of that great day back in 1964 when, on the last game of the season, Hearts only had to draw with Killie at home to win the championship. They could even afford to lose one-nil. Kilmarnock needed to win by two goals to lift the flag for the first time in their history. Nobody outside Ayrshire gave them much of a chance but when Bobby Ferguson made that great save from Alan Gordon, Duncan knew it was going to be their day. And when he stayed out drinking for three days after they won, Maria didn't complain.

They'd just got engaged, so it was out of order, but she took it well. And that was the marvel of her, she understood that, knew what it meant to him without him having to say, knew that he wasn't a liberty-taker.

The Wonder of You. Duncan thought of Maria, how touched by magic he was, how blessed he was to have found her. How he'd play the song to her tonight, her and the wee man. Alighting at Junction Street, Duncan considered how music had always been the fulcrum of his life, how he always throbbed with a child-like excitement when it came to buying a record. It was Christmas morning every week. That sense of anticipation; you didn't know if what you wanted would be in, or sold out or whatever. He might even have to go up to Bandparts on Saturday morning to secure it. As he headed towards Ards shop, his throat began to constrict and his heart pounded. Pulling on the door handle, he got inside and made for the counter. Big Liz was there, thick make-up and helmet of stiff, lacquered hair, her face lighting up in recognition. She held up a copy of *The Wonder of You*. — Thought ye might be lookin for this, Duncan, she said, then whispered, — Ah kept it back for ye.

— Aw brilliant, Liz, yir a genius, he smiled, eagerly parting with his ten-bob note.

— That's a drink you owe me, she said, raising her eyebrows, a serious underlay to her flirty banter.

Duncan forced a non-committal smile. — If it gets tae number one, he replied, trying not to sound as disconcerted as he felt. They said you always got the come-on more when you were married, and it was true, he reflected. Or maybe you just noticed more.

Liz laughed far too enthusiastically at his throwaway line, making Duncan all the more keen to leave the shop. As he went out the door he heard her say, — Ah'll remind ye aboot that drink!

Duncan felt a bit uncomfortable for another couple of minutes. He thought about Liz, but even here, just in the street outside the record shop, he couldn't remember what she looked like. Now he could only see Maria.

But he'd got the record. It was a good omen. Killie would surely win, although with these power cuts you didn't know for how long football would be on as the nights would start to draw in soon. It was a small price to pay though, for getting rid of that bastard Heath and the Tories. It was brilliant that those wankers couldn't take the piss out of the working man any longer.

His parents had made sacrifices, determined that he wouldn't follow his father down the pit. They insisted that he was apprenticed, that he got a trade behind him. So Duncan had been sent to live with an aunt in Glasgow while he served his time in a machine shop in Kinning Park.

Glasgow was big, brash, vibrant and violent to his small-town sensibilities, but he was easy-going and popular in the factory. His best pal at work was a guy called Matt Muir, from Govan, who was a fanatical Rangers supporter and a card-carrying communist. Everybody at his factory supported Rangers, and as a socialist he knew and was shamed by the fact that he, like his workmates, had obtained his apprenticeship through his family's Masonic connections. His own father saw no contradiction between freemasonry and socialism, and many of the Ibrox regulars from the factory floor were active socialists, even in some cases, like Matt, card-carrying communists. — The first bastards that would get it would be those cunts in the Vatican, he'd enthusiastically explain, — right up against the wa' wi they fuckers.

Matt kept Duncan right about the things that mattered, how to dress, what dance halls to go to, who the razor-boys were, and importantly, who their girlfriends were and who, therefore, to avoid dancing with. Then there was a trip to Edinburgh, on a night out with some mates, when they went to that Tollcross dancehall and he saw the girl in the blue dress. Every time he looked at her, it seemed that his breath was being crushed out of him.

Even though Edinburgh appeared more relaxed than Glasgow, Matt claiming that razors and knives were a rarity, there had been a brawl. One burly guy had punched another man, and wanted to follow up. Duncan and Matt intervened and managed to help calm things down. Fortunately, one of the grateful benefactors of their intervention was a guy in the same company as the girl Duncan had been hypnotised by all night, but had been too shy to ask to dance. He could see Maria then, the cut of her cheekbones and her habit of lowering her eyes giving an appearance of arrogance which conversation with her quickly dispelled.

It was even better, the guy he befriended was called Lenny, and he was Maria's brother.

Maria was nominally a Catholic, though her father had an unexplained bitterness towards priests and had stopped going to church. Eventually his wife and their children followed suit. None the less, Duncan worried about his own family's reaction to the marriage, and was moved to go down to Ayrshire to discuss it with them.

Duncan's father was a quiet and thoughtful man. Often his shyness was confused with gruffness, an impression accentuated by his size (he was well over six foot tall), which Duncan had inherited along with his straw-blonde hair. His father listened in silence to his deposition, giving the occasional nod in support. When he did speak, his tone was that of a man who felt he had been grossly misrepresented. — Ah don't hate Catholics, son, his father insisted, — Ah've nothing against anybody's religion. It's those swines in the Vatican, who keep people doon, keep them in ignorance so that they can keep filling thir coffers, that's the scum ah hate.

Reassured on this point, Duncan decided to keep his freemasonry from Maria's father, who seemed to detest masons as much as he did priests. They married in the Register Office in Edinburgh's Victoria Buildings and had a reception in the upstairs rooms of a Cowgate pub. Duncan was worried about an Orange, or even a Red speech from Matt Muir, so he asked his best pal from school back in Ayrshire, Ronnie Lambie, to do the honours. Unfortunately, Ronnie had got pretty drunk, and made an anti-Edinburgh speech, which upset some guests and later on, as the drink flowed, precipitated a fist-fight. Duncan and Maria took that as their cue to head off to the room they had booked at a Portobello guest house.

Back at the factory and back at the machine, Duncan was singing *The Wonder of You*, the tune spinning in a loop in his head, as metal yielded to the cutting edge of the lathe. Then the light from the huge windows above turned to shadow. Somebody was standing next to him. He clicked off the machine and looked up.

Duncan didn't really know the man. He had seen him in the canteen, and on the bus, obviously a non-smoker, always sitting downstairs. Duncan had an idea that they lived in the same scheme, the man getting off at the stop before him. The guy was about five-ten, with short brown hair and busy eyes. As Duncan recalled, he usually had a cheery, earthy demeanour, at odds with his looks: conventionally handsome enough to be accompanied by narcissism. Now, though, the man stood before him in an extreme state of agitation. Upset and anxious, he blurted — Duncan Ewart? Shop Steward?

They both acknowledged the daftness of the rhyme and smiled at each other.

— I art Ewart shop steward. And you art? Duncan continued the joke. He knew this routine backwards.

But the man wasn't laughing any longer. He gasped out breathlessly — Wullie Birrell. Ma wife . . . Sandra . . . gone intae labour . . . Abercrombie . . . eh'll no lit ays go up tae the hoaspital . . . men oaf sick . . . the Crofton order . . . says that if ah walk oaf the joab ah walk oot for good . . .

In a couple of beats, indignation managed to settle in Duncan's chest like a bronchial tickle. He ground his teeth for a second, then spoke with quiet authority. — You git tae that hoaspital right now, Wullie. Thir's only one man that'll be walkin oaf this joab fir good n that's Abercrombie. Rest assured, you'll git a full apology fir this!

— Should ah clock oaf or no? Wullie Birrell asked, a shiver in his eye making his face twitch.

— Dinnae worry aboot that, Wullie, jist go. Get a taxi and ask the boy for the receipt and ah'll pit it through the union.

Wullie Birrell nodded gratefully and exited in haste. He was already out the factory as Duncan put down his tools and walked slowly to the payphone in the canteen, calling the Convenor first, and then the Branch Secretary, the clanking sounds of washing pots and cutlery in his ear. Then he went directly to the Works Manager, Mr Catter, and filed a formal grievance.

Catter listened calmly, but in mounting perturbation at Duncan Ewart's complaint. The Crofton order had to go out, that was essential. And Ewart, well, he could get every man on the shop floor to walk off the job in support of this Birrell fellow. What in the name of God was that clown Abercrombie thinking about? Certainly, Catter had told him to make sure that order went out by any means necessary, and yes, he had actually used those terms, but the idiot had obviously lost all sense, all perspective.

Catter studied the tall, open-faced man opposite him. Catter had encountered hard men with an agenda in the shop steward's role many times. They hated him, detested the firm and everything it stood for. Ewart wasn't one of them. There was a warm glow in his eyes, a sort of calm righteousness which, when you engaged it for a while, seemed to be more about mischief and humour than anger. — There seems to have been a misunderstanding, Mr Ewart, Catter said slowly, offering a smile which he hoped was contagious. — I'll explain the position to Mr Abercrombie.

— Good, Duncan nodded, then added, — Much appreciated.

For his part, Duncan had quite a bit of time for Catter, who had always come across as a man of a basically fair and just disposition. When he did impose the more bizarre dictates from above, you could tell that he didn't do it with much relish. And it couldn't be too much fun trying to keep bampots like Abercrombie in line.

Abercrombie. What a nutter.

On his way back to the machine shop, Duncan Ewart couldn't resist poking his head into the pen, boxed off from the factory floor, which Abercrombie called his office. — Thanks, Tam!

Abercrombie looked up at him from the grease-paper worksheets sprawled across the desk. — What for? he asked, trying to feign surprise, but his face reddened. He'd been harassed, under pressure, and hadn't been thinking straight about Birrell. And he'd played right into that Bolshie cunt Ewart's hands.

Duncan Ewart smiled gravely. — For trying to keep Wullie Birrell on the job on a Friday afternoon with the boys all itching tae down tools. A great piece of management. I've put it right for ye, I've just told him to go, he added smugly.

A pellet of hate exploded in Abercrombie's chest, spreading to the extremities of his fingers and toes. He began to flush and shake. He couldn't help it. That bastard Ewart: who the fuck did he think he was? — Ah run this fuckin shop floor! You bloody well mind that!

Duncan grinned in the face of Abercrombie's outburst. — Sorry, Tam, the cavalry's on its way.

Abercrombie wilted at that moment, not at Duncan's words but at the sight of a stonyfaced Catter appearing behind him, as if on cue. Worse still, he came into the small box with Convenor Bobby Affleck. Affleck was a squat bull of a man who had a bearing of intimidating ferocity when even mildly irritated. But now, Abercrombie could instantly tell, the Convenor was in a state of incandescent rage.

Duncan smiled at Abercrombie and winked at Affleck before

leaving and closing the door behind them. The thin plywood door proved little barrier to the sound of Affleck's fury.

Miraculously, every lathe and drill machine on the shop floor was switched off, one by one, replaced by the sound of laughter, which spilled like a rush of spring colouring across the painted grey concrete factory floor.

Billy Birrell

Two Royal Pests

Duncan Ewart had his young son, Carl, dancing on top of the sideboard to a Count Basie record. Elvis had been pretty much worn out that weekend and Duncan had a good drink in him, having just got back from Fife where Killie and Dunfermline had shared the points. He and his son were now the same height, and the boy was mimicking him dancing. Maria came into the front room and joined them. She picked the lively kid off the sideboard and whisked him across the floor while singing, — Real royal blood comes in real small amounts, I got two royal pests, I got Carl, I got Duncan . . .

The boy had the Ewart straw-blonde hair. Duncan wondered whether or not Carl would get stuck with his own factory nickname, 'The Milky Bar Kid', when he started school. Duncan hoped, as Maria lowered the boy to the floor, that neither of them would need glasses. Feeling Maria's arms sliding round his waist, Duncan turned and they shared an embrace and a long kiss. Carl didn't know what to do, and feeling left out, he grabbed at their legs.

The doorbell went and Maria headed out to answer it as Duncan took the opportunity to put on Elvis once more, this time *In the Ghetto*.

Maria saw a slightly startled-looking, square-jawed man on the step. He was a stranger to her and he was clutching a bottle of whisky and a picture, which seemed to be drawn by a child. He was obviously a bit drunk and elated, though a little self-conscious. — Eh excuse me Mrs, eh, Ewart, eh, is your man in? he asked.

— Aye . . . hold on the now, Maria said, calling Duncan who quickly ushered Wullie Birrell in, introducing him to Maria as a friend from work.

Wullie Birrell was gratified but a bit embarrassed at Duncan's familiarity. — Mr Ewart, eh, Johnny Dawson gied me your address . . . jist popped roond tae say thanks for everything the other day, Wullie coughed nervously. — Ah heard Abercrombie was a laughing stock.

Duncan smiled, though in truth, he'd been feeling a bit guilty at his part in Abercrombie's humiliation. The man deserved to be taken down a peg, and aye, Duncan had wanted to gloat. Then he saw the pain on Abercrombie's face as he walked across the car park at finishing time. Tam Abercrombie was normally last to leave but that tea-time he couldn't get out the door quick enough. One thing Duncan's father had told him was to try not to be too quick in passing judgment on others, even your enemies. You never knew what kind of shite they had going on in their own lives. There was something about Abercrombie, something crushed, and by something a lot bigger than that day's events.

But fuck him, Wullie Birrell's wife was having a baby. Who the fuck was Abercrombie to say he couldn't be with the woman? — Nae mair than he deserves, Wullie, Duncan grinned waspishly, — and it's Duncan, for christ sake. Aye, the queer felly wisnae too pleased, but let's no mention his name in this hoose. But how's the missus? Any news? he asked, looking Wullie up and down and knowing the answer.

— A wee boy. Seven and a half pounds. It's our second wee laddie. Came oot kickin and screamin, and eh's never stoaped since, Wullie explained with a nervous grin. — No like the first yin. He's quiet. Ages wi this yin here, he remarked, smiling at Carl, who was examining this stranger, though staying close to his mother. — Ye got any mair?

Duncan laughed loudly and Maria rolled her eyes. — This one's mair than enough, Duncan told him, then dropped his voice. — We were gaunny pack it aw in before he came along, get two tickets tae America, hire a car and drive across it. See New York, New Orleans, Memphis, Nashville, Vegas, the lot. Then we had our wee accident here, he rubbed Carl's milky-white head of hair.

— Stop callin um that Duncan, he'll grow up feeling unwanted, Maria whispered.

Duncan regarded his son. — Naw, we couldnae take back wur mad wee March Hare, could we, pal?

— Pit on Elvis, Dad, Carl urged.

Duncan basked in the boy's promptings. — Great idea son, but ah'll just get a few beers and some glesses and we'll wet the bairn's heid. Export okay, Wullie?

— Aye, fine, Duncan, and get some wee yins for the whisky here n aw.

— Sounds fine tae me, Duncan nodded, heading for the kitchen, winking at Maria as Carl followed him.

Wullie half-apologetically passed Maria the picture he was holding. It was a child's balloon and matchstick painting of a family. Maria held it up to the light and studied the accompanying words.

It was a story

---

a new baby by William Birrell age five saughton primary school told to Wendy hines aged eleven and written out by Bobby Sharp aged eight.

my name is William but i git cald Billy my dads Billy two an we will hav a new baby. i like football an Hibs ar the best tim dad take me to see them but no the new baby cos of it been in a kot still play sin johnsin mum has a fire an her nom is Sandra Birrell fat cos of baby.

i live in a big hoos with a windo i hav a gurlfrend call Sally she is age sivin in a big clas mister colins next dor is old

---

— It's great, Maria said to him.

— Thir brilliant at that school. They git aw the different ages tae help the teachers help the wee yins, Wullie explained.

— That's good, cause oor yin's gaun at the end ay the summer, Maria told him. — Your eldest, eh must be a bright kid, she cooed.

Pride and drink conspired to lend Wullie's face a healthy flush. — Eh hud it done for me comin back fae the hoaspital. Aye, ah think Billy's gaunny be the brainy one, and this new yin, Robert wir callin him, he'll be the fighter. Aye, eh came oot kickin n screamin, tore the wife bad . . . Wullie said, then blushed in Maria's presence, — eh sorry . . . ah mean . . .

Maria just laughed heartily, waving him away as Duncan returned with the drinks on a Youngers tray he'd taken one drunken night from the Tartan Club.

Billy Birrell had started the school last year. Wullie was proud of his son, though he had to constantly watch him with matches. The laddie seemed obsessed with fire, lighting them in the garden, on the wasteground, anywhere he could, and he'd almost set the house ablaze one night.

— It's good that he likes fire though Wullie, Duncan said, the drink taking effect, topping up what he'd already had, — Apollo, the god o' fire is also the god o' light.

— Good, cause thir'd've been light awright if they curtains had gone up . . .

— It's that revolutionary impulse though, Wullie, sometimes you've goat tae destroy it aw, just burn the bloody lot doon, before ye can start again, Duncan laughed as he poured more whisky.

— Nonsense, Maria scoffed, looking grimly at the large measure Duncan had poured, splashing lemonade into the glass to dilute the spirit.

Duncan passed another tumbler over to Wullie. — Ah'm jist sayin . . . the sun's aboot fire, but it's aboot light and healing as well.

Maria was having none of it. — Wullie'd need healin awright if eh woke up wi third-degree burns, she told him.

Wullie was feeling guilty that he was being unintentionally a bit hard on his son, in front of people he hardly knew. — Eh's a good wee felly but, ah mean ye try tae teach thum right fae wrong . . . he slurred, himself now feeling the drink and the tiredness.

— It's a difficult world now, no like the yin we grew up in, Duncan said. Ye never know what tae teach them. Ah mean, there's the basic stuff like back up yir mates, never cross a picket line . . .

— Nivir hit a lassie, Wullie nodded.

— Definitely, Duncan agreed sternly, as Maria looked at him with a you-just-try-it-pal expression, — Nivir shop anybody tae the polis . . .

— . . . neither friend nor foe, Wullie added.

— That's what ah think ah'll dae, replace the ten commandments wi ma ain ten commandments. They'd be better for kids thin that Spock, or any ay thaim. Buy a record every week, that'd be one o' mine . . . ye cannae go a week withoot a good tune tae look forward tae . . .

— If you want tae give yir sons some kind ay code tae live by, what about try not tae line the pockets of the brewers and the bookies too much, Maria laughed.

— Some things are a lot harder than others, Duncan ventured to Wullie, who nodded sagely.

They sat up most of the night drinking, reminiscing about where they'd come from before the slum-clearance flats. They all agreed that they were the best thing that had happened to the working classes. Maria was a Tollcross girl, while Wullie and his wife came from Leith via the West Granton prefabs. They'd been offered Muirhouse but they went for this cause it was nearer Sandra's mother who had been ill and who lived in Chesser.

— We're across in the aulder part ay the scheme but, Wullie said semi-apologetically, it isnae as smart as this.

Duncan tried not to feel superior, but that was the consensus in the area: the newer flats were the best deal. The Ewarts, like other families in the area, enjoyed their airy flat. All their neighbours commented on the underfloor heating, where you could heat up the whole flat with just a click of the switch. Maria's dad had recently died of TB from Tollcross's damp tenements; now all that was a thing of the past. Duncan loved those big warm tiles under the carpet. You put your feet under that fireside rug and it was sheer luxury.

Then as winter set in and the first bills came through the post, the central-heating systems in the scheme clicked off; synchronised to such a degree it was almost like they were operated by one master switch.

Andrew Galloway

The Man of the House

It wis when it wis one ay the best times whin ah'm kneelin oan the flair n ah hud the *Beano* oan one ay the big chairs soas that naebody could bother me n ah've got a chocolate biscuit n a glass ay milk oan the wee stool n muh Dad's sittin in the other chair, readin ehs paper n muh Ma's making the tea n muh Ma, she's the best cook in the world cos she can make the best chips n muh Dad's the best dad in the world cos he could batter anybody n he was once gaunny batter Paul McCartney cause muh Ma likes him and he was gaunny marry Ma but Dad mairried her first n if eh hudnae ah'd've been in the Beatles.

Sheena's in her cot . . . makin a noise, her face aw rid. Cry cry cry . . . that's her n she's sometimes always greetin, jist like Christmas, ma Dad sais, no like me cause ah'm big, ah'm at the school now!

Ah wis in the war.

Terry gret at the school oan the first day ah nivir gret but Terry did, gre-tin-fae-haced Teh-ray . . . sittin oan the platform whaire Miss Munro hus her desk and eh gret n gret.

Miss Munro hud him oan her knee and that was lucky for Terry. Ah'm gaunny marry Miss Munro because she smells nice and is kind n ah pit ma airm roond Terry cause eh's ma pal n ah telt um tae try n be a big boy n Terry wis feart that ehs ma widnae come back but ah kent mines would cause she said we'd go for a cone at Mr Whippy's.

Auntie May-ray had a canary . . .

Paul McCartney's gittin battered! Eh's gittin battered right up by me n ma Dad! Bang! Phow!

Miss Munro said that it's awright Terry, yuv goat Andrew here. Ah wis bein big.

Up the leg ay her drawers . . .

Batter ehs heid in. If ah goat ma temper up ah could batter aw the Beatles.

Dennis the Menace ma Dad calls me cos ah want a dug like his one bit my Ma sais no till Sheena gits bigger cause some dugs eat babies. That must be why their breath is very bad, because babies smell of pee and sick. Dugs should eat vegetables and chips and good beefburgers, not the cheap ones.

It widnae come doon till the month ay June . . .

Ah ate ma biscuit, ate it aw cos it was one of the good ones that taste of wheat with the chocolate nice and thick. The cheap ones never taste so good. Thir wis a knock at the door. Ma Dad went n goat it. Then when eh came back in, two men came with him cos they were policemen n one looked bad, the other one wis nice cos eh smiled at me, patted ma heid. Ma Dad's sayin that eh had tae go, eh had tae go n help the policemen, but eh'd be back soon.

Paul McCartney and ma can't make a baby because there's Sheena now and she's in her cot.

She sat on the gas and burnt her arse . . .

Muh Ma's greetin, but Dad says it's awright. Eh says tae me, — Ah've got tae go n help these policemen. You look after yir Ma now n dae as yir telt. Mind, you're the man ay the hoose.

and that wis the end ay her drawers . . .

When eh went away, ma Ma sat ays oan her knee and held me n ah could hear her greetin, but ah didnae greet cos ah wis a big boy and ah nivir gret! Ah wis a bit sad at first cause ah hud ma comic and it was meant tae be the best time, jist after school, before tea bit ah didnae greet cause ah knew that muh Dad would be comin back soon, once he'd helped the policemen put the bad men away n eh'd help them batter the bad men n ah'd help him cos ah'd batter Paul McCartney if he tried to be my Ma's boyfriend n even if muh Dad wis away a long time, it didnae bother me, because it meant that ah wid be the man ay the hoose.

2 | 1980ish: The Last (Fish) Supper

Windows '80

It seemed like the entire tenement building hissed and shook as the whistling drafts of cold air shot through, leaving it crying, creaking and leaking, as if it were a lobster thrust into a boiling pot. Those high-pressure blasts of dirty chilled wind from the gales outside gatecrashed relentlessly; via the cracks in the window frames and under the sills, through the vents and the spaces between the floorboards.

Then suddenly, with a contemptuous, twisting whip, and dragging a clutter of cans and rubbish in their wake, the winds deigned to change direction, offering Sandra some respite. As the fibres of her body and soul seemed about to relax, drunks materialised in the streets outside, spilling into the soundless void, filling it with their screams and chants. The wind and rain were now dead, so they could come home. But those vendors of misery always seemed to stop outside her door, and there was one particularly persistent guy who had inadvertently taught her every verse and chorus of *Hearts Glorious Hearts* over the last few months.

It never used to bother her, all this noise. Now she was the only one, Sandra Birrell, a mother, a wife, living here in this place, who didn't sleep at night. The boys slept like logs; sometimes she'd go through to check on them, to marvel at their peace, and how they were growing up.

Billy would be away soon, she just knew it. Even at sixteen, he'd have his own place within a couple of years. He looked so like her husband in his youth, even if his hair was closer to her blonde. Billy was tough and private, he had his own life and guarded it closely. She knew there were girls hanging around, but she found his lack of expression hard to deal with, even when she marvelled at his unsolicited kindnesses, not just to her, but to relatives and neighbours. You would see him, in a garden over in the pensioners' war houses, cutting the grass, refusing point-blank, with a stern shake of his close-cropped head, to take any money in return. Then there was her Robert: he was a rangy wee colt, but growing fast. A dreamer, without Billy's busy sense of purpose, but also unwilling to share the secrets in his head. When he left, what would be there for her and her man Wullie, slumbering deeply next to her? Then what would she be? Would after them be like before them? Would she be like Sandra Lockhart again?

It seemed crazy, but what had happened to Sandra Lockhart? The pretty blonde who was good at school, who'd gone to Leith Academy when the rest of her family, the Lockharts of Tennent Street, had all went to D.K. — David Kilpatrick's, or 'Daft Kids' as the locals cruelly called it. Sandra was the youngest of the clan, the one child from that parish-booted band of wideos who seemed to be going places. Vivacious, bubbly and spoiled, she had always seemed a bit too big for those boots, continually appearing to look down on everybody in the tenemented streets of the old port her family came from. Everybody, except one, and he lay next to her.

The drunks had gone now, their voices tailing off into the night, but only to herald the return of the flagellating winds. Another ferocious blast and the window bellied in like Rolf Harris's wobble-board, briefly teasing her with the possible drama of fracture, the one event that would surely waken her dozing husband beside her and force him to act, to do something. Anything. Just to show her that they were in this together.

Sandra looked at him, sleeping as soundly as the boys next door. He was fleshier now and his hair was thinning, but he hadn't let himself go like some, and he still suggested Rock Hudson in *Written on the Wind*, the first proper film she'd seen as a girl. She tried to think about how *she* looked, and she felt her flab and cellulite, the touch of her hands on her body bringing both comfort and revulsion. She doubted if she put people in mind of Dorothy Malone any more. That was what they had called her then, 'The Hollywood Blonde'.

Marilyn Monroe, Doris Day, Vera Ellen; she'd hinted at them all with one hairdo after another, but none more than Dorothy Malone in *Written on the Wind*. What a joke. Of course, she'd never known about this moniker at the time, at the Cappy concert and places like that. If she had, she'd've been so insufferable, Sandra conceded to herself. It was only Wullie that had told her, not long after they started going out, that he was dating the lassie all the other guys knew as 'The Hollywood Blonde'.

With sudden violence the rain thrashed like stones on the window, so hard that her heart seemed to split in two, one part rushing for her mouth, the other to her stomach. There was a time, she thought, when it all meant nothing; the wind, the rain, the drunks outside. If only Wullie would wake up and take her in his arms and hold her and make love to her, like they used to, sometimes all through the night. If only she could close the distance between them, just shake him awake and ask him to embrace her. But somehow, these were not the words either of them expected to come from her tongue.

How had the few inches between them become such a chasm?

Lying in the bed gazing at the featureless ceiling, with panic slicing through her in waves, a dazzling fissure opened up in Sandra's mind. Through it, she could almost feel her sanity sliding into an abyss, leaving her a zombiefied shell. And she was on the verge of embracing it, comfortably, just to be like her husband, Wullie, who would sleep and sleep and sleep right through the mayhem until morning.

Terry Lawson

Juiced Up

Stevie Bannerman can be as wide as fuck. It's awright fir him sittin in the van aw day, it's me that's oot in aw weathers humpin fuckin crates oaf the back ay this lorry in the rain, stoapin at the pubs and clubs, then door-tae-door back roond the schemes here. Cannae complain mind you; thir's loads ay birds gaun past, and bein oot here n the fresh air, checkin them oot, it's the spice ay life. Too right.

They wanted ays tae stey oan as well, sais ah could dae a couple ay O grades if ah pit ma mind tae it. But what dae ye want tae stey oan at school fir when yuv already rode jist aboot every bird thair that'll go? Waste ay fuckin time. Ah'll huv tae git ma mate, the Milky Bar Kid, telt aboot that.

Goat the horn bigtime this mornin. Eywis the same eftir ah've been up the Classic the night before, watchin the dirty movies. Ah wanted tae go doon tae Lucy's eftir, but her auld man'll no lit me stey ower. Supposed tae be fuckin well engaged n aw. Time enough fir that whin yis are mairried, the cunt goes. Aye, like him n Lucy's ma ur bangin away aw day?

That'll be right.

We're back at the scheme n Stevie's stoaped the lorry at the waste. Ah couple ay auld fuckers come up tae ays. Thuv goat they toothless mooths thit pit ays n mind ay that pair ay worn oot auld dessy boots ah've goat in ma wardrobe, the one's wi stitching burst in thum. Ah boat a new pair wi ma first week's wages but ye cannae bring yirsel tae chuck the auld yins oot. — Two boatils ay orange, son, one wifie sais. Ah pull oot a couple ay boatils ay Hendry's fae the toap crate, n take the pound and gie the change back. Sorry, missus, ah ken the juice you're needin pumped intae you n it disnae come in fuckin boatils.

Yir no gittin it offay me anywey, missus!

They git oan thir wey n then ah see yin thit might be gittin it offay ays. Ah ken yon bright wee face next tae ays, it's Maggie Orr. She's wi ehr mate, another ride whae ah've seen aboot but whae ah dinnae ken. Well, no yet anywey.

— A boatil ay lemonade n a boatil ay Coke, wee Maggie sais. The year below ays at the school. Mair meat oan a butcher's knife. Used tae feed her up whin ah wis monitor oan the school dinners. Ma mate Carl, the Milky Bar Kid, he's goat the hoats fir her bigtime. Thoat eh wis in thaire cause eh wis hingin aboot wi her n Topsy wi that daft band that thir meant tae be in, n aw that crowd fae the Herts bus. Heard eh made a bit ay a cunt ay ehsel in front ay her last Setirday. Mibbe that's how eh's aw keen tae come wi us tae Hibs oan Setirday. Ye ken the wey ehs mind works, that cunt.

— They tell ays ye like yir Coke right enough, ah goes tae her.

She sais nowt, disnae really git the joke, but blushes a bit anywey. Her mate does n aw, but makes oot she's squintin in the sun, pittin her hand up tae her face. Long black hair, dark eyes, n thick, full rid lips. Aye . . .

Good bit ay tit oan it.

— Youse should be at the school, ah goes, — wait till Blackie hears aboot this.

Maggie frowns at the mention ay that cunt's name. Nae wonder.

— Aye, ah goes, — me n Blackie still keep in touch, ye ken. Good buddies, now thit wir baith workin men thegither. Eywis asks ays tae keep um informed aboot which ay ehs pupils urnae behavin themselves. Ah'll keep ma mooth shut cause it's you, but it's gaunny cost ye mind.

Her mate's laughin at this, but perr Maggie's half sortay lookin at me as if ah'm serious. — Ah'm oaf sick. Ah'm jist oot fir some juice but, she goes, like ah'm gaunny grass her up tae a fuckin truancy officer or something.

— Aw aye, ah laughs, n looks at her pal, thir *is* a barry bit ay tit thair awright. — N your sick n aw, eh.

— Naw, she's left, she wis at Auggie's, Maggie explains before her mate can answer. She's aw nervous n bothered, lookin aboot tae see whae's watchin her bein oot.

Her mate's much cooler. Ah like they big eyes n that long, black hair. — No workin doll? ah ask the lassie.

This yin wi the tits gits tae speak up fir the first time. — Aye, at the baker's. But it's ma day oaf, she says.

The baker's wir gittin now, is it? Well ah'd pit a fuckin bun in the oven for her anywey. Nae danger. Nah, she's no fuckin shy, no way, she's jist workin ays oot.

— Veh-ry nice, ah say. — So's that youse in aw oan yir lonesome? ah ask them baith.

— Aye, ma Uncle Alec's oot n muh Ma n Dad are doon at Blackpool, Maggie tells me.

Blackpool. Fuckin barry doon thaire oan that Golden Mile, aw the pubs n that. Plenty fuckin shaggin doon thaire. Me n that bird fae Huddersfield, n the yin fae Lincoln n aw. The Huddersfield yin, Philippa, she wis the best but. Banged that much wi broke the fuckin bed. Cheeky bastard wanted tae charge us fir it, an auld chipboard kip half smashed tae fuck awready. Ah telt the wanker tae fuckin blow. Malky Carson wanted tae knock ehs cunt in. The breakfast wis shite n aw; they gied ays a sausage oan ma plate like Wee Gally's tadger.

That Pleasure Beach wis brilliant but. Ah wis right up the tower n aw. The third thing ah goat right up whin ah wis doon thaire! Fuckin cauld though, that wind oaf the sea. N the scabby Orrs've went south n left wee Maggie oan her tod. — They no take you doon thaire wi thum? ah ask.

— Nup.

— Aye, ah smiles, — they ken thit they'd huv tae keep an eye oan ye. Ah've heard aw aboot you!

— Git away, she laughs, n her mate does n aw.

So ah turns tae this black-haired yin. — So she's lookin eftir ye then, Maggie, eh?

— Aye.

Ah winks at her mate, then turns back tae Maggie. — Well ah'll need tae come by, later this affie whin ah'm finished. Visit the sick patient, likes. Bring ma ain special remedies.

Maggie jist shrugs. — Up tae you eh.

— Aye but, ah tells her, — thorough examination. Second opinion, ah sais and points at masel. — Doctor, then at her wi the black hair, — nurse, then at Maggie, — patient.

The black haired yin's aw hoat n bothered cause she's jumpin oan the spot n she's goat they tits jigglin away in that lilac toap when she moves. — Whoa Maggie! Hear that! Doctors and Nurses! Yir favourite game!

Maggie looks back aw cauld at me, her airms still crossed, and puffs oan her fag, brushin her floppy broon fringe oot her eyes, — Aye, you jist keep oan giein yir mind a treat son, she says turnin away.

They walk away aw snooty fir a bit, but ye kin tell the wey they look back sniggerin that they wee cunts are as shag-happy as fuck. Baith ay thaim are gittin it later oan, that's fuckin well guaranteed. — Aye, ah kin dae that awright, just thinkin aboot you fine ladies, ah laugh. Then ah shout, — See yis later but, jist fir a fag n a wee cup ay tea but eh.

— Aye, right, Maggie shouts back, but she's laughin now.

— See yis, girls! Ah wave, watchin thum go. That Maggie, if they Biafran cunts saw pictures ay her oan thaire news, they'd be huvin a whip-roond tae git some crates ay rice shipped ower here. Tidy erse oan that mate ay hers but; it's like two bairns fightin in a pillaycase in they white troosers.

A total fuckin pump.

That Stevie's some fucker. Cannae pass a bookie's. Aw eh does is flick through the racin pages. Eh's an edgy cunt wi a big dago moustache. One ay they boys that's aw serious n nippy at work, n disnae lit ehsel go until eh's finished n eh's in the boozer. Ah dinnae hud wi that sort ay patter: as if ye huv tae be aw torn-faced tae drive a fuckin lorry the right wey. Ah'm wantin tae take ma test n git masel a motor, jist fir the shaggin likes. Birds eywis go for the guy wi the motor, no thit ah need one tae git *ma* hole, unlike some ah could mention. A van's eywis useful but.

When wi knock oaf, Stevie wants tae go tae the Busy Bee for a pint. — Naw, ah've goat other plans, ah tell um.

— Suit yerself, eh goes. Eh starts gaun oan again aboot the round no makin money. Who gies a fuck aboot that? Ah git enough money oot ay it, n ye git roond tae check oot aw the fanny. That's mair important than money, gittin the chance tae chat up different birds n find oot which ones go n which ones dinnae. Ye want clathes, ye snowdroap thum offay some cunt's line, or git a wee fucker tae dae it fir ye.

But the main thing fir me is fanny. Ah gied wee Lucy a ring oan her finger, jist tae keep her quiet likes. She's eywis gaun oan aboot ays bein oan the juice lorries like it's no good enough fir her. Ah ken whaire it aw comes fae: her auld man's a snobby cunt n aw. Drives a fuckin bus for the corpie n thinks eh's middle-class. Cunt only goes n says tae ays one time, — Juice lorries, thir's no many prospects thaire, is thir?

Ah jist sat n said nowt, but ah wis thinkin tae masel, yir fuckin wrong pal, ye git tons ay prospects in that joab, n your wee lassie wis one ay them. Ah cannae fuckin well move fir prospects! Spice ay life!

Well that Maggie's a prospect awright and ah'm straight roond tae her hoose when ah finish. She's in the same stair as the Birrells but she's one flair up, so ah git the gen oan her auld man n auld girl offay Billy. Fuckin pish-heids. Ah sniff the airmpits tae make sure ah dinnae smell fae luggin they crates, then ah knock at the door.

She comes tae answer n she's standing thair, her airms folded, lookin at ays as if tae say, what are you wantin.

Ah ken what ah'm wantin awright. — Can ah come in fir a cup ay tea well? Sustenance fir a thirsty working chap?

— Awright, she goes, lookin ower ma shoodir, — but jist for a cup ay tea, n jist fir five minutes.

We go ben the front room and it's jist her n the other lassie hame. — Ye ken Gail, Terry? Maggie asks as ah crash the ash.

She's goat that 'ah'm sure ah ken you fae somewhaire' look oan her face.

— Ah've no hud that pleasure, ah say, noddin ower at Gail n winkin. — No yit, anywey, ah add, as Maggie sniggers and Gail hud's ma gaze fir a bit. Birds like laddies wi a sense ay humour, n see me, ah've goat that Monty Python-type sense ay humour. At the school whin me n Carl n Gally started fuckin aboot nae cunt could understand us. They aw thoat wi wir mental n ah suppose wi wir. The thing Carl doesnae ken but, n that's how eh disnae git ehs hole, is thit, aye; ye need a sense ay humour but yuv goat tae be mature aroond lassies n aw, no like the daft laddie aw the time. Look at they Monty Python cunts; they might be mental, but thir no like that aw the time. They aw went tae fuckin Cambridge or wherever, n ye dinnae git in thaire unless yuv goat brains. Ye kin bet they didnae start daein silly walks n aw that shite in thir exams. Naw. The thing is, ah am mature n aw. Ah mind ay that one teacher in art, that Miss Ormond, she says tae ays, — You're the most immature young man I've ever taught. Ah hud tae jist tell her straight, ah am mature miss, ah've been fuckin well shaggin fir years n ah've shagged mair birds thin any other cunt in this school. Nippy cow only went n sent ays tae Blackie's fir the fuckin web.

They've goat the efternoon telly oan, some repeats ay *The Saint*. It's the other cunt, the one that looks like the real Saint's wee brother. Ah settle doon oantae the couch and Gail sits in one armchair n Maggie oan the airm ay the other. Ah'm lookin at the show ay thigh comin fae under Maggie's wee tartan skirt and ah'm thinkin aboot that American Express advert: that'll dae nicely. — So, tell ays aw yir adventures girls, ah ask, takin a long draw ay ma Embie Regal. — What yis been up tae? Mair importantly, ur yis gaun oot wi anybody? Ah'm wantin aw the scandalous gossip mind.

— She wis gaun oot wi Alan Leighton, Maggie says, pointin tae the Gail bird.

— No now though, ah hate um, Gail goes.

— Dinnae really ken the boy, ah smiles, thinkin that Leighton's a mate ay that Larry Wylie's so she's double-bound tae take the doady if she's been knockin aboot wi yon crowd.

— Eh's a wanker, Gail says, in a wey which ye'd be daft no tae read as: ah'm no shaggin him anymair, but ah need a length ay cock pretty bad, so come ahead big yin.

This is Terence Henry Lawson, interpreting for the badly needing shagged.

Spice ay life.

Funny aboot this Gail lassie, ah'm still tryin tae place her. Ah think she might be one ay the Bankses. Ah'm sure she's a mate ay Doyle's sister. Nah'm sure she used tae wear glesses, nice gold-rimmed glesses that made her look even dirtier and sexier than she is now, if that's possible. Mibbe it wis her mate ah'm thinkin aboot. But aye, she'll go, nae bother, ye jist git soas ye kin tell. Ah turns tae Maggie, whae's lookin a bit left oot. — Surprised that you're no spoken fir Maggie, ah say, watchin her blush a bit again. — Ah mean, ah'm no complainin, mind you, it's great news fir me. See, ah've eywis fancied ye!

Gail throws back her heid n laughs. Then she rolls her eyes n goes, — Whae-hae!

Wee Maggie though, she sortay joins her hands thegither n lowers her eyes aw shy n says, her voice gaun aw low, — But you're gaun oot wi Lucy Wilson.

Fuck me, it was like she wis in a church or something. She's foolin nae cunt wi that shite. She's a proddy, which means ye nivir go tae church. — Naw, that's aw past now. So if ah wis tae ask ye tae go oot wi me, wid ye?

She looks aw crimson. She turns tae Gail, n laughs, no sure whether ah'm takin the pish or no.

— Terry's askin ye a question, Maggie! Gail says aw loud.

— Ah dinnae ken, she says back aw irritated, but a wee bit coy at the same time.

The thing is thit thir's gaun oot n gaun oot. Sometimes whin ye say yir 'gaun oot' wi somebody it jist means thit yir ridin thum. Other times it's a bit like 'gaun steady'. That's fuckin daft, like ye wir gaun crooked before. Naw, Lucy's a bird ye go oot wi, eywis well-dressed n a virgin until ah goat a hud ay her. Thir's birds like her, the ones ye go oot wi, n thir's ones like Maggie n that Gail, ones ye jist ride.

— Well if you dinnae, naebody else does, eh Terry, Gail says and gies me a wee wink.

She's a fuckin ride awright. Ah'm really no that bothered aboot Maggie now, ye eywis go wi the goer, n even though they'll baith go, that Gail's defo. Ye kin tell right away.

The thing is but, it's Maggie's hoose, n wir no wantin flung oot. — Mibbe ah could convince ye, ah sais tae her. — Ye no gaunny sit oan ma knee?

She looks aw doubtful.

— C'mere, ah say. — C'moan, ah twist ma heid.

Gail looks up at her, eggin her oan. — Eh's no gaunny bite ye, Maggie, she tells her. Ah like this lassie, fill ay mischief. Exactly ma type. Mind you, thir *aw* ma fuckin type.

— Dinnae kid yirsell, ah laugh at them. — C'moan Maggie, ah say, a wee bit mair impatient. A lassie gaun aw shy's nice for a wee while, but then it becomes borin n ye want them stripped fir action. Naebody loves a cockteaser eftir aw. She comes ower and ah pill her doon oantae ma knee n start movin ma legs, rockin her thin wee body up n doon. Ah gie her a wee kiss oan the mooth. — There, that wisnae sae bad. Ah've wanted tae dae that for a long time, ah kin tell ye that.

Tae any fuckin mooth that is. Humpin crates aw day when ye should be humpin fanny. Maggie's intae it, she pits her hand roond ma neck and runs her fingers through the hair at the back ay ma heid. Ah'm lookin at the auld tiled fireplace wi the gas fire that aw they scruffy auld tenement hooses huv goat. No aw modern n electric, like us, the snobs, ower in the new flats.

— Ah like the wey yuv goat yir hair, she goes.

Ah smile, that wee shy smile that ah've practised in the mirror every day, n ah kiss her again, a longer, slower yin this time.

Ye kin hear a loud breath as Gail stands up. We brek oaf fir a bit. — Since you two are gittin aw lovey-dovey, ah'm gaun upstairs fir a bit, tae play that tape, Gail says aw snooty, but it's sort ay pit oan, cause

ye can tell that she kens that her length is as good as guaranteed, which
it is, if no now then eftir.

Ye see, ah ken every baker's shoap in West Edinburgh. That's the
beauty ay workin oan the juice lorries.

Maggie sort ay half-heartedly protests as Gail goes. — Goan pit the
kettle oan, she asks, but Gail's already oot the door, cause ah watched
that tight erse in they white troosers vanish oot ma sight n aw ah wis
thinkin aboot wis gittin a hud ay it later oan.

First things first but. That wis one thing ah did learn at the school,
way back in the primary. They daft sayins thit they gied ye. A bird in
the hand is worth two in the bush. Ah make it different but; a bird's
bush in your hand is worth two wi thir clathes oan. — Ah'll pit the
kettle oan, ah say tae her, — but only if ah git another kiss first.

— Git away, she goes.

— One wee kiss, goan, ah whisper.

One wee kiss, that'll be right. After snoggin for aboot ten minutes,
ah've goat that daft cardy then her toap n bra oaf n her wee tits are
bouncin up n doon in the palms ay ma hands and she's looking at them
like she's never seen them before.

Whae-hae ya cunt that ye are! Ah'm fuckin guaranteed here!

Ah settles her doon oan the couch giein her the stinky-pinky for a
bit, slidin ma hand up that wee kilt and inside her pants, enjoyin her
groans as she starts tae work herself oantae ma stiff little fingers. Ah'm
thinkin aboot that band and wonderin if the dirty cunt that made the
name up wis ivir thinkin aboot some bird eh wis friggin oaf. Here's an
Alternative Ulster fir ye hen! Spice ay life!

Time for action, ah pill doon the pants ower her knees and then
her ankles, and pill her oantae me. She's tremblin as ah gits ma ain
breeks doon ower ma thighs n ma cock oot. Ah've goat her wee erse in
one hand and her tits in another as her hands rest oan my shoodirs.
Nae need fir her tae try n play the wee virgin, she's been done before,
by maist ay Topsy's crew ah reckon. Nivir hud a pole like this in her
but, that must be guaranteed. She's dead wee, even mair so than Lucy
n so ah start oaf fuckin her slowly until she's gaggin for mair so ah step
up a gear giein it tae her goodstyle. — Aye, Aye, ye fuckin well like that
eh? Eh? ah goes, but she's no sayin nowt until she gies oot a wee cry
when she gits there. Ah start makin daft squeaky wee sounds like a
dippit wee tart masel, but, well, that's the heat ay passion n aw that.

She'd better no say nowt tae nae cunt aboot me makin they noises.
A loat ay boys think thit lassies dinnae talk like that tae each other,

thit it's aw sugar n spice, bit that's crap. Thir jist like us. Fuckin worse, if the truth be telt.

Ah hud her for a wee while, cause in ten minutes ah'll be ready again, but it's like she's in a trance. Nae point wastin time. — Ah'd better go up n take a wee leak, ah tell her.

As ah stand up n pill oan ma shreddies, then ma jeans n T-shirt, she's staring oaf intae space, then wrappin her clathes roond her.

Ah go upstairs, mountin the blue threadbare-carpeted steps two at a time. In the bog thir's a shite thit husnae flushed away. It makes ays feel funny aboot peein in it, as if the shite's gaunny fly up ma piss-tube, so ah pish in the sink then gie ma tackle a wee wash. When ah finish ah clocks this spider in the bath so ah blasts the cunt wi baith taps, flushin the fucker away, before gaun in tae the bedroom next door.

Gail's lying oan the bed, face doon. She's goat the headphones oan, thir coming ootae the music centre fae a long cord, trailin doon the back ay her toap, n across one ay they nice buttocks, so she cannae even hear me come intae the room. Her erse looks great in they white troosers, ye can see the pant line stretchin oot ower the buttocks n vanishin right intae that erse n fanny crack. She's readin this book oan the pillay, her long dark hair hingin doon. She's goat a good body awright, chunkier than Maggie's, much mair fuckin womanish.

Thir's a big poster ay Gary Glitter oan the waw above her. That cunt's barry. Ah like that bit whin eh goes: ah'm the man thit pit the bang in gangs. He's the fuckin boy. Ah mean, ah like The Jam n the Pistols now but him n Slade are the only cunts fae the auld days ah still go fir.

Ah stand and take in the view for a bit, giein Gary a wee wink. Ah'll show the cunt how tae pit the bang in gangs awright. So that's ays as stiff as a fuckin rock again. Ah move ower n turn the volume doon n watch her spin aroond n pill oaf the headphones. She's no surprised at aw tae see me. Ah'm surprised tae see her, cause she's wearin they gold-rimmed glesses. That should turn ye oaf, but it jist makes me hornier than ever. — Awright four-eyes, ah goes.

— Ah jist wear thum fir readin, she sais, takin thum oaf.

— Well ah think thir sexy as anythin, ah say, movin right ower tae the bed, thinkin that if ah grab her and she kicks up fuck, ah'll jist let go n tell her ah wis only jokin. But thir's nowt tae worry aboot here, cause ma tongue's in her mooth n thir's nae resistance, so ah've goat ma cock oot, n she's goat her hand oan it, well fuckin game.

— No here . . . we cannae now . . . she goes, but she isnae in any big hurry tae lit go ay ma knob.

— Fuck it, c'moan, Maggie kens the score, ah tell her.

She looks at ays for a second but ah'm gittin ma gear oaf n she's no far behind. We're right under the covers. Ah'm feelin great n it's barry thit ma cock's still hard even though ah shot ah fair auld bit ay wad intae Maggie. The likes ay Carl or Wee Gally, they'd be up in the Royal in intensive care eftir a wank, nivir mind a bird. Disnae bother me, ah could fuck aw day.

Ah'm impressed by this Gail's attitude; nae fuckin aboot, the keks n the bra are oaf straight away. Ah loat ay birds leave oan the keks as sortay insurance thit thi'll git a bit ay foreplay, but it's only a toss-bag whae'd jist try n stuff it straight between a lassie's legs whin thir's plenty other fun tae be had first.

So auld Gary Glitter's lookin doon at us as ah've goat ma tongue between Gail's legs. She's tryin tae push ma heid away at first, but it becomes a rub oan ma scalp then a tug oan ma hair as ah starts lappin her up and she relaxes her grip and she's right fuckin intae it. Ah've goat ma hands under her buttocks, gittin a good grope at her ersecheeks, then ah slide ma finger inside her and start giein her fanny a wee frig. Ah'm tryin tae twist roond, cause they big lips ay hers wir meant fir sookin oan ma knob but the covers're slippin oaf us. The trick is tae keep her oan the boil, but tae make it soas she's goat tae take ma cock in her mooth. She's intae that though, she's still runnin her hand the length ay it, pillin the foreskin back.

— That's great Terry, this is mad, we're mental . . . she gasps.

— Spice ay life, ah grunt back at her, — ah want ma tongue right up your holes, one eftir the other, ah tell her. That wis what this boy said in this dirty video that Donny Ness had. Ah eywis try tae mind ay aw they best lines, and the best moves.

So there's me straddlin her sixty-nine-style, and she's goat ma cock in her mooth n she's suckin hard oan it, and by Christ, this lassie can gam. Ah'm pullin her wee flaps apart and giein it big postage stamp licks n fingerin her cunt first, then her ersehole which smells aw moist and earthy, then ah'm back oantae her clit which feels big and stiff enough tae be a mini-cock, and she pills ma knob oot her mooth n there wis me thinkin she wis gaspin fir air, but naw, it's her comin in jagged, shocked spasms, ma finger jammed oantae that wee love-button ay hers like it wis stuck oan the dial ay a good radio station.

So she's gaspin as her shudders run doon, but ah'm no finished wi her yit, n ah twist roond n pill ehr up and her face is in a wide, mental shock n ah'm oan the bed but ah've goat her heid doon oan ma cock, and she's gammin ays like fuck, her big eyes lookin up n watchin ays, spillin wi gratitude cause she kens that wis jist the starter n she's gittin well fucked in a second or two. Ah've goat her hair in ma hands, twistin they dark locks, n ah'm pillin her tae me, then away fae me, adjustin the pace n range so she gits it right n aye, she kens what she's daein, cause her heid settles intae the right rhythm n ah dinnae even need tae thrust ma ain pelvis in time or nowt like that. She's gaggin a bit and she pills away, which is a good thing cause ah wis decidin whether or no ah wanted tae blaw it intae her mooth n save fuckin her in the fanny till later oan, keep the wee hoor aw hoat n bothered. Bit ah think, naw, ah'll gie her it fine style right now. Ah'm oan toap ay her n gittin in, n she's sayin, — Aw Terry, wi shouldnae be daein this, no the now . . .

Ah've heard that song before. — Want ays tae stoap then, ah gasp.

Ye dinnae huv tae be that Bamber Gascoigne cunt oot ay that *University Challenge* tae ken the answer tae that. Aw ah git is another, — Aw Terry . . . in reply, n ah take that as ma fuckin starter fir ten awright.

So there's me right up, n ah'm startin tae git intae ma stride now n this Gail looks away n tenses up briefly, then lets oot a low laugh n pills ma heid tae her, n thir's a strange expression oan her face. Ah looks up n sees that Maggie's come intae the room.

Maggie pills her airms in the shape ay a croass ower her chist. It's like she's jist been shot. She stands thaire fir a bit sayin nowt, her wee mooth aw twisted. — Yi'll need tae go, ma Uncle Alec's here, she finally whispers at us, lookin aw uptight n worried.

Gail turns away again, facin the waw, n goes, — Aw god, ah cannae fuckin stand this! She's grippin the bed clathes, then clawin them like she's a fuckin cat.

Ah'm still fuckin solid but and nae cunt's gaun naewhaire till ah've blawn ma muck. — Shut up the now, ah goes tae Maggie, but still lookin at Gail as ah keep thrustin, — you go doon n see yir Uncle Alec . . . we'll be . . .

Ah hears the door slam n then Gail starts gaun fir it again n within a few mair strokes she's makin they noises, n ah wanted tae git her oan toap fir a bit, then mibbe even try n stick it in her other hole tae finish up, but that'll have tae wait now cause ay that dopey wee Maggie cow, but fuck it, it'll gie ays something else tae look forward tae later oan, so she's screamin n moanin n ah'm makin they gaspin sounds n she's comin like a trooper n ah am n aw, n thank fuck Maggie's taken the hump n went oot the room as we explode cause yon Gail's gaun oaf like a pint ay milk left oot in the Sahara Desert. — Aw Terry . . . you're a fuckin animal . . . she screams.

Fuck-ahrrrrr . . .

Ah gasps n then jist huds her, giein her every droap ay it thit's in ays. Then, lettin ma breathin settle, ah starts thinkin aboot her bein at Auggie's n a pape n that, n ah'm hopin tae fuck she's oan the bun. Ah gies her a slobbery kiss on they big lips, then ah arch masel up oan ma airms n look her in the eye. — We've goat fuckin chemistry doll. Ye dinnae turn yir back oan that. Ken whit ah'm sayin?

She nods.

That's a great line, it came fae one ay they films ah saw at the Classic in Nicolson Street. *Percy's Progress*, ah think it wis. The one aboot the white boy thit goat the darkie's cock pit oan him.

Ah git oaf her n wi start gittin dressed.

Then Maggie's back in, — Youse huv tae go, she nearly squeals at us, her eyes aw rid, twistin a lock ay her ain hair in her fingers.

Gail's lookin for her knickers, but ah'd goat thaire first n done a sneaky yin n stuck thum in ma poakit. Souvenir. Like ah did wi that Philippa fae Huddersfield ah shagged in that guesthoose. A souvenir ay Blackpool. Why no? Each tae thir ain. Yir better ridin birds thin trams, better lickin fannies thin sticks ay rock. That's what ah say anywey.

This Maggie's well nippy but. — C'moan Maggie, what's the problem? Yir Uncle's no gaunny bother us up here, ah tell her. — Yir no jealous ay Gail ur ye?

— Fuck off, she spits oot. — Jist you git oot ay here son!

Ah shake ma heid as ah lace up me dessie boots. Ah cannae stand immaturity in a lassie whin it comes tae issues ay the cock n fanny. If ye want a shag, huv a shag. If ye dinnae, jist say naw. — Dinnae be gittin aw fuckin wide, Maggie, me n Gail here wir just huvin a wee bit ay fun, ah warns the dippit wee cow. Every cunt's entitled tae some enjoyment. What's the big fuckin problem? Ah should've sais that line fae *Emmanuelle,* ah think it wis, whaire the boy goes: don't be so hung-up and repressed, baby.

— That's aw it wis, Maggie, Gail says, still lookin fir her pants, — dinnae go aw funny aboot it. You've no even been gaun oot wi Terry.

Maggie grits her teeth at Gail, then turns tae me, — So does that mean yir gaun wi her now? she asks, aw hurt. Dinnae fight girls, dinnae fight, thir's enough tae go roond fir everybody! Guaranteed! Dinnae be sae repressed and hung-up, baby!

Ah turns roond tae Gail n winks at her. — Naw . . . dinnae be daft, Maggie. Like ah wis sayin, it wis jist a daft bit ay fun. Eh, Gail? Ye goat tae huv a laugh, eh. C'mere n gies a wee cuddle, ah says tae Maggie, pattin the bed. — You me n Gail here, ah whispers. — Yir Uncle Alec's no gaunny bother us.

She stands her groond, lookin aw hard at ays. Ah mind whin me n Carl Ewart wir monitors at the school dinners, servin up the grub tae oor table. Cause eh fancied her, the Milky Bars wir oan him awright, n Carl used tae make sure she goat a good load, seconds as well. Wi probably kept the scruffy wee cow alive Carl n me, n this is the fuckin thanks ah git.

Bet ye oor Mr Ewart wid huv liked tae huv served up the wee hing-oot wi the portion thit ah jist did! Guaranteed!

— Terry, you seen ma pants? Gail asks. — Ah cannae find ma fuckin pants.

— Naw, thir no ma size, ah laughs. They'll be right under ma pillay the night! Sniffity-sniff-sniff!

— Try fuckin well keepin them oan sometime, ye might no lose thum sae easy, Maggie hisses at her.

— Aye, jist like you did, Gail snaps back. — Dinnae git fuckin wide wi me, hen, jist cause yir in yir ain hoose!

Maggie's eyes've gaun aw that watery wey again. Every cunt kens thit Gail wid batter fuck oot ay her in a square go. This is some wee show right enough. Ah've goat ma keks oan n ah'm ower tae Maggie n ah've goat ma airms roond her. She's tryin tae push ays away but she's no tryin that hard, if ye ken what ah mean. — Wi wir jist muckin aboot, ah tells ehr. — Now lit's jist aw sit doon n relax.

— Ah cannae relax! How kin ah relax! Muh Ma n Dad's doon in Blackpool n ma Uncle Alec's here! Eh's eywis drunk n eh's awready set ehs ain hoose oan fire! Ah've goat tae watch him aw the time . . . it's no fair, she greets, n she's really blubberin away now.

Ah tries tae comfort ehr, while watchin Gail pull her breeks oan wi nae knickers. She might try tae steal a pair fae Maggie later, cause ah think that big black bush ay hers might jist show through they thin cotton troosers otherwise. Mind you, ah didnae think she's that far tae git hame.

— Nivir mind yir Uncle Alec, Maggie. Gail shakes her heid. Aw she's interested in is her pants. Mind you, that makes two ay us!

Maggie's a bit feart ay her Uncle Alec. She'll no go doon and face um, even tae make us a cup ay tea. — You dinnae ken um Gail, eh's eywis drunk, she slobbers. Mibbe it's an excuse, mibbe she kens that as soon as she goes oot the door ah'll be right up yon Gail again.

— Awright, ah'll go doon n say hiya, n make some tea, bring it up here. Wi a wee biscuit, ah goes, imitatin the wee Glesgay laddie oan that British Rail advert. Perr wee cunt thought it wis a big deal tae git a biscuit oan a train. Probably is through thaire though, thi'll be like gold dust for they fuckin scruffs. Aye, Glesgay patter, ye cannae beat it, or so they keep tellin any cunt daft enough tae listen.

Ah head doonstairs hopin that the boy's no one ay they psycho cunts. Thing is, it's nice tae be nice n ah find that maist cunts are usually awright by you if you're awright by thaim.

Uncle Alec

It's a mawkit fuckin hoose this, it hus tae be said. Muh Ma's no goat much money, but even whin she wis oan her ain, before she took up wi that German cunt, she hud oor place a palace compared tae this. Maggie's room is the best in the place, it's like it belongs in a different hoose.

It's funny, but when ah git doon the stairs intae the front room, ah find that ah recognise the boy. Alec Connolly. A right tea-leaf eh is n aw.

This Alec boy looks at ays wi what muh Ma calls a real drinker's face, aw flushed n wi liver spoats crawlin up the neck. Still, ah'd rather huv somebody like that aroond thin that yon German cunt that she goes wi. Steys in aw the time, nivir drinks, n grumbles at me if ah come in steamin oot ay ma heid. The sooner me n Lucy git a place ay oor ain, the better. — Aye, aye, the Alec gadge goes, aw sort ay frosty.

Ah jist winks at the auld cunt. — Awright, mate. How's it gaun? Jist up the stair wi Maggie n her pal thaire, playin some records.

— So that's what ye call it now, is it, eh says, but it's a sortay laugh. This cunt's awright: he disnae gie a fuck really. Ah'm sure this room's goat even mair boggin since ah wis last in it. Ma soles stick tae the cracked lino, n tae the fusty square ay cairpit in the middle ay it.

Alec's sittin in a battered ermchair tryin tae roll a fag wi shakin hands. Oan the coffee table in front ay him thir's piles ay cans, a half-empty half-boatil ay whisky n a big gless ashtray. Eh's wearin a worn blue suit n tie, it's nearly the same colour as the cunt's eyes, which stand oot in ehs ruddy coupon. Ah jist shrug. — You're Alec, aye? Ah'm Terry.

— Ah ken who ye are, ah've seen ye oan the lorries. Are you Henry Lawson's laddie?

Uh-aw. Eh kens the auld cunt. — Aye. Ye ken um?

— Ah ken *ay* um, bit eh's goat a few years oan me. Drinks in Leith, eh. How's eh daein?

Whae gies a fuck aboot that cunt. — Awright, ah mean . . . ah dinnae ken. Seems tae be fine. We dinnae really git oan, ah tell this Alec gadge, but ah think eh tippled that as soon as the auld bastard's name was mentioned.

This Alec grunts somethin, it's like eh's clearin ehs throat. — Aye, eh sais eftir a bit, — families. That's whaire aw the problems come fae. Bit what kin ye dae, eh? You tell me, eh goes, spreadin ehs hands oot, the rolled fag stuck in one mitt.

Thir's nowt ye kin say tae that. So ah jist nods n goes, — Ah'm jist makin yir niece n her friend a wee cup ay tea. Ye want yin?

— Fuck the tea, eh lights the fag and points at the stack ay cans oan the table. — Huv a beer. Goan. Help yirsell.

— Ah will later oan, Alec, a wee beer n a blether likes, but ah dinnae want tae be rude tae ma company up the stairs, ah explains tae him.

Alec shrugs n looks away as if tae say, aw the mair for me. Thir's somethin aboot this auld fucker, ah like the cunt, n ah will huv a bit ay a chinwag wi him later. Aye, keep um sweet soas ah kin keep oan gittin up Maggie n Gail roond here. N they aw say up the Busy that eh does a loat ay duckin n divin aroond. Useful cunts tae ken, they sort ay fellays: contacts n that.

Ah gits through intae the kitchen, nearly fawin n breakin ma neck oan a bit ay loose lino. Ah starts tae bile the kettle. It's no a plug-in yin, so ye huv tae dae it oan the gas. Eftir a bit ah head back upstairs wi a pot ay tea, where these dirty wee cows are waitin for ays. Maggie's sittin wi a cassette case, writin the tracks ontae the caird fae this album she's been tapin. She's makin a meal ay it; it's an excuse no tae talk tae Gail.

— Tea up, ah goes. Then, as Maggie looks up at ays, ah sais: — Dinnae ken whit yir worried aboot Maggie, that Alec boy's sound.

— Aye, but you dinnae ken um like ah do, she warns ays again.

Gail's still harpin oan aboot her knickers. — This is daein ma heid in, she sais.

She'll no be needin thum if she's gaunny be hingin aboot wi me, that's fuckin well guaranteed.

Sally and Sid James

Ah wake up in the bed, sweatin like fuck, n ah realise ah'm oan ma ain. Ah looks n sees the two ay thaim, lyin sleepin oan the flair. It aw comes back tae ays; in the night ah managed tae git in the middle ay thum, thinkin aboot threes up, like in the films. Ah tried tae gie thum a wee frig, the pair ay thum at the same time, but they both goat a bit funny. Neither ay thum would lit ays up thum eftir that, too shy in front ay the other yin. So ah'll jist need tae keep daein them separately for a while, then thi'll be intae a threes up. Guaranteed.

Aye, ah tried it oan aw night, but they widnae huv it, so eftir tryin tae kick ays oot ay bed, n thir wis nae fuckin chance ay that, they baith gave up n went oantae the flair tae kip. So ah jist hud a good fuckin wank tae masel n drifted oaf tae sleep. It wis a wee bit ay a frustratin night but a good kip suited ays cause it's the fitba the day n the dancin the night. Spice ay life.

It wisnae easy tae git oot ay bed in the mornin but, the root ah've goat oan, wi they two jist lyin thaire dozin oan the flair. Ah hus another wee wank ower thum, catchin maist ay it oan the carpet, though a bit went on the airm ay Gail's blouse. Then ah creeps doonstairs n sees Alec, still in the same armchair, watchin that *Tiswas.*

Her wi the barry tits is oan it. — That Sally James, a fuckin ride, eh? ah goes.

— Sally James, Alec slurs.

It could be fuckin well Sid James for aw that auld cunt kens.

The whisky boatil's empty now, n ah think maist ay the cans are n aw. — Ye want some tea? eh asks.

— Well Alec, ah wis wonderin if that wee offer ay a drink wis still oan?

— Huv tae be the pub, eh goes, pointin tae the pile ay empties oan the coffee table.

— Sound by me, ah tell um.

So we head doon the road taewards the Wheatsheaf. It's a bramer day n ah'm lookin forward tae the fitba. Thir's been a loat ay talk aboot gittin a wee mob thegither fae the scheme the day, wi Doyle n aw that bunch. Maist ay the boys in oor scheme support Herts, it bein this end ay toon, but thir's a good few Hibees sprinkled aroond. If ye could git aw the local Hibs thegither, it would be quite a wee team cause ye goat the likes ay Doyle n Gentleman n me n Birrell that's Hibs. Thir's eywis talk but, n that's usually aw it is. Whatever happens though, we'll huv a laugh. That's one thing aboot Doyle; eh's a crazy cunt, but yuv eywis goat a tale tae tell wi him. Like that time wi choried aw that copper wire, that wis fuckin radge. Cunt's still no peyed us fir that but. Ah turns tae Alec as we pass by the park, the pub comin intae sight. — So yir makin sure thit Maggie disnae git up tae any nonsense while ehr Ma n Dad's doon in Blackpool?

— Aye, ah'm no daein a very good joab ay it, um ah? Eh laughs, aw sarcastic.

— Ah'm a gentleman, Alec. Wi jist sat up n blethered aw night. Ah left thaim tae crash. Maggie's a nice lassie, she's no like that.

— Aye, right, eh goes, no believin a word.

— Naw, that's gen up likes. Ah think ehr mate might be a bit ay a raver oan the quiet, bit no wee Maggie, ah explains. It's best no tae lit the cunt think thit yir takin the pish. Eh's thinkin aboot this, cause thir's a bit ay silence as we go intae the pub. Ah orders a couple ay pints and that pits a smile back oan ehs face. Ye kin tell that Alec's a right peeve artist ay the first degree. — So how long ur ye steyin thaire fir? ah ask um.

Eh stares oaf intae the distance. — Dinnae ken. Thir wis a fire in ma hoose. The colonies at Dalry. Bad wirin. The whole place went up: ma wife's in the hoaspital, the loat, eh explains. Then eh starts gittin narky. — The fuckin gas board are the cunts thit ur tae blame . . . ah'm gittin a lawyer, take the cunts tae coort.

— Too right, Alec, thir's bound tae be a bit ay compensation fir thit. It's yir fuckin entitlement mate, ah tells um.

— Aye, eh smiles aw grimly, — whin ah git that insurance claim sorted oot . . . it'll be all systems go.

Billy Birrell

Sex as a Football Substitute

Ah hears the rattlin ay boatils in thir crates so ah goes tae the windae n pills back the curtain. It's Terry's juice lorry n ah kin hear um giein it the patter. Jist when ah think aboot shoutin oot the windae or gaun doon fir a blether, ah see thit eh's talkin tae Maggie Orr n this other lassie. That's just brutal; so ah dinnae think ah'll bother. No that ah've nowt against Maggie, she's awright, but ah hud this shoutin match wi her auld man the other week.

The tosser eywis comes back pished wi ehs wife fae the boozer, n they huv a big fight in the street. It keeps muh Ma awake. Ma auld man'll no dae nowt, so ah goes tae the door n hus a word. The boy goat wide, sais ah wis jist a daft wee laddie. Ah telt um ah'd show um whae the daft wee laddie wis if eh came ootside. Eh wis gaunny n aw, till ehs wife stepped in n pilled um back. Whin ah saw Maggie thaire ah left it, cause she wis upset n aw n ah didnae want tae embarrass her; it's no fair, she's done nowt wrong.

Terry's giein her n her mate the chat. Ah ken eh disnae like it that ah've been daein it wi Yvonne. It's awright fir him tae shag anything thit moves, whin eh's meant tae be engaged n aw, but if ehs sister does it eh gits aw stroppy. That's Terry Lawson but: brutal.

Yvonne's awright, a good lassie tae be Terry's sister. Terry's ma mate, but ye widnae like tae go oot wi a lassie thit wis like him. If yin existed. No that ah'm gaun oot wi Yvonne. Like ah've tried tae tell her.

Huv tae stoap messin wi her though. That's three times now, n only once wi a flunky n aw. Brutal. What a thought: bairnin Yvonne n bein stuck wi Terry fir a brother-in-law. Brutal beyond belief.

Naw, ye dinnae want tied doon. No tae a lassie whae jist steys a couple ay streets away. Mibbe tae some bird fae Spain, or California or Brazil. Even fuckin Leith or somewhere, but no fae roond here.

Up the toap ay ma stair the first time; a knee trembler. Nae wey wid she be up the stick fae that, cause aw the spunk jist faws oot. Eywis a chance mind, cause yir right up thum whin it skooshes oot. The next time wis doon Colinton Dell, up against the waw again, doon the tunnel, n the third wis in her bedroom whin wi took the eftirnoon oaf school. Yazed a rubber johnny thair but. We hud loads ay time, a whole packet, but ah jist did it the once cause ah wis telt thit it fucks up yir legs fir the trainin.

It's barry sittin here in the hoose oan ma ain. Ah love Friday dinnertimes, comin hame n huvin the place tae masel. Rab at the school dinners, muh Ma n faither baith at work. It gies ye time tae think.

Maggie n her mate go away n Terry's lorry drives off. Thir's some wee first-year lassies gaun past now. Thir aw skinny, except one thit looks mair like a third year; tits n erse n aw that. Lookin at thum, ah starts tae feel a bit sorry fir the lassie. She's really jist like her mates, ye kin see it in her eyes: a bairn like the rest ay thum. Cause she's goat aw the paddin but, they'll aw be gaun up tae her, dirty cunts like Terry n that, gaun phoah, gie's a ride, touchin her up n aw that. Ah think that's brutal. If ah hud a sister n any wanker tried that wi her, ah'd go n batter thir heid in.

Mibbe Terry thinks it's like that wi me n Yvonne, cause she's jist second year.

Drastic! Here she's comin doon the road n aw. Her hair's tied back in a pony tail, n she's goat this skirt oan thit's a good few inches above the knee.

She's no croasin ower, which means she's comin fir me. She must ken ah'm at hame, or mibbe she's jist nipped roond oan the off chance. Brutal.

Ah could ride her now. In ma ain bed, a ride in ma ain bed.

Ye kin hear her footsteps comin up the stairs. Ah'm thinkin aboot her legs, how whin wir oan the stairs ah like tae stall behind, makin oot ah'm tiein ma lace, soas ah kin watch her gaun up.

The doorbell goes.

Ah've goat the match the morn's mornin. Dinnae want ma legs fucked. They say a Dundee United scout might be thair.

It goes again.

Then the letterbox's opened n ah kin hear her crouchin doon, lookin intae the lobby fir signs ay life.

It wid be good tae huv a ride up here, take the eftirnoon oaf. Ah dinnae want her tae think we're gaun oot thegither but.

Aye, ah've goat fitba the morn.

Ah ignore it, n watch her gaun oot the stair n doon the road.

The Referee's a Bastard

Ah'm movin oantae a crossfield baw fae Kenny and ah try n trap it, withoot killin the baw right. It runs oan a bit n thir's a Fet boy gaun for it. We clatter intae each other n ah gits right up n he's still oan the deck. The referee's blown n gied a foul against me.

What a radge.

— Ye wir showin studs son, n no in ma game ye dinnae, eh squeaks at ays. — Goat that?

Ah walk away. It wis a fifty-fifty baw. That's brutal.

— Goat that! eh repeats.

Ah'm nearly gaunny say that it wis a fifty-fifty baw but naw, ah'm no gaunny even talk tae a toss like that. These wankers think thit thir great, but thir jist auld nae-mates types that like tae order young boys around. Ye ken the sort. Ye jist ignore them, never speak tae them. They hate that. Like that wank Blackie at the school. That tossbag wis oot ay order yesterday, what eh did tae me, Carl n Gally. If eh'd've been caught by McDonald or Forbes it wid huv been him in trouble, no us. If they behaved wi anybody thir ain age like that they ken that they'd git a burst mooth, so they git involved wi the likes ay us tae make them feel aw big n smart.

Ye ken the type.

Anywey, the whistle goes again, n it's over, we've cuffed them and we're six points clear now, cause Salvy dinnae play until midweek. Back in the pavilion, ah'm dressin quick, cause it's Hibs–Rangers the day n thir's bound tae be a good atmosphere. Wir gaun battlin, that's if naebody shites oot.

Whin ah gits oot ah sees ma brar Rab n ehs mates, still hingin aboot after the game. That big Alex is some size ay a boy fir tae be still at Primary. Setterington. Ah think eh's Martin Gentleman's cousin or something, so bein a big bastard must run in the family. They're at that age where they're startin tae think that thir wide but thir jist wee laddies. Ah'm gled that ah'll huv left the secondary school jist before Rab starts next year. Yir wee brother at the school. That's deid embarrassing, in front ay yir mates n lassies n that. Tae Falkirk wi aw ay that.

— Awright, ah say tae him. The wee wank's goat that auld jaykit ay mines oan. Mind you, ah think ah says eh could huv it. It's still too big fir him but, it's hingin.

— You gaun tae the fitba this afternoon? eh asks ays.

— Dunno, ah goes, fingerin the jaykit lapel oan um. Still no bad quality. Ah'm sure ah wis pished whin ah sais eh could huv it. — You standin here tae frighten the craws away?

Ehs mates laugh at this. These wee radges are brutal.

— Funny, eh goes, then eh points tae ma jaykit poakit n says, — How huv ye goat yir skerf in yir pocket then?

— Aye . . . wi wirnae sure if wi wir gaun or no. Ah took it jist in case. Listen, ah need tae go straight up the toon tae meet Terry n Carl n Wee Gally. Ye gonnae take this bag back hame fir ays?

Rab's squintin in the sun. — Carl's a Herts supporter. What's eh gaun tae Hibs for?

Mr Questions that wee radge. It's ey 'how is it this' and 'how is it that' aw the time wi him. — Day oot, eh. Herts are at Montrose or somewhere in that wee daft League n eh cannae afford it, so eh's gaun wi us.

— We're gaun n aw, eh Rab, that Alex Setterington laddie goes. Then the wee radge turns tae me n asks: — Ur youse gaun fightin wi boys fae Glesgay?

Ah stare back hard at this freckle-faced wee hardo. Cheeky wee wideo jist stands thaire smilin back at ays. Ah look at Rab, then back tae the Setterington boy. Ower ehs shoodir ah sees Mackie gaun doon the road wi Keith Syme n Doogie Wilson, thir crawlin up ehs erse. Jist cause eh goat two the day, n jist cause eh's oan the Hibs books. Ah'll nivir crawl up that cunt's erse but. — Whae says we wir gaun fightin at the fitba?

— Dinnae ken, somebody telt ays, Setterington goes, still smiling. Aye, eh's a wide wee bastard, that yin.

— Dinnae believe everything ye hear.

— Where yis meetin? Rab goes.

— Nivir you mind, ah goes, thrustin the bag at him, — you jist take this hame. Ye gaun wi Dad tae the game?

Rab shuffles oan the spot n says nowt for a bit, then, — Mibbe, no sure.

He's no gaun wi ma faither or naebody else's faither, that's a cert. Also for sure is that muh Ma n faither dinnae even ken eh's gaun. They widnae lit him go oan ehs ain tae Rangers, Herts or Celtic or any big cup game. Ah mind whin they wir like that wi me: it wis brutal. Ah dinnae want tae embarrass him in front ay ehs wee mates, n ah'm no gaunny shop um, but ah want a word later oan wi the wee radge.

Eh's lookin aw pissed oaf at ays cause eh's goat tae take the bag hame. Eh turns n heads away.

When ah gits doon tae the bus stop, thir's two ay the Fet boys thaire, n thir lookin at ays.

— Aye, aye, ah goes.

— Awright, one ay them says.

The other yin nods back. Jist as well thir no gittin wide.

Jist as well fir thaim.

Copper Wire

The Fet boys git oan thir bus eftir a bit. Fet's a funny team, they should be good, but thir brutal. A wifie at the stoap tells me ah've just missed the twenty-five. Plenty time but. Ah gits tae thinkin aboot the day, aboot Doyle n that crowd. Terry better mention tae that Doyle aboot oor share ay the money fae the wire. That wis ower a fortnight ago now. We aw took the risks, big risks n aw, nickin that wire. That wank's hudin oot oan us n eh's gittin telt. Him and Gentleman. Ah dinnae care whae they are.

That was an amazin night at the wireworks but, totally unreal.

Funny, but it wis Carl that started everybody oan aboot robbin the wireworks, n he's the one that wis left oot ay it. Eh'd be seek if eh found oot. It's ehs ain fault but; ye never say things in front ay Terry, no if ye want thum tae stey secret. Ah've learned that much oot ay life. Sure enough, Terry mentioned it tae Doyle, then eh goat me involved. — Me n you Billy, eh sais. — Carl n Gally are our mates, but tae the likes ay Dozo Doyle n Gent, thir jist wee laddies. They willnae want them hingin aboot.

Ye could tell that it wis really Terry whae thoat like that n aw but. Ah thought, aye, awright, but ah still felt bad aboot Carl bein left oot.

He wis doon thaire wi that boy eh works for, that auld grocer radge. They'd been at the Granton Cash n Carry pickin up stuff fir the shoap. Maist of all, in a loadin bay, ootside the factory, jist aboot visible fae the Shore Road, Carl noticed that they hud these big bales ay copper wire, jist stacked up doon thair.

Well, Terry hud goat talkin tae Dozo Doyle aboot this, jist cause ay Dozo's auld boy bein a big gangster or crook or whatever the fuck eh's meant tae be. The Duke, they call the cunt. Dinnae ken what eh's meant tae be the Duke ay, Broomhoose or something like that. They like giein thir minds a treat, some folk. Anyhow, United Wire hud peyed oaf a loat ay boys so thir wis only a skeleton staff thair. It came aboot that one ay the night watchmen there was auld Jim Pender, and he drank in the Busy. Course, Terry starts tappin the boy up, gittin in wi the auld gadge n that. Eh tells Doyle eh reckons Pender's as bent as a forty-eight-pence piece and eh wid go along wi us rippin oaf the copper. Of course, it wis drastic, cause the perr auld boy didnae really huv any option eftir Terry introduced um tae Dozo, Martin Gentleman and Dozo's big cousin, Bri. The perr auld gadge wis shitein it; aw they wee thugs or, in Gentleman's case, big thugs hingin roond um. Brutal really, bit what kin ye dae?

That wis whaire the Doyles took ower everything really; n me n Terry wir jist along fir the ride. The thing is, thir's fuck all tae dae at nights roond oor wey, ye need a bit ay excitement.

So Dozo Doyle, the big master criminal in the scheme, the wideo Terry wants tae be like: he wis the yin that worked oot this plan.

Thir was only one wey in, n one wey oot ay the estate where the wireworks wis. Thir wis nae wey tae drive through tae Silverknowes n Cramond, the road was blocked off at the estate by the Granton Gas Works. This meant that any chorie hud tae go in and oot through the foreshore road. Doyle kent that the polis wir eywis cruisin the foreshore road doon by the Granton industrial estate, lookin fir knock-off.

Doyle reckoned that we should leave a van in the loadin bay durin the day. The van would jist sit thair aw day n Pender, in the office, would make sure that naebody touched it. We'd wait till the week when Pender changed fae day-shift tae back-shift, and worked right through the double-shift. That wey eh'd be thair aw the time, keepin an eye oan things.

Thir wis one big problem. Pender telt us that there were guard dugs that Securicor left in the grounds every night. Of course, they couldnae git intae his office, which looked oot ontae the loadin bay, but we'd be right in thair wi thum if we did it Doyle's wey. If the dugs raised the alarm, Pender was meant tae call the polis. That wis the least ay oor worries but: they things were trained tae go fir ye.

Doyle wisnae bothered. Whin anybody brought it up, eh'd jist run ehs hand slowly through ehs black hair, littin it faw forward in layers. — We'll take care ay they cunts. Maist guard dugs are shiters. Thir bark's worse thin thir bite. That's whaire that sayin comes fae.

Terry wis unconvinced. — Ah dinnae ken aboot dugs . . .

— Leave the fuckin dugs tae us, Doyle smiled, lookin ower at big Marty Gentleman. The big radge looked back in a wey that made ye feel sorry fir the Alsatians. Ah'm feart ay naebody, but ah'd rather pagger wi two Doyles than Gentleman. The size ay him; eh's a monster, a freak. Fifteen, that? No way. Thir's a golden rule in the scheme: ye go up against Doyle, n ye go up against Gentleman. And doesn't that wanker Dozo Doyle ken it n aw.

Brian Doyle, the cousin, went wi Gentleman doon tae see Pender durin the day, droppin oaf this white Transit van. The auld boy gied them a tour ay the site, pointing oot whaire the dugs patrolled and showin them where the huge rolled bales ay copper wire were stacked.

Wi met up the Busy. Brian Doyle seemed an awright gadge. Eh wis aulder thin us, but even he still seemed a bit wary ay ehs younger cousin. Eh warned us that thir wis a loat ay weight in the wire bales and that we'd be lucky tae get away wi two in the van.

Pender, suckin oan this Ventolin inhaler, wis a fat, unfit-lookin auld boy. Eh seemed awfay nervous, especially aboot the dugs. He never went into the grounds, never came intae direct contact wi them. His car was parked ootside the office, and eh came in through that wey. Eh could hear thum ootside though. Sometimes one ay them jumped up at the windae and shit him up when the perr cunt was trying tae watch ehs telly. — Magnificent specimen, eh said tae Gentleman, but then eh went, — evil bastard but.

The other cunt involved wis a boy called McMurray, but everybody kent him as Polmont, cause eh'd been in the approved school thair. Thir wis something funny aboot that radgeworks. Eh'd been at oor school once and tried tae git wide wi a wee mate ay mine called Arthur Breslin. Wee Arthur was a good gadge, harmless like. Ah pilled up this Polmont boy n eh shat it. This wis yonks ago, back in first year, but these things stick wi ye.

So me, Dozo Doyle, Terry n this Polmont cunt went doon tae Granton later that night tae check oot how we were gaunny git in. We hung roond the chippy doon thaire, the Jubilee. We stood at the bus stoap, eatin oor chips, lookin intae the groonds the factory stood in.

Ah didnae like the look ay the big sign in the groonds. It hud the darkened outline ay an Alsatian's heid wi the notice:

```
SECURICOR WARNING:
GUARD DOGS PATROL THESE PREMISES
```

— That fence looks fuckin high, Terry said. — N thir's they hooses opposite. Some nosey cunt's bound tae see us. Aw they auld-aged pensioners that cannae git tae sleep.

— Aye, ah ken, that's how wir no gaun ower it, wir gaun through it, Dozo Doyle goes, eatin ehs fish n clockin a couple ay boys that went intae the chippy.

Me n Terry wir aw ears.

— Ah've goat they big, industrial wire cutters, they'd go right through that. Eh ran ehs hand along the fence. — Thir huge cunts, they snap the big padlock chains. Ye need tae yaze baith airms, he smiled, demonstratin for us.

Ah wisnae sure aboot that brutal wanker at aw, but it's a bit ay a laugh though, eh. Something tae dae that isnae too borin.

— Aye, we cut it just here, eh went, pointin tae a section ay the fence. — This cunt, eh said, punchin the grey, aluminium bus shelter, — keeps us covered fae the hooses n fae any passin motors. Then we deal wi dugs, brek intae the office n tie up Pender. Thir might even be the wee bonus ay a cash boax thair. Ah ken eh sais thir isnae but ah dinnae believe the auld fucker. Eftir that, we load the copper wire intae the van. We cut oor wey oot the bottom gate, through the padlock chain, n drive oot through the front. The other watchies oan the estate might see a van leavin, but that could jist be another watchman finishin: no as suspicious as a van gaun *in*. It's pish-easy.

— We'll no aw git intae the van but, Terry said.

Doyle looked at Terry like eh wis a bit slow. Ah mind ay thinkin that Terry widnae take that fae anybody else. — Marty kin drive as well as Bri, eh sais, aw impatient, like eh wis explainin tae a bairn. — We git a second van, a wee yin, n leave it parked ower thair, eh nodded, taewards they other parked cars. — Then we meet up wi the rest ay thum oot at the beach in Gullane.

Ah looks at Terry, but waits for him tae say something. — What for Gullane? eh asks.

— Because, ya daft cunt, the black bits ay Doyle's eyes went aw big, — we need tae burn the plastic coatin offay the copper wire before wi kin flog it. A deserted beach'll be the best place fir that.

Terry nodded slowly, ehs bottom lip stuck oot. Ye could tell eh wis impressed by Doyle. Terry eywis fancied ehsel as a tea-leaf, but the likes ay the Doyles, it's in thair blood. They've been at this fir generations.

It aw went accordin tae plan. Except for Doyle, the wey he cairried oan. That radge is fuckin beyond brutal.

The night we were daein it, ah went roond tae Terry's. We hud a can ay lager in his bedroom, n pit oan the Clash's first album. *Police n Thieves* went doon well. Ehs Ma looked awfay suspicious, like she kent something wis gaun oan. It wis eleven o'clock at night and we wir gaun oot. *Police and thieves, oh yeah-eh-eh . . .*

We met Dozo and Brian Doyle at the chippy at the Cross, then doon tae the Longstone tae meet Gentleman and that Polmont boy. Husnae goat that much tae say for ehsel, that boy. Usually ah like that, ah'm no intae the likes ay thaim that mouth oaf aw the time. What's it they say aboot empty vessels? Ye look at politicians oan the telly n aw that, they kin talk awright. Eywis huv, eywis will. Dinnae seem tae be as good at sortin things oot but. Or mibbe just no that good at sortin thum oot fir the likes ay us.

They pile in the back and we drive doon tae Granton. The place is deserted, except for a crowd ay boys standin ootside the chippy, long since shut. Thuv been drinkin, it's jist local boys, boys like us, hingin aboot thir ain scheme, bored, no wantin tae go hame. Doyle watched in anger fae the van. — These cunts . . . ah'm gaunny go ower thair in a minute n tell thum tae fuck off, eh snarled, runnin ehs hand through ehs hair. Whin eh pills it back ye kin see eh's goat that V-shaped hairline, like Count Dracula.

— They might be game, Brian goes.

— We'll fuckin well huv thum, Doyle spits.

— Ah came here tae chorie, no tae pagger wi some radges, Brian says. — Start anything here n yi'll huv every cunt oot; the polis, these cunts ower the road in the hooses, the fuckin loat.

Doyle was aboot tae say somethin when Terry cut in, — Looks like thir headin away.

Sure enough, the boys wir leavin, though two radges wir keepin it gaun. — Fuck off, fuck off, fuck off, Doyle hissed. — Right, eh goes eftir the boys hud said thir hundredth farewell, — these cunts die, n eh opened the front passenger door.

Brian grabbed ehs shoodir. — Stall ya cunt, eh goes. — Meant tae be daein a fuckin joab.

Dozo Doyle looked at him, ehs eyes aw harsh, n ehs jaw set. — You fuckin tryin tae pill me up Bri? eh asks in a low voice.

— Naw ... ah'm jist sayin thit ...

— Dinnae fuckin try n pill me up, eh sais softly. Then eh spits oot through clenched teeth: — Nae cunt pills me up! Right!

Brian sais nothing.

— Ah sais right! Dozo hisses.

— Ah'm no tryin tae pill ye up. Ah'm jist sayin thit wir here tae dae a fuckin joab.

— Fine, Dozo goes, aw smiles, then eh turns tae me, like it's me eh wis talkin tae aw along. — Jist as long as ye dinnae try n pill ays up, eh sortay sings.

— These cunts are away now, Terry goes, — lit's git this fuckin show oan the road. Ah dinnae mind bein in the back ay a van wi a bunch ay birds, but no youse cunts. This cunt here, eh looks at me, — he's jist fuckin well lit one go n aw. Ya filthy bastard, Birrell!

— Fuck off, ah goes, — dugs smell thir ain dirt first. Cheeky fucker him. That's Terry but: brutal.

We opens the doors and wi get oot wi the tools. Doyle's goat this long glove, then this sort ay padded tube thing thit eh slips roond one airm. It's made oot ay a traffic cone. Eh takes this auld jaykit wi um. It smells brutal, like ay deid meat. Even though the streets are deserted, it must look fuckin drastic, six boys coming oot a van in Granton Road in the middle ay the night. Way past brutal: we're jist fuckin amateurs really.

The good thing wis that we cut through the wire dead quick, it snaps in one go under they big bolt cutters. Polmont and Brian keep shoatie fir any cars or passers-by fae inside the bus shelter. Martin Gentleman gits through first, then Terry, then Doyle, then me. Ah nod fir Brian and Polmont tae come ahead.

Thir jist through whin ah hear a dug barking, then it comes runnin, oot ay naewhaire, right up tae us! It seems tae realise that we're in a group n it stops tae a sharp halt like thir wis a force-field a few feet in front ay us. Terry jumped back but, and stepped away. Polmont wis right back oot through the fence. Doyle though, had crouched in an action position, that big tube thing fitted roond ehs airm. The dug arched doonwards, about ten feet away, its ears back, snarling. Doyle wis just snarling back at it, hudin ehs bound-up n padded airm in front ay it, pullin the auld coat ower the groond like a Spanish matador. It wis like the poster ma Aunt Lily brought ays back fae Spain, the yin oan ma bedroom waw, the one ah want tae take doon but the auld girl moans thit it wis a present:

> PLAZA DE TORRES
>
> EL CORDOBES
>
> BILLY BIRRELL

— C'moan then ya cunt . . . moan then . . . think yir fuckin wide . . . Doyle goes.

Then wi goat a shock; this other, bigger dug rockets forward, jumpin right ower the growling dug oan the deck n launchin itself at Doyle. Eh stuck ehs padded wrist up, n the dug bit intae it. Ah ran at the other dug n it leaped back, then tensed up, gaun low again n snarlin away, its nostrils twitchin. Doyle wis still wrestling the big dug, but Gentleman was ower and stood ower its back, then let ehs fill weight doon oan it. It yelped n slowly crumpled tae the groond under ehs bulk.

Terry's next tae me n wir keepin oor eyes on this other yin. — Dinnae ken aboot this Billy, eh goes.

— Naw, this wank's shat it, ah sais. Ah steps forward n the dug moves back.

Gentleman's still oan toap ay the other dug pinnin it doon, n eh huds its snout in baith hands as Doyle wrestles ehs airm free.

Brian, hudin a baseball bat, n me n Terry: we're still facin oaf the other dug. — Jist watch the cunt's mooth, Brian says. — Aw they are is teeth n jaws. They cannae punch or kick, they kin jist bite. C'moan then cunt . . .

Polmont's back in and eh's passed the bolt cutters tae Doyle. Gent's still oan the dug, now hudin its jaws shut wi ehs big hands, n pillin its neck back, its heid pushed intae ehs chest. Doyle puts the bolt cutter ower one ay the dug's front legs and thir's a horrible snap, followed by a muffled yelp. When he does the same tae the second, thir's a strange echoey howl. Gentleman lets the dug go and it tries tae stand but yelps and it's like it's dancing oan hoat coals; it hobbles, squeaks and topples ower. It's still snarling though, and it's pushing itself along on its backlegs, trying tae get tae Doyle. — Wide cunt, Doyle goes, before booting it hard in the face. Then eh stomps oan its rib-cage a couple ay times n the growl becomes a whine and ye ken that the dug's spirit's broken.

Gentleman starts bindin the dug's snout thegither wi brown, plastic tape, the kind they use whin ye flit hoose, for the removals n that, and does the same tae its back legs.

Doyle's ower tae us n the second dug, n eh throws ehs coat oot at it, n the radge grabs it. Before it lets go we aw run forward and steam the bastard, pinnin it doon, me pushin its heid right intae the soft gress. Terry's shakin like a leaf as he huds it doon wi Brian, n Polmont's booted it in the side, causin it tae twist, makin it nearly rip free fae ma grip. — Dinnae kick it, hud it! ah shouts at the wank, n eh gits doon n grips it.

Polmont gets up and blooters the second dug in the stomach. Thir's a big whine fae it, and huge bubble comes oot one nostril. — Fuckin deserve tae die, eh says. Then Gentleman's ower n eh's oan its back, hudin and tapin its mooth shut, then its front paws thegither, then its back yins.

— Wir no finished wi youse cunts yit, Dozo smiles, as we go through the grounds in the dark, leavin both ay the dugs lyin thair helpless.

As we gets further fae the perimeter fence the gress under our feet becomes saturated with muddy water. — Shhhite, ah goes, feelin the cauld wet seep intae ma trainers.

— Sssh, Terry whispers, — nearly thaire.

It wis pitch dark but, n ah'm relieved tae see the light oan in the office ahead at the boatum ay the hill. It starts tae git steep as the bank descends tae the car park by the foreshore road. Suddenly ah hears a scream. Ah tensed up but it wis only Polmont, whae's fell ower. Gentleman silently yanks the tossbag tae ehs feet wi one tug.

Efter a bit, we're squelching through mud and by the time we hit the concrete ay the loading bay, ma feet are soaked right through. It still feels barry but, like a Bond film, or some commando movie when they brek intae the enemy HQ.

We git doon tae the office n Pender willnae let Doyle in. — Open that fuckin door, ya auld cunt, eh's shoutin in the windae.

— Ah cannae, if ah let ye in the office, thi'll ken ah wis in oan it, Pender whinges.

Gentleman stands back, then runs at the door, bootin it in wi two kicks. — Aye, eh goes, — best make it like we goat in fae the ootside.

— Ye dinnae need tae be in here! Pender goes, shitein it. — Everything you need's ootside!

Gentleman's right in though, lookin aroond like that Lurch oot ay the Addams family. Polmont throws a load ay papers oaf the desk, n tries tae yank the phone oot by the socket, like they dae in the films, only the cunt disnae budge, once, twice. Gentleman shakes ehs heid, tears it fae ehs hands and rips it oot.

Terry's gaun through aw the drawers. Auld Pender's daein ehs nut. — Dinnae Terry . . . yi'll git me ma fuckin books!

— Now we'll huv tae tie you up n aw, Doyle goes, — soas thi'll no suspect nowt.

The auld boy sees that eh's no jokin n eh nearly went intae a panic attack. — Ah cannae . . . ah've goat a bad hert, eh bleats, n ah saw that Polmont sneer at that.

Ah went tae speak up oan the auld boy's behalf, cause eh wis terrified. — Jist leave um, ah goes.

Doyle looks slowly roond at ays. So does Gent. Terry stoaps ehs rummagin n pits ehs hand oan ma shoodir, — Nae cunt's gaunny hurt auld Jim, Billy, wir daein it tae keep um oot ay bother. If they see him like that thi'll ken eh wis in oan it, eh sais, turning tae Pender. — Will no dae it till wir ready tae leave Jim, n the Securicor guys'll find ye soon efter when they come tae pick up the dugs.

— But the door's broken . . . the dugs might get in n get ays . . .

We aw laughed at that. — Naw, Doyle said, — there'll be nae dugs aroond.

Terry looks ower at Pender, — So thir's nae cash in here then, Jim?

— Naw, no in here. It's aw jist admin. As ah sais, thir's hardly anybody workin here now . . .

Terry and Doyle seem tae accept that. Terry clocks ma trainers, oor muddy trail intae the office n right across the car park. — What have I told you about sensible footwear, Birrell, the correct footwear for the job? You wouldn't play soccer in slippers, would you boy? eh goes, in a teacher's voice, the yin him n Carl eywis dae.

Doyle laughs along at this, so does that Polmont wanker. Every other radge's goat boots oan, it's only me wearin trainers n ah feel a bit ay a toss n it's fuckin brutal. Ah mind ah wisnae happy wi that, wi

Terry gittin aw wide, showin oaf tae Doyle. The cunt could've been oan a burst mooth if eh kept that up.

But wi were in. We did it, that wis what counted.

Gentleman and Brian start liftin the big bales and wi manage tae get two in the back ay the Transit van. We cut oaf some strips fae a third bale n load that n aw. Then Gent does the chain ay the gates wi the wire cutters, which are covered in the dugs' blood. We pull the gates open. Before we go, we take auld Jim inside.

The perr auld cunt's sortay in shock, as we bind him tae the chair wi the plastic tape. Ye kin tell whin eh wis sittin up the Busy, being boat pints by Terry n Doyle, that eh nivir bargained fir this. It's dead brutal for the perr boy. Eh's slaverin oan aboot aw the men that used tae work here; how many thir wir, where they came fae, n the like.

— Well, that's aw gone now, Pender, Doyle says, — along wi the copper wire! Right boys?

We nod, n Terry n Polmont ur laughin thir heids oaf.

Polmont takes the baseball bat n wields it, kung-fu style, slowly movin up tae auld Jim. — Wi'll make it realistic, Pender, like ye wir a fuckin hero thit pit up a struggle . . .

Ah grabs the wanker's airm, n Gentleman hud moved forward n aw, tae be fair tae um. — You wantin that bat ower *your* heid? ah sais.

— Ah wis only jokin, eh goes.

Like fuck eh wis. Any encouragement offay us n auld Pender's heid wis split open. Dozo wis lookin at ays as if eh wis gaunny say something, then ower at Polmont, as if eh should've stuck up for ehsel. Eh really looked at Polmont like that wanker hud embarrassed him.

— Jim, Dozo sais tae Pender, — when they Securicor cunts come, if they ask where the dugs are, jist tell them that they've escaped.

— But . . . but . . . how could they escape? eh goes.

— Through oor hole in the fuckin fence ya radge, Doyle tells um.

— Bit thir still tied up, back up thaire, Brian goes, pointin tae the top road.

— Aye, now they are, Dozo Doyle winked.

Ah saw what Doyle meant as we made oor wey back. Terry, Brian and Polmont drove straight oot the front gates, along the Shore Road with the wire. That wis the riskiest wey, ah supposed, but me, Gentleman and Doyle, we hud the maist hassle, huvin tae go back through the grounds in the darkness and mud. The dugs were where we left them, still struggling, the vicious one bleedin heavily fae its leg wounds. We could hear their soft whines through the tape.

Doyle bent down beside the uninjured Alsatian and stroked it aw reassuringly. — There, there boy. What a lot ay fuss, eh cooed, then in sortay baby-talk, — Dot a dot ay duss . . .

Then Gentleman came ower and he and Doyle picked up an end each of the dug, its front and back legs, and took it through the fence. Gent had parked the white Ford and eh let go ay his end ay the dug tae open the back doors. Then they slung the dug intae the van, and it squealed in pain through the tape as it hit the floor.

Ah waited as they went back in and got the second dog, Gent holding it by the collar to save its injured forelegs and Doyle taking the back legs. In it went wi the other yin.

Ah wisnae intae aw this. What goat me wis thit naebody hud telt ays what aw this shite wi the dugs wis aboot. — What the fuck's gaun oan here, ah asked. — This is fuckin brutal. What yis playin at?

— Hostages, mate, Doyle winked. Then eh started laughin ower at Gent, who jist creased up. Gentleman looked that weird whin eh laughed, like a real mad axe maniac. Doyle goes, — These cunts ken too much. They might gab, grass us aw up. Aw ye'd need tae dae is tae git one ay they Doctor Dolittle fuckers oan the case, n wi aw go doon. C'moan, Birrell, you sit in the front wi Marty, ah'll keep ma boys company in the back.

Ah goat in, and Gentleman sais tae me, — Nivir liked Alsatians. No a dug ye kin take tae. If ah wis gittin a dug it wid be a Border collie.

Ah didnae say nowt, cause Doyle starts up again. — Not Alsatians, German shepherds eh boy? eh purrs away fir a bit, before sneerin, — Shitein cunts but, a fuckin Rottweiler or a pit-bull widnae huv goat taken that easy. Eh's been at the speed, and eh passes some roond. Ah jist take a wee dab cause ay school the morn, but maist ay it comes away fae the silver foil in Gentleman's big wet fingers.

We motored doon tae Gullane, still aw that chuffed wey but huvin tae listen tae Doyle's sick banter wi the dugs in the back. He was a psycho. The wey ah saw it, he wisnae right in the heid. — Ken what they say, they fuckin tribes in Africa n that, eh goes, grindin ehs jaw, ehs eyes poppin oot ay ehs heid, — they say thit if ye kill some cunt, ye take thir power. It's the fuckin hunter thing. That means thit we'll huv the power ay they fuckin dugs! We fuckin well did they cunts!

Gentleman just said nowt, sat ahead, drivin. That *Police and Thieves* song keeps gaun roond in ma heid. It wis like Doyle nivir expected um tae speak n eh wis directin everything taewards me, which ah didnae like. — You're sound Birrell, ye dinnae say much, like Marty here.

Aye, ye dinnae say much but ye ken the fuckin score. Thir's nae fuckin bullshit aboot ye. Lawson, oan the other hand, he's a different story. Ah ken eh's yir mate, n dinnae git me wrong, ah like the boy, but eh's a bullshitter. Whae's that wee mate ay yours, the cunt that chibbed that boy in the hand at school?

— Gally, ah goes. No that ah'd call that a chibbin. Jist the wee man showin oaf tae some cunt that goat wide. They things git aw exaggerated.

— Gally, that's it. He seems a good wee cunt. Seems game. Ah saw um once at the fitba. It's Hibs–Rangers at Easter Road in a couple ay weeks. We should aw go, a mob ay us fae the scheme n any other cunt whae's game. Ah ken some boys fae Leith. That would be barry, git a few tidy cunts thegither n pagger wi some Glesgay boys.

— Aye, yir on, ah sais, cause it certainly would. Ye need yir entertainment. Life gits too borin otherwise.

Gentleman, still drivin in silence, passes ays a piece ay chewin gum.

Dozo starts tellin jokes. — What dae ye call it in Glesgay, whin ye git two cunts oan drugs, huvin a knife-fight wi each other? eh asks, then nods tae Gent, — Dinnae tell um, Marty.

— Dinnae ken, ah goes.

— A square-go, Doyle laughs loudly, liftin one ay the dugs' heids up n lookin at it in the eye. — A square-go, boy! That's a fuckin good one, eh pal? That is a fu-kin beau-tee . . .

It wis a relief tae git doon tae Gullane and team up wi the rest ay the boys. They were unloading the copper wire, Terry and Polmont rollin one wheel doon oantae the beach.

They got a shock when we slung oot the two dugs and dragged them whimpering along the car-park. One, ah think it wis the game yin wi the broken legs, hud pished and shat in the van. Doyle was furious. — You're gaunny die ya dirty cunt, eh rasped, bendin right ower it. Then eh jist suddenly changed, impersonatin that Barbara Woodhoose woman n goes, — Warrkeyysss!

Once we got the bales into position, Doyle doused them in paraffin and set them alight. As the wooden core and wheels started tae catch, the plastic really began to melt and a brilliant, huge flame flew up, coming off the copper. Aw these poisonous vapours filled the air, and every cunt moved doonwind, except that Polmont, whae didnae seem tae bother. The blaze started to burn green, and it wis an amazing sight, ye could look at it aw night. It wis like in school, where they tell ye that the blue bit ay the flame in the Bunsen burner is cauld. Ye felt

ye could jist walk intae the green flame and it would feel like magic. Ah
wis tryin no tae think how tired ah wis, ah could feel it even through
the speed n excitement, n how ah hud the school in the mornin and
ah'd git it fae the auld lady when ah sneaked back in.

Then Doyle went tae the Transit and came back wi these lengths
ay washing-line rope. Eh goat it roond the collar ay one dug, then the
other, and flung the other end ower the branch ay a tree. Eh strung
them up, hoisting them, wi Polmont and Gentleman helpin um. As
they struggled, choking in the air, Polmont thrashed one with the bat.
Terry was shaking his heid, but eh hud a big smirk on his face. Doyle
came forward wi the paraffin can. Ah felt disgusted, but excited n aw,
cause ah'd eywis wondered what it wid be like tae see something living
burn tae death. The dugs kicked as Doyle poured paraffin over them.
He held one's jaws and crudely slashed the tape open with his Stanley,
drawin blood as eh slashed through a bit ay the gum n aw. — Lit's
hear this cunt scream, eh laughed, daein the same tae the other.

The dugs were choking and howling. Brian, whae hud been quiet,
stepped forward n said, — That's enough. Ah'm tellin ye.

Dozo went up tae ehs cousin, extendin ehs palms, hands in the air,
like eh wis gaunny plead wi um. Then eh rammed ehs heid oantae the
boy's nose. Thir was a snap and blood spurted. It wis a good, clean
shot. Brian held ehs face in ehs hands. Ye could see the fear n shock in
ehs eyes, through ehs fingers. Ye kent thit thir wis gaunny be nae
comebacks. — Is that enough Bri? Is that enough? Eh paced aroond
Brian, aroond the carpark, then took a step taewards ehs cousin again.
Terry looked away, oot ower the sea, as if he didnae want tae witness
nowt. Ah looked at Gentleman.

— Awright? eh said, no botherin.

— Aye, sound, ah goes.

— Is this okay wi you Birrell, Doyle smiles, lookin ower at the
dugs. One isnae strugglin anymair. Its eyes are open n it's still breathin
but, jist hingin fae its collar, bound n covered in paraffin, it's like it's too
weak tae fight anymair. The other yin wi the broken legs is still buckin
away. One ay its legs is really bent ower, aw deformed. It wid be kinder
now for thum tae die. Naebody would take them now, they'd have tae
git put doon anywey.

Ah jist shrugged. Thir wis nowt any cunt could dae tae stoap
Doyle. Ehs mind wis made up. Any cunt thit did wid probably end up
gittin the same treatment as the dugs.

— Terry? Dozo goes.

— Ah'll no phone the RSPCA if you dinnae, eh smiles, sweepin a hand through that corkscrew hair.

This *is* fuckin dead brutal but. Brian's sitting doon on the sand, still hudin ehs nose. Doyle's turned back tae um. Eh points doon at um. — Mind how it is thit yir here wi us. Cause *we* fuckin sorted this oot! Mind that. Dinnae tell other cunts what tae dae n what no tae dae. Dinnae think you kin jist come in here n run the fuckin show!

Doyle torched one dug, then the other. They screamed and kicked as the flames wrapped roond them. After a bit, ah cannae watch, so ah turns upwind, away fae them, n looks doon the deserted beach. Then thir's a splatting sound. The rope must've goat a big dousing ay the paraffin n aw, cause it burns through and one ay the dugs faws n tries tae get up n scramble doon the sand tae the sea. It wis the game yin wi the burst legs but, so it didnae git far.

The other one let oot a low howl and then it stopped strugglin and when its rope burned it fell and lay still.

— Ye cannae huv a fuckin proper beach barbecue withoot the hot dogs, Terry smiled, but eh didnae look comfortable. Then him n Polmont n Doyle started laughin, aw that hysterical wey. Me n Gentleman said nowt, neither did Brian.

Later, when we aw went hame, Terry n me agreed that we widnae talk aboot that night tae anybody. Ah took the next day oaf school. Whin muh Ma asked whaire ah wis, ah jist telt her ah wis at Terry's. She raised her eyes. Ah hud goat Rab tae say that ah'd goat in earlier than when ah did. Eh's awright that wey, oor Rab.

Ah thoat aboot the dugs a bit. It wis a shame. These dugs were killers, aye. Trained tae show nae mercy. Ye cannae dae that tae a dug but. Kill the thing, aye, fair enough, but tae dae what Doyle did shows thit ye urnae right in the heid. That's Doyle but, eh. Ah wanted tae keep away fae him eftir that, n ah wish ah hudnae said that we'd aw go tae the fitba thegither. Thing is, ah nivir really liked that bastard. Nor that sneaky Polmont wanker. Gentleman, ah dinnae ken aboot. He's done nowt tae me, but him and Doyle are as tight as a duck's hole.

Ah'm fuckin dreamin here but, and ma bus is comin. Ah'm no gaunny go tae war wi a nutter like Doyle over a few quid for copper, but eh's gittin telt aw the same.

Ah git oan the bus and climb upstairs. It's turnin oot no a bad day. Ye git a barry view ay the castle fae the toap ay a bus gaun doon Princes Street. Traffic's brutal but. Ye kin see how it is Glesgay people git aw upset aboot Edinburgh, cause they've nowt like the castle, the gairdins n shoaps n that. People say thir's slums in Edinburgh, n that's true, but the *whole* ay Glesgay's a slum, n that's the difference. That's how thir like Apaches. Nutters like Doyle stand oot like a sair thumb through here, but ye'd nivir notice them in Glesgay.

Ronnie Allison fae the boxin club gits oan. Ah've turned away but eh's seen me n eh comes ower and sits beside ays. Eh's clocked the Hibs skerf hingin oot ma poakit right away.

— Aye, aye.

— Ronnie.

Eh nods doon at the skerf. — Ye'd be better spendin an eftirnoon doon the boxin club thin oan the terraces. Ah'm headin thair now.

— Aye, you're jist sayin that cause yir a Jam Tart, ah sortay half-jokes.

Ronnie shakes ehs heid. — Naw, listen tae me Billy. Ah ken ye play fitba as well, n like watchin it, n aw that. Yir real talent's as a fighter though. Mark ma words.

Mibbe.

— Aye, you've goat talent as a boxer, son. Dinnae throw that away.

Ah want tae play fitba. For Hibs. Jist tae walk oot in the colours at Easter Road. Alan Mackie'll nivir make it. They'll see through him. Too flowery, a patter-merchant. — This is ma stoap, Ronnie, ah sais, risin n makin him git up tae lit ays oot.

Eh looks at ays like eh's an actor in that *Crossroads*, the bit whaire they come back at the end fir a one-liner, eftir ye think it's aw finished.

— Mind what ah sais.

— See ye, Ronnie, ah goes, turnin n spinnin doon the staircase tae the bottom deck n the doors.

It wisnae really ma stoap, ah'd be better steyin oan tae the next yin, but it wis good tae be oan ma ain. Wi aw the traffic oan Princes Street, I'd be nearly as quick walkin doon tae the Wimpy.

Andrew Galloway

Lateness

In a wey it wis Caroline Urquhart's fault that we wir late. Yesterday in reggie she wis wearin that broon skirt wi the wee buttons up the sides n they tights wi the big patterned holes that go up the inside and the ootside ay her leg. Ah wis thinkin aboot it whin muh Ma woke ays up wi tea n toast. — Hurry up Andrew, the boys'll be roond in a minute, she said, as she eywis did.

Ah lit the tea go cauld, cause ah wis thinkin aboot if the holes in her tights went right roond then thir would be one where her fanny wis, n if she wis wearin nae pants aw that ah'd need tae dae wid be tae lift that skirt up n poke ma cock in, n fuck her acroass the desk in English while nae other cunt would be able tae see or hear, like one ay they films or dreams whin they'd aw jist be lookin at the board, n the soak thit ah keep under ma mattress hus come oot n it's roond ma stiff cock n Caroline's goat the eye make-up n lip gloss oan, n her face is set in that strict, superior wey, like whin we wir oan oor bikes doon Colinton Dell n we saw her hand-in-hand wi that lucky big auld dirty cunt that's aboot thirty or somethin, bit naw, she's wi me now n she wants it aw right n . . .

. . . uugghhh . . .

. . . beuh . . . beuh . . . beuh . . .

. . . the soak's filled up again.

It took ays a minute tae come tae ma senses. Muh new earring wis still in fae the night before. Ah hud it oan again up the club at the table tennis. Last Friday but, ah minded tae take it oot cause Miss Drew sends ye tae that cunt Blackie if yuv goat one oan at the school. Ah dug oot ma chinos (the cunt banned Levi's n aw), the dessy boots, the blue Fred Perry n the yellay n black zipper baseball toap.

Gulpin back the tea ah ran through fir a quick wash ay ma face. Ah could hear the cunts doonstairs at the door; Billy n Carl. Muh Ma's moanin again, so ah hud a quick splash; face, airmpits, baws n erse n ah pilled oan the clathes, still munchin at the toast. — C'moan laddie! she shouted. Ah checked ma drawer by the bed; makin sure the knife wis still thaire. Ah mind ay pickin it up n stabbin that cunt fae The Jam n the poster oan the waw. Ah regretted it a wee bit, cause it's a good poster n that boy's awright. The cunts in The Jam wear barry clathes. English poofs but.

Ah cannae stoap takin the blade oot tae look at it. That Friday ah wis tempted tae take it tae school, but ah didnae want any mair bother. Ah stick it in the drawer. Ma shouted ays again. Running doon the stairs n ah nearly tripped ower the dug, eh wis jist lyin thaire in ma wey, no movin. — Oot ma fuckin road, Cropley! ah roared at um, n eh sprung up n we wir oot the door n headin doon the road.

Billy wis nashin like fuck that mornin n eh wisnae happy at aw, but eh didnae say nowt at first. We croased ower the dual carriageway. — Kin you no git ah fuckin bend oan, Carl went tae ays, bit that cunt's no really bothered aboot bein late, eh wis jist tryin tae wind up Birrell.

— See if Blackie's oan late duty . . . Billy went, bitin ehs bottom lip.

— Blackie's nivir oan fuckin late duty oan a Friday! Eh wis oan yisterday whin eh nabbed Davie Leslie, ah telt thum.

It wis a dull mornin even though it wis summer, n it looked like it wis gaunny pish doon later. Still, it wis as close as fuck n ah wis sweatin like a pig jist cause ay the rate wi wir walkin at.

We heard a horn fae this lorry jist as we croassed the sliproad. We looked up n it wis the juice lorry and thaire wis Terry in the passenger seat, that mop ay curly hair stickin oot the windae. — Hurry along now boys, you'll be late for school! eh goes n a high, pit-oan posh voice.

We gied um the v's back. — Jist you be thaire the morn fir the game! Billy shouted. Terry made a wanker sign oot the windae.

Thinkin aboot the morn made us feel good, so wi hud a bit ay laugh on the rest ay the wey tae school. Setirday the morn! Fuckin barry!

But Blackie *wis* oan the fuckin late duty whin we got tae the school. We peeked roond tae check fae behind the hedges that grew up alongside the school fence. The cunt wis thair awright: standin aroond oan the steps wi ehs hands behind ehs back. Billy couldnae resist it, eh pushed Carl oot intae ehs view. Carl jumped back but the cunt clocked us and shouted: — You boys! I see you! Come here! Carl Ewart! Come here!

Carl looked back at us and walked oot aw that feart n sleekit wey, like the dug whin it's goat oot n steyed oot fir ages chasin aw they bitches in heat. Ah ken how the perr cunt feels, but ah hope he hus mair luck thin me!

— There's others! I know there's more! Come here or you'll be in serious trouble!

Billy and me nodded tae each other and shrugged. Thir wis nowt that we could dae except tae jist walk right through they school gates n acroass that tarmac playground at the front doors whaire that cunt wis standin lookin like fuckin Hitler. Bastard and a half that eh is, ehs wee moustache n specs. Thank fuck ah minded tae take oaf that earring.

— I will not tolerate lateness, Blackie went, then eh looked at Carl. — Mr Ewart. I might have guessed. Eh looks at me for a bit, as if eh's tryin tae place ays. Then eh goes tae Billy, — It's Birrell, isn't it?

— Aye, Billy said.

— Aye? Aye? he sortay shrieks, pointing tae his specs. It sounded like some cunt hud grabbed ehs baws. — Eyes are what you have in your head you stupid boy! We speak the Queen's English here. What do we speak?

— The Queen's English, Billy said.

— Do we indeed?

— Yes.

— Yes what?

— Yes, sir.

— That's better. Right, inside, the lot of you, Blackie went, and we follayed intae the school hall and corridor.

Whin wi gits ootside the cunt's office eh stoaps us by grabbin ma shoodir hard. Eh looks at Billy n goes, — Birrell. Birrell, Birrell, Birrell, Birrell, Birrell. The sportsman, isn't it?

— A . . . yes, sir.

— The football. The boxing, yes. Football and boxing, isn't it, Mr Birrell? Eh's still grippin ma shoodir hard, diggin intae it wi ehs fingers.

— Yes, sir.

Blackie considered Birrell wi a genuine sadness in ehs eyes. Eh lits go ay ma shoodir. — So disappointing. You of all people should be showing leadership, Birrell, Blackie says, glancin at me n Carl like wi wir rubbish. Eh looked back tae Billy who wis just starin ahead. — Leadership. Sport, Birrell; sport and time are indivisible concepts. A football match lasts for how long?

— Ninety minutes . . . sir, Billy goes.

— A boxing round is how long?

— Three minutes, sir.

— Yes, and school also functions on the concept of time. When does registration commence?

— Eight-fifty, sir.

— Eight-fifty, Mr Birrell, eh says, then eh turns tae Carl. — Eight-fifty, Mr Ewart. Then eh looks at me. — What is your name, boy?

— Andrew Galloway, sir, ah goes. The dressin-doon the cunt wis giein us wis fuckin mortifyin, cause thir wis gadges gaun past fae the other classes, n lassies n aw, n they wir aw laughin at us.

— Spell 'sir' will you, Mr Galloway? eh asks.

— Eh . . . ah goes.

— Wrong! There is no 'a'. Spell 'sir'.

— S-I-R.

— Correct. S-I-R. Not S-U-R, eh sais. — Andrew Galloway . . . he looks at his watch. — Well, Mr Galloway, registration, as your associates tell me, commences at eight-fifty. Not eight-fifty-one. Eh sticks ehs watch in ma face n taps it. — Certainly not nine-o-six.

For a while ah thought that the cunt wis gaunny jist lit us go withoot giein us the web, cause eh'd been struttin aroond like eh'd made a big point. One ay us should huv sais 'sorry sir' or some shite like that, cause it wis like eh wis waitin oan us tae say somethin. Bit naw, we wir sayin nowt like that, no fir that wanker. So eh marched us intae ehs office. Thaire's the web sittin oan the desk, it's the first thing ah see. Ah goat a sinkin feelin in ma guts.

Blackie slapped ehs hands thegither n rubbed thum. Thir wis big chalk marks oan ehs blue suit jaykit. We're standin in line. Ah've goat ma hands oan the radiator behind ma back, warmin thum up fir what's tae come. Blackie gies the web sair. Eh's rated one ay the top three behind Bruce fae Tecky n mibbe Masterton, the Science cunt, though Carl reckons eh's hud it sairer offay Blackie thin eh did offay Masterton. — Our society is founded on responsibilities. One of the cornerstones of responsibility is punctuality. The late never achieve anything, eh sais, lookin at Billy, — in sport, Birrell, or in anything else. A school which tolerates lateness is by definition a failed school. It is a failed school because it has failed to prepare its pupils for a life of work.

Carl wis gaunny say something. Eh eywis speaks up fir ehsel, that cunt; yuv goat tae gie it tae um. Ye could see um, sortay hestitatin, gittin ready. Then Blackie looked at him, wi ehs neck juttin forward and ehs eyes bulging oot. — Do you have something to say, Ewart? Speak up then, boy!

— Please sir, Carl goes, — it's jist thit thir isnae really any jobs now. Like where muh Dad works, at Ferranti's, they jist peyed oaf a loat ay men.

Blackie looked at Carl in sheer disgust. The fuckin coupon oan the specky cunt; ye kin see thit eh thinks the likes ay us are nowt. That goat me gaun. — United Wire huv peyed oaf people n aw, sir. And Burton's Biscuits oan the estate.

— Quiet! Blackie snapped. — You'll speak when you're spoken to, Galloway! Insolent young man, eh sais, lookin us up n doon like we wir sodjirs oan report. — There's plenty of work for those that are prepared to work. Always has been, always will be. The lazy and the work-shy on the other hand, they will always find an excuse for their indolence and sloth.

Funny, but him sayin indolence and sloth made ays think ay Terry, n he's jist aboot the only one ah ken whae is workin, even if it's jist oan the juice lorries. Ah wis tryin no tae look at Billy n Carl, as though ah could tell that Carl wis startin tae snigger. Ye jist ken. Ah could feel masel gaun as well. Ah kept ma heid doon.

— What would have happened, Blackie asked us, now pacin up n doon, n lookin idly oot the windae, then pickin up the web oaf ehs desk n swingin it aboot, — if Jesus had been late for the last supper?

— Eh would've goat fuck all tae eat, Carl spat oot the side ay ehs mooth.

Blackie goes spare. — WHAA-AAT!! Who . . . who said thaatt . . . you . . . you . . . you . . . little animals! Ehs eyes jist bulged oot like the cunts in cartoons whin they see a ghost, like in that *Casper*. Eh starts chasin us roond the table swingin the fuckin lash. It wis like the fuckin bit at the end ay Benny Hill, n wi wir aw laughin like fuck, shitein it in a wey but laughin, bit then eh gits Carl n starts thrashin at um, and Carl's protectin ehs face, but Blackie's gaun mad. Billy jumped roond n grabbed Blackie's wrist. — Let me go, Birrell! Take your hands off me, you fool of a boy!

— Yir no supposed tae hit um like that, Billy said, standin ehs groond.

Blackie stares at Billy, then lowers ehs airms n Billy lets go. — Put your hands out, Birrell.

Billy looks at him for a bit. Blackie goes, — Now! Billy puts ehs hands oot. Blackie gies him three, but no too hard. Billy disnae even flinch. Then eh does the same tae me, but no Carl, who's rubbin ehs leg through ehs ice-blue Jam Tart Sta-prest whaire Blackie's web caught um.

— Well done, lads. You've taken your punishment like men, eh went, aw nervous. The cunt kent eh wis oot ay order. Eh nodded tae the door. As we went oot, we heard him say, — Like Jesus would have done.

And we goat the fuck oot ay thaire n up tae the reggie cless before wi aw cracked up again. Up thaire the first thing ah saw wis Caroline Urquhart gaun oot the door. She's no goat the broon skirt oan, it's a long, tight black yin. Ah watched her go doon the corridor wi Amy Connor. — Rides, Birrell went. Miss Drew looked at us and ticked our names off in the register. Ah gied her the thumbs up and wi headed oaf tae oor clesses.

The Sporting Life

The first load ay them came oot ay Waverley. We wir sittin in the Wimpy opposite, nae colours, 'cept for Billy, whae'd taken the skerf oot ay ehs poakit n made a big show ay pittin it oan. Carl wis a Jambo, he wisnae bothered, but me n Terry never hud oor skerfs oan. — Take the skerf oaf, Billy, these cunts'll be ower here, ah telt um.

— Fuck off ya shitein wank. Ah'm no feart ay they Glesgay wankers.

Birrell's fuckin things up for every cunt. This wisnae whit wi agreed. Ah looks ower at Terry. — That wisnae whit wi said, Billy, Terry tells um. — These cunts've goat the numbers. Thir aw crappin bastards whin ye git thum oan thir ain, one against one. Bit they'll nivir go fir that.

— This is the wey tae dae it, Carl said, — like they West Ham boys ma cousin Davie n ehs mates met eftir Wembley. They telt us when they went up tae places like Newcastle or Manchester, they never wore thir colours. That's what we have tae dae: merge wi the Huns crowd, find some cunts who've goat the mooth and batter the cunts.

— Only a coward doesnae wear thir colours, Birrell goes, — ye wear them wi pride, even against aw the odds.

Terry's shakin ehs heid, as eh clicks ehs lighter oan n oaf. Ye kin

smell bevvy oan ehs breath. Eh said eh rode that Maggie lassie, n that
shut Carl up fir a bit, cause he wis tryin tae git intae her. — Listen
Billy, whae made that fuckin rule up? Glesgay cunts, wi aw thir Irish
shite, the fuckin orange n the green. That suits thaim, cause they've
goat the numbers. It's easy tae be wide whin yuv goat fifteen thousand
skerfed wankers behind ye. Guaranteed. Bit how many ay these cunts
would want tae ken us wi even numbers? Answer ays that if ye kin.

This is Terry talkin sense fir once in ehs puff. Ah kin tell Billy's
listenin. Eh strokes ehs chin. — Awright Terry, but it's no jist an Irish
thing, it's a Scottish thing, comes fae Culloden whin the English widnae
lit us wear clan colours. That's what your auld man wis sayin Carl,
mind.

Carl's noddin, rubbin the logo oan this plastic bag eh's hudin. Ehs
auld boy's eywis tellin us aboot history n things, whin wir up at the
hoose. Bit it's no like the history ye git taught at the school, aw English
kings n queens n aw that shite thit nae cunt's bothered aboot.

— Aye, bit whae keeps it gaun? ah sais. — Terry's right, Billy. It's
playin intae thair hands. They Orange n Celtic cunts are ey dressed
like radges wi aw thir colours n badges n flags. Like wee fuckin lassies
oan parade at the Leith Pageant. They swarm aw ower ye cause they
ken every cunt's gaunny jump in fir them. See whae wants tae ken
when we go as a team and we'll huv it wi the same numbers ay a squad
ay them. Jist boys against boys, nae hidin in the crowd. N the beauty ay
it is, the rest ay them willnae ken wir Hibs!

Billy looked at ays n laughed. — We kin spot a Glesgay wanker a
mile away withoot colours. They'll be able tae spot us jist the same.

— Ah dinnae see how ye kin check yir heid fir lice at distance,
Terry laughed, n wir aw joinin in, then eh goes, — Mind youse, ah'm
sure that bird in the film last night hud lice in her pubes.

— Git away, ah goes.

— Ah'm tellin ye, Gally, ye want tae huv seen this boot. Fuckin
hell. N the size ay the welt oan the boy thit wis giein her the message
. . .

Terry eywis went tae the Classic up in Nicolson Street oan a
Thursday night, tae watch the dirty films. Ah tried tae git in once, but
ah goat knocked back fir lookin too young. — Whit wis oan? ah asked.

— The first yin wis called *Hard Stuff*, the second yin wis *I Feel It
Rising*. Bit we steyed oan fir the late show, *Soldier Blue*. Fuckin barry film.

— Ah've heard thit *Soldier Blue* wis pish, Billy sais.

— Naw Birrell, ye goat tae see it man. The bit whaire they chop the bird's heid oaf n it flies intae the screen, ah thoat it wis gaunny land in ma fuckin lap.

— That wid huv knocked ye oot ay yir stroke whin ye wir wankin oan yir ain in the back row, Carl sais, n wi aw laugh.

Terry shuts um right up though by singin a bit ay that Rod Stewart song. — *Oh Maggie I couldn't have tried anymo-ho-hore . . .* Then eh points at Carl, — *She made a first-class fool outah you . . .*

Wir laughin at Carl now, whae's lookin oot the windae at some passin Huns. — Quite a few Soldier Blues oot thair, eh goes, tryin tae change the subject.

Terry ignores Carl n starts laughin ower at me, — Ah eywis huv tae tell this wee cunt aboot the films in the Classic. Ah'll be daein it fir a while n aw cause it'll be ages before eh looks auld enough tae git in.

Billy's laughin at ays, n Carl is n aw, though ah notice he's never tried tae git intae the Classic.

— Stroll on, Mr Lawson, ah sais tae Terry, — ah kin git intae the Ritz.

— Big deal, Mr Galloway. Yi'll be fuckin shavin next. Then what? Spunk?

— Plenty spunk here, Mr Lawson.

— Jist lookin fir somewhaire tae pit it aw, eh goes, n every cunt laughs. Cheeky cunt. It wis eywis the patter tae speak tae each other like the teachers spoke tae ye. That's minded ays aboot the Ritz though, a good time tae change the subject. — Naebody fancy gaun tae the Ritz this week? It's goat that *Zombies* oan. A double-bill wi *The Great British Striptease.*

— Git tae France, Terry laughs, glancin oot taewards the windae, what dae wi need that fir? We've goat aw the zombies in the world tae pagger oot thaire, eh points ootside tae some passin Huns. — Then the night wi git intae the fanny up at Clouds n it'll be the Great British Striptease right enough. Fuck the pictures, lit's huv it aw fir real!

That goat me thinkin, then a chant of 'No Surrender' went up from the street ootside and my guts turned. Ah didnae ken whether ah wis intae aw this! — What aboot Dozo n that, whaire are they cunts? Look ower thaire! A tall guy wi long hair and a star V-neck jersey was draped in an Ulster flag. The cunt looked ancient. — Ah'm no paggerin wi a cunt that's fuckin forty, ah sais.

Ah wis still fuckin fifteen years auld.

— Pagger any radge that messes, wee man, Billy goes.

— How did youse git oan this mornin, ah asked um, tryin tae change the subject again. Ah hate bein called wee man.

— Four-one, eh said.

— Whae fir? ah asked.

— Whae dae ye think? It wis Fet-Lor we wir playin. Thair pish. Ah scored yin. Alan Mackie goat two, eh sais, lowerin ehs voice.

Billy hud come fae the Setirday fitba. Eh played fir Hutchie Vale n eh wis the captain ay oor school team. Ah think eh wis a wee bit jealous ay the likes ay Alan Mackie though, cause eh'd signed S-forms wi Hibs yonks ago, but naebody hud offered Billy any contract. — Doogie Wilson take yir gear hame?

— Naw, ah gied it tae ma wee brar n jist came straight here, didnae want tae miss anything, eh sais, noddin tae me tae look at the next table, then ower tae Terry n Carl whae're starin acroass.

It wis these two lassies sittin at a table acroass fae us. One ay thum's awright, big teeth n long brown hair. Quite a tall lassie. She's goat a rid hooded Wrangler toap oan. The other yin's wee-er bit wi short black hair. She's wearin an imitation leather jaykit n she's smokin a fag. Terry's lookin ower at them. They're lookin back, laughin tae each other. — Hi, ma mate fancies you, eh shouts ower tae one, pointin at Carl. Carl wis cool though, eh didnae git a beamer. Ah would've.

— Ah'm fed up, no hard up, she sais back.

Terry pit ehs hand through ehs corkscrew hair. It's really tight n curly, even mair thin usual, so ah'm sure that cunt's hud it permed oan the sly. Eh looks awright but, in that dark-blue Adidas top n they broon Wranglers.

Ah feel a dig in ma ribs. — Dinnae you be shitein oot, Gally, Birrell sais tae ays, ehs voice aw low.

Cheeky cunt him but. — Stroll on, Birrell. It's you thit's fuckin well shitein oot . . .

— How am ah . . .

. . . — shitein oot ay the plan wi agreed. Wir gaunny fuckin git a couple ay wide cunts n have them. Wi wir even gaunny git a Huns skerf n wear it fir disguise, mind, ah sais. — That wis the plan wi agreed.

Billy shook ehs heid. — Ah'm no wearin any Huns skerf.

— Fuck that, Terry said.

Carl's sittin thaire, waitin tae jump in. — Ah'm no bothered aboot wearin one. Ah dinnae want tae wear a Huns skerf, bit ah broat this, fir camouflage likes, eh sais, pillin a Rid Hand ay Ulster flag ootay ehs plastic bag.

Terry looks at ays, then at Billy, who's right up n eh's torn the flag fae Carl's hands and pulled oot his lighter. Thir wis two blank clicks before Carl managed tae git it back eftir a struggle which wis gittin a wee bit nasty. — Cunt you, eh Billy, Carl goes, ehs face as rid as the fuckin hand oan the flag.

— Dinnae bring oot a Huns flag in front ay me, Birrell says, aw nippy.

Carl folds the flag up, keepin it oot ay Birrell's reach, but eh's no pittin it away. — It's no a fuckin Rangers flag, it's a Protestant flag. You're no even a Catholic, Birrell, what you gittin oan tae ays fir a Protestant flag fir?

— Cause yir a cheeky milk-boatil-heided Herts wanker and yir gaunny git yir mooth burst, that's what fir.

It's a wee bit chilly here, Billy's goat one ay they moods oan um. Terry turned away fae the birds and looked ower at him. — Cool it, Birrell, ya cunt, thir's aw the Huns in the world tae pagger wi, dinnae start fightin each other.

— Jam Tart toss shouldnae be here, Billy goes. — Bet ye Topsy n aw yir mates fae the bus thit huvnae gaun away wi Herts'll be here wi the Huns, eh sneered.

— Ah'm here wi youse, but, um ah no, Carl sais back.

As eh said that, ah clocked a team ay Huns, mibbe aboot oor age or wee bit aulder, come intae the Wimpy. We went quiet. Then they seen us, and they went quiet n aw. Ah could tell they wir lookin at Carl's Rid Hand ay Ulster flag and Birrell's skerf and tryin tae work it aw oot. Birrell wis starin back at thum. Terry wisnae bothered, he wis still lookin at they lassies. — You goat a felly? he shouted ower.

The bird wi the long broon hair n the teeth looks um ower. — Might huv. What's it tae dae wi you?

Ah'm tryin tae git a wee sketch at her tits bit ye cannae make thum oot under that toap.

— Naw, cause ah'm sure ah saw you wi a felly at Annabel's one time.

— Ah dinnae go tae the Annabel's, she sais, but she's lookin aw that chuffed n shag-happy wey back at um, n that cunt's in thaire.

— Well it wis somebody thit looked like you ... Terry's up and squeezin in beside her in thair booth. That cunt isnae shy.

A couple ay the Huns start singing *The Sash*. These cunts'll be as nippy as fuck, cause it wis oan the telly the other day thair that the Pope's comin tae Scotland. No that ah gie a fuck aboot that. Ah do gie a fuck aboot they wankers gittin aw wide through here but. Birrell's happy though, cause thir no lookin at him. — These cunts . . . wi dae these cunts, eh sais tae ays. Thir wis a guy wi a mohican n a rash ay spots doon the side ay ehs face, n a fat cunt wi blonde curls.

Ah felt the chib in ma poakit. Ah cut a cunt at the school one time, even if it wisnae really much ay a cut. Glen Henderson. It wis oot ay order, the boy wisnae bein that wide. Ah mind ay the cunt twistin ma airm back in the first year whin eh wis wi they cunts eh'd been at Primary wi, so ah owed um, but really it wis me thit wis jist showin oaf this time. Ah hudnae meant it tae happen like that. It wis ehs hand, ah stuck it in ehs hand. Ah shat ma pants fir days n case it went back tae the polis, the teachers, or hame tae muh Ma. The boy Glen said nowt but. In a way it wis barry cause eftir it, that wis the first time Dozo Doyle or Marty Gentleman or any ay that team spoke tae ays. Bit ah shat ma pants still aboot what ah'd done. Here though, it would be different. Nae comebacks, jist some Glesgay cunt ye'd nivir see again. Ah dinnae like the idea ay cairryin a blade, no really, but every cunt kens these slummy wankers cairry knives. Mind you, half these glory-huntin cunts arenae real Glesgay, thir fae fuckin Perth n Dumfries n places like that, speakin in a fake Weedgie accent. They want tae be seen as Glesgay, soas that every cunt'll think thir hard. Want us aw tae think thit thir aw like that boy fae the Special Unit or somethin. Ma fuckin hole. Naw, ah dinnae like cairryin a knife, but it makes ye feel good tae huv that extra back-up. Jist tae scare cunts wi like. — You take yir skerf oaf n ah'm game, ah'll follay ye eftir thum, ah said tae Birrell.

Birrell ignores me n takes a paper plate n sets it oan fire wi the lighter, hudin it aw carefully, lettin it burn doon. Thir's a lassie in a Wimpy uniform tidyin up, and she's seen um, but she disnae seem bothered.

Billy's gittin as wide as fuck. Eh's rated the third-hardest cunt in our school, behind Dozo n Gent, ivir since eh battered Topsy in the second year. But ah reckon eh could take Dozo in a square-go, wi Billy bein intae the boxin n that, but ye nivir git a square-go wi the likes ay Doyle. Carl hated it when Birrell n Topsy hud that big pagger in the park, cause eh's good mates wi baith ay thum.

— Billy, moan tae fuck, yi'll git us flung oot, Carl moans, then turns tae me, — See this cunt fir fire . . .

Billy lits it burn doon, turnin it soas it disnae burn ehs hand, then droaps it intae the cup. — Burn, ya Orange bastards, eh sais softly.

An auld wifie wi silver hair, n wearin glesses, a hat n a yellay coat looks ower. She's jist starin. The perr woman looks a bit dippit. It must be shite tae be auld. Ah'll nivir git auld, no me.

Stroll on.

Then Dozo Doyle n his crew came in; Marty Gentleman, Joe Begbie, Ally Jamieson n that mental lookin cunt wi the slicked black hair n the bushy eyebrows. The cunt that goat expelled fae Auggie's then came tae us. Eh wis jist at oor school for a few weeks before they expelled him n aw. Eh wis a year above us. They pit um in Polmont fir a bit. Jamieson n Begbie ur fae Leith, but they ken Dozo n Gent fae the toon.

They came ower tae us. It wis barry, cause the Huns stoaped singin, aw except one. They started tae stand a wee bit apart fae each other, n busy thirsels wi other things, like orderin burgers.

Noticin the effect that they wir huvin, Dozo's boys started giein it the walk bigtime, every slow step rubbin the Rangers boys' faces in the fact that thir gaunny dae nowt. Dozo goes, — Billy, Gally . . . what's this? Eh looked at Carl's Red Hand flag. Carl shat it. Ah cut in. — Eh . . . wi took it oaf this daft Hun doon the station. Fir disguise, like you says. Nae colours. Take it oaf Billy, ah nudged Birrell, and the cunt did, though eh wisnae chuffed.

Ah eywis back Carl up, cause it wis him ah started gaun tae the fitba wi yonks ago. Ehs auld boy used tae take us tae Hibs one week n Herts the next. That wis when ah picked Hibs n Carl picked Herts. It wis funny cause Mr Ewart comes fae Ayrshire and eh supported Kilmarnock. Eh used tae embarrass Carl n me by wearin the Killie skerf when they played at Easter Road or Tynie.

Ma Dad nivir bothered wi the fitba. Eh claimed eh supported Hibs, but eh nivir went. It wis only cause eh once won Spot the Ball in the *Evening News* that week, whin it wis a picture fae Easter Road rather than Tynie eh pit the winnin cross oan. Ah mind everybody sayin that we'd be buyin a big hoose, but muh Ma goat a new washin machine n ah goat Cropley the dug. Muh Dad used tae say, — At least ah goat somethin back fae the Hibees. Ah support the team that supports me.

But he supported nae cunt.

Mr n Mrs Ewart eywis looked oot fir ays whin muh Dad wis away. The Birrells did n aw, and muh Uncle Donald, takin ays oan trips n that; Kinghorn, Peebles, North Berwick, Ullapool, Blackpool n aw that stuff. But the Ewarts maist, n they nivir made a big thing aboot it, it nivir seemed like they wir daein ye a favour.

So ay eywis try tae look oot fir Carl tae make up fir it. Ye huv tae look oot fir the cunt sometimes, because eh goes ehs ain wey n sometimes people git the wrong idea. It's no thit eh's bein wide, it's jist thit eh disnae try tae crawl up tae aw the hard men. Eh eywis hus tae be different, that cunt.

Anywey, it seemed awright wi Dozo, which wis a relief tae me! Probably tae Carl n aw, cause that cunt rules the scheme. — Whaire's Juice? eh goes. That wis what wi called Terry cause eh wis workin oan the juice lorries. Ah nodded tae the booth acroass fae us. Terry hud this lassie's palm oot n eh wis pretendin tae read it. — Eh's thaire, ah goes. — The fortune teller. Eywis thoat the cunt wis a fuckin gyppo right enough!

Dozo laughed at this, which made ays feel good, cause along wi Gentleman, eh wis the hardest cunt at school, n ah hudnae really spoken *that* much tae him. This wis me gittin right in wi the main men, jist as much as Terry n Billy wir, mibbe even mair.

Dozo goes, — Awright, Terry?

Terry's been that intae the birds eh's no seen them come in, or *made oot* eh's no seen them come in. — Doz-oh! Gent! Ally! How's the boys! Gaunny batter fuck oot ay some Huns the day, eh! eh says loudly, n the Huns that had been that noisy comin intae the place started tae slink oot aw quiet. Terry liked tae think eh wis fourth-hardest whin he wis at school. Ma erse.

Dozo Doyle laughed back at Terry, like they baith kent the score, then smiled at the two birds. — Yir girlfriend, aye? eh asks Terry.

— Workin oan it mate, workin oan it . . . Terry said, turning to the bird beside him. — Ye gaun oot wi ays then?

— Mibbe, she sais. The lassie's goat a bit ay a beamer. She's tryin no tae make oot thit she hus, bit she hus.

That cunt Terry isnae slow cause the next thing eh's fuckin well snoggin wi her, n a couple ay the boys start cheerin.

Dozo's no lookin that happy but. Eh's goat plans, n eh disnae want any birds gittin in the road. — We'd better nash, eh says.

Wi aw stands up, and even that dirty cunt Terry breaks oaf ehs clinch. That cunt's as wide as fuck. Ah heard um say tae her, — Under the cloak at Frasers, eight.

— Aye, in yir dreams, the lassie goes back.

— Mibbe see ye in Clouds but, Terry insists.

— Aye, mibbe, she goes, but the dirty cunt'll be ridin her the night, nowt surer.

Sometimes ah wish thit ah wis like Terry, eywis kennin the right things tae say, kennin how tae act. Ah worry sometimes thit wi me lookin that young, thit ah jist hud back the likes ay him n Billy, n even Carl. It jist makes ays mair determined but, tae show thaim, n the likes ay Dozo n Gentleman, that ah'll no be hudin back whin we meet some Glesgay cunts.

We piled oot the Wimpy, feelin the strength that bein part ay a crowd gave ye. Thir's eywis been cunts that fight at the fitba whae can dae it in a mob, but shite oot in a square-go. Ye cannae huv too many ay thaim. Ye feel good bein wi these cunts here though, cause it's some ay the hardest cunts fae the school n scheme here. Ye ken they'll no shite oot, even against yir widest fuckers fae the Gorbals or wherever these thievin blade-merchant scruffs come fae. Even against men, cunts that are like twenty-one n aw that. Ah'm gled ah kept ma earring oot. If some cunt grabs it, that's you fucked.

Wir oaf!

My herts gaun fuckin boom-boom-boom, bit ah'm tryin no tae show it.

Ah sees Doyle slip somethin tae Billy, n it looks like some notes. Eh says somethin aboot coppers n nicked, so mibbe it's fir fines if wi git done! That'll be it, plannin ahead. Real gangsters, us n the Doyles n that!

Carl's aw funny aboot this though, ye kin tell eh wants tae ken what's gaun oan. Eh kens better thin tae ask in front ay Doyle but.

Doon Rose Street first. Wir walkin in wee groups ay three n four. Ah'm wi Dozo n Terry n Martin Gentleman. Ah call um Marty cause only ehs real mates call um Gent. Ah glances intae a pub n sees thit thuv goat Asteroids. — So ye goat a k.b. then, Terry, eh? Ah wind the cunt up.

— Like fuck. She wis fuckin wantin pumped, her wi the teeth. She's gittin the stinky-pinky if she's up at Clouds the night, tell ye that fir fuck all, eh goes, n wi aw huv a laugh.

— That Caroline Urquhart's a ride. She hud a couple ay buttons oan her blouse undone and ye could see a bit ay the tit. In English yesterday, ah goes.

Ah looks intae the next pub n it's goat Space Invaders, which is barry. Ah'd never git served in thair but. Some auld guys n Hibs skerfs walk oot the pub, shakin thir heids n disgust. A few Huns at the bar are singing and one, a skinny guy wi long hair, aboot thirty, steps oot intae the street and shouts, — Ya dirty auld Fenian bastirts! eftir the auld boys, whae dinnae look back.

Ah look tae see if the boys ur botherin, but naw, we're eftir cunts oor ain age.

— Caroline Urquhart . . . she's a fuckin stuck-up wee hing-oot, Terry sais tae ays.

— You'd ride her if you goat the chance, ah tells um.

— Naw ah wouldnae, Terry goes, and eh sais like eh means it.

— Ah'd fuckin ride her n a minute, Marty Gentleman goes. — Bit ah'd shag that Amy Connor first.

Gentleman could probably bag oaf wi Amy Connor, cause eh looks aulder n eh's a big hard cunt. No wi Caroline Urquhart but, she's mair snobby, well, ah widnae say snobby, but likesay classier. But ah'm thinkin aboot this, aboot who's the biggest shag between the two. Dozo's aw irritated but. Eh's noddin ower tae some *Sash*-singing cunts. We up our pace n faw in behind thum. Thir's aboot five boys, drapped in Union Jacks. One's goat ARDROSSAN LOYAL in white letters oan it. Eh's wearin nine-inch Docs. Dozo boots this one in the heel n one leg wraps roond another n eh crashes ontae the cobblestones. Gent boots the cunt on the deck n shouts in a Glesgay accent, — Briktin Derry! Naebody starts *The Sash* 'cept us!

It works a treat! They back off, n one nashes right ower the road. The rest aw go quiet. Aw the other groups ay Huns look confused but dinnae make a move. If we'd hud the colours oan, we'd be stomped. They'll tear anything apart in green, but they think this is jist Hun v Hun, a civil war. Now the other cunts dinnae want tae ken! It's workin, that plan wi agreed! Isolate the cunts, even up the odds by makin it personal, us against thaim, instead ay fitba, Hibs against Rangers.

We git a wee bit cairried away at the bus station. It's like any cunt oor age is gittin it now. Joe Begbie blooters a guy whae wisnae a Hun, or even gaun tae the fitba, jist a punk guy wi a mohawk. — Skinheids rule, he goes, as the guy stands in shock, hudin ehs burst nose. Ah agree wi this though, cause ah dinnae like punks. Ah mean it wis awright fir a laugh back then, tae shock every cunt n that, like in the First Year, bit it's only really posh cunts whae want tae dress like scruffs. That's the games they play. The punks hing aroond the Gairdins in Princes Street, fightin the mods on Setirdays. If thir's any ay thum aroond eftir we'll huv thaim n aw.

Ah shite masel though, ma hert skips a beat. Ah see a gadge lookin at us, n lookin at the punks that we blootered. Eh's goat this wee lassie wi um, who's jist starin. It's muh Uncle Alan wi muh wee cousin Lisa. Ah mind um sayin tae muh Ma that eh wis takin Lisa up toon tae git a present fir her birthday. Ah move away, behind a bus. Ah dinnae think eh saw me but.

— Wis that no your uncle back thaire, Gally? Terry teases ays. — Go back n say hiya!

— Fuck off, ah say back tae him. But ah'm gled tae git oot the bus station.

It's heavin as we get doon tae Leith Street, wi groups ay Huns everywhere, comin oot fae the back ay the station at Calton Road n mergin wi the earlier teams that have been hittin the pubs in Rose Street. Thirs a few groups ay Hibs over the other side ay the road tauntin them. We've merged wi the bulk ay the Rangers supporters but there's too many polis tae try n start anything n it'll be the same story until wi git tae the groond, so we keep oan doon tae Leith Walk as they cunts aw turn oaf London Road for the away end. It's still early doors, so it's gaunny be a full house.

We head doon the Walk tae Pilrig and thir's some Hibs boys standin aroond, laddies aboot our age. It's Begbie's brar, Frank ah think eh's called, and a couple ay his mates. One's that boy Tommy thit ah kent fae the BBs yonks ago, he's okay, and this boy Renton, and this other skinny, scruffy cunt ah dinnae ken.

Carl clocks the Renton boy's Hibs skerf. — Ah thoat you wir a fuckin Herts supporter mate.

— Am ah fuck, the Renton boy sais.

— Yir brother's a Herts fan but. Ah've seen um at Tynie.

The boy Renton jist nods. Joe Begbie goes, — Jist cause ehs cunt ay a brother's a fuckin scumbag, it doesnae make him a Jam Tart, eh no, Mark? Boy's entitled tae support the team eh wants.

The Renton boy jist shrugs, but it shuts Carl up. Anyhow, that's by the by cause Dozo's giein the orders. — Take oaf yir fuckin skerfs n pit thum up yir juke n come wi us. Wir gaun tae the Huns end n wir gaunny start a pagger. Will git thum ootside eftir n aw, eh smiles, then eh rubs ehs face wi ehs finger tae gie himself an imaginary scar. Eh does a wee dance. — Had man, had. They cunts are fuckin well had.

Begbie's brar n Tommy dae it, then Renton n the other guy, Murphy ah think the boy's name is. The boy's already goat something up ehs juke.

— What's this this cunt's goat? Carl asks. Carl's gittin a bit wide cause eh thinks eh's hinging aboot wi Dozo n Gent, the scheme hard-men. Thinks that's him quoted now. Eh should fuckin well mind thit eh's a Herts supporter n that cunt Topsy's mate, n eh's only here cause we're vouchin fir um.

That scruffy cunt pills something doon fae his jumper; a packet ay frozen peas n a packet ay fish fingers. — Eh, ah choried thaim fae this shoap likesay . . .

— Fling thum away Spud, fir fuck sakes man, Tommy sais tae him. Frank Begbie grabs the frozen peas fae his hand, tosses the packet intae the air and boots it oan the volley, splitting it open. Every cunt laughs as the peas scatter doon the road. — Pooroot! Franco shouts.

This Spud boy jumps back n sais, — Ah'm keepin the fish fingers likes.

Frank Begbie looks at the boy Spud, like the cunt's ehs mate n eh's embarrassed um. — Fuckin scruff. That's the only fuckin tea these cunts git. That's one fuckin fish finger fir each ay the fuckin gyppo cunts, eh goes, then eh laughs at Tommy and Renton, — That's the fuckin Murphys fir ye!

Joe Begbie's awright, but ehs wee brar thair fancies ehself a bit ay a wide cunt since eh gave one ay the Sutherlands a doin. Everybody heard aboot it. What ye might call a shock result.

— Leave um alaine, Joe sais, — at least the boy's showed up. No like a loat ay they cunts thit wir sayin they wir gaunny be here n then dinnae turn up. Nelly n Larry n that crew. Whaire the fuck are they cunts? Then eh looks at ehs brar, — Whaire's the Leith gaun before the game?

— Peasbo wis sayin that they wir gaun tae Middleton's, Frank Begbie goes.

The Leith boys, the real Leith, wouldnae be hanging aboot wi daft wee laddies. They'd huv thir ain day planned n they wouldnae be tellin the likes ay us aboot it. Wir aw jist showin oaf here, name-droppin n that.

— Dinnae need any cunt thit disnae want tae be here, Dozo sais. — Every cunt here's game, eh goes, lookin roond us aw like a challenge.

— Dinnae want too many either, the polis'll tipple n it'll jist spoil it, Jamieson adds.

— Jist a few game cunts, Doyle repeats softly, lookin us aw ower, noddin slowly n smilin away. That cunt gies ye the creeps sometimes.

We wir aw lookin at each other. Ah didnae feel that fuckin game, ah kin tell ye that. Ah wish we could jist say, we goat a wee result, up the toon thaire, lit's just quit while we're ahead n enjoy the match. Eftir aw, George Best's in the team, that's if the cunt disnae git stuck in the boozer. Fuck gaun up against loads ay half-pished Glesgay cunts auld enough tae be yir faither.

Dozo n Joe Begbie n big Marty Gentleman had it aw arranged though. N tae tell the truth, ah'd rather wade intae a mob ay Huns n take a bad panellin, thin shite it n huv tae face they radges ootside the school gates oan Monday mornin. So we wir gaun roond tae Doogie Spencer's hoose wi a cairry-oot. Fuck standin in the groond an ooir before the game's started. That's awright whin yir tryin tae take or defend an end but the polis huv goat aw the segregation well sorted oot now. So we went roond tae the Paki's n goat some beer n cheap wine. Wir aw under-aged, but Terry n Gent look about twenty-five so thir wis nae bother thaim gittin served. It suits me cause ah nivir get served in any ay the pubs. We didnae want tae git too bevvied, but ah wis definitely needin it fir Dutch courage.

Doogie Spencer wisnae too pleased tae see us at first. Eh wis a loat aulder thin us, in ehs twenties. Eh hung aboot wi Dozo n Gent n Polmont n the Leith boys, but ye could see thit they thought eh wis a wanker n they wir jist usin um cause eh hud a flat ay ehs ain. Eh wisnae that chuffed aboot the mob ay us comin up, bit eh soon warmed tae me n Carl n Billy cause we sat n listened tae ehs stories aboot the paggers wi Herts in the late sixties and early seventies, while Dozo's crew jist looked at um like eh wis a cunt. Ye could tell Carl wis itchin tae say something cause eh's a Jambo, and eh goes wi a squad fae oor wey sometimes. Herts might be the top mob now, but ah reckon wi some ay the young boys that are gittin behind Hibs, that it could be changin again soon.

Ah went fir a pish, n when ah went intae the hall, that Polmont wis through thair oan ehs ain. Eh turned away fae me, it wis like the cunt wis upset. Like eh'd been fuckin greetin or something. — Awright mate, ah goes. The boy said nowt though, so ah jist went intae the bog.

Even though ye could tell that ah loat ay Spencer's stories wir shite, along wi the wine n beer they goat us aw fired up by the time wi hit the streets taewards the groond. We wir wanderin through the Hibs crowd but when wi goat tae Albion Road, wi went tae whaire the street turned roond the back ay the stand and crossed the barriers and walked past the polis on the hoarses. — Youse Rangers supporters, boys? A big cop asked us.

— Course wi are, big man, Dozo said in a soapdodger accent, and we walked across the fifty yards ay no-man's land passin through the other cordon tae merge wi the Huns crowd and tae git intae the Dunbar end. Carl had taken oot the Rid Hand ay Ulster flag n drapped it roond ehs shoodirs. Wir gittin looks awright, cause thir's this mob ay us wi nae colours n aw the Huns are done up like thir gaun tae the school pantomime; flags, skerfs, badges, tammies n caps, T-shirts, bit ye could tell that at the worse they thoat thit wi wir Herts cunts takin thaire side.

Dozo's sneaked in a half-boatil ay voddy. Eh passes it roond as wir in the queue. It comes tae me n ah take a swig. It feels cauld, nippy n methy in ma mooth but whin it hits ma guts ah nearly heave up ma Wimpy burger. Fuck drinkin voddy neat. Ah pass it tae Tommy as we keep checkin oot the cunts aroond us, tryin tae work oot ages, hardness, whae's in a squad n aw that sort ay thing.

Some ay thaim looked fuckin mingin; thir clathes n aw that. Rollers star jerseys n aw that fuckin stuff that nae cunt here's wore since punk. Nae Fred Perry, hardly any Adidas or fuck all. The scary thing wis thit the cunts aw looked dead auld. It's funny, cause everybody says that Glesgay cunts really dress up, like when they go up the toon at night n that. They dinnae fuckin well dae it durin the day anywey, no if these fuckers are anything tae go by. Ah suppose they wir lookin at us n aw, jist cause wi wir much better dressed thin thaim, maist ay us wi capped sleeve T-shirts n skinners or Levi's. Even though maist ay us came fae schemes or tenements, wi wir still a cut above these dirty fuckers. Half the cunts thair hud nivir fuckin seen soap n water, that wis a cert. Ah suppose it wisnae really funny, in fact it wis a shame fir them, livin in slums n huvin nae hoat water or tellies n that, bit it's no oor fuckin fault n they shouldnae come through here takin it oot oan us.

As wi wir gaun in, Dozo led oaf a chorus ay 'we are the Briktin Derry fuck the Pope n the Virgin Mary' n a loat ay they Hun cunts joined in. Wi wir laughin at how easy it wis tae git thaim gaun, jist like windin up a fuckin clockwork toy. Ye kin tell some ay these cunts are no sure aboot us though, n thir relieved tae join in a proddy song wi us as we go through the turnstiles intae the Dunbar, and up the terraces. We had loast Renton the Jam Tart's Brother, n that cunt Spud, they hud sneaked away, probably went intae the Hibs end, fuckin shitein cunts. Ah dinnae mind ay them comin through the barriers wi us. No that it bothers me. That cunt Murphy's as much ay a scruff as any Glesgay fucker. Fuckin embarrassment, it hus tae be said. So it's me, Birrell, Carl, Terry, Dozo, Marty Gentleman, Ally, Joe Begbie, Begbie's brar n Tommy n that funny cunt thit says nowt, the cunt fae Polmont. McMurray, ah think they call him. Eh's a year aulder than me, but eh looks young n aw. Cannae figure that boy oot. Ye see um lookin at Dozo Doyle aw the time, eh seems tae be aboot the only cunt the boy talks tae. Wi take oor places tae the right ay the goal, near the middle ay the terracing. The voddy boatil comes roond again n ah stick ma tongue in the spout, jist pretendin tae drink. Ah still nearly retch up though, jist the fuckin methy smell ay it. Ah pass it tae Gent.

We're surrounded wi Huns. My hert's gaun boom, boom, boom. Ah feel the blade in ma poakit. Ye feel like yir jist wantin it tae go radge now, cause the fuckin tension is unbearable. It looks weird bein in the groond fae this end. The Hibs fans raise thir scarfs in the air and start tae sing, but it looks pretty crap because they aw dae it in small groups rather than as one. Ye kin tell it's Leith, Niddrie, Drylaw, Porty, Tollcross, Lochend n the like, aw daein it separately. Some ay them'll be fightin each other soon. Thir's some groups ay Hibs that'll never git thegither, no even against Rangers. Cunts that huv been knockin fuck oot ay each other maist weekends and some weekdays since the year dot urnae gaunny pit thir differences aside for a couple ay hours oan a Setirday afternoon, even against Glesgay cunts. Against Herts, mibbe. Then they start singin *His Name is Georgie Best*. Thir's a cheer as Hibs run oot n we aw look at each other. Best's playin! The cheers are drowned by the boos amongst us which turn intae cheers as Rangers take the field. *Derry's Walls* starts up. It's funny lookin over tae the Hibs crowd, seein yirsels as the opposition see ye.

The game kicks off and eftir a bit ay chantin, the atmosphere settles doon. We start tae calm doon a wee bit. Wir checkin oot which cunts we want tae have, n thir's this boy aboot oor age wi rid hair n white skinners, who's goat plenty mooth oan um. Eh's jist shoutin away aboot Fenian bastards this n IRA cunts that. Ye wonder what fuckin planet some ay they wankers are oan. — That radge is fuckin claimed, Dozo says. Gentleman nods.

Aboot the middle ay the first half Dozo signals us n wi go up tae the bogs. Thir's a couple ay Huns daein a pish n Gentleman hammers one cunt. It's such a sudden, ferocious punch tae the side ay the boy's heid, ah feel sickened masel for a couple ay seconds. The voddy burns in ma gut again. The boy's decked n lyin n ehs pish as wi pit the boot in. Ah boot the boy's leg, pillin ma kick, no wantin um hurt bad. The point's been made. That Polmont cunt's gittin a bit too keen n Billy pills um away. Dozo's booted ehs mate in the baws. — We are the UDA, eh shouts in the boy's face, then, — Or is it-ah-thee IRA?! in Johnny Rotten style. — Aye, that's the yin, eh laughs, n wir aw pishin oorsels. The perr cunt's bent double hudin ehs nuts, lookin up at us n tremblin. Carl gies um a wink, but that Polmont boy steps forward n slaps him in the chops wi the back ay ehs hand. Then wi move oot the dirty shitehoose n back intae the crowd.

Just as we git back tae oor place, Hibs score n the ground erupts at the other end. It's so fuckin barry, n ye jist want tae go yehhhssss . . . but we're sayin nowt, jist steyin cool n bidin oor time. Dozo laughs intae his sleeve. Then it happens; two Huns are arguin and one panels the other. The boy's mate jumps in and it starts gaun radge!

This is our chance. Gentleman steps forward n batters the White Skinners cunt a fuckin beauty. The boy's nose's burst really bad n eh staggers back intae the crowd sprayin some cunts wi ehs blood. Ehs mates are hudin the boy up, n thir aw in shock n aw. One's gaun, — C'moan boys, wir aw prawstints thegither!

Juice Terry runs in and gubs the bastard n Birrell just starts punchin every cunt. This big fucker who must've been aboot forty is up the terracing and n ehs pummellin Birrell but the daft cunt's standin ehs groond, like pickin ehs punches, boxin the boy as the crowd separates. Ah run n kick the boy n the leg, aimin fir ehs baws, n Gentleman brings the half-boatil ay voddy doon oan toap ay ehs heid. Eh sort ay hit the boy fae its base n the boatil's no broken bit the cunt's felt it awright n eh's staggered back.

We're aw gaun fuckin mental now and Doyle's right in the thick ay things, chargin intae a load ay boys. Begbie's brar elbays a boy a sneaky cracker in the side ay the heid. This radge's screamin at me fae a few feet away n eh's runnin ehs finger doon the side ay ehs face in a slash mark. Ah hear aw they Glesgay accents gaun 'out of order' and 'fuckin animals' n it feels terrifyin but barry whin ye think ay aw the times they've chased us n battered us. Ah'm gaun up n doon like a fuckin yo-yo wi the surges in the crowd, tryin tae swing n charge n keep ma balance. Yir surrounded by flyin bodies one second, n the next yir in an island ay space which opens up oot ay naewhaire. Ah smack one cunt in the chops, the daft fucker's airms are pinned tae ehs side by the crowd pushin him forward against the crush barrier. The Huns are in a mess, nane ay the cunts near us want tae come ahead, but while thir jist standin thaire mouthin it, thir stoapin a load ay big fuckin bad bastards whae want tae git through fae gittin tae us. Carl gets splattered in the face wi gob, n the cunt goes mad, runs forward n batters this one boy. It's funny, but nane ay the boy's mates ur tryin tae stoap um, thir jist standin thaire watchin um leather the laddie. Ah see what's surging taewards us and tae be honest ah'm fuckin well chuffed whin the polis git thaire first. A boatil flies past ma face but it hits a Hun behind me. Another yin smashes oan a crush barrier in front ay Tommy, showerin us aw wi broken gless. It's like the Huns've finally sussed what we're up tae and wir gaunny be trampled underfoot by the sheer weight ay numbers. Thank fuck the polis ur in though, formin a wedge. Ah nivir thoat ah'd be sae chuffed tae see they cunts!

Thir's fuckin chaos wi every cunt pointin the finger at every cunt else n the cops've goat Gentleman, Juice Terry and Frank Begbie. They git dragged doon the terrace steps, n thir's cunts spittin at them and tryin tae pit the boot intae them as they go past. The Begbie brother's snarlin at thum, n tryin tae git free fae the polismen tae git at thaim, ehs Harrington jaykit's aw ripped at the airm. Gentleman's shoutin — IRA! n Terry's jist laughin n blowin kisses tae the Huns. Mair boatils n cans fly n thirs paggers breakin oot aw ower the place. One boatil goes towards George Best oan the pitch, jist fawin short. Eh picks it up and makes oot tae drink fae it. The Hibs crowd cheer n some ay the Rangers are laughin n aw. They talk aboot players windin up the crowd, but ah reckon that Best, jist by daein that, stoaped a major riot. The atmosphere wis pure poison before. We're oaf, Billy, Carl n me headin one way n the rest slopin oaf thir ain weys. Joe's away wi Dozo n the Polmont boy. Polmont did fuck all, nivir flung a punch, jist stood thaire in the space lookin aw nervous whin every other cunt wis firein in. Ah wis surprised at Terry wadin in aw keen, cause the cunt never seemed that bothered earlier oan. That's Terry though, anything fir a laugh n a bit ay sport.

Wi get through the crowd tae a space near the scoreboard whaire we see that Marty Gentleman, Juice Terry n Frank Begbie are gittin marched along the track by the side ay the pitch. A huge cheer goes up cause Terry's managed tae pill oot ehs skerf n eh's wavin it n the Hibs fans are gaun daft. The polisman's just watchin um like a dippit cunt, no even takin it oaf um. Then another cop comes up and snatches it fae him. Wee Begbie's struttin like a gangster, lookin like that James Cagney boy gaun tae the electric chair n no giein a fuck, n Marty Gentleman's goat ehs face hard n set n aw. Terry but, eh's grinnin like that Bob Monkhouse cunt oan *The Golden Shot*.

An auld boy next tae ays says that they're animals, n ah goes, — Aye, too right they are Jimmy, in a Glesgay accent. Wir watchin the rest ay the game in a satisfied silence.

Then George Best waltzes through some Rangers players in the middle ay the park. It's no Hibs v Rangers, it's Best v Rangers. They cannae git the baw offay him. Best changes direction, storms taewards the Huns' goal and smashes it intae the net! Ah'm standin thair bitin the skin oan ma fingertips till it stings and bleeds. It seems like a fuckin age but the whistle goes. We've won!

We've beaten the cunts!

Carl keeps spittin oot gob ontae the groond, coughin like eh's tryin tae make ehsel seek. It wis funny as fuck seein um wade intae that boy, cause eh sais that eh wisnae bothered, eh wis jist gaun fir the atmosphere.

We head oot n wir walkin wi a load ay mumpy Huns up tae the station. It's almost like wi cannae look at each other. Ah'm shitein it in case any cunt wi done sees us and ah want away fae this mass ay red, white and blue as soon as possible. Thir wild as fuck n thir callin Best a traitor, sayin that eh's an Ulster Protestant n eh plays fir Fenian teams, first Man United, then Hibs. How can they say Manchester United's a Fenian team? Fuckin spazwits.

The cops are re-routin everybody by Abbeyhill but we veer oaf up London Road, headin for Leith Walk. At first it's a fuckin relief tae be oot ay that crowd ay blue bodies but we find we've walked right intae a battlefield. It's gaun oaf everywhaire at the top ay the Walk, wee groups ay cunts huvin it wi each other. Some Hibs boys are attackin a couple ay Huns' buses that've been daft enough tae park in the wasteland beside the Playhoose. Then a bunch ay game-as-fuck Huns fae the buses come stormin up the hill, only tae be forced back by stanes n bricks flung at them. It's mental, one guy's goat eh's heid split open beside this big poster ay Max Bygraves advertisin ehs Festival show in the Playhoose. The polis are gaun nuts as well, wadin in, n we decide tae call it a day, headin oaf back doon tae Spencer's tae meet the rest ay them. Ma whole body's throbbin aw the wey doon the

Walk. Ah'm dreadin any cunt gittin wide wi us now, cause ah've nae energy left tae stand up tae them, it's like aw the hert's been takin oot ay ays. Aw ah kin feel is the acid in ma guts and the fear in ma spine. Thankfully wir in Leith now n it's aw Hibs, bit ye kin still git pilled up by cunts fae another part ay the toon.

Carl's still coughin n gobbin aw the time. — What's up, ah goes.

— That dirty Glesgay cunt gobbed at ays n ah could feel some ay it gaun intae ma mooth n doon ma throat. A big fuckin greaser n aw.

We're laughin, but eh's no jokin. — That's fuckin dangerous, Gally, — ye kin git hepatitis fae that! That's what happened tae Joe Strummer once. Eh wis in hoapital, the loat. Eh nearly fuckin well died!

Carl's really upset, but ye cannae help laughin. Thankfully, wi git doon tae Spencer's withoot any mair bother. Everybody's high as fuck. That Polmont cunt's the only one that's no sayin much. Terry n some ay them git intae the pub, the one wi the Space Invaders. Ah try tae dae a sneaky yin, but the boy behind the bar clocks ays n starts shoutin, — Ah've telt you before ya wee cunt, git fuckin oot ay here! Yi'll loas ays ma fuckin licence!

Terry laughs, but Billy comes oot wi ays. Ah gies um some cash n eh gits a boatil ay cider.

Wi hud oan doon in Leith, waitin fir the *Pink News* tae come oot. Billy n me's sharin the boatil ay cider bit wir no wantin tae git too pished fir the night. Wir aw hingin aboot this pub, half ay us inside the other half ootside. Wi git some chips which helps tae settle the guts. Thir's loads ay drunks aroond, singin Hibs songs, and *His Name is Georgie Best*. Eftir a bit, Carl goes tae the newsagent n comes back wi a *Pink*, n it's barry, cause thir's a mention aboot us in the match report:

> this miss was the cue which sparked off a serious disturbance at the away end. It seems as if some Hibs supporters were in the wrong section of the ground. Police moved in quickly to remove the troublemakers.

Then, in the stop press, it sais thit thir wis eight arrests inside the ground and another forty-two ootside.

— Could've been better, Dozo said.

We wir chuffed though. Ah even gave that paupin cunt Carl some ay the cider.

Clouds

Wi got the bus back tae the scheme, sittin in the wideo seat, right at the back oan the toap deck, giein the eye tae any gadges that came oan. Wi wir pumped up tae fuck again, aw the mair cause we wir headin back oot tae oor ain bit. Whin wi goat oaf, Birrell cut doon tae the Avenue tae get back tae his bit doon the auld hooses, but me n Carl hud tae go past Terry's. The cunt's Ma must have seen us cause she came oot oantae the doorstep n shouted oan us.

As we're gaun up the path tae meet her, she's comin doon it taewards us wi her airms folded acroass her chest. Terry's wee sister's come oot n she's standin behind her. She's goat they barry sky-blue hoat-pants oan, the yins wi the bib thit ah've hud a wank aboot. Ah'd shag Yvonne, if she didnae look sae much like Terry. It nivir bothered Birrell, but. — Yvonne, inside, her Ma goes n she troops in. — So what happened then? Me n Carl look at each other. Before wi kin speak, she goes, — Ah goat ah phone call fae the polis. They phoned ays at Mrs Jeavon's next door. Thir chargin um wi breach ay the peace n assault. Said yis wir aw in the wrong end. What happened?

— It wisnae like that Mrs Laws . . . eh Mrs Ulrich, ah goes. Ah keep forgettin thit she's Mrs Ulrich now, cause she went n mairried that German gadge.

— It wisnae Terry's fault, or the other boys. Gen up, Carl sais. — Wi goat doon thaire late n wi just went tae that end soas we widnae miss the kick-oaf. Took our skerfs oaf n wi nivir even cheered Hibs, eh Andrew?

That must be the first time eh's ivir called ays 'Andrew'. N it's no even his fuckin team, eh's meant tae be a Jam Tart. Still, eh's tryin tae help, so ah backs um up — Naw, bit these boys heard our accents n they started oan us. Spittin n that. One ay thum punched Terry n Terry punched um back. Then they aw started. The other boys jist went tae help Terry.

Mrs Ulrich hus lit her fag burn doon, and she drops it n stamps it oot, her heeled shoe twistin it intae the path. She lights another yin. Ah kin tell Carl's thinkin aboot askin her fir one, bit ah dinnae think it wid be a good idea the now. — Eh thinks it's awright fir him cause eh's workin. Bit what does eh gie me fir ehs keep? Whae's it thit'll huv tae pey they fines? Me! It's eywis me! Whaire um ah gaunny git the money tae pey bloody coort fines? It's no oan . . . it's jist no oan . . . she shook her heid, lookin at us like she expected us tae say something. — It's jist

no good enough, she said, takin a drag ay the fag n shakin her heid. —
This wis supposed tae be what him gaun tae the boxin wi Billy wis aw
aboot, tae stoap aw this, aw this sort ay nonsense. It wis meant tae gie
um discipline, that wis what they says tae me. Discipline bichrist! she
stared at us n laughed, aw that nasty wey like. — Ah bet Billy didnae
git lifted? Eh?

— Naw, Carl goes.

— Naw, no him, she sais, aw knowing n bitter.

It wis funny right enough, thit Terry went tae the boxin wi Billy, n
eh wis the only one thit goat done. This really seems tae huv done ehs
Ma's heid in. Yvonne comes back oot behind her. She's goat a bit ay
her hair in her mooth n she's suckin at it n pickin it. — Billy didnae git
done, did eh, Carl? she asks.

— Naw, eh's jist away hame, we jist left um.

Mrs Ulrich turns roond tae Yvonne, — Ah telt ye Yvonne, inside!

— Kin stand here if ah like, Yvonne goes.

— Askin eftir Billy bloody Birrell whin yir ain brother's in the
bloody jail bichrist! Terry's Ma goes. Then Mr Ulrich comes oot. —
Come inside Alice, this will solve nothing, eh goes. — It is no good.
There can be nowt that will be achieved. Yvonne. Come indoors.
Come!

Yvonne goes in, then Terry's Ma shivers and goes inside,
slammin the door. Carl n me look at each other, stretchin oor mooths
as wide open as they'll go.

Whin ah git in, muh Ma's goat the tea oan. Fish n chips, which is
barry. Ah gits the heels ay breed n butters thum n hus maist ay muh tea
stuck between them, smothered in broon sauce. Muh Ma eywis gies ays
a row fir takin the heel fae the boatum ay the breed packet, but ye huv
tae if ye want tae make a right piece. The ordinary slice gits too soggy
wi the melted butter n it jist faws tae bits. Sheena's hud hers, she's sittin
oan the couch watchin telly wi her pal Tessa.

— Thir wisnae any bother at that match? muh Ma asks, as she
pours some tea fae the pot.

Ah wis aboot tae say what ah usually say, which is 'Ah didnae see
any.' Ye eywis say that, whether thir's a full-scale riot or jist fuck all.
Then ah mind that Terry's mibbe gaunny be oan the telly n in the
papers! So ah tell her thit ah goat loast fae Terry but he ended up gaun
tae the wrong end by mistake n gittin lifted.

— Ye want tae keep away fae him, he's a troublemaker, she said,
— jist the same as his faither. Thir worth nowt, nane ay thum. Alan wis

oan the phone, she said. — He wis wi wee Lisa n aw they fitba hooligans wir aw runnin aroond the toon . . .

Aw fuck . . .

She smells something oan ma breath. — Huv you been drinkin?

— It's only cider . . .

Fuck . . . that cunt Alan . . .

She looks at me and shakes her heid, then starts tae tidy up the plates. — Aye, she goes, Alan wis sayin that it's aw animals at the fitba now, and eh widnae go. Eh willnae let Raymond go.

Thank fuck, eh didnae see ays! Ah thoat she wis jist sayin that tae try n draw ays oot.

Fuck Alan and Raymond n torn-faced wee Lisa, the snobby bastards.

That cunt Thatcher's oan the telly, her that the English voted in. Cannae fuckin stand her, that fuckin voice. Who the fuck could vote for a cunt like that? Ye couldnae vote fir anybody wi that fuckin voice. Still, Mr Ewart says that the miners n that'll git rid ay her soon. So ah'm sittin in for a bit, gittin comfortable, watchin the telly. *Starsky n Hutch* comes oan n ah'm jist gittin intae that mood where ah'm no really bothered aboot gaun oot or no, whin the door went n it wis Billy n Carl. They come in, bit thir wantin ays oot fir Clouds. Ah wis jist gittin intae *Starsky n Hutch* n aw n ah nivir even hud time tae change. Sheena n Tessa started gaun aw bashful cause they both like Billy n ah wis anxious tae git us aw oot the hoose before they embarrassed ays. Runnin up the stairs ah goat changed quick as fuck, gittin ma earring in. Thir wis a spot comin up oan ma chin n ah nivir hud time tae check it right. Ye dinnae want spots at any time, but specially no at Clouds. As we go oot the door, that cunt Carl flicks ma earring n goes — Hello, sailor!

Oan the bus ah realise thit ah've still goat the knife oan ays. Ah didnae mean tae bring it. Fuck it, thi'll no be any bother the night. Ah wis really gled thit ah didnae pill it at the fitba. The thing wis ah goat so intae jist punchin n kickin, ah didnae even think aboot it.

So wi wir aw up tae Clouds that night, or what used tae be called Clouds. They call it The Cavendish now but every cunt still kens it as Clouds. It's funny, but muh faither n muh Uncle Donald used tae git oan ma tits when they called places, pubs n that, by thir auld names. Now here's me daein the same. Whatever ye call it though, it's barry, cause in the queue we git treated like heroes. Thir wis a crowd ay they stroppy Clerie cunts bit they wir sayin nowt. Me n Carl had drank another boatil ay cider between us n we wir a bit ootae the game by the time we goat thair. Ye huv tae hud it thegither when yir gaun in, cause the bouncers'll no lit ye in if yir steamboats, n ah'm worried aboot them sussin the knife, but we sail past them through the door. Thir's a big mob in thair, Dozo n his crowd, n wir gaun ower the stories again. Then Terry n Marty Gentleman come in, n thir's a big cheer fae Dozo n Polmont n some ay the other boys. Everybody's askin thum aboot what happened wi the polis, time eftir time. Treated like fuckin heroes. Barry.

Terry's no bothered aboot things though, ah'll gie him ehs due. It's like eh's hud ehs fitba time, n this is ehs lassies time now. — Nae Lucy the night? Carl asks um.

— Naw, she took the fuckin strop cause ay ays gittin huckled. Didnae want her up here the night anywey. Setirday night's ma ain night, ah like it best jist seein her in the week n oan Sundays, eh explains. That cunt leads some fuckin life. Terry kin git intae Annabel's and Pipers n aw, the lucky bastard. Eh even goes tae the Bandwagon sometimes. Aw he's oot fir is the fanny as usual. First ah sees um dancin wi that Viv McKenzie bird, then thir neckin in the corner. Then eh's wi one ay the birds fae the Wimpy n eh's bagged oaf wi her, bit it's no the big yin wi the white teeth, it's the wee yin wi the leather jaykit. Viv's no bothered, she's goat oaf wi Tommy fae the BBs's mate, this Leith guy Simon Williamson.

Me n Billy n Carl go doonstairs cause that boy Nicky that sells the blues is doon thair n we git yin each offay um. They start tae take effect when ah'm oan the Galaxian wi Billy, which awright, isnae as good as Space Invaders or even Asteroids, but it's aw thuv goat. Soon though, wir gittin a real buzz oaf they blues, so eftir a bit it's fuck the Galaxian, n whaire's the fanny? The fanny's back up the stair of course, n so ur we. Ah'm intae a dance now.

We're standin oan the edge ay the danceflair, watchin the lassies dancin under the mirrorball roond piles ay handbags. The dry ice comes oot n strobes start gaun. Billy wis sayin thit eh once saw that scruff-boy fae Leith, that Spud Murphy, git huckled fir chorin handbags whin eh thoat nae cunt could see wi the smoke machine oan. It's no the bags oan the flair ah'm bothered aboot though, cause thir's some total rides here, nae mistake aboot that. Aw they barry erses wrapped in they clingfilm-tight pencil skirts. It fair sets yir pulse racin whin yir oan the speed. One ay they lassies thit wis wi the Clerie boys is lookin acroass at ays, bit ah dinnae fancy the kind ay bother thit comes wi that. Some ay the Clerie boys've clocked us n aw. The cunts dinnae like the attention we're gittin. Jist cause they nivir thought tae pill oaf a stunt like that at the game. Jealous fuckers. These wankers widnae huv the brains tae think ay it or the wideness tae dae it. Half they cunts are Jam Tarts anywey. Ah sees that Renton boy fae the fitba go past. Ah nod. — Good result the day, eh, the cunt goes.

— Nivir mind the fuckin result, whaire did youse git tae, you n yir mate? ah goes.

Carl laughs, n Billy looks aw intense at the boy.

Ah'll gie the cunt ehs due, if eh's ruffled eh's no showin it. — The polis saw ma fuckin skerf comin oot ay the bottom ay ma jumper n they sent ays back. Jist as well they did, cause ah didnae see it masel n the Huns would've. Spud jist chummed ays, eh explains.

Billy laughs, lookin like eh disnae really believe the Renton boy, but eh's giein him the benefit ay the doubt. It sounds like bullshit tae me, n ah kin tell by the wey that Carl looks at the cunt that he thinks so n aw. Still, ah'm no bothered. It's up tae that Frank Begbie tae say something tae Renton, it wis him that broat the cunt. — See yis, eh goes, headin away.

— Aye, ah sais back.

As Renton goes past, Carl gies the wanker sign tae ehs back.

Ah'm huvin a blether wi Billy n Carl whin ah see her comin in. It *is* her. She's so fuckin gorgeous ah cannae look. Caroline Urquhart. She walks past us in a group ay lassies. Ah nivir kent she came here, ah thought she went tae aulder places like Annabel's n that. Ah turn away n try tae be cool. Ah'm a bit fucked, bit in a good wey, gittin energy offay the blues. Carl's away wi it, talkin shite as usual. — Listen . . . Billy, Gally, listen the now. Eh ye cannae git VD offay a lassie's tit? By feelin it likesay.

Ah starts laughin, n Billy does n aw. — You're a heidbanger, Ewart.

— Naw ah wis jist like . . .

— You've nivir hud a ride, huv ye? Billy accuses.

Carl's gaun a bit white, but eh steys quite cool. — Course ah huv, it's jist thit ah read somewhaire aboot a boy thit goat VD fae feelin a lassie's tit, eh sais. It's funny, but some cunts git a beamer whin thir embarrassed, other cunts, like Carl, go white.

— Get tae Falkirk. Eh nivir rode her? Billy scoffs.

— Naw, it wis jist offay feelin her tit.

— That's garbage. Piss off ya radge! Hear um, Gally, Billy says tae ays, shakin ehs heid. Carl likes tae act the big fanny merchant but ah doubt eh's ever hud a ride in ehs puff. Eh's knocked aboot wi quite a few lassies n eh wis gaun oot wi that Alison Lewis fir a bit, but ah doubt eh goat anything offay her. Na, he's no hud a ride. Neither huv ah, mind you, n it's aboot fuckin time ah did. Ah've hud the tit, gied the finger, been wanked off n hud ma cock gammed, so ah'm dyin tae git it proper. The lassie ah used tae go wi, Karen Moore, she didnae want tae go aw the wey but. So fuck that, ah packed her in; ye kin only git cock-teased fir so long. She wis a nice lassie but, n muh Ma liked her, in fact she went aw narky whin ah telt her ah'd packed her in. Ah felt like sayin tae her, you fuckin well go oot wi her then. You've probably goat mair chance ay gittin yir hole oaf her thin ah huv!

Anywey, ah'm up for it the night. That Odyssey's oan, that *Use it Up n Wear it Oot*, n ah deek Caroline Urquhart up oan the flair dancin wi her mate. She's wearin a barry rid dress, wi black tights. Her mate's awright, good bit ay tit on it. Fuckin hell, it's that Amy Connor! She looks different in that green toap n the make-up, her hair aw up. Aulder. Billy's seen thum n aw. — Rides, eh goes. Then eh looks at ays n says, — Fancy movin in thaire?

Ah feel a bit funny. A bit nervous. Ah rubs at whaire ah felt that pluke comin up. It even seems tae huv gone intae a heid! A pluke under the strobe lights wi Caroline Urquhart! If ah make a cunt ay masel, n git k.b.'d, ah'll huv tae face her every day at school. — No wantin oaf wi a bird fae the school, ah gasp, a bit too quick. Billy lits it go but Terry widnae huv. Mind you, he's away in wi ehs new mates now, ehs hard, wide mates. — Ah mean, that's shite, ah add.

— Popeye, Birrell says.

— Naw, bit listen Billy, thir's stacks ay fanny here, ah point ower tae two other birds dancin oan thir ain. One's goat straight blonde hair. She's a ride. The other's goat long dark hair, n her erse looks good in that pencil skirt. — See they rides but.

— Tidy, Billy agrees, n wi move in, dancin away in front ay thum. Ah nods tae the blonde bird n she does tae me n aw. Ah'd like tae smile at her but ma mates might think ah'm a poof. Wi did they fuckin Huns the day, so ye cannae go actin aw poofy wi birds n showin every cunt up. The likes ay Terry kin git away wi it cause he's goat that kind ay personality. That *Atomic* by Blondie comes oan so ah take that as ma excuse tae chat up the bird. — That's you, eh, Blondie, the blonde hair n that, ah goes, feelin ehr hair fir a bit. She jist smiles bit in a wey thit makes ays feel like a wanker. That cunt Terry, if he said the same thing, they'd be aw that whooo . . . whooo type ay wey.

— Ah wis it the fitba the day. At Easter Road. Took the fuckin Huns, eh, ah shout in her ear. She smells dead nice.

— Dinnae like fitba, she goes.

— Yir no a fuckin Jam Tart, ur ye?

— Dinnae like fitba. Muh Dad supports Motherwell.

— Motherwell's fuckin shite, ah goes. Mibbe ah shouldnae huv been sae fuckin nippy thair, but they *are* nothin n she hus tae be telt.

Wir gaun oaf the flair, n she goes back taewards whaire her mates ur sittin. — See ye well, ah goes.

— Aye, right, she sais, gaun away n sittin doon wi her mates.

Billy comes ower. — Bag oaf?

— Ah'm fuckin well in thaire, ah goes. — She's fuckin well gantin oan it. He's no bagged oaf wi the other one though. Hudin ays back. Then that *Start!* by The Jam comes oan, the one thit knocked Bowie's *Ashes to Ashes* oaf number one. Ah like it though, n wir singing it, bit it's like wir singin aboot the Huns . . . 'if I never ever see you . . . it will be a start!' Doo doo doo doo . . . Fuckin bramer.

See they blues . . .

. . . before ah ken it the last slow number's oan, the deejay's tellin aw the guys tae git up n move oan in thair, no that any cunt needs encouragement. Ah fires up intae that wee blonde lassie again. It's an auld song but, that Olivia Newton-John daein that *Hopelessly Devoted tae You* fae *Grease*. We snog fir a bit, but ah git a hardo n ah kin feel her bucklin away. Ah'm like Cropley the dug here.

Whin the music stoaps wi pill apart n she smiles. She squeezes ma hand n looks at me, but ah sort ay freeze, no kenin what tae say. — Eh, see ye in a minute, she goes, headin back oaf the flair where ah sees Billy talkin tae that Renton n this Matty boy fae Leith. Ah cannae see Carl. The blonde lassie's ower wi her mates.

Thuv goat the lights up n the music oaf n thir chuckin us oot. We're tryin tae check oan every cunt. Carl seems tae huv bagged oaf wi some fat ginger bird, Billy says eh saw um sneakin away wi her. Must huv been a right fuckin muck-bucket fir him tae be sae snide aboot it. Ah'm tryin tae be cool, but ah'm lookin for her, no Caroline Urquhart, but that wee blonde piece.

Ah see hur eftir, as wir gaun oot, intae the foyer. The wee blondie. Her mate comes up tae ays n nods ower at her n goes, — She fancies you.

Ah looks ower n sees her face, aw hard n serious n cocky n ah jist wish she would mibbe smile like she wis daein earlier, n no look like she wis gaunny offer ays a square-go, bit ay cannae smile either, cause thir's too many cunts aroond thit would take the pish. So ah nods tae the door n wi head oot n roond the corner, tae the alley doon by the back ay Clouds jist behind Tollcross n wir doon thaire n ah'm neckin her n tryin tae git the tit, but she's pillin ma hand away n she's no even gaunny gies the fuckin tit n that's nae fuckin use tae me . . .

. . . ah've goat tae git a real bag-off . . .

. . . ah dinnae want tae be a virgin . . .

— Dinnae be a fuckin lesbian then, ah goes.

— Ah'm no fuckin lesbian, right son!

— What's fuckin wrong wi ye then?

She pills away fae ays, n starts gaun ower tae whaire hur mates are. Ah starts tae say somethin, n she jist turns roond n goes, — Piss off you, right.

Her mate looks a fuckin wide lassie, hard-face, dark hair. The type wi mental brars, ye kin jist tell. She looks at me n goes, — Fuckin beat it, son. Right? Just fuckin well beat it!

Just then Caroline Urquhart and hur mate Amy are comin oot wi Terry n that Simon Williamson boy, this gadge fae Leith. It seems thit eh's a mate ay that Renton n Tommy n Matty as well as Joe Begbie's brar. Terry's laughin n eh's goat ehs airm aroond Caroline n she looks at ays like ah wis fuckin . . . like ah wis fuckin nowt . . .

N then ah hear this shoutin n everybody looks acroas tae whair this pagger's takin place n it gies me the excuse tae git the fuck away n ah'm movin ower. Billy grabs ma wrist n goes, — Leave it, Gally, this is Dozo Doyle wi these Clerie cunts. They're nowt tae dae wi us.

— Fuck off! Ah pushes past um n ah pill oot the fuckin chib n ah'm ower. Then ah stoap n think; what the fuck um ah daein here? Ah jist stand thaire. Dozo's paggerin the Clerie boy n the guy's mates clock the knife n thir oaf doon the road. The blade did the trick! That Polmont's jist standin daein nowt. The Clerie boy's doon and Dozo's bootin at him. Then Polmont nods at me n eh takes the chib off ays, and ah jist gie's um it, n eh bends doon n rips the other gadge's face apart wi it. My hert jist goes bang, as ah see the boy's skin open up and nothing for a second, then a gash and blood tearin oot ay it. Doyle looks doon at the boy. — Fuckin Clerie wank!

The boy's hudin ehs face thegither, n eh's sayin stuff, daft stuff thit

means nowt n ah'm lookin doon at um. It wis meant tae be a square-go
. . . Dozo n the boy . . .

Ah jist stand rooted tae the spot as Polmont hands the blade back
tae me. Ah take it, ah dinnae ken what fir. Cause it's mine, ah suppose.
Polmont looks at me and makes a face, and Dozo shakes ehs heid.
They laugh and start walkin away.

A couple ay guys come over, watching me, watching the boy, the
blood. Then they're gone. One sais somethin, but ah cannae hear um.
The guy's still goat ehs hands ower one side ay his face n eh looks up
and sees me wi the knife. Eh looks at me in disgust, like ah'm an
animal.

Ah turn n run acroass the car-park doon the lane n intae the main
road. Ah run fir ages, only stoapin whin ah'm oot ay breath. Then ah
throw the knife away, intae one ay they big bins. It takes ays a while tae
realise whair ah am. Ah've been gaun in the wrong direction. Ah
backtrack, but by a roundabout wey n take the backstreets hame,
avoidin the main roads.

It starts tae rain. The lights fae the street lamps reflect oan the blue-
black pavement makin ays feel sick n dizzy n ah zip up ma Harrington
n button the collar. My guts burn wi every step ah take. Everytime ah
hear a police siren or see a cop car, ah think it's fir me. Ma hert flies up
tae ma mooth n ma blood jist runs cauld. Ah see the toon change; the
shoaps become the posh toon hooses, then it's the tenements, then it's
like nowt for ages, then the dual carriageway n the lights ay the
scheme.

A (Virgin) Soldier's Song

Wir hingin aboot the shoaps at Stenhoose Croass oan Sunday mornin.
Sundays are shite and they git shiter the longer they go oan. Thir's
nowt tae dae but tae talk aboot the weekend and feel the fear and the
depression creep up oan ye until it's Monday mornin. Ah once sais tae
muh Uncle Donald whae works oan the estate at Rentokil, — Does it
git any better whin ye leave school n go tae work? Eh jist shook ehs
heid n laughed at ays as if tae say; aye, that'll be fuckin right.

Bit it's still the mornin n aw the weekend triumphs ur fresh.
Especially wi that wide cunt Terry whae goes, — Ma fuckin cherry's
still goat a nip oan it fae ma wee schoolgirl last night. Smooooth fuckin

ride, eh huds ehs hands oot n thrusts ehs hips aw slow. He goat nowt offay her, no offay Caroline Urquhart.

Fill ay fuckin shite that cunt.

—What aboot aw that 'ah widnae touch her' garbage ye used tae come oot wi? ah goes.

— Well, Terry smiles, — ah thoat, now thit ah'm workin, it's no bad huvin a wee bird fae the school tae ride now n then.

Billy looks aw impressed by the lyin cunt, n ye kin tell thit Terry laps that up. Birrell goat stuck right in at the fitba n he wis the boy really, well, him and Gent, even if Terry wis the yin thit wis nicked. N eh never crawls up tae Doyle n that like Terry does. Ah think Billy's right intae Caroline Urquhart n Amy Connor n aw. Every cunt is, even if they lie aboot it, like Terry. — She wis gaun oot wi that big boy, wis she no? eh asks.

— Naw, the cunt dumped her. Eh's gaun oot wi another lassie now. So ah wis oan hand tae lend a sympathetic ear . . . eh grins, — . . . n a sympathetic tadger n aw, eh laughs, thrustin ehs hips again. — Ah should be thankin that big cunt cause eh taught her the ropes awright. Ah thought she'd be aw that jerky, stiff wey, like a wee virgin, eh goes spitting oot the word 'virgin' like it wis 'leper', — bit naw, the big cunt must've rode aw that oot ay her, gied ehr fud a guid breakin in fir ays. Dirty wee cow kent how tae gie a gobble n aw. Too right she did! Jist aboot fuckin well gammed it offay ays!

Bullshit.

She widnae huv sooked that sweaty cunt's dirty knob.

— Whae wis that boy thit bagged oaf wi her mate? Billy asks.

Terry takes a swig ay the Irn Bru eh's goat. — Simon the boy's name is. Good lad. Eh goat a tit-ride offay Amy Connor. Eh's a mate ay Joe Begbie's brother, that cunt Franco thit goat done wi me. Ah'm jist hopin thit ah've no goat a dose offay that wee Caroline, cause ah'm oaf doon tae Lucy's fir Sunday dinner this afie, n ah ken whit's fir eftirs!

— Thoat she wis pissed oaf wi you gittin nicked? Carl asks.

— Aye, that cunt ay a faither ay hers is tryin tae poison her against ays. Thing is, it's nae good. Once a bird's hud Terence Henry Lawson, that's her spoiled n only the best will do. They cannae git enough ay it man! Guaranteed!

The big-heided cunt passes the juice ower tae me.

Ah nod the Irn Bru boatil away n eh passes it oan tae Carl, whae takes a slug. He's lookin aw pleased wi ehsel. Mibbe eh goat ehs hole offay that fat ginger. Ah fuckin well hope no, cause it would mean that ah wis the only one here that husnae hud it now. Billy's hud it oaf Kathleen Murray, n offay Terry's sister Yvonne n aw.

That Maggie Orr, her fae Billy's stair, she's comin doon the road wi this lassie that's goat glesses. Looks really nice but. They stoap ower by the chippy. — Terry, c'mere the now, she waves him tae come acroass.

Terry's standin ehs groond but. — Nup, youse come ower here, eh goes, aw cocky.

— Naw, the nice-lookin lassie wi the glesses nods back at Maggie, n she's screwin up her face, makin oot like Maggie doesnae want tae see Carl or Billy. Billy's no botherin but, eh's goat the paper, n Carl jist looks away, ehs hands oan ehs hips. Billy rolls the paper up n hits um oan the heid wi it. Carl says something like, — Wanker. Terry shrugs n goes ower tae the lassies.

That barry lassie wi the long black hair n the glesses looks ower at me n smiles. Ma hert goes boom. She seems dead nice, different fae some ay thum roond here. Then Terry looks roond at ays n aw, then laughs wi this lassie n eh pushes ehr, then grabs ehr, n it's like eh's ticklin ehr. She's laughin away n tellin um tae stoap it. Eh shouldnae be daein that tae a lassie like that, a nice lassie. That's okay tae muck aboot wi slags like that, but no the likes ay this lassie. Maggie doesnae like it either, n Terry sees this, so eh goes ower tae *ehr* n starts ticklin ehr, then eh picks ehr up, n she's screamin, — TERRY! n we kin see ehr knickers, n eh lits ehr doon n she's goat a beamer. Thir doon the road, n the bigger lassie that's nice is laughin, but Maggie's beetroot rid, hur eyes waterin. She's sortay laughin a wee bit n aw but. Terry sprints back ower tae us.

— Shag-happy, thon pair, eh laughs, as they head doon the road. Eh sees me lookin at um. — Whoah, eh goes tae ays, — that big Gail, she fancies you Gally. She goes: 'Whae's the wee cutey-pie wi the big eyes?'

Cheeky fuckin cunt: takin the pish. Carl n Billy ur laughin at ays, n Billy pinches the side ay ma face. Ah'm ignorin that big wanker Terry, ignorin thum aw. — Aw aye, aw sure, ah goes.

Billy opens the *Sunday Mail* again. Terry, the fuckin big man, that cunt's loving it aw. They made a huge fuckin deal aboot that shite at the match. They fuckin Glesgay papers: they nivir bother whin they scruffs run riot through here. Terry's fuckin stupid face n that stupid fuckin hair. Aw ower the paper. Cunt thinks eh's a fuckin star. It's aw fuckin bullshit.

WE NAME HIBS THUG

The smirking, unrepentant thug who brought terror and shame to Easter Road on Saturday is aerated waters salesman Terence Lawson (17). Millions of armchair fans watched last night's popular *Sportscene* programme where a George Best-inspired Hibs pulled off a victory against Rangers. But the match was overshadowed by serious disturbances in and around the ground. 'These people are not real football followers,' said Inspector Robert Toal of Lothian Police. 'True fans should denounce them. They are hell-bent on destroying the game.' The insolent face of Lawson being carted away from a serious affray he had instigated was too much for many genuine supporters. Bill McLean (41) of Penicuik said: 'This is the first game I've been at for years and it'll be the last. There's too much hooliganism these days.'

MAFIA

Lawson is reputed to be the ringleader of a notorious Edinburgh football hooligans gang known as 'The Emerald Mafia' because of their attachment to the Hibs Football Club and their extreme ruthlessness.

VIOLENCE

Lawson is no stranger to violence. Last year the brawny, permed-haired thug was convicted of a brutal assault on another young man outside a city chip shop. We can reveal that he also has convictions for the vandalism of a telephone box and the malicious scratching of the bodywork of an expensive car with a set of housekeys. The car belonged to Edinburgh businessman Arthur Rennie.

SICK

Last night Lawson's mother, Mrs Alice Ulrich (38), stood by her son. 'My Terry can be a bit daft, but he's no thug. He's just been hanging around with the wrong crowd. I'm getting sick of this.' Lawson was arrested along with two youths, aged sixteen and fifteen, who for

legal reasons cannot be named. The case will be heard in
a fortnight's time at Edinburgh District Court.

— It's no a fuckin perm, Terry goes, running ehs hand through ehs
hair. — This isnae fuckin permed.

Eh thinks ehs shite disnae stink. Juice lorry skivvyin wanker. — It's
cause yir auld man wis a fuckin nigger, that's aw it is, ah goes.

Ah wish ah hudnae said that. Terry disnae git oan wi ehs auld
man. Ah think eh's gaunny dae ehs nut, but eh disnae git angry. —
Well at least eh hud fuckin good skin, eh goes back, pointin at ma face.
— Skin like that n gittin yir fuckin hole, they dinnae mix mate, eh
winks, n every cunt's pishin thirsels. — Nae wonder yir S.A.V.

Ehs face is gaun aw tight n ah'm wonderin, what the fuck is he oan
aboot . . .

Billy looks blankly at Terry. — What's that?

— Still a virgin, Terry goes.

Thir aw laughin like fuck at me; shakin, hudin each other up.
Whin ah think thuv stoaped, thir's another wave that starts up as ah see
somethin fir a minute in Terry's eyes as they meet mine, it's nearly like
an apology before it's blawn away by they big donkey brays. Muh hand
flies up tae muh spot oan muh face. Ah couldnae stoap it gaun thaire.
Ah've another one now. Aye, n thir laughin even mair. Carl, whae
sneaked away wi that fuckin ginger boot n thinks eh's the last ay the
rid-hoat lovers cause some dog naebody else wants gied um it. Birrell,
whae nivir even goat a neck . . .

— Fuck off you ya cunt, ah kin hear masel sayin, but ah'm that
ragin that ma breath's catchin in ma chist.

Terry.

Cunts.

Fuck them aw. Thaire no fuckin mates . . . — FUCK OFF
LAWSON, YA POOF!

— N you'll make ays like, aye? Terry goes, starin it ays.

Ah turns away, n ah think eh half-kens it's cause ah'm feart ay
what ah'll dae rather thin ay what he'll dae. — Dinnae go in the fuckin
cream puff like a wee bairn, Gally. It's you thit sterted it wi aw this
nigger shite, eh goes.

— Ah wis only fuckin jokin, ya cunt.

Juice Terry. The fuckin big man. Hawkin fuckin boatils ay juice
roond schemes . . .

— Well ah'm only jokin aboot your fuckin plukes, eh goes, n Ewart n Birrell ur laughin again.

Wankers . . .

Ah takes a step forward n squares up tae Terry. Ah'm no fuckin well feart ay that cunt. Nivir fuckin well huv been. Aye, they aw think eh's a big hard cunt now, bit ah ken better. The cunt forgets thit ah fuckin well grew up wi um. Eh's standin ehs groond awright, but thir's a wariness aboot him.

Billy's in between us. — Stoap gittin wide wi each other. Right? Supposed tae be mates. Youse two are brutal.

We're still facin each other, glarin at each other ower Billy's shoodir.

— Ah sais stoap gittin wide. Right? Birrell goes, ehs palm pushin against ma chist. That cunt's gittin oan ma nerves as much as Terry. Ah wis oot ay order sayin that, right, but the cunt should've took it as a joke. Ah feel masel leanin forward intae Birrell's shove, makin it soas eh either hus tae really push ays back or ease off. Eh nods tae me n eh eases oaf. — C'mon Gally, eh sais, firm but reasonable.

— Aye, c'moan boys, simmer doon eh, Carl goes, wrappin an airm roond Terry, then pullin at the cunt, forcin him tae brek ehs stare at me. Terry protests, but Carl's play-wrestling um, forcin um tae join in. — Fuck off Ewart, ya milk-boatil-heided cunt . . .

Then ah says, — Ah meant it as a fuckin joke. Dinnae go fuckin thinkin yir the big wideo cause ye goat lifted at the fitba, Terry. Dinnae go fuckin well thinkin that, ah tell the cunt.

Terry pushes Carl aside n looks at ays. — Dinnae you fuckin well go thinkin that you're the big wideo cause yuv been cairryin a fuckin knife.

A knife. The boy's face.

Ah feel cauld. Ah feel thit ah'm alaine, thit they aw hate ays.

Birrell's backin the cunt up n aw. — Aye, you pack that shite in, yir gaunny git in big bother, ah'm tellin ye Gally. N ah'm sayin that cause ah'm yir mate. Yir patter's gittin brutal.

Tellin mi fuckin

Ivray cunt fuckin tellin mi

The boy's face. That Polmont cunt. Nivir flung a fuckin punch at the fitba, the fuckin shitein cunt. Greetin oan ehs ain like a wee lassie doon at Spencer's. Nivir jumped in for Dozo whin they Clerie boys wir ready tae go until they saw me wi the blade. N what eh did tae the boy wis takin real liberties. Dozo wis pannellin the boy. Thir wis fuckin nae need. N ah jist stood thair n lit um hand ays back the blade. Ah took it, ah took it like a fuckin tube. Ah'm fuckin shitein masel. Ah turns tae Carl. — What's aw this?

— You're oot ay order, Gally, Carl goes, pointin at ays. — Nae fuckin chibs.

Ewart, the fuckin Herts cunt, tellin me ah'm oot ay order. Aw aye. Aw sure.

Billy's starin at ays. — The polis came last night, eftir you legged it. Asking everybody what went oan.

Ah'm lookin at thum aw. Thir aw lookin at me the same wey the likes ay Blackie n aw they cunts at the school dae. Supposed tae be yir fuckin mates. — Aye, n what did youse fuckin well say tae thum? Bet yis fuckin well grassed ays!

— Aw aye, aw right, aye, dae ays a favour, Billy goes. Terry jist looks at ays like eh hates ays. Carl's standin back a bit, shakin ehs heid.

— Youse ken nowt, ah goes n ah turns n starts walkin away.

Carl shouts, — C'moan Gally!

Billy goes, — Jist leave um.

Ah hears that cunt Lawson shoutin in an American voice, aw high, — Cue-tee-pie . . . bye, bye cue-tee-poi . . . n ma blood's fuckin boilin.

He's fuckin gittin it.

Ah goes doon the road, past the church n the Birrells' stair, then ower intae oor scheme. Ah sees auld Mr Pender comin doon the hill fae the Busy Bee pub, n ah shout, — Hiya, but eh ignores ays, lookin away quickly. What's up wi him now? Ah've nivir done nowt tae him.

When ah pass Terry's square, ah look ower tae his bit tae see if Yvonne or any ay her mates are aroond. Ye wonder how it is that Terry's such a cunt, n Yvonne's that nice.

Yvonne's lovely.

Thir's naebody aboot but, n ah goes ower tae ma ain square n up the stairs. Ah wis jist in time, cause ah sees a big bunch ay Herts boys, Topsy n that, headin this wey. Topsy's awright, n eh's Carl's mate, but thirs some ay thum thaire that wid be bound tae git wide if they saw thit ah wis oan ma ain. Ah'm no in the mood for any cunt gittin wide the now. Thir's that graffiti thaire oan the stair waw in rid felt pen:

LEANNE HALCROW

4

TERRY LAWSON

True by both.

The cunt probably wrote it ehsel. Ah splatter it wi gob, watchin the colour run doon the waw. Cheap fuckin ink. Fuckin Terry thinks eh's that wide, wi ehs nigger fuckin hair n the cunt's fuckin Ma's shaggin a fuckin Nazi now. Fuckin wide fat stupid fuckin tube. Supposed tae huv rode every fuckin bird n battered every fuckin laddie in the scheme. Like fuck. The hard man. Like fuck. N fuckin Birrell n fuckin Ewart . . . backin um up . . . cunts.

Ah goes tae ma room n puts oan the first LP ah ivir boat, The Jam's *This is the Modern World*. Cropley comes in n ah pat him wi a tremblin hand as ma tears splash oan ehs heid. Tears that nae cunt'll see. Ever.

Ah'll nivir stey oan at school. Ah'll nivir get a joab. Ah'll nivir get a ride.

Thi'll pit ays away.

The Rockford Files v. *The Professionals*

Sunday night is as borin as fuck. Ah'm pillin the yellay rubber ring fae Cropley's mooth. Eh's growlin through ehs nostrils. Eh's goat some grip oan um. The ring's aw covered wi ehs slavers.

— Andrew, enough! muh Ma goes, — yir gaunnae pill that animal's teeth oot! Ah cannae afford tae pey vet's bills tae git um a set ay false teeth, or whatever it is that they need, she starts laughin, n me n Sheena do n aw, at the thought ay Cropley wi falsers.

So ah lits the ring go. Eh's goat it, n eh jist brings it back tae ays tae git ays tae tug it wi um again. — Yuv goat it, Cropley, gaun, blow, ah sais. Dugs urnae that bright really. It's just a load ay shite: that Barbara Woodhoose oan the telly. She couldnae train a dug like Cropley or one ay they stray dugs that attack ye whin ye try tae go across the park tae school. Birrell booted one in the throat the other week n it went away whinin. Eh sais that dugs are like people, some ay thum urnae as wide as they think. Carl sais eh wis gaunny start bringin ehs airgun tae school fir protection. Ah telt um eh'd better no shoot ma fuckin dug, or ah'd shoot him, mates or no.

Cropley gits bored or forgets, n leaves the ring. But muh Ma hus tae whack um whin eh tries tae ride Sheena up the leg whin she gits up tae go tae the lavvy. She's laughin n sayin — Git doon Cropley! Git doon! Sheena probably disnae even ken what it is thit the dug's daein, or mibbe she does. Muh Ma does but, n she's thrashin um wi her slipper n it takes ages before eh lits go.

Ah'm laughin like fuck so she gies me a clatterin n aw, wi her hand, right acroass the side ay ma heid. It wis a beauty, n ah felt ma ears pop. — It's no bloody funny, she screams at ays.

It's throbbin whaire she's thumped ma heid n ah'm still laughin, even if ah feel aw dizzy n deef in one ear. — Whit wis that fir?

— That's you teasin the dug, Andrew Galloway. Yi'll huv the perr animal wild, she says.

Aw aye. Ah jist rubs ma heid n ah picks up the paper at the telly page. The eardrum jist sortay pops back n ah kin hear fine again. What ah hate maist aboot Sunday night is thit thuv goat *The Rockford Files* oan the BBC n *The Professionals* on STV, right at the same fuckin time. Takin the fuckin pish these cunts, ye think they could plan better.

Ah feel muh Ma sittin doon beside ays oan the couch n she's pittin her airm roond ays n giein ays a hug n rubbin ma heid n it's like she's nearly greetin. — Sorry darlin . . . sorry ma wee darlin, she sais.

— It's awright Ma, it nivir hurt, behave yirsel! ah laughs, but ah'm nearly greetin n aw. It's like wi her daein that, ah'm turnin intae a wee bairn again.

— Sometimes it no easy for me, son . . . she looks at me, — . . . ken?

Ah've goat a lump in ma throat n ah cannae say nowt, so ah jist nod.

— Yir a good boy, Andrew, always have been. You've been nae problem tae me at aw. Ah love ye, son, she sobs again.

— Aw Ma . . . Ah gies her a hug back.

Sheena comes ben fae the lavvy n me n muh Ma pill away fae each other oan the couch like wir a young couple huvin a sly snog n huvin tae quickly sit up straight. — What's wrong? Sheena goes, aw feart.

— It's awright darlin, she says. — Jist huvin a wee blether. Come and sit doon oan the couch wi us, she pats the seat next tae her, but Sheena sits doon oan the flair at her feet and Ma's goat an arm roond me n one roond Sheena, strokin her hair, sayin daft things like: — Ma wee bairns . . . n ah feel nice but embarrassed at the same time, cause ah'm a bit fuckin auld for this, but, well, she's upset, so ah say nowt, n Sheena's goat one ay her hands n she's hudin it in baith hers n ah'm gled that ma mates cannae see me now.

Wi settle doon tae the telly n the bell goes eftir a bit n it's Carl.

— Want tae come roond ma bit n watch *The Professionals?* eh asks, ehs eyes aw eager.

Ah look at um, sortay hesitatin fir a wee second. Eh kin tell that ah dinnae want tae come. But ah dinnae want um thinkin it's because ah dinnae want tae leave muh Ma right now though. So ah switches it ontae Terry n this eftirnoon. — That Terry's a wide cunt. Eh's gittin ehs fuckin mooth burst.

— Aye, Carl sais, aw weary. Eh kens that Terry n me are the best ay mates, even if wi git oan each other's tits sometimes. — C'mon tae mines n watch *The Professionals.*

— Awright, ah goes. Ah wanted tae watch *The Rockford Files* wi Ma n Sheena, but fuck it, it'll be good tae git oot the hoose.

Ah tell muh Ma ah'm gaun roond tae Carl's, feelin a wee bit guilty aboot leavin her n Sheena, a bit awkward aboot no steyin. But she'll be awright! It's jist women fir ye, as ma Uncle Donald says. Muh Ma's fine aboot it but, she nivir bothers if it's Carl or Billy's but she doesnae like ays gaun doon tae Terry's. Sometimes whin we go tae Terry's tae dae glue or huv a bevvy, ah tell muh Ma wi wir doon at Carl's or Billy's n it's jist cider. Ah think muh Ma n Mrs Birrell n Mrs Ewart really ken that we're doon at Terry's but.

So we go roond tae Carl's bit. Ah like it at Carl's cause it eywis feels warmer than in our hoose, but ah think that's jist cause ay the fitted cairpits thit go waw tae waw. It gies ye the feelin thit it's mair sealed. Likes in oors we've jist goat the auld cairpits thit ma uncle hud, n they dinnae go aw the wey tae the waw. Thir's new furniture n aw, sort ay big comfy chairs in a light wid frame thit ye jist sink intae. Carl says thit they come fae Sweden.

— Aye, aye, here's the other fitba hooligan! Carl's auld man sais, but eh's jist jokin. That's the thing aboot Carl's auld boy, eh eywis hus a crack wi ye n eh disnae go aw mumpy like other auld cunts.

— No us, Mr Ewart, that's jist Terry, eh Carl? ah goes, ah couldnae resist that yin.

— That laddie's gaunny git ehsel intae big trouble one ay these days, you mark ma words, Mrs Ewart goes.

Carl looks at her and says, — Ah telt ye before Ma, it wisnae Terry's fault. It wis nowt tae dae wi him really.

That's one thing aboot Carl: eh eywis backs everybody up.

— Ah saw um oan the telly, walkin roond that pitch wi a big, daft grin oan ehs face. Perr Alice must've been affronted, Mrs Ewart says, headin oaf intae the kitchen.

Mr Ewart shouts eftir her, — It wis aw a bit silly, but aw the boy wis daein wis laughin. Whin they make a law against that then wir right up the Swanee, eh says, but Mrs Ewart's no responded.

Ah lowers ma voice n looks ower at him. — Did you ever git intae bother at fitba, Mr Ewart? ah goes. Ye kin say they kind ay things tae Carl's faither, even though ah expect him tae say, 'Dinnae be bloody cheeky, aw that sort ay thing didnae happen in ma day.'

Eh jist smiles at me and winks. — Aw aye, that's always gone oan, eh sais, — youse think ye invented it aw, but yis dinnae ken the half ay it.

— Is it Ayr United that Kilmarnock batter? ah ask.

Eh shakes ehs heid n laughs. — Well, Ayr n Killie are rivals, aye, but they arenae that often playin in the same league. So maist o' the real bother doon there used tae be at the big junior games. Ah wis a Darvel man and in the cup games against the likes o' Kilwhinning or Cumnock thir wis always bother before, during n after the game. It sometimes got very, very vicious as well. If they had the numbers, ye would never have heard o' Rangers versus Celtic!

Mrs Ewart's made some tea, n she brings it through oan a tray. — Quiet Duncan, ye shouldnae be encouragin they laddies! She's laughin though.

Mr Ewart grins, like he's windin her up. — It's jist social history, that's aw. Ah mean, ah dunno what it's like now, but they were all minin towns. The work was hard n thir wis a lot of poverty. People had to huv an outlet. It wis pride in yir toon or village, in whae ye are, whaire ye come fae.

— Well *they* dinnae need an outlet. Thi'll end up in the bloody jail, that's where they'll end up, she warned.

Carl smiles at me and ah try no tae look back, soas no tae annoy Mrs Ewart. Ah ken ye shouldnae really say things aboot yir mate's ma, but ah really like Mrs Ewart. She's goat barry tits. It makes ays really feel ashamed, but ah've hud a wank aboot her before.

The Professionals came oan n we settled doon tae watch it. Ah kept lookin ower at Mrs Ewart's legs, the wey she kicked oaf they slippers. She catches me n smiles, n ah gits a beamer n looks back at the screen. *The Professionals* are barry. Ah'd be Doyle n Carl wid be Bodie, even if Doyle's goat hair like Terry.

Doyle.

Polmont.

The knife.

The boy fae Clerie.

Ah look back tae the screen. Even though it wis great, ah could still feel that sick, dreaded Sunday night feelin settlin in, worse thin ever.

No Man of the House

Whin ah wake up ah'm a bit happier though, in fact it's the first time in yonks thit ah've been lookin forward tae the school oan Monday. Ah fuckin hate the place, n ah cannae wait till summer until ah'm sixteen n ah kin git the fuck oot ay it. They tell ays ah should stey oan, they say thit ah could be good if ah applied masel mair. Aw ah like but, is French. If they'd lit ays dae French aw the time, or mibbe another language like German or Spanish, ah'd nivir be oot ay school. The rest is shite. Ah'd like tae go tae France tae live one day, n huv a French bird, cause the lassies ower thaire are beautiful.

Ah'm wantin tae hear aboot the match but ah'm no wantin tae hear aboot ootside Clouds. It's probably blown over by now though.

Clouds! Blown over by now!

But it worries ays whin ah think aboot it. Sometimes ah feel thit things are awright, then ah git this shudder thit nearly stoaps ma hert. Muh Ma kens thit something's up wi ays. Ah find it hard tae meet her eyes. Ah'm up right away n oot early, callin roond fir Billy n Carl first, which nivir usually happens.

Wi gits tae the school n it's Monday assembly in the Gym Hall. McDonald, the heidie, he's sittin up thaire on the platform, lookin aw grave n serious. Thir's a loat ay chatterin which stoaps as soon as eh gets up. — It's indeed unfortunate that we have to start our week on a sour note. Mr Black, eh says, nodding tae Blackie whae stands up next, settin oaf another buzz ay whispers aroond the hall.

The cunt looks really angry. Thirs rid strips doon each side ay ehs face. Eh clears ehs throat n wi aw shut up again. — In all my years of teaching experience, I have never, ever been ashamed to say that I was a member of this school . . .

— Radge nivir went tae this school, what's eh oan aboot? Billy whispers tae ays.

— . . . until I witnessed some sickening behaviour at the football game at Easter Road on Saturday. There was a group of youths, obviously hell-bent on causing trouble, who dragged the name of this

. . . of this whole city, this whole city, eh swings ehs airms wide, — right through the dirt, eh moans. As usual, the cunt stoaps fir effect. Everybody's heids go doon, but it's only a few sooky, snobby wee cunts n one or two lassies thit huv hung thum in shame; wi jist aboot everybody else it's tae stoap um seein thit wir aw aboot tae burst oot laughin. — And it pains me to say this, eh cairries oan, — but some of those involved were pupils at this school. One of them is known to many of you. He left last summer. A fool of a boy known as Terence Lawson.

There were a lot of stifled giggles. Ah wished Terry wis there tae hear this. A fool of a boy! That's Terry!

— The other young idiot was not known to me. But there was one thug, strutting as boldly as you like, being frogmarched by police officers around the track for the television cameras, for the *whole world* to see! One boy from *this school*! Blackie's fuckin tremblin now wi ehs anger. — Step forward Martin Gentleman! What do you have to say for yourself?

Ah couldnae see Marty Gentleman at first. Ah did see Dozo Doyle grinnin fae the side, ehs newly shaven heid n ehs mad eyes. Then ah sees Hillier, the PE boy, signal tae Gentleman tae leave the line, n ah can see um now. Eh's no easy tae miss.

— Stick yir fuckin school up yir hole, ya radge! Gentleman said, as eh stepped oot the row. Thir wis a loat ay laughter n oooohhs comin fae the rows. In fact it wis dead like whin muh Uncle Donald used tae take us tae the pantomime in the Kings at Tollcross, tae see Stanley Baxter n Ronnie Corbett in *Cinderella* n that. Hillier tried tae grab ehs airm, bit Marty brushed um oaf n stared um doon. The cunt shat it.

— This is the mentality . . . do you see! Do you see! Blackie sweeps ehs hands forward taewards Gent, who's walkin tae the door n giein the cunt the Vs. — This is the mentality . . . this is what we're up against! We're trying to teach! We're trying to teeeaatch . . . Blackie squawked fae the stage.

Gentleman turned roond tae the stage n shouted so much that eh nearly cowped over, rockin forward oan ehs taes. — FUCK OFF, YA RADGE! STICK YIR FUCKIN JESUS UP YIR ERSE!

— YOU'LL NEVER SET FOOT IN THIS SCHOOL AGAIN! Blackie howls.

Mair ooohs, mair laughter. The best fuckin panto any cunt here's ever seen, that wis fir sure.

— Dinnae fuckin well worry aboot that, ya cunt! Too fuckin right ah'll no! Gentleman roared, then turned ehs back n walked oot fir good.

A lassie called Marjory Phillips started gaun intae a laughin fit n bit her finger tae stoap herself. Billy n Carl wir nearly greetin. Ah goes, — A gentleman, but no a scholar. No now anywey, n the cunts start laughin n it spreads doon the line.

Barry!

Blackie's rabbittin oan n oan, but eh's oaf ehs fuckin heid n McDonald's tellin the cunt tae sit doon. Then wir dismissed. It's aw gaun roond the school, every cunt's aboot wettin thirsels. Gentleman wis right tae dae what eh did, that cunt Blackie wis oot ay order. It wis ootside ay school ooirs; fuck all tae dae wi him. The wey ah see it is thit we should've goat a fuckin medal fir standin up tae they cunts. Bit Gentleman wid be leavin the school in a month or so anywey, so it makes nae fuckin odds if they expel um or no. Lucky cunt gittin lifted cause that's him offski fir good. That's what would be great aboot gaun tae work; yir no gaunny git hassled jist fir fightin at the fuckin fitba. Ye git treated like a wee bairn here.

When ah gets back hame ah goes doon tae the chippy for muh Ma. Ah'm steyin in the night n watchin the telly. Wi eywis go tae the chippy oan Monday cause muh Ma disnae finish her cleanin joab till late n she's nae time tae make something. Ah gits a fish supper, two pickled onions, a pickled egg, a roll n a can ay Coke n ah'm sittin watchin the news. Ah've jist finished eatin whin thir's a knock oan the door. Ma gits it n ah hears the voices. It's men's voices. Hers is aw high, thaires is low.

It's the polis. Ah jist ken.

It must be somethin tae dae wi the auld man. It hus tae be. Eh wis last heard ay doon in England. Birmingham, or somewhaire near thaire.

Then they come in. Muh Ma's lookin at ays, ehr face aw white wi shock. The polis ur starin at me n aw, but thir coupons look like thuv been carved ootay stane.

It's fir me.

Ah cannae say nowt. If it's fir me, ah cannae say nowt.

Muh Ma's greetin, pleadin, bit they say they need tae take ays doon tae the station. — It's a mistake Ma, it'll aw be sorted oot. Ah'll be back in nae time, ah say. She looks at ays n shakes her heid. She's in real pain. — Honest, Ma, ah plead. It's nae good, cause she's mindin ay the knife. She went oan and oan at ays tae git rid ay it, n ah telt her, promised her thit ah'd flung it away.

— Come on, Andrew, son, a cop sais.

Ah get up. Ah cannae look at muh Ma. Sheena's pattin Cropley. Ah try tae wink at her but she's keepin her eyes doon. She's keepin thum doon in shame, like the sooky kids in assembly.

One ay the cops looks a right cunt, bit the other one's awright, eh's talkin aboot the fitba n that as we git intae the car. Ah'm tryin no tae say too much, in case thir tryin tae git ays talkin soas ah'll shop some cunt by mistake. Mr Ewart's comin doon the road in ehs overalls wi ehs bag for ehs piece. Eh sees me in the car, n eh's comin ower, but ah cannae look at him. Ah feel thit ah've lit everybody doon.

Ah'm gled whin we speed oaf, soas eh cannae git ehsel involved. Eh'd try tae help, ah ken eh wid, n it wid jist embarrass ays mair. Ah dinnae think the cops even seen um.

It feels like the end ay the world.

Doon the station they take ays intae a room n leave ays thair. It's goat two orange plastic chairs wi the black metal legs like at the school, a green Formica-topped table n yellay-cream waws. Ah dinnae ken how long um thaire fir. Seems like ooirs. Aw ah kin dae is think aboot Setirday night, aboot the boy's face, aboot Polmont; aboot bein daft enough tae pill the knife, stupid enough tae gie um it, mad enough tae take it back.

What the fuck wis ah thinkin aboot? Three times stupid in the space ay aboot as many seconds.

The two polis come back intae the room wi this other guy in plain clathes. Eh's goat a grey suit oan, n a long face like a horse's. Thir's this wart oan ehs nose, n ah cannae stoap lookin at it. It makes ays think aboot ma pluke n how ah shouldnae huv went tae Clouds wi a spot. Ma thoats stoap n freeze inside muh heid whin the boy pills ma knife oot ay this bag.

— Is this your knife? eh asks me.

Ah jist shrug, bit ah'm shakin inside.

— We'll be taking fingerprints from you in a wee minute, Andrew, the nice cop says tae me. — We also have witnesses tae say that you had one like it.

Thir's this fly crawlin up the waw behind the boy.

— And we've goat witnesses tae say that you were running from the scene of the assault and others to testify that they saw ye put something intae the rubbish bin where we found the knife, the cunty cop says, drummin the table.

— What we're trying to say Andrew, the plain-clothed guy says, — is you can make things easier on yourself by telling us the truth. We know that it's your knife. Did you give the knife to anybody else that night?

It wis Polmont. Ah dinnae even ken the boy's name. Polmont. It's like eh wis a ghost. Polmont did it. They'll find that oot. They'll see that.

— Naw . . . ah sais.

The plain clathes boy wi the wart starts again. — Ah know yir faither, Andrew. Aye, he's done some silly things in his time, but he's no a bad man. He'd never get involved in anything like this. Thir's no wickedness in him, and I don't think there is in you. I saw the laddie that was slashed by that knife. It tore aw the nerves in his face, he'll be paralysed doon the side ay his face for life. I think thir wis wickedness in whoever did that. Think aboot what your dad would think ay that. Think aboot yir mother, son, what's she gaunny feel like?

Muh Ma.

— Once more Andrew, did you give that knife to anybody that night?

Ye nivir grass.

The fly's still thair, eh's climbin again.

— Andrew? The hard cop says.

— Naw.

The boy wi the wart looks at ays and blaws oot some air. — On your own head be it.

Ah'm a mug, ah'm gaun doon but thir's nowt ah kin dae. Ye dinnae shop nae cunt. But surely some cunt'll tell thum it wis Polmont. Thi'll no lit me dae time, no Doyle n that, no the rest ay the boys. They'll tell Polmont, they'll git it pit right.

The fly zooms oaf the waw.

Ah'm no gaunny be the man ay the hoose any longer. Thir isnae a man ay the hoose now.

Muh Ma.

Aw fuck, what's muh Ma gaunny fuckin dae?

Carl Ewart

Sex Education

— These things just happen in their ain time son, my auld man said through a blue haze ay Regal smoke, obviously embarrassed. This wisnae his scene, but my mother had insisted that he sat me doon n talked tae me. She'd seen that ah was 'aw anxious and depressed' as she put it. But this was purgatory tae my perr faither. Ah'd seldom seen him lost for words, but this was daein it awright.

These things just happen in their ain time. Just the news ah wanted, Dad, thanks for that. Ah didnae need tae say, 'Aw aye, n what time is that then', cause it was written aw ower ma face. He knew it was bullshit, ah knew it was bullshit. Things *dinnae* happen, ye huv tae *make* them happen. The question was, and we baith kent it: 'How the fuck dae ye make them happen?'

— Ah mean, he coughed, now looking really disturbed as the smoke cleared fae ma eyes, — ye get aw that kind ay stuff at school. Ah mean, we goat nowt like that when we were at school.

It wis fuckin useless though: their sex education lessons. Gallagher fae Science showin ye aw they diagrams ay cocks n baws cut in half, n the insides ay lassies' fannies; canals n tubes n unborn bairns n aw that sortay stuff. Stuff that would put ye oaf huvin a ride. It made me feel squeamish; the wey a lassie's tit looks inside, like it's fill ay seaweed. Ah used tae *like* tits. Ah *do* like tits, and ah want tae keep likin them; ah dinnae want tae think ay them as bein fill ay seaweed.

This is the worst time ever.

Aw ah want tae ken is: HOW DAE AH GIT MA HOLE cause it's drivin me fuckin mental!

Then eftir the slide show n the advert for rubber johnnies they tell ye: go tae a teacher you feel ye can talk tae if ye huv any problems. Ah should go tae Blackie. Eftir aw, he's the yin ah've goat maist connection wi. Ah'm always gittin sent tae his office fir the web. That would be radge. Excuse me sir, how dae ah go aboot gittin ma hole? Did Jesus get his hole, or did eh die a virgin like Mary? Did God shag Mary and if so did that mean that he broke one ay the ten commandments 'thou shall not covet thy neighbour's wife' or is there a different rule for him?

Fuckin barry that would be, ah dinnae think!

What ye want tae ken is:

(1) How dae ah chat up a bird?

(2) How dae ah get *her* horny, what steps dae ah take? Dae ah go fir the tit first, or feel the fanny? Dae a stick ma finger up it and burst the hymen, like the cunts a year above me who've obviously never had a ride in their life tell ye, or is there another wey ay gaun aboot it?

(3) Do I pee when my cock's up a bird's fanny or just shoot spunk like when I'm havin a wank? Ah hope it's the second cause it's hard tae pish wi a hard yin.

(4) What does the bird dae durin aw this? It's jist soas ye ken what tae expect.

(5) Do I wear a rubber johnny? (If so, nae problem, I've started trying them on so ah ken how tae fit them.)

(6) What aboot VD? No jist offay feelin a lassie's tit, surely. Awright, Gallagher's sex education classes did come in a *bit* useful: cleared that yin up. Ah wis stupid as fuck tae repeat that nonsense at Clouds that Donny came oot wi at Tynecastle the other week. Of course, Birrell n Gally gied ays nae brek at aw.

And Blackie's gaunny say: Well Mr Ewart, I'm glad you came to me to discuss those matters. I think the best way forward for us to sort out this problem is for you to come home with me where my wife, a former page-three girl, and much younger than me, will show you the ropes.

N ah'd say, I couldnae possibly Mr Black . . . sir.

Well, you could do me a good turn, Mr Ewart. Once my wife's showed you what to do, would you be so kind as to return the favour and teach my daughter? She's ages with you, and she's a virgin. And *she looks absolutely nothing like me*, in fact they say that she bears a striking resemblance to Debbie Harry of Blondie . . . not that I follow such silly nonsense as pop music. I do hope you will consider my request, Mr Ewart, as I would also be prepared to make it worth your while in expenses.

Okay then sir, that's great by me.

Good man, Carl. And let's dispense with this 'Mr Black' and 'sir' nonsense. Call me Cunt Features. After all, we're both men of the world.

Okay, Cunt Features.

Naw, it doesnae seem likely at aw. So ah asked ma faither, who kept lookin shaky and muttered something aboot how ah should be climbin trees n things like that. Then eh composed ehsel and gave me a talk aboot bein careful aboot pregnancies and VD. Then, for the grand finale, he said, — When ye find a nice lassie ye like, yi'll ken the time's right.

Ma auld man's advice: find a nice lassie n treat her right.

Like aw ma auld man's advice, ehs ten commandments, it husnae really done ays that much good. Thir's nowt aboot gittin a lassie, jist aboot no hittin lassies. Ah ken no tae hit a lassie. What ah want tae ken is how tae ride yin. Ma auld man's useless rules. Ehs patter's just goat ays intae bother at school, wi the likes of Blackie, for standing up for masel and tryin tae back up other cunts thit dinnae thank ye fir it. And the auld man's tense cause one important bit ay advice eh gied ays disnae match up wi the other things eh says.

One ay ehs rules is thit ye eywis back up yir mates. Fine. Then eh says ye never grass anybody. Well, how kin ye dae baith wi Gally? How kin ye back him up withoot grassin oan Polmont? Cause Polmont's no gaunny gie ehsel up. Ah cannae make um dae it, no even Billy or Terry, nor Topsy and the boys fae the scheme that ah go tae Herts wi, oan the L.F., even they'll no mess wi the likes ay Doyle n Gent. Especially no for another Hibby like Gally, even if eh is well liked. Doyle's family, thir no jist hard cunts, thir gangsters. Thir's a difference.

A big difference.

Thir still calling Setirday the night ay the long knives. Especially Terry, tryin tae cash in oan Gally supposedly stabbin the boy, n connectin it wi him gittin lifted, soas that aw the wideos in the area pit two n two thegither n make ten. Ah ken the wey his mind works: usin ehs mate's misfortune tae blaw ehsel up.

Cunt.

Of course ah saw nowt that went oan wi Gally doon Clouds last weekend. Ah'd left wi Sabrina long before the bother started. Terry must have seen something, or Billy or one ay the other boys.

Sabrina: ah want tae know what tae dae aboot her and ah want tae know what tae dae aboot Gally.

Everything's gittin complicated.

Aw the auld man can dae is try tae bar ays fae gaun up tae Clouds. No that eh said so much in words, eh jist said, — Come and play some records, at the club, son, a bit ay deejaying.

Eh wis never keen oan me deejaying wi um up the Tartan Club before. The number ay times ah asked um: the number ay times he said naw.

The auld man n auld lady heard aboot the bother that weekend, wi the fitba and then at the disco. Ah reckon they think it's aw Terry's fault, wi him gittin done at the match. But we were hardly wi Terry that night. Billy thinks thit Gally just lost it, eftir that bird k.b.'d um. But it wis either Polmont or Doyle that slashed the guy. Defo. Gally widnae, eh's no goat that in um. Eh stabbed that boy Glen in the hand at the school, n that wis daft, but it's different fae slashin some cunt's face.

Now Gally's gaunny be pit away. It's ehs birthday oan Christmas day. Ah mind whin ah used tae ask if eh goat two sets ay presents, one fir ehs Christmas n one fir ehs birthday. Now eh's gaunny get nowt. The wee man. Eh's the best pal ye could ever huv n aw.

Ma auld man. Find a nice lassie eh says. Easy.

Like Sabrina, and every lassie ah talk tae, nae bother, but what next? What happens doon here, doon below? Ah felt like sayin that ah find a nice lassie ah like at least fuckin ten times a day. It does me nae good at aw, ah've still no hud it.

Maybe ye just have tae fire in. But if ah'm no seein Sabrina this weekend, fuck knows how ah'll dae that.

Make Me Smile (Come Up and See Me)

She's a really nice lassie, a brilliant lassie. If only ah fancied her a bit mair. Terry once said that ye cannae fuck a personality, eftir Gally had said that this bird at school hud a nice yin. We had met in the record shop at first, Golden Oldies at Haymarket. She wis askin the boy if eh hud a copy ay that auld Steve Harley and Cockney Rebel song, *Come Up and See Me, Make Me Smile*.

— Sorry, eh said.

Ah dunno why, but ah went up tae her n said, — That's the best record ever made.

She looked at me fir a bit like she wis gaunny tell me tae fuck off. Then she said, — Aye, ma brother had it, but eh's moved oot the hoose n eh's takin his copy wi him. Eh'll no gies it, she said tae me, raising they eyebrows ay hers, so fine, soft n fair.

— Go up tae the Sweet Inspiration in Tollcross, ah telt her, — they've definitely goat it up thaire, that's a cert. Ah mind ay seein it the other week, ah lied. — Ah'll git ye up thaire if ye like, ah telt her.

— Okay, she smiled back at me and ah felt a wee PING inside. When she smiled her mooth went pure crescent-shaped and totally changed the shape ay her face.

Sometimes she looked really lovely. The problem wis that she was quite a fat lassie, well, no fat, but big, and she had blondish, sort ay gingerish hair. We went doon the road, me aw shy in case anybody saw n thoat that we wir gaun oot thegither. Meetin Juice Terry now wid be the worse thing oan Earth. It wisnae that ah didnae like her, it wis that she wasnae really skinny wi big tits like the lassies in the wank mags and they were normally the type ay bird ah went fir.

Aw the wey up the road it was sounds, sounds, sounds, and she really kent her stuff. It was barry tae be able tae talk aboot music tae a lassie that kens what it's aboot. Thir wis nane at ma school, well, thir must've been really, but ah jist hudnae met them. Ah mean, they ken what's in the charts n aw that shite, but they jist look at ye when ye try n talk albums. Ah wis chuffed when thir wis nae Steve Harley in Tollcross either and we had tae walk doon tae the Southside and then right doon tae the top ay Leith Walk before we finally goat a copy. Ah thoat her name Sabrina wis really nice, but ah didnae like it when she said she goat called Sab. Ah liked Sabrina the best. Mair exotic n mysterious, no sae much like a car, ah telt her. At this time ah kent that ah didnae want tae just talk music wi Sabrina, ah wanted us tae make it. This wis the best fuckin chance ah hud, cause ah could talk tae her aboot something ah kent aboot, withoot her gittin fed up like wi aw the rest ay thum. N cause ah could ah wis dead relaxed wi her.

So we went tae the Wimpy for a Coke n some chips. Ye could tell she really wanted a burger n aw, by the wey she wis lookin at this boy's yin, but didnae want me tae think she wis greedy.

The next time ah met her was up in Clouds, oan Setirday, the night Gally goat lifted. She wis wi some pals. We hud a couple ay bops but it wis maistly jist sittin doonstairs, talkin sounds. Ah wis nervy cause ay aw ma mates bein thaire, but ah wis chuffed whin she said she hud tae get hame, and we went away early for a walk through toon. Ah think that Renton boy n that Matty fae Leith wir the only yins that saw us thegither, jist as we left. When we goat oot, we wir jist snoggin n that, n talkin aboot sounds. Ah walked her doon tae Dalry, then just carried oan hame, doon Gorgie Road n right oot tae the scheme.

So ah missed it, missed aw the excitement. Andy Galloway, Wee Gally, ma wee mate, taken away tae the detention centre oan remand; nae bail pending police, social work, psychiatric reports and the trial. It's they two things gettin me doon, making me depressed, as muh Ma calls it; me able tae dae nowt aboot Gally and nowt aboot no gittin ma hole.

Ah just kent that if ah didnae git a ride within the next few weeks, naw days, ah wis gaunny die a virgin, destined tae live at hame wi muh Ma n faither for the rest ay ma life. The stakes were that fuckin high. Ah was ready. Ah was way past ready. All ah thought about was sex.

Sex, sex, sex.

Ah phoned Sabrina n we made a date for Wimpy's on the Tuesday. We sat thair n kissed until ah wis nearly ready tae shoot ma fuckin duff in ma jeans. It wis great, but it wisnae enough. Ah plucked up the courage tae ask her if she fancied comin doon tae mine tae look at the records next Setirday night, when muh Ma n Dad would be at the Tartan Club.

Sabrina smiled quite cheeky n said, — If ye like.

Ah'll dae it.

Come up and see me, make me smile . . .

Couldnae wait till Setirday. It dragged. Ah went oot tae make a call tae her oan the Wednesday, even though it wisnae too cool. The phoneboax wis fucked. Ah hud tae go back hame n snidely dae it. Her faither answering the phone. Me askin fir her, ma voice brekin. She seemed a loat mair casual, it wis as if she didnae gie a fuck, and ah wis wonderin if she'd come. Ah hud tae whisper n ah felt like ah wis gittin a beamer if muh Ma or Dad came in. Then ah tried tae go aw gruff like ah wis talkin tae a mate.

Ah doubted now whether she'd come, even though she said aye, when ah telt her ah'd see her oan Setirday. It wis depressin.

Then at Newman's fruit shoap Topsy wis at ays tae go tae Herts oan Setirday. Naw. No way. That Maggie wid mibbe be thair. Sabrina's better than her. Ah thoat ah'd git tae hers when her Ma n Dad wir away. Billy sais they left her oan her tod tae go doon tae

Blackpool. Skinny wee scruffy Maggie, whae k.b.'d me n then went wi fuckin Terry, or so the cunt sais. It seems a load ay shite tae me. Eh cannae huv shagged *everybody* that's goat a fanny.

Jews and Gentiles

Topsy hud been oan at ays aw week; at school, then at oor work, aboot ays no gaun tae the Hearts game at Montrose. It wis jist cause ah'd been at Hibs oan Setirday. Ah think eh thoat ah wis changin sides. Nae chance ay that. Ah still shite masel thinkin aboot that gob that went doon ma throat. Ah dinnae mind a punchin or a kickin, but that's disgustin. What a fuckin way tae die: hepatitis fae some fuckin Glesgay scruff through backin up Hibs cunts ah fuckin hate anywey! It's no very rock n roll, no like a drug overdose or helicopter crash. You'd probably get Maggie Orr, n aw they lassies fae school, aw dressed in black, standin roond ma grave, sheddin tears, wishin they'd hud the decency tae gie ays ma hole whin they hud the chance.

Eftir slaggin me aboot it aw week, Topsy now wants ays to go ower n ower what happened oan Setirday. Wir sittin doon in the basement ay the shoap, huvin oor brek in the office. Poofy George is ootside in the cellar, makin up some bouquets and wreaths.

Oor Mr Turvey is fascinated by the Doyles, and Dozo especially. Eh wants ays tae tell it aw again; whae wis first in, Doyle or Gentleman, whae wis the gamest n aw that shite. Fine for while, even fun for a while, but it does yir heid in eftir a bit.

So tae change the subject ah starts gaun oan aboot the band. — Tell ye what, ah hud a great tune thit came intae ma heid last night, ah telt um.

Topsy goes quiet and thoughtful. Then eh sucks oan these big front teeth ay his, like eh eywis does before eh's gaunny say somethin. — Ma auld man's no gaunny lit us practise in ma hoose again, no eftir the last time, eh tells ays.

Fuckin well knew it! The daft cunt hud aw they birds up, Maggie n that. No thit ah wis complainin, but ehs bedroom wis like St James's Centre. We goat aw excited n started showin oaf, turnin the amps up dead loud, n ehs auld boy turfed us oot. Some fuckin band. — Aye, ma auld girl goes radge as well, ah hud tae admit. — Anywey, it's a waste ay time roond at mines, the auld boy eywis interferes. Ah kin nivir git the guitar offay um. We should jist practise at Malc's aw the time. It makes mair sense. By the time eh's goat that drum kit roond tae oor bit n set it up, it's time tae pack it in.

— His auld lady's gaunny love that, Topsy goes, breakin a piece fae ehs four-finger KitKat n dippin it in ehs mug ay tea.

— Aye, it's a fuckin hassle, ah agree. Mind you, everything's a hassle these days. Stuck here, at Newman's Fruiters and Florists of Distinction when we should be practising. Snap should and could be the best band ever, but this kind of shite goat in the wey. This is the best time at work but, the brek, the time whin ye kin sit doon n discuss the important things.

— That's the trouble wi the scheme, Topsy considers. — Waws too thin. Every cunt kicks up fuck. If we lived in a big hoose wi a basement or a garage like that auld Jew cunt upstairs, eh thumbs up tae the shoap above us, — we'd be like the fuckin Jam by now. It wid be The Jam who'd be fuckin well supportin Snap.

Ah worry thit Poofy George hus heard um, cause Topsy's voice really carries, so ah looks ootside. George's still wheezin away, daein ehs flooirs, makin that strange whistlin sound through ehs teeth. Ah turn back intae the office, lowerin ma voice. — Newman isnae a Jew, Tops. Eh's a proddy like us.

Topsy's face goes aw hard and set. — You're half Catholic, eh says accusingly. — Oan yir ma's side.

— Fuck you, ya biased cunt. Muh Ma's nivir been tae chapel in her puff, n ma auld boy's side ur aw Orange cunts, no that ah gie a fuck aboot that. N Newman's a proddy n aw, ah point tae the roof, — Eh's a fuckin Kirk elder, for fuck's sake.

Topsy taps the side ay ehs nose. — That's what they want ye tae think. They take ower the churches tae make it less obvious. If the likes ay Jewmen just went tae the synagogue, they wid stand oot a mile. Aw this sneakin intae the proddy church is jist tae make it less obvious. Eh wants ye tae think eh's one ay us but eh isnae.

Just then Newman comes doonstairs, n we hardly hear him till the last couple ay steps. Eh *kin* be a fuckin sneaky cunt. Steppin sideweys intae the narrow office like a crab, eh taps ehs watchface. — Come on! Come on! Ehs face is like a bird's, aw sharp beak and keen, darting, sparry eyes. — There's deliveries need to go out! eh sais tae me.

Aye, n there's the biggest injustice for ye; it's Topsy that ey slags off Newman, but the cunt never bothers him, it's always me eh's oantae. Ah'm usually the daft cunt that hus tae go oot oan the delivery bike in aw weathers, droppin oaf groceries tae lazy rich cunts whae never tip ye and treat ye like a fuckin skivvy. If ah didnae need the money for that Marshall amp, the cunt could stick ehs joab up ehs erse. Ye cannae play a Fender Strat through a shitey amplifier.

Ah'm the fuckin worker here. Topsy jist packs shelves upstairs in the shoap, or loads the wreaths intae the back ay the van for Newman tae take roond the cemeteries and crematoriums. If we're baith in, it's eywis me that has tae dae the deliveries. And sometimes fir the Gorgie Road shoap n aw.

Still, gittin gaun stoaps ays gittin intae arguments aboot politics wi Topsy. Eh's goat some funny ideas, but it's maistly just tae wind people up, shock thum n that. People dinnae really understand that aboot um sometimes. N ah've goat a loat tae be thankful tae him fir, it wis Topsy thit goat ays this joab.

— Right Brian, Newman sais in that nasal squeak ay his, — up you come and see what needs filled. You'll want a box of pineapple chunks, I can tell you that already, and some garden peas.

— Righto, Topsy says cheerfully, following Newman back up the stairs tae pack some shelves. Eh gies the cunt the Vs behind ehs back. Tough life for some; that fucker'll be in a nice, warm shoap chattin up Deborah or Vicky, whaever's oan wi auld Mrs Baxter. Meanwhile, ah huv tae risk ma life gaun through heavy traffic oan an overloaded bike roond Merchiston n Colinton.

The grocery boxes are spread over the cellar flair where the whistlin poof, clad in ehs green overalls, is makin up his floral displays. He's good at it as well; his hands twist and tease these wires and a real work ay art is created in minutes. Ah widnae ken where tae start. Ah take a look at the order slips stuck tae each boax, n starts plannin oot ma route. It's no too bad the day. Yir best startin at the furthest away yins at Colinton, n workin yir wey in. It's mair encouragin. The worse time is oan Setirday mornin, whin it's me oan one week n Topsy the next. Thir's been a few times that one or other ay us hus missed the Herts bus, especially if it's a faraway game n they huv tae leave early.

Topsy warned ays aboot Poofy George whin ah started. — Eh's an auld poof awright. Ah mean, eh disnae grab yir erse or nowt like that, bit ye ken eh's a poof by the wey eh talks n minces aboot.

Sure enough, auld George lisps, sprayin ma face wi gob like eh sprays ehs displays wi ehs water gun. Pointin tae one order eh tells ays, — Take that yin oot tae Mrs Ross first, son. She wis oan the phone demandin it. An awfay palaver.

So ah start loadin up the auld black-framed delivery bike, and fae up the stairs ah kin already hear Topsy n Deborah, that barry-lookin student burd, laughin loudly at somethin.

Drinking to Forget

I'm running late and this boot Mrs Ross has this wee poodle wi a tartan collar that ey nips at ma heels. This time eh's really goat a hud ay me, ehs teeth uv broke ma skin n ma troosers might be ripped. Ah've hud this up tae ma fuckin eyeballs, so ah droaps the heavy boax oan toap ay it. Thir's a yelp and the bastard whimpers and whines, struggling tae free itself fae under the weight ay the box. Hope ah broke the cunt's back.

That fat auld sow comes tae the door. — What's happened! she screeches, — what have you done to him!

She pulls the box off, and this fuckin thing scrambles back inside.

— Sorry, but it was an accident, I smile. — He bit my leg and I dropped the box in fright.

— You . . . you . . . stupid . . .

Ah always find that the best thing tae dae in that position is tae stay cool n jist repeat yirself. The auld boy telt ays that's how the union taught them tae negotiate. — He bit my leg, and I got a shock and dropped the box by mistake.

She looks at me in sheer hate, then turns and lumbers in after the dug, — Pipuhrr . . . Pipuhrr . . . ma wee laddie . . .

Ah wisnae exactly wreckin ma chances ay a tip, cause that tight auld cunt, though fill ay shite, still wouldnae part wi a fart. On the Slateford Road ah goat ma lungs pumped wi crap fae the fucked exhaust of a corpie bus: thanks Lothian Region Transport. Ah did get a ten-bob bit fae Mrs Bryan later oan which cheered ays up, but it was past closing time when ah goat back tae the shoap at Shandon.

They were standin ootside, waitin tae lock up. Newman was looking at his watch, a face like some cunt had let one go under his nose. — Come on, come on, eh cheeps away. Topsy n Deborah are sniggerin n that Mrs Baxter's lookin aw humpty, checkin her watch in imitation ay her boss. The cunts are actin like it's ma fault thir held back late, me thit does aw the fuckin real work n aw. Ah'm thinkin that it would be great tae see some cunt burst that fuckin Newman's mooth, or better still, see um tryin tae go that bike oan ehs ain, n watch a corpie bus crush him, and it, intae the tarmac oan the Slateford Road.

Topsy n me watch that Deborah go away doon the road. Imagine gaun oot wi a bird like that! We watch her go ower the bridge at Shandon. — Ride that any day ay the week, Topsy goes. — She's goat a felly but.

— Ah'll fuckin bet she hus, ah nod, admirin the wey her ankles oan these high shoes tapered up tae they calves. Her skirt went tae below the knee, but it wis that tight, ye could tell her thighs and erse were barry. We hud a great system fir gittin a deek at her n Vicky: tit when standin oan the ladder stackin the toap shelf; legs when lookin up fae the lower shelves. One Setirday mornin when Vicky wis oan, she wis wearin this short skirt wi they wee white panties. Ye could see her pubes, curlin oot oan either side. Ah thoat ah wis gaunny pass oot. Ah hud a wank aboot it that night and shot that much spunk ah thoat ah'd huv tae go oan a saline drip up the hoaspital jist tae replace the fluids. Her pubes: just the thoat ay thum. Enough. — Ye headin fir hame? ah ask Tops.

— Naw, ah'll see ye the morn. Ah'm gaun tae ma Nana's fir ma tea the night.

Topsy's Ma n Dad hud jist split up, so eh wis spendin mair time at his Nan's at Wester Hailes. So ah leaves um, n nips ower the Slateford Road, n doon the steps. Ah stoaps oaf at Star's Fish Bar fir some chips cause ah'm starvin, then ah head oantae Gorgie Road. Ah'm walkin past the slaughterhoose n makin ma wey tae the scheme when ah see thum comin taewards me.

It wis Lucy ah noticed first, her white-blonde hair glowing in the sun like science-lab magnesium ignited. Ah wish ah hud hair like it; white, aye, but wi that crucial tint ay blonde, which separates class fae semi-albino milk-boatil heididness. She's goat a fawn pair ay troosers oan, the kind that come up tae the mid-calf, n this yellay toap that ye kin see the bra through. Thir's a white jaykit draped ower her wrist. Then ah looks tae her right and there's that familiar big mass ay corkscrew curls. Thir walkin a bit apart fae each other, like thuv been arguin. Lucy's face is set in that harsh, determined wey. The beauty n the beast, right enough. She could dae better, that's for sure. Mind you, that's jist jealousy talkin n ah suppose it means that she should be wi me, no wi that cunt.

They see me, n they start tae pull thegither a wee bit. — Luce. Tez.

Lucy's got her hair tied back, n her skin looks as smooth as yir granny's best china, that's if ma granny hud any best china. — Awright, she goes, her eyes sharp and her bottom lip turned doon aw soor.

Terry makes a big fuss ay ays. Ye ken eh wants somethin. — Heeeyyy . . . Mr Ewart! It's The Milky Bar Kid! Then, like eh's jist thoat ay somethin, — Just the man! Tell her, Carl, eh sais, noddin at Lucy.

— Dinnae start, Terry, Lucy hisses at him, — jist droap it.

— Naw, nivir mind dinnae start. It's you thit's been makin accusations aboot me. Dinnae go makin accusations aboot people if ye cannae listen tae the truth!

The cunt's gittin right oan ehs high hoarse here, pittin oan that big, hurt, outraged voice. Now ah *ken* eh wants something.

Lucy glowers at him n lowers her voice. — It's no me, it's Pamela, ah telt ye!

It comes oot in a low growl, n it makes ays think ay Piper Ross, the poodle ah droaped the boax oan.

GRRRRRRR!

— Aye, n ye believe that cow before me, before yir ain fiancé! Terry spits oot, hands oan ehs hips, shakin ehs heid, pittin me in mind ay an exasperated fitba player whae expects nae justice fae a biased referee.

Lucy looks steadily at the cunt for a second or two, then turns her gaze oan me. — Is what eh sais true, Carl?

Ah looks at thaim baith in turn. — It might help if ah kent what the fuck yis wir oan aboot.

— Him, she nods at Terry, still lookin at me, — eh went away wi a lassie at Clouds. A lassie fae your school!

Lucy went tae the WEC before she left last year, so she'll probably no ken lassies at oors. A lassie fae oor school. Stuck-up Caroline fae reggie. In ma art class. Wee Gally's eyes jist aboot pop oot ehs fuckin heid every time she walks intae a room. Dinnae really think much ay her, but she *is* a ride. Lawson *is* a lucky cunt.

Terry winks at ays fae ower her shoodir. Eh's croassin the road, shakin ehs heid, blabberin tae ehsel, — Ah'm gaun ower here, ah'm keepin oot ay it, ah'm no sayin nowt . . .

— That'll be the day, ah snorted tae Lucy, hopin she would git the joke, but she disnae. So ah clear ma throat and dae what ma auld boy always telt me tae dae when yir under pressure in negotiations and ye

need tae bullshit. Look at the bridge ay thir nose, between thir eyes.
Focus oan that. They think yir lookin at thum in the eye but yir no. —
Tae be honest Lucy, ah start, realisin that wis a mistake. Ye never say
'tae be honest', cause it means straight away thit yir lyin. Ma faither
taught ays that, aboot how union men negotiate. Ah carry on but. —
Ah wish tae fuck eh hud've went away wi some lassie fae the school.

— What dae ye fuckin mean by that? Her gorgeous big eyes
narrowed intae poisonous slits ay hate.

— Well, it would stoap ays huvin tae listen tae um gaun oan aboot
you aw the time. It's Lucy this, Lucy that, see whin we git mairried . . .

She looks back acroass the road at Terry, whae's shakin ehs heid,
lookin aw hurt n sad. Then she turns back tae me. — Honest . . . is that
what eh sais?

— Gen up.

She stared hard at me for a second or two, and if she'd held it a bit
longer she'd've saw ah wis bullshittin her. But she turned back tae
Terry again. Ah wanted tae say tae her big, sad, lovely eyes; naw Lucy,
Terry's a cunt. Eh treats you like shite and makes a fool ay ye. But *ah*
love you. *Ah'll* treat ye right. Just let ays come hame wi you n ride yir
fuckin brains oot.

Ye could never imagine somebody like Sabrina bein that gullible
and undignified. Then ye realise what they say aboot love bein blind
and ye ken that she probably does really love him: the poor, daft cow.
Or, at least likes him enough tae believe that she loves him, which is as
near tae the same thing as yi'll git.

She's movin acroass the road and ower tae him, n she's tryin tae
link airms wi him n eh's jist turnin away, raisin ehs airms up soas she
cannae git a hold ay them. He's brushin her off and comin over tae me,
as she follows tearfully. Terry's ranting away: — . . . trust! . . . yuv goat
tae huv trust whin yir gaun oot wi somebody! Whin yir engaged!

— . . . naw Terry . . . listen . . . ah didnae mean . . .

— Ah agreed tae everythin! That's what hurts the maist! Ah've
said thit ah'd stoap gaun tae the fitba! Ah've said that ah'd git another
joab, even though ah like the yin ah've goat! Ah've said thit ah'd try tae
save up!

— Terry . . .

Terry punches ehs chist. — Ah'm the one thit's daein aw the givin,
and now this! Ah'm supposed tae huv went away wi some lassie thit
ah've never seen in ma puff!

— Ah'm tryin tae tell ye . . . Lucy tries tae get a word in, but she must ken by now that shi'll never stoap Terry in full flow.

A mad gleam comes intae the cunt's eye. — Mibbe ah should go wi other lassies if ah'm gaunny git blamed fir somethin ah didnae dae. Might as well jist dae it, eh sais, gaun aw rigid. Then eh looks at me. — Might as well *just* do it, eh Carl?

Eh makes the jussst seem like a long whisper.

Ah'm sayin nowt, but Lucy's pleadin wi um now. — Ah'm sorry, Terry, ah'm sorry . . .

Terry stops abruptly. — Bit ah'll no. Ken how?

Lucy glares at him, wide-eyed and open-mouthed in shock and anticipation.

— Ken how? Ye ken? Ye ken how?

She's tryin tae figure oot what the cunt's on aboot.

— Ye want tae ken? Ye want tae ken how? Eh? Eh? Ye want tae?

She nods slowly at him. Thir's a couple ay boys go past, n thir laughin tae thumselves. One catches ma eye n ah cannae help but lit a wee smile slip oot.

— Ah'll tell ye how. Cause ah'm a mug. Cause ah love you. You! Eh points at her in accusation. — Naebody else. You!

They stand lookin at each other in the street. Ah move a couple ay steps doon the road, in case anybody else comes past. Thir's a boy in overalls, like eh's jist come fae the slaughterhoose, n eh's lookin ower. Lucy's lip trembles, n ah swear tae god, it's like thir's tears wellin up in Terry's eyes.

They lock intae this embrace, right thaire in the street opposite the slaughterhoose. A van goes past and toots its horn repeatedly. A guy leans oot the windae n shouts: — SOMEBODY'S OAN THIR HOLE THE NIGHT!

Terry looks at ays ower Lucy's shoodir, n ah expect a wink, but it's like eh's that intae ehs performance thit eh disnae want tae brek ehs rhythm. Lucy and him exchange deep and meaningful glances, as they would say in that Catherine Cookson book thit ma Auntie Avril gied my Ma tae read. Ah've hud enough ay this, n ah turns away n starts gaun doon the road.

— Carl! Stall the now! Terry roars.

In the distance ah see them kiss. When they break off, words are exchanged. Lucy goes intae her bag. Pulls oot her purse. Produces a note, a blue note. Hands it tae Terry. Another deep stare. A few mair words. A wee kiss oan the cheek. They walk away fae each other, both turning back tae wave at the same time. Terry blows a kiss. Then eh comes bounding ower tae me. Lucy glances back again, but Terry's grabbed a hud ah me n we're wrestlin n jostlin each other doon the road.

— You're a star, Ewart! Ye deserve a fuckin drink fir that. You jist saved ma erse! C'moan, the Milky Bars're oan me! Eh waves the fiver.
— Well, Lucy really, but ye ken what ah mean, eh laughs.
— Jist dinnae pill that yin oan ays again, Terry, ah say, but ah cannae help but laugh, as ah grab ehs Levi's jaykit collar and push him up against a lamppost. Then ah try tae be serious, — Ah'm no gaunny lie tae her tae cover up fir you.
— C'moan mate, you ken the rules, eh sais, loosenin ma grip and smoothin ehsel doon. — Yuv goat tae back up yir mates. It wis you thit taught ays that, eh goes. It's aw bullshit of course, n eh's bein wide tae git in ma good books. Of course, wi baith ken it's workin and thir's nowt ye kin dae aboot it. We're mates. — So dinnae take the strop. Come tae think ay it, talkin aboot burds, ah heard that you did a sneaky yin fae Clouds wi this wee Ginger, eh sais, talkin aw creepy, like through ehs nose.

Ah say nowt. It's the best wey. Lit the cunt read what eh wants tae in ma face.

— Aye! Different story now! Eh nods, aw that knowin wey. — So it'll be you that'll be needin the alibis soon, pal.
— How come?
— That wee Maggie Orr's still goat the hots fir ye, eh winks, deadly serious.
— Bullshit, ah tell um. It wid be nice tae believe, but ye cannae kid a kidder, as the auld boy would say. — How's it she knocked ays back n went wi you then?

Terry digs ehs elbays intae ehs side, thrustin ehs palms oot. — Gift ay the gab, mate, eh explains, — but you're learnin fast awright. That wis a performance n a half thaire wi Lucy. Aye, you'll git it offay wee Maggie soon. Guaranteed. Ah'm mair intae her mate, this Gail lassie. That wee four-eyes, you've seen her aroond. Wait till ye see the erse oan this. Whin ye git it stripped oaf . . . phoa ya cunt thit ye are, eh goes, drawin ehs tongue slowly acroass ehs lips. — Naw, the best arrangement tae suit aw perties; you n yir bird fae Clouds n me n Lucy gaun oot proper, then you n me ridin that Maggie n Gail oan the side. Sounds finger-fuckin good tae me!

Mibbe it's jist the cunt's big grin, the enthusiasm that eh hus fir everything, and, of course, the fact that ah'm completely desperate tae git me hole, but ah kin think ay worse arrangements right now.

The steeple ay the church comes intae view, and we're back in the scheme. Terry insists we go tae the Busy Bee. Ah've no really been in pubs that much n ah've never tried tae git served in The Busy. — C'moan Wank-Boy, once yir a regular doon The Busy, aw they wee birds'll be impressed by that. Ye cannae be a wee schoolboy aw yir life, eh smiles, then accuses, — They tell ays yir gaunny stey oan n aw.

— Ah dinnae ken, it depends oan ma . . .

Ah dinnae git a chance tae explain. — Then yi'll go tae college, which is school, then become a teacher n be back in the school. So yi'll end up nivir huvin left school. Yi'll huv nae money, eh lowers ehs voice as we head up the hill, wi the shoaps n the low-rise pillbox ay The Busy opposite. Eh stoaps n pits ehs hands oan ma shoodirs. — N ah'll tell ye one thing, pal, one wee formula thit they nivir bothered tae teach *me* at school. One wee fuckin mathematical sum that might've saved a loat ay time n trouble, n that's: *nae* money equals *nae* fanny. Eh stands back, lookin aw pleased, lettin this sink intae ma heid. Then eh slips me the fiver that eh goat offay Lucy. — Go up tae the bar n ask fir two pints ay lager. That's 'two pints ay lager' eh goes in a deep voice, no 'two pints ay lager' eh goes again, this time in a high, shrill tone. — Dinnae embarrass me like that wanker Gally did whin ah took um in there. Eh goes up tae the bar n sais: two pints ay beer, please mister, like eh wis askin fir sweeties.

Ah've been in pubs, n ah've been up the Tartan Club loads. — Ah ken how tae order a drink, ya fuckin wank.

So ah strides in wi um, n up tae the bar. It seems a long walk but, n every cunt's lookin at me, like thir sayin, 'he's nivir eighteen'. By the time ah gits thair the barman's noddin at me and ah feel like ma voice is gaunny crack. — Two pints ay lager please mate, ah goes, aw gruff.

— Goat a sair throat pal? the barman laughs, and so does Terry n another couple ay boys that are standin at the bar.

— Naw, it's jist . . . ah goes aw high, n every cunt's pishin thirsels.

The guys serves us but, n Terry sits in the corner. Ma hands are shakin n ah've spilt half the pint before ah gits tae the seat.

— Cheers Carl, nice one mate, eh toasts ays, takin a big gulp. Then eh shakes ehs heid. — That fuckin Pamela cunt, giein Lucy aw that shite aboot me.

— Aw she's daein is backin up her mate but, Terry. It's the same fir lassies.

Terry shakes ehs heid. — Naw, naw, naw, lassies ur different. You dinnae understand that cow's game, Carl. She's fuckin well gantin oan it, n nae cunt's giein her it. So she's gittin aw spiteful, jist cause ay Lucy gittin engaged. Bit it's ma ain fuckin fault, ah should've soarted her oot.

— How?

— Should've gied her a length on the q.t., just tae shut her fuckin mooth. Needs rode, that's her problem. That's the difference between men and women. Any bird that isnae gittin it, it makes thum aw spiteful n jealous. We're no like that, eh goes, takin another big gulp fae ehs lager. — Gie's that change ya cheeky cunt, n ah'll git thum in.

Ah hand ower the notes n coins, n eh bounds up tae the bar. Gulpin hard, ah try tae force the pint doon, or at least make some reasonable progress before eh comes back wi mair. When eh reappears wi the drinks eh's obviously hud an idea. — So, Carl, ah wis thinkin, ah've either goat tae gie that Pamela yin, or git some other cunt tae. You're spoken fir now, so mibbe ah should send fir Birrell. If nowt else, it'll keep the cunt away fae oor Yvonne for a bit. Imagine that wanker's chat-up lines but, Terry goes, daein a brilliant exaggerated Birrell impersonation, talkin in terse, clipped tones. — I am Billy. I live in Stenhouse. I play fitba and I box. I have to train very hard. It is brutal. The weather is nice. Do you want tae have sexual intercourse with me?

We're sittin thair pishin oorsels n wir daein it ower n ower again fir ages. Me n Terry could write comedy scripts fir Monty Python when we git like this.

After the third pint ah phone hame n tell my Ma tae keep ma tea n ah'll git it later. Ah tell her that ah hud some chips fae Star's. She disnae say anything, but ah kin tell she's no too chuffed. When ah sits back doon, this auld boy comes in. Terry gies ays a beamer by sayin that eh's Maggie Orr's uncle, and eh introduces me as a 'close friend' ay his niece's. — Nudge, nudge, wink, wink, say no more! eh goes, impersonatin the boy ootay Monty Python. Cheeky cunt Terry: it's him that shagged her and it's me eh's tryin tae git the blame fir it! This Alec gadge isnae bothered but. Eh seems a bit drunk.

The beers keep comin n ma face goes aw flushed n heavy. The next time ah go up, the barman's smilin away, like eh kens ah'm really pished. When we get oot the pub ah'm fucked for a bit as the air hits ays. Ah mind ay singin *Glorious Hearts* n Terry singing *Glory to the Hibees* at each other as wir gaun doon the road, then nowt.

It's morning n ah wake up oan Terry's bed, oan the ootside ay the covers and fully clathed, thank fuck, in ehs Ma's hoose.

Thir wis this noise in ma heid like a drill, n it's Terry snorin ehs heid oaf. Ah look up n ah see that mop ay corkscrew curls. Eh's right in the bed, but at the other end ay it fae me. Ehs feet's next tae ma heid, n although they dinnae smell, the room's boggin, it's fill ay ehs fart gas. Ah woke up wi a hardo, which is mibbe cause ah need a pish n mibbe cause ah hud this strange dream aboot Sabrina n Lucy n Maggie last night. It wisnae through bein in the same fuckin bed as Terry anywey!

Ah hear fitsteps oan the stairs n Terry's Ma comes through wi a cup ay tea in each hand. Ah'm kiddin oan ah'm asleep but ah can hear a gagging, chokin noise and the mad, uncontrolled rattling ay cup oan saucer. — My god, what huv youse been eatin . . .

She puts the saucers oan the bedside table. — Made a bloody mess in the bathroom, which ah hud tae clean up. It's not good enough, Terry, it's just not good enough.

— Geez fuckin peace . . . Terry groans.

Ah open ma eyes n sees Terry's Ma standin at the door, fanning her hand in front ay her screwed-up face. — Hiya, Mrs Laws . . . ah mean Mrs Ulrich.

— Your mother and father are worried about you, Carl Ewart. Ah phoned up from next door and told them you were here. Ah said that ah would make sure you got some breakfast and got off tae school. As for this one, she looks at Terry, — you have to get up for your work. You're late! You'll miss that lorry.

— Aye, aye, aye . . . Terry moans as Mrs Ulrich leaves the room.

Ah gies ma nuts a scratch. Ah git up n nip through tae the bathroom, shieldin ma hard cock, clathed but still worried in case somebody catches me in the hall. In the bogs ah dae a long pish, huvin tae bend ma cock really sair soas ah dinnae pish oan the flair which smells ay sick n disinfectant. Ah go back through and Terry's asleep again, the lazy cunt. Disnae like a kip much that cunt, eh no.

Ah head doonstairs for the front room. Terry's Ma's there, sittin in a chair, smokin a fag. — Awright, Mrs Ulrich, ah goes.

She says nowt but jist nods tae ays.

— Another night oan the tiles? this voice goes. Ah jumps, ah didnae see Walter, Terry's stepfaither, sitting thaire in the corner, readin the *Daily Record*. Terry doesnae git oan wi the boy, but ah think eh's okay. Eh cracks ays up, the wey eh talks, that German accent, in a mixture ay ordinary Scottish n posh, formal English. Terry hates the poor bastard though.

— Aw aye, Mr Ulrich . . .

Terry comes ben, probably worried thit we'd start talkin aboot the cunt behind ehs back which, ah suppose, wi fuckin well wid if eh hudnae come through. Eh goes past ehs Ma intae the kitchen n opens the door ay the fridge n pills oot a pint ay milk n starts drinkin it.

— Terry! ehs Ma goes. — Use a glass! She shakes her heid aw disgusted, then asks um if eh wants an egg roll n a sausage roll.

— Aye, Terry says.

— Same for you, Carl? she asks ays.

— Sound, Mrs Ulrich, ah say, giein her a wee smile, aw cheery likes, bit ah dinnae git one back fae her.

— You go round and see your mum before you go to school, she warns.

Ah laughs a wee bit, cause ah'm still pished fae the other night. Drinkin in the Busy! Me n Terry! Pished!

Ah kin tell thit Terry's Ma's no too chuffed n thit she's workin up tae say somethin. She's aw tense, Terry's Ma is. Ye kin feel the fuckin atmosphere a mile away. Sure enough, she lits rip, jist whin ye think ye might huv goat away wi it. Aw Mas dae that, mine is really good at it. Think yir gaunny git away withoot gittin yir heid nipped, then boom! The fuckin knockoot punch! That's you well snookered. Yir ma's the best friend yi'll ever huv in yir life but. Ah could never say whae ah loved best between my Ma n Dad. It must be pretty horrible for Terry, huvin another guy sittin where ehs real Dad should be. It would just kill me. — That wis a terrible bloody racket you made last night, Mrs Ulrich says tae Terry. — Woke up the whole bloody block wi yir nonsense.

— Aye, Terry says.

— Mr Jeavons next door was banging through!

— He's gittin fuckin blootered, that cunt, Terry goes under his breath.

— What? She pops back oot fae the kitchen like a fuckin jack-in-the-box.

— Nowt.

— It's just not good enough, Terry! Mrs Ulrich goes, then heads back intae the kitchen.

— Aye, awright then! Terry snaps. Disnae like ehs heid bein

nipped, Terry doesnae, n ye kin see ehs point cause wir feelin rough here. Ye jist want tae take it easy for a bit. She's well oot ay order showin Terry up when eh's goat mates in the hoose. Terry's hands ur white grippin the chair airms.

His Ma's back oot again. — This isnae a doss house, Terry! This is a home!

Terry looks aroond, hacked oaf, like eh disnae believe this. — Aye, some fuckin hame.

Mrs Ulrich comes oot, her hands on her hips. Terry must git that offay her, cause he stands like that a loat n aw. Aye, ah'm still well pished fae last night. It's funny the things thit ye notice whin yir pished, no like actually drinkin, but *recoverin* fae the drink, likes. — We're only tryin tae get a wee bit peace, your stepfaither and I . . . she turns to the Gerry boy . . . — Walter . . .

— Aw, leave them, Alice, they're jist bloody daft, eh says.

— Jist shut the fuck up n *gies* a wee bit ay peace then, Terry shouts, lookin up fae the paper, — ma heid's fuckin nippin!

She turns oan him screamin, — This is yir mother speaking! she points at hersel. — Your mother, Terry! She sortay implores, like she wants him tae ken whit she's gaun oan aboot, n eh does in a wey, bit she's well oot ay order embarrassin Terry like that in front ay a mate. Ah looks at him n nods ower at her, as if tae say, dinnae take that shite.

Tae gie Terry ehs due, eh's no fuckin well takin it. — Shut the fuck up. Gaun oan n oan . . .

Terry's Ma jist goes aw stiff n stands thaire, like she's in shock. Fuckin rigid she is. Ah've goat that semi back again. Ah look ower at Walter n ah wonder if he's giein Terry's Ma the message. Ah'm thinkin tae masel, wid ah shag Terry's Ma? Mibbe aye n mibbe naw, bit ah'd like tae watch her oan the joab, jist tae see whit she acted like whin she wis gittin rode. She vanishes back intae the kitchen.

Terry's stepfaither pitches in, cause eh feels eh hus tae back up Mrs Ulrich, but ye kin tell eh disnae gie a fuck. Terry wid take um in a square-go. Easy. Walter kens that Terry's gittin bigger n stronger n he's gittin aulder n weaker, so it's no fir him tae try anything oan. — It's no that we object tae your drinking Terry, Mr Ulrich goes, — I mean, I also like a drink. It's this *excessive* drinking all the time that I cannae understand.

— Ah jist drink tae firget, eh, Terry goes, smirkin at ays, n ah starts n aw.

Terry's Ma's jist come back oot, wi some rolls oan a plate. They look good. She goes, — Don't be so bloody stupid, Terry, what dae ye mean forget? What the hell dae *you* have tae forget!

— Fuck knows, cannae remember but, eh. Must be workin! Terry goes, n ah gies um the thumbs up. Ya beauty! She fuckin well walked right intae that yin! Ah'm wishin Gally wis here now tae see that. A fuckin classic: the best ever.

— You can laugh, Terry, but it'll catch up wi ye, his stepfaither goes.

— It's no as if wir drinkin aw the time, Terry laughs, — sometimes wir oan drugs n aw, eh.

Ah start sniggerin away, a low-level laugh, vibratin like that new electric shaver ma auld boy goat fir ehs Christmas. The Remington, as advertised by Victor Kiam, the cunt that boat the fuckin company.

— I hope that you're no intae any ay that nonsense, surely you've got more sense than that, Terry's Ma says, shaking her heid and puttin the rolls doon in front ay us. — Dae ye hear that, Walter? Dae ye hear it? This is what Lucy's getting. This! She points at Terry.

Walter looks across at him, aw stern. — That little girl will not stand for that kind of nonsense if you marry. If you think this then you are living in the paradise of a fool.

— Leave her ootay it, eh sneers, ehs teeth aw bared, — she's goat nowt tae dae wi you.

Walter looks away. Terry's Ma shakes her heid. — Perr wee Lucy. She wants her heid examined. If eh wisnae ma ain flesh and blood . . .

— Aw, will you jist fuckin shut it, Terry goes, tossin ehs heid back in disgust.

Ehs auld girl's shakin, like she's huvin a stroke. — Hear that? Dae ye hear that? Walter!

The auld boy's jist noddin ehs heid fae behind the paper, usin it like a shield, tae black oot the scene in the room.

Mrs Ulrich turns tae Terry. — This is your mother speaking! Your mother! Then she turns tae me. — Dae you talk tae your mother like that, Carl? Then, before ah kin say anything, — No. Ah'll bet you dinnae. She looks at Terry. — N ah'll tell ye why. Cause he shows some respect, that's why. That's why!

Terry just shakes ehs heid. Eh bites intae the egg roll n the yolk squidges oot ower the cairpit.

— Look at the mess! Walter! Ehs Ma's ragin.

Walter looks across and does a pathetic 'tut' but eh's goat a 'what the fuck dae ye expect me tae dae' look oan ehs face.

— Ye should've fuckin well cooked thum better, Terry sniffs. — Ah goat some ay it oan ma new cords. It's no ma fault if you cannae fuckin well cook an egg.

— Try cooking them yourself! Try that!

— Aye, that'll be the day, Terry laughs.

Walter looks over. — Aye, I am thinking that the sea would be the life for you, Terry. You could at least learn how to bloody cook there. That would be the making of you and would be giein ye the discipline that is needed.

— Ah'm no gaun tae sea, fuck that. That's a poof's game, that. Stuck oan a fuckin boat wi aw other guys? Aye, sure, Terry scoffs, moppin up some ay the yolk oan ehs plate wi the roll.

Tryin tae keep it aw light n pally, Walter goes, — Naw, it is not like that. Have you not heard of the saying, 'we are for having a burd in every port?'

Terry jist sneers in contempt and looks at Walter harshly, then ower at his auld girl, as if tae say, 'aye, n look what you ended up wi'. Ah'm gled eh didnae say nowt but, cause it's ehs Ma, n ye *do* need tae show some respect.

Yvonne comes through, wearin a pink dressin gown. She looks aw sleepy n really young withoot any make-up, but strangely mair beautiful, in a wey ah'd never seen before. Thir's a tug in ma chist, n for the first time ah really envy Birrell for huvin shagged her. — Any fags? she asks Terry.

Terry pulls oot his packet ay Regal. Eh throws one tae Yvonne, then one at me, then one at ehs Ma, which bounces off her tit. She looks at him and picks it up oaf the flair.

— You gaun tae school, Carl? Yvonne asks.

— Aye.

— What youse goat this mornin?

— Two periods ay Art. That's the only reason ah'm gaun in, ah tell her.

Mrs Ulrich shakes her heid and says something aboot how we think that we can just pick and choose these days, but naebody's really listening tae her.

— Aye, Yvonne nods. — We've goat Cookery, then English, so it's no bad. She pulls her dressing gown tight tae her, in case ah goat a

flash ay tit. Yvonne's no goat that much tit but. Barry legs though. —
Ah'll git ye doon the road, ah'll jist git ready, she says.

— Awright, but wi'll huv tae watch whae sees us leave yir hoose
thegither, ah goes, laughin, — dinnae want anybody tae git the wrong
idea. Ah kin tell this makes Terry uncomfortable, n ah'm enjoyin every
minute ay it.

Yvonne smiles n sweeps the fringe oot ay her eyes. — Ye kin cairry
ma books fir ays, like in they American films, she says, n heads back tae
the hall.

Of course, ah ken thit aw ah'll git fae her oan the wey tae school is
Birrell this n Birrell that, but it seems a nice idea.

Terry's Ma's still no happy. — She's no long fifteen and she's
smokin like a bloody chimney. You shouldnae encourage her by givin
her thum, she goes tae Terry.

— Shut it, Terry goes through ehs clenched teeth, it comin oot aw
t's. — Who's encouragin who? You're the cunt thit's nivir goat a fuckin
fag oot thir mooth. Who's the great influence thair then?

Mrs Ulrich takes a deep breath and looks at Walter. It's like she's
gone beyond annoyance and disappointment and is now just resigned
tae her fate. — Ah used tae think that eh talked tae me like eh talked
tae ehs mates in the pub. Ah really did believe that. But ah wis wrong.
Now ah see that eh would never disrespect thaim that much. Eh talks
tae me like ah'm his enemy, Walter. She slumps down in the empty
chair, aw stunned and deflated. — Ah jist dunno whaire ah went
wrong, she sais tae herself.

Ah clock Mr Ulrich looking at her and ah kin tell that eh hates
Terry's Ma. Hates her fir pittin him in the position ay huvin tae go
against Terry.

We're no giein a fuck but, we're jist gittin stuck intae they rolls. Sets
ye up nicely for the day. Ye need a nosh eftir a drink the night before.

Terry leans across tae Walter n snaps his fingers, — Gie's a deek ay
that paper then. We're oot ay here in a minute.

Mr Ulrich looks at him fir a second or two but eh hands it ower.

Terry throws back ehs heid and lits oot a loud, throaty, evil cackle
ah've no heard fae um before. It hits ays that it's like a war zone in his
hoose and that they perr auld cunts are nae match fir him. Right now
ah love the bastard, ah love the power eh's goat, n ah love bein ehs
mate. But ah don't really think ah'd ever want tae be like um.

Well, apart fae the shaggin, that is.

Debut Shag

Yvonne and me went tae my Ma's that morning, and she made us some porridge, tea and toast. Ah wis embarrassed, as poor Yvonne tried tae explain that she never ate breakfast, but my Ma went on about it being the most important meal of the day and practically force-fed the lassie. Ma told us that Billy hud just gone, which disappointed Yvonne. So we really hud to nash otherwise thir could be mair aggro wi Blackie. It's weird, but you can take periods, or even days off and naebody seems tae gie a fuck, but if you're two minutes late in the morning they dae thir nut.

As we were gaun oot, my Ma said, putting oan the same, fake sugary smile lassies at the school dae when thair windin ye up, — Oh, some girl was on the phone for you last night. She didnae leave her name, she just said she was a friend, and she arches her eyebrows and makes her voice go aw suggestive at 'friend'.

— Ohhh! Carl Ewart! Ah ken ye now! Yvonne goes, n my Ma laughs cause she kens ah'm embarrassed.

— Naw . . . it's just eh, ah stammer. — Eh, what did she say?

— Oh, she was nice, my Ma tells us, — she just said she'd phoned up for a chat, and that she'd see you when you'd arranged.

— Wey-hey-hey! Yvonne goes.

— That was aw, my mother laughs, then she seems tae remember something else. — Oh, and she said thank you for the lovely flowers you sent her.

— Ohh . . . Mr Romantic, Yvonne elbows me in the ribs, — flooirs n aw!

What the fuck's this?

Ah looks at my Ma, then at Yvonne, then back to my Ma.

Sabrina. Some other cunt's eftir her.

Ah never sent her any flooirs. — But . . . but . . . ah didnae send her any flooirs . . . ah whinge.

My Ma just shakes her heid and laughs at me. — Naw, you're right, you didnae. I made that bit up. Then she smiles. — It's something tae think aboot though, isn't it?

Ah stand there dumbstruck wi Yvonne n my Ma cackling at me. Gittin the pish ripped oot ay ye by yir mates ootside's bad enough, but in yir ain hoose, fae yir ain Ma, ah mean, moan tae fuck! Sometimes ah think ah've been put oan this Earth fir other people's amusement, which is fine, as long as ah get plenty of ma ain. N that's no happening, well, no the kind ah really want.

So we headed off tae school: me and Yvonne; her six months younger than me, a second-year lassie, and she's the one gaun doon the road wi a daft wee virgin. She didnae talk aboot Billy that much but, she talked aboot how it sometimes goat her doon in the hoose, aw the arguments. She said that even though Terry was her brother, she wished that he'd just get married tae Lucy and move oot the hoose. Walter was awright, he treated her and Terry's Ma well, but Terry just couldnae take tae um. Called um the Auld Nazi aw the time.

Ah could see Yvonne's point. Ah lapped aw that up this mornin, but ah couldnae live like that day in, day oot. It wid fuck ma heid up. Anywey, we were a bit late but thankfully Blackie wisnae oan duty, just Mrs Walters, who didnae bother.

— C'mon you two!

— Right Miss.

Ah goat up tae reggie n wis still half-pished at the school maist ay the morning. Billy wis thair, n it wis strange thit thir wis nae Gally. Ah farted aroond in the art class, showin oaf tae aw the lassies thair. Funny thing wis, ah'd always been quite quiet and conscientious in that class before, always keen tae get oan wi ma paintings or pottery. It's like that it just dawned on me, through the drink, that the art class really did contain the maist shaggable lassies in the school. The ones that ye always felt were way in the top league, gittin shagged by aulder guys wi wages n motors. Amy Connor, Frances McDowall, Caroline Urquhart and, best of all in my opinion, Nicola Aird: all of them in this class. It's like the catwalk at a top show and you really just come here tae paint and collect wanking material. They're up there oan a pedestal as far as shagging prospects go, but they're nice lassies, except Urquhart who's stuck-up and overrated in the shaggable stakes. No that ah'd say 'no' tae her suckin ma cock, and ah think aboot Terry, n her bein wi that filthy cunt. Perr wee Gally, those lamps ay his jist blazed whenever she was aroond. Eh even tried tae change tae art tae be nearer her, but they widnae pit um in the O grade class wi us.

Ah look ower at her n hud the gaze, cocky in drink, and she looks away, kennin that ah'm Terry's mate, kennin that ah ken. Later oan Nicky and Amy are lookin at the paintin ay ma album sleeve, for the first record our band Snap does. Ah get a deek ay Amy's tits and imagine gittin ma knob between them, like Terry says his mate fae Leith done.

— What's that, Carl? Nicola asks.

— It's the sleeve for the album for our band. If we ever get tae make an album, that is, ah laugh. Of course, ah *kin* laugh aboot it because ah *know* that we will. It'll happen, ah jist ken it. I'll make it happen. If ah could only be sae confident aboot other things.

Nicola smiles at me like ah'm her dotty auld grandfaither.

— Ah seen you wi yir guitar the other day, Amy goes. — That Malcolm Taylor's in your band, Angela Taylor's brother.

— Aye, eh's the drummer. Good drummer n aw, ah lie. Malky can barely play. Still, he'll learn.

Amy looks at me, pushes in closer. Her hair is almost brushing my cheek. Nicky gets in as well, and she puts her arm on my shoulder. I can smell the perfume from them and that crazy fresh girl smell and I feel like the oxygen has gone from the air, cause thir's certainly nane in ma brain. Ah think it wid be a great name fir a track: *Crazy Fresh Girl Smell.* Bit too heavy metal though.

— Where did ye get the name Snap from? Amy asks.

Ah'm worried that if ah start talkin now, my lips'll jist flap thegither like an auld gate in the wind. Tryin tae compose masel, ah start telling her the story about Topsy n me playing cairds oan the Last Furlong bus, going to see Hearts away. Then a fight ower a game ay cairds, snap, and one boy bursting another's nose. We'd been looking for a name and when one aulder guy started shoutin, — Ridiculous, fightin ower fuckin snap, n we just looked at each other n that was it.

— Ah'd like tae hear yis sometime, Amy says. — Ye got a tape?

— Aye . . .

Then Mrs Harte comes ower. — C'mon you lot, these paintings aren't going to finish themselves.

Ah was so close tae sayin, come roond tae mines. Fuckin hell, imagine that: Sabrina, Maggie and Amy, aw oan the go!

That chance goes wi the period bell. But later oan ah *would* ask her, and ah ken she'd just say 'aye' or 'naw' or: just bring the tape in here. Her mates would aw be cool, they widnae go aw that 'whooo-hooo' way that some birds would, and ah'd be cool n aw. If ah could jist git ma fuckin hole, jist once, then the pressure wid be oaf, n ah'd rule this fuckin world!

In Geography ah forget aboot the Ganges delta, in order tae pen some lyrics for a new song. And Geography's the best subject ever. Aw they places tae go tae and see. One day ah'll visit them aw. But now

I'm in a songwriting mood. Ah start oaf thinkin aboot *Crazy Fresh Girl Smell*, but ah'm gittin a hardo.

Eftir some lyrical composition, McClymont catches me. — Well, Carl Ewart, would you like to share with us what you've been doing?

— Awright, ah shrug. — It's just a song ah'm workin oan for the band ah'm in. Snap. It's called *No Grades*. It goes: Ah don't want O grades, ah don't want low grades, cause all ma friends get by with no grades . . . you see S.C.E. ain't my S.C.E.N.E. . . .

There's a bit of laughter, though most ay it goes tae McClymont, tae gie the cunt ehs due. Eh goes, — Well, Carl, I was going to advise you that you'll never make it big in Geography. But after hearing your attempts at songwriting, I reckon you should really stick to this.

We aw hud a laugh. McClymont's awright. Ah used tae hate the cunt when ah wis first-year, but when ye git aulder eh hus mair ay a crack wi ye. Ah've seen him at Tynie n aw before. It's good tae git a laugh at school.

By the eftirnoon though, my confidence had gone n ah wis feelin shite; tired, edgy n feart ay ma ain shadow. Doyle gied ays the eye in the corridor, n ah didnae ken if it wis like bein mates, or mibbe eh's found oot ah wis Herts. Either wey, ah didnae make eye contact. Spooky as fuck, that cunt.

On Friday night ah jist steyed in, watchin the telly, then tapin some sounds and practising guitar. When my Ma and Dad went oot tae the cinema I was on the phone tae Malky, our drummer. Ah wanted tae tell him that the fanny were sniffing aroond like fuck and that was a sure sign that people were hearing aboot the band. That got um excited. — Amy Connor wanted tae hear *us*, eh gasps, aw excited. Then ah telt him that we'd huv tae practise mair at his, and eh went a bit quieter.

The auld man and auld lady were a bit suspicious ay me hingin aroond the hoose oan Setirday mornin. If ah wisnae workin at the fruit shoap, or gaun tae an away game, ah wis usually up the toon, roond the record shoaps. My dad asked me if ah wanted tae come wi him to the Kilmarnock game at Brockville, but ah wisnae keen oan that. When it goat tae Setirday night, and eh came back hame, ah was a bundle ay nerves as they goat ready tae go oot, really fuckin takin their time. They wir still nipped at ays fir steyin oot aw Thursday night. They didnae mind ays steyin ower at a mate's, but ah'd broken two rules. The first one was, never when ah've school in the morning. The second one was that ah hudnae phoned tae tell them whair ah wis gaunny be. That's a daft yin but, cause ye never ken until ye git thair, n yir usually too pished tae phone by that time.

Ah hud tae promise my Ma n Dad that ah wisnae gaunny go tae Clouds wi the boys, or up the toon. Ah telt them ah wis gaunny huv a night in, go up the chippy n bring back a mince pie supper, two pickled onions and a bottle ay Irn Bru. Then, aye, ah'd hollow oot a bit ay the mince and fill part ay the crust wi chips and eat it that wey while watchin the late-night horror film. Yep, ah might even go for a pickled egg as well.

Ah think they kent that something was up, but eventually they went, and ah was straight oot eftir them, doon the chippy right enough, but tae meet Sabrina. Ma hert wis racin when the first number six came, n she never goat oaf. Ah felt shite, but relieved as well, then shite again, then aw excited cause thir's another straight behind. She gits oaf the bus, draped in this black jaykit. It makes her look so cool, so much aulder. She's goat mair make-up oan n aw. Ah approve awright, it makes her look like a fuckin top shag. She was never done up like that at Clouds, and she kens how tae wear make-up awright.

It *is* a shock but, and for a minute ah feel like a wee boy wi a grown-up woman. Ah'm totally intae her now though, and we have a quick hug and kiss.

Then it dawns oan ays that ah'm oan the edge ay the scheme and ah cannae be seen here wi her, if Terry clocked her lookin like that, eh'd huv her away fae ays in a second. But . . . ah want people tae see n aw, see the bird ah've goat oaf wi here, so ah steer her taewards the hoose.

Aw naw . . .

The first cunt ah see is Birrell, comin oot the newsagent's wi a *Pink* and some rolls and milk. — Carl! eh goes.

— Billy, ah nod, lettin oot a breath ay air. — That's Sabrina. Eh, that's Billy.

Billy smiles at her and then does something really weird and dead ordinary at the same time: eh touches her airm. — Hiya Sabrina, eh says. — Thought ah recognised you fae Clouds.

Ye kin tell she's a wee bit surprised, but eh makes it seem dead natural. — Hiya Billy. How ye daein?

— No bad. Thought ah'd have a quiet night eftir last weekend, eh half-laughs, turnin tae me. — Hibs goat beat, Andy Ritchie got two for Morton. Herts were garbage as well ah heard. Did ye go?

— Nah . . . ah'm takin it easy, like you says. Mibbe go up the Ice Rink in the week but, eh?

— Aye, sound. Come doon for ays.

— Awright. See ye, Billy.

— Cheers, Carl; cheers, Sabrina.

And oaf eh went doon the road, leavin ays thinkin; what the fuck was ah sae worried aboot? Behave yourself Ewart, ya mug. Billy was cool, eh pit me tae shame. It brought hame tae ays what a barry gadge Birrell is. Eh kin be nippy, but eh's goat a sound hert n eh's eywis good tae people that dinnae bother him. Best cunt I've ever met, really.

We went oan oor way doon the road.

— Your pal seems nice, she sais.

— Aye, Billy's sound. The best.

— Ah never knew you went ice-skating.

— Aye, jist sometimes, ah said, a bit embarrassed.

Ah'd goat intae gaun wi Billy, cause it was the best place in toon for fanny. Some posh wee birds thaire n aw. Ah'd just started gaun wi him recently when ah sussed oot that it wis one ay ehs secret wee rendezvous. The rink wis oor wee secret, kept fae Terry, whae'd embarrass ye by takin everything ower. Thir wis a wee plan in the back ay ma heid that once ah'd goat ma hole fae a nice lassie thaire, ah'd introduce Gally tae the place n lord it ower the nervous wee virgin! Wish it could happen now.

Mind you, ah wis shite oan the ice, spendin maist ay the time oan ma erse n comin back soakin. Sporty cunt Birrell wis great of course, and ye could tell that the birds were well impressed. He'd just sit back, bein aw cool, makin quiet connections for Clouds or Buster's.

I get worried that Sabrina might think I'm a scruff cause I stey in a scheme. Mind you, a tenement flat in Dalry isnae exactly upper-class. Ah keep her talkin aboot sounds, makin eye contact, soas thit shi'll no notice the graffiti oan the stairs. Ah'm no bothered eftir, cause once ah git her intae the hoose she'll be able tae tell thit wir no scruffs. Thir's somethin ah kin dae nowt aboot though, n that's the stink ay pish in the stair. These cunts up the stairs, the Barclays, they jist lit that dug oot n it runs doon the stairs tae dae its stuff oan the waste. The thing is thit if the stairdoor's shut, it jist pishes, and sometimes even shites, in the stair. When we get up tae ma bit, ah remember that ma key is oan a bit ay string roond ma neck, like a wee bairn, and it's so stupid and embarrassin as ah huv tae fish it oot and ah fumble gittin it intae the lock.

How uncool is this.

If ah cannae git a fuckin key intae the lock, how ah'm ah gaunny . . . fuck, naw.

Anyhow, it's better whin we're back at mine. Ah pit oan Cockney Rebel. Sabrina's fascinated by ma auld boy's record collection, she's never seen so many tunes. Over eight thousand. — Maist ay them's mine, ah lie, wishin ah hudnae.

Ah show her ma guitar n some ay the songs ah'd wrote fir the band. Ah think she nivir quite believed me aboot that, but she's well impressed wi the guitar. — Ye gaunny play something oan it, she asks.

— Eh, mibbe later, ah goes. Ah'll jist make a cunt ay masel if ah try that in front ay her. — The amp's a wee bit knackered, mind ay wis tellin ye, ah'm savin up fir a new yin.

We put oan some mair records and settle doon oan the couch. Eftir a bit ay snoggin, ah mind ay what Terry said the other night, when eh wis tellin ays how eh chatted up this bird. So ah ask her if she's ever made love before, like aw the wey. She doesnae say nowt, but jist goes aw quiet. — It wis jist, like, if ye wanted tae dae it, that would be great like. Wi me like. Now like. Ah'm jist sayin likes, and ah'm tryin tae cut maself oaf before ah start ramblin shite, shite, shite.

She looks up at me aw shyly n gies a wee nod and a smile. — We gaunny take oor clathes oaf then, she says.

Fuckin hell. Ah jist aboot shat ma pants thaire. Then she gets up oaf the couch n jist starts undressin, casually, like it's the maist natural thing in the world! Ah suppose it is n aw, n ah worry if she's done it loads before, like she's some pox-ridden hoor n ma cock's gaunny be covered in pus n jist crumble oaf if ah pit it anywhaire near her.

Fuck it. Better dyin ay the clap thin dyin a virgin.

Ah grits ma teeth n pills the blinds shut, ma hand tremblin oan the cord. Ma hert's poundin and ah kin hardly undress masel. Ah thoat ah wis nivir gaunny stoap shakin.

We baith get our clathes oaf, but she's fuck all like the birds in the magazines and the telly. Her tits are barry, but her skin's so white she looks as cauld as ice-cream. Funny how ye expect birds tae be tanned, like in the wank mags. Mind you, ah suppose ah dinnae look like that Robert Redford boy either. Ah've goat tae dae something here, so ah hug her, and I'm surprised how warm she feels. Ah've stoapped shakin. The funny thing is that ah thought ah would find it hard tae git an erection, when it came doon tae it likes, but it's fair standing tae attention awright.

Ehr eyes are feastin oan ma cock, and she seems fascinated by it. Ah thoat that wis only me! — Can ah touch it? she asks.

Ah can only nod. She starts pulling at it, gently, but ah shiver n tense at first fae the contact, naebody else has touched ma cock before, then ah let maself relax and ah feel sortay nervous but luxurious at the same time. Ah look at Sabrina, and ah suppose ah should be thinkin, dirty cow, but ah'm enjoyin her appreciation ay it. Ah'm enjoyin it too much, cause ah dinnae want tae shoot ower her, ah want it in, ah want ma hole.

Ah take a step back, then two forward, pulling her tae me, holding her, ma cock pushing up against her thigh — Goan lie doon, ah whisper, unsteadily.

— Can we no jist play aboot for a while . . . she asks.

— Eh naw, lit's jist dae it, goan lie doon . . . ah ask insistently. She's like maist lassies ah suppose, too much Hollywood, wantin it tae be like in films n magazines. That's awright if ye ken whit yir daein, but if ah dinnae git ma hole now . . .

Sabrina gies a disappointed smile, but she's lying oan the couch and she slowly opens her legs. Ah gasp tae maself, her soft hairy fanny looks so fuckin beautiful. Ah git the flunky fae ma pocket n stick it oan ma cock. Ah'm relived when ah roll it doon the length ay it withoot any embarrassin fumblin. Ah'm between her legs and oan toap ay her, feeling her groin against mine. Ah try tae get it in the hole, but ah'm scrappin the cherry against her pubes and flaps n ah cannae find it. Ah'm gittin soft. Ah start snoggin wi her n ah'm hard again, running ma hands ower her tits, twirling her nipples between finger n thumb. No too soft, no too hard, like Terry once said ootside the chippy yonks ago. But ah'm a tit expert, ah've hud loads ay tit, aw the tit ah want in this life in fact; it's ma *hole* ah'm eftir.

The hole, the whole hole and nothing but the hole.

Once again, ah try tae git it in, but naw, ah'm rubbin it oan the flaps, hopin it'll slip intae this big greasy hole, but thir's nowt there.

Thir's *nae* hole!

Ah'm startin tae panic . . . is she a guy or something, one ay they sex change cunts that's hud ehs cock cut oaf . . . but now she's grabbed ma hand and pit it doon thaire, oan her bush. — Play wi me for a bit, she says. What the fuck is she oan aboot, play wi her? Wir playin doctors and nurses here . . . is she wantin Japs n Commandos or somethin?

Anyhow, ah'm touching her, rubbing my fingers in her dry crack, trying tae find this so-called hole. Then it happens! Ah feel it, further doon than ah thought, nearly at her arsehole for fuck's sakes! And it's tiny, no way will ma cock git in thaire! Ah'm workin ma finger in n pokin, tryin tae expand the hole, but she's grippin tight roond it, it's like her fanny's a mooth, n ah kin feel her gaun aw tense underneath me.

— Further up a wee bit, she says — Dae that further up.

What the fuck is she oan aboot, further up? How's that gaunny open up the hole? This is fuckin terrible. Ah should've saved up, went tae some big hoor doon in Leith or in that place doon the New Town. Ma cock still feels hard though, rubbin up against her thigh. Ah'm snoggin her again, still workin that hole, thinkin ay other birds at school ah fancy, then ah think, thir might be another hole further up ah've missed! Mibbe that wis what she meant! So ah does as she sais, starts rubbin further up, but ah'm fucked if ah kin find another hole. It's mair like a wee fleshy button, but ah tweak away at it. But she starts relaxin, and then she's twistin and groanin away . . .

This is barry, she's really turned oan! She bites ma shoodir. She goes, — Gies it now . . . give it tae me . . .

Ah'm thinkin, what a fuckin lover ah am, what a fuckin pure sex machine, but fuck sakes, it'll never git in yir hole, doll, it's just too wee. Maybe the smaller man like perr Gally . . . but naw, she grabs ma wrist n pills it doon, n fuck me if the hole husnae transformed completely! It's now aw moist n wide, n ma finger slides in easy. Thir's a waft comin up and ah suppose that's her gettin spunk or fanny juice or whatever ye call it that birds git. Now ah get this! It's that daft wee button at the toap that *opens* the hole! That's aw these sex-education cunts needed tae tell ye! Press the wee button at the toap for a bit n the hole opens. Push the cock intae the hole! Simple as that!

WHY THE FUCK DID THE CUNTS NO JIST SAY THAT IN THE FIRST PLACE!!!

So eftir a while ah start tae slide ma cock in, a bit at a time. Ah'm no in a hurry now, no now that ah've goat the knowledge. Then ah move it in and oot, up n doon but fuck me if thir isnae a rid mist behind ma eyes n ah'm flyin over Tynecastle n ah'm in a spasm and the whole thing jist lasts fir aboot five seconds before ah start shootin ma load inside ay her and it's fuckin brilliant.

Well awright, it wisnae that good really, but what a fuckin relief! Fuckin brilliant!

Gally, aw they cunts, aw they fuckin virgins at school. Ha! Ha!

No Gally. Perr Gally.

Fuckin brilliant though! Fifteen! Still under the age! Juice Terry? It's probably 90 per cent bullshit wi that cunt. Eh's kiddin ehself oan!

Imagine bein a virgin. The likesay me n Billy though, we ken the score.

— That wis barry, ah say.

She's hudin me like ah wis a wee laddie, but ah dinnae feel comfy, ah'm aw restless n that. Ah'm thinkin aboot writin tae perr Gally in the jail. What kin ye say but; dinnae want ye tae be gittin aw depressed in thair Wee Man, but me n the boys, we're aw gittin oor hole now oot here and it's fuckin barry!

Now ah want tae git ma clathes oan n git Sabrina hame. She's startin tae seem fat n thir's a funny look ower her face. Ah cannae believe ah jist rode her.

— Have you done this before? she asks, as ah pull away n git ma keks n jeans oan.

— Aye, tons ay times, ah tell her, makin masel sound as if she's daft. — What aboot you?

— Naw, it wis ma first time . . . She gets up. Thir's a bit ay blood. It must be cause ma cock wis that big that it hurt her. She looks at it. — That's me no a virgin any mair, she says, aw happy.

Ah look at ma cock. Thir's nae blood oan the flunky, or maybe a bit, but it's no red, it's like ah've dipped it in some chip-shoap vinegar.

Sabrina's gettin her clathes oan. — You're a nice laddie, Carl. Ye wir really nice tae me. Aw the boys at the school n that, ye ken thir only after jist one thing, but you wir really lovely, she comes ower n hugs me. Ah'm feelin awkward n ah dinnae really ken what tae say.

Then she goes up tae the lavvy tae get cleaned up. Ah'm feelin sort ay bad n good aw at once, wishin that ah wis different and then gled that ah'm no at the same time. Ye never, ever know how tae be for the best. It would be great if shaggin wis like in films; nae tension, silliness, awkwardness or funny smells n sticky goo and where every cunt behaved themselves and kent their ain minds, but you've jist goat tae git by the best ye kin ah suppose. Mibbe it gits like that later.

Ah've goat the clathes back oan. Ah'm looking at ma face in the mirror above the fireplace. Ah look the same, but harder. It's like ah've goat this heavier growth now, no jist bum-fluff oan ma chin, it's mair like real blonde thin milky-white. Lookin in ma eyes ah see something, something ah cannae explain, but ah huvnae seen it before.

They say that it happens eftir yuv hud yir hole. Aye, ah'm mair like a man, no jist a daft wee boy.

I did it, I did it, I did it!

Now ah've goat tae get Sabrina oot before my Ma n Dad come back. She's a nice lassie n that, but ah dinnae want anybody tae think we're gaun oot thegither. The truth is, ah want tae be like Terry, tae have loads ay different birds oan the go. No wantin tied doon, eh. Terry once said that a bird's like a pint: one oan its ain isnae really much use. Ah walk her tae the bus stop and she's clinging tightly tae me, n part ay me kens it's important tae her but ah jist want her bus tae come soas that ah can be oan ma ain n think things through.

Another bus stoaps across the road comin intae the scheme, n fuck me, ma mother n faither get oaf. Ah turn away, but ah hear my Ma drunkenly shout, — Carl!

Ah wave shyly across the road, n Sabrina asks, — Who's that?

— Eh, it's muh Ma n Dad.

— Your mum looks really nice, ah like the way she's dressed, Sabrina says.

This startles me: how the fuck can your Ma look nice? Ah say nothing. But ah look ower the road n the fuckin . . . the fuckin . . . thir fuckin comin ower n spoilin everything . . .

— Hiya, my Ma says tae Sabrina. — I'm Maria, Carl's mum.

— Sabrina, she says back, aw shy.

— Beautiful name, my Ma goes, looking at her with a real, almost loving smile.

— I'm Duncan, Sabrina, and ah ken it's hard tae believe, a good-looking felly like me, but that's my laddie, he shakes her hand. The cunt can tell I've goat a beamer. — We thought we'd walk back and pick up some chips. You two want us to bring you some back?

— Eh, Sabrina's goat tae get hame, — we're just waiting on her bus.

— Right then, we'll no cramp yir style, eh says, and they say goodbye, walking doon the road.

Ah can hear muh Ma's high, drunken laughter as they turn the corner, and a chorus of *Suspicious Minds* fae ma auld man. — We can't go on this wey-hey-hey . . . with suspi-sho-hos-ma-hands . . .

— Shhh, Duncan, my Ma laughs.

These auld fuckers have caused ays total embarrassment and ah'm just aboot tae apologise tae Sabrina when she turns tae me n sais, aw sincere likes, — Your Mum and Dad are brilliant. I wish mines were like that.

— Aye . . . ah goes.

— Ah mean, mines are awright, it's just that they never really go oot.

Her bus is coming. Ah kiss her and promise that ah'll see her sometime in the week, n ah probably will, but ye never really ken who yir gaunny meet.

It's a great fuckin life!

Ah skip hame aw excited and nervous, then ah think, this is like a wee lassie, so ah slow doon n start being cool. Ye cannae bounce aroond like a wee bairn in a primary-school playground. Nearly fuckin sixteen. Cunts'll never believe that ye goat yir hole unless ye act cool, cause that's the best part ay it, no tellin every cunt ye goat it, but makin sure that they ken, sortay bein a quiet authority oan the subject. Cause the actual ridin itself is overrated, that's for sure. Ye see them in they sex books in aw they different positions. Dinnae ken how they can be bothered wi that.

Mibbe it gits better. Ah hope so. What do you think, Mr Black, sorry, Cunt Features?

If the Lord wills it so, Mr Ewart. Anyway, I take it now that you will of course be making an honest woman of this Sabrina girl in a good Christian marriage sanctioned by the divine Presbyterian Church of Scotland?

Of course not, Cunt Features. I'll be riding everything in sight fae now oan.

Then a wet drizzle starts up so ah'm hame and I'm waiting for my Ma and Dad to come back wi the chips. Hope they've goat me some, ah could handle that.

That's me done it, something that's haunted me for ages is now aw sorted oot, but Gally's gone and it'll be a long time tae wait for him.

3 | It Must Have Been 1990: Hitler's Local

Windows '90

Maria Ewart slipped a foot out of her shoe and let her toes knead the carpet's thick pile. The luxurious furnishings of her friends' home had much in common with their own. The Birrells' house, like the Ewarts', was fitted out with optimistic redundancy cash, a statement of confidence, faith or hope, that something would turn up, something to secure this new status quo.

The highlight of the room was a huge gold-leafed mirror, which hung above the fireplace. It seemed to throw the whole room back at you. Maria found it too big; maybe she was still vain enough to regard middle-age and mirrors as uneasy bedfellows.

Sandra broke her reverie by coming over and refilling her glass. Maria found herself marvelling at the manicured perfection of her friend's hands; they looked as if they belonged to a child.

They had come round for a meal and a drink: Duncan and Maria Ewart, come to see their old friends Wullie and Sandra Birrell. It made Maria feel mildly ashamed, but this was the first time she'd been back down to the scheme since they'd moved up to Baberton Mains, nearly three years ago. The thing was, most of the people they'd been friendly with had gradually moved out. And Maria was always going on about the people that had moved in to replace them, how they didn't have the same feeling for the area, there was no community spirit left, it was a dumping ground for social problems and it had gone downhill.

She was aware that this line of conversation depressed Duncan. Things had changed so much, but the Ewarts and the Birrells remained close friends. The two couples had never been great ones for going to each other's houses. It was usually New Year or special occasions only.

They generally went out to socialise, meeting in some lounge bar, or in the Tartan Club or the BMC.

Duncan had to admire the changes Wullie had made since he'd bought the house from the council. The replacement windows and doors were predictable enough, but Wullie and Sandra had seemed to have acquired a style that you associated with younger people. The glazed wash on the walls had replaced woodchip and Habitat functionalism had replaced teak, but it still strangely seemed to fit them.

Wullie had stalled in buying the house until such resistance became an empty and futile gesture. Rents rose and the discounted purchase price for tenants fell until he was, as many told him, cutting off his nose to spite his face. Eventually growing weary of being openly stigmatised by others on his side of the short road that split the old tenements from the flats, Wullie reluctantly joined in the replacement-doors-and-windows party.

It was hinted that he and Sandra would be better off over the road in the flats, leaving the solid old tenements for those who wanted to 'get on'. Wullie had quite enjoyed being obstinate and holding out for a while, until Sandra had started on him, adding her voice to the others. Now Wullie was glad he'd relented. Since he'd taken the plunge and spent his redundancy money on the house and the windows, Sandra was sleeping again, without alcohol or pills. She was looking better. She'd put on weight, but fattish middle-age suited her better than washed-out and scraggy. Sandra still tended towards being highly strung and Wullie got the brunt of this. Billy was away from home long ago, though Robert was still there. Her boys: she'd always put them on a pedestal.

Sometimes Wullie had a heavy heart when he saw the difference with Duncan and Maria. The way they still looked at each other, how they were always the centre of each other's world. Carl was a much-loved guest at their party, but it was *their* party. Wullie, on the other hand, knew that his sons had, on appearance, instantly displaced him in Sandra's affections.

Now Wullie Birrell often felt useless. Redundancy seemed to be a term which meant more than just the loss of a job. He'd learned to cook, so that he'd have meals for Sandra when she came in from her part-time job as a home help. It wasn't enough though. Wullie had retreated more into his own world, and this was solidified by his second major purchase, a computer, and he was taking great delight in showing Duncan how it worked.

Like Wullie, Duncan was finding life hard without a job, struggling to pay off the mortgage on their small house in Baberton Mains. Had Duncan got a good, solid council house like Wullie's and Sandra's he would have stayed locally, bought it and done it up. The flats were useless though, nothing could be done with them. But it was tight. Carl helped out, he was doing well with his club and his deejaying. Duncan didn't like it when the laddie gave him money; he had his own life, his own place in town. It had saved him from repossession on one occasion though. But that music! The problem was that the stuff he played wasn't real music, it was just a flash in the pan, and soon people would want the real thing again.

It wasn't a proper job and it wouldn't last, but then again, what jobs were proper jobs now? In some ways Wullie and Duncan both admitted that they were glad to see the back of work. The old plant still struggled along as a high-tech unit, employing only a handful of people. Paradoxically, conditions had got a lot worse, and most of all, the few surviving older hands agreed, the fun had gone out of it. There was an arrogance and smugness about the organisation, and it felt like being back at school.

Maria was in the kitchen, helping Sandra with the lasagne. The mothers shared a concern for their sons. The world now had a greater superficial wealth than the one they grew up in. Yet something had been lost. It seemed to them a crueller, harsher place, devoid of values. Worse, it seemed that young people, despite their fundamental decency, now had to buy into a mind-set which made viciousness and treachery come easy.

The women brought the food to the table, then the bottles of wine, though Duncan and Wullie looked at each other and clung reassuringly to their red tins of McEwan's Export. They all sat down to their meal.

— It's aw that ye hear aboot at raves and clubs: drugs, drugs, drugs. Maria shook her head.

Sandra nodded in empathy.

Duncan had heard all this before. LSD and cannabis were supposed to be destroying the world back in the sixties, yet here they all were. But LSD hadn't shut down factories and mines and shipyards. It hadn't destroyed communities. Drug abuse seemed like one of the symptoms of a disease, rather than the illness itself. He hadn't told Maria, but Carl had been on at him to try one of those Ecstasy pills, and he'd been a lot more tempted than he'd led his son to believe. Maybe he still would. But Duncan was far more concerned about what he saw as the poor quality of music today. — That's no music, it's nonsense. Stealing other people's stuff and selling it back tae them. Theft, Thatcherite music, that's what that is. Thatcher's bloody children, right enough, he grumbled.

Sandra was thinking about Billy. He wasn't into drugs, but her wee boy: battering people for a living. She didn't want him to turn pro at the boxing, but he was doing well and making it big. His last fight was featured on STV's *Fight Night*. An explosive victory, the pundit had called it. But she worried. You couldn't go on battering people because eventually you got battered back. — Even when thir no aroond drugs, ye still worry. Ah mean, Billy wi that boxin: eh could be killed, with just one punch.

— But he's fit, he isnae around drugs, Maria argued. — That has to be good in this day and age.

— Aye, ah suppose, Sandra agreed, — but ah still worry. One punch. She shivered, lifting a forkful of food to her mouth.

— That's what mothers are for, Wullie said cheerfully to Duncan, getting the frozen-eye treatment from Sandra as a result.

What was her husband on about? Had he not seen his idol, Muhammad Ali? Had he not seen what boxing had done to the man?

Maria sat indignantly erect in her seat. — See they're aw going to Munich, with wee Andrew and . . . her eyes and voice lowered, — that Terry Lawson.

— Terry's awright, Duncan said, — eh's no a bad laddie. Eh's goat that new lassie now, and she seems nice. Ah ran intae them, up the toon, he told them. Duncan always stuck up for Terry. Granted, the boy was a bit of a rogue, but he hadn't had an easy life and he was a big-hearted laddie.

— Ah dunno, Sandra said. — That Terry can be a wild bugger.

— Naw, it's like oor Robert, Wullie contended. — Aw that stuff wi the casuals and that, it's just part ay growing up. The Jubilee Gang. The Valder Boys. Then the Young Leith Team and the Young Mental Drylaw. Now it's the casuals. Social history, young boys growin up.

— That's the trouble though, eh's growing up just like that Lawson! That's whae eh looks up tae, Sandra spat. — He got arrested for football trouble as well. Ah mind! Ah mind awright.

— They just pick up anybody at these games now though, Sandra, Duncan assured her, as he felt anger well in his own breast. — It's like oor Carl wi that stupid bloody . . . the bloody idiot, wi that daft Nazi salute in the paper. It's jist silly, stupid boys showin oaf wi thir mates. They mean nae herm. They've aw been demonised oot ay all proportion tae take people's minds off what this Government's been daein for years, the *real* hooliganism. Hooliganism tae the health service, hooliganism tae education . . . Duncan caught Maria and Sandra's raised eyes and Wullie's laugh, — Sorry folks, that's me gittin oan ma soapboax again, he said sheepishly, — but what ah'm tryin tae say, Sandra, is that your Rab's a rerr laddie, n eh's goat a good heid oan ehs shoodirs. He's a lot mair sense than tae get involved in anything really bad.

— That's right, Sandra, listen tae Duncan, Wullie implored.

Sandra was having none of it. She put her fork down. — Ah've got one son beatin up men in the ring for a livin, and the other daein it in the streets for fun! What is it wi you stupid, daft bloody men, she sniffed and rose tearfully, storming into the kitchen, followed by Maria who turned back and pointed at Duncan, — And your son actin like a fascist blackshirt! Aye, that Terry's hud a hard life. Soas Yvonne, n she's turned oot awright. Soas wee Sheena Galloway, n she's never been in the jail or oot ay her heid oan drugs like the Galloway laddie! Maria followed Sandra.

Wullie and Duncan rolled their eyes at each other. — One nil tae the girls, Wull, Duncan said sardonically.

— Dinnae mind Sandra, Wullie apologised to his friend, — she's always like this eftir one ay Billy's fights. Dinnae get me wrong, it does worry me, but eh knows what eh's daein.

— Aye, Maria's the same. She saw aw this stuff aboot Carl in one ay they music papers, talkin nonsense aboot aw the drugs eh takes. Eh telt me that it's aw rubbish, they jist say it for publicity, cause it's what the press want tae hear. Eh used tae come in some states before eh goat intae aw this rave n fantasy tablet stuff. Now eh looks really fit. Ah've seen um some mornins when eh's been up half the night, no trace ay a hangover. If it's killin um then it's makin a bloody good job ay it, that's aw ah kin say, Duncan nodded and looked off into the distance. — Ah'll tell ye though, Wullie, *ah* could've killed him that time wi that salute in the *Record*. Ah mean, ma faither doon in Ayrshire, Wullie, eh loast half ehs fuckin leg fightin they bastards . . . Aye, ah took a drive doon thair, and eh didnae say nothing, but ah knew eh'd seen it. Ma auld faither, the disappointment oan ehs face. It wid've broke yir hert . . . Duncan seemed almost ready to cry himself. — Never mind, he laughed, steeling himself and pointing through to the kitchen, — let them huv a wee snivel. Ye got Billy's fight oan video?

— Aye, Wullie said, picking up the handset. — Watch this . . .

The image flicked onto the screen. There was Billy Birrell, face set in hard concentration, staring across at Coventry's Bobby Archer. Then the bell went and he flew out of his corner.

Billy Birrell

The Hills

Ah'm flyin here now, even though there's a fair wind up. I'm running right intae the bugger, straight up the hill, always getting the hills in, daein the distance, like Ronnie says, always like Ronnie says. *We* get the hills in. *We* dae the distance. *We* build up stamina. Always we; it's brutal. And in the ring as well, *We* can hit harder than that boy. His punches cannae worry *Us*. But I've never seen Ronnie take a punch in the ring after the bell, or without a headguard.

Nope, sorry Ron, we're always alone in the ring.

It's steepening and I can see the top, and all the obstacles in my path. Almost all of them. Morgan's comin up, but I can't even look at him, I'm going right through him, and I think we both know it. Just like Bobby Archer, lyin by the side ay the road behind me. Aw they are is stepping stones tae Cliff Cook. I'm coming for you Cookie, and you're gaunny get well done.

Old Cookie, Custom House's finest. I like the boy as well, probably more than I can afford tae. But by the time we get tae each other in the ring, we won't like each other. Whoever wins, we'll have a drink n chat aboot it after. That'll be right, we'll never speak tae each other again ootside threats and insults.

Naw, we will. It'll get better. It did the last time, when ah done him as an amateur. I left it late tae go pro, but no too late, Cookie. Ah'll dae ye again.

The incline's rising and I'm feeling it now in the calves, Ronnie's got a thing about calves, legs, feet. 'The best punch comes not from the soul but the soles,' eh keeps tellin me, right up through the body, arm, doon tae the hand and ontae the chin.

He's had me daein a lot of combination work has Ronnie. He

reckons ah rely too much on the one big shot tae pit them oot. Ah feel it peyin off but, it hus tae be said.

Also my defences worry him: I'm always going forward, always cutting off the ring, using ma power, stalking, hunting them down.

Ronnie tells me that when ah come up against real class ah'll need to backpedal sometimes. Ah nod, but ah ken the kind of fighter ah am. When ah start gaun backwards it'll be time to wrap it. Ah'm never gaunny be that kind of fighter. When my reflexes go and I start takin shots, that's it, I'm right away fae the game. Cause the *real* courage is tae put your ain ego on hold and stoap at the right time. The maist pathetic sight in the world is a scabby auld fighter being tortured like a wounded bull by some youngster he'd have whipped in his sleep a few years earlier.

Make the top, and onto the slow decline of the back road down towards the car. Takin care no tae pill any muscles on the wey doonhill. The sun's dazzling ma eyes. As the groond levels off in front ay ays, ah finish on a sprint, crashing through the sporting high, makin me feel like I'm coming up on a pill. Ah've stoaped and ah'm filling ma lungs with cool air, thinking that if Cookie tries to do the same in Custom House or Morgan in Port Talbot, the poor cunts'll no last long enough tae get intae the ring wi me. And Ronnie's towelling the sweat off me, helping me wrap up like he's a new mother and I'm his firstborn. We're off in the car back doon tae the club.

There's a lot of silences with Ronnie. I like that, cause I like time to get my head right. I don't like it when the shite of modern life flies through your nut. It's brutal and it drains yir energy. The real fights are fought in yir heid, that always hus tae be right. And you can train yourself in your heid as well as your body; train yourself tae sift oot or bury aw the shite you get bombarded wi daily.

Focus.

Concentrate.

Dinnae let them in. Ever.

Of course you can take the easy way oot and fill yourself wi smack or bevvy like some ay them roond here. They gave up years ago, the sad losers. Ye lose pride in yerself n you've goat nowt.

Ah hope Gally's off that shite for good.

The E's are different, but naebody kens what they'll dae tae ye in the long run. Mind you, *everybody* kens what fags and beer'll dae in the long run; they'll kill ye, and naebody's in a hurry tae ban these. So what are E's gaunny dae that's so different: kill ye twice?

Ronnie's still no speakin. Suits me fine.

The world looks good if yir oan one, up dancing tae Carl's music at his club, although he's got a wee bit too robotic, what's it he calls it, too techno-heided for me: ah liked it better when he was on that mair soulful trip. Still, it's his tunes and he's daein awright. Getting noticed, getting respect. Goin roond the shoaps wi him, the clubs, n ye kin see it's no two schemies anymair, it's N-SIGN the DJ and Business Birrell, the boxer.

Aw we're gittin is the same respect that oor faithers goat for bein tradesmen, for workin in a factory. Now people like that, punters that were once seen as the salt ay the earth, are taken for mugs.

Ronnie's one ay that breed. Peyed oaf fae the dockyards in Rosyth years ago. The fight game's his life now. Mibbe it eywis wis.

Me n Carl urnae taken for mugs though. But see wi the E's: we do need tae cool it. We aw dae too much, mibbe no Terry, tae be fair tae him, which people seldom are. Aye, the world looks good whin yir E'd but mibbe the junky wi ehs smack or the jaikey wi ehs purple tin ay Tennent's or ehs boatil ay cheap wine said the same thing at the start.

Silence is golden, eh Ronnie boy.

This is different fae maist ay Ronnie's silences though. There's something on ehs mind and ah ken what it is. Ah turn tae face um, ehs silver hair, ehs coupon; red, like a real drinker's face. The laugh is that Ronnie's a teetotaller, and it's aw high blood pressure. Nae luck at aw. You'd never think it, cause Ronnie's a man ay few words. It must aw be gaun oan inside. Maybe ah'll go the same wey, they say we're similar, often taken for faither n son, Ronnie says. I don't like hearing that, eh's no ma faither, n eh nivir will be. But think ay it though: runnin eight miles every day and Juice Terry's gaunny huv a better complexion thin me in a few years' time. Nae luck. But tae Falkirk wi aw that. Brutal.

N Ronnie speaks! Hud that front page right enough. — Ah wish ye'd reconsider aboot this holiday, Billy, eh sais. — We need tae make sacrifices, son.

That WE again.

— Booked up, eh, ah tell um.

— Ah mean, Ronnie continues, — we really need tae maintain our condition. Morgan's nae mug. Eh's goat stamina and eh's got hert. Reminds me ay that Bobby Archer boy, he was game.

Bobby Archer from Coventry. My last fight. He was game, but I stopped him in three rounds. It's good tae be game, but it helps if ye can box a wee bit n aw n yir jaw isnae like Edinburgh Crystal.

As soon as that right hook connected, ah turned away n wis headin for ma corner. Business finished.

— Booked up eh, ah repeat. — We're only away for two weeks.

Ronnie takes a sharp corner as the car wobbles across the cobblestones towards the gym. The gym's in an old Victorian building that looks like a shithouse from the outside. It can feel like a torture chamber on the *inside*, when Ronnie pits ye through yir paces.

Eh stoaps the car n makes nae move tae git oot. When I go tae move, eh grabs ma wrist. — We've got tae maintain our condition, Billy, n ah cannae see how we can dae that when you're away at a beer festival in Germany for two weeks wi the crowd ay wasters you hing aboot wi.

This is nippin ma heid. — Ah'll be fine, ah explain tae him once again. — Ah'll keep the runnin gaun n hook up wi a gym ower thaire, ah tell him. This shite is aw we've talked aboot for the last week.

— What aboot that lassie ay yours? What does she huv tae say aboot it?

One thing aboot Ronnie, for a boy that says practically nowt, eh really kens how tae overstep the mark. What does Anthea say? The same as Ronnie. Very little. — That's ma business. Tell ye what but, yir soundin like a wee lassie yirsel. Gie it a rest.

Ronnie frowns, then goes aw that wistful wey, lookin ahead oot the windscreen. Ah dinnae like talkin tae um like that, it disnae dae either ay us any good. Ye make yir ain decisions in life. People kin gie advice, aye, fair enough. But they should huv the sense tae ken that once yir mind's made up, that's it.

So just shut up.

— If ah hud ye two years earlier, ye'd've been European Champion by now, and ye'd've been up for a title shot at the big yin, Ronnie says.

— Aye, ah say quite coldly, cuttin him oaf. Ah'm no gittin intae this nonsense again. Tae me it's disrespectin ma auld man n ma auld lady. Ma faither got me that apprenticeship and it meant a lot tae him. My Ma didnae want me tae box; ever, full stop. And turning pro, fighting for money: that was really crossing the line for her.

Ronnie kept at me tae turn pro though, we huv tae follay oor dreams, he said. The WE again. The thing that Ronnie'll never really git ehs heid roond is that it was ma faither, no him, that wis the cause ay me gaun professional. When eh took ays doon tae London, tae QPR that Saturday night oan the eighth ay June 1985. Barry McGuigan versus Eusebio Pedroza.

We went wi ma Uncle Andy who steys doon thair at Staines. Ah mind ay the traffic oan that Uxbridge Road, us oan the 207 bus, crawlin along, worrying that we'd miss the fight. When we goat there thir wis twenty-six thousand Irishmen trying tae get in. Pedroza was the guy ah wanted tae see, cause eh wis the best. Nineteen successful title defences. Ah thought eh wis invincible. Ah liked McGuigan, thought eh wis a nice guy, but no wey wis eh gaunny beat The Man.

McGuigan even had the white peace flag, cause eh wisnae intae aw that tricolour or rid hand ay Ulster crap. Tae me though, it seemed like an act ay surrender before eh'd even flung a punch. Then this auld boy came intae the ring, later oan we found out it wis McGuigan's faither, and eh started singing *Danny Boy*. The whole crowd joined in, aw they Belfast Catholics and Protestants thegither, and ah looked ower at ma faither n it wis the first and only time ah ever saw tears in ehs eyes. Ma Uncle Andy n aw. What a barry moment that wis. Then the bell went, and ah thought Pedroza would just spoil the party right away. But an amazing thing happened. McGuigan flew at him and swarmed all over the boy. Ah thoat eh'd jist punch ehsel oot, but by the second eh found ehs range and eh wis firing combinations aw ower the place. Ye kept waitin for the wee man tae run oot ay steam, but eh never did, eh just drove remorselessly intae the gadge, and eh wisnae silly either, eh wis usin the heid as well as the heart, still throwing the combinations but keepin the defences strong, pushing Pedroza back. McGuigan's long airms, ehs awkward stance; tryin tae hit um must've been like tryin tae git the baw oaf Kenny Dalglish in the penalty boax. Pedroza had been a great champion, but ah watched him age like fuck that night at Loftus Road.

After the fight we sat wi a carry-oot my Uncle Andy had got fae a rammed pub which had stayed open all night. We just sat there, under some trees in Shepherd's Bush Green, enjoying the atmosphere, talking about the fight, the incredible night we'd been a part of.

That was when ah thought, well, ah wouldnae mind a bit ay that. Ah'd been boxin fir years n gaun tae fights fir ages. It wis eywis the fitba first fir me though. Even when it wis obvious ah wis a better boxer. Fitba gave ays nowt though; one scabby trial for Dunfermline, a year in the East seniors wi Craigroyston.

It wis a waste ay time, well no really, cause ah enjoyed it, but ah wanted mair.

So now we're certainly following Ronnie's dreams. And aye, maybe ah did wait too long. The money's been awright, but it's the respect ye get that does it for me. Ah like it now when people call me Business. At first it wis brutal; it used tae embarrass ays, but now it's starting tae fit.

It's startin tae fit like a glove.

We get out the car and intae the club where ah shower and change. Coming out all fresh, ah'm watching wee Eddie Nicol in the ring, sparring with some monkey he's pishing all over. I don't know about Eddie though. Excellent ringcraft. Aye, when he's good, he's good, but you sense a tentativeness about him sometimes, it's as if he knows that, really soon, somebody's going to banjo him and that this latest boy in front of him might just be the one.

There's a guy talking to Ronnie, in a cream summer suit of light but expensive cloth. He's got a number-one shaved head and eh's wearing light-reactive shades. As ah'm approachin him I'm thinking that the suit would look good oan a better man. — Business, he says extending his hand. It's Gillfillan, and eh's wide as they come. Eh's Power's man, who's also a sponsor, as Ronnie keeps reminding me. He gives me the kind of hard grip that aulder radge types like tae gie you, as a daft wideo test. You pull them up about it and they go, 'It's just a handshake,' as if tae say, we're aw men thegither, n aw that shite. This wanker's really digging in though. I point at it with ma free hand. — You goat an engagement ring in the other hand? What's aw this aboot? ah ask.

Eh breks off ehs grip. — It's jist a handshake, eh laughs.

I let my hand fall. — Ma hands are for a job ay work. Thir no for somebody tae try n show how wide they are, ah say, looking straight at him.

— Settle doon, Billy, Ronnie says.

Gillfillan punches me lightly on the shoulder. — Dinnae settle um doon too much Ronnie, that's what makes um Business Birrell, that's what's gaunny make um champ, eh Billy? Take no bullshit, eh smiles.

I'm still lookin at the tosser, right in ehs eye. The black bit. It expands, and his lips quiver a fraction. — Aye, ah'm glad wir agreed that's what aw that wis, ah say. Eh disnae like that. Then eh smiles again n winks, n points at ays. — Ah hope you've been thinkin aboot ma proposition, Billy. The Business Bar. Like it or no, you're a name now in the city. A celebrity. Your fights have captured the imagination.

— Ah'm away oan holiday next week. We'll talk when ah git back, ah tell him.

Gillfillan nods slowly. — Naw, naw. Ah really think we should talk now, Billy. Ah've goat somebody whae wants tae meet ye. It's no gaunny take long. Remember, we're aw on the same side, eh smiles. Then eh turns tae Ronnie — Have a wee word here, eh Ronnie, eh sais.

Ronnie nods, and Gillfillan starts moving away, ower tae where Eddie Nicol and the other boy are sparring.

Whispering at ays in a low hiss, Ronnie says, — Ye dinnae want tae piss him off, Billy, thir's nae need for it.

Ah shrug at that. — Mibbe thir is, mibbe thir isnae, ah tell um.

— Eh's a sponsor, Billy. Eh hus been for a while. And eh's as heavy as fuck. Ye dinnae bite the hand that feeds ye.

— Maybe we need new sponsors.

Ronnie's face creases up intae its worry lines. This isnae easy for him. — Billy, you've never been a stupid laddie. Ah've never, ever had tae spell things oot for ye.

Ah say nowt. Ah dinnae ken what this is aboot, but ah ken it's aboot something ah *should* ken aboot.

Ronnie huds oan for a bit; then, as eh sees Gillfillan lookin at ehs watch, realises eh's no goat the time. — Wise up Billy, eh goes, pointin tae his jaw. — Ye see that scar, oan your chin?

Every fuckin day in the mirror. Course ah see it. — Aye, what aboot it?

— Ye hud bother wi some boy then. The heidbanger that gied ye that. Now he doesnae bother ye anymair. Ye ever asked yirsel why that is?

— Cause ah pit um oan ehs erse, ah tell Ronnie.

Ronnie smiles grimly and shakes ehs heid. — Ye really think eh's feart ay ye, a nutter like that?

Doyle. Naw. Ye can pit him doon as often as ye like. Eh'll keep comin, and eh'll git lucky once.

— Ye think that Doyle's feart ay ye? Ronnie repeats, this time namin the name.

— Nup.

Ah didnae think eh wis, and ah'd always wondered why thir'd been nae comebacks.

Ronnie smiles sadly, n grips ma airm. — Thir's a reason that Doyle's no been giein ye grief. That's cause eh associates ye wi the likes ay Gillfillan and Power.

So it wis Gillfillan n Power that put the breaks oan Doyle. Makes sense. Ah thoat it was Rab's mates in the cashies, Lexo n that. But they ken the likes ay Doyle, n Lexo's even a blood relative ay Marty Gentleman's, so they widnae necessarily take our part.

— All the man's asking, Billy, is an hour ay yir time, tae discuss something that could make you some money. Something legitimate. It's no unreasonable, is it? Ronnie nearly pleads.

This club's a labour ay love for Ronnie. Now places like this need sponsors tae keep it gaun. Business sponsors.

— Awright, ah say, noddin ower tae Gillfillan.

What ah ken aboot the likes ay Gillfillan and Power, is thit thir just mair established versions ay Doyle. Wide cunts. And you never hit the wideos in the ring. The ones in the ropes are just the ones you *can* hit, and get away with it; tae make up for the frustration at no being able tae batter the ones ye *want* tae hit.

Gillfillan comes over. — Right Billy, we'll no take up too much ay yir time. Ah jist want tae show ye something, and for ye tae meet some people. I'll see you up in George Street in about fifteen minutes. Number one hundred and five. Okay?

— Right.

— See ye next Tuesday then, Ronnie, Gillfillan says turning and leaving.

Ronnie waves him away, aw palsy-walsy. It isnae Ronnie, and it's embarrassing watchin him crawlin up this wanker's hole. I think eh kens that ah'm no chuffed.

Ah go tae phone the flat, tae see if Anthea's back fae her assignment in London. Her first real assignment, a pop video. It beats gaun roond bars handin oot free nips n promo T-shirts; gittin chatted up, pawed and leered at by drunks. The glamour ay modellin.

Nae answer.

Stallin for a bit, ah listen tae her voice oan the answer machine: 'Neither Anthea nor Billy are available at the moment. Please leave a message after the beep and one of us will return your call.'

Ah tell the machine I'll see her later, I'm away oot tae see my Ma. It's funny, but ah always think ay ma mother's hoose as home. That place that ah share wi Anthea, in that Lothian House complex wi the nice swimmin pool, it's like her. It's nice, easy tae look at, but it doesnae feel permanent.

Ah leave Ronnie and walk ootside. Ah hear this rumble and the black skies open n ah huv tae sprint tae the car tae avoid bein soaked.

Ah look at my scar in the car mirror, right at the front ay my chin, almost a cleft. If it hud been half an inch tae the right ah'd've been Kirk Douglas. I'd no that long gone pro at the time, and was training for a fight. I'd finished up doon the club, working late wi Ronnie. The thing was, that ah wis oan ma wey hame. It was only when ah saw Terry at the West End, comin oot fae the Slutland (as they call the Rutland) that ah decided tae get off the bus.

Thir wis a funny atmosphere in the toon that Setirday night, then ah realised why. Aberdeen were at Hibs, and they were the two biggest casual mobs in the country. They would be looking for each other, probably no aw at once, but in smaller groups tae outwit the polis. Ah sprinted and shouted eftir Terry. Eh wis gaun up tae meet ma brother Rab, n Wee Gally, in a pub in Lothian Road.

Baith Rab and Gally fancied themselves as cashies. Rab goat intae it through ehs mates, but eh loved the clathes, the labels n aw that. Gally wis jist a wee nutter. Things wi him and ehs wife, that Gail, they wir brutal. She'd been seein Polmont, of aw people.

Gally and Gail hud had that fight, and wee Jacqueline was badly hurt in the crossfire. At the time, the case was still pending in court, and Jacqueline was still in the hoaspital getting that reconstructive surgery oan her face. A wee lassie, aboot five. Beyond brutal. Gally hud gone intae the hoaspital tae see her, in defiance ay a court order. He glanced at her for a wee bit, couldnae face her, and walked oot.

When Terry and me goat up tae the pub, it was teaming wi Hibs boys. There were the casuals, trying to work oot where Aberdeen hud gone, and other, aulder boys fae the old scarfer days. The aulder boys were just hanging around drinkin. A lot of them would probably have got involved if Aberdeen had come through the door, but they came fae a different era, and wouldnae be intae the idea ay traipsin roond the streets, lookin for younger guys. They were jist beer monsterin oot, like Terry.

Rab, Gally and Gally's mate Gareth were sittin drinkin Beck's at the bar, wi a few other boys ah didnae ken. It was mobbed oot. Boys kept comin in saying Aberdeen were in William Street, or Haymarket, or Rose Street, or were on their way here. Thir wis a real buzz ay pent-up violence.

So it wis a volatile mix awready. Then ah saw them, sittin drinkin in a far corner ay the bar. Dozo Doyle, Marty Gentleman, Stevie Doyle, Rab Finnegan, and a couple ay aulder cunts. They were aw scheme gangsters, rather than proper Hibs boys. Ah'd always detected a bit ay jealousy fae boys ma age and aulder, taewards the cashies. While our age-groups had been battering each other in the toon and roond the schemes, the cashies had united their generation and taken the show on the road. Doyle n that were checkin them oot, n aulder boys like Finnegan, ye could tell they jist didnae get it. Now they were in the pub.

N Polmont wis wi thum.

Gally hudnae seen them, they'd no that long come in. Ah hoped eh widnae, nor they him. It was Saturday, and it wis absolutely choc-a-bloc. But then eh clocked them. For a bit eh jist sat thair, mumblin under ehs breath. Terry saw this first. — Dinnae start nowt in here, Gally, eh said.

Gally wis up for it, but eh heard what Terry was saying. Eh wis in enough bother cause ay the court case pending. We took him ower tae the furtherest corner ay the pub, the yin by the door, n sat doon wi him. When ah looked ower at thaim, ah could see Doyle eggin Polmont on. Ah thought that we should drink up, because if any cunt started here, the whole place would go up, n thir wis nae wey ay workin oot which way the cairds wid faw.

It wis too late. Polmont wis ower, n Dozo n Stevie Doyle wirnae far behind. Ah wis lookin beyond thaim but, tae the huge shape ay Gentleman, which wis slowly risin oot the chair.

Polmont stood a few feet fae where Gally sat. — Ah hope yir fuckin well satisfied, Galloway, eh sais. — A bairn, yir ain bairn, in hoaspital cause ay you! You go anywhere near Gail or Jackie again, n you die!

Gally's knuckles went white oan the pint glass eh wis hudin. Eh stood up. — Me n you, ootside, eh said quietly.

Polmont took a step back. If any cunt was killin Gally, it wisnae gaunny be him. Eh wisnae even intae a square-go. Dozo Doyle came forward, looked at me, at Terry. — Youse wi this wee piece ay trash?

— This is thair business Dozo, it's no ours n it's no yours, Terry said.

— Whae fuckin sais? Eh? Dozo looked at Terry.

Ah wis up n oan ma feet. — Me, ah sais. Now git, n ah thumbed taewards the door.

Dozo didnae mess aboot, ah'll gie um that, eh just came at me. A table went ower. Eh caught ays oan the chin wi one blow, but ah knew ah'd go through um and that was the only one eh goat in. Ah hit um wi a couple ay punches n eh fell back oan ehs erse, n ah follayed up wi the boot. Terry had smacked Polmont, who picked up a gless. One ay Rab's mates, a boy called Johnny Watson, battered Polmont ower the heid wi a bottle ay Beck's.

Gentleman came ower n ah caught him wi a good left, n eh staggered back. Lexo n Rab got between me n him, n Dempsey came ower n battered Finnegan. Thir wis loads ay shouting and threatening. Ah was later tae find oot that Dempsey fae the cashies, and Finnegan, Doyle's sidekick fae Sighthill, had a long-standing feud and Demps saw an opportunity which wis jist too good tae pass up. It wis nearly so brutal that night.

The place wis a mad mix ay boys, a lot ay whom were aw pumped up and just wanted the release ay it kicking off. Then thir wis the cooler heids whae saw it as a civil war and wanted tae calm things doon. What got me wis the discipline ay the top boys. They'd hud thir meet wi Aberdeen oan the cairds fir weeks, n they didnae want it ruined by what they saw as a few schemies huvin a fight ower some daft bird, n drawin polis heat thair wey.

Ah wis glad big Lexo stopped Gentleman comin ahead. Those hands were like shovels. Thir wis a bit ay shoutin n jostlin, then a boy came in and said that Aberdeen were definitely in William Street, and everybody left the pub, headin off in small groups. As they departed, Dempsey staged another assault on the still-groggy Finnegan, only tae be restrained by a cashie guy wi white hair and Stevie Doyle. We headed doon the road sharpish. It wis only then that ah realised ay wis covered in blood. — That'll need stitches, Terry said.

— Sorry Billy, Gally went timidly, lookin like a wee laddie apologisin tae ehs faither fir pishin the bed.

Ah mind ay wee Stevie Doyle shoutin death threats doon Lothian Road eftir us, and we jumped a taxi up tae the Accident and Emergency. Ah didnae realise at the time that Doyle hudnae punched me, he'd hit me wi a flensing knife. It wis strange, but ah hud jist seen ehs hand. Every other cunt told me, naw, it was a flenser. It needed eight stitches. Just as well it wis the only blow he'd got in.

Because ay the wound bein right oan the chin, ma fight wi the Liverpool boy, Kenny Parnell, was postponed. It must have cost Power and Gillfillan money, so they probably put the bite on Doyle then.

Dinnae think ah've even seen um since.

George Street's brutal for parkin, n ah huv tae go up n doon it twice before ah see a white Volvo pull oot ay this space, n ah'm right in thair. Drastic. It's a bit ay a walk tae number one-zero-five. At first ah think Gillfillan's taking the piss, because the building's a bank and it's shut, completely empty, like it's gaunny be renovated. Ah pushes the door, n sees Gillfillan, talkin tae this security guy. Dinnae ken what they want security in a place like this for.

Thir's a big, fat guy sittin at a desk and chair. Ah recognise him fae the ringside. David Alexander Power, or Tyrone, as eh gets called. Eh's huge, wi this black hair that sticks up like a brush.

— What aboot this then Billy? eh sais, lookin roond the barren space. — Nice, eh?

— If ye like banks, aye.

Power gets up and goes ower tae this kettle. Eh asks if ah want a coffee. Ah nod, n eh starts makin it. Eh's different tae what ah thought eh'd be like. Eftir Gillfillan, ah thoat eh'd be aw that serious, flash, gangster wey. This big cunt though, eh's aw relaxed, but cheerful and enthusiastic, like yir favourite uncle who's gone intae business. — Tell ye what Billy, ten years fae now, this street'll be unrecognisable. Aw that building work at the West End, reaching right up tae what we used tae ken as Tollcross. Ye ken what that's gaunny be?

— Offices, ah bet.

Power smiles, hands me a coffee in a Hibernian mug. — Right, but mair than that. It's gauny be Edinburgh's new financial centre. So what happens here, tae aw they fine old buildings?

Ah say nowt.

— This place changes, eh explains, — becomes an entertainment centre. No like Rose Street, wi its tacky touristy pubs, n places for the suburbanites tae huv a toon pub-crawl doon. Naw, aw these punters that go oot ravin now, they'll be ten years aulder doon the line, n they'll want thir creature comforts.

Ah think aboot aw they people dancin in the fields and in sweaty warehooses. — Ah cannae see thaim wantin that, ah say.

— Oh but they will, big Power grins, — we aw do at some time. And George Street's the place. You've got the West End for the meat markets, and the cool, clubby East End. What ye need is something in the middle. Eh stops n spreads ehs airms. — George Street. A street ay nice, pre-club bars, housed in all these classic old bank buildings. Smart enough for a classy clientele, big enough tae be something else when licensing laws move wi the times. And none bigger or classier than The

Business Bar, eh nods roond the room. Then eh pats ehs big gut. — But it's yon time. What dae ye say tae continuing this conversation over lunch at the Café Royal?

— Why not, ah say, respondin tae the big man's grin.

So we're in the Oyster Bar; me, Power and Gillfillan. Ah'm stickin tae mineral water, but Power's puttin away the Bollinger finestyle. It's the first time ah've hud oysters before, and thir no up tae much. It must show. — An acquired taste, Billy, Power smiles.

Gillfillan says very little. Power's obviously the man. Unlike Gillfillan, Power doesnae play the gangster, which probably means eh's comfortable enough no tae huv tae bother.

Thinkin aboot this, ah decide tae come oot wi it, see how eh reacts when we stoap skirtin roond things. — This, ah touch ma scar, — you pit Doyle in the picture, eh? ah ask.

Power screws up ehs nose n looks mildly irritated for the first time, like ah've broken some protocol by being that direct. Then eh laughs, — Schemies eh, where would we be withoot them?

— Ah come fae a scheme, ah say tae him.

Power grins widely, but for the first time ah see it in ehs eyes, that look, no hardness or badness even, but that *other place*, somewhere eh kin go and be comfortable in when eh needs tae be. Somewhere very few people can. — So do I, Billy, so do I. And a *real* one as well, no some tarty wee Jambo homestead like Stenhoose, eh laughs at that, and tae be honest, ah do a bit n aw. — Ah should be mair specific here, it's no schemies, like aw us here, but the schemie *mentality* ah'm talkin aboot. Take Doyle: ah knew ehs auld man well. Same thing. They would be dangerous if they had ambitions beyond the scheme. But that's aw they ken: that's where they feel safe. Doyle's content tae rule the roost, buy ehs ain council hoose, have a few giro and rent-cheque fiddles; a bit ay loan sharking, some powders and pills. Fine. Leave um tae it. It's when these cunts get ambitious ye huv tae worry.

Ah smile at that. Power is a shrewd cunt, that's the Doyles tae a tee. — Then what dae ye dae?

— If thir idiots, ye get them telt. If thir no, ye bring them intae the fold. You're always stronger if you've got strong people around ye, eh looks briefly at Gillfillan. — But strong doesnae mean muscle. That can always be bought. It's up here, eh taps ehs heid, — that's where it counts.

It's *ma* heid that's spinnin when ah say ma goodbyes n git back oot n head doon the road tae the car. Ah thought ah'd hate Power, ah'd marked him doon as a wanker like Gillfillan. But naw. Ah found that ah liked him, respected him, even admired him. N it's brutal though, but because ay that, for the first time in a long time, ah really feel scared.

Memories of Italia

Ah go for a hurl in the motor, tryin tae clear ma heid. Ah heid along the bypass and doon tae Musselburgh, stoppin at the Luca's café for a coffee. The Café Royal food's heavy in my guts, Ronnie might no have been pleased, but, well, it wis his idea. Ah'm drastic wi grub; the mair ah huv, the mair ah want. Even now, ah'm tempted tae huv a Luca's ice-cream: ma auld man used tae take me here for them when we wir young. Ye never forget a taste like that. Naw, it'll no taste the same now. The ice-cream might, but ma tastebuds'll be different. Things change.

Me, having my ain bar, my ain business. Sounds good. It's the only way to make money, having your ain business, buying and selling. And having money is the only way to get respect. Desperate, but that's the world we live in now. Ye hear the likes ay Kinnock n the Labour Party gaun oan aboot the doctors n nurses n teachers, the people that care for the sick and educate the kids and everybody's nodding away. But they're thinking aw the time, ah would never dae that kind ay joab, just gie me money. It's drastic, but you'll never change it. You try tae be decent tae people close tae ye, but everybody else can piss off, n that's the wey ay it.

Ah finish ma coffee n head back tae the motor.

Driving hame ah spy a familiar figure walking in the rain. Ah'd ken that walk anywhere; they sloping shoodirs, the airms thrustin oot, the heid gaun fae side tae side aw shifty; but, maist ay aw, that corkscrew hair flyin aboot.

Like a rooster wi bad piles.

Ah kerbcrawl behind the tossbag and pull up alongside um. — TERENCE LAWSON! LOTHIANS AND BORDERS POLICE! ah shout, as the radge turns roond slowly, tryin tae act aw cool but ye ken eh's shit up inside.

— Fuck off, Birrell, eh goes as eh clocks it's me.

— A bit out of our area, aren't we, Mr Lawson?

— Eh, ah wis seein some burd up here . . . eh goes.

That's bullshit. Terry seein burds, aye, awright, that's well believable, but no here in the Grange. Apart fae that wee brek in Italy whaire eh saw how the other half shagged, eh's never been wi a lassie in ehs life whose Ma didnae huv an Edinburgh District Council Rent Book. — Dinnae gies it, Lawson. Yir casin some gaff in the neighbourhood. You're brutal, man.

— Fuck off Billy, eh laughs.

— Oh, it's like that is it? Yi'll no be wantin a lift then, ah take it?

Sure'n eh isnae. It's pissin doon n Terry gits intae the car. Ehs white cord jaykit's soaked wet across ehs shoodirs. Eh rubs ehs hands thegither. — Right, Birrell my good man. The municipal housing scheme that we both know and love so well, there's a chap, eh goes, adding, — Pronto.

We start talkin aboot Italia '90. Ah mind when we went oantae the steps ay the Vatican. Terry looked ower St Peter's Square and started singing: No Pope in Rome, no chapels to sadden my eyes . . .

Then the Vatican security pounced, grabbed a hud ay the radge n muggins here hud tae smooth it ower. Beyond brutal.

— Yir supposed tae be Hibs, Lawson, ah telt um.

— Aye, but ye've goat tae take the piss oot ay they cunts, eh said. — Biggest fuckin racket gaun.

Ah mind ay him buyin that gless ashtray in the gift shoap, the crucifixion yin. Ah thought it wis in bad taste so ah got a Colosseum one.

Aye, that wis some crack back in Rome. Terry set ehs stall oot right fae the start. Ah goes, — Wi kin hook up wi aw they boys we met oan the plane, the boys fae Fife. They were sound.

— Uh, uh, Mr Birrell. Tell ye something for nowt, eh goes, eyeing these lassies across fae us in this café by the river, — the quality ay fanny here is absolutely fuckin amazing. Scheme minge disnae even git tae first base. Ah dinnae gie a fuck aboot the fitba or gittin tickets; if Scotland loast every game six-nil or if they won the fuckin World Cup itself, it wid make nae fuckin difference tae me at aw. Ah'm here fir the shaggin. End of.

— It's the World Cup, for god's sake . . .

— Couldnae gie a toss. If you think thit ah'm gaunny hing aroond wi some hairy-ersed rid-faced trannies in tartan skirts, fae Fife or anywhaire else, singing *Flower ay Scotland* again, n again, n again, you kin git tae fuck right now, Sonny Jim. Because this, eh sweeps ehs hand grand-style acroass tae where they lassies are sittin, aw wi shades pushed up tae thir heads (a gesture he's copied) — this is the canvas that a sexual artiste like Juice Terry Lawson was born tae spurt white creamy paint aw over.

Efter that ah occasionally bumped intae him, at the hotel, or the railway station or when eh hunted ays doon tae scrounge cash. Then ah couldnae believe ma eyes whin ah saw the hypocritical bastard wi a tartan kilt oan.

— Nicked it fae this cunt in this hotel ah went back tae the other night. Eh left ehs door open when eh went for a shower. Mug. Fits like a fuckin glove n aw. The birds love it man, ah should've worked that one oot. Why dae ye think so many ugly cunts go tae Scotland games abroad wi kilts oan? This wee bird says tae ays, — What does a Scotsman wear under hees keelt? Ah lifts it up a wee bit, discreetly like, under the table, shows her the fuckin goods. She goes, — Everytheeng ees in order. Now, how does a Scotsman make luff?

— So ye went doon oan the neck ay a bottle ay Grouse?

Eh makes a fartin noise through ehs lips. — Thir wis nae complaints at aw, Birrell, ah kin assure ye ay that.

Aye, eh did awright for ehsel oot thair, ah'll gie him that. Now that eh's goat a taste for foreign lassies, eh's lookin forward tae Munich. It's aw eh talks aboot, but come tae think ay it, ah am n aw.

When we gets tae the shoaps jist before oor bit, Terry clocks Gally arguin wi that Polmont boy, that McMurray. Her n the bairn are standin aroond. It's like thir squarin up tae each other in the street. Wi dinnae want that, no wi aw the history thaire. We pills up n gits oot, but the wanker's off doon the road. Wee Gally's aw wired up, n Terry's tryin tae calm um doon. Ah try as well, until ah sees auld Mrs Carlops comin oot the supermarket, strugglin wi two heavy bags. Ah takes them oaf her and sticks them in the boot ay the car.

Terry n Gally wanted ays tae go for a pint, but one pint in that company is never one pint, n ah daresay that ah'll huv enough when ah go away wi them. Ah make ma excuses n git auld Mrs Carlops hame.

The perr auld girl's that grateful naw. Perr auld doll, she never asks for much n she's jist ower the road fae ours. As if ah'm gaunny lit her struggle hame wi that weight.

When ah gits in thir's nae sign ay Ma or Dad. Rab's sittin oan the couch wi this lassie, thir watchin dole-mole eftirnoon telly.

— Whaire's Ma?

— Up toon wi Auntie Brenda. It's her day fir the toon.

— Whaire's Dad?

Rab bends ehs wrist n lisps, — Eh's at ehs cookery class. The lassie beside um bursts intae stoned laughter. Ah thoat ah could smell the hash, n thir's a big joint in Rab's hand. Ah'm no chuffed at him disrespectin ma faither in front ay some dopey cow. At least the auld man's makin an effort. N eh's disrespectin thair hoose, smokin aw that rubbish.

It's no for me tae say nowt but.

— What ye been up tae? ah asks.

— Usual, eh, eh goes. — Been trainin?

— When's Dad due back?

— Fuck knows, eh says.

It gits ays wonderin as tae whether eh's shaggin this bird or jist hingin aboot wi her. It's funny, but the wey thir that easy in each other's company, the wey they jist laugh, it makes ays think about Anthea n me. Oor life. Oor business relationship. It's daft but: ye cannae start bein jealous ay a couple ay dole-moles who probably arenae even leggin each other.

Right now ah feel like the auld boy must feel aw day, surplus tae requirements, and ah almost wish ah'd gone fir a beer wi the boys.

Naw. Focus. Concentration.

Me n Rab, wir flyin in different directions.

The key goes in the door, n it's ma auld man.

Andrew Galloway

Training

Ah'd waited three weeks for the news. Ah thoat it would be a killer, but thir wis so much gaun oan, so much other shite, ah scarcely noticed. When ah thought about it, which ah did, especially at nights, ah couldnae work oot how much it plugged intae the anxiety ah'd already been feeling for, how long?

Fuckin years.

They take ye in, sit ye doon, n compose ye. They ken what thir daein, n thir good at it. But thir's only so many ways they kin say it. — You tested positive, the woman at the clinic told me.

Ah'm no that daft. Ah ken the difference between HIV and AIDS. Ah ken just aboot everything important that thir is tae ken oan the subject. It's weird, that ye can so studiously ignore something so much, that ye actually reference it by its omission, and the knowledge of it surreptitiously, subconsciously, just slips in. A bit like the virus itself. Nevertheless, ah hear maself say, — So that's it, ah've goat AIDS then.

And ah said that, chose tae say that, because part of me, some bright, optimistic part that'll never let go, craved the whole speech about it no being a death sentence and looking after myself and the treatments and so on and so forth.

But ma first thoat wis, well, that's it fucked. And it wis a strange relief, cause ah'd felt it hus been fucked fir some time, it was like aw ah found oot wis *how*. The rest ay the time in the clinic was just aw white noise in ma heid. So ah went hame n sat in the armchair. Ah started laughin ma heid oaf until it goat deranged, caught in ma throat and turned intae racking sobs.

Tried tae think ay aw the who's, how's, what's, where's n why's.

Couldnae come up wi anything. Thought aboot how ah felt. Wondered how long it would be.

Best ah held oan.

Sat numbed for a bit, thought aboot unfinished business.

Aye, best ah held oan. Till ah kin sort it aw oot likes.

Ah stoaped kiddin oan that ah could dae anything useful. Ah goat oot the boatil ay Grouse and poured masel a drink. It burned aw hoat n sour aw the wey doon. The second one was better, but the fear didnae leave ays. Ma skin wis clammy, ma lungs felt shallow.

Ah kept tryin tae tell masel that this wis jist one mair day n the night wid be jist one mair night in a long, dark dance ay them which stretched right oot intae the unknown, far further than your eye could see. Ma life would go oan, ah telt masel, mibbe for a long time. Far fae bein a comforting thought, the terror of it nearly crushed what little there was left in me.

It might go on, but it wouldnae get better.

Ye dinnae realise what an anchor hope is, until ye ken that it's really gone. You're gutted, disembowelled, and it's like ye jist arenae of this world anymair. It's as if thir's nae mass tae keep ye weighed doon tae this earth.

In the disintegration ay reality, yir vision becomes a diffused scan, followed by a desperate focus on the extreme and the mundane. Ye'll grasp at anything, no matter how daft, that seems tae provide the answer: tryin so hard tae find significance in it.

The waw in front ay ays seemed tae hud the secret tae ma future. The samurai sword, the crossbow. Up thaire oan the waw, just starin at ays.

The future: starin ays right in the face. *Take care ay it, take care ay that unfinished business.*

Ah took the big samurai sword oaf the waw. Takin it fae the scabbard, ah watched it gleam in the light. The blade was blunt though, it couldnae cut butter. Terry goat it for ays, eh robbed it fae somewhere.

How easy though, tae sharpen that blade.

The crossbow wisnae sae ornamental. Ah pick it up, feelin the weight ay it, stuck in the two-inch bolt, took aim and blasted the red in the centre ay the target by the opposite waw.

Sat doon again, thought aboot ma life. Tried tae think aboot ma faither. The fleeting visits ower the years. — When's Dad comin back? ah'd ask my Ma, aw eager.

— Soon, she'd say, or at other times, she'd just shrug as if tae say, how the fuck should ah ken?

The gaps between his appearances got longer, until he just became this unwelcome stranger whose presence would fuck up your routine.

Ah mind though, one fireworks day when we were kids. He took me, Billy, Rab and Sheena to the park; us wrapped up against the November cold. The rockets he'd bought, he just stuck them in the frozen ground by their sticks. You were supposed tae put them in a bottle, but we thought that he knew what he was daein, so we said nowt.

Me and Billy were only seven, and we knew. How the fuck did he no ken that?

Rockets were supposed to soar tae the skies, then explode, but we watched his yins burn oot and blow up, withoot leaving the cauld, hard groond. He knew nothing because he was always inside. When ah wis growin up, the worse thing my Ma could say tae me was that ah wis as bad as ma faither. Ah telt maself ah'd never, ever be like him.

Then ah wis inside n aw.

Two stretches in the nick, one in innocence, the other in guilt. Dunno which one fucked ays the maist; the crime ay stupidity is the greatest fuckin crime of them all. Now I'm in this council flat, back in the scheme, a sublet fae a mate called Colin Bishop, who's working in Spain. It's funny, but people say, aye, yuv ended up back here. But ah will, ah will *end up* here.

The rain's been thrashin doon the day, but ah see now it's rained itself oot. Thir's a rainbow in the road.

In ma nut, ah'm up n doon like a yo-yo. Now ah'm thinkin aboot how many people git the chance tae settle auld scores before they go? No many. Maist people are gaunny go oan a long time, so they've goat too much tae lose, either that or they're too feeble tae act by the time they ken it's ower. Thinking this wey makes me feel strong.

So ah felt like the world had dealt me its worst possible hand and that, fuck it, ah wis still here. When ah walked oot intae the sunshine tae clear ma heid, bizarrely so euphoric, ah genuinely thought that nothing would ever make me sad again.

But ah wis wrong of course.

Ah wis proved wrong after aboot five minutes.

Five minutes, the distance between here n the shoaps. When ah saw her with the bairn, comin oot ay the newsagent's, ma hert battered in the centre ay ma chist and ah vernear just crossed the road. But they were oan their ain, *he* wisnae aboot. Ah jist wisnae up for meetin him, no the now, when ah did it wid be when *ah* wis ready.

But no the now.

Ah glanced aboot, certain that *he* wisnae aroond.

Thing wis, ah wis feelin awright, ah'd done what ah'd hud tae dae wi the cunts at the centre, n ah wis tryin tae pit it aw tae the back ay ma mind. Tryin tae look ahead, tae think aboot the Munich Beer Fest n the pills ah'd have tae sell tae get thair. The flights hud aw been booked, so ah jist needed accommo n spends money. It wis a rerr day n aw: it hud been stoatin doon a while ago, but now it wis blazin n everybody wis oot. It wis comin up fir tea-time, n people wir streamin oaf the buses fae toon. Ah was walkin along, lookin at the graffiti-covered waw, tryin tae find oor auld efforts. There they wir, slowly but surely fadin away:

GALLY   BIRO   HFC RULE

It must be over ten years auld. Biro. That wis Birrell's auld nickname, which wis never used now. Ah should've goat a better yin, mair obscure. Muh Ma sussed oot it wis me n battered ays. That cunt Terry used tae come up for ays ages ago n say tae muh Ma: — Hiya Mrs Galloway, is Gally, eh ah mean Andrew, in?

Now we were gaun away thegither; me, Terry, Carl n Billy. Mibbe for the last time.

Thir good boys but, especially Birrell: a capital gadgie. Backed ays up that time wi Doyle. Aw the wey. Eh hud a loat gaun oan, as well. The fight goat pit back. The *Evening News* got hud ay it aw, painted him as a mindless thug, dragged up this auld conviction eh hud fae a few years back fir setting that warehoose oan fire. Eh handled it aw well though, Billy did. Pulverised the boy fae Liverpool when the fight was rescheduled. They aw were right back up his erse eftir that.

Ah thoat aboot it, aboot back then, n ah felt a bit low again. Then ah thought, c'moan, stroll on Galloway, behave yirself. Aye, when ah went oot, ah wis feelin fine.

Then ah saw them.

Ah saw them and ah felt like ah'd just been punched hard in the guts.

When was the first time? Years ago. She wis wi Terry. Ah thought she wis a nice lassie n aw. She could fair turn it oan when she wanted tae. It wis different the second time. Aw ah wanted was a shag, n ah got

yin. Ah felt barry aboot that, until she telt me that she was up the stick.
Ah couldnae believe it. Then wee Jacqueline. Born a few weeks eftir
Lucy, Terry's wife, hud Jason.

Ah wanted everything when ah came oot ay the nick. Especially a
bird. So aye, ah goat ma hole; the price was a wedding ring and the
responsibility ay a wife n bairn. It was far too much, even if her n me
hud been better suited. Ah couldnae wait tae get oot the hoose, away
fae her; her n her pals, like Catriona, Doyle's sister. They would sit
roond the hoose n smoke aw day. Ah wanted away fae them, away fae
their bairns. Their screaming, greeting bairns.

Ah wanted action anywhere ah could find it. Ah wis too auld tae be
a cashie really, most ay the boys were a good five years younger than
me. But ah'd missed time, n ah'd always looked younger than ah wis.
Ah got intae that for a couple ay seasons. Then ah started gaun tae the
clubs wi Carl.

Away fae them, Gail n that crowd, but also, ah suppose, away fae
Jacqueline. So aye, ah loat ay it wis doon tae me, cause ah wisnae
aroond a lot. But he wis. Him. Then she was seeing *that* cunt. Him.

When ah challenged her, she just laughed in ma face. Telt me
what he was like in bed. Better than me; much better than me, she said.
A real animal, she telt ays. Could hump aw night. Cock like a pile
driver. Ah thoat aboot *him*, n ah couldnae believe it. She must've been
talkin aboot somebody else. It couldnae be McMurray, no Polmont; no
that fuckin nervous, drippy cunt, that shitein puppet ay Doyle's.

She went oan n oan, and ah wanted her tae shut up. Telt her tae
shut her fuckin dirty slut mooth, but ah'd telt her so many times, n aw
she'd fuckin well dae is jist open it wider and wider. Ah couldnae take
it. Grabbed her by the hair. She battered me, we fought. Ah hud her
hair and God fuckin help me, ah wis gaunny gie her it. Ah clenched
ma fist intae a ball, pulled it back and

and and and

and ma daughter was behind me, she'd goat up oot ay her bed tae
hear what the row was aw aboot. Ma elbaw went intae her face,
crushed the side ay her face, her fragile wee bones . . .

ah nivir meant tae hurt

no tae hurt wee Jacqueline.

But the court never saw it that way. Ah was back in jail, in
Saughton, a proper nick, nae Y.O.'s stuff this time roond. Back inside,
wi time tae think.

Time tae hate.

The one ah hated most though, it wisnae her, or even him. It wis me: *me*, the stupid, weak mug. Oh, ah battered *that* cunt awright. Battered um wi everything; alcohol, pills, smack. Punched waws until the bones in ma hands broke and they swelled up tae the size ay baseball gloves. Burned filthy, red-brown holes intae ma airms wi cigarettes. Ah sorted that cunt oot awright, ah pished all ower the bastard. And ah did it so quietly, so sneakily, that no many saw past the cheeky, wasted smile.

The other cunts ah kept away fae. Restrainin order. Kept away fae them until now. Now that cow is right here, just a few steps away.

It wisnae sae much seein *her*, it was seein wee Jacqueline: the state ay the bairn. Just seein the wee lassie like that; she was wearing glesses. It jist made ays so sad. Glesses, oan a wee girl that age. Ah thought aboot the school, the teasing, the cruel cunts we could be when we were wee, and how ah couldnae dae anything tae protect her fae it. Thought ay how that simple, fuckin stupid, cosmetic, totally valueless thing like a pair ay fuckin glesses could change the way people saw her, change the wey she grew up.

Her Ma's side; that cow was as blind as a fuckin bat. Could see a cock a mile away but, she never hud any problems thaire. Eywis used tae talk aboot gittin contact lenses when we were thegither. She never wore her glesses ootside, ah used tae hud oantae her when we were oot like ah wis her fuckin guide dug. She wis the fuckin dug but. In the hoose it wis different; her sittin aroond like that fuckin fat lassie in *Oan the Buses*. She seems tae be able tae see now, so she's probably invested in a set: that's why the wee yin's wearin obviously hand-me-doon clathes. That typifies that vain cow's priorities. Now she's goat Jacqueline's glesses oaf and she's polishing them with a hanky, standing thaire in her shabby jaykit, polishin ma bairn's cheap glesses. And ah was thinking, why can you no get a proper cloth . . .

. . . why can't *ah* dae that for the wee yin . . .

Nae fuckin access.

And although ah should've walked away, ah'm straight over the road taewards them. If that cow's goat contact lenses she should take them back cause they're shite. I'm practically right up her erse by the time she looks up. — Awright, ah says tae her and look doon at Jacqueline. — Hiya sweetheart.

The bairn smiles, but backs away a wee bit.

She backs away fae me.

— It's Daddy, ah smile at her. Ah hear the words come oot ma mooth, n it sounds pathetic; biscuit-ersed and moosey-faced at the same time.

— What do you want, the non-person hoor asks. She looks at me like ah'm a soft piece ay shite and before ah kin say anything back adds, — Ah'm no wantin bother again, Andrew, ah've fuckin well telt ye! You should be fuckin well ashamed tae show yir face in front ay her. She looks doon at the wee yin.

That wis . . .

That wis a fuckin accident . . .

It wis *her* fuckin fault . . . her fuckin mooth, the things she fuckin well said . . .

Ah want tae just punch her twisted slut mooth, swearing like the fuckin dirty hoor she is, right in front ay the bairn, but that's exactly what she wants, so ah'm tryin so hard, so desperately fuckin hard, tae stey cool. — Jist want tae sort somethin oot so ah kin see her sometimes, so we can agree somethin . . .

— It's aw been settled, she says.

— Aye, settled by youse, wi me huvin nae say . . . Ah feel masel losin the rag here, and ah dinnae want it tae be like this. Ah jist want tae talk.

— Take it tae yir lawyer if ye dinnae like it, this has aw been settled, she repeats, aw slow n precise.

A fuckin lawyer, what's she oan aboot? Whaire dae ah git a fuckin lawyer fae? Then she looks at this cunt comin doon the road, aye, it's *him* awright, and pulls oan the bairn's hand. — C'moan, there's Daddy . . . she twists her mooth at me. Her words turn like a knife. How did ah ivir fuckin go wi her? Ah must've been mad.

And he's standing there, lookin at me, ehs heid cocked tae the side. Still wi that funny build, no skinny, but flat, like eh's been run ower by a steamroller. Looks wide fae the front, but nowt fae the side: like ye could slide um under a door. — Daddy . . . the bairn says, and runs ower tae *him*. Eh hugs her and then pushes her ower tae the hoor the perr wee angel's been brought up tae call her Ma. Eh whispers something in her ear n she takes the bairn by the hand and they walk a bit doon the road. The wee yin looks at me, n gies me a wee wave.

Ah try tae say, ta-ta hen, but nowt comes oot. Raisin ma hand, ah wave back at Jacqueline, watchin them go, the wee yin askin her questions. No thit *that* ignorant cow would be able tae understand them, nivir mind answer them.

And he's come closer n eh's nearly in ma face. — What the fuck dae you want? eh goes, but it's aw a show fir her, cause eh's fuckin rattled, ye kin see the fear in ehs eyes. Now ah'm enjoyin it tae fuck, enjoyin this wee quiet moment between us, havin real fun for the first time.

Ah look at the cunt. Ah could fuckin just have him, right here and now. Eh kens it, ah ken it, but we both ken what would happen if ah did.

The polis and the Doyles on ma case. A dream ticket that. Thir's no just me tae think aboot n aw. Billy backed ays up n goat a flenser oan the chin for ehs trouble.

— You've been fuckin telt. Dinnae make us tell ye again, eh says, pointin at me, then scratchin ehs beak. Nerves. Ye kin see ehs eyes waterin. One-tae-one isnae his style at aw. Like the last time; eh shat it then and it's the same now.

Eh's still a freckle-faced cunt. At twenty-six, or twenty-seven even. — Funny, ah seem tae mind ay bein mair worried the last time. Mibbe it wis the company ye wir in. The company yir no in now, ah smile, lookin at him, then ower ehs shoodir at her and the bairn, wi a surge ay guilt. Wee Jacqueline doesnae need this in her life. She looks at us, and ah cannae look back at her. Ah turn away back tae him. Then a car horn sounds. He looks ower ma shoodir and says, — Till later, movin away.

— Too right, ya crappin cunt, ah laugh, wonderin why eh wis in such a hurry. Or mibbe the cunt thoat ah'd backed doon. For a livid second, ah take a step forward, before stopping. Naw, it wisnae the time.

Ah turn tae see whae tooted and it's Billy's car wi Terry in it wi him.

They get oot and he's right oaf doon the road sharpish, increasin ehs pace. Nae wonder. When eh gets tae her n the bairn, eh picks up Jacqueline and sticks her oan ehs shoodirs.

That cunt sticks ma fuckin bairn oan ehs shoodirs.

They head doon the road. That fuckin Gail hoor's the only one lookin back at us. Terry's up alongside me n eh's smilin aw coolly at her and she turns away.

— What's the story? Billy asks, noddin tae auld Mrs Carlops whae's comin doon the road wi two big bags ay messages.

Ah'm no gittin Billy or Terry involved in this again. That Polmont's fuck all; he dies. And Doyle? Ah look at Billy's scar. Ah've nowt tae lose. He kin have it n aw. — Nae story, ah tell him. Ah try tae smile over at Mrs Carlops. Perr auld cow, she's toilin in the heat wi they two big bags ay shoppin.

Billy goes ower tae Mrs Carlops and takes the bags off her and sticks them in the boot ay ehs car. Eh opens the passenger door. — You git in thaire, Mrs Carlops, n take the weight oaf yir feet.

— Ye sure, son?

— Ah'm jist gaun that wey, Mrs Carlops, doon tae muh Ma's, so it's nae bother at aw.

— Tryin tae cairry a wee bit too much, she wheezes, climbing in. — Ah've goat oor Gordon's faimlay comin up fae York so ah thoat ah'd git some stuff in . . .

Terry's lookin at this, as if either Mrs Carlops or Billy is a bit daft by being in this situation, then eh turns sharply tae me. — They cunts fuckin you aboot again? eh goes tae ays.

— Jist leave it, Terry, ah tells um, but my voice sounds breathless n ah'm diggin ma nails intae the palms ay ma hands.

Terry raises ehs hands in a defensive posture. Eh looks like eh goat caught in that downpour. Ehs hair n jaykit are wet. Billy's eyes follow *them* right doon the street. The wee yin oan *his* shoodirs. The thing is, the worse thing, she really likes him. Some things ye cannae fake. Ah take a deep breath, then try tae swallow this thing thit's jammed in ma throat. — What youse up tae?

Billy says, — Ah'd just finished trainin. Ah wis drivin past the Grange when ah saw this radge prowlin aroond the streets. Eh nearly shat a brick when ah peeped um.

— What wir you daein prowlin aroond they big hooses up the Grange, as if we didnae ken? ah ask Terry.

— Ah'm mindin ma ain business, eh nods doon the road, they're oot ay sight now, — so ah'd like you tae extend me the same courtesy, Mr Galloway, eh says.

— Fair enough, ah agree sharpish.

— Youse fancy a pint? eh asks.

Billy exhales sharply, lookin at Terry as if eh's jist suggested taking up noncing. — No way, ah'm gaun tae git auld Jinty Carlops hame, then ah'm oaf tae muh Ma's for ma tea. Ah've goat tae keep in shape, ah'm in trainin mind.

Terry starts thrashin ehs chist wi ehs index finger. — So are we Birrell, for the hoaliday in Munich at the Beer Fest.

But Billy's no impressed. — Right, ah'll leave yis tae it then. See yis doon at Carl's club the morn's night, eh goes, movin tae the car. Then eh turns back tae me n winks, — You take it easy, okay pal?

Ah smile n force a wink back. — Right, cheers Billy.

Birrell hops off intae the motor, leaving me and Terry. — That Birrell's a fast worker, eh kens how tae pull awright, Terry laughs as Billy n auld Mrs Carlops head off. — Wheatsheaf? eh sais.

— Aye. Awright. Ah could dae wi a bevvy, ah tell um. Ah could fuckin well dae wi a few.

We head tae the Wheatsheaf. Terry sets up the beers n pumps up the jukey. Ah'm still dazed, aw ah kin think aboot wis ma crossbow bolt explodin intae that Polmont cunt's heid, eftir the samurai sword's taken it offay ehs shoodirs, that is. Send the contents tae Doyle in a box. Aye, you kin huv it n aw, ya cunt. The power ay no giein a fuck.

Then ah think aboot the bairn. My Ma. Sheena. Naw, ye always gie a fuck.

Terry comes back wi a couple ay pints ay lager. Terry's a capital gadge, one ay the best. Eh acts the cunt sometimes, but thir's nae badness in him. — You gaunny sit thaire in a world ay yir ain? eh asks.

— That cunt, wi ma bairn. Him . . . ah seethe. — . . . and her, that fuckin hoor. They fuckin well deserve each other. Ah ken that loads ay cunts gied her the message, every fucker warned ays, every cunt's been thaire, they says. Ah widnae listen but.

Terry looks at ays, aw grave, like eh's annoyed. — Bit fuckin sexist thaire, Mr Galloway. What's that aw aboot? What's wrong wi a bird likin a bit ay cock? We like fanny.

Ah think that eh's tryin tae wind ays up, but eh's no, eh's serious.

— Aye, but when she wis meant tae be wi me, that's what ah'm talkin aboot.

Terry says nowt tae this. Eh looks ower n clocks Alec comin intae the pub. Eh shouts ower, — Alec . . .

Alec looks fucked off. Eh's walkin wi a stoop as eh comes ower tae us.

— What's up wi your face, Terry asks.

— Went tae see her the day . . . eh says, aw morosely. — Ethel, eh wheezes softly.

— Aw, Terry goes.

Alec means that eh's been tae the cemetery, or the chapel ay rest ah think they call it at the crematorium. Ethel wis ehs wife, the woman that died in the fire. Inhalation ay smoke. This wis yonks ago, when ah first kent um. Alec's son'll no talk tae him cause they think it wis Alec's fault. Some say it wis Alec wi the chip-pan, bevvied, others thit it wis an electrical fault. Whatever it wis it wis bad news for him, and for her.

— What yis wantin tae drink? Terry asks Alec, then me. Ah shrug, so does Alec. — Trust me tae pick the fun company, eh goes.

Nightmare on Elm Row

Ma heid was pounding and ma mooth was as dry as a nun's twat as I planned tae get a bus back hame tae chill oot a bit before Carl's club starts. As ah watched the streetlights separate wi ma movement taewards them, ah realised that ah wis near Larry Wylie's new gaff n ah wis wonderin whether eh'd want some ay they E's offay me. The entryphone system's broken but the stairdoor's open. As ah climb the stairs ah'm aware that the E buzz is runnin doon and that ah'm still fucked wi the bevvy fae yesterday.

That cunt Terry can fairly piss it up. Training for the beer festival he says. Well, it's been a long and dedicated training programme for the cunt, aboot fifteen years approximately. If Billy could pursue boxin wi the same single-mindedness, eh'd huv unified the World Title by now.

Ah pressed the doorbell, knowin already that it's gaunny be a mistake. Ah'm just propelled taewards disaster; thir's fuck all ah kin dae aboot it. The worst has already happened, the rest is just details.

Who gie's a toss?

Larry was even nippier than usual when he answered the door, eventually, after shouting behind it, — Who's that?

— Gally, ah told him.

Larry looked urgently at me, checkin nae cunt's comin up the stairs behind ays. The fucker looks wired, the paranoia's tearin ootay him, so tangible ye could stick it between two slices ay breed. — Come in, quick, eh said tae ays.

— What's up? Ah git the question oot as eh pills ays intae the hoose n slams the door behind me, then bolts it twice, sliding home two industrial-sized fuckers.

Eh pointed through tae the room. — A load ay bullshit here, eh gestured through, lookin ahead, lost in focus. — Fat Phil, ah stabbed the cunt, eh said bitterly.

Ah felt like turnin oan ma heels right then, but that's a loat ay metal tae git through and Larry's state ay mind was obviously volatile, even by the cunt's ain horrendous standards. Besides, ah've nae fear, ah'm jist curious. Ah decided that right then wisnae the time tae ask *why* eh stabbed Phil but. — Is eh awright?

Larry looked at ays as if ah wis bein wide for a second, then eh burst intae a big, beautiful, beaming smile. — Fucked if ah ken, eh went, then changed in a flash intae business mode. — Ye want that base speed? eh goes wi mair than jist an air ay impatience.

Ah'm here tae sell, no tae buy. — Eh aye, but ah've goat some good E's here Larry . . . ah telt um, but the cunt wisnae listening.

Ah follayed Larry ben the front room, then through tae the kitchen oaf it. Fat Phil was sitting at the kitchen table. Ah nodded tae him, but his eyes were starin off intae the distance, seemingly focused on something. He kept a fold ay sheeting pressed tae ehs stomach. It was a bit bloody, but no really saturated or nowt like that.

Larry was aw tense and animated. Ah wondered if he was speeding. — Which will bring us back to doh . . . eh sings, aw *Sound ay Music*-style, theatrically pleased wi ehsel, thumbs in imaginary braces. Then eh gits glesses oot ay a kitchen cupboard, follayed by a boatil ay JD, pourin two large nips fir me n him. — Whaire's the fuckin Coca-Cola? Eh? eh sais, then eh shouts through the room next door, — WHICH CUNT'S NICKED THE FUCKIN COKE?

Ah heard footsteps fae a bedroom and Muriel Mathie came through with some bandages n a pair ay scissors. She was wearin a guy's checked shirt, which might have been Larry's, and looked at me tensely as she went over to Phil.

— Nae Coke? Larry asked, his face set in a challenging smile.

— Nup, she goes.

— Ye gaun doon tae the garage fir some? eh urges. — It wis youse thit fuckin well drunk it. How'm ah tae offer a guest a drink?

Muriel spun roond brandishing the scissors at Larry. The lassie wis fairly jolting wi rage. — You fuckin git it! Ah've hud enough ay you Larry, ah'm tellin ye!

Larry looked at me wi a smirk oan ehs face. Eh spread ehs airms n extended ehs palms. — Ah wis merely enquiring as to the status of the Coca-Cola, eh sais. — It'll have tae be neat, Gally. Chin chin, eh toasts, n we take a swallay.

Sharon Forsyth came in from the same bedroom and looked over the scene, as excited and awestruck as some wee starlet who's landed a part in a big movie. — This is mental . . . hiya Andrew, she said, smilin at me. Sharon wis wearin a bottle-green cotton sleeveless crop-top. She hud her navel exposed and it hud been pierced. Ah'd never seen that before. It looked cool, sexy, slutty. — Brilliant Sharon. Sexy, ah telt her, pointin tae it.

— Ye like it? Ah think it's just barry, Mr Macari, she giggled. Her hair looked greasy and unkempt. Could dae wi a wash. Ah might offer tae wash it for her if she's intae gaun uptae Fluid. Carl disnae like that crowd in the place but. Calls them the 'schemie element'. Fuckin cheek ay him, even if eh means it as a joke. Ah've always been intae Sharon and ah went away with her when ah came out of the nick, the proper nick, a few years ago. Aw ah thoat aboot wis sex when ah wis inside, but when ah goat oot, ah hud loads ay shite in ma heid cause ay that Gail cow and ah couldnae get it up. Sharon but, she never made me feel bad aboot it. That's what ah call class in a bird. She seemed tae accept ma prison-does-things-tae-a-man speech.

— Wis it sair tae get done?

— No really, but ye huv tae keep it clean. But long time no see . . . c'mere . . . We gied each other a euphoric dancefloor embrace. Great lassie, Sharon, even though ah could feel the grease fae her hair oan ma face, clogging up ma ain pores. Ah'm wonderin if Larry's shaggin her. Probably. Eh's definitely shaggin Muriel.

Over her shoodir ah saw Muriel, still tending Phil, steal a quick glance at Larry who shot her back a challenging stare as if to say 'what?' before he started digging around in a drawer.

As Sharon and me broke our hug Fat Phil grunted something. He was breathing heavily, and Muriel was muttering to herself.

— Goat some fuckin good skag, Larry smiled. — Ye want a bang?

Skag? Eh's a fuckin comedian. — Naw, that's no ma thing, ah tell him.

— Isnae what ah heard, eh winked.

— That wis a while back now, ah tell him.

Sharon looked at Larry. — We'll no git intae a club if wir aw skagged up, Larry.

— Starin at waws is the new niteclubbin. Sais so in *The Face*, eh grinned.

Muriel attempted tae take Phil's shirt off but he brushed her away, the movement causing him more pain than her. Muriel persisted, — You've loast a loat ay blood here, ye'd better git tae the hoaspital. Ah'll git an ambulance.

— Naw, Phil wheezed, — nae hoaspitals, nae ambulance. He was sweating profusely, especially from his head. It gathered intae beads which dotted ehs face.

Larry nodded in acquiescence.

This was the kind ay scene where aw officialdom, even the maist benign ay the emergency services, wis instinctively distrusted. Nae polis. Nae ambulance, even though eh might be bleeding tae death. Thir seemed a bit mair blood oan the sheetin now. Ah could see Fat Phil in a hoose that wis burning doon around um n him shoutin: Nae fire brigade!

— But you've goat tae, yuv goat tae, Muriel said and then she started shrieking, like she was having a panic attack, and Sharon went to calm her.

— Dinnae git hysterical or it might rub oaf oan Phil . . . Sharon turned tae Phil whae wis still looking ahead, sheet crushed tae his gut. — . . . Sorry, Phil, but ye ken what ah mean, it's like if she makes it sound worse thin it is you'll worry n yir blood pressure'll git high n yi'll bleed faster . . .

Larry nodded approvingly, — That's right! Try tae see some fuckin sense, Muriel, yi'll jist make it fuckin worse, eh snorts. Eh had his works and ushered ays intae the other room. — These cunts nip ma fuckin heid. Thir's some people ye cannae fuckin help, eh says, like a social worker wi a heavy caseload, who's just come tae the end ay his tether.

Ah'd decided that ah wanted a shot when he asked me again. It wasn't that ah said yes, it's just that ah couldnae say 'naw', or say 'naw' and mean it. My body seemed tae go cold, and ma thoughts aw disconnected and abstract. It wis a bit daft as ah'd been up aw night on the piss with Terry and ah wisnae in the best condition for this.

As Larry produced the works and started cookin, ah wis gaunny say 'ah'll just chase mine' but it sounded so daft and pointless.

So there ah wis, tappin up a vein. Larry spiked ays. As soon as the gear surged through ma system it completely overwhelmed me and ah lost control and passed out.

Ah thought that ah'd been fucked fir just a few minutes but Muriel was shaking and slapping me and she was obviously relieved when ah was coming to. Ah smelt, then saw, the sick on my chest. Larry was sitting watching a Jackie Chan video. — Surrounded by fuckin lightweights, eh chuckled withoot humour. — Telt ays you could handle the broon n aw.

Ah tried tae speak, tae say that it had been a long time, but ah felt the gagging cough ay acrid puke in ma throat and ah nodded tae Muriel whae had a gless ay water by her side. Ah sipped, almost choking, but it wasnae uncomfortable, it was a slow, smooth, hot caress in ma throat n lungs cause the gear wis daeing its job.

Sharon's sittin oan couch running her fingers through ma hair, then massagin ma neck like ah'm E'd up. — You're a bad boy, Andrew Galloway. You had us aw worried there for a bit. Didn't eh, Larry?

— Aye, Larry grunts distractedly, no looking fae the box.

Ah gave a wee cackle, just at the prospect ay Larry worryin aboot anybody but ehsel.

Ah must have lain there for over an hour zoning in and out of consciousness with Sharon's fingers working my neck and shoodirs and Larry's voice zooming in and out of audio-range, like a signal coming through and breaking up.

— . . . this gear is the best . . . you could make a few bob shiftin it . . . every cunt's gittin feart wi the AIDS but if yir careful it's nae bother . . . git the smack n the speed mixed up . . . no the base, mind, fuck that . . . Phil thoat eh wis wide . . . started namin names . . . ah hate it when cunts start name-droppin expectin ye tae faw intae line . . . talking aboot the Doyles . . . that Catriona . . . ah telt um ah ken Franco n Lexo n that, so dinnae gie *me* yir Doyles . . . then eh starts aw this shite aboot money . . . kens fuck all . . . nowt wrong wi um . . . thinks that Muriel's gonny feel aw sorry fir um n lit the fat cunt intae her keks . . .

Sharon gets up and comes back in a change ay clathes, paradin in front ay me like a catwalk model. She's goat oan a tight pair ay white slacks and a black-and-white striped toap. Ah manage tae gie her the thumbs up. She goes tae the kitchen as Larry drones on and on aboot ehs recent minor atrocities in a weirdly soothing and comforting wey.

— . . . her that was in Deacon's . . . thinks she kin cock-tease aw she wants . . . no wi this boy here she cannae . . . slipped ehr a couple ay jellies tae wash doon wi her voddy n she wis oot like a light . . . huh huh huh . . . still goat the Polaroids . . . thaire straight doon the back ay that bus shelter at the shoaps if that slag steps oot ay line again . . .

And it disnae matter anymair. That's the beauty ay it. Nowt fuckin matters.

— . . . the maist minging cunt in the world . . . ah sais tae her, dae you never wash yir fuckin fanny . . . n see your mate, Gally; that Juice Terry cunt . . . tell ays he's no wide as fuck . . .

Muriel came in screaming and Phil lumbered through behind her.

His face was white with shock and panic and eh was staggering, ehs blood now gushing intae the sheet. — Ah'm driving him tae the hoaspital, she said.

Larry, tae ma shock, goat up. — Lit's go. Wi stick thegither. Then eh adds, in song, — You know we made a wow to luff one an-oth-uh for ev-vah . . .

Ah sort ay protested, but Larry pilled ays tae ma feet. — Want tae hear what story they cunts tell the hoaspital . . . make sure thir's nae grassin up gaun oan . . . eh slurred.

We all got intae the car, which wis parked in Montgomery Street, wi Sharon drivin and Phil in the front passenger seat n the rest ay us in the back. Larry was fucked, eh took another hit in the hoose and he wis floating away. — Say nowt, mind . . . he said, passing out.

— Try tae keep tae the backstreets as much as ye kin Sharon, Muriel said, clutching a Bartholomew's *Edinburgh City Plan*, — wir no wantin stoaped wi they two aw skagged up.

As Sharon started up the car Phil began tae really show ehs panic fir the first time. — THAT CUNT WYLIE! eh screamed. — AH CANNAE BELIEVE EH DID THAT!

Ah wis that wey where ah dinnae ken whether or no ah thought or said the words, — Believe it.

— AH CANN . . . Phil spluttered oan ehs words. Eh arched round in the seat and slammed a chunky fist intae Larry's face. Larry woke up, saying, — What's aw this aboot, in a sort ay nasal plead.

Muriel pushed Phil back and held ehs shoodirs. — Phil, for fuck sake, sit still, yir losing blood, she pleaded.

— This is pure radge, Sharon said.

— Try tae stey still, Phil, Muriel implored. — We'll be thaire in a bit. And mind: ye cannae grass Larry up.

— Ah've nivir grassed any cunt up in ma life, Phil squeaked, — but he's . . . that cunt . . . Phil turned in the seat and tried tae have another go at Larry, who just said, — C'mon now . . . and laughed.

But Phil was coming out ay the shock ay the stabbing. Eh wis fuckin livid at Larry. Eh goat round again and battered him in the puss. Larry twisted like a rag doll, his head snapping back under the impact of the blow. Eh wis like one ay they nodding dugs in the back ay motors. — That's right Phil . . . that's enough . . . Muriel said, almost at the same time. Ah started tae laugh. Larry's eye was swelling up, looking like a rotten piece ay fruit.

— WIDEO . . . CUNT . . . Phil shrieked, and Sharon went —

OHHH as mair blood, *real* blood, started coming through ontae ehs lap. Just as we pulled intae the A & E, Phil collapsed across Sharon. She stopped the car aboot fifty yards short ay the forecourt. Muriel couldnae pill him up, so she just goat oot n ran acroass the tarmac. Larry, dazed, fell across my lap. — Fuckin great shit this, Gally . . . hus tae be said, he muttered, ehs wasted face lookin up at me.

The ambulance boys were straight oot and they had Phil fae the motor and they were taking him away. They were struggling like fuck to get him from the ground onto the trolley, even with it folded down. Ah shouted oan Muriel and she came away, brushing aside this paramedic who was gesturing towards the desk.

She got in up front beside Sharon who did a nifty bit ay reversin and we drove off. — Where are we gaun? she asked.

— The beach, ah suggested, — Portobelly.

— Ah want tae go clubbin, Sharon goes.

— That suits me, ah said, remembering that ah wanted tae serve up at Carl Ewart's club, git masel sorted wi some cash for Munich.

— We'll no be gittin intae any club the night, Muriel scoffed.

— Aye, Fluid, it's ma mate's club, Fluid, we'll git in, ah slur.

Larry's heid's still oan ma lap. Eh looked up at ays and raises a clenched fist in salute. — Clublaaaand! . . . eh gasps loudly.

Limitations

Larry never made it past the bouncers on the door and Muriel took him hame. They let me n Sharon in, only cause ah'm Carl's mate n she wis wi me. Ah wis fucked up, and ah dinnae really mind that much about the club. Billy wis talkin tae ays for a bit, n ah think Terry said something aboot the Beer Festival. Sharon took ays hame. Ah mind ay her pittin ays tae bed, then getting in wi me. In the night a goat a hardon and ah nearly never minded. She must've felt it pokin against her, cause she woke up and started playin wi it, then tellin me tae fuck her.

When she started kissin ays deeply ah thoat for a while ah wis somebody else. Then it came back tae ays exactly who ah wis. Ah telt her ah couldnae, it wisnae her, it wis me. Thir wis nae condom and ah jist couldnae. She kept a tight hud ay ays, as ah telt her that she wis hingin aboot wi rubbish, n ah included maself in that, n told her she wis better thin that and that she should sort it oot.

Her sweaty face pulled away fae mines and came intae view. — It's awright . . . disnae matter. Ah sortay guessed. Ah thoat ye kent: ah'm like that n aw, she told me with a mischievous wee smile.

There wis no fear in her eyes. None at all. It was like she was talkin aboot bein in the fuckin Masons or something. It put the shits up me. Ah goat up, went through, and sat cross-legged in the chair, lookin at ma crossbow oan the waw.

Terry Lawson

Part-timers

The dole's no as bad as the DHSS some say. Others say different. Academic fuckin debate cause tae me it's aw part ay the same shite; cunts that want tae poke thir fuckin nose intae yir affairs. Aye, the bastards have called ays in, so ah gits doon tae Castle Terrace for ma appointment. Yours truly's thaire at the stated time, but the place is mobbed oot. It's gaunny be a right fuckin stall the looks ay it. So ah'm waitin oan the red plastic seats wi the rest ay the poor fuckers, tryin tae git comfortable. They aw look the same; schools, polis stations, nicks, factories, DHSS and dole offices. Anywhere they process the punters. Thir's the yellow waws, the blue strip lightin and the notice board wi one or two frayed posters on it. The first word oan the poster or sign is usually 'No', either that or it's goat one ay two messages oan it. It's either: we've goat our eye oan youse cunts, or: grass up yir friends and neighbours for us. This one ah'm readin is everywhaire now:

> KNOW OF A BENEFIT RIP-OFF?
> GIVE US A TELEPHONE TIP-OFF

Thir wis a wee bit ay bother the last time ah wis here at one ay they things. They sent this fuckin wide cow tae sort ays oot, but it didnae work oot the wey the cunts had planned. She came in wi aw they particulars, tellin ays aboot this joab thit ah hud tae take or else they'd cut oaf ma benefit.

The woman hud that stiff, brittle hair and she wore a print dress. Ehr nostrils wir twitchin in her beak tae see if she wis pickin up the scheme offay me; the fags, the beer, wherever the fucker's prejudices took her.

Ah looked over the particulars, then, in nae hurry, looked up at the woman. — Well, ah wis really lookin for full-time work, ah explained tae her.

Gie her ehr due, she at least hud the good grace tae look a bit embarrassed as she explained, — This post *is* full-time, Mr Lawson, it's eh, thirty-seven hours a week.

— Mmmm . . . is thir nowt jist sellin aerated waters, ah ask her, — it's jist thit ah've ey selt juice roond the hooses. Oaf the lorries, ken?

— No Mr Lawson, she says coldly, — we've been through this a thousand times before. You can't sell juice, as you call it, from the back of lorries any more. Soft drinks retail differently nowadays.

— But how? ah ask, makin sure ah keep ma mooth a wee bit open eftir ah've asked the question.

— Cause it's easier for the consumer, she says aw snooty.

Patronisin cow. Thick as fuck n aw. Didnae huv a fuckin scooby doo that ah wis jist stallin fir time. — Well it disnae make it easier fir the likes ay me. N thir's people ah ken whae still ask ays tae this day, how is it thit thir's nae juice bein selt roond the schemes . . . auld wifies thit cannae git oot n that.

So wir gaun oan like that, but she's no huvin it at aw. She tells me thit ah've goat tae take the joab in front ay ays n that's that.

Ah just couldnae afford it; it was as simple as that. It wis the time factor mair thin the money, even if the dosh wis a bad joke. Seventy-five pence an hour for fillin burgers? But the time wis worse; keepin ye in a burger shoap when ye could be oot makin real money. Ah've nae time for thon. Thirty-seven hours a week daein that shite? Fuck that.

But ah hud tae take it. And, bein fair tae masel, ah did stick it fir two days. Me, workin away wi this wee gadgie, covered in plukes which wirnae gaunny git better very quick wi aw the grease aroond; servin burgers tae nippy drunks n daft students n housewives wi bairns, lookin like a muppet in this uniform.

But no for long.

Then there ah was oan Sunday evening, sittin in the pub ower the road fae the shoap. Aye, ah hud plenty witnesses tae say ah'd been thair aw night, and tae testify tae ma shock when auld George McCandles came in aw excited and telt us aw that the new burger shoap they'd opened up oan the Walk was oan fire. Sure enough, we heard the sirens wailin oan cue and we spilled out ontae the pavement, pints in hand, tae watch the fireworks.

Beats the fuckin telly any time.

The big surprise wis thit the polis didnae haul ays in right away. They wir oan the scene pretty quick n they clocked ays standin ootside the pub. — That's ma work n aw, ah telt one copper, feignin outrage. — What am ah gaunny dae? Ralphie Stewart heard this and goes, — Aye Terry, it wid make ye take up a life ay crime, so it wid.

So ah went in the next day, n the place wis gutted. The manager wis doon thaire wi a guy fae head office n some insurance boy. Eh telt us that the place wis closed n that wi should go back up tae the dole n sign back oan. So when ah goat up thaire, the auld cow made a loat ay they insinuations that time. The perr auld dragon, she ended up gittin it tight for oversteppin the mark. That's the best approach; draw them in by playin the daft laddie, sittin thair n noddin away like the fuckin village idiot, then they git jist that wee bit too wide n cocky. That's when ye lit the cunts huv it wi baith fuckin barrels. It's that barry look ay shock oan thir coupons whin they see thit thuv been done, thit thir no jist messin wi any fuckin muppet who they kin short-change n who'll jist take thir bullshit, thir dealin wi some real fuckin wideo wi an eye fir the main chance.

So ah wis noddin away like a daft cunt n she's gaun, — It's funny, Mr Lawson, unable tae hide that she is fuckin beelin, — this is twice this has happened to places you've just started to work in.

Bingo!

Ah clicked intae second gear. Ah just sat up, and focused right oan her. Gie'd her that Birrell-before-the-bell look. — What are you on aboot, ah asked.

— I was just saying . . . She started tae get aw flustered, that change in gaze, posture n tone ay voice.

Ah looked at her, leaning across her desk. — Well, ah'm just saying that I'd like you to get your supervisor out here and repeat what you've said to me just now. I'm sure the police will also be interested in these allegations. Prior to that, of course, I'll get in touch with my solicitor. Okay?

She started exploding wi sweat, fart and slaver, her hert fuckin well gaun like the clappers and her big fat face flushin like a newly installed top-ay-the-range Armitage Shanks. — I . . . I . . .

— Get him, ah smiled coldly, drummin in cheerful insistence on the desk, then added, — or her. If you please.

So the supervisor wis sheepishly called; of course by this time the big fuckin cow has gone intae shock that what started oot as the routine harassment ay some dodgy cunt fae a scheme has flipped over intae the nightmare scenario. The disciplinary fuckin stain oan the otherwise exemplary record. Aye, n they type ay stains kin be stubborn fuckers n aw missus, yir Ariel n yir Daz urnae gaunny dae the biz here. The thing is, even if it's just a verbal, the next promo board will say, 'Yes, the fat cunt is maybe evil and warped enough to be a good DHSS supervisor, but she lacks the necessary customer care smarm. Consign the silly fucker tae routine mundane filing duties until the early retirement or redundancy opportunity presents itself.'

So that fucker goat a dressin doon n ah goat a half-ersed letter ay apology:

> Dear Mr Lawson,
>
> I am writing to apologise on behalf of the Dept of Employment regarding comments that were allegedly made to yourself by one of our officers. It is accepted that the alleged comments were inappropriate to the investigation of your case, and may have been misconstrued.
>
> Rest assured that the matter is being dealt with internally in the appropriate manner.
>
> Yours sincerely,
> RJ Miller
> *Manager.*

America, that would be the place fir me. Any cunt gits wide thair, they slap a fuckin lawsuit up thir erse, or up their goddamn ass, as they Shermans pit it. What dae ye get here fir being abused by they official cunts? A half-herted apology which makes nae sense. Alleged comments ma fuckin hole. Even wi ma Edinburgh School Leavers Certificate ah ken shite English when ah see it. Naw, the Yanks wid huv it aw worked oot. It's aw aboot rights thair, nane ay that class-system shite like here. They'd pit fuckin snobby auld tarts like that right in thir place. Too right hen; stick a few fuckin bools in yir mooth n think ye kin gie that dry auld fanny ay yours a wee frig under the table cause ye see a boy wi a scheme address comin in. Ye think ahm gaunny play the subject in your wee domination game?

Nein, mein schwester, nein, cause ich bin ein Municher soon. So jist youse keep the auld civil tongue in yir heid, cause yir up against an international man ay the world here.

Italia '90, shaggin fir Scotland. Be the same in Munich. Guaranteed.

One thing ah wis right aboot though: the polis wirnae interested. Ah'm surprised they didnae go right tae Birrell's hoose, wi his rep for startin fires. No now but, as eh said tae that boy in the *News* when they exposed the cunt's arson convictions, 'the only fires I start these days are in the ring.'

See the dole the day but; well, credit whair it's due. Ah've goat tae fuckin well hand it tae the cunts, lessons have been learnt. Firstly, it's a tidy bird oan the counter that calls ays up intae her booth and second, she's much cooler, it's the softly-softly approach.

— This is the third time that's happened to me, ah explain, tryin tae keep a smirk oaf ma face. — The last place ah started in only went n caught fire. The one before it hud tae shut wi flood damage. Ah'm starting tae think ah'm cursed!

The flood damage one wis for Italia '90 back in the summer thaire. Aye, ah'm really gaunny sit in a piazza n Rome, surrounded by fine vino and grade-A fanny when ah could be workin in the blazin hoat kitchen ay a restaurant at the beck n call ay some rid-faced frustrated alko art-school reject called a chef, and at the height ay summer, for twenty pence a week.

Aye, right. Why did ah no think ay that yin?

But this wee yin here oan the desk jist smiles back at ays. Aye, this lassie's cool awright. As her eyes go tae the forms ah'm gittin a deek ay her tits, but surprisingly she's no that well-stocked in that department. It's funny, but she looks like she *should* huv a good bit ay tit oan her. It's the smile, n the kind ay confidence, that fuckin vivaciousness. Still, it takes aw sorts, n ah widnae say no if it wis pit in front ay ays oan a plate, ah'll tell yis that fir nowt. Yuv goat tae, it's the spice ay life, that's what ah eywis say.

This lassie's as sweet as an unexpected tax rebate. We agree thit ah'll jist huv tae keep up the good fight until they kin send ays along tae dae something suitable. — It wis whin the juice lorries finished, that's what snookered me, ah explained tae her.

It did n aw; eftir that ah changed ma line ay work.

Speakin ay which, it's time tae see Uncle Alec, cause thir's *real* work tae dae. Ah've yet tae meet a cunt that goat rich fillin burgers.

Domestics

Ah call Alec 'Uncle Alec' as a joke, cause ah goat tae ken the auld cunt yonks ago when ah wis shaggin ehs niece. So ah step intae the Western Bar n eh's thaire, watchin the go-go but no really watchin ehr if ye ken whit ah mean. Ah've never been intae the go-go's masel; ah like tae see birds gittin thir kit oaf whin thir wantin shagged, no jist whin thir wantin tae dance. The whole thing seems a bit too remote tae me. No enough fuckin romance. But that's jist me.

Eh's standin at the bar wi ehs *Daily Express* oot. That's how auld-school that cunt is; a remnant fae the time when the *Express* hud the best racin section. Nae cunt buys it now. Ehs eyes move fae the racin form, tae the go-go's form. — Alec, ah goes, pushin through tae the auld fucker.

— Terry ... eh slurs. The cunt's half-pished again. — What ye wantin?

Ah look aroond the cramped bar. Too many pryin eyes aroond here. Ye kin jist see that pished auld cunt now, shoutin in ma ears aboot this joab eh's sorted oot, then the music stoaps n the whole bar kens what yir up tae. Naw. It's startin tae worry me thit ah'm the one that's huvin tae dae mair n mair ay the thinkin fir the both ay us. And it's aw aboot basics n aw, that's what gits oan ma nerves, it's aw aboot fuckin basics, basics that cunt should be aware ay. — Naw, lit's take a walk doon tae Ryrie's.

— Awright ... eh goes, finishin ehs pint, and follayin me oot the door.

So wir paddin the hoof doon through Tollcross and along Morrison Street, n ah'm pickin up pace cause thir seems tae be a nice, tight erse ahead.

Yes ... fuckin wee doll. Short skirt, barry thighs.

Alec's puffin and huffin cause eh cannae keep up wi ays. — Hud oan, Terry, whaire's the fuckin fire?

— Doon below, ah say, pattin ma groin, n noddin ahead.

Alec hacks up some green n yellay phlegm n coughs it intae the gutter withoot brekin a stride.

— Ye can only git a good idea ay the bum by checkin the thighs, ah'm tryin tae explain tae the cunt as we're bouncin doon the street behind this cute erse n long hair. Of course, it's a waste ay time tryin tae explain this tae a jakey whae husnae hud a ride in years, naw decades, n whae'd walk ower a crowd ay naked supermodels tae get tae a tin of Tennent's Super, but there ye go.

The point ah wis tryin tae make, hud eh been receptive, wis that some punters see an erse oan a bird and go, phoah, nice erse, but that's jist amateurs. The point is they only see the erse. The pro always checks the thighs (and the waist) *and how they relate tae the erse*. That wey ye kin gauge the whole bird. Any cunt can huv a nice erse, two buttocks, but how does that fit wi the rest ay it?

Well, in this case fuckin good. The thighs are shapely and firm, thick enough tae suggest power and tae display the erse but no big enough tae dominate it or pit it in the shade. Good thighs should *display* an erse, tae its best advantage. Every trophy needs a decent plinth. Spice ay life.

Alec's mind is elsewhere. — It's a tidy gaff, eh explains breathlessly, referrin tae the doss wir gaunny dae ower next week, the big hoose up the Grange. — The security's piss-poor . . . the boy's a professor at the Uni . . . the cunt's written a book oan the new security state in Britain. Says private-security firms run by gangsters are takin ower fae law n order . . . so the cunt doesnae huv any alarms or fuck all . . . cryin oot tae be done . . . hud oan, Terry!

Cryin oot tae be done, eh sais. No half, ah'm thinkin, but the bird turns doon the side street and heads up the hill.

That wis the Tories' biggest achievement: tae make huvin principles cost ye. Private health care, cooncil-hoose sales, mortgages, floggin the nationalised industries, if ye dinnae join in and tow the line yir a mug, even if aw thir daein is helpin them tae stick thir hand in yir poakit fir the rest ay yir puff. Bit yir that chuffed wi yir wee bit ay paper n yir wee piece ay plastic ye cannae see it. Aye, principles cost. Well, thir gaunny cost this cunt dear enough soon, and his insurance, if eh's goat any, that's guaranteed.

— . . . faimlay's away tae Tuscany fir two weeks so it's all systems go, eh gasps, as we stroll intae Ryrie's and order a pint for me and a half n half for him. Alec's face is flushed even mair thin usual as eh nods tae ehs cronies. First exercise the cunt's probably hud in years.

— Whaire's that?

— Italy, eh says, lookin at me as if ah'm a radge. — Thoat you wir no long back fae thaire! Eh nods as eh slides doon a wee gold yin.

Well, thir widnae be any World Cup games thaire n besides, ah wis eywis shite at geography back at the school. Ah ken how tae git tae the

Grange awright, n back tae oor lock-up at Sighthill n that does ays fine, thank you.

Italy was barry but, the World Cup. The standard ay fanny wis superb, particularly the young birds. They fair seem tae pit oan the beef as soon as they've goat the ring oan thir finger but; like that auld Benny Hill sketch. What's aw that aboot?

Alec's dented the half n goat another round up, even if ma pint's barely an inch doon. Eh's the best housebreaker in the business, or eh used tae be. Now it's a struggle tae keep um straight. Ye dinnae want any cunt fuckin up oan the joab. So it's no that ah dinnae trust the cunt, just that ah fancy headin up tae the Grange tae check it aw oot tae ma ain satisfaction. Ah cannae tell that auld fucker this though; eh'd git as nippy as fuck. Ah'm still the young apprentice tae him, n ah eywis will be, but eftir another pint ah make ma excuse and take a fast black up thaire.

Home on the Grange

It's pissin doon up the Grange, n ah stand under a big elm tree, one ay the cunts that survived the plague ay Dutch Elm disease that hit here a few years ago. That's fuckin Edinburgh fir ye, even the fuckin trees've goat thir ain epidemic. Surprised the Weedgies didnae make mair oot ay that. Still, ah'm gled ay this cunt's cover cause it soon rains oot tae a misty shower. The backstreets here are weird, aw guest hooses. Ah dinnae like this; too much to-ing and fro-ing. Our street's mair residential though, but ah dinnae stoap too long. Casin this area, ah kin *feel* the curtains twitchin oan schemie alert every time ah step oaf one ay the main roads. Aye, the gaff looks quite secluded, but it's crazy gaun too near it in this state ay paranoia. Mibbe head back up later oan when it's darker.

Ah'm walkin doon taewards the bus stoap when ah sense this car pullin up alongside ays.

It's the fuckin polis. Guaranteed.

Fuck.

Ah hear some cunt shout ma name n announce themselves as Labdicks n ah nearly jump oot ma skin but ah stey cool n turn slowly n and it's fuckin Birrell, in ehs motor. So ah gits in, gled ay the lift, cause it's sterted tae pelt doon again. Birrell's hair's gittin quite long for him, it's damp n it's sterted tae lie oan the scalp. The motor smells like a tart's bedroom, aw aftershaves, mooses n gels. Sporty cunts are the biggest closet poofs under the sun. N ah dinnae really think that birds go fir that tartyness in a man. They prefer the mair natural boady smells, real birds anywey. Ah suppose the kind that Birrell's intae, but; these prissy wee anorexic tarts wi expensive clathes and soor faces that wid split in two if they hud a decent fuckin length up thum, they probably lap up that shite.

So we huv a blether aboot Italy n start lookin forward tae Munich in October, no that thir'll be anything for me tae look forward tae if this joab disnae come oaf.

When wi gits back doon oor bit, jist at the shoaps, we're ready tae pill intae the scheme when ah clocks Gail wi the bairn. Then ah looks up the road n thaire's fuckin Heid-The-Baw n wee Gally, squarin up tae each other!

Ya cunt ye!

Wee Gally looks aw cocky n Heid-The-Baw's well upset. — Billy, stoap here, look, ower at the shoaps, ah tell um.

Birrell does a barry *Miami Vice*-style halt n reverse n we're straight oot the car. Billy shouts ower n Gally turns tae us. Heid-The-Baw's straight doon the fuckin road as if ehs life depended oan it. It does n aw; that cunt's gittin his. No that Gally or anybody else wid need any help wi that wanker.

The Wheatsheaf

Gally's a bit shaken, so ah take the cunt up the Wheatsheaf whaire ah hud half-arranged tae meet Alec. Birrell's bloused oot tae keep fit fir ehs fight. Ah gie the cunt it tight, but good luck tae the boy. Eh's good at it n aw, eh's no a bad boxer. Ah dinnae think eh's as good as every cunt's makin oot mind, they aw git cairried away wi this 'local hero' shite. Ye cannae say that though; every cunt just thinks it's jealousy. But good luck tae um.

Gally n Alec, what a pair. Gally starts oan aboot the wee lassie, then Gail, then Heid-The-Baw, the Polmont cunt, n Alec's greetin intae ehs beer aboot ehs wife that died n that fire, n how ehs son disnae talk tae um. Sad, but it wis yonks ago now, n eh wants tae try n screw the nut a bit. Thir's no much ah kin say tae either ay thum. Some fuckin drink this hus turned oot tae be. — C'moan boys, wir huvin a wee bevvy here!

They both look at me like ah've suggested a spot ay fuckin child molestin.

We end up at Alec's wi a cairry-oot but the night continues in the same depressin wey for a bit; Gally n Alec giein it aw that 'we've fucked up everything' shite.

It really did fuck perr Gally's heid when Gail told him she was shagging Polmont. That she was leaving him, for *Polmont*, of all people. Anybody else in the fuckin world. They fought, n Gail was the same size as Gally, n ah dunno whae ah'd've pit ma money oan there.

Ah mind us talkin aboot it eftir. Ewart sais that Gally wis wrong to hit Gail, no matter what. Billy said nowt. So ah asks Carl if Gail was right to hit Gally. Then it wis his turn tae say nowt. And now Gally's recountin it all, what happened that night, aw fir the benefit ay Alec, whae's loast in ehs ain misery. — Ah shouted at her, then she did back at me. We battered each other. She struck the first blow. Ah loast it, ah hud her by the hair. Then Jacqueline had ran through from the bedroom to stop her mummy and daddy hurting each other. Gally coughed, looked at Alec. — Gail hud her hands roond ma throat. Ah lit go ah her hair, and made a fist, drawing back ma arm tae punch her. Ma elbaw hit Jacqueline in the face, broke her cheekbone like it was the frame ay some . . . small mammal. Ah didnae ken she'd come intae the room. Ah couldnae look at ehr smashed, battered wee face. Gail called the ambulance, the cops and ah was back in the jail.

— This is fuckin cheerful, ah say.

— Ah'm sorry . . . sorry tae be a drag. Fuck Gail n that cunt, eh goes. Eftir a long pause where wir aw sittin like spare pricks, eh gets another set ay beers fae the fridge. Ah go tae pit oan some music. Alec's goat an extensive record collection awright, the trouble is, it's a *Daily Record* collection: auld issues lyin aroond everywhaire. Ah find a Dean Martin tape which is aboot the only thing listenable. Eventually the bevvy kicks in and they feel thir sorrows flushin away. Ye never drown the sorrows though, ye jist submerge the cunts till the next day.

Eventually Alec crashes. This gaff ay his is like the land that time forgoat. The Sunhoose fire wi the wee twirly bits in the veneered teak surrounds has seen better days. That cairpit's so worn and impregnated wi years ay shite ye could skate acroass it like it wis Murrayfield Ice Rink. Thir's a big cracked mirror oan the waw, in one ay they fancy imitation gold frames. The maist depressin sight is the crumpled photaes ay faimlay in the frames oan the mantelpiece n telly. They look like thuv been hand-crushed in an alcoholic fit, then lovingly restored the next day in sober self-loathin. Auld clathes are piled ower the back ay the couch which is covered in fag burns and burst springs hing oot fae the underside ay it. The air smells ay fags, stale beer and auld fried grub. Apart for oor cans, n a mouldy piece ay cheese, the fridge is empty and the rubbish spills fae an overflowin bin oantae the lino. Fuck Glesgay wi its European City ay Culture shite, thir's a loat mair culture oan Alec's plates, aw piled intae the sink, covered in green mould and black slime. Eh's been oan some bender right enough.

The next day Gally's away and ah wake up wi a thick heid. Eh might jist be doon the shoaps fir fags. Anywey, ah'm no stickin aroond tae see they cunts gittin intae that orgy ay self-hate. It's time tae git oot before ah'm dragged oan another maudlin session wi Alec.

Ah'm oan the bus and Chesser's passin by. Ah've goat some fuckin root oan, and ah've no even seen any fanny. Ah start tae feel a bit Zorba the Greek, buses dae that tae ays sometimes. So ah decide tae spring oaf n walk back across the park tae git some air. Sniffin ma airmpits ay decide that the fresh sweats ur okay.

Thir's a few games gaun oan; a team in blue are tearin up another in gold and black. They look aboot ten years younger and five times fitter than the gold-and-black boys. Ah move ower, passin through the swing park, n ah stoap because somebody looks familiar.

She's goat the bairn oan the roundabout, and she's keepin an eye oan her, but she's deep in thought. Ah slips up alongside her, feelin this stirrin ah nivir fail tae git when ah'm close tae her. — Aye, aye, ah goes.

She turns and looks at ays slowly, her eyes tired, no hostile, no approving. — Terry, she says wearily.

— Some performance yesterday, eh.

She wraps her airms roond herself and looks at ays n sais, — Ah dinnae want tae talk aboot him ... or the other yin, nane ay them.

— Suits me, ah smile, takin a step closer. The wee yin's still playin oan the roundabout.

She doesnae say nowt.

Ah'm thinkin aboot how she looked the day. It's been a while, a good four or five years. When Gally went inside again, then eftir ah did that wee bit ay time. Her n me ... we were eywis a dirty pair ay cunts thegither. Thir's eywis been something ... ah jist feel the slow tickle n my cock and words comin oot ay ma mooth. — What ye daein the night then? Youse oot paintin the toon rid?

She looks at ays in a wey that says, aye, here we go again, playin our daft game. — Nup. He's away up tae Sullum Voe for a fortnight.

— Still, it's aw money though, eh, ah shrug, wi anything but money oan ma mind. We both ken this bullshit backwards.

She just smiles in quite a sad wey, lettin me ken that it's no aw hunky-dory wi them, and giein me the room tae make ma move.

— Well, if ye kin git rid ay the bairn, ah widnae mind takin ye oot the night, ah tell her.

That gits her dander up a bit and she starts lookin ays up n doon.

— Ah'll be a perfect gentleman, ah tell her.

So ah gits this humourless smile back offay her that could crack a fuckin plate, — Ah'm no comin then, she says, n she's no fuckin jokin n aw.

That puts me right oan the spot awright. Why the fuck am ah gittin back intae this? It's aw gaun sae well wi me n Viv. It's that post-hangover root. Too much blood that should be in the heid gaun tae the cock, makin ye aw daft, makin ye say things ye shouldnae fuckin well say. But what dae ye say, what dae ye dae? When confused, ye always revert tae type. If in doubt flatter. — Well, ah'll try ma best tae keep tae they good intentions, but ah'm sure ah'll be powerless tae resist your charms. They've nivir failed ays yit.

That suits her, ye kin tell by the dilation ay the pupils n the twisted smile across her mooth. They lips. She eywis wis a first-class gam; could sook tadger for Scotland. Could sook it for Brazil, nivir mind fuckin Scotland. — Come doon at eight, she says, gaun aw that coy way, like a wee lassie, which is fuckin ridic if ye ken the history. History's the last thing oan ma mind now but.

— Eight it is.

So that's me wi a hot date. Ah feel like a right bad bastard, but ah ken that ah'll be thaire. Ah head off, leavin her wi the bairn, whae's still playin away.

Don't think wee Jacqueline even saw ays.

As ah go ah look back at aw the other young mas thaire, wonderin if they aw go like her. Mibbe some ay thaim uv goat men away workin, blissfully unaware that some wideo's cleanin thir missus's pipe while the daft cunt's pittin in the graft tae bring hame the breed. A few ay they birds thaire'll be in the same boat, that's fir certain. Sittin in parks n hooses n shoaps wi a couple ay bairns aw day cannae be what every bird's intae. Fuck waitin oan some exhausted, clapped-oot cunt comin hame, whae probably disnae even fancy ye anymair n whae's jist tryin tae fire intae some other piece aw day at ehs work.

Thir's some women here that are ages wi lassies that are dancin aw night in fields and warehooses, travellin up and doon the country, huvin the time ay thir lives. These perr cows must want some ay that: some good-lookin skinny young cunt, wi a big cock n nae worries whae kin fuck aw night, tellin them that they're the maist beautiful thing they've ever seen, and meanin it n aw. Aye, wi aw want tae huv oor cake n eat it; we aw want the money, the fun, the fuckin loat. And why the fuck no? It's the spice ay life. How they expect fanny tae be different fae cock in this day n age is beyond me.

Ah pass through the park gates, n the main road stretches ahead. The scheme's strugglin, well this side ay it is. The other side ay the road wi the aulder hooses that us in the flats once thought wir slums, well it's thrivin ower thair awright. They've goat it aw, new windaes n doors n neat, tidy gairdins. Ower here in the maisonettes that nae cunt wants tae buy, everything's jist fawin tae bits.

Ah decide that ah cannae face gaun hame. The auld lady's been as nippy as fuck since ah moved back in and Vivian willnae be hame fae her work yet. Ma guts ur settlin but the heid's a wee bit nippy. Ah opt for an *Evening News* and a beer in The Busy. It's no livin up tae its name but, empty apart fae Carl n Topsy oan the pool, Soft Johnny oan the fruit machine and this cunt called Tidy Wilson, a fifty-five-year-auld Pringle-jersey'd cunt at the bar. Ah pass the nods roond n take up ma stance. It's funny seein our Mr Ewart doon the scheme, eh doesnae come here that often now, no wi his flat in toon n wi his ma n dad huvin moved away tae somewhaire snobby.

Carl's ower n slaps ays oan the back. Eh's goat a big smile oan ehs face. Cunt kin be a bit fill ay ehsel sometimes, especially now that eh's daein this Fluid club, but ah lap the fucker up really. — Awright Mr Lawson, eh goes.

— No bad, ah shake ehs hand, then grip Topsy's. — Mr Turvey, ah goes.

— Tez, Topsy winks. Eh's a bouncy, skinny, fidgety daft laddie, eywis seems a bit young fir ehs age but eh's as game as fuck. Was a top Hearts boy for a bit until thir auld mob evaporated when the Hibs cashies took over the toon. Topsy took a sair one offay that Lexo, eh wis nivir the same eftir. Always liked the cunt but, old-school sort ay boy. Bit ay a Nazi mind you, that's how eh goat our Mr Ewart intae that trouble. But Carl thinks the sun shines oot ay Topsy's erse though, always been as tight as fuck they two. A funny pairin but, Mr Ewart and Mr Turvey.

— So what brings you slummin it doon here then, Carl? ah goes.

— Checkin up oan you, ya cunt, makin sure thit yir still oan fir the Munich Beer Festival.

— Ah'll be thaire, dinnae worry about that. Birrell's oan the firm n aw. The cunt tae bother aboot is Gally.

— Aye? Carl goes, aw concerned.

So ah tell them the story ay what happened the other day. Aboot how weird Gally's been lately.

— Reckon eh's back oan the gear? Carl's askin. Eh worries aboot wee Gally. It's daft, but ah do n aw. Eh's one ay the gamest wee cunts that ye could hope tae meet, but thir's eywis been something vulnerable aboot him. The likes ay Ewart, Birrell n Topsy, ye ken they'll eywis be awright, but sometimes ye worry aboot Gally.

— Better fuckin no be. Ah'm no gaun oan fuckin hoaliday wi a fuckin junkie. Fuck that.

Topsy looks at Carl, then at me. — Serves um right in a wey, that fuckin Gail . . . a hingoot, eh goes. — Ah mean, ah fuckin rode her silly back in the day, every cunt did, but ye dinnae mairray some cow like that.

— Fuck off, ya cunt, Carl says. — What's wrong wi a bird that likes a bit ay cock? It's the fuckin nineties.

— Aye, Topsy goes, — fair enough, but whin ye git mairried, ye want tae ken that she's changed her weys. N she didnae, eh said, giein me a wee glance.

Ah'm keepin shtoom. Topsy's oan a wind-up, but the cunt does huv a point. Gail is jist ridin material, but ah suppose back then that wis aw Gally wanted when eh came oot ay the Y.O.'s nick wi that cherry still tae be popped. It's easier tae criticise the Mars Bar supper fae Hampstead than fae Ethiopia. Funny, it wis me that introduced thum n aw. Goat thum thegither, when Gally came oot the nick. Ah thoat ah wis bein Cupid at the time, well, fixin Gally up wi a ride anywey.

Sometimes ye cannae help it if yir best mate's a mug.

The Persistence of Shagging Problems

Guilt and shaggin, they go thegither like fish n chips. Guilt and good shaggin. In Scotland ye goat Catholic guilt and Calvinist guilt. Maybe that's why Ecstasy really took oaf here. Ah talked tae Carl aboot this in the pub and the cunt went oan aboot illicit pleasure eywis bein the best. N it's true. For me the problem's eywis been loyalty. Love n sex have nivir been the same things wi ays and maist boys'll tell ye that, but choose tae live a lie. Then it aw comes oot n the big problems start. As they say, denial isnae jist a fuckin river in Egypt.

Vivvy's a right wee cracker, and ah am in love wi her. Muh Ma hates her, blames her for me n Lucy splittin up. That isnae really fair at aw. She's jist nippy cause ay the Kraut fuckin oaf. Good riddance tae bad rubbish. Aye, ah love Vivian, but what ah find is when ah've been wi a bird for aboot six months, ah start tae want tae ride other lassies again.

Ah cannae help the wey ah'm fuckin made. Sometimes but, whin ah see her lying by ma side eftir we've made love, dozin away softly, ah could nearly scream tae be made different.

But that's nivir gaunny happen.

When ah gits back tae mine muh Ma's ben the hoose n she's goat the tea oan. — Awright, ah goes. Nae response. But she's makin a racket in the kitchen, cupboard doors slammin, pots n pans rattlin, buildin up tae somethin. It's in the air, as that spamy gadge says, ah kin feel it comin in thee air to-ni-hite . . . oh yeah . . .

And it's fuckin salad, n it's even boiled tatties instead ay chips. If thir's one thing ah hate it's fuckin salad. N she's even pit beetroot oan it, stainin everything!

Ah'd jist hud a few wets wi Carl, Topsy n Soft Johnny. The auld girl kin smell it oan ays. Daytime drinkin really annoys her. The wey ah see it but, ye huv tae take yir pleasures whaire ye find the cunts.

— What's up wi your face? she asks ays. — A nice healthy salad! Ye should be eatin mair greens. It's no good fir ye jist livin offay fish suppers! Fish suppers n chinkies! That's nae good tae man nor beast.

That gits me thinkin how ah could fuckin well handle some lemon chicken and egg-fried rice right now. Instead ay this shite. The lemon chicken doon the chinky's eywis barry. — Ah dinnae like salad. It's fuckin rabbit food.

— You start bringin in a proper wage then ye kin pick n choose what ye eat.

She's goat a fuckin nerve. Ah try tae weigh her in every time ah'm flush. — That's well out of order. Ah offered ye money last week, two hundred quid ah offered, n ye widnae fuckin take it!

— Aye, cause ah ken whaire it's come fae! Ah ken whaire aw your money comes fae! she nips, as ah sit doon n eat this shite in silence, crammin it between two slices ay breed. Then she goes — Ah saw Lucy wi the wee felly the day. Up Wester Hailes centre. Wi went fir a coffee.

How fuckin cosy. — Aye?

— Aye. She telt ays you've no been tae see him fir a while.

— Whae's fault's that? Every time ah do go roond thaire ah git the cauld shoulder treatment fi her n that big gawky twat.

She goes aw quiet for a bit, then she says in a low voice, — N that other yin phoned. That Vivian.

Ah call Vivvy back, tellin her that ah forgot that ah'd arranged tae play in a snooker tourney, n thit wi'll hook up the morn. N what that means is that fir the first time since we've been oot thegither, the first time since the World Cup in Italy, ah'm playin away fae hame.

Freedom of Choice

This nicotine problem's gittin serious, the yellay stain oan ma finger is well set oaf by the white ay the bell buzzer. Ah poke the wee button oan her door n it makes a right racket. Ah fair git a shock when ah see her. In the three ooirs since we met she's gone blonde. Ah'm no that sure if it suits her, but the novelty ay it sets up the horn in ays. Fir the first time ah realise that she's goat a really good tan n aw. They went tae Florida; her, the bairn n Heid-The-Baw.

— Hiya, she goes, checkin the hooses oan either side fir pryin eyes. — Moan in.

— Bairn at yir Ma's? ah ask, steppin in.

— Ma sister's.

Ah grin n wag ma finger. — If ah didnae ken you better ah wid think thit you hud planned tae seduce me.

— Whatever gave ye that idea, she says.

— The new image, ah like it . . . ah start, but she's undaein the belt fae her jeans and pillin them doon and kickin them oaf. She's pullin her toap oaf n aw.

Ah feel like tellin her tae cool her jets, cause ah wanted tae savour the build-up a bit. It might be the spice ay life, but spices huv tae be savoured oan the palate, no just wolfed right doon. She's obviously wantin that lum swept really badly but, so fuck it, she kin call the shots. Ah starts gittin ma gear oaf n aw, suckin in that auld beer gut. It's been some time since ah gied her the message, n the gut's gittin a bit flabby.

— You goat a condom? she goes.

— Naw . . . ah said. Ah wis aboot tae say, ye nivir used tae be that fussy, but things've changed a lot since wi used tae fuck regularly. What dae ye say n what dae ye dae? Ah suppose the fact that Gally wis intae gear n aw that, it must make her think aboot things like that.

She heads through tae the kitchen. Thir's a couple ay bags ay Safeways shoapin oan the worktops. Inside one ay them thir's a packet ay condoms. She gies ays one n ah sticks it oan.

She turns, restin her elbaws oan the work toap and presenting her erse which has a distinct bikini tan line, fae that Florida hoaliday. Goat tae gie ehr her due, she kens how tae spend Heid-The-Baw's dosh awright. She grabs one ay her buttocks. — Ye always liked ma erse. No think it's startin tae git a bit flabby?

Ye kin tell that she's been tannin it in the aerobics or step classes, cause it feels mair firm tae me thin ever. — Seems awright, ah say, — bit it needs another wee test, ah tell her, gittin doon oan ma knees and littin ma tongue feast oan baith her holes. Fuck salad, ah've eywis been a meat man. Disnae take her long tae show her appreciation. Ah like a bird like that, lits ye ken the state ay play. Ah tend tae be quite vocal wi sex n aw. Ah cannae stand watchin fitba in a pub wi the sound turned doon.

Eftir a bit, she goes, — Gie's it now, Terry. Gie's it. Now!

— Ye want it?

— Aye, now, she says. — C'moan Terry, ah'm no in the mood fir fanny teasin . . . jist fuckin gie's it!

— Which hole?

— Baith . . . she goes . . .

Ah've only goat one fuckin cock here missus, that's the fuckin problem. — Ah ken that, but which first?

— You choose . . . she says.

Fine. Let's see if ah kin surprise her and masel by stickin it up her fanny.

Naw.

Ah'm packin intae her erse as she curses loudly, — Fuck . . . She's kept this black band in her hair, it emphasises the boatil blonde. There's a twisting dopeyness across her face n ah'm pulling on her hair and pushing at her face, wondering if this is love or sex or hate or what. It's funny, but it's me that's makin aw the noise; poisonous, twisted, garbage spillin oot ay ma mooth in a low primal growl, then gittin intae aw romantic, disconnected nonsense. This thing is so fucked up that it needs a commentary. Ah'm tweakin oan her fanny wi ma other hand, rubbing her clit and ah feel her come and ah want tae pull oot her erse and stick it in the first hole, but ye cannae dae that withoot a wash first, so I'm shootin hard into her bum and pushing her face against the cupboard and her eyes with the big circles under them are popping and it looks like love is gaunny out!

She seems tae be huvin they wee convulsions as ah pill oot ah her n she lets go a thunderous fart which brings ays back tae aw the animal nastiness ay what we are and what we've been daein n ah cannae look at ma cock. Ye goat tae check an erse-shaggin partner's dietary habits. Ah go straight oot and up the stairs intae the shower tae wash away the smells.

Heterosexual erse shaggin: the new love thit disnae speak its name. That's until a dozen pints in the pub, then aw the shite comes oot, and that's whit maist ay it is. Ah kin tell a boy thit's never rode a bird up the erse, the same wey ah could tell one that hudnae rode one up the fanny aw they years back. Step forward, Mr Galloway! Step forward, Mr Ewart! Step forward, Mr Clean-Cut-Sporty-Cunt Birrell. Dinnae ken aboot Turvey, but he's probably rode *laddies* up the erse. Bein baith a Jambo and a Nazi, eh cannae fail but tae be a poof.

Ah git back doonstairs, n wait for her tae git washed n changed. Ah gie the drum a quick spin, and it's as expected, a straight couple-n-bairn doss, neat and tidy, but nowt ay real value. No thit ah'd've ripped her off, it's jist that Polmont McMurray might have some stuff aroond here. Thir's nae sign ay that though. Ah git the vibe that he's going, or has already gone, the wey ay perr wee Gally.

— No bad doss, ah tell her, looking aroond the well-furnished living room. These Chesser gaffs are sought-eftir tenancies.

She blows oot some smoke. — Fuckin hate it here. Ah went up tae the cooncil tae see Maggie. Telt her ah wanted one ay they new places thir buildin ower the back thair. The fuckin snooty cow goes n says, ah cannae dae anything fir ye Gail, yir no a priority case. Ah goes, some pal you eh. No thit ah see her now. That cow never even fuckin well invited ays tae her weddin.

Ah, wee Maggie. A councillor now, oan the Housing Committee as well. — They cannae show favouritism, ah shrug. — Mind you, she showed me enough in her time.

— Aye, ah ken the kind she showed you, Gail laughs. — Thinks she's the bee's-knees now but.

She did awright for herself, did wee Maggie. — Ye know, she never even invited her Uncle Alec tae the weddin; mind you, eh wis in jail for housebrekin at the time. Lucky fir her, that posh boy she mairried would have shat it. Widnae huv looked good in the photaes.

Ah'm thinkin aboot how things get handed doon in families. Ah mind ay Maggie sayin in an interview in the *Evening News* that she hud a 'passionate interest in housing affairs'. Guaranteed she goat that offay Alec! Jist fuckin well channelled it in a different wey!

Gail looks good in that dress, so ah gie her another seein tae oan the couch. She fair goes oaf; ah think the aulder ah git, the better ah git. Ye kin tell that Polmont cunt couldnae huv been up tae much, cause it takes her nae time at aw tae git oaf.

We decide tae git a cab doon tae this hotel in Polwarth fir a drink. She grabs a hud ay ma rid-raw baws in the back ay the motor. — You are one dirty fuckin slag, son, she tells me.

It's weird but ah'm thinkin aboot Gally now, then aboot Viv, aboot how they two are probably the people ah care aboot maist in the world, and aboot how fuckin destroyed they'd baith be if they kent what ah wis up tae the now. The way ah feel that fuckin knob in ma troosers startin tae git aw hard, n ah ken that ah'm weak and stupid, n thit whatever ah kid oan tae masel, it's eywis been lassies that've called the shots wi me. They ken they jist huv tae look at ays n ah'll come runnin.

Like her. — The rest ay them . . . they sort ays oot wi money, but you fuck ays best. How could you no be a millionaire, Terry? she laughs.

— Whae telt ye ah wisnae, ah say, keepin it light. Ah dinnae want tae hear aboot her slaggin Gally, or even fuckin Heid-The-Baw McMurray, come tae that. Aw ah ever want her tae dae is tae shag me. Eftir it ah want her tae disappear, cause before the ride wi her is barry, the build-up n that, but eftir it, it's nowt like it is wi wee Vivvy. Thir's nowt other than lust here. Still, it's the spice ay life, ah've eywis believed that. If it wis up tae me, shaggin n love wid be two different things. Thir should be nae emotional complications wi jist shaggin. Too many repressed cunts in power; churches, public school n aw that:

that's the fuckin problem wi this country. When ye git closet poofs settin the sexual agenda for every other cunt, well how kin ye wonder whin every fucker gits aw stiff aboot invadin this piece ay rock in the South Atlantic?

In this crappy lounge bar fill ay suburban twats, she's gittin pissed quick, she cannae really take a bevvy. She's spilling oot the poison, saying that all men are cunts, only good for fucking and bringing in a wage. — That's one thing aboot you, Terry, there's nae bullshit aboot you. Ah bet you've never telt a lassie that you loved her and meant it in yir life. Aw ye ever want is yir hole.

Aw, is that fuckin right?

Gally used tae hate the wey her mooth went eftir a drink. It disnae bother me. She's right: aw ah'm interested in wi her is a Joe McBride. If she feels the same aboot me, so much the better. It wis her though that wanted this drink. Ah could've jist steyed in and had another shot at her. Ah cannae wait till we get tae Munich, away fae aw this fuckin bollocks. The wey Gally's been lately n aw, it's like every cunt needs a brek, that's guaranteed.

Tryin tae lighten things up, ah start talkin shite. — You no wear glesses any mair?

— Naw, contacts.

— Ah eywis found the glesses sexy, ah tell her, thinkin ay the time when she sucked ays oaf n ah pilled oot, spurtin aw ower they gold-rimmed yins she used tae wear. Speakin ay rims, she could dae wi another fuckin rimmin . . .

— You fuckin wear thum then, she goes.

Naw, this is nae good.

She goes tae the toilet n ah watch her back disappear. Ah think of how ah fucked her, how ah betrayed Viv. Now that ah've done it the once, of course, ah can dae it again. Thir's plenty fanny in toon gantin oan it, loads ay them at Fluid. Dinnae want Gail thinkin she's anything special. Ah git a pen fae the barman and leave a message oan the beermat:

G.
JUST REMEMBERED SOMETHING URGENT.
SEE YOU SOON.
T. XXX

Ah nip swiftly oot the door n flag doon a taxi oan the main road, makin for toon. Ma sides ur shakin at the thought ay her comin back tae that note.

Clubland

Fluid is fuckin heavin wi quality fanny, and Carl's lappin it up as usual. Ehs mate Chris is deejayin, n Carl's jist waitin for his chance, swannin roond, huggin every cunt, the fuckin dog's bollocks. Eh's goat ehs airms roond this lassie, n ah recognise her as one ay the Brook girls. They see me n comes ower n gits ays in a wee group hug. Ah'm hudin ontae the Brook lassie tight n him lightly, cause eh kens ah dinnae go too much fir that shite wi other guys. N this fuckin kissin other guys gits oan ma tits, E's or nae E's. — Aw Terry, Terry, Terry, eh goes, then wi brek oaf.

— Good Jack ands?

— The best, Ter, the best. The best ah've ever hud.

Everything's the best wi that cunt. — Enjoyin thum, doll? ah ask the Brook sister. Ah cannae mind if it's Lesley or the other yin. Ah should do, cause ah've fucked thum baith.

— Brilliant, the Brook lassie goes, wrappin an airm roond Ewart's skinny, lassie-like waist and sweeping her hair back oaf her face. — Carl's gaun tae gie me one ay ehs special massages, aren't ye Carl?

Special fuckin massages. Ewart.

The slimy fucker just looks intae her eyes and smiles deeply, then turns tae me. — This lassie, she's a vision, eh Terry? Ah mean, look at her, what a sight for sore eyes.

— Ye kin say that again, ah smile. Ewart's one ay they guys whae drops an E and thinks thir spreadin a trail ay love acroass the room, but it's a trail ay fuckin oil, the smarmy cunt.

— Unaccompanied tonight, Mr Lawson? Where's the lovely Vivian?

— Girls' night oot wi her mates fi the work, ah lie. — Nae Billy or Gally?

— Billy's here somewhere, Carl says, lookin aroond, — n Gally, well, eh came in wi this lassie and thir baith really fucked. Eh looks fuckin skagged tae me.

The wee Brook lassie shakes her heid. — Eh's such a lovely, lovely, lovable laddie as well, eh doesnae need that rubbish.

These cunts droap an E and fae thair sanctimonious high they feel it gies them the right tae tell every cunt else what tae dae.

— Ye wir right aboot him, Terry, eh's talkin a load ay shite. Ah mean, we're aw sensitive people, as starvin Marvin would say, but Gally's the maist sensitive ay the lot. Ehs like a clitoris blown up tae five foot five and moulded intae a human figure, eh sais, n ah laugh at that and the Brook sister gies it thoughtful consideration.

Then the sister turns tae me n goes, — Speak tae Andrew, Terry, eh's such a nice laddie. Eh's one ay the most beautiful laddies ah've ever met. Eh's got such gorgeous eyes. Thir like big pools ay love, ye want tae just dive right intae them, n she wraps her airms roond her ain frame, like she's gaunny have some kind ay fuckin orgasm jist thinkin ay daft wee Gally's mad smacked-oot eyes. They *must* be fuckin good pills right enough.

Carl grabs a hud ay ma airm. — Listen, Ter, ah'm oan in a minute, you find the cunt n make sure eh disnae git intae any mair bother. Mark wis sayin thit thir wis a bit ay trouble at the door . . .

— . . . Youse are so beautiful tae yir pals, ah love the wey thit yis aw look eftir each other, ah kin really feel that comin fae yis n ah kin pick up aw that cause bein a twin makes ye mair sensitive . . . the Brook bird rabbits oan n oan.

Time ah wis away. — Right, ah nod, headin off, giein her a kiss oan her shiny cheek and squeezin her erse.

Ah look back n she's stuck like a limpet tae Ewart, whae's strugglin tae git up tae the platform n ontae the decks.

It's hotchin awright here but. Ah thoat ah'd check for Gally in the chill-oot zone, but thir's nae sign ay um. Then ah sees um staggerin acroass the dancefloor, gittin funny grins fae the blissed-oot ravers. So ah goes up tae um. — Gally!

Eh was in some fuckin state right enough. Registerin ays, eh stood rooted tae the spot but swayin fae side tae side, like an MFI wardrobe. Fae what ah kin gather, the daft fucker had tried tae bring that Wylie cunt in, but Mark oan the door wis huvin nane ay it, thank fuck fir that. Wylie started shoutin the odds n this bird took um hame.

So Gally's thaire wi this slapper bird, who, awright, ye'd gie one tae. Thir's something aboot them baith: they reek ay fuckin junk. Eh's probably been oot since ah last saw um the other night at Alec's. Ah try tae talk tae him but eh's away wi it. Dinnae ken what Mark wis daein littin him in, Carl's mate or no. — What ye up tae, mate? ah ask. Ah

feel the same kind ay impotent loathin that Gail must feel aboot him, n
ah kin see her point now.

— Hibs . . . Dundee . . . Rab Birrell goat done . . . dinnae tell Billy
. . . Gally spraffs oan.

— Eh goat done? Rab?

Gally nods. This dippit lassie's hingin ontae him, lookin at me and
smilin. She's no skagged, she's E'd oaf her nut, jist like that Brook twin.
— N Larry stabbed Phil n we hud tae take Phil tae the hoaspital, this
bird goes. — Muriel n Larry didnae git in but, eh-no Andrew?

Ah ignore her n grab Gally's ears n make him look ays in the eye.
— Listen the now, Gally, when ye say Rab goat done, dae ye mean by
the polis or by some boys?

— Polis . . . eh battered a boy . . .

That's one for the book, Rab Birrell gittin done. Eywis thought eh
wis too much ay a shitein cunt tae ever git done for brawlin. Gally said
tae ays that eh's well up fir it at the fitba but. The thing is, what's Gally
daein gaun wi a mob tae the fitba, then gittin aw skagged up wi the
likes ay Wylie? Oil n water, surely. This cunt is confused awright n eh's
no gaunny feel any better if eh kens ah've been knobbin ehs ex. — Try
tae take it easy, mate, c'moan through here n sit doon. Ah usher him
tae the chill-oot bit.

— We came tae dance . . . this bird whinges, wipin the sweat offay
her brow. No wi Gally shi willnae, the cunt can hardly stand.

Gally slurs somethin aboot wantin tae buy some E's. Ah take a
couple fae him n make ma excuses, movin intae the hert ay the bass.
The daft lassie kin look eftir him. Thir's some barry-lookin birds, but
ah've eywis jist liked chattin up lassies in pubs rather than clubs. The
music ruins the art ay conversation.

Thir's one in particular that ah like, real Italian-style Serie-A class.
Eftir that bit ay fun in Italy, ah've decided that it's mair upmarket
fanny fir me fae now oan. Ye git involved wi schemie birds n it's no bad
at first, but aw this stuff wi Gail n Gally is far too close tae home.

Aye, her at the bar. She blew ays away when ah first clocked her.
She looked fuckin gorgeous: a tight T-shirt on, leather trousers. Her
hair flowing long and straight, as cool as, well, that full pint of lager in
her hand. She *is* a vision, and now she's headed right up tae jammy
Carl Ewart whae's standin spinnin ehs tunes fae behind the decks. Ah
follay her.

— N-SIGN? Are you N-SIGN? she asks, and in quite a posh voice.
The smart cunt's joys ay being a deejay. — Yeah, eh smiles, and eh wis

just about tae say mair when she throws the pint of lager in the cunt's face!

— NAZI SCUM! she shouts at um, and Carl's aw shocked; eh just stands thaire speechless n drippin wi beer. It's fuckin barry, Ewart's puss is well shut!

The Brook lassie's gaun ooohhh n tryin tae comfort Carl n sayin thit thir's such a lovely vibe and how dae people huv tae spoil it, aw that shite, then everybody's ower. Ewart's gaun mental wi what the daft cunt sees as the sheer injustice ay it aw. Eh's rantin a lot ay shite aboot him n Topsy; aboot it bein a daft bevvy wi some auld mates n stupid senses of humour, media manipulation and entrapment, n ehs precious politics, ehs socialistic, libertarian politics.

This bird's hearin none ay ehs shite but, cause she's still shoutin, at our somewhat soaked Mr Ewart, who then has to react tae the lager pouring over ehs vinyl and into the turntables and amps, so eh's now frantically using ehs sweatshirt as a mop before the whole thing short-circuits.

Mark, one of the bouncers, is right over to them; her, her mate and a wired, clean-lookin dippit boy who could be her felly. Billy Birrell's in, he's seen it all and he's right ower n aw.

Birrell tries tae tell the lassie tae leave, nicely ah thoat, n her felly squares up tae him. — Who the fuck do you think you're talkin to? eh asks. It's a wideo accent, but it's pit-oan for the benefit ay the birds. Try as the cunt might, eh cannae help but ooze student fae every pore.

Birrell ignores um n says tae the lassie, — Look, just go.

She starts screaming at him now, calling him a Nazi n a fascist n aw that shite that posh students like tae call people, usually cause thir away fae hame fir the first time n they discover that they hate thir ma n dad and cannae handle it.

Billy's as cool as fuck but. Eh kens eh's goat nowt tae prove tae the likes ay them and eh just turns n walks away. The radge boy stupidly grabs ehs shoodir n Billy turns in a quick, instinctive movement and smashes the nut intae his face. The boy staggers back, blood spurtin fae ehs nose. The lassie freezes in shock. Billy looks at her while eh points at him. — Yir boyfriend's goat a bit ay boatil. Eh deserves better than a dozy cow like you. Take um hame!

Mark the bouncer comes up, aw worried aboot Birrell. — Ye awright, Billy? Yir hand awright? Ye didnae huv tae punch the boy did ye?

— No way. Ah nutted um, Birrell explains.

— Good man, Mark says, aw relieved, n pats Billy oan the back. Mark's a big fan ay Birrell's n eh disnae want tae see ehs next fight pit back cause eh's fucked ehs knuckles oan some daft cunt. Eh turns tae the studenty cunts. — RIGHT YOUSE, OOT! C'MOAN! YUV BEEN TELT!

Carl's callin for everybody tae calm doon. Ah'll gie the cunt ehs due; eh's actually tryin tae smarm intae this bird. Eh's gaun oan aboot it bein nae problem, jist a misunderstanding. The cheeky cunt even hus the nerve tae say tae Birrell, — That wisnae too helpful, Billy.

Billy raises his eyebrows at him, as if tae say: ah did it fir you, ya daft cunt.

Thir still giein it the big yin though, especially that bird that soaked Carl. Gally's acroass now n shoutin at them, — Who the fuck are youse anywey . . . youse ur . . . youse ur . . . but eh's that wasted thit eh's jist makin a cunt ay ehsel.

Then poofy-fuckin-drawers Carl Ewart goes, shakin ehs heid, — Thir's too much testosterone floatin aroond here . . .

If thir hudnae huv been aw that testosterone flyin aboot wi him n Topsy eh widnae huv goat in the paper in the first place, n eh probably would've been oan ehs wey tae ridin that student bird by now. Aye, thir's eywis too much testosterone for him when it's other people's. Eh nivir seems tae mind it when it's in ehs ain baws. Ah lap Carl up, but ah jist cannae help but think thit that wis barry what that lassie did tae the arrogant cunt.

Spin oan that yin, Mr Deejay!

The cheek ay that fucker is that eh owes it aw tae us. If eh hudnae been mates wi me n Birrell eh would have been bullied tae fuck at school, that's a cert. Fuckin guaranteed, the fuckin Milky Bar Kid thair. And then eh widnae have hud the confidence tae ponce aroond behind a set ay decks like eh hud a cock the size ay the Blackpool Tower. Aye, the smart cunt thinks eh's god's gift tae fanny nowadays but ah kin mind ay when eh wis grateful tae any fuckin hounds thit wid gie um it. Used tae think eh wis it, wi that shite band him n Topsy hud, but top-quality fanny widnae look at um until eh goat ehs decks n ehs club nights n ehs wad ay cash.

This Premier-minge lager lassie's still shoutin at Billy, even as her wee mate's tryin tae take her oot. She's the wee tug in tow: a dumpy wee bint in a black dress wi curly hair n quite blotchy skin. Aye, it's no jist testosterone, thir's a fair auld bit ay oestrogen flyin aroond n aw, n maist ay it's comin fae that lager bird. Tae me that means an itch that cannae be scratched, no by her felly at any rate. Eh's still hudin ehs nose up. — Is nobody going to say anything about that, she points at him, — is nobody going to stand up to them?

This lassie's goat a fuckin blocked drain awright, so the only thing tae dae is tae send fir Dyno-rod Lawson here! Ah moves forward, winking at Billy. — Is that how you get your kicks, Birrell, terrorising people, defending fascists? You can stick your club, ah spit, turnin tae the Cool Lager Lassie, her mate Curly-Wurly n the injured felly, — I'm out of here!

Sure enough, as ah step outside, they're no far behind ays. Mark n ehs mate ur makin sure they stey oot n aw. The perr cunt's bundled intae a taxi and sent hame, or up tae the A&E oan ehs tod. The bird that splashed Ewart is livid at the perr fucker. — He was bloody useless, she craws as the taxi speeds oaf.

— Are you okay? ah ask her.

— Yes I'm okay! she shouts at me. Ah stick ma hands in the air.

Her pal grabs her, then comes over to me, tuggin oan ma sleeve. — I'm sorry, thanks for sticking up for us in there.

The lassie that splashed Ewart is aw tense, she's bitin at the skin aroond her nails. Ah wink at her, aw placatory like, and she gies ays a tense smile back.

— Listen, ah say tae her mate, — ah think your pal's in a bit of shock. I'm going to get us another taxi. This lassie, the wee Curly-Wurly, nods thankfully at me.

Ah jump intae the street and shout one doon, divin in the back n hudin the door open. They look at me for a second, then pile in.

We're heading back to their flat in South Clerk Street. Ah chat up the wee Curly-Wurly, thinkin thit if ah gie her the time ay day, ah'm double-bound tae be asked up. Sure enough, they invite ays up for a drink and a spliff. It's a cooler pad thin ah reckoned, young professional rather than studenty. We sit and talk about clubbing and politics. Ah'm sittin back lettin thaim lead the conversation, but it's typical studenty shite and ah huv tae admit ah'm findin it hard tae feign interest. The main objective is tae slip in the odd tellin glance, which ah do oan occasion. The lager-lout's too wired tae notice, but her mate's gantin on it.

They baith seem a bit jagged, as if thir oan a comedown, and they tell me that they've been canin it a bit since they went oot oan Friday night. — I wish we could get more fucking pills, the Lager Lassie goes.

Ah pills oot the couple that Gally gied ays and dishes them oot. — Take these, thir really good.

— Wow . . . snowballs. Are you sure?

— Be my guest, ah shrug.

— That's really so lovely of you, the Lager Lassie smiles at ays. Ah act cool, cause this type ay fanny'll jist cock-tease ye till yir baws explode if ye seem too keen.

Within half an ooir, thair up again. They wir callin the boyfriend guy aw the tossers under the sun, but now wir aw sittin wrapped roond each other oan the couch n the heatin's up full n thir tellin ays how nice ah am, strokin ma face n hair n clathes n aw that. Balm tae the fuckin ego, this is. But ah've nivir really hud problems wi the ego, it's the fuckin id ah'm interested in. Ah'm thinkin that ah should maybe try n screw the nut, but thir's the auld amphetamined pervert in ma heid, blazin away aw sleazy n licentious n eggin ye oan tae further depravities. — Huv we goat a take-oan then, girls? ah ask. — Two a side, wi one man sent oaf, that's the odds ah like!

They look at me, then at each other, and slowly but surely, the clathes start tae come oaf n we huv a great wee night tae wurselves.

In the night ah woke up and had a wee peek at they scarlet harlots. Sleep can be a cheatin cunt; it's giein them a sortay bearing and demeanour ay innocence they didnae warrant. What the fuck is that aw aboot? Sleep my erse, it's unconsciousness. Any undertaker could make a deid Charlie Manson look 'peaceful' in half an ooir.

Ah git dressed and oot intae the cauld night, feelin lonelier and mair guilty than I've felt in my life and longin tae see Viv. But ah've goat some scent and fluids tae get rid ay first.

Competition

This gaff certainly looks fuckin easy. Alec came through oan the surveillance, ah'll huv tae gie the mingin auld toerag ehs due. Just as well, cause ah never goat a chance tae, no wi the Secret Squirrel pillin ays up like eh did.

— The hoose is completely detached and has a huge back and front gairdin wi a wooded driveway tae the side, leadin tae a garage. Ye cannae see the side lane from the road, cause ay the bushes n the overhanging trees, Alec had explained, soundin like an estate agent. Eh disnae fuckin well look like yin, mind you.

After gaun past in the van a couple ay times ah get out and open the black-painted wooden gate and Alec gets set tae drive the motor right doon the side ay the hoose. Ah clocks that the back patio doors are expensive and double-glazed. Alec's right though, the mug's got a simple glass-panelled door in the side lane which 'affords access' tae the kitchen.

Alec's puffin and heavin wi the auld van here. At first the daft bastard tries tae drive in head first which means we'll have tae reverse oot in an emergency. No way. That auld wank is fuckin up badly, forgetting his ain rules. — Egress, Alec, mind egress, ah hiss, tappin the van windae.

Eh reworks the manoeuvre, reversin clumsily intae the driveway. As we go in and ah shut the gates, ah clock this auld blue van parked right ootside in the street. It's aw beat up, even worse than ours. It looks abandoned, nae wey is that an unmarked cop vehicle. If it hus been dumped, it's bad news cause it means that some nosey cunt roond here'll soon be oan the blower tae the tow-away fuckers.

The risk factor's gaun up awright.

Alec gets oot the van and eh's lookin aw tentatively at the fuckin windae pane in the kitchen door. As we go in ah see the reason fir ehs worry. The cunt's been smashed right in. — What the fuck's gaun oan here? eh whispers. — Ah dinnae like this, lit's git back in the van and get the fuck oot ay here!

Wir huvin nane ay that. — No fuckin way . . . some cunt's tryin tae rob oor fuckin gaff! Lit's git this sorted right oot!

We open the door and tiptoe intae the kitchen through the darkness. Ma boot scrunches oan some broken gless. As we walk across this tiled flair, all of a sudden there's an almighty crash and ah almost shite masel. Ah realise it's Alec, eh's fell heavily oan ehs erse. — What the fuck . . . ah spit through the darkness at the clumsy drunken cunt.

— Ah slipped oan something . . . eh moans.

Thir's a hell oaf a smell n aw, really fuckin pungent, and it's that bad perr Alec begins retchin. Ah'm startin tae think that the filthy fuckin jake's follayed through when ah realise that somebody's shat across the flair, n that's what Alec's slipped in. — Dirty fuckin . . . eh gasps, as eh pebble-dashes the tiles wi puke.

Then in front ay us, ah sees this figure, standin in the doorway. Ah catch a glint fae a shard ay moonlight and ah realise thir's a knife in its mitt. A young boy, about eighteen, n eh's shitein it. Tremblin, wi the knife wavin aboot in front ay um. — What dae youse want? Danny! Eh twists ehs heid n hisses up tae the stairs.

Alec stands up, pointin at the wee guy. — Did you dae that shite, ya dirty wee fucker?

— Aye . . . eh . . . eh goes n brandishes the knife again. — Who are youse!

Time tae sort this right oot. — Pit that fuckin doon, ya wee radge, cause see if ah huv tae come ower thair n take it oaf ye, ah'll stick it right up yir shitey wee erse, ah warns the boy. Eh kens ah'm no jokin as well. Ah takes a step forward, and eh moves back.

Then behind um, thir's this shamblin, shivering, sweating figure who looks familiar. — Terry, eh gasps, — Terry Lawson . . . what the fuck are you daein here, catboy?

— Spud . . . for fuck sake, what's the story? This wis oor fuckin joab man, we've been casin this joint fir months!

It's Murphy. Spud Murphy, fae Leith.

— We wir here first likesay, eh insists.

— Sorry mate, ah shakes ma heid, — nowt personal, but we've pit too much stake-oot time intae this joab fir it tae be jeopardised by a couple ay fuckin junkies. Yi'll huv tae shift . . .

— *Ah'm* no a junk . . . the young boy starts tae protest.

— And you ya dirty wee cunt, shitein oan the flair! Fuckin animal! Alec roars, pointin at the mess oan ehs Harrington jaykit.

— It's the boy's first joab, Alec, Spud protests.

— Aye, ah widnae huv fuckin guessed or nowt like that, ah sais, shakin ma heid. — Cannae git fuckin staff these days, eh mate?

Spud pits ehs hand ower ehs face, moppin ehs brow wi the sleeve ay ehs jaykit. The perr cunt looks fuckin destroyed. — Nowt's gaun right the day . . . eh goes, then looks up, — . . . look, wi'll huv tae share . . . split it two weys.

Ah looks at Alec. We baith ken that we've goat tae git the fuck oot ay here soon. Ye cannae hing aboot. The young boy's goat nae gloves oan and Spud's wearing what looks like a daft pair ay fuckin mittens that ye wouldnae be able tae pick anything up in. These cunts'll be happy wi some ay the CDs tae sell in the pub. — Awright, youse kin take the CDs.

— Eh's goat a big collection like, Spud concedes. — Videos n aw.

Ah gits a wee tour aroond. Spud's in a bad wey, stupid junkie cunt.

Gally used tae hing aboot wi that Matty Connell mate ay his. Telt him never tae get mixed up wi they boys. Ye can never trust a junkie, and ye never, *ever* work wi one. Brekin aw the fuckin rules here. This thing sterted straightforward n it's gone erse-ower-tit quickstyle. As we go up the stairs ah catch up wi Spud. Ah mind aboot no trustin junkies, n he's livin proof, cause this mate ay his ripped him n ehs pals oaf. They hud a big skag deal doon in London, n the boy absconded wi the loot!

— Heard that Renton cunt stiffed yis, mate. You, Begbie n Sick Boy, that's what they tell me, ah said. — What's aw that aboot, eh.

— Aye . . . that wis a couple ay year ago. No seen um since.

— How's the rest ay the boys, Sick Boy n that?

— Aw, eh Sick Boy's still in London. Eh came up tae see ehs Ma a few weeks back but, and wi hud a few bevvies.

Never phoned *me* up, the cunt. Still, ah eywis liked Sick Boy. — Good. Tell um aw the best when ye see um. Great cunt, Sick Boy. N what aboot Franco, he still inside, aye?

— Aye, Spud says, the very mention ay that name makin um a wee bit uncomfortable.

Good, ah'm thinkin, best place fir the cunt. Disnae ken when tae screw the nut, that boy. Eh'll kill some cunt or git killed ehsel, that fucker, nowt surer. *Worse* thin Doyle, that cunt. But ah'm mair concerned wi the contents ay this hoose thin the contents ay Mr Begbie's mind, such as they are. The music system and the amps are state ay the art. Soas the telly. Thir a musical family n aw, two violins and a trumpet in a recky room doon in the basement, and one ay they Hammond organs. The kids've goat some computer games and thir's a couple ay new bikes. In the bedroom thir's some jewellery, but just one or two pieces that look worth anything. A couple ay wee antique tables that'll go tae some bent dealer out ay town through Peasbo. The CDs and LPs are worth fuck all, Spud and his wee mate can have the lot and flog them for whatever shite the loser cunts want tae cook and shoot intae thir veins.

The next stage is tae git the merchandise oot the hoose, intae the van and oaf tae the lock-up. Ah dinnae want Spud and the young boy comin thaire wi us mind you, a secret location's meant tae be jist that, n it widnae be fir long wi they gabby cunts in tow.

— Why did ye no pit yir van in the driveway, Spud?

— Thought people might see it fae the hoose next door.

— Naw, the trees block it, ah tell um as wi go intae the big bedroom. — Ye wirnae gaunny go right oot the front door wi some ay that gear wir ye?

— Aye, jist one charge wi holdalls fill ay stuff, eh goes, then looks at me hopefully, — we've nae place tae store the bigger gear.

Eh can forget it. Never work wi a junkie. — Sorry mate, cannae help ye oot, but yi'll git the CDs n vids intae they holdalls.

Ah look at um expectin a big argument, but eh's fucked. No that eh's the type tae argue. A great gadge, but too easy-gaun, that's his problem. So every cunt takes the pish. Sad, but true. Eh's sittin doon oan the brass-framed bed. — Ah'm feelin ropey, man . . .

— That monkey oan the back making ehs presence felt, eh mate? ah say, lookin through the drawers. Some nice wee silk undies.

— Aye . . . Spud shivers, tryin tae change the subject. — So how long are the cats in this gaff away fir?

— Two weeks.

Spud's now lyin oan the bed, curled up, lookin aw cramped and sweaty. — Ah could mibbe chill here for a bit man . . .

— C'moan, mate, ye cannae stey here, ah half-laugh.

Eh's breathin heavily now. — Listen, catboy, ah'm jist thinkin that this might likesay be the place tae git oaf the gear . . . a nice pad like this . . . the chilled vibes . . . jist fir a couple ay days . . . hole up n dae the cauld turkey thing . . .

Livin in a dreamworld that cunt. — As ye wish, Spud, jist dinnae expect me tae keep ye company. Ah've business tae sort oot, boss.

Ah'm oaf doon the stairs wi as much blag as ah kin cairry, wantin tae git away fae the daft cunt n get the fuck oot ay here. Alec's boggin, still smellin ay that wee bastard's runny shite that eh's been draggin through the hoose. Eh's made attempts tae clean it oaf um but now that eh's found the drinks cabinet ehs tannin the whisky. Ah'm fuckin well annoyed here. — C'moan you, ya jakey cunt, what the fuck are ye like?

— A wee straightener, Alec wheezes, tryin tae get himself upright in a big padded leather chair, — a wee gold felly, a wee dock n doris, eh smiles. Then eh looks at the wee boy, whae's gaun through the videos n CDs. — The boy here'll help ye wi the liftin, it's the least eh kin dae eftir coverin me in shite!

The wee guy's lookin aw despondent. Then ehs face lights up n eh huds up *Ragin Bull*. — Is it awright if ah keep this yin?

— We'll see, mate, bit jist gies a hand wi this telly the now, ah say, n eh's no chuffed, but eh's goat an end and we're oot through the kitchen, trying tae dodge that runny shite. — Did naebody tell ye that the shite is the *last* thing ye dae, eftir you've removed everything ye want tae nick?

Eh looks aw vacant.

— Also, ye dinnae shite right in yir escape route. Egress, ah warned the wee cunt.

Eh's a good grafter though, and we've soon goat the van loaded. Perr wee fucker. Years ago, when thir wis loads ay manual joabs for the working classes, a wee cunt like that would be graftin away, workin fir the company store until eh keeled ower luggin some furniture intae a rich fucker's hoose. But eh'd be a law-abidin citizen. Now, apart fae suicide, crime's the only option fir the likes ay him.

Oot the corner ay ma eye, ah notice two rugs oan the waw. Ah ken it's a rich cunt's crack tae dae that, but ah'm thinkin, they must be valuable if they dinnae want any fucker walkin oan thum. They do look top-quality, so ah gets ah hud ay them, rollin thum up, while that mingin auld cunt Alec's fillin a holdall full ay booze. It's gittin way beyond a joke wi him n the bevvy. If that cunt could brek intae Fort Knox, ah swear thit eh'd be jumpin ower the gold-bullion stacks tae git tae the cupboard where some security guard keeps ehs drink.

— Whaire's Danny, the wee boy asks. Ah nearly forgot; that's Spud's real name.

— Up the stairs, in a bad wey, ah explains, then pointin tae the end ay they rugs ah've stacked thegither, ah tells um, —Goan git an end ay this, pal.

— Awright, eh says, n eh picks it up. Eh gies ays a wee grin, — Sorry aboot the shite oan the flair n that. Ah jist goat aw excited aboot bein in here . . . ah couldnae help it.

— Everybody does it first time, usually right in the middle ay the flair. That's eywis the wey tae check whether yuv been done by a novice or an amateur, the presence ay shite oan the flair.

— Danny . . . eh, Spud said that n aw. Ah wonder what fir, eh?

This hus been a tea-leaf's point ay discussion since the auld testament. — Some people say it's aw tae dae wi the class war. Sort ay like, yous've goat the loot but we've beaten yis, ya bastards. But me masel, ah reckon masel that it's mair tae dae wi reciprocation.

This wee cunt looks glaikit again. Eh's nivir gaunny work fir NASA in the design field, that's a racing cert. — Giein something back in return, ah explain. — That's how we feel uncomfortable aboot giein jakeys money in the street, even if wir flush at the time. They say thit ye dinnae feel happy in a transaction if one person's takin n the other yin's giein. Nivir bugged me, mind you, if ah wis the yin daein the takin that is. But aye, that's what they reckon.

The cunt's noddin, but ye kin tell ehs loast.

— So, ye want tae leave behind a wee present, a personal callin card, ah explain n make a fartin noise. The wee boy laughs at this, that's the cunt's level but, eh. — Tell ye what though, mate, ye want tae change yir fuckin diet, less roughage n a bit mair iron if ye want tae keep oan at this game. Try switchin fae lager tae Guinness.

— Right, eh sais, like eh seriously thinks it wid be a good career move.

Alec's staggerin taewards the van, ehs bag stretched wi the weight ay the boatils in it.

Ah've goat the auld jakey n ah'm tryin tae boost um, help um up intae the front ay the Transit, behind the wheel. Eh's struggling, but eh keeps a hud ay that bag like it's goat the fuckin crown jewels in it. Finally, eh gits in. — Ye want me tae drive, ah asks, cause he's well fucked.

— Naw, naw, ah'm okay . . .

Nippin roond ah shut the back ay the van n open the gates. The wee cunt stands watchin then asks ays, — What aboot me and Spud, when dae we git oor share?

Ah laugh at the dippit wee fucker, and climb intae the passenger seat. Ah pick up a copy ay the *Daily Record* oaf the dashboard. It's aboot a week auld. — What star sign ur ye, mate?

Eh looks up at ays fir a second. — Eh . . . Sagittarius . . .

— Sagittarius . . . ah goes, makin like ah'm lookin it up in the paper. — As Uranus is active, you will have a lucrative time, particularly if you listen to more experienced colleagues in the area of work . . . there ye go, mate! Check this: compact discs and video cassettes make a particularly good investment at this time of year and hawking those goods around scheme pubs for the currency of the realm is likely to be a barry earner.

— Eh . . .

— What the paper's sayin, mate, is that your share's still in the hoose thaire. They videos n aw that are worth a fortune! N as fir the CDs . . .

— But . . . eh stutters.

— We're cuttin oor ain throats here! Aw this stuff, ah nods behind ays, — wir gaun tae huv tae fence it, n it's aw traceable. We're the ones takin the risks. Next time ah see ye, ah'll buy ye a pint n some jellies fir yir labour.

— But . . .

— Naw mate, go in thair n git they CDs n vids intae they holdalls. Hurry, or ye'll be fucked!

Eh considers this for a minute, then scurries back in, as we tear oot the driveway and intae the street. — Mugs, ah laugh, catchin a whiff ay Alec, whae smells even mair foul than usual.

This van's a bit like Alec, it might be fill ay juice, but it's tired n wheezing. It also makes a fuck ay a racket. As Alec takes a corner a bit sharp, there's a clatter in the back and we've no stacked they goods as well as ah thoat. — Fuckin hell, Alec, slow doon or take a refresher drivin test! Yi'll huv the fuckin polis oan our case. Straighten up!

This seems tae sober him up a wee bit, but by the time wi gits tae the industrial estate eh's runnin up the fuckin kerb n thir's another crash in the back.

Ah decide tae say nowt this time. The whites ay ehs eyes've gaun yellay, and that's no a good sign. It's like any minute eh's gaunny start swattin imaginary demons. We gits up tae the lock-up, drives in and unloads the stuff, me daein practically aw the graft as Alec, sweatin and moanin, throws up twice. The pallets are stacked tae high heaven, wir like a fuckin discount warehoose here. — This lock-up's nearly fuckin fill, Alec, we'll huv tae git some ay this auld stuff doon tae Peasbo.

— Ehs shoap's still packed wi stuff, Alec says, restin oan a big Marshall amplifier.

Ah'm gittin pissed oaf wi aw this. — Well, it's gittin fuckin ridic, Alec, it's gittin soas wir daein joabs jist tae pey the rent fir a lock-up fill ay gear wi cannae even fuckin sell.

— Problem is now, Terry, Alec coughs, — . . . that if ye hud oan fir six months wi electrical goods, nae cunt wants them . . . depreciation ay goods . . . obsolete . . . technology n that . . .

— Ah ken, bit ye cannae huv hoat gear in the shoaps, Alec, the polis jist need tae trace one item, some cunt panics n blabs n then we're fucked.

— . . . change . . . obsolete . . . technology . . .

The myth aboot grasses was that people grassed mainly oot ay snideness and spite, or personal gain. That mibbe happens in top-level crime, or at the other end, tae some poor cunt daein a bit ay paintin n decoratin n gittin ehs giro stoaped cause ay some poisonous bastard. For the likes ay us but, maist grasses are just thick cunts who gie ye away oot ay stupidity. They dinnae mean it, but they get mouthy in the pub and confused and intimidated in the interrogation room n thir easy for experienced polis tae brek doon.

— . . . things are changin . . . goods are obsolete . . . in nae time at aw . . . it's gittin worse, Alec warns. — . . . It's gaunny git worse . . .

That's one fuckin thing that ah kin be sure ay, hingin aroond wi a useless pish-heid like him.

Carl Ewart

Ich Bin Ein Edinburgher

The usual crew are present and incorrect: me, Juice Terry, Gally and Billy Birrell. We'd been in Munich fir the Oktoberfest but we needed a wee brek fae the festival site as things wirnae quite gaun tae plan.

Aye, we wir gittin as pished as effluent canal rats every night, n that wis supposed tae be what this wee jaunt wis aw aboot. The avowed purpose was tae get away, and get back oan the beers n oaf the eckies, cause we'd been tannin them bigtime back hame. That's partly ma doin; since ah goat seriously intae the deejaying I've had a lot ay access, immersed in that life. They hudnae done us any herm like, but nothing that good comes withoot a price so we thoat, leave it fir a bit, git back oan the peeve n see what happens.

Of course, what happened wis the same thing that happened before the E's came along; every cunt wantin tae go swedgin n naebody able tae git a ride. That wis predictable enough, but this place wis like fanny city. If ye couldnae git yir hole here ye might as well jist take the fuckin razor tae it and flog it tae the French as a delicacy. Thing wis, even though we hud aw grown up oan bevvy, n our whole culture was saturated in the fuckin drug, wi jist wirnae used tae this sort ay scene anymair.

Of course, we each had our ain agenda. It's never quite as simple as a bunch ay radges oot oan the piss for a fortnight, even though that might be how it seems fae the outside. Billy had a title fight comin up and he wanted tae get away from clubbing and keep his fitness up. His manager, Ronnie Allison, had been very reluctant to let him go away just two months before his big pagger, but he'd played it the wrong way by telling Billy 'no' straight off. Billy could be a wilful, obstinate cunt, and if you said 'sugar' he'd say 'shite'. Which was exactly what he'd said to Ronnie.

Juice Terry was a different haversack of hamsters. He was a bevvy merchant, pure and simple, and the Great White Hope of Aerated Water Salesmanship hudnae taken tae the new ecstasy and club culture with the same abandon as the rest of us. The Munich Oktoberfest was a pish-heid Lourdes, and Terry was determined tae take the healing waters by the Steiner. So Juice Terry Lawson, you could say, was the driving force behind this holiday.

Andy Galloway, as usual, went with the flow. With Gally, there was nothing you couldn't tease a positive result out of. He'd had his fair share of problems back over the road recently. Gally was a nice guy who just seemed to attract bad luck. If any cunt deserved a good hoaliday it wis him.

And me? Well, tae be quite honest, ah wis awright, in fact ah wis like a fly in the maist deliciously toxic form ay shite ye could get, jist swanning roond the record shops checkin oot aw the Eurotechno stuff. The scene was burgeoning here and that was my agenda. We'd been around a week and mostly I'd been checking out the record shops, but I'd managed to sneak intae a couple of clubs one night wi Billy, who was anxious to get away from the drinking. Terry and Gally didnae half gie us gyp fir that, but we never goat E'd up, stickin tae the bevvy-only pact we'd made, as the Lord God Almighty's oor witness.

The beer festival was something else though. This whole place wis a rampant inhibition-shedding Sodom and drink-sodden Gomorrah land and oor pullin power wis *still* shite. There were two basic problems, the first one being that we'd lost the ability to talk the drunken innuendo-coded shite that constituted most chat-up lines and the more open, honest E stuff didnae seem appropriate. The second problem was that we simply couldn't control the bevvy. We were pished senseless before we knew it. So the first week had been aboot acclimatisation tae the new status quo. There had been opportunities for encounters of the sexual nature of course; ah thought that ah wis on a shag on the first night with this Belgian bird but ah wis too pished tae git a proper hard-on and had tae settle for a blow job wi a condom oan and a weak come through a numb semi. Terry had pilled one night, pished as fuck, and eh goat so intae the foreplay that eh mesmerised himself and fell asleep leavin some perr Fräulein searching for the candles. Gally and Billy, surprisingly, hadn't come close. It made me think that we can talk aboot colonial exploitation, economic devastation and immigration, but maybe the real reason the population ay Scotland is so low is that every cunt's too pished tae git it up.

So we'll probably end up going through more fuckin hotels than we will birds by the end ay the hoaliday. Our original digs had been in this Turkish place wi a narrow wee staircase which led tae a big room wi two bunk beds in it. The gaff hud a wee bar doonstairs n when we came back rat-arsed fae the festival site, ah reached ower the counter n choried a boatil ay Johnny Walker Red Label. We crashed oot on oor bunk beds and drank it until wi passed oot.

The next ah mind is bein woken up by they Turkish fuckers comin intae oor room. They wir shoutin n screamin at us n one ay them went through tae the toilet. What happened was that Terry hud goat up in the night tae dae a shite, but instead ay the bog, the pished-up cunt hud used this bidet thing they hud thaire. I assumed these things wir only found in France, but this doss house hud one. Anywey, the Juice Man realised eh'd shat in the wrong place so eh turned on the wee taps tae wash aw the cack away before hittin the mattress n fawin intae a slumber. The problem wis that maist ay it clogged up in the drainage holes, causin the water tae overflow n go intae the room doonstairs fae us whaire some couple oan honeymoon wir tryin tae bang away in peace, but ended up bein covered in wet peeled plaster and Terry's shitey pishwater.

That wis us, slung oot intae the street, aw oor clothes n stuff crammed intae oor bags. — You dirty Engleesh bastards, the Turk boy shouted at us. Billy went tae protest at the 'English' but Terry goes, — Fuck it, Birrell, we'll take that. Sorry baht orl that me ol' moite, eh sais tae the Turkish boy as wi staggered doon the road, aboot five in the mornin, wrecked and delirious. We slept in the station n spent the whole ay the next day miserable, hungover n lookin fir new digs.

It wis a case ay take what ye could get, and the new digs were a lot fuckin dearer. Gally was moaning that eh wis skint n couldnae afford it, but it wis any port in a storm as far as the rest ay us went.

Billy wis gaun on aboot huvin tae get settled, as eh kept calling it. — Ah need tae get settled, ah've goat a fight comin up, eh whinged. It worried me that eh wis whingin that much, cause Birrell never usually complained aboot anything. Eh always just goat on wi it.

Terry was getting maist ay the blame for the Turkish debacle, and the arguments carried oan and oan. They were still at it at breakfast next morning. Ah couldnae handle aw the bickering, so ah went away for a stroll n tae check oot some music. Ah found an excellent record shop, promptly cornering a deck and a set ay headphones. The first record that ah've selected ah play three times. Cannae make up ma mind. Starts off like it means business, but then it jist seems tae go naewhaire. Nah. The second one is a cracker, fae a Belgian label ah'd never heard ay, lit alone kin pronounce. This fucker just builds and builds then it levels oaf fir a bit, before kickin up a fuckin storm again. A great track for upping the stakes oan the danceflair. The best tune I've heard in my life. Ah find another cracker fae the same label, then a mad, crashing FX track which ah decide would be fuckin apocalyptic if ye knocked oaf its bass and played the cunt oan toap ay the building track when that fucker hits its plateau.

I get talking tae this boy in the shoap, who's in deliverin some fliers. The boy's called Rolf, n eh must be aboot oor age or a bit younger, a dark-skinned punter wi a cheeky smile. Eh's wearin this T-shirt which promotes this German techno label. These German cunts look that fuckin fit n fresh, it's no easy tae tell thir age. Eh's tellin ays aboot a party night, then eh's pointin ays oot some tunes, one ay which is an absolute cracker, so ah huv that as well. Eftir a bit a tidy bird, slim wi long blonde hair, wearin a white T-shirt but nae bra, comes in tae meet the Rolf boy. — This is Gretchen, eh says. Ah gie her a pat oan the airm n a hiya. Rolf gies ays ehs number before they leave thegither. Ah watch thum depart, hopin this bird's goat a sister at hame, or mibbe some mates that look like her: Bundesliga fanny, as Terry would say.

Eftir checkin oot some mair sounds ah'm crackin oan wi the guy behind the counter, Max, n some ay ehs mates. Wir talkin tunes n the boys aw seem as genuinely interested n what's gaun oan wi us back hame as ah ahm aboot what's gaun oan doon here. The truth ay it is, and ah feel a bit guilty aboot it, but this is what ah like the maist now, crackin oan wi some heads about sounds, checkin oot what cunts are listening tae, sussin oot what's gaun doon. Apart fae bein oan the decks, this is the highest form ay enjoyment for me. Obviously ah like hangin oot wi the boys n aw, but every cunt's cooler now. We kin aw git the-gither n huv a laugh withoot bein in each other's poakits aw the time.

So ah spent maist ay the day in the shoap. That's the thing aboot music, if yir really intae it, ye can go anywhere in the world and feel like you've goat long-lost mates within a couple ay hours.

Of course, the Not-So-Lean Lawson still goes oan aboot us aw stickin thegither, bit that's only whin it suits that cunt. As soon as thir's fanny showin any interest, eh's oaf like a fuckin shot. Like this morning after breakfast, eh wanted us tae stick aroond and spraf, until it wis time fir him tae head oaf, tae dae ehs ain wee bit ay sniffin aroond. That's Terry, eh finds a bird eh fancies workin in a pub or a shoap, then eh goes n hassles her till she comes oot for a drink wi um. Eh's got nae shame, and eh's obviously spotted a few targets. Terry cannae bear tae be alaine, unless eh's goat a television set for company. But Billy wanted tae git back and dae some trainin, while Gally wis intae bevvyin.

Sure enough, when ah goat back late afternoon, Terry's away, n Birrell wis oot for a run in ehs tracksuit n Gally wis sitting on the hotel balcony half-pished wi a carry-oot. — Excellent ales, he slurred theatrically. — Well, eh goes, fixin ays wi these big lamps ay his, — Steyin in a gaff like this, ah'm no gaunny huv the money tae be able tae go oot drinkin.

Ah dinnae like the idea ay him sittin pissin it up like that oan ehs tod. That's no holiday drinkin, no tae me, but if that's what eh wants tae dae it's up tae him.

So this night we takes a wee jaunt up tae the university area in order tae take stock ay the situ. We'd gone tae the U-bahn and goat oaf at the University Station, jist because, ah suppose, loads ay birds seemed tae be gettin oaf there. We walked aroond fir a bit and ended up in this place called the Schelling Saloon. It wis a large bar with loads ay pool tables. It had a loat ay character, in fact it probably had too much; a wee German gadge told us that it wis Hitler's local and he came in here a loat when eh first moved tae Munich.

Anywey, that wis us. Getting pished again, but this time wi wir far from the madding crowds in the festival site, jist sittin up here in Adolf's auld boozer. Aye, we were soon tannin it, although Billy wis hudin back a bit cause ay the big fight comin up. Of course Juice Terry wis giein the perr cunt a hard time.

— C'moan Birrell, ya fuckin blouse, yir supposed tae be oan hoaliday. Git a fuckin jag in ye, eh goes, lookin aw superciliously doon at Billy's orange juice.

Billy jist smiles back at um. — Later, Terry. Ah've goat tae watch, mate. Ah'm fightin in a few weeks' time, mind. Ronnie Allison'll go radge if ah dinnae maintain ma condition.

— Hear the cunt. The fuckin Rembrandt Kid thaire. Nivir oaf the fuckin canvas, the corkscrew-heided cavalier laughed.

— Bullshit, Terry. Ah've nivir been pit doon in ma life, although ah wid be if you wir ma trainer, Billy retorted, looking dismissively at Terry.

That wis true. We wir aw really proud ay Billy. Ronnie Allison had warned him oaf hingin aboot wi us: drinkin, clubbin and fitba, but Billy didnae gie a fuck. The boy Birrell hud it. He could gie a punch and he could take one n aw, no that eh hud tae very often wi his reflexes. I suppose that ah had taken it on myself to be Billy's conscience, so I chipped in. — Naw, that's right, you take it easy, Billy, ah encouraged him, turnin tae Terry. — Yir no wantin Billy tae blow ehs chances, Juice, no fir the sake ay a few scoops. That's been the trouble wi this fuckin brek, too much sauce, no enough hole, ah advanced. Naebody was really listenin tae ays though, Terry and Billy wir loast in the pool, n Gally wis checkin oot the lassies that worked behind the bar.

— Jist as well that Hitler cunt's no in here the night, ah laughed eftir Billy missed a stripe, — or the radge might try tae annex this fuckin table.

— Wee Nazi cunt wid git this fuckin cue ower ehs chops if eh tried it, Terry went, slapping the fat end intae ehs open palm.

— The pool tables wouldnae have been here in Hitler's day but, Billy observed, — that wis the Yanks thit broat that, eftir the war.

This fairly goat ays thinkin. — The thing is though, ah goes, — imagine if thir hud been tables in this place whin Hitler wis here, whin eh wis drinkin in here likes. The course ay human history might've changed. Ah mean, ye ken how obsessive the cunt wis, right? Suppose the wee fucker pit aw his energies intae being the master ay the pool table.

— Poolführer Hitler, Terry said, giein the Nazi salute n clickin ehs heels thegither.

A few German cunts at the other tables looked roond, no that he wis giein a fuck. Ah wisnae either, cause thir wis nae photographers tae blaw a harmless joke up intae a Nuremberg rally. — Seriously bit, ah goes, — it's the kind ay game thit sucks ye in. Look at it another wey, how many potential dictators have been thwarted in thir dreams ay world domination by a fuckin pool table in thir local?

Terry wisnae listening bit, he wis admirin the waitress whae wis bringin us ower another round ay drinks. They wir aw wearin they traditional Bavarian outfits, the ones whaire the tits are shored up and displayed for the boys.

— That's a delightful costume, Terry sais tae her as she pits the drinks doon. The lassie jist grins at him.

Ah didnae like the wey eh wis starin doon her cleavage. Ah've worked in restaurants n bars n ah hate cunts that think that yir just nowt, yir jist an object or a skivvy that's only pit oan this earth tae meet their gratification. When she went away ah goes: — You shut the fuck up, jist git the fuck oot ay here wi yir delightful dresses.

— Whit the fuck are you oan aboot? Jist passin a compliment tae the lassie, Terry goes.

Ah'm no huvin that, cause Lawson, one ay the crudest cunts on God's Earth, has been a bit too high and mighty aboot aw that Nazi nonsense. That cunt is tae moral and intellectual high groond what Paul Daniels is tae comedy. — Listen, man, the lassie's forced tae wear that gear. It's no what she's picked oot for herself. She's at the beck n call ay cunts like us aw night, we wave oor lazy mitts and she's right ower. Oan toap ay that she's aw trussed up like that wi her tits hinging oot jist tae fuckin well please the likes ay us. If the lassie hud've picked the fuckin threads hersel, then, aye, by aw means gie her a genuine compliment, ah'm no sayin nowt against that, but no when the lassie's been forced tae dress that wey.

— Look, Terry said tae ays, — you've no hud yir hole here n it's makin ye nippy. Dinnae fuckin well take it oot oan ivray other cunt. The lassie cannae understand a fuckin word wir sayin anywey, eh goes, linin up a shot.

Terry always did huv a wey ay reducin a principled stance right doon tae the base drives.

— Disnae metter aboot the language, man, lassies ken whin thir bein leered at by some fuckin half-pished creep. That's an international language.

Mr Outraged of Saughton Mains isnae huvin it. — Dinnae *you* start. You've nivir goat yir fuckin hands oaf lassies whin yir oot back hame. Pawin cunt. Whae's the creepy lecherous cunt then? Ehs face twists in accusation as ehs bottom jaw shoots oot an extra couple ay inches. Naebody can accuse like that cunt. Should've been a crown prosecutor.

— Different, ah goes, — cause that's whin ah'm E'd up. Ah've nivir goat ma hands oaf any cunt then. Ah git tactile . . . it's the fuckin E's. Ah wis even pawin your black velvet jaykit one night, mind.

Eh's ignorin me though, cause eh's doon at the table and ehs cue runs along that jaw as the baw's potted in a smooth stroke. I've got tae hand it tae the cunt, he can play pool. Mind you, aw the time eh spends oan pool tables in pubs, if eh *couldnae* play thir wid be something wrong.

— Look youse, Gally cut in, — wir here oan the sniff, lit's no kid oorselves. Personally, ah've nivir shagged a German bird n ah'm no gaun hame before ah've done yin, even if it's any auld hound. This cunt, he points tae Billy, — brought us here under false pretences. Telt us German birds wir gantin oan it. Worse thin the English, eh goes.

Billy protests at this. — Well they wir in Spain last year, ah wis fightin thum oaf, eh sais. Billy's lookin a bit mumpy now cause it seems like Juice Terry's gaunny gub um again. Billy's no up tae much at pool, but eh hates tae lose at anything.

— Aye, right, Spain. Big fuckin deal. Every cunt's gantin oan it in Spain, Gally scoffs.

— Course. That's why birds go thair, tae git thir hole, well, thir cock ... bit ye ken what ah mean. It's different when thir in thir ain back yard; the lassies dinnae want tae git called slags. Yuv a better chance ay baggin oaf wi anybody but German birds here, Terry goes.

Ah shakes ma heid. — It's no the fuckin birds, n it's no the Oktoberfest. It's jist one big fuckin pick-up joint, ah goes. — It's us. We're the problem. Huv tae try tae stey oaf the fuckin sauce a bit mair. Wir no used tae it now wi aw this fuckin ravin. N you, what's up wi you? Ah turned on Billy, — Did Ronnie Allison say thit ye wirnae allowed tae git yir hole six weeks before a fight?

Terry's ready tae pot the black.

— Did eh fuck, Birrell says. — The reason ah've no goat ma hole yit is cause ah'm stuck wi you ugly, pished-up wankers in tow.

Ah laughs at this, and Gally rolls his eyes doubtfully and exhales sharply, letting a farting sound wobble out through his lips.

— Oh, Terry pouted, dismissively smacking the black baw hame, — hark at fuckin cunty-baws Birrell thaire. Hope yir fuckin boxin's better thin yir pool, mate, eh laughs.

— Naw, it's true, yir crampin ma style, Billy nods at Terry's mop, — the Albert Kidd–Bobby Ball look's oot nowadays or has naebody telt ye?

This gits Terry's gander up a wee bit. — Right then, we'll fuckin well split up, eh says, aw brisk n cocky. — See whae's scorin the night! Dinnae wait up the night back at the digs, he goes wi a swagger, hingin ehs cue oan the waw rack n downin ehs Steiner, — cause ah'm oan the fuckin prowl, boys, ah kin tell yis. N it's gaunny be a loat different now thit ah'm freed fae aw this tiresome baggage.

He looks us up n doon, raises ehs heid haughtily, then skips oot wi this jaunty wee flourish.

— That cunt been oan the speed or something? Cheeky fucker him eh, Gally moans.

— Sounds like it eh, ah goes.

Gally's lookin a wee bit nippy. Eh shakes ehs head n starts fiddlin wi ehs earring. Ye ken when that cunt's goat something oan ehs mind, the earring gits tweaked aw the time. Since eh packed in the fags. — Eh shouldnae be actin that wey wi Viv back hame thaire, Gally goes.

— Git away, Gally, Billy laughs. — It's different when yir oan hoaliday. It's 1990 ya radge, no 1690.

— Unfortunately, ah goes, n Billy glares at ays.

Gally jist shakes ehs heid sternly. — Naw, Billy, it's oot ay order. She's a nice lassie, too good for that fat fucker. Jist like Lucy wis before her.

Billy n me look at each other. It wisnae exactly easy tae argue wi the cunt oan this point. The thing is, boys git the birds they git, no the ones that they deserve.

— Ah mean, Gally continues, — it's awright fir us, we're free agents.

— Billy isnae a free agent, Gally, eh's steyin wi Anthea, ah remind the Wee Man.

— Aye, Billy says doubtfully.

— Is it fizzlin oot a bit wi you n her then, Billy? Gally asks.

— Nivir really fizzled in that much in the first place, eh sais.

Ah noticed eh wisnae wi her up at Fluid a couple ay weeks back, n ah'm sure eh said somethin aboot her steyin longer doon in London.

— Aye, Gally goes; — awright, but you dinnae bore every cunt aboot yir relationships, Billy. Nae cunt here does. Terry's different. Only a few weeks ago, eh's gaun oan aboot how special it wis wi her. We've hud tae listen tae aw this shite fir ages: Vivian this, Vivian that. 'Ah love wee Vivvy.' Bullshit.

— Terry's Terry, ah shrugs, turnin back tae Gally. — Yi'll stoap the Pope fae prayer before yi'll stoap that cunt wantin tae git ehs hole. Gally goes tae speak but ah carry oan ower um, — Ah like Viv, n aye, ah think it's oot ay order, but it's thair business. What gits me is the wey eh uses the prefix 'wee' every time eh mentions a lassie's name. It's fuckin patronisin. But as far as him n Viv goes, like ah sais, it's thair business.

— Internal affairs, Billy smiles. — Eh's a bad boy, bit wi aw are given the chance. Thir's naebody here thit kin say thit thuv eywis done right by a bird.

Gally nods, concedin the point, but the wee cunt's no happy. The fingers've gone up tae that lobe again.

This specky student boy's sticking fliers on the tables: a big, skinny, fair-heided laddie wi gold-rimmed glesses perched oan a sharp beak. It's funny how many Germans under forty wear glesses; namely, ivray fuckin one ay the cunts. You'd think it would be the aulder fuckers likes: 'I never saw anything, I mean, look at my eyes!' But naw, it's aw the young cunts. I look at the flier eh puts in front ay me. It's a party night, for the morn; the same one that boy Rolf wis giein oot.

Ah gets talkin tae the boy, and ah buys um a pint. Wolfgang, eh's called. Ah tell him about the day and eh says, — It is a small world, Rolf is my best friend. We have this place which is good to hang out in. You and your friends should come back and we can all smoke hashish.

— Sounds good tae me, ah say, but Billy n Gally arenae takin that much interest. This changes at chuckin-oot time, and wee Gally wants tae carry oan. Billy looks a bit dubious, no doubt thinkin aboot ehs run the morn. Gally looks at me and shrugs. — Nice tae be nice, eh sais.

We head out the pub and down the road, changing from U-Bahn to S-Bahn. It's about twenty-five minutes oan this train. When we get off, we seem to be walking down the road for ages. It's like we're in an auld toon that's been eaten up by the suburbs. — Where are we gaun here, mate? Gally asks, then turns tae me n moans, — this is a long way tae come tae hing oot in Corstorphine.

— No, Wolfgang goes, ehs long legs makin big strides doon the road, — we are not far. Follow . . ., eh repeats, — follow . . .

Gally laughs. — Yir a fuckin Hun awright, mate, then eh starts singin, — faw-low, faw-haw-low . . . we will follow Wolfgang, everywhere, anywhere . . .

Fortunately, it seems almost impossible to insult this Wolfgang boy. Eh looks aw deadpan, no understanding what the fuck the wee cunt's oan aboot, marching along at speed, us struggling tae keep up wi him. Even Birrell, for fuck sake, and eh didnae huv *that* much tae drink. Maybe eh's conserving energy fir ehs run.

I was thinking this place would be a pokey wee flat. It turns oot tae be a huge, rambling, suburban villa, standing in its ain groonds. Best of all, one room has twin decks, a mixer, and a load ay records. — Sound gaff, mate.

— Yes, Wolfgang explains, my father and mother, they are divorcing. My father lives in Switzerland and my mother in Hamburg.

So I'm selling this place for them. Only I am taking my time, yes? eh smiles slyly.

— Ah'll bet ye are, mate, Birrell says, looking around aw impressed, as we crash oot in this big decks room, sittin oan some beanbags, lookin oot ower a patio wi plants, intae a big, back gairdin.

Ah'm straight oan the decks, spinnin a few tunes. Thir's a good selection here; maistly Eurotechno stuff ah've no heard ay, but one or two Chicago House and even some old Donna Summer classics. Ah pit oan some Kraftwerk, a quirky track off *Trans-Euro Express*.

Wolfgang looks oan approvingly. Eh does this wanky wee dance, which Gally, sittin oan a white beanbag, sniggers at, and Birrell smiles as well. The Wolfgang's no giein a fuck but. — This is good. You are a deejay back in Scotland, yes?

— The best. Gally cuts in, N-SIGN.

Wolfgang smiles, — I too like to play, but I am not so good. There must be more of the playing . . . the practice . . . then, eh points tae himself, — good.

Ah bet that's bullshit n the cunt's excellent. Eh doesnae seem tae need the money, the spoilt rich fucker, so ye bet eh's never oaf the decks. But eh's brought us oot here, so fair fanny's tae the boy. Now we're getting a wee tour of the hoose. It's a barry gaff, fill ay spare rooms. Eh tells us that eh's got two wee sisters n two wee brothers, n thir aw in Hamburg wi ehs ma.

The doorbell rings and Wolfgang goes tae answer it, leavin us upstairs.

— Acceptable, Mr Ewart? Gally asks.

— Most palatial, Mr Galloway. — Ah'm just fuckin relieved that Juice Terry's no here, the cunt would've cleaned the place oot by now.

Gally laughs, — Eh'd have hud Alec Connolly over fae Dalry wi the van!

The front room is brilliant, oak-panelled, furnished olde-worlde style. It's like one ay they rooms that ye see some plummy-voiced twat sittin in, when they're being interviewed on BBC 2 or Channel 4, just as you're staggering in pished. They're usually telling us how we're scum, or how brilliant their mates are. 'In some ways Hitler could be termed the first post-modernist. He should be reclaimed as such, as we're already starting to do with Benny Hill.'

Hitler.

Heil Hitler.

I was so fuckin stupid. Drunk and farting about with the boys from the old Last Furlong bus, in a wee trip down memory lane. Some arsehole with a camera working as a freelance recognised me fae this article in the music press, on the club. He asked if we were fascists and a couple of us did the John Cleese thing as a piss-take.

I was stupid. Stupid no tae realise that they can be as 'ironic' as they like, but schemies are never allowed to be the same. Even if it's what we grew up on, only we just called it taking the piss.

But fuck that, this room's bigger than ma auld man n auld girl's auld council place and thir new Baberton Mains shoeboax pit thegither. Now Rolf's in wi his girlfriend Gretchen and these three other lassies; Elsa, Gudrun and Marcia. Gally's so uncool when eh fancies a bird, it's like ehs eyes jist go flying oot ehs heid, n ye can tell that eh's mental oan that Gudrun lassie. But aw these lassies look great, thir's nowt tae choose between any ay them. It's that wall-tae-wall effect ay class fanny *en masse* that just blaws ye away. Ah feel as if ah'm struggling tae be cool, but at least Birrell behaves wi some dignity, getting up and shakin everybody's hand.

Thir's some joints ay grass and hash oan the go, and we aw have a good puff, except for Birrell, who politely declines. This strangely impresses the lassies. Ah explain that Billy's got a fight coming up.

— Boxing . . . is that not very dangerous?

Birrell's got his line for such occasions. — It is . . . for anybody daft enough tae get intae the ring with me.

We all laugh, and Gally does the wanker sign. Billy gives a curt, mock self-deprecating bow.

Ah'm tryin tae work oot whae's shagging whae, so ah'll no step oan any taes by accident. As if reading my mind, this Marcia lassie says, — I am Wolfgang's girlfriend. I stay here with him.

I'm delighted aboot that, cause, on closer examination, this lassie seems a bit straighter and more severe than the others. I know the one called Gretchen is Rolf's bird, I met her earlier. That leaves Gudrun and Elsa.

As the night wears oan ah get a vibe aboot that Marcia; ah dinnae think she quite approves ay us. Specifically, she's no keen oan Galloway, who's getting a bit loud. — Munich's great, it's different fae Edinburgh, eh rants, — n ken how? It's cause the older cunts, eh, the aulder people n that, are much nicer. Then eh starts speakin in German, and they can understand the wee fucker n aw.

— Bullshit! ah shout.

— Naw Carl, eh goes. — Ye dinnae get they wide fifty-year-auld bastards in Pringle jerseys thit ye see in Leith pubs, the ones thit eywis want tae pulverise young cunts intae tomatay purée jist cause these fuckers urnae twenty any mair. Eh takes the joint fae me and shuts up tae take a pull. — Mind you, neither are we. A quarter ay a century, that's us now. Fuckin ancient.

Eh's right, it makes me shudder tae think aboot it. Mind you, ma auld man sais 'once ye hit twenty-eight, that's you had it', so it gies us a bit ay time yit. Things have changed a lot recently; we dae our ain thing mair. Gally and Terry still hing aboot a lot thegither through still steyin in the scheme. Well, Gally dosses in this flat in Gorgie, but it's mainly jist a giro n rent-cheque drop address n eh's never away fae the auld bit. Me and Billy see quite a bit ay each other, usually roond the clubs. We're town boys these days, so ah tend tae hing oot wi Billy mair. Our auld men are mates, they worked thegither, so it was like our friendship was sort ay pre-ordained. Ah still lap Gally up the maist really, even if eh does piss ays oaf when eh comes intae the club. Eh serves up pills, which ah dinnae mind um daein, but sometimes the quality isnae that good, n it fucks up the night. N sometimes eh isnae very discreet. Terry's a tea-leaf, it's a different world, eh's goat ehs ain networks. We're still close but, though maybe no as much as before.

Aye, the march ay time n the wey things change. But fuck aw that; now is the time for feasting and rejoicing and the deflowering of beautiful maidens . . . we wish.

God, that Elsa n Gudrun . . . but Rolf's bird Gretchen . . . aye, thir's no much tae choose between them. That's it when you see a load ay fit lassies thegither, it's the cumulative effect. It takes ye a while tae pick oot the differences. Ah'm tryin tae be cool, because ah hate makin a cunt of maself in front ay birds, and it's easy done on alcohol. Ah'm thinking that this would be the place tae dae some serious shaggin wi a tidy bit ay fanny right enough. Ah could hole up here fir a few days wi one ay they wee German dolls, git away fae my demanding colleagues for a bit, especially Mr Galloway who seems up and down like a yo-yo.

A huge black cat's come intae the room. Gally wis strokin it fir a bit, now it sits oan the arm of a chair, lookin at Birrell, starin at him. He's giein it the boxer's stare back.

Marcia moves over to it, shoutin something in German, and it runs away, jumping oot the windae. Then she turns to us and says, — A dirty stray.

— That's nae way tae talk aboot Gally, ah goes, and a few ah them get it and laugh. Wolfgang goes, — Yes, I should not be giving him the feed. He sprays the piss when he comes in.

— Now I am tired, this Marcia suddenly says, rolling her eyes.

— You must all stay here, Wolfgang slurs, ehs eyes aw hooded. This cunt's well stoned. Marcia shoots him a look but eh doesnae catch it. — Stay for the whole week if you like. There is lots of room, eh goes, waving the joint aroond.

Ya beauty!

That Marcia says something in German tae him, then she puts oan this dead false smile and turns tae us. — You are on holiday, and you are not wanting to be tied down to us, she goes.

— Naw, ah goes, — it's been great, honest. Youse are the nicest people we've met, ah say, aw stoned. — Eh Gally?

— Aye, n no jist here. Wherever we've been, eh coos, lookin starstruck at Gudrun n Elsa. — N that's gen.

Ah look ower at Birrell, who's sayin nowt as usual. — If it's no problem wi youse it would be great, ah goes.

— Then it is settled, Wolfgang goes, lookin curtly at Marcia, as if tae say, This is *ma* folks gaff, mind?

— Magic, Gally says, nae doubt thinkin ay the dosh he'll save.

Billy's lookin mumpy but. — We've jist went n goat settled. N thir's Terry tae think aboot.

— Right . . . ah wis tryin tae forget that cunt . . . ah turns tae Wolfgang n Marcia. — It's really kind ay ye, and we'd be delighted tae stey wi youse. There's another one of us though, ah explains.

— One more is no problem, Wolfgang says.

Marcia makes nae attempt tae hide her exasperation. She blaws oot some air and heads away, hands flying, talking in German, slamming the door behind her. Wolfgang gives us a couldnae-care-less look accompanied by a stoned shrug. — She is just a little uptight on this day.

Gretchen looks at Wolfgang mischievously, — Wolfgang, you must be for giving her more sex.

Wolfgang, completely cool, goes, — I am trying but maybe I am smoking too much dope to be very good at the fucking.

Everybody starts hee-hawing in stoned laughter, well almost everybody. Birrell manages a slight smile for a few seconds. What an impression tae gie cunts ay Scottish people. Still, it just makes me n Gally try aw the harder.

— Brilliant! Deutschland Über Alles, ah goes, raisin ma bottle.

Everybody but Birrell toasts, n eh shoots me that boxer's look, which is useless through this stoned haze.

We're aw fucked though, and ready tae turn in. Rolf and lassies leave and Gally's giein them the eyebrow as they depart. — See yis the morn, girls, eh slurs. Birrell seems edgy, probably the fight, but eh gets up and does ehs handshaking routine again.

We get our billets. Birrell n Gally go into this one room. It's a boys' room wi two beds. Ah'm next door in the wee lassies' room, and it seems like I'm gonnae be sharing with Terry, as thir's two single beds. Gas mask time. Ah pick the bed nearest the windae and slip oaf ma clathes and slide under the sheets. They're that fresh and clean, ye'd be scared tae even huv a wank n them. Ah can imagine that Marcia just like them; aw stiff and cool. Ah'm even gittin worried aboot sweatin, fir fuck sakes. Ah mind ay thinkin in they hotels that it's a long time since ah've slept in a bed wi sheets n blankets rather thin a duvet. Now ah'm in another yin. Wi ma luck, ah'll be spunkin the sheets right up wi a technicolor wet dream.

Even though ah feel a wee bit like one ay they cunts in a haunted-hoose horror movie, ah'm totally fucked n ah drift oaf intae a deep sleep.

And here ah ahm in the dock and thir aw thaire, accusing ays, pointin the finger. Juice Terry's standin up, lookin ower tae the prosecutor, who looks like McLaren, the manager ay hud whin ah worked in the furniture manufacturing warehoose. The cunt who accused ays ay bein a fascist cause ay that daft salute that appeared in the Record *when we wound the photographer boy up ootside* The Tree, *pretendin we wir John Cleese oot ay* Fawlty Towers.

Terry'll pit the cunts right aboot ays.

— Carl Ewart . . . I can't defend his behaviour, eh shrugs. — We've all made mistakes in the past, but for Ewart to publicly align himself to a regime which practised genocide on a systematic scale . . . it's frankly unforgivable.

Birrell gits up. — I would ask that the full penalty of this war crimes commission be visited upon the Jambo cunt, eh sneers, before turning tae me and whispering, — Sorry, Carl.

There's a faint noise comin fae the gallery . . .

Then the judge comes intae ma vision. It's fuckin Blackie n aw, the housemaster fae the school . . .

The noise is gittin louder though. Blackie bangs ehs hammer oan the desk.

Then Gally gits up, and eh's ower beside ays in the dock. — Fuck aw youse cunts, eh shouts, — Carl's fuckin sound! Who the fuck ur youse cunts tae judge anybody? WHO THE FUCKIN HELL ARE YOUSE!?!

N ah kin see Terry n Billy changin thir minds now, n the chant's gaun up, n we're aw standin thegither. Thir's a mob ay faces fae the gallery, Hibs n Herts n Rangers n Aberdeen n wir aw singin WHO THE FUCKIN HELL ARE YOU at the bench and first thir lookin angry, then worried, then thir retreatin; the judges, the teachers, the bosses, the councillors, the politicians, the businessmen . . . thir aw runnin oot the court . . . Blackie's the last tae go . . . — Do you see the mentality of this scum, eh shouts, but it's drooned oot by oor laughter . . .

. . . fuckin brilliant dream . . . the best one ah've hud. Ah wake up but, burstin fir a pish.

Ah get up and go oot intae the hallway. It's as dark as fuck. Muh bladder's burstin n ah cannae find a bog. Ah cannae even find a fuckin light, cannae work oot where ah'm gaun. Ah runs ma hand along this waw until it hits a door frame, and the door itself is slightly ajar so ah slide through the space intae the room. It's no a bog though, ah ken that much, though ah kin hardly make oot anything . . .

Oooohhhfuckincuntthatyeare ah'm gaunny pass oot n pish masel . . .

Then ah nearly trips ower something oan the flair n ah think ah'm definitely ruptured now, but ah grit ma teeth, crouch doon n see that it's a bag ay some kind. Ah pills ma pants away fae ma cock, baws n achin bladder n ah jist pish n pish n pish intae it, n ah hope thit it'll no seep oot bit the bag seems waterproof. Ah dunno what's in it, but fuckin hell . . . aw . . . fuck orgasms and drug highs, this is the best feelin in the world, tae have this pain taken away!

Ah finish in grateful relief as the pain subsides n the room comes mair intae definition. Thir's two beds wi some cunts fast asleep in them. Ah dinnae stoap tae find oot whae it is, ah nip swiftly and silently back oot and intae ma ain room n git under the sheets n ah'm back in the land ay nod in nae time.

Contingency Planning

Ah gits up in the mornin and immediately clock thit the bog wis right next door oan the other side, bit ah fuckin missed it. So fuckin what, unless you're caught red-handed, fingers in the till, you have tae deny aw knowledge. The shower's excellent and high-tech for such an auld gaff n ah stey under it for a long time, littin the jets pummel ays awake, then ah dry off and git dressed then head doonstairs. Gally's already up, sittin oot oan the patio overlookin a big gairdin. It's a misty mornin though n wi cannae see much. Thir's nae sign ay Birrell yet. — Good morning Mr Galloway, ah goes, Morningside tea-room style.

— Mr Ewart! eh goes back in the same voice, the cunt seems on the up again, — how goes it, my fine fellow? How's the capital gadgie this morning?

— Excellent Mr G. Whaire's Secret Squirrel? What's happened tae the big fit sportsman then? Eh's no still goat the hump wi us for sortin um oot some free digs, hus eh? ah laughs. — Thoat he'd be up in the trees lookin fir nuts.

— Playin wi ehs nuts in ehs fuckin scratcher ah bet, the lazy cunt, Gally laughs. — Couldnae wake the fucker up. Some sportsman!

Ah starts tae tell Gally aboot ma dream.

Dreams are funny cunts, nae doubt aboot that. Ah've read a lot about them, from pop psychology tae Freud, but naebody kens for sure. That's what ah hate most aboot the world. Too many twats sayin this is how it is. This is how it is *for thaim*, they mean. Where's the fuckin doubt? Where's the fuckin humility in the face ay the wondrous complexity ay this great cosmic universe?

— Sounds a load ay shite tae me, eh laughs, but ah think eh's chuffed thit he came oot the best in it.

— But you must huv some weird dreams n aw ya cunt, ah sais tae um as Billy comes out ontae the balcony.

Gally shakes ehs heid. — Naw, ah nivir dream, eh goes. Billy's lookin really angry n eh's hudin up a wet tracksuit.

Ah decide tae tactically ignore Billy for a bit. Gally husnae seen um yit. What Gally says sounds like a load ay shite tae me. Every cunt dreams. — Ye must fuckin dream Gally, ye jist cannae mind ay it, mibbe cause yir a deep sleeper n that, ah tell um.

— Nup. Ah've nivir dreamt, eh sais, shakin ehs heid. The cunt's huvin nane ay it.

— Even as a wee laddie?

— No since ah wis a kid.

— What did ye dream ay then?

— Ah cannae mind, jist daft stuff, eh goes, lookin ower the gairdin as the mist starts tae clear.

Billy's carrying the soaking wet tracksuit n runnin shoes by his fingertips, hudin them oot fae him. Eh's goat this sportsbag turned inside oot. Eh wrings them oot for a bit. Eh's looking well nippy as eh hings the drippin tracksuit ower the balcony. Ah feel masel shrinkin doon in the seat.

— Galloway, did you pish oan ma tracksuit last night?

— What's aw this, Billy? Gally asks.

Billy wrings oot the legs ay the tracky bottoms again. — Ah hud tae wash oot aw the runnin clathes in ma bag. They wir soaked n they wir boggin, it wis like some cunt hud pished ower thum, eh sais, lowering ehs voice. — It'll be that cat through thair, that filthy bag ay shite. This is brutal. If it comes near me it's gittin tanned, ah'll tell yis that for nowt.

— We're enjoyin thir hospitality, Gally goes. — Dinnae start gittin aw wide wi folk, Billy.

— Ah'm no gittin wide wi anybody. Ye'd ken aw aboot it if ah wis gittin wide. Ma fuckin tracky . . . it's fuckin desperate.

— N we'll have tae pey them back, huv thaim ower tae Edinburgh, ah goes.

Gally goes, — Aye, tae the scheme. Thi'll fuckin well lap that up, right enough.

— Naw, ah goes. — Ah've goat ma gaff, Billy's goat his. Thir'll be plenty room.

— Aw aye, you n Billy've goat yir nice city pads. How could ah forget that? eh sneers. — And I did not piss oan yir precious fuckin tracksuit, eh turns tae Billy. Ah jist raise ma eyes, Billy does n aw. This isnae like Gally.

— Fuckin hell, ah goes, — you two've goat right oot ay the wrong side ay bed this mornin. Ah'm almost lookin forward tae seein Juice Terry again.

Wolfgang and Marcia come through. They've goat some breakfast thegither ben the kitchen. — Good morning my friends . . . how are you? Wolfgang goes.

— Jist keep that cat oot ma road, Billy sais.

— I am sorry . . . what has happened?

Gally tells him the story.

— I am sorry, he repeats.

— So ye should be, Birrell goes. Gally nudges him. — Well, ma tracksuit . . . I've goat tae keep trainin, Gally. Ah need tae dae at least five miles a day.

We get our breakfast and agree that we'll stay for the week. To be quite frank, Gally and I were embarrassed by Birrell's moaning, thinking that he would be the last yin tae let the side doon. We head out back tae the hotel to get our bags. Gally and I open the door on

Terry's room, and he's lying on the bed channel-hopping, but he seems furtive before he sees it's us.

— Disturb ye huvin a wank thaire, Tezzo? ah asks.

A delicious smile plays across the cunt's mooth as eh raises ehs eyebrows. — Some ay us dinnae need tae handle oor cocks tae shoot spunk, son. Some ay us kin git other people tae dae it fir us.

— Who wis the unfortunate felly ye peyed, n how much did eh coast ye? Gally asked.

Our dear Mr Lawson gies Gally the type ay glance a gatecrashing community-care jakey would git at a cheese-and-wine party. — Aye, well he wis a she n yis'll meet her later. But speakin ay fuckin poofs, whaire huv youse cunts been? Cosy wee threesome?

We telt him aboot the gaff and wondered whether eh would be up for it. At first he wisnae too sure; eh'd pilled this bird n eh wis meant tae be seein ehr later oan. Also, Terry's stepfaither wis German and he hated the cunt, so by extension he hated aw Germans, except ones wi fannies. That wis the wey the cunt's mind tended tae work. Whin wi mentioned the words 'big hoose' n 'rent-free' the bastard's attitude changed pretty fuckin sharpish but. — Sounds no bad bit, mair dosh tae spend oan drink n that eh. As long as it's no too far oot. Some ay us've goat shaggin duties tae attend tae in the city.

Birrell's gittin nippy wi aw this poof's talk. This fight must be oan ehs mind. In the past it never seemed tae bother him but. Eh wis eywis dead phlegmatic aboot things. No now but. — You said ye liked this hotel, Terry. Ah've went n goat settled here now, eh moans, brekin intae a yawn.

— Nivir mind Vilhelm, Terry goes, never yin tae see a good thing passed up. — C'moan, lit's git packed n check oot ay this doss.

— Ah need tae save some cash, Billy, Gally pleads, turning they big lamps ontae Birrell.

— Right then, c'moan, he concedes, rising from the bed. Poor Billy looks knackered. This change in routine really seems tae have knocked the cunt oot ay kilter. As we're getting our gear packed (again), he pulls me aside. — Wi'll need tae huv a word wi Lawson aboot behavin ehsel at this boy's gaff. Ah dinnae want tae huv the embarrassment ay searchin the radge for pieces ay silverware everytime wi go oot.

Ah'd been thinkin aboot this n aw. — Eh'll surely no take the piss, the boy's hospitality n that, ah consider warily, — but yir right, wi'll monitor the situation.

The cunts at the hotel were far fae pleased when we telt them that we wir checkin oot a week early. — You booked for two weeks, the manager goes. — Two weeks, eh repeats, hudin up two fingers.

— Aye, change ay plan but eh. Goat tae be fuckin flexible, mate, Terry winks, pulling ehs rucksack ontae ehs shoodir. — That's a wee lesson tae youse cunts, that's how yis fucked up in the war. Sometimes ye goat tae change the plan, take advantage ay the new situ that arises. Contingency fuckin plans but, eh.

The manager felly isnae amused at aw. Eh's a big fat ruddy-faced cunt wi silver, slicked-back hair n glesses. Eh's dressed in a smert jaykit n tie. Looks mair like one ay ma auld man's mates fae the Gorgie BMC club oan a Friday night thin eh does *ein Municher*. — But how can I find someone to take the rooms at this notice? eh moans at us.

Terry shakes ehs heid in tired annoyance. — Your problem, mate. Ah dinnae ken how tae run a hotel, that's your biz. Ask ays aboot sellin juice oaf the back ay lorries n ah'll git ye clued up. Hotel management: no ma bag, eh tells the boy. Ye huv tae gie it tae Lawson, standin thaire, acting as if the manager ay a German hotel should automatically ken the biography ay a Scottish schemie.

Anywey, the cunt kin huff n puff aw eh wants, ehs erse is oot the windae n we're offski doon the road.

Eftir wanderin roond the toon fir a bit we head tae the meat market for a beer. As we're in the queue fir pints and pretzels, Terry's eyes are dartin aroond n Gally's are as well, checkin oot the fanny. It's mainly office workers n that, but a few tourists n aw. — Tidy, Terry goes, then, — Tell ays that manager cunt wisnae as nippy as fuck. Hotel management! What does eh think ah am? Mind you, oor Yvonne did some ay that at Telford, eh considers. Then eh turns tae Birrell. — Your brar Rab no gaun tae college?

— Aye. Dinnae ken whit eh's daein but. Billy's gittin the drinks in n eh's goat ehsel a Steiner ay lager. Ah nods at um, thinkin aboot the fight. — Take it easy, Billy.

— Entitled tae the odd drink oan hoaliday, eh goes. Ah think eh's a bit miffed that ehs routine's been upset wi the pish-saturated running clathes.

— That's the game Birrell, git it doon yir neck, Terry toasts, smashin thir Steiners thegither. — Birrell means business!

Ah'm thinkin aboot Terry's sister, Yvonne. She'd shagged both Billy and Gally. No me though. Ah suppose ah've always felt a bit left oot, cheated in a sense, as if part ay ma birthright was taken away. But that's unfair tae Yvonne, it's just my rivalry with Mr Lawson talking.

Maybe when we get hame I'll invite Yvonne up tae the club, try tae get oaf wi her, just tae see Lawson's puss! Anyway, it's no just Birrell who means Business now, as we instinctively head ower tae a table quite near tae whaire a group ay birds are sittin. Gally's leadin the charge and it's an ideal spot. The lassies are just finishin though, and they're straight up as soon as we sit doon. Ah catch one's eye n gie ma airmpits an obvious sniff. The lassie smiles and ah ask, — Not going to stop for another drink?

She looks at her mate and then back at me, — I do not think so, she sais, turning and walking away.

Terry looks acroass the table at ays. — Still got the gift ay the gab, eh Carl? Thir fairly fawin at yir feet thair, mate.

This is Lawson heaven; a beer in his hand and him shagging; us celibate.

We had a couple mair, and it's great sittin here wi a beer, enjoying the crack, watching the world go by. I'm starting tae feel a bit of a cunt aboot Billy's bag though. Eh's gaun oan aboot the fuckin cat and ehs training routine. It gits soas ah'm oan the verge ay confessin a couple ay times, which ah ken wid be a mistake, so ah head oaf tae this record shop ah'd clocked earlier, tae check out some techno before the bevvy makes ays too loose-lipped. Gally's no bothered, he seems distracted, and neither is Billy, but Terry makes a wee comment which ah dinnae react tae. Ye never ken whether that cunt's sayin it in fun or meanin it fir real. As eh's meetin ehs bird in a bit I expect it's probably aw jist a wind-up.

— Behave, Lawson! You fool of a boy! ah shout back as ah depart, and this gets a laugh fae Gally n Billy n the Vs fae Terry. That yin stuck fae way back, ah think it wis fae the school.

So I teamed up wi them later and we moved oot tae Wolfgang and Marcia's. Terry approved ay the doss, but didnae stick around long. — Shaggin duties back in toon, boys. Dinnae wait up, eh smirked, before departing. We'd gied Terry the address and directions, Billy drawing a meticulous map. We thought we'd gie our hosts a bit ay space, so that night the three ay us went oot. We steyed local, heading fir a meal at this traditional pub: big wooden tables, sparse decoration.

We couldnae understand what the fuck it said oan the menu n nane ay the staff nor customers could speak English; this wis the sticks. It wis a bit like expectin some cunts in a pub in fuckin Peebles or Bathgate tae be spraffin ze Deutsch. Gally's spoken German wisnae bad, but eh couldnae make heid nor tail ay this menu. In the end, wi jist took pot luck. Birrell goat loads ay sausages, Gally goat eggs n cabbage n rice, n ah goat loads ay beef and gravy wi this stuff thit wis like pickle. Wi mixed n matched soas that every cunt wis mair or less chuffed. Then eftir a few drinks wi moved oantae a posher lakeside bar n watched aw these rich auld cunts in thir pastel suits walk thir wee scabby dugs along the banks ay the lake, and aw the yachts head intae the marina and the sun go doon oan the Alps like a Leith hoor oan a sweaty knob.

A chill got intae the air, so we headed inside for another few beers. We blethered for a bit, slaggin off Terry, as he wis the cunt missing. Billy kept yawning, and eftir a bit Gally started tae git oan ma tits: drunk, slurrin n talkin shite, askin the same questions n sayin the same thing ower n ower again, n pillin ye aboot. This wis aw the kind ay shite that we thought we'd goat away fae when we started takin E's. Eventually, we decided tae git the cunt hame. That night ah fell intae a sound sleep between they sheets. Clear conscience, ye see.

Ah gets wakened up by Terry in the night. He must've found his wey back tae the gaff. The cunt climbs intae bed wi me. — Fuck off Terry, your bed's ower thaire . . . ah goes, but eh's no movin, n ah'm no sharin a bed wi that dirty, tapped cunt. So ah gets oot n dives intae his. The cold wet hits ma legs. The corkscrew-heided cunt's pished his ain fuckin bed.

Foreskin

It wis a terrible night, n ah'm as annoyed as fuck at Terry. The cunt wouldnae move, so *ah* hud tae turn the mattress over in ehs bed n try and conceal the pish, n pit the sheets ower the radiator tae dry thum oot. He just lay thaire, in a fuckin coma. Ah ripped ma sheets n blankets oaf the cunt and slept oan the overturned mattress.

The next mornin, ah wakes up tae the sight ay No-Sae-Lean Lawson, in ehs stained Y's, lyin oan the bed opposite. Ah goes through tae see Billy n Gally. Galloway's up; it looks like eh's been up aw night. Eh's reading a German phrasebook. Billy takes ages wakin up, n struggles intae ehs tracksuit. Aw ah git is him mumblin 'brutal' or 'desperate' as eh heads oot for ehs run.

Ah go doon tae the kitchen n get some coffee. Marcia's doon thaire, she tells me that Wolfgang's gone tae see some laywer aboot the sale ay the gaff. We struggle tae make polite conversation; it's pretty clear tae us that this Fräulein feels oor presence is unwelcome, and it's just as clear tae her that we ken this, but dinnae gie a fuck. It's dawned oan her that she's no gaunny be able tae shame us intae packin oor bags, so it's jist a matter ay countin the days.

So, we head back doon tae the local pub. It's lunchtime, it's a crackin day, so we sit in the busy beer garden, next tae a couple ay auld boys. Ah'm sittin in silence, thinkin aboot this part ay the world, how beautiful it is, how it was the 'centre ay the movement' as ma auld mate Topsy said excitedly, when ah told him we were oaf here.

Terry kens ah'm nipped at the cunt. Ah've no come tae Germany tae clean up some jakey's pish. — These German cunts are your mates, Carl, so ah thoat they'd be mair likely tae forgive us if they thoat *you* pished the bed. Yuv goat tae think tactically.

— Ah *dinnae* ken these people, Terry, ah've jist met the cunts, and ah *didnae* pish thir fuckin bed. You did.

Terry sticks two palms up. — You gaunny keep this fuckin strop oan aw mornin? An international comradeship ay like-minded musical souls throughout the world, Ewart, that's yir bag, eh goes. — Tell ye what but, it's as well ah didnae stey at ma new bird's. She wouldnae huv been too happy if ah pished the bed at hers. We went back tae the festival but, then she stuck ays oan the train, that's aw ah mind. Thank fuck for that cunt in the taxi . . .

— When we git back, you sort oot they sheets, Terry. Right?

— Chill oot, ya fuckin radge, eh goes, then winks. — Mind you, mate, ye picked a good doss. Ah'm no sae sure about that Marcia bird. A bit nippy, but nowt that a guid length willnae sort oot.

— N you'll *sort oot* they sheets. Right?

The cunt ignores me.

— Ye gaunny phone yir Ma ower in Saughton Mains tae git her tae come n dae them fir ye? ah snaps.

Terry thinks for a second, as if considering the possibility. Then eh turns ehs back n starts talkin away tae the auld fellies.

Wanker. Gally's sittin wi this daft baseball cap eh boat yesterday. Bayern Munich. Ah think it's jist cause they (luckily) knocked us oot in Europe. Eh looks like a community-care cunt in it. Few people look the part in these things. Especially these twats that turn them roond n pill a lock ay hair through them; at least the cunt's no done that. There'll be a few cunts intae burnin auld photaes, that's for sure. Eh's starin oaf intae space as usual, but Billy's goat a grin oan ehs face, watchin me n

Terry gittin oantae each other. — Good tae see you smilin again, ah comment.

— Aye, ah ken, eh says, shakin ehs heid. — It's jist this trainin . . .

— It would git me doon, right enough, daein aw that runnin n huvin tae watch what ah ate n drank, oan hoaliday n that, ah say.

Billy shakes ehs heid. — It's no that, Carl. Ah normally like trainin. It's just the last week or so, even before we came here, it's been desperate. Ah jist feel sae tired aw the time. It isnae me, eh says ruefully. — It's brutal, n aw this pishin aboot husnae helped.

— What d'ye mean tired, like no well?

— Ah dinnae feel right . . . inside. It's like ah've goat some virus or something. Nae energy.

Gally chips in at this. — What dae ye mean a virus, how the fuck kin *you* huv a virus?

Billy looks at him. — Ah dinnae ken. Ah jist feel knackered. It's desperate.

Gally nods slowly, as if tryin tae understand, then has a wee chuckle tae himself. — Ah'll git the drinks in. Orange juice again, Billy?

— Jist a water.

Thir wis a silence for a while, but it wisnae uncomfortable, it wis welcome. Terry wis sittin back aw cool, but, wi that ah'm-sure-ay-maself bearin. So ah huv tae ask. — Awright, Lawson, you win. What aboot you then, how did you git oan last night? Ah clock ehs beer gut, comin under ehs rid shirt n ower ehs blue shorts. Then ah turn n look at Billy's washboard stomach. It disnae seem that long that thir guts looked the same. Blackpool back in eighty-six.

Terry runs ehs hand through that corkscrew mop wi a flourish. — Spot on. Ah'm meetin her again later oan, he says, but ehs voice is trailin oaf a bit doubtfully.

— Ye dinnae seem that chuffed, Gally says, pickin up the vibe.

— Well, the thing is, ah've goat a bit ay an itchy knob. Didnae bother wi a condom, eh no, cannae fuckin well git thum here in the chemist's.

Ah spot a chance ay a wind-up. — Typical fuckin Pape stronghold, ah goes. One ay the great myths aboot Scotland is that it's Protestant v. Catholic. The truth is that it's anti-Catholic v. Catholic. Maist anti-Catholics have never been tae a church ootside weddings and funerals. Naw, ah never believed in that Protestant and Catholic shite, it's a load ay nonsense, but these fuckin Pape cunts *should* come intae the twentieth century, it has tae be said. And it's good tae noise up they

Hibby bastards occasionally as well, even if not one person here is really Catholic. Ah think Birrell's half-Catholic, like me, but ah'm no sure.

— Wis wonderin when ye wir gaunny come oot wi the first sectarian shite ay the day . . . mind you, it's ten o'clock already so yuv done awright, Billy tells ays. Billy's been soakin up the sun but eh gits up and smacks the back ay ma heid, which hurts mair thin ah lit oan. That cunt's goat heavy hands n ah'm dizzy. Bastard. Ah look oot ower the gairdin and take a deep breath ay air. Aye, ah think Billy's Ma might be Catholic, like mine.

— Mind you, it wis a bit itchy before last night, Terry says, moving things on. Ah'm quite glad cause ah dinnae want tae get intae an argument aboot who's goat the biggest support (us, used tae be thaim), the hardest mob (thaim, used tae be us), whether thir's mair or less scruffs, yuppies, bigots, pubs, hoors, ravers, AIDS, schools, shoaps or hoaspitals in Leith or Gorgie. Fuck aw that. It's a fuckin hoaliday.

Gally's face hus lit up. Ah ken that michievous demonic expression n ah'm no wrong. — The thing is bit, mate, ye do huv quite a long foreskin, eh says tae Juice Terry.

— Eh! Terry's aghast at this. Billy sniggers, n ah dae n aw, even though ah'm still rubbin ma heid.

Oor Mr Galloway's gaun aw wide-eyed n innocent-lookin now. — Jist sayin, yuv goat quite a long foreskin n cause ay that it must be harder tae keep it clean, like under the helmet n that, eh casually explains. Me n Billy smile at each other cause Juice Terry's a bit nipped.

Eh points at Gally. — What the fuck's aw this aboot?

— Well ye huv, huvn't ye? Gally asks. The wee man's oan a mega wind-up here.

— Disnae fuckin well matter whether ah huv or ah huvnae. Is that any wey fir a guy tae talk aboot his mate?

Gally's steyin deadpan. When eh's oan form, eh's aboot the only cunt that's a match for Terry in the wind-up, just oan sheer persistence.

— Listen, mate, eh explains, — we've played fitba thegither fir years. Ah've seen your foreskin tons ay times. N before ye accuse ays ay starin it yir cock, it's no exactly as if ye hide it under a bushel.

— Huv tae be a big bushel tae cover his foreskin, Billy laughed.

— Eh? Terry responded.

Gally looks at Terry, then at me n Billy, then at Terry again. — Look, ye used tae pit fags underneath yir foreskin pretendin ye wir

smokin them. That wis yir perty-piece, mind? Ye used tae see how
many ye could git under it. We've aw seen each other's cocks. Lit's no
deny it. Aw ah'm sayin is thit you've goat quite a long foreskin, as
foreskins go, so that ah imagine that ye would huv tae be jist that wee
bit mair careful when it came tae personal hygiene, that's aw. Ah wis
jist makin a point aboot the itchin, Gally explained, turnin back tae me
as ah breks intae a snigger n wir aw laughin away.

Aw except Terry that is. But ye never really ken wi Terry whether
eh's really upset or jist playin at it, in order tae keep the crack gaun. —
You're a sick cunt. So ye make a point ay studyin other guys' knobs?

— It's no a fuckin study, Terry. It's a casual observation, Gally tells
um. — Ah dinnae look at guys' cocks. Ah've jist seen yours ower the
years, at school, playin fitba n that. Ah'm no makin a big thing aboot
it . . .

— It's big enough already, Billy winks, — the foreskin that is.

— . . . so thir's nae need tae git so fuckin humpty, Gally adds.

Terry's starin coldly at him. Eh sits up in ehs seat. — So you think
that's right? He nods at the auld boys, — Tell the fuckin world aboot
ma cock?

— Naw . . . it's no that . . . ah'm no tellin the world, ah'm . . . aw
fuck . . . awright, awright, ah'm sorry. Lit's jist droap it, Gally goes as
Billy n me cackle at each other.

Terry starts up like eh's defendin ehsel in court. The cunt's hud
plenty ay practice ay that mind you, the thievin bastard. — So ye
accept it isnae the sort ay thing guys should talk aboot, guys thit are
mates, thit urnae poofs?

— Only if you accept that yuv goat quite a long foreskin, Gally
retorts.

— Nup, nae fuckin conditions! If ah accept that, it means ah've
accepted your right tae make the statement aboot ma cock, which ah
dinnae. Understand?

Ah think aboot this for a while. Gally does n aw; that earring's
gittin well turned. Ah dinnae ken whit Terry's oan aboot, that the cunt
wis that sensitive aboot ehs fuckin foreskin. Eh's eywis flashin ehs fuckin
knob. Eh's goat the biggest fuckin cock here. So ah dinnae really ken
what this is aw aboot, bit it seems Terry's really nipped, like it's gittin a
wee bit oot ay hand, n Gally's goat the sense tae see it. — Yuv goat a
point, mate. Fair fucks tae Lean Lawson. Ah concede oan that, eh
extends ehs hand. Terry looks at it for a bit then shakes it.

— Thing is though, Gally goes, noddin ower at the auld German boys, — you'd be awright wi these cunts here, wi your long foreskin.

— Eh! Terry's outraged again. Me n Billy are pishing oorselves. Then it's like Terry's tryin tae fight it back but he is n aw.

— It'd be the likes ay me thit wid've been up the road tae Dachau. Me wi this circumcision job.

Ah mind ay Gally's circumcision. Ah mind ay him showin us it in the bogs in the Last Furlong whin it still hud its stitches in. — Whit did ye git circumcised fir? Billy goes.

— Too tight. It wis whin ah wis ridin one ay the Brook twins, Gally explains.

— The Brook sisters, ah say fondly and Billy smiles as well. Even Terry looks a bit mair chilled. Ah fuckin love they girls: the best lassies in the world.

— It goat so fuckin tight it jist went ping! Gally elaborates. — Up like a fuckin Venetian blind. Ah wis in agony. Ah thoat it wis jist the burst Durex wrapped roond thair at first, bit it wis way too sair. Then ah realised that it wis ma fuckin foreskin! Aye, like a fuckin broken roller blind wrapped roond the bit whaire the shaft meets the bell end, cuttin oaf the supply ay blood. Ma bell end went blue, then black. The Brook sister phoned the ambulance, they took ays up tae the hoaspital: emergency circumcision job.

— Is it better now? Billy asked.

Mr Andrew Galloway puckered his lips. — It wis fuckin sair at first, eh tells us, — dinnae let anybody tell ye different. Especially when the stitches are still in and ye get a hard-on in yir sleep at night. But now it's a better ride than ever. Birds prefer it n aw. Ah'd think aboot gittin it done Terry, wi your foreskin n that. Mind you, ye ken what they say: aw foreskin, nae cock.

— What?

Gally pits one palm oan ehs chist n flips the other ootwards. — Aw ah'm saying is: wir no disputin thit thir's enough breed, but is thir any meat in the sandwich?

— Thir's nowt wrong wi ma fuckin cock, son, Terry snaps, aw defensive again, — thir's plenty fuckin cock which comes up right over the toap ay that foreskin whin ah've goat a root oan. Jist fuckin well try comparin whaire ma fuckin cock wis last night tae whaire yours wis, stuck between they sweaty palms ay yours as usual! So dinnae you fuckin well start! They flung away the wrong bit when they circumcised you, ya wee cunt.

The Brook twins. Hmm. Hmm. Lifelong ambition, a threesome wi the Brook twins. Ah'd never mention this tae Terry, cause the cunt wid probably say that eh'd done that, wi thir mother n cousin flung in fir good measure. The daft thing wis, ah tried it oan wi them both, after the club one night when ah got them back tae mine. But it was a no-go.

— Listen, ah sais back tae Gally, — which Brook twin wis it ye wir ridin whin it happened?

— Fuck knows, man, Mr Galloway goes, — ah cannae tell them apart.

Billy wis considerin this. — Ah ken. Identical. No even any moles or that as far as ah could make oot. Ah think thit Lesley might be gittin a bit heavier thin Karen, but a couple ay years back they wir like two peas in a pod.

— Ye ken the only wey tae tell them apart? Terry ventures.

— Ah ken whit yir gaunny say, Lawson, Gally cut in, — one spits n one swallays.

— That's Lesley yir talkin aboot, that's the spitter, ah goes. She doesnae even like tae take it in the mooth. Ah should fuckin ken, ah tried enough.

— Wrong, Terry goes, she will if ye wear a condom. But Karen's by far the best ride oot ay the two. Takes it up the erse, the fuckin loat.

— I'll take your word fir that, ah tell him. Ah'm no a fuckin erse-shagger. That's for cunts that dinnae ken what thir aboot. Ye ken what they say aboot boys that shag birds up the erse, thir jist waitin tae go aw the wey wi another guy, ah smile.

Terry fixed ays in a challenging stare. His hair is aw ower the place. — Bullshit! Dinnae fuckin gie ays that, Ewart. It's just cause you're that fuckin repressed n unadventurous. You've goat tae git the fill hoose, pal. Ah kin imagine you oan the joab: five minutes in the missionary position then back tae the boozer.

— Cunt's been talkin again, eh? Seriously but, why wait that long? Why dae ye think thit the Scots invented premature ejaculation? Soas we could spend mair time in the pub. Hail Caledonia! Ah raise my gless n the two old boys raise thaires back.

Terry fixes ays in that raptor's gaze. — You've been hingin aroond wi they Brook lassies a loat. Thir nivir away fae Fluid. Ever done thum baith at once, a threesome?

That cunt is a fuckin mind-reader. Birrell's all ears now and Galloway's eyes are like big, black, satellite dishes focused on me. Ah get a touch paranoid that one ay the Brook girls telt Terry the story, so ah decide that honesty's the best policy. — Naw, they came back tae mine, the pair ay them, one night eftir Fluid.

— Aye, that bird certainly spilt some Fluid ower you that night, Gally goes.

Terry's smile's like a blast-furnace. — Aye, well ah goat ma ain back for ye mate, cause ah spilt some in her, eh tells us.

The thing is, ye ken it's no crap n aw. That fat cunt. How the fuck he does it is beyond me. He's a good stone overweight, his clathes and hairstyle are ten, naw, fifteen years oot ay date. The fuckin Rod Stewart of Acid House.

— Stroll on, Lawson, Gally snorts. — Fuck his bullshit. Terry looks at him as if tae say, aye, we aw ken the state you wir in that night, so before eh kin git it in, Gally steams oan. — C'moan Ewart, what happened wi the Brooks?

— Well, ah goes, — we're back at mines; aw pilled up, jist the three ay us. Ye ken how it is; wir dancing n huggin n kissin n just spreadin that big fuckin lurve vibe. Then we goat a bit knackered, n started spacin oot oan the couch. So ah suggested wi aw just go through tae ma big bed n crash oot thegither. The thing wis, ah hud turned intae a fuckin lesbian wi the E's by that time, ah wisnae even thinkin penetration, ah jist wanted a kind ay sensual romp. Karen wis up for it, she's aw that 'aw that wid be beaut-ih-fihhl' wey, but Lesley wisnae huvin it. Ah'm no takin ma clathes oaf n gittin intae bed wi ma ain sister, she says. So ah goes, c'moan Les, ah mean, youse two shared the same womb for nine months. Just think ay that bed as one big womb. She goes, it's no that that bothers me; the problem is, ah think ay you bein in thaire wi us, and ah think ay you as the big placenta in that womb.

Gally looks slowly ower at Terry and a pneumatic hiss ay a laugh starts up fae the cunt. Terry's joinin in too. Soas Birrell. — Placenta Ewart, Gally chortles, then goes aw serious and points at me, — that nickname could catch on!

— DJ Placenta, that sounds barry, Terry laughs.

We head oot oan the S-Bahn n decide tae take it the other wey, further oot for a bit, stopping oaf fir a beer in a bar on the lakefront at Starnberg.

The lake is choppy for a clear, still day. Ah'm thinking, how could landlocked water have that movement? Was it from the boats or maybe underground streams flowing into it? Ah'm about to discuss it but ah'm too lazy to pursue the thought, enjoying the sounds of the small waves slopping against the ridge of the boardwalk a few feet from our table. It's a pleasant, even arousing sound, bringing tae mind two naked bodies (specifically mine and a shaggable lassie's, or maybe two, maybe baith Brook twins) slapping together in a four-poster, king-sized bed. It had been too long. Ten fuckin days. There's a wee dug sniffing around which reminded me of Gally's auld dug Cropley. Ah feel as horny as Cropley in the summers before they got the perr cunt speyed.

Terry looks at this dog which was staring at him inquisitively. — Hiya boy, he goes, — it's like eh kens what ah'm sayin.

— Mibbe eh jist fancies ye. It'll no be the first yin yuv fucked, Gally telt um.

As Terry grimaced, Billy sais, — Gally, ken your mate, eh's ma brar's mate n aw, the posh boy thit's gaunny be the vet?

— Aye, Gareth, Gally goes.

— Aye, eh went tae one ay they snobby schools, but eh's a Hibs boy, a game cunt likes, Terry sais tae me.

— Anywey, Birrell explains, — Rab wis gaun oan aboot dugs bein able tae ken what ye say n that Gareth goes: Don't anthropomorphise our four-legged friends, Robert, it merely serves to debase members of both species.

— That's Gareth, Gally laughs.

Ah dinnae ken this boy, only by ehs rep, but ah say nowt. Ah'm tempted tae say that it's an awfay big word for a Hibby tae use, but ah shut it. The odds are stacked against me but; Placenta Ewart. Ah'm jist waitin fir that yin tae re-surface.

Terry's gaun oan aboot this bird now. She's German, studyin Spanish and Italian at Munich Uni, but apparently her English is shite-the-night-after-a-vindaloo-hoat as well. We're aw pretty jealous and that's probably where aw Gally's stuff aboot Terry's knob came fae. But the cunt does have a long foreskin: basic statement ay fact. Long foreskin or no long foreskin, we let the fucker go ahead and arrange tae meet him later at the Hacker-Psychor tent at the Festival site. Wir aw huvin a wee snigger as eh walks away, the corkscrew hair blawin aw ower the place against the wind comin oaf the lake.

Eh's wide for oor game n turns roond, smilin derisively, giein us the Vs.

Now That's What I Call Chorin

A few peeves later we're walkin through the underpass of the local S-Bahn station towards the toon. There's a group of young girls, jist kids really, congregated around the exit from the tunnel. There must be fuck all for them tae dae in a place like this: a toon dominated by auld cunts and rich commuters.

— Some wee rides aroond the day, eh, Gally goes.

Things must be gittin desparate wi him n aw. — Bairns, ah say, no very convincingly.

— So fuck, he goes and eh's right ower tae them. — Enchildigung bitte, mein deutsch is neit so gooed. Sprekt ze Engels?

They start giggling, hudin thir hands ower thir mooths. They are jist wee bairns really. Ah'm startin tae feel uncomfortable n ah kin tell that Billy is n aw.

— War is the CD shop? Gally smiles. Eh's quite a strikin-lookin wee felly, wi these big eyes and teeth n when eh's chilled oot, eh's goat this lazy smile. These lamps huv an odd quality which seems tae hit the spot wi some birds. They could strip paint fae the waws, and they sometimes work the same wey oan a bird's clathes. Gally and Terry are nivir short ay fanny cause the cunts've goat a bit ah charm n confidence. Birds like that. Back hame they used tae go oot thegither oan the pull a loat, even if they wind each other up n kin git oan each other's nerves sometimes. So ay dinnae ken why eh's tryin it on wi these wee yins.

— There is a shop which sells them. There, one attentive, serious-lookin wee lassie goes, pointin ower the road.

Ah practically hus tae pill Gally away fae they wee birds. — Cool it, Gally. Your wee lassie'll be that age soon enough. Ye want her gittin chatted up by twenty-five-year-auld guys whin she's that age?

— Ah wis jist muckin aboot . . . eh says.

Ah feel like sayin that the beast's wing in Saughton's fill ay cunts that said that, but that would be oot ay order, even in a joke, cause Gally's sound, eh is jist muckin aboot n it's mibbe me that's bein too sensitive. But stoat's stoat: Germany or Scotland, it makes nae odds. N ah see Billy's lookin a bit dubiously at Gally n aw. Ah dunno what's gaun oan wi that wee cunt these days. Terry says eh's been hingin aboot wi some wankers, Larry Wylie n that crowd. That might be Terry exaggeratin. Gally wis knockin aboot wi some heavy cunts a while back but eh's sacked that now.

Billy's a bit ay a dark hoarse whin it comes tae lassies. They like um cause eh's fit and eywis well turned oot. The thing aboot Billy is, ye can never imagine um chattin up a bird, talkin tae one like, but eh seems tae blether away tae them. Whenever eh gits a new bird, eh nivir shows them oaf tae the likes ay us. Ye jist see um in ehs motor, or walkin doon the road, usually wi some tidy bit ay fanny. Eh nivir stoaps tae introduce thum, n eh nivir, ivir talks aboot the birds eh's been wi unless it's a lassie fae the scheme, cause then every cunt kens anyway. The lassie eh's been steyin wi, eh sometimes comes tae the club wi her. They huv a dance thegither, then hang oot wi thir separate mates aw night. Ah've no really spoken much tae her, she seems either thick or shy. That's Billy but, Secret Squirrel right enough.

— Ah'm no shopliftin CDs, Billy goes, shakin ehs heid in disgust, lookin at Gally, kennin exactly what the wee cunt's aboot, as wi head intae this Mullers record store.

Thir's a fat wifie n a bored young bird workin in the record shoap. Thir's aw they CDs in big, wooden racks. Gally picks up one n picks an aluminium strip oaf it. — Aw ye need tae dae is tae pick they strips oaf n conceal thum, eh goes, slippin the CD intae ehs poakit.

Billy's fumin, n eh walks away fae us n oot the door.

— Aye, right ye are Birrell, ya mumpy cunt, wir no aw big fuckin clean-cut sportsmen, Gally says tae ays. — Fuckin arsonist cunt.

— Pugilistic Stenhoose schemie muthafuckah, ah goes, laughin away.

Gally goes aw stagey in ehs bearin n expression, n starts singin the theme tune fae Secret Squirrel. — Wha-rahn-ay-jint, wha-haw-ra squirrel . . .

Ah joins in, — . . . he's gat the cun-tree ih-hin a whirl, whaht's his name . . .

Then wi pits oor fingers tae oor mooths n go, — Sssshh . . . Secret Squirrel!

Ah'm no a great tea-leaf, and Gally, well eh's done a bit, but no like Mr Terence Lawson n ehs auld mate Alec back hame. These cunts are heavy-duty: housebreakin, screwin shoaps, the loat. Jist before we left, Billy n me hud tae huv a word wi that reprobate spunk-bag Terry. We telt um thit it wis meant tae be a hoaliday n thit thir wis tae be nae chorin. The corkscrew-heided cunt took the hump n goes, — Ah'm twenty-five, no fuckin fifteen. Ah ken how tae behave, ya cunts. Ah ken when tae work n ah ken when tae chill.

So it wis likes, forgive us fir breathin then, cunt.

Terry eywis called chorin work. Ah suppose it wis fir him; it wis aboot aw eh's done since eh'd goat peyed oaf fae the juice lorries. Now, eftir ma fancy speech, it's me thit's the one thit's up fir the chorie. Ah think that's why Birrell's disgusted wi ays. But Gally's goat a point; they insult yir intelligence here. It's difficult tae *no* chorie. Ye'd huv tae be mad tae pass up oan an oppo like this. Besides, the need's thaire: a loat ay ma auld albums are fucked up now.

So ah go ootside tae the shoap next door n ah git a plastic carrier bag wi a bottle ay water in it tae weigh it doon. Then, returnin tae the record shoap, ah starts systematically rippin the strips oaf the CDs before comin back n loadin them intae the plastic bag. The women behind the counter cannae see for the racks. Thir's nae cameras or nowt like that. It's a piece ay pish: ye *huv* tae chorie. Gally's different tae me; it's profit rather than personal wi that cunt. Eh's goat ehs 'Juice Terry' heid oan and eh's ruthlessly gaun fir the big albums ay the day. He's lookin at what cunts'll want tae buy up the Silver Wing, Gauntlet, Dodger or Busy Bee. It fuckin sickens ye what that cunt's loadin up oan; *Now That's What I Call Music Volume 10, 11, 12* and *13*, Phil Collins *(But Seriously)*, Gloria Estefan *(Cuts Both Ways)*, Tina Turner *(Foreign Affair)*, Simply Red *(A New Flame)*, Kathryn Joyner *(Sincere Love)*, Jason Donovan *(Ten Good Reasons)*, Eurythmics *(We Too Are One)*, loads ay Pavarotti eftir the World Cup, aw the shite ye wouldnae be seen deid wi and it fair pits me oaf. The cunt keeps flashin thum tae me, aw chuffed wi ehsel, ehs big eyes shinin like lamps under that baseball cap. Ah cannae see how ye kin git a buzz fae nickin they records, records thit yi'll nivir play.

Ah'm mair interested in backlistin. That's what ye call it when ye replace yir auld albums wi CDs. When ye think aboot it, it's a con tae git ye tae change fae vinyl tae CD, so they should replace yir entire record collection wi new CDs if ye buy a CD player. Ah backlist maist ay the Beatles, Stones, Zeppelin, Bowie and Pink Floyd. It's only that auld stuff that ah ever listen tae oan CD, and dance music, obviously, has tae be vinyl.

Barry result. Wir walkin oot wi bags fill ay CDs. Secret Squirrel's lookin moosey-faced as wi git doon the road tae the gaff tae droap them oaf. Him and Gally immediately start up one ay they pointless 'scruff-snob' arguments that ye seem tae huv wi each other in the scheme as soon as ye can talk. Whin we git back, ah phone Rolf n Gretchen n tell thum tae meet us up the Oktoberfest site if they fancy a bevvy. Then wir straight back oot and doon tae the station tae git the S-Bahn intae Munich.

We get oot for a wee drink in toon, and we're ready tae head oot tae meet up wi Terry n ehs bird at the Hacker-Psychor tent oan the Festival site for some serious drinking, when who should we see but the cunt himself, coming towards us, hudin this bird's hand. Terry's bird, Hedra, is as tidy as fuck. When eh introduced us though, ah hud tae avoid Gally n Billy's eyes. Ah could tell the first thing they thought aboot wis blow-joabs n aw. What this bird sees in Terry ah'll nivir ken. Ah'm explainin this tae Birrell as Terry n Gally git thum in, Gally boastin tae the cunt aboot oor chorin, n Birrell's gaun, — Naw, it's jist cause she's foreign, she's exotic tae you. No a bad-lookin lassie, bit if she wis fae Wester Hailes, ye'd jist think, ordinary bird.

Ah look at the lassie again, imaginin her in Wester Hailes shoppin centre chewin oan a Crawford's bridie, and ah suppose Birrell's goat a point. But ma point is that this *isnae* Wester Hailes.

We're heading doon the road when Terry clocks this sign ootside this big, stane public building. — Check this boys, 'moan, stall the now.

Thir's something in German, but underneath it says in English:

MUNICH–EDINBURGH TWIN CITIES COMMITTEE
MUNICH COUNCIL WELCOMES THE YOUTH OF EDINBURGH

— That is you, the youth of Edinburgh, Hedra giggles.

— Too fuckin right it is. We should be well in fir a bevvy here. Buckshee, likes. That's us, Edinburgh youth, Terry sais wi pride.

— Wi cannae go in thaire, Billy's shakin ehs heid.

Gally looks at him dismissively. Terry mimics a poofy voice, — Wi cannae dae this, wi cannae dae that, eh nodded. — Whaire's yir bottle, Birrell? Leave it in the ring? C'moan, eh punches Billy's airm, defusin ehs risin anger. — Think Souness! We'll brass oor case.

Graeme Souness came fae roond oor wey, n eh's still Terry's hero, even though eh manages the Huns now. When Souness hud the perm and mowser, Terry even grew a daft bit ay bumfluff tae try n emulate him. Whenever eh wants tae motivate some cunt, tae try n gee thum up intae ehs scam, eh eywis goes 'think Souness'. We used tae see Souness come back fae trainin when we were wee laddies. Eh once gave Terry fifty pence for sweeties. You always mind ay things like that. Terry even forgave Souness for that shockin tackle on George McCluskey at Easter Road a few years ago. — McCluskey wis a fuckin soapdodger, shouldnae huv Weedgies playin fir Hibs in the first place, eh said, aw serious. Every cunt kens that Souness wis a Jambo, but naw, Terry just wouldnae huv it. — Souness is a fuckin Hibby, eh'd declare. — If eh wis aroond now eh'd be up the toon wi the CCS boys in the designer gear, no hidin oot in the scheme like you greasy Jambo cunts.

What the fuck is he talkin aboot designer gear for? Terry is to fashion what Sydney Devine is to acid house. Anyway, thinkin Souness, we go purposefully up a set ay stone steps intae the building. Two big doormen block our path. Ah'm no feelin quite so Souness anymair. Thankfully, one guy in a suit comes out behind the big cunts and ushers them aside. Ah could see Birrell, pumped up by Terry, ready tae huv a go. The boy, a bearded, Rolf Harris type ay cunt, wearin a dress jaykit and cairryin some papers, smiles at us. — I am Horst. You are the Edinburgh contingent?

— That's us cap gadge, Gally goes, — the Young Mental Amsterdam Shotgun Squad tae oor pals.

The Horst guy strokes ehs beard. — Amsterdam is no good, we are wanting the people from Edinburgh.

— Eh's chaffin ye mate, we're capital chaps through and through, Terry explained. — Three Hibees n a Jambo. Nae sad-case Weedgie impersonators here.

Horst looks at us one by one, then at his piece ay paper, then at us. — Good. We had a message that the flight was delayed. You did well to get from the airport so quickly. Which one of you is the squash champion, Murdo Campbell-Lewis of Barnton?

— Eh, that's him, Terry points at Billy, cause eh looks the fittest. Horst produces a delegate badge and gies it tae Birrell whae self-consciously clips it oan.

Horst then looks at Hedra, whae scrutinises him coolly. She's awright, this lassie. — Where are the rest of the girls?

Gally rubs ehs earring. — Good question, mate. We've no hud that much luck in gittin oor hole since wi came here.

Billy cuts in, tae silence oor laughter. — Thir comin on behind.

We're bein ushered intae this hall, which has huge chandeliers hingin fae the ceilin and tables aw set up wi loads ay delegates ready seated, eatin and drinkin, being served by waitresses and waiters. Horst's giein us passes, Gally grabs one and says, — That's me, Christian Knox, schoolboy inventor fae Stewart's-Melville College.

— Who is Robert Jones, the violin player ... from CFS ... Craigmillar Festival Society ... Horst asks.

— The token schemie, Terry whispers tae me.

Ah'll take that. — That's me mate, — n it's CSF, no CFS.

The Horst boy looks at ays nonplussed n hands the badge ower. Ah clip it oan the corner ay ma suede jaykit.

Wir sittin doon tae a good fuckin bit ay nosh. Thir's loads ay wino, n wee Gally gits a bit stiff when one ay the waitresses asks um if eh's auld enough fir it. — Ah've goat a daughter your age, eh scoffs. We gie a wee — Ohhhhhh! which gits oan ehs tits. The nosh is just the game; we huv a seafood salad tae start, then some roast chicken, tatties n veg.

Eftir a while ah'm aware ay a bit ay a commotion wi voices bein raised, n ah look ower n see a couple ay auld brassers whae look vaguely familiar. One ay them's a right auld crone awright, aw strident wi seething eyes permanently scanning the world in search ay something tae disapprove ay. The other one's a smug, suited-up cunt wi a well-fed face and an expression which beams: 'I'm in fuckin clover here, and I want every bastard to know it.' Thir's a load ay young fuckers wi them; laddies and lassies, scrubbed and clean-looking wi keen, bright eyes, eyes unused tae the casual observation of life's harshness. They look like the kind ay sooky punters ye kent back in the scheme, the weird yins thit used tae go shoapin fir the auld fuckers. Like Birrell, the boxin social worker, ah suppose!

— Uh-uh ... Terry goes, swigging back his wine, then pillin a fill boatil oot fae the ice bucket n stickin it under ehs jaykit. — Looks like the perty's over ...

— That's that councillor fae Edinburgh, the radge auld cunt thit's ey in the *News* complainin aboot the filth at the Festival, Birrell sais, joggin ma memory. Kent ay recognised her fae somewhaire. — She knocked back oor boxin club's grant fae the Recreation Committee.

Thir looking ower at us, and are about as pleased to see thir fellow capital citizens as you are to encounter a blocked lavvy on a bad hangover day. Horst comes runnin ower wi the two cunts fae the door.

— You should not be here! You must leave! eh shouts at us.

— Hi, wuv no hud dessert yit! Gally laughs. — Awright cappy gadges! eh shouts over at the council party, ehs thumbs raised. The smug boy's face has changed awright. Sure it has, that PR gloss's been well licked oaf now.

— Go, or the police will be called immediately! Horst commands.

Well, ye dinnae like tae be spoken tae like that and thir's nae excuse tae be rude tae strangers, especially as thir seems tae be enough room and grub for us all, but, well, these cunts are hudin aw the aces. — Aye, right ye are then ya cunt, ah goes. — C'moan boys.

We get tae our feet, Gally stuffin a moothfill ay breed intae him as we depart. Terry's lookin at one the bouncers, starin at the cunt in a low, breathless laugh, makin ehs eyes go aw big. — Gies it then, cunt, eh sniggers, shakin ehs hips and pursin ehs lips. — Me n you Fritzy boy. Ootside, come ahead!

Ah grabs ehs airm n pushes um taewards the door, laughin like fuck at ehs pantomime. — C'moan, Terry, leave it ya daft cunt!

The German boys are lookin a bit confused, n ye kin tell they dinnae want tae start anything here, but ah'm worried aboot the polis bein called. It would gie that vindictive auld boot oan the council great pleasure tae see some schemies git banged up, but oan the other hand it would be bad publicity for the city if it made the papers, so we've mibbe goat a bit ay leeway yet. As long as nae cunt kicks it off, that is.

Wi move oot, wi Terry walkin slowly and provocatively, like eh's darin the German boys tae huv a go. Eh looks roond the hall and shouts, — CCS!

It's aw jist fir effect, cause Terry never goes tae fitba these days, let alaine wi the mob. They dinnae ken what the fuck eh's on aboot though, n thir no comin ahead. Eh looks aroond, then happy thit thir's nae takers, eh moves away tae the door.

As we go oot, the auld bat, Councillor Morag Bannon-Stewart, they call the cunt, goes: — You're a disgrace to Edinburgh!

— Git oan it, cap chick, suck ma fuckin cock, Gally rasps tae her horror and outrage, and wir oot oan the street, feelin aw pleased but indignant at the same time.

The Munich Beer Festival

It's barry here, the rows ay tables packed wi dedicated drinkers and the sounds ay the oompah band. If ye cannae get pished in this environment, you never will. It's no jist a gadges' thing n aw, thir's stacks ay birds here, aw up for it. This is the life, the Hacker-Psychor tent at the Oktoberfest, and the Steiners are soon gaun doon awright, fuckin goodstyle! Ah wisnae that intae alcohol any mair, but this was the best time ever. At first wir aw sittin thegither at these big, wooden tables, but eftir a bit we start movin aroond. Ah think Birrell's the keenest tae circulate, cause Gally's really been nippin ehs heid aboot chorin. — Stall the now, Birrell, eh pleads, as Billy gets up, — a bit ay fuckin Gemeinschaft!

Billy can be a funny cunt; a great guy, but a bit puritanical in some weys, likes. So eh moves over n starts talkin tae these English guys. Terry's eyein up the fanny even though eh's wi this Hedra bird. That's Terry; ah love um but eh is a total cunt. Ah often think that if he wisnae my mate and I just met him for the first time, I'd be crossing the road if there was a second yin. Ah join Billy, anxious tae stretch my legs. The English boys seem sound enough; wir talkin away a load ay pished shite wi them: swappin drunk tales, rave tales, fitba mob tales, drug tales, shaggin tales, aw the usual crap that makes life worth livin.

At some point in the proceedings, this fat cow, ah think she's German, gits up oan one ay the tables n she's goat her toap off, big tits floppin aw ower the place. We aw cheer n ah realise that ah'm cabbaged, well pished, n the oompah band's drums are throbbin in ma heid and the cymbals are crashin aw aroond ma ears. Ah stand up, jist tae prove that ah kin, then ah move aroond the tent.

Gally buys me another big drink and says something aboot Gemeinschaft bein us, but ah cannae be bothered wi his pished shite cause eh's gittin that physically clingy wey eh gits when eh's fucked, hudin oantae ye n draggin ye aboot. Ah lose him and find masel sittin next tae these lassies fae Dorset or Devon or something like that. Wir smashin oor Steiners thegither n talkin aboot music n clubs n pills n the usual stuff. Thir's one ay thum ah'm really intae, she's awright; Sue, her name is. She's no bad-lookin but it's mair cause she sounds like the lassie rabbit in that Cadbury's Caramel advert, the one that tells the Hare boy tae slow doon, jist take it nice n easy. N the Hare boy's eyes are aw ower the place, a bit like Gally's whin eh's E'd up. Ma eyes are mibbe the same now but, cause ah've goat a vision ay me n this bird lazily making love aw day under the sun oan a Somerset farm n soon ma airm's roond her n she lets me snog her for a bit then she's turning away n mibbe ah'm bein too eager here, too much lip pressure . . . Mr Hare, that's me, it's aw the techno, the hardcore ah've goat immersed in, eywis in too much ay a hurry so jist you relaaax Mr 'Are . . .

Ootay ma cunt oan alcohol! Ah go up tae the bar and buy a round for this lassie n her mates wi some schnapps as chaser. We down them, then Sue and I are up dancing at the front tae the oompah band, it's mair jist blind flayin aroond really, and this English cunt, a Manc boy, eh's got ehs arm round ma neck and he's gaun, — Awright, mate, where you from, and ah'm like, — Edinburgh, n this boy's awright which is as well cause ah kin see ower ma shoodir that Birrell's jist went n punched some cunt who might be one ay this guy's mates. It didnae seem a hard shot, but it's one ay they short, economical boxer's punches and the guy goes straight ower oan ehs erse. The mood changes in a strange way, and even through the muffled layers ay intoxication yir sensitive tae it. Ah separates fae the Manc guy who looks a bit shocked, and catapult forward intae Sue n we're drunkenly careering oot the tent n staggering behind this caravan wi the sound ay this generator gaun.

She's got her hands in my flies and I'm trying to get her jeans loose, they're a bit fuckin tight but ah get a result. Ah find her crack under her pants and ah slide in one finger and it's moist, this'll go up her cunt no danger, cause I'm hard as well, though I always worry wi the alcohol in such situations. Sometimes your cock can be hard, but the root can let you down. We can't configurate properly for a bit, but I sit her on top of this generator, vibratin away tae fuck, and she's out of one leg of her jeans and her pants are of the fairly loose white cotton type, you can push them aside without needing to take them off and it's a bit tight at first but it's going in awright. Wir fuckin, but no in the slow, languid Cadbury's Caramel way ah wanted, it's a nasty, jerky tense shag, with her pressing on her hands, pushing off the shakin generator and ontae me. Ah'm pushing up into her and I'm watching the sweat oan her face and we're a lot more estranged from each other fucking than we ever were when we were dancing. There's shadows lurching past us and thir's assorted loud agitated voices; English, German, Birrell and fuck knows what else.

I'm thinking about getting her back to Wolfgang and Marcia's, and that bed and some slow fucking, some slow Cadbury's Caramel fucking; aw languid and sensual, when this lassie runs ower tae us but she's no really seeing us cause she's puking her guts out, and she's trying tae hud her hair back fae her face but it's nae good. Now ma horizons have shrunk n ah'm just wantin tae blaw ma muck intae Sue. Ah can feel her pushing me away from her and I'm out, she's pulling her jeans legs on and zipping and buckling up and I'm trying to get ma cock into ma pants and troosers, like a half-wit trying tae dae a puzzle.

— You alright, Lynsey? Sue comforts her mate, who jist retches again. Then she shoots me a glance as if it's me that's responsible fir this dozy cow's condition. Mind you, ah boat that roond ay schnapps, bit ah didnae force any cunt tae drink it.

It's pretty fuckin obvious fae Sue's expression and body lingo, she's now turned away from me, that she regrets aw this. Ah hear her sayin drunkenly tae herself, — Didn't even have a fucking condom . . . so fuckin stupid . . .

And well, ah suppose it is n aw. So now ah'm startin tae huv regrets. — Ah'm away inside tae find the boys . . . see ye back thaire, ah say, but she's no listening, she doesnae gie a fuck and neither ay us came so it could hardly be called a successful shag by any stretch ay the imagination. This is just fucking though: nowt tae worry aboot. Yuv goat tae huv crap sex occasionally, just tae git some perspective oan the barry shaggin. If every ride wis textbook porno, then it would be meaningless, cause thir'd be nae real reference point. That's the wey ye huv tae look at it.

Ah move oan, trippin n nearly fawin ower a tent rope, staggerin past this boy wi a burst nose. Ehs mate's helpin um, eh's goat the gadge's heid back. Thir's a lassie follayin them gaun, — Is eh awraat, in a north ay England accent, — is eh awraat?

They ignore her n her face creases up n she looks at me n goes, — Well fook yis then! But she follays them anywey.

Back in the tent ah wander roond for a bit before ah see Billy, who looks really pished. Eh's starin at his knuckles intensely and rubbin them. — Billy. Whaire's Gally? ah ask, thinkin thit Terry'll be wi that Hedra bird, bit Gally wis oan ehs ain.

Birrell looks at ays aw wide n hard, through slitty eyes, then eh sort ay sees it's me n relaxes a bit. Eh stretches oot the fingers oan ehs hand. — Ah cannae go aroond hittin radges, Carl, ah've goat a big fight comin up. If this knuckle's burst Ronnie's gaunny go crazy. Bit they wir gittin wide, Carl. What could ah dae? They wir gittin wide. That's brutal. Terry should've been here tae sort it aw oot!

— Aye, right enough. Whaire's Gally? ah ask him again. Odds on thit the doss wee mutant'll've got intae bother somewhaire. Ah'm a bit surprised at Billy though, he's meant tae be the sensible fucker.

— Eh wis bein seek. Eh wis seek doon a lassie's back. Eh wis dancin wi her. Whaire's Terry? Ah hud tae deck three radges oan ma ain. Whaire wir youse?

— Ah dunno, Billy. Ah'll find them. You wait here, ah tells um.

Terry was wi Gally, who was lookin a bit rough awright. Thir wis

sick doon the front ay ehs black T-shirt, ehs hair wis stickin up wi sweat
n eh wis pantin heavily. Terry wis smirkin away, laughin ehs heid oaf.
— Second-division material, eh roars, turnin tae Hedra and this
German guy. — A poor ambassador. Hi Galloway, act like yir Hibs for
fuck sake. He points at Gally, singing, — Are you Jam Tarts in disguise
. . . oh shitey, shitey; shitey, shitey, shitey, shitey Gallow-way . . . Then
eh suddenly nods tae me, — Whaire's Secret Squirrel? Saw um flinging
a few punches back thaire. Cunt hud loast the plot. The boys wirnae
even botherin um. Eh cannae handle the bevvy now. Ah think eh
heard the bell n ehs heid, Terry laughed. — Seconds away! Ding-dong!
Eh starts singin the Secret Squirrel theme tune, — He's gat tricks, up
his sleeve, most bad guys can't believe . . . a bullet-proof coat . . .

A small world? It's a primary-school globe as some German boys
ur comin up tae the guy that's wi Terry, and one ay them's Rolf. We
acknowledge each other straight away, shakin hands. — We are going
on to a party, he says, lookin aroond disapprovingly at the beery scene
and over at the oompah band, still playin oan, — the music will be
better.

That suits me fine. — Barry, I say. The boys might no ken the
word, but there's nae mistaking the drift. They say that body lingo is at
least fifty per cent ay communication. Ah dinnae ken aboot that, but
speech and words are overrated. Dance doesnae lie, music doesnae lie.

— Ah'm up for that, Terry goes, — it's gittin too fuckin messy
here, eh. Then eh starts talkin like that wee boy wi the glesses n the fez,
the one thit's Secret Squirrel's mate, — We weel get ee peel doon
Seecreet's neck before he goes n keels some kawwnt! Then eh reverts
back tae ehs ain voice, — Git the love vibe back intae um. The cunt
thinks it's last orders doon the fuckin Gauntlet!

Wi get Billy and we're flounderin in an unruly mob tae the site
exits, tripping over tent ropes. People look at us nervously: we're like
exhausted salmon tryin tae git upstream tae spawn. As we leave the
site, ah'm startin tae get ma bearings. Wi head for the city centre, and
ma thoughts turn tae that Sue bird and the fun ah could've hud, n how
it was a weakness tae git so pished and slow and stupid oan that farty
auld man's drug. We seem tae be walkin for ages. Billy's behind us, still
rubbin ehs hand. Eh's shoutin ahead tae Terry, gaun: — Whaire the
fuck wir you, Lawson? Whaire wir yis?

Terry's jist laughin n brushin him off, — Aye, aye, sure, awright
Birrell, awright. Sure, sure, sure . . . Ah'm worried though, cause Billy

seldom, if ever, swears. He's like his auld man that wey. Ehs brother
Rab swears like a trooper, so dae the rest ay us.

— ANY CUNT THEN! Birrell venomously screams into the
darkened street, and everybody looks away. Terry rolls ehs eyes, purses
ehs lips n goes, — Oooooh! Rolf goes tae me, — We will not get into
the party with him the way he is now being. It is possible that perhaps
we will be arrested instead.

— It's mair thin jist fuckin possible, mate, Terry laughs. Eh's goat
his airm roon that Hedra bird, he's no giein a fuck.

Ah goes back n calms Billy doon, pittin ma airm aroond ehs
shoodirs. — Stey cool, Billy, wi want intae the gig, for fuck sakes!

Billy stops n goes aw rigid, then eh winks at ays and looks as if
nothing has happened. — Ah am cool, eh goes, then adds, — totally
cool. Then eh hugs me and says that ah'm ehs best mate, eywis huv
been. — Terry n Gally, thaire great mates, bit you're ma best mate.
Mind that. Sometimes ah'm harder oan you thin the rest, but that's
cause you've goat it. You've goat what it takes, eh sais, almost like a
threat. Ah've never seen Birrell like this in years. The pish has gone
straight tae ehs heid and there's a mob ay demons behind his eyes. —
You've goat what it takes, eh repeats. Then eh sais . . . — brutal, tae
ehsel, under ehs breath.

Ah dinnae ken what the cunt means, although ah appreciate the
sentiment. Well, ah suppose Fluid's daein awright, but it's just a great
night oot n a laugh n some cash n ma poakit. Ah slap him oan the back
as we walk acroass this wasteland by they railway sidings and come
intae this huge industrial estate. Thir's lights oan, n lorries, it's like
some cunts are still workin. The club or rave or 'party' as the German
boys call it, is in a huge, cavernous auld building which is obviously
illegally occupied. It's surrounded by what looks like still-working
factory and office units. Ah turn tae Gally, — If this doss disnae git
busted within twenty minutes ah'll lick Juice Terry's foreskin, ah laugh
at him, but the perr wee cap gadge is still too pished tae respond. We
walk inside. Gally's scrapped maist ay the zorba oaf ehs T-shirt n
zipped ehs bomber jacket up at the front. Ah'm delighted when we get
in, cause it hud turned really cauld gaun doon that road.

Thir's jist the bare sound system stacked up aroond a makeshift
deejay area, but this rig looks like it could handle some noise. It's fillin
up n ah'm thinkin that ah'd love tae play here.

Sure enough, a bassline throbs across the space, ricocheting off the walls in an echo, as the first tune gets dropped and the whole place ignites n that explosive excitement you can only get as part of a crowd.

Birrell seems tae chill oot in the gaff, even before wi git the radge aw pilled up. It's like eh associates the vibe and the music wi peace. The German cunts are sound. Rolf's thaire wi Gretchen; Gudrun and Elsa are present n aw, n ah'm highly delighted that Gretchen hus goat mates, quite a few ay them. They look Bundesliga fanny n aw, but every lassie does in ma state, as the pill soon starts tae dig in, cutting through the sludgy layers of alcohol, restorin some sharpness an clarity. I run intae Wolfgang with Marcia. — You will play some records, yes?

— Ah wish ah'd brought a bag, mate, I really do. Even the yins back at yours.

— There is always later, eh goes.

Marcia chips in at this point. — Your friend with the hair is very strange and noisy. In the night he was standing in our room at the bottom of our bed . . . I saw him in the darkness with all this hair . . . there was no clothing on him . . . I did not know who he was . . .

Wolfgang is laughing at this, and I am as well now. — Yes, I had got up to let him in the house earlier. I showed him the bed in your room, but you were asleep. I went back into my bed expecting that sleep would follow him . . . he would be having sleep. Then I hear the screams of Marcia, and I see him standing there above us. So, I get up and take him back to bed. But he says he wants to go downstairs for more beer. So I get him some and he will not let me go to bed. He is for talking to me all night. I could not really understand him. He is talking on and on about a lorry of juice. I do not understand. Why are you always for talking so much in Scotland?

— No us aw, ah protest. — What aboot Billy?

Marcia thaws a bit n smiles, — He is very nice.

— Perhaps he is German, Wolfgang smiles.

Ah laugh at this and pull them to me in a hug, anxious to vibe mair wi this Marcia. Wolfgang's gaun, — Ohhh . . . ohhh . . . Carl my friend, but Marcia still feels a bit tense. I doubt that she's had a pill. These E's Rolf's sorted oot are pretty fuckin good awright. You kin always tell a good ecky by the speed that the night flies past, but when the music does stop, tae loud gasps of exasperation, ah'm thinkin that this is ridiculous, they wirnae *that* good. Despite the eckies, ma thoughts are slow (probably the pish) and it takes a moment before it dawns on me that ma ain words have proved a wee bit too prophetic, as there's some uniforms milling through the dancing crowds towards the decks.

The polis are quite mob-handed and they want us tae disperse. Terry shouts something, only to have the Germans aw turn roond n look in astonishment at the cunt. Rolf says tae ays, — You should tell your friend that in this country there is little to be gained in antagonising the police.

Ah'm aboot tae make the point that it's the same in oor country, but that disnae stoap us, when ah suss that they boys are cool cause thir's a Plan B oan the project roster here. We definitely aw want tae cairry oan. Besides, the polis here've goat shooters, n ah dinnae ken aboot Terry or any cunt else, but that makes a hoor ay a difference tae *ma* attitude. Ma lips have mysteriously formed a layer a Velcro and ah cannae wait tae git as far fae here as possible. It's true that if ye fuck wi the polis anywhaire, thir's generally only gaunny be one winner.

Rolf n ehs mates wir tellin us aboot how they wir gaunny huv another perty but they loast the doss they had earmarked. As we're aw thinking aboot where tae go, the gear's gittin loaded up in a series ay big vans and the perty seems tae clear away as quickly as it sterted. German efficiency; the same process wid take months ower in the UK: every cunt wid be stoatin aboot cabbaged. Thir's a bit ay mild panic starting tae set in that that might be the end ay the night, especially fae the non-Germans. Thir's an English boy wi a high, posh voice gaun, — Where are we orf to next then?

Birrell's smiling coldly at him. — Tae dance. Tae fuckin dance, eh says, ehs heid noddin like a clockwork toy's. The guy seems a bit nervous at this response and tentatively extends his hand tae Birrell whae, despite bein E'd up, shakes it in a wey ah thoat wis unnecessarily graceless.

Terry's been listening tae aw the debate and chips in tae Wolfgang, — C'moan Wolfie-boy, lit's git back tae your bit then, mate.

Wolfgang's no that chuffed. — There are too many people and there is work to be done tomorrow.

— Behave yirsel, mate, Terry says wrapping one arm around him and one around a stiff, tense Marcia. — Wir buddies, we'll see you awright back in Schottland. Mates, eh winks. Then eh announces tae everybody, — As soon as ah saw they cunts, ah jist thoat: mates. That wis it, one word thit sprung right intae ma mind: mates.

Billy looks at Terry and raises ehs eyebrows. — You wirnae even thaire, eh goes. — Eh wisnae even thaire, eh exclaims tae the posh English boy. Eh's now decided that this boy's awright n eh's goat ehs airm roond ehs new best mate's shoodir. — This is Guy, eh sais tae me. — Eh's some guy, eh laughs, and the boy nervously joins in.

Ah'm thinkin: ah wonder how many times the poor cunt's heard that yin.

— If ah'd been thaire ah'd've helped n aw, Birrell, Terry protests.

— Helped yirself tae the contents ay the boy's hoose, ya radge, Billy goes. — Eh even pished the boy's mattress. You're brutal, Lawson.

Terry smiles, and just disnae gie a fuck. Eh's goat that look oan ehs face, like a dug that's been lickin its ain baws and the taste is so good that nothing else comes up tae scratch. — Fuck off, Birrell. C'moan, a wee perty . . .

Ah think Wolfgang's startin tae get the message aboot the mattress. — What do you mean . . . what is he saying? the boy asks, still a bit confused.

Terry pits ehs airm roond ehs shoodirs again. — Ah'm just windin ye up, mate. Bit we've goat plenty space back at yours, so lit's git a move oan. Eh shouts. — Throw a fuckin perty! Spread a bit ay love! C'moan! Git the boys here tae bring the gear.

Rolf nods his heid, the unwitting stooge of the Saughton Mains Svengali. — Wolfgang's is good for a party.

Ah'm thinkin aboot ma records back thaire, n gittin a shoat wi thum oan they decks, showin the German cunts a bit ay Jock style. Jock style . . . that's a laugh, like Gally, eh's bletherin shite tae Elsa and Gudrun. Eh's taken ehs T-shirt oaf n flung it away. Thir aw eyes, teeth n smiles. Eh's gaun oan aboot how thir hair is beautiful n how German guys urnae as romantic as Scots guys n ah'm laughin ma heid oaf, but ah suppose thir's naebody as romantic as Gally E'd up. Except me.

— It would be a fuckin great place n aw Gally, ah goes at him, interruptin the cunt's flow ay bullshit.

— Fuck it, Terry sais.

— But the police . . . Wolfgang protests.

— Fuck these cunts. They kin only brek it up again. Lit's dae it fir disco!

Terry generally hus the last word, so we scramble intae a series of vans and motors, and the convoy heads off doon tae Wolfgang's, who's shitein it. Marcia's almost incandescent in her silent fury. Rolf builds a spliff n ah take a toke, passin it back, avoidin Birrell whae waves it away anywey. Gally's goat in between they two lassies n eh's restin ehs heid on one's shoodir.

Fight for the Right to Party

We get back tae Wolfgang's n set things up. Every other cunt's waitin in the front gairdin. The balcony makes a barry deejay space. The boys uv goat enough cable for the speakers n ah've got the amp an mixer up wi ays. It takes aboot twenty minutes tae rig the whole thing up.

They kick oaf, wi this boy called Luther oan the decks. Eh's no bad n aw. Ah'm itchin tae git oan, tae show they Jerry cunts whit ah kin dae.

Marcia's still miserable, her distress compounded by Lawson's haverings. — It's awright, doll, a perty eh, Terry goes. — See, eh explains tae her, — we huv tae fight tae perty. The difference, eh elaborates tae her and the other bemused Germans standing around, — is that we're West Edinburgh Hibs. We've hud tae fight fir years against the Jambos . . . eh turns and looks at me, — no sayin nowt against the likes ay Carl here, — but we've no hud it easy like aw they cunts doon Leith. They dinnae ken whit bein *real* Hibs is like.

This bullshit impresses nobody, far less the lassie. She has her hands ower her ears. — It is so loud!

Wolfgang's nodding away in time tae the beat, eh's vibin intae it. Eh's well intae ehs techno. — Our Scotland friends must have their party, eh says, tae a big cheer fae Terry n me.

Gally's got intae a wild, sensuous, ecstasy lock wi they two Bundesliga birds, it takes ays a while tae see it's that Elsa n Gudrun. The three ay them are snoggin each other slowly in turns. Eh stoaps fir a bit and shouts at ays, — Carl, c'mere. Stand here. Elsa. Gudrun.

— Tell yis what, ah goes, — you two are the most beautiful-lookin birds I've ever seen in ma life.

— You're no wrong there, Gally confirms.

Elsa laughs, but in an engaged way and goes, — I think that you are saying this to every girl you meet when you are taking ecstasy.

— Too right, ah tell her, — but ah eywis mean it. And ah do. Elsa and Gudrun, what a package. Aye, that's what's so great about these kind ay scenes. You can admire the beauty of a woman, but when you see a load of them standing together, the sheer, overwhelming effect really does just blow you away.

Eh positions ays close tae them. — Right, try this.

The lassies are aw smiles so ah go ahead, snoggin wi one bird, then the other. Then Gally snogs thum baith again. Then the two birds start snoggin each other. Ma hert's gaun boom-boom-boom n Gally raises they eyebrows. Women are so fuckin beautiful and men are such dogs, if ah wis a burd ah'd be a dyke for defo. Whin they brek oaf, one ay thum goes, — Now you two must do the same.

Gally n me jist look at each other n laugh. — Nae fuckin chance, ah goes.

— Ah'll gie the cunt a hug, that's aw, eh sais, — cause ah love the big bastard, even if eh is a Jambo cunt.

Ah love that wee cunt n aw, it wis good ay him tae include me in ehs wee scene thaire. That's a true mate. Ah crush the fucker in a hug, whisperin 'CSF' sweetly in his ear.

— Git a fuckin mob, eh laughs, breakin off n pushin ays in the chest.

Ah head oaf back tae the decks tae check oot the sounds situ. Ah'm gled ah bought some records n eftir borrowin some fae Rolf ah've goat enough tae dae a good forty-five minutes quality mixin. Ah git ready tae hit the decks. The mixer looks a bit unfamiliar or maybe it's just the pills, but fuck it, jist git in thaire.

Terry's jumping aroond beside ays. — C'moan, Carl. Blow these German cunts away! N-SIGN Ewart. That's ma man, eh sais, shakin this German guy n pointin at ays — N-SIGN. Ah gied um that stage name. N-SIGN Ewart!

Ah dunno what Terry's daein talkin aboot German cunts, cause ehs ain Ma wis shaggin one ay thum fir long enough. Bit ah git oan, n line up Beltram's *Energy Flash*. Instant explosion oan the flair! Ah've soon goat the punters gaun, the music's flowing through me, through the vinyl, right oot the speakers and intae the crowd. Even though wi some of the tunes ah'm just hearing them in bits through the headphones, before ah play them, but it's coming out fine. It's a dug's breakfast as well; I'm mixing UK acid-house rave tracks like *Beat This* and *We Call It Acieed* in with old Chicago house anthems like *Love Can't Turn Around* and taking it right back up through to Belguim hardcore, like this track *Inssomniak*.

But it aw works; these shaking erses and the fill dance-space are sending me a message:

I am fucking right on it here.

Some cunt's been oan the blower cause thir's mair cars comin in n the whole party's below me oan that front lawn wi thir hands in the air n ah've never felt sae good. This is the best yin ever. At the end ay it, every cunt's ower, shakin ma hand, huggin me, fill ay praise. It's real praise as well, no bullshit. Ye get soas ye can tell the difference. It embarrasses the fuck oot ay ays when ah'm straight, but E'd up, ye just accept it.

Gally comes ower tae ays. Eh's goat one ay they lassies by the hand n eh's pointin ower at Wolfgang who's dancin slowly, shakin ehs heid n huggin every cunt that crosses his path. — That Wolfgang, eh, a definite capital gadge!

Eh pills oot the eckies n tries tae gie ays one. — Ah'll take it in a minute, ah goes, stickin it in the top poakit ay ma shirt. The pill ah hud earlier is runnin doon but ah want tae keep oan this adrenalin rush right now. Eh's hingin aboot wi Rolf; thir talkin aboot gear, n quality n aw that. Ah look at Rolf; a mair pristine, German, less manic, less fucked-up Gally. What Gally might've been like hud circumstances been different fir um. Mind you, ye dinnae really ken the Rolf boy, it's just that eh seems so sussed oot.

Galloway: what is that wee cunt like? The boy's oaf ehs tits, talkin aboot lovin every cunt n this bein the greatest night ay ehs life. At one point eh stands oot oan the balcony tae a big cheer n gies a clenched-fist salute. Rolf just smiles, hudin oantae Gally's leg, n helpin um doon.

The sun comes up and we're tryin tae help by tidyin up the debris, while still pertyin at the same time. Thir isnae too much ay a mess, the punters have respected the hoose. Despite the warmth fae the sun, it's mistier and caulder now. It's startin tae feel like October; winter's diggin in. Gally's still up, as high as a kite, eh's goat Gudrun oan ehs knee n eh's talking shite. Ah'm sitting next tae them oan the couch, wonderin where that Elsa lassie has goat tae. Ah swallay the other pill and wait for it tae kick in. Thir's still a few people left ower, though the main heads fae the system have packed up. We're back oantae Wolfgang's smaller amp, mixer and speakers. Rolf's daein a mellow set, which sounds okay. Gally says tae me, — Ah've goat tae gie it tae ye, Carl, ye wir brilliant. You've goat something, man. Like Billy, wi the boxin. Ye kin mix a tune. The likes ay me, we've goat fuck all. You're Business Birrell, eh nods tae Billy, whae's sittin crouched oan the floor, then tae me, — n you're N-SIGN.

Ah make fleetin eye contact wi Billy n we're shruggin. Gally's never talked like this before, bummin us up, and the cunt means it n aw. Then ah look ower at Terry, sittin oan a beanbag wi Hedra. Eh's no worked for ages. Ah kin see thit eh's no happy aboot what Gally's said. — Hi Gudrun, that's N-SIGN Ewart, eh points at me and eh's said that one hundred times at least aw night, which is still less than Terry, but eh's shakin the lassie soas she looks at ays, n eh's gaun,

— N-SIGN. Eh wis in that magazine, *DJ*, youse might no git it here
... it hud a bit aboot the up n comin deejays fir the nineties ...

Ah dinnae think Terry bothers that much but. He'll always get by,
duckin n divin. It's the nature ay the beast.

The Gudrun lassie stands up n goes tae the bogs. She's a wee
honey n aw, n ah watch her depart, appreciating her easy, graceful
movements. Gally doesnae seem tae be noticing though, cause eh looks
at ays, then eh's starin ahead intae space. — They tell ye that ah seen
the bairn, wi her n him, before we came oot here?

Terry and Billy both mentioned it tae ays. It didnae sound good.
Ah grind ma teeth. Right now ah'm no really wantin tae hear aboot
the Gally n Gail n Polmont show, featuring special guests Alexander
'Dozo' Doyle and Billy 'Business' Birrell, yet again. No here. No the
now. But the boy is upset. — How's she daein? ah ask.

Gally's still lookin oaf intae space. Eh disnae want tae meet ma
eyes. Ehs voice goes low. — Didnae really ken me, eh no. Calls him
daddy. Him, eh.

Terry's heard this, and eh takes a toke fae a spliff before turnin and
shruggin tae Gally. — That's the wey it goes. Mine calls that cunt
daddy n aw. A big, fuckin gawky twat, n he calls him daddy. It's jist the
wey it goes but, eh. He's the cunt that pits the nosh in her mooth n
that's it.

— Disnae make it right! Gally says, it comin oot in a panicky
primal shriek. And ah'm feelin for the cunt now, really feelin for Gally,
cause it's the worst thing in the world for him.

— She'll mind ay ye, Gally, it jist needs time, ah say. Ah dinnae
ken why ah opened ma mooth, ah've no goat a clue, it jist seemed the
right thing tae say.

Gally's really gone intae a bad frame ay mind. It's like thir's a
cloud above ehs heid n it's gittin blacker by the minute. — Naw, the
bairn's better oaf withoot me. Yir right, Terry. It's just a blob ay spunk,
that's aw ah wis ivir fuckin worth, eh sais, ehs face aw twisted. — Jist
aboot ma first fuckin ride. Offay Gail. Eighteen years auld. Delighted
that ah'd popped ma cherry. How unlucky is that ... ah mean ... ah
dinnae mean that ...

Ah glance at Terry, whae raises his eyebrows. Ah've nivir heard
Gally talk like that before. Mind you, ah thought the cunt never goat
ehs hole back in the early days. Thir wis eywis talk but a lot ay it wis
silly talk. The playgroond, the canteen, the pub. No always, but often.

Ah'm feelin great n aw. Ah dinnae want this, ah want Gally tae feel like me. — Look, this conversation's gittin a wee bit depressin. It's a perty! Fuck sake, Gally! You're a young, fit man!

— Ah'm a fuckin waster, a fuckin druggy, eh scoffs in self-loathing.

Ah look at his wee baby face n pinch ehs cheek between ma thumb and forefinger. — Tell ye what, ye still look in pretty good nick, Gally, for aw the abuse ye gie yirsel.

Eh's still no huvin it but. — It's aw inside but, mate, eh laughs in a low, hollow wey that chills me. Then eh looks a bit thoughtful and says, — Ye kin scrape a dug's shite oot the gutter n pit it in a fancy gift box wi a glittering bow, but it's still a piece ay dug shite in a boax, eh says harshly. — The rid bill's in the post, eh laments.

— C'moan, Gally, ah sais tae um, — ah said that ye looked awright, ah widnae go as far as a fancy gift box wi a glittering bow. Keep the fuckin heid, son! Eftir aw, ah stand up n launch intae ma impersonation ay auld Blackie fae the school; — Some say that there is no room for social education and religious knowledge in a modern comprehensive education system. I differ from this fashionable view. For how can an education system be truly comprehensive if it does not have SOCIAL education and RELIGIOUS knowledge?

At last the cunt starts laughin. Billy's been listenin tae aw this and rises tae his feet. — C'moan, Gally, lit's take a wee walk, Billy says, n Gally stands up. That Gudrun lassie's comin back n Billy stands back n nods tae Gally. Eh cheers up even mair and they head off thegither, intae the gairdin.

Wolfgang's oan the decks now, and eh's takin things back up again. Rolf's shakin ehs heid n laughin. The big cunt's pit a killer track oan though, n ah'm feeling the tingling nausea ay this pill digging in and if ah dinnae git up right now ah'll gouch right oot. People are comin oaf the beanbags n chairs, oantae thir feet, oantae the flair. Ah must git a copy ay that yin, find oot what it is. The flair's fill ay Germans dancing, aw except Marcia, who is, as they say, not amused. The Germans are awright, that Nazi shite could happen anywhere. They tell us that Nazis are weird, but thir probably nae weirder or mair perverted thin liberals. It wis jist thit times changed n every cunt flipped ower. It could happen anytime, anywhaire. It seems tae me that the wey things are gaun, capitalism's eywis gaunny be volatile. The rich'll throw in thir loat wi any cunt that restores order but'll let them keep what they've goat. It'll happen again within the next thirty years.

That's the thing that goat me. The Nazis arenae some cunt else. Every cunt, every nation's goat it in them tae dae evil jist like every person hus. N they usually dae it cause thir scared or cause thir pit doon by every cunt else. The world's only gaunny git better wi love n ah'm gaunny help spread it through music. That's ma mission, that's why ah'm N-SIGN. Carl Ewart, they nivir liked that boy, cause he wis the daft laddie that gave the Nazi salute in front ay the tabloid photographer tae wind them up when eh wis wi ehs fitba mates. A daft laddie, didnae even ken what a Nazi wis, only that he'd always been taught tae detest them. Eh jist kent that it wound up every posh cunt in the work who looked at him and heard his schemie voice and thought that eh was white trash.

They didnae like Carl Ewart, white-trash schemie. But they liked N-SIGN. N-SIGN's played at warehoose perties in London, raised funds for anti-racist groups, aw sorts ay deserving community organisations. They love N-SIGN. They'll never, ever get thir heids roond the fact that the only difference between Carl Ewart and N-SIGN is that one worked liftin boxes in a warehoose for nae money while the other played records in one fir tons ay it. That they choose tae treat the two so different tells ye a loat mair aboot thaim than it does aboot Carl Ewart or N-SIGN. Fuck all that though, ah'm gaunny be smart and righteous fae now on. Tae be touched by real love requires great fortune, it's no in your hands. The best ye can do, what *is* in yir power, is tae acquire grace.

Ah git up and shuffle for a bit oan the flair wi Rolf and Gretchen. Then ah hear Terry talkin tae Billy in the big hallway, n go n investigate. Billy's oan the stairs, close tae this amazing-looking lassie. She's a fuckin Amazon, dressed tae kill in this tight, black and white diagonal-striped dress, her blonde hair piled up, and with the bearing of total arrogance and self-obsession that tells you that she'll be a brilliant ride but nothing else. In Billy's state ay mind that'll be mair than enough. Hedra's there as well, I think the big lassie's her mate. The cunts dinnae see me. — Gally's oaf ehs fuckin heid; ah worry aboot that boy sometimes, Terry goes. — Aw that stuff aboot ma foreskin. What wis that aboot? You tell me!

— Eh's jist takin the pish. Huvin a wee laugh, eh, Billy says, annoyed that Terry's distracted him fae that big bird eh wis obviously chatting up. Lawson's probably tryin tae muscle in, even though eh's wi Hedra.

— Aye, bit thir's weys n means ay huvin a laugh. Ah dinnae ken what happened tae him in the nick. Cunt wis probably gittin shagged by some big fuckin soapdodger screw. That's how eh's obsessed wi other guys' cocks.

— Your friend is for going both ways? Hedra smiles.

— Bullshit, Billy says, at Terry though, looking at me to back him up.

Terry's goat a point eh feels eh hus tae make though. — Eh nivir talks aboot it. Something went oan wi him in thair. Ye see how eh's been since we've been here? Up and doon like a fuckin yo-yo.

Ah chips in, still a bit spangled wi this pill, — Gie the boy a brek, Tez. Ehs auld man's never oot the jail n Gally did two years for nowt, n wi aw ken what happened eftir that. It wis nowt tae dae wi anything that went oan in the nick.

Terry looks grimly at me. Eh's a bit pished, although eh huds a drink well. Terry never really goat intae pills. — Ah ken eh's hud a bad time. Ah lap the cunt up. Ye dinnae huv tae bum up Gally tae me, Carl. Eh's ma best mate . . . well, you two n aw, n that's no the bevvy talkin. Thir's jist some fuckin funny shit gaun oan wi that cunt sometimes. Eh's aw fuckin competitive wi ye ower nothin, then eh starts bummin every cunt up n pittin ehsel doon.

— The thing aboot Gally but, ah goes, — is thit eh's goat a real sense ay injustice. Wi him gaun tae the jail like that.

Billy looks coldly at me. — Mibbe ehs wee lassie's goat a sense ay injustice n aw, eh goes.

Ah feel ma blood freeze a wee bit, even through the pill. Terry looks at me, then at Birrell, — That wis a fuckin accident, Billy, you're oot ay order thaire.

Billy raises ehs eyes in a brief flicker.

— It *wis* an accident, Billy, you ken that, ah agree.

Billy nods, — Ah ken, but what ah'm sayin is that accidents've goat a habit ay happening when ye act like an erse.

Terry grinds ehs teeth. — It aw started wi that fuckin Heid-The-Baw cunt, that Polmont. Him and ehs mate, Doyle, they need tae be telt again.

We jist lit that yin hing for a while, considering our impotence, feeling its range and our limitations. Terry's fill ay bullshit, n ah looks at Billy and raises ma eyes, n ah kin tell he's thinkin the same thing. Polmont's a wanker, but eh's connected n thir's no way Terry's gaunny tell the likes ay Doyle's mob anything. Billy hud a go, but it's because he's connected wi some real heavy cunts through what he does. But wi the likes ay me n Terry ye dinnae get oan the wrong side ay they cunts, unless ye want tae make it yir life's work. And it might be a short life. Cause it never ends wi these fuckers, never ever. Fuck that, ah've goat other things ah want tae dae wi ma life. No matter how tidy ye think yir ain mob is, ye've goat tae ken yir place in the peckin order. The cemetery's fill ay cunts that never learned that. Thir's certain levels ye never want tae go tae. End of.

Terry'll no lit this go. Eh looks at Billy like a challenge. — Doyle n that Polmont cunt. They'll git thaires.

Billy shrugs like eh disnae want tae commit ehsel. Terry's a fly cunt, eh kens how tae work oan us, eh kens whae tae push and which buttons tae hit.

Ah'm wide for the cunt's game though. — No oaffay me thi'll no, ah tell um. — Fuck havin a vendetta wi they cunts, Terry. Ye'll never beat thaim, cause that's thaire life. We've goat other things tae dae.

— They're no as hard as they think, Terry goes tae me. — Like up Lothian Road yon time. Doyle wis tooled up, n Gent wis thair, but Billy still did thum baith. Polmont goat ehs erse kicked n aw, Saughton Mains' Foghorn Leghorn goes. — That's aw ah'm sayin, Carl.

We aw ken that it's just talk but. Drunks' talk, the maist borin kind whin yir E'd. — Fuck it, ah say tae him, then turn tae Billy. — You've goat the right idea, if ye huv tae fight, dae it in the ring, for money, ah go. Ah'm tryin tae keep Billy in a good frame ay mind, but ah'm lookin at that big scar oan ehs chin that Doyle gied um wi the flensing knife. Ye knock a nutter oan the deck wi a few punches, eftir eh's scarred ye for life. Then ye huv tae worry aboot comebacks cause every cunt says ye did um. Whae's won? Nae cunt, it seems tae me. It's often the wey wi violence; every cunt suffers a scoring defeat:

BIRRELL–3, DOYLE–3.

— Aye . . . eh goes non-committally, then eh thinks aboot it n sais, — Ah hud a word wi ma wee brar aboot aw this casuals stuff, eftir him gittin done at Dundee.

Ah've always liked Billy's brother Rab. He's a sound guy. — These things happen, ah say.

Terry's lookin aw disdainful. Billy catches this and makes a point. — It's as well aw the Hibs boys were there that night wi hud the run-in wi Doyle. It wis Lexo n that thit sorted it aw oot, eh tells Terry.

— It wis you that decked big Gent but, Billy, Terry smiles.

Billy's face is still like it's set in stone. — Eh wis gittin right back up though, Terry. N eh wid've kept gittin up till eh goat these big hands oan ays. Doyle n aw. Ah wis gled ay Lexo n that gittin in between us.

— Thair aw fuckin radges n aw but, Terry goes.

Ah jist starts laughin ma heid oaf at Lawson's cheek. — It wisnae that whin you goat done at that Hibs–Rangers game at Easter Road. Mind ay that? Top Hibs thug Terence Lawson of the Emerald Mafia!

It wis a good opportunity tae brek the ice, and we aw start laughin.

— That wis yonks ago. Ah wis jist a daft wee laddie, Terry says.

— Big changes since they days, right enough, ah smiles sarcastically.

— Cheeky cunt, Terry laughs. That cunt's goat something up ehs sleeve, ah ken it. Somebody's due for a slaggin Lawson-style, cause the bastard's still smartin fae bein turned over by Gally aboot the foreskin.

Billy looks at Terry, — Soas oor Rab. Eh's still young.

— Eh's twenty, Billy, eh should ken better by now, Terry says.

Billy looks incredulous. — You wir seventeen, Terry, thir's no much between seventeen n twenty.

— No in years, but in experience thir is.

This is gaunny get as pedantic as fuck. Ah look at Billy. — Rab isnae a hardman, Billy, eh's jist daein it tae try n impress you. Ah lap Rab up, but eh's no a fightin guy.

Billy shrugs again, but eh kens it's true. Rab's eywis looked up tae Billy. Billy's no that bothered though, cause eh's caught the eye ay yon big Amazon bird again, she's sittin wi her other mate further up the stair, talkin n smokin blaw. It's funny, bit if ah wis pished, ah'd be lookin up her dress, but E'd, ye never really think aboot being like that. Ah look at where Terry's eyes are, and sure enough, thir dartin right up thair. Eh's still goat an airm roond Hedra n aw, n that beer boatil pressed tae ehs lips.

Ah get up and stretch. — Ah'm no gaunny be stickin aboot in Scotland that much longer. Scotland, Britain, it's aw a load ay shite, ah rant. — Ah mean Setirday telly, re-runs ay that *Only Fools n Hoarses* fae way back tae 1981. Fuck that, ah tell them.

That gits thum gaun. Billy's gaun oan aboot Scotland bein the best place in the world, while Terry starts tae say something aboot *Tales ay the Unexpected* bein the only good thing oan the box nowadays.

No that ah gie a toss. Ah'm fucked, but ah'm thinkin aboot mair pills for later. — Bet ye that wee cunt Gally's necked aw the pills, ah speculate, knowin the answer.

Terry's goat ehs hand oan Hedra's thigh and eh's stroking it slowly in a relaxed manner. It's weird tae see um that wey, as you never think of Terry as being capable of sensuous, exploratory love-making. Then again, the cunt probably thinks just the same about me, that I'm just a sweaty humper. It's strange watchin that motion, it seems to suggest other possibilities for Terry. Or maybe no, as the cunt starts pontificating, — Galloway must have fucked ehsel goodstyle by now. That wee radge's answer tae a night oot is tae keep it gaun as long as eh kin by throwin mair pills n speed at it. Even though wir oan hoaliday n it'll aw be thair fir um in the mornin, eh cannae jist chill n hit the sack. Eh's goat a wee doll oan ehs airm gantin tae climb intae it wi um, n eh's still goat tae stey up!

We're aw spraffin away, and Rolf's came over wi a couple ay his mates. Gally n Gudrun come back n we go oan through tae the sofa n beanbags, leavin Birrell oan the stairs wi the big lassie in the striped dress n her mate. It's windin doon a bit, so ye kin hear yirself think. Ah mention Sue, the Festival site Cadbury's Caramel Rabbit lassie, which is a mistake, cause Terry's eyes light up. — She might have sounded like a fuckin rabbit, but she certainly didnae git the chance tae shag like one, eh laughs loudly.

Gally's started smirkin. Ah can feel ma jaw startin tae slacken. What the fuck's gaun oan here?

— See, Terry explains, — we saw it aw mate. Wi hud ringside seats. Until it aw goat too much.

Galloway goes, — Tell ye what, ye wir lucky she wis sittin oan that generator, that wis the only wey she'd be thinkin the Earth moved!

Terry's grinnin like a paedophile that's landed a joab as a department-store Santa Claus. — Aye, we deeks the Milky Bar Kid's sweaty, pimply white erse gaun up n doon like the clappers n the lassie lookin as bored as fuck, eh explains fir the benefit ay Hedra, Rolf, Gretchen, Gudrun n the other German punters. — She wisnae chuffed whin she looked ower his shoodir n saw us aw watchin! Then the lassie's mate came by. She wis impressed. It really goat her turned on . . . Terry's that shakin wi laughter eh kin hardly git it oot. Wir aw brickin oorsels though. — She threw up!

Gally laughs, — It made me throw up n aw. Delayed reaction!

Terry's obviously been on a raid tae the fridge, cause he's goat some boatils ay beer stashed under a beanbag. Eh opens one wi ehs teeth, n takin note ay Birrell's absence goes, — N there wis our good friend Business Birrell through thaire, batterin every cunt, eh switches intae schoolteacher mode, — not exactly a pretty sight, Mr Ewart, but somewhat less ugly thin watchin you gittin yir hole!

When you're picked for a slaggin like this, you've jist goat tae take it, nowt else fir it. Ah roll wi the psychological punches until they git fed up. Then, eftir a respectable time soas it isnae construed as takin the cream puff, ah head off intae the grounds fir a stroll. Terry follows me, says eh needs tae pish. Ye kin tell eh's really gone tae spy oan Billy but.

As we go, we see Billy gaun past us, headin up the stairs taewards the bedroom wi this big, tall supermodel lassie. Ah hear Terry's voice fae behind me, — It looks like Secret Squirrel's oan ehs Morocco Mole!

Billy shakes ehs heid and smiles at me as ah walk oot tae the patio. It never takes Terry long tae find a new slaggin target.

Ah get ootside, intae the garden. The light's still coming up, but mottled, wideo clouds are coasting taewards us fae ower the mountains, carrying the darkness wi them, just in time for the comedown. Ye eywis huv tae pey fir yir fun at some point, and, generally speakin, the mair ye perty, the mair ye pey. The lights fae the hoose are oan, and thir's still a lot ay people sittin aroond, wrapped up, but enjoyin the air. That English boy Guy comes up tae ays.

— That was a brilliant set earlier, eh goes.

— Cheers, ah go, a bit embarrassed. — Cobbled thegither a wee bit, fae a load ay odds and ends.

— Yeah, but it worked though. You pulled it off. Listen, eh says, — I'm running a club night down in south-east London. It's called Implode.

— Ah've heard ay it.

— Yes, and I've heard of Fluid.

— Aye?

— Oh yeah, most definitely. It gets a lot of respect, eh tells me.

You just have to stand there shakin yir heid, and you can't even begin tae say how this feels tae a schemie from Edinburgh that somebody, running a name club in London, has heard of him, let alone respects him. — Cheers.

— Listen, how do you fancy coming down to London and playing? Of course, there'll be a decent fee and we'll pay all expenses, Guy explains. — And we'll look after you and show you a good time.

Do ah fancy that?

I could think of a lot worse. We exchange telephone numbers, matey hugs and business handshakes. This boy's awright. Ah wisnae too sure at first, because ah've goat a bit ay a chip oan ma shoodir wi posh cunts. But eh's awright. It's the pill, it gits rid ay aw that shite. Ye jist check in the baggage n start again.

Then ah see something else ah definitely fancy, the bird that wis snoggin wi ays earlier, wi Gudrun n Gally. Elsa her name is, and she's talkin tae a couple ay her mates. Ah move over tae her and she acknowledges me wi a hug, draping her airms aroond ma shoodirs. — Hello bay-bee . . . she smiles broadly. She's still pilled oaf her tits; she tells me she's taken a second one and it's just beginning tae settle in. Ma hands go roond her waist, as fascinated by the texture ay the material ay her toap as the contours ay her body.

This environment makes life, human relations, so simple and easy. How shite and grubby and how long all this would have taken in the pub, or at a party full of drink. We head off for a stroll together, ma airm roond her waist, my hand rubbing her jeans at the hip. The bottom ay the gairden dips, and we look ower the trees, down tae the lake wi the mountains in the backgroond. — Great view, eh? This is a beautiful part of the world. The best ever. Ah love it here, me.

She gazes at me and lights her fag, smiling in a lazy, distracted way. — I am from Berlin. Very different, she says. We sit and look at each other, saying nothing, but I'm thinkin aboot the night and knowin that this is where ah want tae be for ever: the music, the crack, the travel, the drugs and a pair ay eyes and lips like this in ma coupon. Ah like it here, n ah'm no really jokin aboot Britain n aw, it *is* a load ay fuckin shite. Any cunt whae disnae huv a silver spoon in thir mooth or isnae prepared tae be an arse-licking wanker cannae live within the law back thair. No way. Ah'm off tae London. N Rolf and ehs mates want us tae play at this club night at the Airport in November. Ah'm even thinkin ay jist fuckin it aw n steyin right through; learn a bit ay the lingo, just enjoy the change.

Me n Elsa snog for a bit then take a walk. Soon we'll be gittin intae that big bed in that wee lassies' room once I've made sure that Terry gets the fuck back tae Hedra's. Or better still, leave him tae that n ah'll go wi Elsa when she's ready tae leave. Ah'm no lettin her ootay ma sight, that's fir sure. Sometimes ye hit the time ay yir life whin yir lookin fir a wee bit mair thin jist a shag.

When we get back in, ower tae the hoose, there's a big commotion. Gally's climbed up onto the roof and he's balancing on the tiles, about forty foot up.

— GIT DOON FAE THAIRE GALLOWAY YA WEE RADGE! Billy's ragin.

Gally's eyes look weird; it's shitting us all up, it's like the cunt's just gone. Ah run inside and leg it up the stairs tae the toap. Thir's a pair ay legs danglin oot the skylight. For a second ah think it's Gally comin doon, but Rolf tells ays that it's Terry n eh's goat stuck, tryin tae get up after him. Gudrun's lookin aw tense and worried. — He just kissed me and ran up there, she says, aw fraught. — Is something wrong?

— Eh's just oaf ehs tits. Eh's always been a climber, ah tell her, but ah'm worried here.

The whole scene is fuckin surreal. Aw ah kin see ay Terry is ehs gut and ehs legs but ah kin hear um shoutin at Gally. — Come oan doon, Andy, c'moan tae fuck, mate, eh pleads.

Ah runs back doon, n ootside again. Now the toap part ay Terry's visible, wi ehs airms waving away like a fuckin windmill. Gally's close by him, in a squatting position, legs oan either side ay the sloping roof.

— Please . . . please . . . the police will come, the neighbours will call them . . . Wolfgang begs. Throughout this, Marcia's shouting at him in German, and ye dinnae need an interpreter tae work oot what she's sayin.

— He just said he was going to the toilet, then he went up there, Gudrun, who's follayed me doon, says to Elsa. — His head has gone sick.

— You will be breaking the tiles on the roof, Wolfgang pleads.

Ah'm shoutin at the toap ay ma voice, — C'moan Galloway, ya attention-seeking wee prick! Huv a fuckin heart! These people huv been lookin eftir us. We're oan holiday! They didnae need aw this shite!

Gally says something, ah cannae hear what it is. Then he moves over tae where a coaxing Terry is. Suddenly Lawson grabs him and pulls him roughly into the house; it looks weird, this big, predatory, legless beast pulling this wee cunt intae this hole, and they vanish. It's pure theatre and everybody in the garden cheers. Ah head back upstairs.

When ah git thaire Gally's laughing away, but it's a strange laugh. Eh's goat a cut oan ehs nut and one oan ehs airm, where eh fell wi Terry pillin um through the hatch door. Billy's really annoyed, but eh goes back tae that big Amazon in the striped dress. — Hus tae tear the fuckin erse oot ay a good night, Terry says angrily, leading Hedra off. They vanish into our room.

Gudrun still seems tae be intae Gally though, mair fool her. Eh's lyin oan her lap and she's stroking his heid. — What's the use but, eh doll? eh asks her cheerfully. — What's the use?

Thir's nowt ah kin say tae the stupid cunt and ah keep oot the road. The wee bastard seems tae thrive oan creating daft dramas. No surprisingly, the night peters out after that. Nobody can really blame Wolfgang and Marcia when they call a halt. Ah'm relieved to get away fae Gally, and when Elsa asks if ah want to go back to Rolf and Gretchen's with her, ah don't take any convincing at all.

It's only a short walk to Rolf's place. We're just in the door when Rolf raises his hand and goes, — I'm going to bed, and Gretchen follows him, leaving Elsa and me in the front room.

— You want to go to bed? ah ask, nodding through to where Rolf told me a spare room was.

— First you must put something on, she says.

Ah cannae be bothered wi mair sounds the now. — Eh . . . ah'd rather go through. Besides, ah left aw ma records roond at Wolfgang's.

— No, putting something on your penis for the sex. The rubber, she explains, as ah laugh, feeling like a daft cunt.

There's a sinking feeling. — Ah've left mines back at Wolfgang's, ah tell her. She explains that Rolf has some. Ah bang on the door, — Rolf, sorry tae bother you, mate, but I eh, need condoms . . .

— In . . . here . . . Rolf gasps.

Ah go tentatively in, and the two of them are screwing on top of the bed, no even under the duvet, and ah turn away.

— On the locker . . . eh pants.

They dinnae seem bothered, so ah move over and take two, then another one in case. Ah look roond and glimpse Gretchen who's giving me a wicked dozy smile as Rolf's humping her, and her only concession is to put a hand over one small breast. Ah look away and retreat quickly.

In the event, ah only needed tae use one condom that night, and ah still couldn't come. It was the pills, they sometimes got me like that. It took a while for us to run ourselves down, but it was okay trying. Eventually she just pushed me off her. — Just hold me, she said. Ah did and we fell asleep.

After a funny crash we get woken up by Gretchen. As she's dressed, ah guess that it must be quite late. Her and Elsa talk away in German. Ah cannae understand but ah get the idea that there's a phone call for Elsa. She gets up and puts my T-shirt on.

When she comes back, ah'm hoping that she'll climb back into bed. There's few things as sexy as a strange bird in your T-shirt. Ah pull back the cover.

— I have to go, I have my tutorial, she explains. She studies architecture, ah mind ay her saying.

— Who was that on the phone?

— Gudrun, back at Wolfgang's.

— What's up with wee Gally?

— He is strange, your friend, the little one. Gudrun said she wanted to be with him, but they did not have sex. She said he did not want sex with her. This is not usual, she is very pretty. Most men would want to have sex with her.

— Too right, ah say, which, by her reaction, ah can tell wisnae really what she wanted tae hear. Ah should've said; aye, but no as much as they'd want tae wi you, but it sounds shite now though. Besides, we'd shagged a good part of the night away, and I was now sliding into that come-down mood. The sex part of my brain was satiated and parcelled off. What ah wanted was a few beers with the boys.

She heads off for the university, leaving me her number. I can't settle in her absence, the bed feels big and cold. I get up to find that Rolf and Gretchen have gone as well. Rolf's left a note with a neatly drawn map of how to get back to Wolfgang's.

Heading outdoors, ah decide tae walk for a bit, coming from this sidestreet intae a big, main road. It's got quite warm again, this Indian summer willnae gie up withoot a fight. Ah come intae this big suburban mall and find a baker's. Ah have a coffee and a banana. Needing some sugar, ah treat masel tae a big chocolate cake, which ah cannae finish as it's far too rich.

Deciding that I'm too fucked to walk any further, I find a cab and show the taxi driver the address. He points across the road and ah instantly recognise the street. Ah'm here, ah jist came in the wrong fuckin wey. Always did hate Geography at the school.

Gally's on ehs tod. Wolfgang and Marcia are out and Billy and Terry have gone intae toon. Ah should imagine that they'd be meeting Hedra and that big piece in the dress that Billy wis eftir.

We head out, walking in silence to the local bar. It's goat a bit caulder again, n ah pit oan the fleece toap ah hud tied roond ma waist. Gally's goat a toap oan wi the hood pilled up. I'm shivering, even though it's no cauld. Ah get up n buy two pints. We take them tae a table near a big fire. — Where's that wee Gudrun? ah ask him.

— Fuck knows, eh.

I look at Gally. Eh's still got the hood up. There's dark circles under his eyes and it's like his face is breakin oot in spots, but jist doon the one side. Like some kind ay rash. — She wis a really sexy wee bird. But what aboot that big bird wi the striped dress, her that Birrell wis eftir? Reckon eh cowped it?

Gally spits oot some chewing-gum intae the fire. A woman behind the bar looks at us, disgusted. We stand oot a bit here, fill ay auld boys n families n nice couples.

— Fucked if ah ken, eh goes aw nippy, taking a big gulp oot ay ehs pint. Then eh pulls ehs hood oaf.

— Dinnae go like that, ah tells um. — Ye wir oaf wi a nice lassie, she wis well intae ye. Yir oan holiday. What's the fuckin problem wi you?

Eh sais nowt, n looks doon at the table. Ah kin jist see the toap ay that matted black-broon hair. — Ah couldnae huv . . . wi hur . . . ah mean . . .

— How no? She wis game.

Eh lifts ehs heid up n looks me right in the eye. — Cause ah've goat the fuckin virus, that's how.

Thir's a dull thud in ma chist and ma eyes lock intae his for what seems an age, but it's probably jist a couple ay heartbeats, as he sais in panic, — You're the only cunt that kens. Dinnae tell Terry or Billy, right? Dinnae tell anybody.

— Right . . . but . . .

— Promise? Ye fuckin well promise?

Ma brain's daein a fevered dance. This cannae be right. This is wee Andrew Galloway. My mate. Wee Gally fae Saughton Mains, Susan's laddie, Sheena's brother. — Aye . . . aye . . . but how? How, Andy?

— Needles. Smack. Only did it a couple ay times like. Looks like it wis enough. Found oot the other week thaire, eh sais, n eh takes another gulp, but coughs, spitting oot some beer in the fire which hisses.

Ah look aroond, but the wifie behind the bar's away. A couple ay cunts look ower, but ah stare them doon. Wee Andy Galloway. The trips away as kids, then as young cunts oan our ain: Burntisland, Kinghorn, Ullapool, Blackpool. Me, my Ma, my Dad n Gally. The fitba. The arguments, the fights. Him climbing as a kid, always climbing. Thir no being any trees in the scheme, it wis concrete balconies, hinging oaf underpasses, aw that shite. A wee monkey, they used tae call him. A cheeky wee monkey.

But now ah'm looking at his stupid, dirty face and his vacant eyes and it's like he's changed intae something else withoot me noticing. It's the dirty wee monkey, and it's right oan his back. Ah look at him again through ma comedown, ma ain grotty lens, and ah can't help it, but Gally looks dirty inside. Eh doesnae look like Gally any mair.

Where am ah getting those reactions fae?

Ah sip on my pint, and look at the side ay his face as he stares intae the fire. He's broken, he's destroyed. Ah dinnae want tae be wi him, ah want tae be wi Elsa, back in that bed. As ah look at him, aw ah can wish is that they weren't here right now; him, Terry and Billy. Because they don't belong here. Ah do. Ah belong everywhere.

4 | Approximately 2000: A Festival Atmosphere

Windows '00

People who knew him well would laugh out loud when he told them that he was working as a security guard. Andy Niven, his old mate, after an incredulous pause, was still chuckling. — Davie Galloway, security guard, he said for the umpteenth time, shaking his head, — ah've heard aboot the poacher turned gamekeeper, but this is ridiculous.

Not that he socialised that much these days. Davie Galloway avoided pubs and didn't like telling old friends and acquaintances what he did. A bit of loose drink talk and you were grassed up. It had wrecked his life before, and the others who'd depended on him. If he'd been there, he might have made a difference. He thought about the family he'd left behind all those years ago, how Susan had told him to make a virtue out of necessity and just fuck off for good. Later on his daughter, Sheena, would tell him the same thing; she didn't want to see him again.

They were like each other. Susan and Sheena; they were strong, and he was both sad and glad of that.

Andrew, though, he still went to see Andrew.

This time, however, he wouldn't go to jail through his scamming, he was only trying to work. Now it was just his job he'd lose, not his liberty. Davie didn't want to go back inside, he'd had too much of his life frittered away, seen too many cramped grey rooms, filled with the smells and obsessions of strangers. Now he was working. The poacher turned gamekeeper.

Looking out from the control centre across this large housing scheme, Davie Galloway considered that the monitors were his windows to the world, the black, grey concrete world outside. Monitor six was his favourite, the overview camera sweeping beyond the tower blocks and over the river.

The rest revealed drab underpasses and stairways and entrances to closes. The tapes were seldom switched on and running because who'd be bothered looking through them for anything but a murder?

The punters knew that as well. The bairns were as gallus as fuck. The wee ones would just stand under the cameras giving them the Vs for much of the day. Sometimes they got tanned in, often by masked youths. Two monitors were blank, they couldn't be bothered replacing the broken cameras they were hooked up to.

Alfie Murray, a recovering alcoholic and AA devotee, was working the shift with Davie. — Danielle been oan the day?

— Naw, yir in luck.

Danielle was a young woman who rose early and stood naked on the balcony, exposing herself to the camera in her block of flats. She would mouth something to the lens. Unlike Alfie, Davie Galloway didn't mind whether or not he saw her. What he really wished, more than anything, was to know what she said each morning when she stepped out boldly to face them, wearing nothing but a smile.

They'd thought about going to see her. Davie would have just loved to have asked her what words she spoke. It wouldn't be wise though. She would probably deny everything, and as this one generally wasn't taped, except for periodic times when a savage crime caused moral outrage, they couldn't prove it. They could do what they were supposed to do and report it to the police, but then she might stop, and they didn't want that. Nobody complained, or even seemed to know. She wasn't doing any harm, in fact she was certainly doing Alfie a fair bit of good.

Anyhow, Davie had no desire to contact the police. He knew he'd soon be recognised since he'd once been quite well known to them in this city. Besides, now his shift was almost over, and it would soon be time to go and have a chat with Andrew.

Edinburgh, Scotland

One Tuesday 11.28 pm

Abandonment

Juice Terry Lawson was moved to curse his old mate 'Post' Alec Connolly as he stretched his feet beyond the bottom of the bed, out from under the duvet. The cold bit into them, causing his toes to recoil. That daft cunt. Oh aye, there was nothing wrong with the huge, fuck-off, forty-inch state-of-the-art flat-screen bastard of a telly he'd nicked for Terry. Nice one, Alec. But the useless auld jakey twat had forgotten to lift the remote-control handset from that Barnton gaff he'd otherwise so professionally done over. Terry felt his discomfort rise and his perspiration levels increase as he extended his toes and endeavoured to click from BBC 1 through to Channel Four. There was a French job on in a bit and a flash of tit and erse was inevitable. Forget Channel Five: everybody else did.

It was funny, Terry speculated, thinkin aboot the posh cunts that were in toon for the festival. You could pit a bit ay tit and erse in a paper read by schemies and it was oppressing women, but show the same in a French film and they lap it up and it becomes art. So the real question of what constitutes art should be 'is it wankable, and if so, who by?' Terry thought, as he arched his back and pulled his buttocks apart to let out a fart at full force.

Settling back down and savouring the creeping, warm, sour odour, Terry propped himself up on his pillows, letting the screen illuminate the room. Opening the small fridge next to the bed, he pulled out and ripped open a tin of Red Stripe. Not many left, he noted. Terry took an appreciative sip of lager and then slurped back a mouthful. He picked up the mobile phone and called downstairs to his mother who was watching *EastEnders*, which she would have recorded yesterday while she was at the bingo. Terry's piles started to itch, it was a possibility that the wetness of the fart had irritated them. Moving onto his side, he lifted up one buttock, and moved back the duvet, letting the cold air circulate round his arsehole.

Alice Ulrich picked up the phone in anticipation of the call being from her daughter, Yvonne. Alice had kept the name of her second husband because although Walter had done a runner just as her first man did, in his case in flight from serious gambling debts, he at least never left her with a waster of a son like Terry. Alice was disgusted to hear that the call was only from upstairs, from her son on his mobile.

— Listen, Ma, next time yir up fir a pee or that, goan bring ays some beers up fae the big fridge. Ma wee private stock up here's nearly empty, eh . . . Terry heard the incredulous silence on the other end of the line. — Jist the next time yir up tae the lavvy likes. Ah mean, ah've jist went n goat masel settled doon, eh.

She let the phone go dead. It was a familiar scenario. But on this occasion something crossed over in Alice. She saw her life in brutal focus and, pausing for a minute to take an unflinching stock of her lot, she went through to the kitchen and got her son six cold beers from the fridge. Slowly climbing the stairs, Alice entered his room with the supplies, as she had done so many times. There was the usual musty smell of fart gas, stale socks and spunk. Habitually, she would have made her slight protest by dumping them on his bedside locker, but no, this time she circled the bed and put them in the wee bedside fridge for the laddie. She could see his corkscrew hair in silhouette. For Terry's part he was vaguely aware of her distracting presence in the margins of his vision. — Cheers, he said impatiently, without looking away from the screen.

Leaving the room, Alice went into her own bedroom, clambered onto the bed and pulled the old suitcase down from the top of the wardrobe. She packed slowly and fastidiously, taking care not to crush the clothes, then lugged the case downstairs. She called a friend, then a taxi. As she waited for it to arrive she looked for some paper to write a note. She couldn't find any so she ripped open a cornflakes packet and turned it inside out. Her bingo pen scratched out a message which she left on the sideboard.

Dear Terry,

For years I've waited for you to leave this house. When you got together with wee Lucy I thought, thank god. But no, that didn't last. Then that Vivian lassie . . . again, no.

So *I'm* leaving. Keep the house. Tell the council
I've committed suicide. God knows, I felt like it
often enough. Look after yourself. Try to eat plenty
greens, not just junk food. The rubbish men come
on Tuesdays and Fridays.

Take care,

Love, Ma.

PS. Don't try to find me.

Terry was woken up by the *Big Breakfast* show that morning. That
Denise Van Ball. Phoah, ya cunt ye. Well worth one. She was never off
the box; *Gladiators, Holiday* . . . the fuckin loat. A nice wee earner. She
should never have dyed her hair though; he preferred it blonde. She'd
put on some beef lately though, by the looks of things. But the hair
would have to revert. Gentlemen prefer blondes, he thought smugly.
Him and Rod Stewart. That Johnny Vaughan guy was sound but
anybody could dae that kind of job, he considered. Fuck getting up at
that time in the morning though. Getting up early in the morning and
talking shite to every cunt. It was just like when he worked on the juice
lorries! No now though. No way. Terry tried to get his mother on the
mobile for the purposes of tea and toast. A boiled egg might be an idea.
The phone rang downstairs, two, three times, but nothing. The auld
girl must be out at the shops.

Getting up, he wrapped a bathtowel round his ample waist and
headed downstairs where he saw the note. He held it in one hand,
holding the towel with the other and staring at the card in disbelief.

She's gone fuckin radge, he said to himself.

Terry was spurred into action. He had to go out for provisions. It
was frozen outside and Terry had never been a morning person. The
cold cut into him, through his washed-out, threadbare 'Smile If You
Feel Sexy' T-shirt. The summer had been a total disgrace: August, and
it felt like November. Fuck the crap local shops, he would take a brisk
stroll. Stenhouse one way, Sighthill the other. Sighthill, he thought,
stealing down the road towards the big flats. He had never minded
Sighthill, in fact he'd always liked it.

This morning though, it was doing his fuckin nut right in. As he
crossed under the dual carriageway and strode into the shopping centre
it seemed to him as if he was seeing the neighbourhood through the
eyes of some pampered public-school ponce who wrote those

occasional social concern articles for the broadsheets. Everywhere dugshit, broken gless, aerosol spray paint, Valium-stunned young Ma's pushing go-karts of screaming bairns, purple-tinned jakeys and bored youths looking for pills and powders. Terry wondered whether this was because he was depressed or whether it was due to the fact that it had been so long since he'd gone down the shops for himself.

What the fuck was up wi the auld girl, he pondered. She had been a bit funny lately, but she'd just hit her mid-fifties mind you, which, Terry supposed, was a dangerous age for a woman.

A Fringe Club

Rab Birrell stooped out of the taxi and almost maintained the same posture over the short distance from the kerb to the door of the Fringe Club. He felt like an alcoholic sneaking into an off-licence. If anybody he knew was passing . . . as if they would. But the boys could turn up in all sorts of places these days. Acid House and fitba casuals had a lot to answer for. Now you had a clued-up class of ordinary punters who would inexplicably be where you least expected them, usually having it large. Birrell had the fanciful vision of the Fringe Club being full of gadges, secret lovers of the arts. While Rab himself knew little about the arts, he just loved the Festival atmosphere, the way the city buzzed.

His flatmate Andy followed Rab into the club. Rab flashed the two memberships his brother Billy had managed to secure for them. His brother also managed to get Rab two tickets for a preview of a film, which they'd both enjoyed. Rab Birrell looked around at the London media and arts crowd present. These cunts had even opened up branches of their own clubs up here for the duration of the Festival, so that they could get through the whole three weeks without the risk of accidentally leaving the side of the wankers they incessantly bitched about the rest of the year. Birrell was bitter that it was this class of people who generally decided what you read, heard and saw. He cast critical, appraising glances around. Like a class-war connoisseur, he savoured a perversely satisfying glow of affirmation when a certain look, gesture, comment or accent met his expectation.

Andy saw his disdain and made a face at him. — Settle down, Mr Birrell.

— It's awright for you, you went tae Edinburgh Academy, Rab teased, clocking a pair of smart-looking women standing at the bar.

— Exactly. That makes it worse for me. I went to school with the likes of those cunts, Andy replied.

— Well, ye should be able tae communicate wi them better, so git the drinks in, then go ower tae they birds and start the chat.

Andy raised his eyes in compliance and Rab was just about to move over when he felt an arm on his shoulder. — They didnae tell ays that they lit schemies in here, the huge figure grinned at him. Rab was six foot but he felt like a midget beside this giant of a man. He was all muscle, with not an ounce of fat on him.

— Fuckin hell, Lexo, how ye daein man? Rab smiled.

— No bad. Come ower n huv a gless ay champagne, Lexo said, gesturing into the corner where Rab spied a poncy-looking cunt and two women, one twenties, one thirties. — These twats are fae this TV production company. Thir daein a documentary oan casuals n they signed ays up as a technical adviser.

Rab clocked with approval the yellow Paul and Shark yachting jacket Lexo sported. It was one of those reversible numbers, which came in handy in the old days for identification purposes. He remembered Conrad Donaldson QC's performances back in the day: — You say one of the accused wore a red jacket, then it was black. This while another had a black jacket which miraculously turned blue. You admit you had been drinking alcohol. Did you take any other intoxicating substance that afternoon?

The prosecution would object and it would be sustained, but the damage had been done. Lexo and Ghostie always insisted that the boys that went with them were well turned out. He remembered them sending two renowned game-scrapers home, simply because they were wearing Tommy Hilfiger ('Schemie Hilfiger') tops and jeans. — Ah'd rather be done than dress like that, Ghostie had stated. — Ye need standards. That's awright if yir fae somewhaire like Dundee.

Lexo had more or less gone legit since his pal Ghostie's demise at the hands of the polis. — Ye gaun tae Easter Road the morn? Rab asked.

— Naw, ah've no been doon fir ages, Lexo shook his head.

Birrell nodded thoughtfully. These days you *were* more likely to find some of the old crew in the Fringe Club than at Easter Road.

Rab and Andy had a drink from the flutes, then excused themselves. Lexo had business to attend to and was already zoning them out of the company after he'd made the show of introducing them. Through having shared a room with his elder brother Billy for years, Rab understood the attention span of the hard cunt better than most. They gave, they took, on their own terms. Forcing them to engage through pushy conversation only irritated them. Rab Birrell was also finding it a bit nauseating the way the TV people were hanging on Lexo's every word and getting visibly aroused at his anecdotes, selectively crafted to portray him as a great leader who pulled off spectacular swedging victories against all odds. As Rab and Andy took their leave, Lexo said, — Tell yir brar ah'm askin fir um.

Rab could guess Lexo's comments to the eager media types now. It would be something along the lines of: Aye, that's Rab Birrell, no a bad cunt. Used tae fancy ehsel as a casual for a couple ay seasons, but eh wisnae a top boy. Bright cunt, at college now, or so they say. Ehs brother Billy's a different story though. Used tae be a good boxer . . .

Billy was always a different story. Rab was thinking about the envelope that his brother had given him, a few days before, at the family home. It contained two Fringe Club memberships, two cinema tickets and five hundred quid. He looked down to see and feel the wad, making a substantial bulge in his Levi's pockets.

— Ah dinnae need this, Rab had responded, without attempting to hand it back.

Billy waved him away, then raised his hands. — Take it. Enjoy the Festival. Students dinnae huv it easy, he added. Sandra nodded in agreement. Wullie was plugged into his PC, surfing the Internet. He spent most of his time checking out websites on the computer Billy had bought them. The Internet and cooking had become his twin obsessions since his retirement.

— C'moan Rab, it's nowt tae me. Ah widnae dae it if ah couldnae afford it, Billy implored. And Billy wasn't being flash, well maybe a bit, but mainly he was just being Billy. He was looking after the people close to him simply because he could, and that was that. But Rab saw the expression of cloying indulgence on his mother's face, and wondered why this couldn't have been done privately, just the two of them. As he pocketed the envelope with a restrained, lame-sounding, — Cheers, he thought how strange it was that your brother could be your hero and nemesis at the same time.

Billy would be relaxed in a place like this, every bit as in his element as Lexo was now. Rab wasn't at ease though. He thought it might be a good idea to head over to Stewart's or Rutherford's. They would probably be full of Festival types slumming it, he considered.

Somewhere Near the Blue Mountains, New South Wales, Australia

Tuesday 7.38 pm

I want this to be over. You take too much because you want to feel or see something different, but only for a short time. I can't take this because I've got to the point that I'm not learning anything through it. It's just another fuckin struggle. What the fuck is staying awake for days and days meant to teach me? Like when we were kids in the summer and we would spin and spin in front of the flats until we had some daft trippy blackout and then we'd lie panting, sick and dizzy on the grass. The grown-ups, sittin out in the sun, would tell us to stop. They knew we were only fucking ourselves up and that no higher consciousness awaited. There was a time when I thought that they were trying to stop us from gaining entry into a secret world, but now I know that they just couldn't be bothered cleaning up after all those sick, puking little cunts.

But I'm doing it again, lying to myself in the name of oblivion. I want to see and feel less, rather than more, that's why I'm off my tits. Bottom line: I'm fucking up and for no apparent reason.

sssssssssssHHOOOOOMMMMmmm

It's hitting me hard now, all the trips and pills I swallowed. All the powders I took up my fucked-up hooter.

wwwhhhhhOOOOSssssshhhhh

I cry out to hear my voice reverberate across the Blue Mountains, but I can't even see the other fuckers and I'm right in the middle of them. I can't see the dense, lush foliage, which surrounds the clearing we're dancing in. No, I cry, but I can't hear my voice, nor can anybody else, what with the relentless throb of the bass, and I feel the contents of my guts separate from me and the soft ground rushes up to my face.

Edinburgh, Scotland

Wednesday 11.14 am

Post Mother, Post Alec

Terry was having problems. Big problems. He had always had a woman to look after him. Now his mother had left. His mother, gone the way of his wife. And she had remained friends with his ex, for the sake of her grandson Jason, or so the auld boot always claimed. But she had probably talked all this over with Lucy, the two of them conspiring against him, backed up by that big twat Lucy had got together with. He'd never been serious about that relationship, if he was honest to himself. It was just a ride off a smart-looking bird who knew how to dress on a night out. It lasted a year, which was about a year longer than it would have had the kid not come along. Vivian was different. She was a wee gem and he'd treated her like shite. The only long-term girlfriend he'd had. Three years. Loved her, but treated her like shite and she always forgave him. Loved and respected her enough to realise that he was damaged goods: to leave her, let her move on. After that night on the bridge he went off the rails. Naw, he was never on the fucking rails, what was he on aboot?

There had been other, episodic, short-term cohabitations. A series of women had occasionally moved him in, only to realise that the problems which led to their use of Valium, Prozac and other tranquillisers paled into insignificance beside this new status quo. In his mind's eye, their faces melded into one vague, disapproving pout. In no time at all they would clean up and kick him out, back to his mother's. But now his own mother had gone. Terry considered the ramifications of this. To all intents and purposes he had been abandoned. His own mother. What was it about women? What was their problem? But Terry wasn't quite abandoned. The phone rang and it was his buddy Post Alec.

— Terry . . . Alec croaked dryly into the receiver. Terry knew Alec well enough to recognise a formidable hangover. Admittedly, this didn't require great powers of deduction as Alec only operated in two basic modes: pished and hungover. In fact, Alec's continuing existence on the planet over the last five years constituted a major setback for the sciences of physiology and medicine. Alec had acquired the nickname 'Post' due to a short period of legitimate employment with the Royal Mail.

— Awright Alec. The four hoarsemen ay the apocalypse oan yir fuckin back again mate, aye?

— Ah wish thir wis jist the four ay the cunts, Alec moaned. — Ma heid's nippin. Listen Terry, ah need a wee hand wi a joab. Legit likes, he added almost apologetically.

— Fuck off, Terry said incredulously, — when did you ivir dae anything legit in yir puff, ya chancin auld cunt?

— Gen up, Alec protested, — meet ays doon Ryrie's in half an ooir.

Terry went to get changed. Climbing the stairs he headed into his bedroom, taking stock of the house as he went. He'd have to maintain this tenancy, not just a drag, but a major hassle. Still, the auld girl might come to her senses.

Giving the flat a quick survey, Terry considered that the replacement windaes the council had put in had made a big difference. It was a lot warmer and a lot quieter now. Mind you, there was still a damp patch which kept coming through under the windae sill; they'd been out a couple of times and done some work on it, but the cunt kept coming back. It reminded Terry of Alec. He had to admit that the place needed redecorating. His room was a state. The poster of the lassie tennis player scratching her arse, and the one of the nude which traces Freud's profile, 'what's on a man's mind'. There was the one of Debbie Harry circa the late seventies, early eighties and Madonna a few years later. He had one of All Saints now. They were rides. The Spice Girls, they were just like the birds you could meet in Lord Tom's or any meat market on Lothian Road. You wanted the classy, unapproachable type of birds on your wall. Terry only bought dirty mags when an unapproachable star posed nude.

The Balmoral

The thin young woman looked tense and pale as she sat cross-legged on the bed of the hotel room, taking a break from reading a magazine to light a cigarette. She looked up, vaguely distracted, and blew a smoke ring as she contemplated her surroundings. It was just another room. Rising to look out of the window she saw a castle on a hill towering above her. Although that was unusual enough, it still didn't impress. To her, the view from the window had assumed the same dulled and flattened aspect of one of the pictures on the wall. — Another city, she mused.

There was a rhythmic, intimate knock on the door and a chunkily built man came in. He had a crew-cut and wore a pair of silver-rimmed glasses.

— You okay, honey? he enquired.

— I guess.

— We should phone Taylor and go to dinner.

— I'm nat hungry.

She seemed so small on that massive bed, the man thought, focusing on her bare arms. There was no meat on them and just contemplating its absence made his own abundant flesh quiver. Her face was a skull with plastic-like skin stretched over it. As she reached over and flicked her cigarette ash into the bedside ashtray he thought about the time he'd fucked her, just the once, all those years ago. She had seemed distracted and didn't get there. He could arouse no passion in her and after the event he felt like a sad charity case who'd been given a handout. A goddamn insult, but his own fault for trying to mix business and pleasure, not that there had been much of the latter.

It had all started around that time, this bullshit eating disorder. Franklin paused tensely for a second, knowing that he was about to go through the same scene he had gone through so many times before and to an absolutely futile end.

— Look Kathryn, you know what the doctor said. You gotta eat. Otherwise you are dead . . . he halted, omitting the term 'meat'. It didn't seem appropriate.

She briefly glanced up at him, before averting her empty gaze. In a certain light her countenance was already a death's-head mask. Franklin felt resignation's familiar ebb. — I'm gonna call room-service . . . He picked up the phone and ordered a club sandwich and a pot of coffee.

— I thought that you and Taylor were eating out, Kathryn said.

— This is for *you*, he told her, trying to overlay the aggravation in his voice with a coat of lulling appeasement, and failing completely.

— Don't want it.

— Try, baby, will you? Please? Try for me, he begged, pointing to himself.

But Kathryn Joyner was miles away. She scarcely noticed her long-time friend and manager Mitchell Franklin Delaney Jr. leaving the room.

Cocks Oot fir the Lassies

— Cocks oot fir the lassies, Lisa shouted at the two young studenty guys who made their way past them down the train. One of the boys got a beamer, but the other smiled back at them. Angie and Shelagh sniggered as their victims moved into the next carriage. Charlene, younger than the other three, who were in their mid-twenties, forced a tight smile. They were always joking about 'Wee Charlene' and how they were a corrupting influence on her. Charlene considered that that three would be a corrupting influence on anybody.

— Thir jist fuckin wee laddies, Angie said, shaking her head and tossing back a mop of brown curls. Her huge, round face, caked in make-up, her big hands with the implausibly long red-and-yellow nail extensions she'd got done in Ibiza. She made Charlene feel like a kid, and sometimes she just wanted to burrow into the security of those huge breasts which seemed to precede her friend's entrance into a room by about ten minutes.

Lisa stood up as Angie and Shelagh started a drum roll. — Yir no chasin they wee fuckers ur ye? Yir a fuckin Stoat, hen, Shelagh scoffed.

Shelagh, tall and gangling, with short, spiky, peroxide-blonde hair, so thin and fine, just like the rest of her. Ate and drank like a fish and still had a coathanger-skinny frame. Swore and cursed and drank the most mad-for-it laddies right under the table. Angie didn't like the way the rest of them could eat and drink anything, while she just had to look at a packet of crisps for it to register on the scales.

— Am ah fuck, Lisa said, but with a sly nod, — jist gaun fir a smoke in the bogs, and she moved away in exaggerated movements, parodying a catwalk model. She glanced briefly back at her pals for a reaction, marvelling at their Mediterranean tans, just how good they made you look and feel. It was worth the skin-cancer risk, worth spending middle-age looking like a dried-out old prune. Later would take care of later.

Angie winked at Charlene. — Aye, gaun tae apply the lip-gloss mair like it, she shouted at Lisa's back. Turning to Shelagh and Charlene she asked, — Ye reckon that dirty cow's away tae make some waves fir the wee man in the boat?

— Aye, it'll be a long time before she comes back doon tae earth fae Ibiza. Filthy tart, Shelagh laughed.

Charlene felt a little ache in her chest at the thought of it all coming to an end. Not so much finishing the holiday, or even going back to work: there would be plenty of stories to tell to make that bearable for a bit. It was just the fact of them not being together every day. She'd miss that, miss them. Especially Lisa. The funny thing was that Charlene had known her for ages. They'd worked together at the Transport Department in the Civil Service. Lisa never really talked to her then, and Charlene supposed that she was a bit too young and uncool for her. But then Lisa had packed it in and headed off to India. It was only since she'd got back to Edinburgh last year, when Charlene had teamed up with Angie and Shelagh, Lisa's old mates, that they'd become pals. Charlene thought that Lisa might have difficulty in accepting her. The reverse happened, and they rapidly became close friends. Lisa was some machine, awright. — Aye, she wis sayin that she wants tae go oot the night, cause the Festival's oan, Charlene said.

— Fuck that, ah'm gaun tae ma bed, Shelagh said, picking a crumb of sleep from the corner of her eye.

— Alone? Angie teased.

— Too right. Ah've hud enough. Some ay us huv goat a normal fanny between oor legs, hen, no the fuckin Mersey Tunnel. If that Leonardo DiCaprio came roond tae mines wi five grammes ay charlie, two boatils ay Bicardi n said, 'Let's go tae bed, baby', ah'd jist turn roond n say, 'Some other time, pal.'

Charlene watched in morbid fascination as Shelagh rolled and flicked away the crumb, trying not to be too turned off by her pal's antics. She cursed herself for being so squeamish. Ibiza with that mob was no place for the faint-hearted, and at times she'd found it all too much.

The scoreline had said it all: 8, 6, 5 and 1.

The one was Charlene, of course. There had been another two, where she hadn't gone all the way, one of them being a lot better than the tense and jagged occasion when she had. Charlene hated one-night stands, even on holiday.

That guy, he'd sweated and slobbered all over her, then crashed out as soon as he'd shot his load into the condom he'd complained about having to wear. She'd been drunk, but as soon as he'd started she wished she'd been drunker still.

In the morning he got dressed early and said, — See you later, Charlotte.

Even the guy she'd had the petting session with, he had called her Arlene, and had left a pile of sick on the floor of her bedroom in the chalet. That was the one who eventually got all nasty and called her peculiar, for not wanting to shag him.

San Antonio had been no place for the faint-hearted.

Now she was going home to her mother's.

Angie had lost one of her large hooped earrings, and Charlene thought that she should mention it, but it was Angie who spoke first. — Aye, ah've hud it wi cock n aw. But no Leez. She'll no be gaun tae her bed, well, no oan her tod anyway. What's she like?

— She's some machine. Shagging that boy fae Tranent in the bogs comin back oan the plane. Tranent! Ye go aw the wey thaire n dae that wi somebody fae Tranent! Charlene said, aghast. Then she shuddered. The whole point of going there was to fuck somebody. And she'd had one crap encounter. And now they were going to talk about it.

Angie slipped some gum into her mouth. — Aye, that wis your fault but, takin her tae that Manumission oan the last night, gittin her aw juiced up.

— Aye, whin that couple started shaggin, ah didnae ken whaire tae pit ma face, Charlene said, relieved that they hadn't got on her case.

Shelagh looked at her and, sucking on the vodka-and-Coke mix they'd prepared in Newcastle Airport, laughed, — Ah did: right underneath that Geordie boy's erse!

In the toilet, Lisa was pulling her blonde hair across her scalp to expose dark roots which needed touching up. She never did them herself, and Angie would try to fit her in next week. You needed a professional job, get the split ends sorted and make sure the condition was maintained. Avoid at all costs the greasy or dry extremes of the home efforts.

The sun had brought out her freckles. Lisa pulled her top up, to examine the tan-line. It had taken a couple of days to get round to getting the top off. The tan was just coming on, just starting to look seamless, when it was back on the fuckin plane and back to work next week to the fucking pods in the call centre at Scottish Spinsters. See you next year.

Next year the tits were coming out from day one. Lisa had always wanted bigger tits. That wanker who had said to her, 'If you had bigger tits you'd have a perfect body.' This was supposed to be a fuckin compliment n aw. She'd retorted by telling the guy that if his cock was as big as his nose then he'd be okay as well. The sad fucker had gotten all paranoid and self-conscious. Some of them could give it alright, but they hated getting it back. The pretty-boys were the worst; narcissistic, self-absorbed bores with no personality. But then the problem was that if you shagged too many dogs, it ate away at your self-esteem. And it was a problem, but one worth having.

Wee Charlene had been a bit funny on the holiday. Lisa suspected that it had all been a bit too much for her. Lisa surprised herself with how protective she felt of her younger friend. When they were out in San Antonio's West End she'd glance over like a mother hen every time a pick-and-mix selection of pastel T-shirts and shorts came strutting towards them, all hopeful grins and ironic sneers. There was always a certain sleazy type who went straight for Charlene. Her pal was small and dark: that 'black Irish' look she said it was, almost Romany. From her mother's side. Charlene's conventionally pretty face and ample cleavage should have suggested a vivacious sexuality, but there was a seriousness, a tentativeness about her. You could tell she was embarrassed by the whole thing, yet trying so hard to fit in.

Outside in the carriage, they watched Berwick pass underneath them. Charlene had seen it from the train so many times and it still looked impressive. She remembered once coming back up from Newcastle on a night out, she'd been moved to get out and explore it. It had been an agreeable enough town, but was best appreciated from the train.

Angie nudged Charlene as she took the bottle from Shelagh. — She's fuckin mad but, she glanced over at Shelagh, — nearly as bad as you. Mind the time ye bagged oaf wi that boy at Buster's?

— Aye ... right hen, Shelagh said warily. She wasn't able to remember which time this was, but she sensed Angie's mood.

— He wis pished!

Shelagh minded now. It was best to tell it herself rather than have to suffer Angie's version. — Aye, ah goes back tae his, but eh couldnae git it up. In the mornin, ah'm gittin dressed, and he's aw frisky, tryin it oan. Ah telt um tae fuck off.

— That's oot ay order, Angie said, realising that this wasn't the story she meant. But she was a bit pished, and as she'd now forgotten the original one, this would do, — it's awright whin yir drunk, bit no in the mornin whin thir sober, specially if eh couldnae git it up the night before.

— Ah ken. That makes it like gaun wi somebody thit's a stranger. Like ah'm a fuckin slut or something. Ah telt um tae fuck off, ye hud yir chance, son, n ye wirnae up tae the job. Ken whit she says, Shelagh explained, pointing through to the carriage where Lisa had gone. — She sais ah wis mad. She goes, should've done um in the mornin. Ah sais, fuck off, it took ays eight Diamond Whites tae snog um. Ah'm no gaunny fuck a dog ah dinnae ken wi nothing but a hangover fir protection.

At this point Lisa returned and raised her eyes doubtfully, slipping into the seat next to Shelagh.

Charlene looked wistfully out of the window as the train swept along the Berwickshire coast. — She might be right though. It's about diuretics. The boy can keep it up longer eftir a night oan the pish. Read aw aboot it. That's how it took ma Ma ages tae leave ma Dad, even when eh wis an alkie. Eh'd wake up in the morning and jist gie her a length wi the drink stiffer eh hud. She thought it meant eh still loved her. It wis just chemical need. Eh'd huv stuck it in a Gregg's bridie if it hud been hot and moist enough.

They sensed that Charlene had said too much. There was a long nervous silence as she twitched self-consciously before Lisa coolly said, — Widnae be a Gregg's bridie then.

The laughter was too loud for humour but just right for catharsis. At this point, muddled, sick thoughts about Charlene and her father started to form in Lisa's drink-fuddled mind.

Lisa looked at Charlene's dark eyes. They were hollow and sunken, as were Shelagh and Angie's and indeed her own when she had inspected them in the toilet. Why shouldn't they be, they'd been caning it on holiday. But Charlene's were different, they were more than a little bit haunted. It scared and concerned her.

Record Company

Franklin Delaney sat with Colin Taylor in a busy bar-café on Edinburgh's Market Street. Its style was not to his liking: a dreary self-consciously trendy place which could be in a fashionable quarter of any western city. — Kathryn is fucking with my head, he confided.

Franklin regretted this confession as soon as he'd made it. Taylor was a bottom-line man, not the most sympathetic of individuals. His clothing looked expensive, but it seemed too pristine and unlived-in to be on a real person. He was like a mannequin and the gear confirmed him as pre-constructed, bland, corporate conformity. His voice was real enough though. — She's got to eat or she's going to fucking well peg out, he shook his head idly. — Why can't she do us all a favour and take a fucking overdose?

Kathryn Joyner's manager looked harshly at her record-company executive. You never knew when this limey bag of shit was taking the piss. He had tried to get to grips with this British obsession with irony and sarcasm but had never quite managed it.

But Taylor wasn't taking the piss. — I'm sick of it all. At least if she croaked we'd shift some fucking units. I'm fed up with that fuckin prima donna, he scoffed, looking disapprovingly at the salad the waitress had put in front of him. He'd been trying to eat healthily but this appeared none too appetising. Franklin's steak looked much better, not that the Yank fucker had noticed, given as he was to complaining about the quality of food in Britain. Taylor contemplated Delaney. He'd never been partial to Americans. Most of them he'd come into contact with in the music business were homogenised wankers who wanted everything to be like it was in the USA.

— She's still the greatest white female singer in the world, Franklin felt his voice go that high way it did when he got defensive. He wasn't keen on Taylor. The man was interchangeable with just about any other record-company faggot he'd run across. Whatever that crazy bitch's problems, he ought to show some fucking respect for her talent. It had earned that asshole's company enough cash and him enough kudos. Even if it all seemed a while back now.

— Yeah sure, Taylor shrugged. — I just wish she had the sales profile to prove it.

— The new album's got some great songs on it, but it was a mistake to lead off with *Betrayed by You*. There was no way that single was going to get airplay. *Mystery Woman* would have been the ideal choice for lead single. That was the one she wanted to go with.

— We've had this debate, Franklin, more times than I care to remember . . . Taylor said wearily, — . . . and you know as well as I do that her voice is as fucked as her sick head. You can hardly fucking well hear her on the album, so whatever single we took from it was going to be a pile of old bollocks.

Franklin felt the anger surge inside him. He chewed on his rare steak and, to his great pain and annoyance, bit hard into his tongue. He suffered in silence as his eyes watered and his cheeks flushed. His blood merged in his mouth with the cow's, making him feel like he was eating his own face.

Taylor took this silence for compliance. — She's under contract to do one more album with us. I'll be straight with you, Franklin, if she doesn't redeem herself with that one I'd be very surprised if she made another, on this label . . . or any other. The Newcastle gig last night was slated in just about every paper that bothered to cover it and the audiences are thinning out. I'm sure that it'll be the same sorry tale tomorrow here in Glasgow.

— This is Edinburgh, Franklin stated.

— Whatever. It's all the same to me, the obligatory Jock gig at the end of the tour. The point still holds. Bums on seats, mate, bums on seats.

— The tickets are selling well for this concert, Franklin protested.

— Only because the Jocks are so far removed from civilisation that they haven't heard the word: Kathryn Joyner has lost it. The news will filter across Hadrian's Wall at some point. But it was a good move putting her on here, at the Edinburgh Festival. They'll take any old shit here. Any washed-up has-been can re-surface and the cunts that put the programme together call it 'daring' or 'inspired' and the thing is, people are so used to going out, they actually go along. Next week she could be doing the same show at their local shit-pit and they wouldn't even fucking dream of going to see her. Taylor's eyes sparkled with mischief, as he produced a newspaper cutting and slipped it over to him. — You seen this review of last night?

Franklin said nothing, trying to keep his features impassive, aware all the time of Taylor's sniggering gaze on him, as he looked over the cutting:

Too Heavy On The Mint Sauce, Ms Joyner
Kathryn Joyner
City Hall, Newcastle Upon Tyne

The vibrato vocal technique is a controversial device to say the least. It's often the last weapon of the songster scoundrel, the clapped-out chanteuse whose voice lacks its former range. In Kathryn Joyner's case, it's sad, almost to the point of being painful, to witness the public humiliation of a vocal talent which was once, if not everybody's cup of tea, then at least a truly distinctive phenomenon.

Now, Joyner, when audible, bleats through every song like a lamb on Mogadon, often sliding into this pathetic warble at the least challenging of obstacles. It's almost like our Kath's forgotten *how* to sing. A boozy, middle-aged crowd on a nostalgia trip might have shown some empathy to a more engaging performer, but Joyner, like her voice, seems elsewhere. Her communication with the audience is zero, exemplified by her stubborn and perverse refusal to give us a rendition of her biggest ever transatlantic hit, *Sincere Love*. Repeated calls from the floor for that old standard were studiously ignored.

In the end though, it matters not a jot. Hits like *I Know You're Using Me* and *Give Up Your Love* were given the woolly treatment by a painfully thin Joyner, who currently oozes the kind of sex appeal which makes Ann Widdecombe look like Britney Spears. The set positively reeks of mint sauce, and, for the good of music, this is one piece of mutton-dressed-as-lamb we can only pray will fall into the clutches of a Hannibal Lecter very soon.

Franklin struggled to contain his anger. This artist needed support, and here she was being written off and ridiculed by her own company.

— Get her to eat, Franklin, Taylor smiled, holding a forkful of greasy chicken to his mouth. — Just get her to eat. Get her strong again.

Franklin felt the pain in his mouth subside as his indignation rose further. — Don't you think I haven't been trying? I've tried every clinic and special diet and therapist known to man . . . I get them to send up club sandwiches every day!

Taylor raised the glass of red wine to his mouth. — She needs a good fucking, he mused, looking conspiratorially at Franklin who just then realised that the record-company executive was a little drunk. — Mint sauce, eh? That's a good one!

I Know You're Using Me

Juice Terry didn't like heights. He wasn't cut out for this type of work. The window-cleaning he didn't mind, but being up high, it just wasn't for him. Yet here he was suspended on a platform above the city, cleaning the windows of the Balmoral Hotel. How the fuck he had let that jakey auld cunt Post Alec talk him into this gig was beyond him. Alec had said it would be cash-in-hand as Norrie McPhail was in hospital getting an operation on his shoulder. Norrie didn't want to lose the lucrative hotel contract so had entrusted Post Alec with completing the job.

— Fuckin view-n-a-half fae up here but, Terry, coughed Alec, hacking up a lump of spittle from the back of his throat and gobbing it out. Even as far up as they were, and with the noise of the traffic, Alec fancied that he could hear the gob splatter off the pavement.

— Aye, barry, Terry replied, without looking across and down at Princes Street. You could just step outside the scaffolding and let go. Just like that. It was too easy. It was a wonder more people didn't do it. A bad hangover would swing it. You'd only have to sense the futility of it all just for a split-second, then you'd be away. It was too tempting. Terry wondered what the suicide rate for window-cleaners on high buildings was. An image from the past crashed into his head and Terry felt giddy. He clung hard to the barrier, his hands sweating and numb on the metal. He took a deep breath.

— Aye, it's no every day ye git a view like that, Alec marvelled, looking over at the castle. He took a half-bottle of The Famous Grouse whisky from the inside pocket of his overalls. Unscrewing the top, he helped himself to an almighty swig. He thought twice before reluctantly holding it in front of Juice Terry, chuffed when Terry declined, feeling the alcohol burning satisfyingly at his guts. He looked at Terry, that frizzy mane of hair blowing in the wind. It had been a mistake to get that mooching cunt in on this, Alec decided. He thought it would be company, but Terry had gone all silent on him, which was unlike Terry. — Fuckin view, Alec repeated, stumbling a little and shaking the platform. — Makes ye happy tae be alive.

Terry felt his blood running cold in his veins as he tried to compose himself. No be alive much longer, up here wi this auld cunt, he thought. — Aye, right Alec. When's wir fuckin brek? Ah'm starvin.

— Yuv jist hud yir breakfast in that café, ya greedy fat cunt, Alec sneered.

— That wis ages ago, said Terry. He was looking into the bedroom which lay on the other side of the window he was cleaning. A youngish woman sat on the bed.

— Stoap checkin oot the tanny, ya dirty bastard, Alec spat with concern, — any complaints fae guests n it's Norrie's livelihood that's at stake.

But Terry was spying the club sandwich which lay untouched on the table. He tapped at the window.

— Ur you fuckin mad! Alec grabbed his arm. — Norrie's in the PMR!

— S'awright, Alec, Juice Terry said soothingly, as the platform shook, — ah ken whit ah'm daein.

— Harassin fuckin guests . . .

The woman had come to the window. Alec cringed and moved along the platform and took another swig from the bottle of Grouse.

— 'Scuse me, doll, Terry said as Kathryn Joyner looked up and saw what she thought was a fat guy standing outside her window. Of course, they were cleaning windows. How long had he been looking at her? Was he spying on her? A weirdo. Kathryn wasn't taking this bullshit. She went over to him. — What is it that you want? she asked sharply, opening the huge double-windows.

A fuckin septic, thought Juice Terry. — Eh sorry tae disturb ye n that, doll . . . eh, see that sanny thair, he pointed to the club sandwich.

Kathryn pulled her hair back from across her face, pinning it behind her ear. — What . . .? she looked across at the food with distaste.

— Ye no wantin it likes?

— No, I don't . . .

— Goan gies it then.

— Eh sure . . . okay . . . Kathryn couldn't think of any reason not to give this man the sandwich. Franklin may even think *she'd* eaten it and it might stop him busting her ass for a minute. This guy was pushy, but what the fuck, she'd give him it. — Sure . . . why not . . . in fact, why don't you just come in and have some coffee with it . . . she said caustically, annoyed at being disturbed.

Terry knew Kathryn was being sarcastic, but decided to steam into the room anyway. You could play the daft laddie, pretend to take somebody at their word. The wealthy almost expected it of the lower orders, so it suited everyone. — That's very kind of you, Terry smiled, stepping in.

Kathryn took a step back and glanced at the phone. This guy was a nut. She should call security.

Terry noted her reaction and threw his hands in the air. — Ah'm jist comin in fir a coffee, ah'm no one ay they radges like in America, that cut ye tae pieces n aw that, he explained, breaking into a big smile.

— I'm glad to hear that, Kathryn replied, gathering some composure.

Post Alec was surprised to see his friend disappearing into the room. — What's the score, Lawson? he shouted, in rising panic.

Terry beamed at Kathryn, who was still judging her distance to the phone, then turned back and poked his face out the window. — The lassie's jist asked ays in fir a wee bite tae eat. American lassie likes. Nice tae be nice, eh, he whispered back at Alec's disgruntled pout before closing the window.

Kathryn raised her eyebrows as the overall-clad figure of Juice Terry stood before her in her bedroom. He's an employee. A window-cleaner. He just wants a coffee. Calm down.

— Gittin ehsel aw harassed. The joab'll git done, that's what ah say. Cannae be daein wi stress. It's a killer. That's Alec's problem, Terry nodded outside to the red-faced man who waved the chamois against Kathryn's window, — too much executive stress. Ah telt um; Alec, ah sais, yir a two-ulcer man in a one-ulcer joab.

This asshole sure had some balls. — Yeah . . . eh, I guess so. Does your friend not want some coffee? Kathryn asked.

— Naw, he's goat his ain stuff and eh's jist gaunny press on. Terry sat down on a chair which looked too dainty and ornamental to support him, and started tearing into the sandwich. — No bad, he spat between chomps as Kathryn watched in fascination bordering on horror. — Eywis wondered what the sannies wir like n they posh places. Mind you, ah wis at ma mate's weddin in the Sheraton the other week thair. They pit oan no a bad spread. Ye ken the Sheraton?

— No, I can't say I do.

— It's doon the other end ay Princes Street, Lothian Road likes. Ah'm no that keen oan that part ay toon, bit thir isnae as much bother thair as ye used tae git. Or so they say. Ah'm never that much in the toon these days but, eh. End up peyin toon prices. Bit it wis Davie n Ruth's choice ay a venue . . . Ruth's the bird ma mate Davie mairried but eh. Nice lassie ken.

— Right . . .

— No ma type likesay, bit top-heavy n that, Terry cupped his hands to his chest, caressing large invisible breasts.

— Right . . .

— Davie's choice bit, eh? Cannae go roond tellin ivraybody whae thuv goat tae fuckin well mairray, eh?

— No, Kathryn said with an icy finality. She thought back all those years, four, five, to him in bed with *her*. With *them*.

The tour. And now another motherfucking tour.

— So whaire's it ye come fae yirsel bit?

Terry's terse questioning snapped Kathryn away from that Copenhagen hotel room back to the cornfields of her childhood. — Well, I'm originally from Omaha, Nebraska.

— Is that in America, aye?

— Yeah . . .

— Eywis wanted tae go tae America. Ma mate Tony jist goat back fae thair. Mind you, he thought thit it wis overrated. Every cunt . . . eh, pardon me, everybody eftir that, Terry rubbed his thumb and his index finger together. — The fuckin yankee dollar. Mind you, it's gittin that wey ower here. Doon in that Waverley Station ye git charged thirty pence fir the bogs! Thirty pence fir a pish! Ye want tae make sure thit it's a long yin fir that price! Ah'll huv a fuckin shite n aw if it's aw the same tae you, mate! Tell ays what the fuck that's aw aboot, if ye kin!

Kathryn nodded glumly. She didn't really know what this man was saying.

— So what brings ye tae Scotland? First time in Edinbury, aye?

— Yes . . . this fat oaf didn't know who she was. Kathryn Joyner, one of the greatest singers in the world! — Actually, she said snootily, — I'm here to perform.

— Ye a dancer likes?

— No. I sing, Kathryn hissed through clenched teeth.

— Aw . . . ah wis thinkin ye might be a dancer up at Tollcross or somethin, but then ah thought that this yin's a bit fancy fir the go-go's n that . . . he looked around the huge suite, — if ye dinnae mind ays sayin so likes. So what is it ye sing?

— Have you ever heard of *Must You Break My Heart Again* . . . or perhaps *Victimised by You* . . . or *I Know You're Using Me* . . . Kathryn couldn't bring herself to say, 'and *Sincere Love*.'

Terry's eyes widened in recognition, then focused in disbelief for a beat, before expanding once more in affirmation. — Aye! Ah ken aw thaim! He burst into song:

> After we've made love
> a distant look it often fills your eyes
> you aren't with me
> but when I challenge you, you feign surprise
>
> You get dressed quickly
> switch on TV for the ball game
> I mean so little
> You even call me by the wrong name . . .

. . . ah loved that song, man! It's that true tae life . . . ah mean, eh, thir's boys like that, ken whit ah mean? Once thuv hud thir ho . . . ah mean, eftir sex, it's like, that's it, ken?

— Yes . . . Kathryn found herself laughing gently at Terry's performance. It was truly awful. It had been such a long time since anything had made her laugh. — You ought to be on stage, she smiled.

Terry bristled as if he'd been injected with a hypo full of raw pride. — Ah do sing, doon the karaoke in The Gauntlet at Broomhoose. Anywey, thanks fir the sanny. Ah'd better be gittin back before that cu . . . eh, before my colleague Post Alec starts nippin ma heid. He looked at her for a second, her stick-like figure. — Tell ye what but, ye should lit me git ye a drink later. You oaf the night?

— Yes, I am but I . . .

Juice Terry Lawson was far too experienced in the steamroller method of chat-up to allow Kathryn the time to qualify her situation. — Ah'll take ye fir a wee bevvy then. Show ye some ay the sights. The real Edinbury but! Is it a date, like youse say in the States, he winked.

— Well, I dunno . . . I guess so . . . Kathryn couldn't believe the words coming out of her mouth. She was going out on the town with a fat window-cleaner! He was possibly a pervert, a stalker or a kidnapper. He never shut up. He was a pain in the ass . . .

— Right, ah'll see ye in the Alison. That's a wee bit ay music business slang fir ye, you should ken that yin, the Alison Moyet, the foyer, ken? Seven o'clock awright?

— Right . . .

— Sound! Juice Terry opened the window, diligently scrambling back onto the platform, taking care not to look down.

— Aboot fuckin time n aw, Post Alec moaned. — Ah'm no daein they windaes masel, Terry. It's no oan. Norrie's peyin the baith ay us tae dae them, no jist me. Norrie . . . in the fuckin PMR, Terry. Hoaspital bed, sufferin fae a calcified tendon. Ehs windae-cleanin airm n aw. How dae ye think he'd be feeling like if he kent we wir messin up his livelihood?

— Stoap fuckin well moanin, ya fuckin auld jakey cunt. Ah'm only gaun oot the night wi that fuckin bird thit used tae be oan *Top ay the Pops*!

— Shite, Alec opened his mouth displaying blackening yellow teeth.

— Gospel man. That bird in thair. She did that *Must Ye Brek Ma Hert Again.*

Alec gaped, open-mouthed, as Terry sang to illustrate his point:

> All my life I've been in pain
> all my days no sunshine, just rain
> then you came into my world one day
> and all the clouds just blew away
>
> But your smile has grown colder
> I feel the chill that's in your heart
> and my soul it lives in terror
> of the time you'll say that we must part
>
> Must you break my heart again
> must you hurt me to my core
> why oh why can you not be
> the very special one for me
>
> Must you play those same old mind games
> cause I know there's someone else
> whom you think of when we're together
> Must you break my heart again . . .

— Ah mind ay that yin . . . here, what's her name, Alec peeked in the window and had a glance at Kathryn.

— Kathryn Joyner, Terry said, demonstrating that same arrogant flourish he employed at The Silver Wing pub quiz on the occasions when he was sure he was correct. Alice Cooper's real name? Vincent fuckin Furrier. Piece ay pish.

— See if ye kin git tickets fir her show.

— Consider it sorted, Alec, consider it sorted. We in the business kin pill a few fuckin strings. We dinnae forget oor auld muckers.

Cheeky cunt, thirty-six years auld n still livin at hame wi his Ma, Alec thought.

Blue Mountains, NSW, Australia

Wednesday 9.14 am

All I'm aware of is the bass throbbing away, that pulse of life, the steady boom-boom-boom of the beat. I'm alive.

I've almost been aware of it for a while. Some unconsciousness isn't darkness, it's standing coldly in the centre of the sun, trying to gaze beyond its blinding fires outwards across the flawed sumptuous universe, your arse, your arse, your arse . . .

I look up and I see the green canvas. I can't move. I can hear the voices around me but I can't focus.

— What's he taken?

— How long's he been out?

I know the voices but I can't recall the names. There's maybe a best friend or an old lover in there somewhere; how easy it's been tae collect loads of both over the last decade or so, how genuine it all seemed at the time, now how frivolous and empty. But they're all around me now, all melted into one invisible force of human goodwill. Maybe I'm dying. Maybe this is what it feels like, the journey into death. The combination of souls, the melding, the communion into one spiritual force. Maybe this is how the world ends.

A sweet smell sharpens and warps into a rancid chemical stench in my nostrils. I shudder, my body convulsing once, twice and it's gone. But my head swells up so much it's like the skull and jawbones are going to crack, then it contracts back to normal.

— Fuck sake, Reedy! The last thing he needs is amyl up his fucking hooter, a girl's voice complains. She's starting to come into focus; golden dreadlocks, probably really just dirty-fair, but I see them as golden. Her features bring to mind a feminine version of the Arsenal footballer Ray

Parlour. Celeste, she's called, and she's from Brighton. Brighton in England, not Brighton here. There *must* be one here. Surely.

Something's sticking in my head; thoughts playing like on a loop. I suppose that's what going loopy means: obsession times obsession.

Reedy's beginning to take shape in front of my eyes now. His big blue eyes, his crew-cut, his weather-beaten skin. Those old rags stitched together so haphazardly that it's almost impossible to discern what the fuck constituted the original garment. It's all patch. Everything. Everything here is patched up. Held together by fuck all, just waiting to fall apart. — Sorry, Carl mate, Reedy apologises. — Just trying to revive you there.

I should call Helena, but thankfully my mobile's fucked. You get no reception up here anyway. I'm in no position to say sorry, to admit I've been a cunt. That's what getting fucked-up does: it suspends time, putting you into this place where attempting to apologise can only make things worse, so you don't even try. It's fine now, I can feel a smile twist on my mouth. Soon though, I'll be in that lonely waiting-room of horror and anxiety.

Anxiety.

My tunes.

— Whaire's ma fuckin tunes?

— You're in no state to spin, Carl.

— Whaire's the fuckin tunes?

— Relax . . . they're right here, mate. You won't be playing any, though. Just take it easy, Reedy urges.

— I'll fuckin blow them away . . . I hear myself saying. I form a gun with my index finger and make a pathetic exploding noise.

— Look, Carl, Celeste Parlour says, — you just sit there for a bit and get yer head together. You've got an egg on it.

Celeste from Brighton. Reedy from Rotherham. Thousands of English, Irish and, yes, Scots, wherever I go. All sound heids n aw. California, Thailand, Sydney, New York. Not just hanging out, not just havin it, not even just living it. They're fucking well running the show; legal or illegal, corporate or crustie, all that wasted entrepreneurial talent, free as fuck, accents not a consideration, showing the locals how to do it.

Australia was different, it really was the last frontier. So many heads had ended up here, after the dream had been smashed by the riot police and the black-ecomony drug-dealing nutters which the Thatcher years had thrown up. Britain felt old and shoddy, strangely even more so with its New Labour and its modernisation, its wine bars and coke-snorting media and advertising ponces everywhere. It only took one glum 'time gentlemen please' to send the citizens of Cool Britannia scuttling home for the last bus or Tube before the stroke of midnight. That old fist of repression still lurked under the smarmy banality of everyday life.

Not Australia though, it felt real and fresh again out there.

The raves behind Sydney Central Station were just something to do while you went out to get the supplies. Then it was back out into the Bush to the makeshift *Mad Max*-style encampments. Going feral, going to the point where you tranced yourself out in the sun to the hybrid of didgeri-doo and techno. Leaving it and losing it, no authorities to worry about, being free to experiment as capitalism devoured itself.

It was not the point.

Let them get on with fucking it up, accumulating wealth they could never hope to spend. The sad cunts were missing the point. Fifty grand a week for a football player. Ten grand a night for a deejay?

Fuck off.

Fuck off and behave.

I feel safe here though, this place is full of chilled heads. Better than that last crew I got mixed up with up in the Megalong. It was fun for a while, but I never was much cop at picking friends. They say that leaders always emerge, no matter what the ideals or the systems of democracy that are put in place. Well, this may or may not be true, but what is the case is that arseholes certainly do.

The air was cool and light, and it was damp, yet I remember it as a furnace. The Northern Territory, last summer. All the frying heat around sucking out your juices. Breath Thomson none the less looking at me.

His face is like a moray eel, it really is. Snorkelling out on the reef, I came face to face with one of those bastards. They are bad fuckers.

I'm a threat. He says wordlessly: you're the deejay, play the music. Don't challenge me, don't think, relinquish all thought, I can do that for all of us. I'm a fuckin great charismatic leader.

No, sorry Breath. All you are is a smelly, rich crustie cunt with a sound system. You've fucked a few daft chicks who don't know their own mind, but haven't we all?

Thank fuck I'm a schemie. Much too fuckin cynical to be mesmerised by an idiot who sounds like a fairy.

The love-and-peace vibe soon went when the authority was challenged. It wasn't the Northern Territory, it was the Megalong

Valley, but that summer it was so hot it could have been Alice Springs. No. It was damp and wet.

I can't fuckin well think . . .

I'm thinking about how I've always felt an outsider, a misfit. Even with the posse, the tribe, the crew, I was a misfit. Then I see him again, Breath, the controlling, manipulating cunt. He always says to you 'I haven't got an agenda' and even when you're mashed out of your nut he's as subtle as a kick in the balls. I see him again. He's spouting some biblical shite at me, how I will lose my power like Samson, for cutting off my white hair, which is falling out anyway, for fuck's sake.

He wishes. I play the best set I've ever played in my life. Fuckin blinding. Afterwards, he's sulking. Then he can't control his rage. He says things and I walk away from his rant. He comes after me and pulls on my arm. 'I'm talking to you!' he shrieks. That does it. I turn and punch him, a boxing punch like Billy Birrell once showed me. It wasnae really that much of a punch, not in Birrell's league, but it's good enough for Breath. He staggers back and goes into shock, starts whimpering and threatening at the same time.

But he'll do nothing.

Another fucking dodgy scene I fell into. That's what politics does for you: turn my back on making a mint in clubland to play for fuck all for cunts who hate you.

I'll say one thing about Breath, the cunt knew how to build a fire or, more like it, knew how to get us to build a fire. His fires were big, momentous affairs, filled with pompous ritual and ceremony. They lit up the fuckin outback n aw, sending up a shimmering light, cutting swathes through the desert darkness. I think back to the scheme, and how Billy Birrell would have approved. Loved a boney, that cunt. Aye, Breath knew how to build a fire and how to get shy, confused wee lassies to take off their clothes and dance in front of it for him before heading back to his tent.

Punching the cunt was satisfying, the *Schadenfreude* of it all. Who said that again? Wee Gally. The German classes.

But fuck Breath. I met Helena there. She was taking photos, and I was taking her hand. When she got her picture we walked away from it all. Got into her old jeep and drove. We had the space not to be bothered. Always the space.

Just watching her face, the concentration on it as she drove us across deserts. I even drove for stretches, though I'd never been behind the wheel of a car in my life.

You go there, and you see it all, that space, that freedom. You see how we're running out of space, out of time.

Edinburgh, Scotland

3.37 pm

Scum

Lisa had tried to persuade them all to go out, but they were having none of it. Charlene was tempted, but decided to head straight to her mother's place. In the taxi, she was rehearsing the things she'd say to her mum about the holiday, deciding what she'd leave out.

When she got in, her world fell apart. He was there.

He was *back*.

That fuckin thing, just sitting in the chair by the fireplace.

— Awright, he said, a look of smug defiance on his face. He couldn't even be bothered to try to make a stagey show of repentance, to crawl back into their lives that whingeing, feeble, wretched way. He was now so confident in her mother's weakness, he felt he scarcely had to try and hide his own arrogant, twisted nature.

All Charlene could think was *I've let the taxi go*. Despite this, she picked up her bags, turned and walked right back out of the house. She heard her mother saying something in the background, something stupid, weak and half-hearted and it disintegrating in the face of a rising noise coming from her father which sounded like a coffin creaking open.

It wasn't that cold, but she was feeling the chill in the wind through to her bones after Ibiza, and the shock of seeing him again. In sick resignation, she realised that while the shock was great, there was actually no surprise. Charlene walked in a purposeful manner, but without realising where she was going. Fortunately it was in the direction of town.

You fucking stupid, weak, foolish cow.

Why?

Why the fuck had she

She headed for Lisa's place.

On the bus, Charlene felt an escalating sense of loss, a diminishing of her self, until the very breath seemed to be being crushed from her. She looked at the youngish man sitting on the seat across from her, bouncing a baby on his knee. The indulgent set to his face. Something twisted again inside her and she averted her gaze.

Outside in the street, a woman was pushing a buggy. A woman. A mother.

Why did she have him back again?

Because she couldn't stop. She wouldn't stop doing it, *couldn't* stop doing it, until he killed her. And then he'd be kneeling down by her grave, pleading for forgiveness, saying that he'd gone too far this time, he knew this and he was so, so, sorry . . .

And her fucking ghost would rise and look at him in the twisted, ignorant love of the imbecile, arms extended, and she'd softly bleat, — It's okay, Keith . . . it's okay . . .

Charlene was going to see Lisa. Needed to see Lisa. They'd drunk, joked, done pills, called each other sisters. But they were closer than that. Lisa was all that was left.

It wasn't that she had to accept that she'd written off her father, that happened a long time ago. But the realisation dawned on Charlene that she'd now done the same to her mother.

The Replica Shirt Problem

Rab Birrell drew the razor slowly across the contours of his face. He'd noticed that some of the hairs on his chin were coming in white. Considering bleakly that he and the type of girls he fancied (i.e.: young, slim) would soon be operating in a different sexual market place, Rab gave himself a methodical, thorough shave.

Love had slipped through Rab's fingers a few times, and most recently and traumatically, several months ago. Maybe, he reflected, it was what he really wanted. Joanne and him: ending it all after six years. Ending it. She'd given him the elbow and moved on. All she'd wanted was some sex, some affection and, well, not ambition really, she was much too cool for that, but momentum. Instead he'd vacillated, got into a rut, and allowed their relationship to stagnate and rot like food left outside the fridge.

When he ran into her in a club with her new felly the other week his throat went dry. They were all smiles and polite handshakes but something was warping inside him. He'd never seen her look so beautiful, so full of life.

The cunt she was with: he wanted to rip the fucker's heid off his shoulders and stuff it up his arse.

Rab towelled his face. That was one thing he and his brother Billy had in common, no luck in love. Moving through to the bedroom, Rab pulled on a green Lacoste shirt. There was a knock at the door.

When he went through and opened it, he saw his parents standing in front of him. They stood, open-mouthed for a couple of seconds, like institutionalised package holidaymakers who'd just stepped off the coach and were waiting for a guide to tell them what to do next.

Rab stood aside. — Come in.

— We wir passin on our wey tae Vi's, his mother Sandra said, stepping over the threshold and looking around cautiously.

Rab was a bit shaken. His Ma and Dad had never been to his flat before. — Thought we'd check oot the new pad, Wullie laughed.

— I've been here two year, Rab said.

— Christ, is it that long? How time flies, Wullie said, picking a piece of shaving foam out of his son's ear. — Scruff order, son, he chided.

Rab felt both violated and comforted by his father's easy intimacy. They followed him into the front room. — You eatin right now that your wife's gone? Sandra asked, her eyes focused on her son's for any sign of duplicity in them.

— She wisnae ma wife.

— Six years sharin the same hoose, the same bed, that's husband n wife in ma book, Sandra said briskly, as Rab felt his spine stiffen.

Wullie smiled helpfully, — Common-law but, son.

Rab glanced at the clock on the wall. — Ah'd make yis a cup ay tea, but the thing is ah wis jist oan ma wey oot. Ah wis gaun doon tae Easter Road, thir's a match oan the night.

— Ah need tae spend a penny, son, Sandra said.

Rab shepherded her through the hallway, and pointed at a frosted-glass door as Wullie gratefully sat down on the couch. — If yir gaun tae the game, yi'll be able tae wear that strip yir Ma boat ye fir Christmas, the luminous green away yin, he urged encouragingly.

— Eh, naw, ah will some time but ah've goat tae nash, Rab countered in haste. That strip was fuckin horrendous.

Sandra had heard this exchange, stalled, and moved back into the doorway, unbeknown to Rab. — Eh's nivir wore it, eh disnae like it, she accused, her eyes filling with tears, then she added, as she turned on her heels and headed through towards Rab's toilet, — ah kin dae nothing right it seems . . .

Wullie rose, grabbed Rab's arm and pulled his shocked son close to him. — Listen, son, he whispered urgently, — yir Ma's no been well . . . since she came oot ay hoaspital eftir that hysterectomy she's been awfay emotional, he shook his head. — It's been like walkin oan eggshells, son. It's 'is that you oan that Internet again' or if ah'm no it's 'Billy bought ye that expensive computer, ye no gaunny yaze it?' eh shrugged.

Rab gave him an empathetic smile.

— Indulge her, son, make it easy for me. Pit that bloody strip oan fir the fitba. Just the once, a favour, tae yir auld man, Wullie pleaded desparately. — She's goat this intae her heid, it's aw she talks aboot.

— Ah like tae buy and wear ma ain clathes, Dad, Rab said.

Wullie squeezed his arm again, — Go oan, son, jist the once, a wee favour.

Rab raised his eyes to the ceiling. He went through to his bedroom and opened the bottom drawer in his chest. The electric yellow-green strip lay unopened in its cellophane packet. It was repulsive. He couldn't go out like that. If the boys saw him. A fuckin replica strip . . . He ripped it from the wrapping, jerked off his Lacoste shirt and pulled the garment on.

Ah look like a fuckin lollipop man, he thought, as he examined himself in the mirror. Ah'm wearing the replica shirt, the mark of the wanker everywhere. All ah need now is tae get a fuckin number.

9 TOSS 10 TWAT 11 WANKER 15 SHEEP 25 SILLY WEE LADDIE 6 SPOILED BRAT 8 GLORY HUNTER

He went back through to the front room. — Aw, it's awfay smart, Sandra cooed, seemingly appeased. — It's really space-age.

— Millennium Hibs, Wullie smiled.

Rab's countenance remained poker-faced. He believed that if you let people take liberties, even, or perhaps especially, those closest to you, then it set a bad precedent. — Ah dinnae want tae chase yis folks, but ah'm runnin late. Ah'll gie yis a bell n yis kin come up and ah'll cook yis a meal.

— Naw, son, we've satisfied our curiosity. You can come tae yir mother's fir some proper food, Sandra said, her face lifting in a tight smile.

— We'll git ye doon the road, son, Wullie said, — it's oan oor wey tae yir Auntie Vi's.

Rab's heart seemed to fall an inch in his chest cavity. Vi stayed on the way to the ground, there would be no time to double-back and get rid of this monstrosity. He put his brown leather jacket over it, zipping it up to check that it covered the strip. Noticing his mobile phone on the coffee table, he picked it up and stuck it in his pocket.

As they went down the street to the bus stop, Sandra grabbed the zip and yanked it down. — Wear yir colours wi pride! It's a warm night! Yi'll no ken the benefit later oan if it turns chilly.

Thirty next month, and she's still tryin tae dress ays up like a fuckin doll, Rab thought.

He'd never been so pleased to part company with his parents. He stood for a while and watched them go, his mother stout, his father still lean. He thrust the zip on his jacket up and went into the pub. Entering the bar, Rab clocked the boys sitting in the corner; Johnny Catarrh, Phil Nelson, Barry Scott. To his horror, Rab didn't even realise that, as he came in, he'd instinctively undone his jacket again. Johnny Catarrh looked at Rab's top, first in disbelief, then with a crocodile grin.

Rab realised what had happened. — Dinnae Johnny, just dinnae, he said.

Then Gareth approached him. Gareth, the most style-conscious cunt ever to stride a terracing. Unlike most of the boys, who came from what Rab would term 'the clued-up working-class', Gareth had attended Edinburgh's poshest school, Fettes College, where Tony Blair was educated. Rab always liked Gareth, liked the way he played up, rather than down, his upper-middle-class background. You never knew when he was taking the piss, he acted a stickler for dress and manners and he alternately amused and appalled the town and scheme boys with his tongue-in-cheek hectoring. — Why can't we behave like proper Edinburgh gentlemen! We are not Weedgies! He'd mock-harangue in his Malcolm Rifkind accent on train journeys. The boys usually loved it.

Now he looked at Rab. — You're such a rugged individualist when it comes to fashion, Birrell, Gareth said. — How did you manage to forge such a resolutely unique sense of style? Not for our Rab the crass dictates of consumerism . . .

Rab could only smile and take the brickbats.

The pub was crowding out with enthusiastic supporters, growing more so with every passing drink. Rab was thinking about Joanne, about how he should be delighted to be free, but how it certainly didn't feel that way. He asked Gareth if he missed the excitement of the old days, particularly now that his friend was an established vet with his own practice, had a partner and a child, with a second on the way.

— If I'm being totally honest, they were the best years of my life, and they'll never be equalled. But you can never go back and the greatest quality of all is being able to look at something that's good and know when to end it before it all turns sour. But do I miss it? Every day. The raving too. I miss the fuck out of that as well.

Joanne had gone, and Rab, bar one unsatisfactory shag, had been sexless since. Andy had moved into the spare room; he now had a flatmate instead of a girlfriend. He was a student. Studying to be what? Thirty years old, no bird, practically unemployable. What a scoreline. Rab envied Gareth. He seemed to know what he wanted to do straight from the off. His training had taken a long time, but he'd just stuck right at it. — What made ye become a vet anyway? Rab once asked him, half thinking he'd get a discourse on animal welfare and spirituality and anti-species fascism.

Gareth set his face deadpan and spoke in measured tones, — I see it as a way of making amends. In the past I've been responsible for causing a fair bit of suffering to animals, he added, smiling, — particularly on trips to Parkhead and Ibrox.

They finished their drinks and strode round to the ground. A new stand was under construction, the condemned old rust-bucket torn down. He remembered his dad taking him and Lexo there, with Billy and Gally. How they felt posh because they were in the stand! That fucking old wood and corrugated iron slum! What a joke. The old boys would stamp their feet doo-doo, doo-doo-doo, doo-doo-doo-doo ... Hibees! Rab reckoned it was more to do with keeping the circulation in their feet going than anything that was happening on the pitch.

Now it was the Festival Stadium, or three sides of it were. The old-school punters still huddled under the spartan former terracing, on the east side of the ground, just waiting for the bulldozers and builders to render them extinct, or turn them from football fans into sports consumers.

Rab turned to Johnny, watching as he howked up some phlegm and splattered it onto the concrete of what was the old terraced floor of the east stand. Soon Johnny would be slung out the ground under police escort for that behaviour. Enjoy it while you can.

Marketing Opportunities

She'll be *minted* with all her royalties by now anyway, Taylor smirked, — as long as . . . ha ha ha . . . as long as . . . the tax people haven't deducted anything at *source*, he wept in laughter. The drinks were sliding down easily and Franklin and Taylor were on the brink of making a night of it, but Franklin pulled back. — Best check on the bitch, he slurred, wincing inside at his own words; part of him hating the easy complicity he entered into with Taylor after a few drinks. But she *was* so fucking self-obsessed. Taylor was right. What was the big deal about lifting a fork to your mouth, chewing and swallowing?

He rang her room from his mobile phone but there was no reply. In mounting panic, he hurried back to the hotel, envisaging a bony corpse on the bed alongside a bottle of vodka and some sleeping pills. Taylor followed eagerly, a similar image burning his head. But for him the same prospect instigated a state of excited arousal, and he was already thinking of the track listings for the 'Best of . . .' double album. Then there was the boxed set, and, of course, the tribute album. Alanis would cover a Kathryn Joyner number. Essential. Annie Lennox . . . a must. Tanita Tikaram . . . Tracy Chapman . . . Sinead. Those were the names which immediately sprung to mind. It had to be broader-based though, and you needed quality. Aretha was a long-shot but it was possible. Joan Jett as a wild-card entry. Dolly Parton for a country number. Perhaps even Debbie Harry or Macy Gray could be enticed. Maybe even Madonna. The possibilities spun through his mind as the hotel doors came into view.

Both men were astonished to be told that Kathryn had left with a man about half an hour earlier.

— You mean she checked out? Franklin gasped.

— Oh no. She's just gone out, the girl at reception said efficiently, no-nonsense eyes glaring at him from under a black fringe.

She never went out with strangers. The bitch was agoraphobic. — What was he like, this man?

— Quite big, sort of corkscrew hair.

— What?

— Like a perm, the kind that people wore ages ago.

— What state of mind would you say she was in? Franklin asked the receptionist.

— We don't attempt to psychoanalyse our guests, sir, she told him briskly. Taylor allowed himself a little smirk at that.

Richard Gere

After a long bath, she put the *Pretty Woman* video on the VCR. Lisa felt a rush of guilt with the surge of power that brought the vibrator in her hand to life. As if she hadn't had enough cock in Ibiza, all shapes, sizes and colours, but that was often it with cock, the mair you had, the mair you wanted. That itchy piss-flap had flared up again, and a carefree scratch had become an exploration. Then technology came into its own. It got to the stage of the video being switched on and the slow, delicious tweaking of the clit. Richard Gere knew all about foreplay right enough, nobody had been able to send Lisa into such rapture. Now let's see if Dicky is dicky enough to finish off the job . . .

— Richard . . . Lisa groaned, as Richard's huge, vibrating plastic prick quivered implacably on her cunt lips, running slowly over them, nudging them apart with great skill as he worked his way slowly into her. He stopped, momentarily easing out a little, as she ground her teeth and gazed at his toothy smile on the screen. Working deftly with video remote in one hand and the vibrator in the other, Lisa gasped as Richard came into close-up. — Try me, he said to her, as she hit the pause button.

— Don't tease me baby . . . give it to me, Lisa begged, winding the tape on to the part where the sound of Richard's jeans being unzipped is followed by a shot of him in the shower.

Then forward faster

FF>>

The hum of the vibrator . . .

Then forward faster

FF>>

PAUSE

The bell end of Richard's plastic cock pushing against her cunt lips, while on-screen, his ironic, slightly sly eyes reflecting her desire, her own depravity ... and that delicious battle for control ... that big fucking tease, without which everything is just dull mechanics ...

PLAY

Richard and her in bed. Richard in close-up. — I think you are a very bright, very special woman ...

— Oh Richard ...

Rewind

REW<<

Rewind

REW<<

PAUSE

ZZZZZZZZZZ ... — Ohhh Richard ...

PLAY

Richard's toothy smile fades and his face sets into business mode. — I will pay you to be at my beck and call ...

REW<<

— my beck and call ...

REW<<

— I will pay you to be at my beck and call ...

— You've never hud a woman like me before, son, none ay these fuckin frigid Hollywood bitches now, pal ...

ZZZZZZZZZZZZZZZ

— Aw ya fucker ...

FF>>

Forward, past the simpering image of that fuckin Julia Roberts, her inclusion spoils everything, cause for Lisa it's got to be just her and Richard ...

PAUSE

PLAY

— I'm coming up, Richard tells Lisa ...

ZZZZZZZZZZZZZZZ

— Oh my god, Richard ...

ZZZZZZZZZZzzzzzzzzzzzzzzzzzzzzzzzz ...

As Richard pushed his plastic dick in further, something was going wrong. Lisa's heated brain was involuntarily snapping in renegade flashback to the drunken Irish guy in San Antonio. His prick crumbling into putty and spilling out her as he said, — Jaysus, this has never happened to me before ...

... ZZZZZ ... ZZZZZ ... ZZ ... Z ...

But this couldn't happen to Richard ...

Then nothing.

Fuckin bastard . . .

The batteries, the faitherfucking batteries.

Lisa strongly tugged the wet piece of latex from her, and pulled up her pants. She was ready to hit the garage, reflecting self-loathingly that a clever lassie kept a Durex in her handbag but a cleverer one kept a Duracell.

Then the buzzer went and Lisa Lennox hit the remote, extinguishing the image from the screen. She rose tensely and headed for the front door.

Blue Mountains, NSW, Australia

Wednesday 1.37 am

I'm up on my feet and out the tent, writhing and twisting into a mass of sensuous bodies. Celeste Parlour and Reedy are flanking me, making reassuring noises. — That's it mate, dance it off. Dance it off.

The bass begins to synchronise with my heartbeat and I feel my brain expand beyond the confines of skull and grey matter.

wwwwOOOOOSSSSHHH

There's people twisting away in the swirling dust, dancing half-naked, some wild and bugged right out, others as jaunty as cabaret dancers on a seventies Saturday night prime-time show.

And I spin away outwards and inwards, upwards, downwards and sideways, juddering in a wonky astral projection until I can feel something like cold marble replacing the hot earth under my bare feet.

I'm here and I'm ready. — Ma boax, whaire's ma boax, I shout at the boy who's on the decks, and he nods to my feet and Reedy's helping me and I get the first tune out my record box and go to put it on. There's people round the podium. A chant goes up, N-SIGN, N-SIGN . . .

Through it all I hear one voice, a Scottish voice, derisory and malignant. — He's fucked, it says.

They're twisting into form out of the dust, clichéd movements defining identity to me before features, which never seem to come into sharp enough focus. I hear concerned voices, and suffocating clothes are draped on me, across my shoulders, stopping my skin breathing, choking me, something is stuck on my head . . . I want to take all the layers off, strip the flesh from my bone, free my spirit from this festering, suffocating cage.

. . . the serpentine currents of hot air twist around me, tormenting and entrapping.

I go right across the decks, arse over tit, and watch the open-mouthed horror of the boys and girls as the music scrunches and I crash onto the hard ground. I feel that way like those super-heroes look when they've been blasted by a ray gun and blown from a tall building. Tired out, rather than in specific pain.

I just laugh and laugh and laugh.

There's The Man, he's dumped that jacket, he's just wearing the combat troosers and the vest. There's a brilliant boy's fitba tattoo on his arm. Bertie Blade is looking all smug, flexing his muscles as a dishevelled Ossie Owl lies at his feet. Reedy! He's asking if I'm okay. Now Helena's here as well, she's trying to talk to me but I'm grinning stupidly at her.

Helena?

Helena's here. I must be fucking well dreaming. Helena! How the fuck . . .

I'm petting something, a kind of well-fed carnivore of some description as her words become meaningless, evaporating in the heat of my brain.

The creature purrs then opens its mouth and from its stomach rancid vapours fly up and assault me. Turning away, I rise and move into a crowd. Towards the bass, I hear somebody call my name, not my name as it is now, but my old name, but it's a girl's name, not mine.

Carl is the leader of the girls.

Edinburgh, Scotland

Wednesday 8.30 pm

Memories of Pipers DiSCOTec

Juice Terry couldn't believe his luck when he'd seen the international singing star waiting for him in the lobby of the Balmoral. She wore an expensive-looking white jacket, with black brushed-denim jeans. He was glad he'd made the effort to shower and shave and dig out his own black crushed-velvet disco jacket, even if it was a bit snug these days. He'd tried to gel his frizzy hair down, and had some success, though he suspected it would be up by the end of the night.

— Awright, Kath? How goes it?

— I'm fine, she told him through her shock as she beheld Terry. He looked a mess; she'd never seen anybody dressed so badly.

— Right . . . lit's git a bevvy ower the road in the Guildford, then we'll git a taxi doon tae Leith. A couple ay scoops in the Bay Hoarse then mibbe a wee bum burner next door at the Raj.

— I guess so, Kathryn said tentatively, completely baffled as to what Terry was on about.

— Ah say tomatay, you say tomaytay, Juice Terry quipped. The Raj was a good call, a class act in curry houses. He'd only been once before, but that fish pakora . . . Terry felt the ducts in his mouth open and squirt like a sprinkler system in a blazing shopping centre. He cast his eye over Kathryn as they crossed Princes Street. She was a skinny lassie right enough. She didnae look that well. Still, nothing a good Ruby Murray and a few pints couldnae put right. Needed a bit ay Scottish beef inside her and tae fuck wi the BSE or HIV risks involved. He could tell that she was well impressed by him. Mind you, he'd made a bit of an effort with the togs. He reasoned that rich birds were used to standards, you couldnae just wing it with them.

They got into the Guildford Arms. It was full of Festival types and office workers. Kathryn felt nervous and insecure in the crowd and the smoke and ordered a pint of lager, taking her cue from Juice Terry. They found a corner seat and she was drinking quickly, feeling a little dizzy by the time her glass was half-empty. To her horror Terry put *Victimised By You* on the juke box.

> Tell me you don't really love me
> look at me and tell me true
> all my life I've been the victim
> of men who victimise like you
>
> I see the bottle of vodka and pills
> my mind hazes over in a mist
> I go numb as I consume them all
> a victim of love's fateful twist
>
> But tell me boy, how will you feel
> when you stare down upon my corpse
> will your heart still be as cold
> when my blue frozen flesh you hold
>
> Oh baby what more can I say
> In my heart of hearts I knew
> that it would just end this sad way
> a doomed love, what can we do-ho-ho

— Tell ye what but, it must git ye doon singing they songs. It would drive me up the waw. See the likes ay me, ah'm intae ma ska. Happy music, ken? Desmond Dekker, that's ma man. The Northern n aw. We used tae run a bus doon tae Wigan Casino, back in the day, ken? Terry said proudly. This was a lie, but it should impress a chick from the music business, he thought.

Kathryn nodded politely, blankly.

— But ma main music wis disco, he opened his jacket and spread it from the lapels with his thumbs, — thus the togs, he added in a theatrical flourish.

— Back in the eighties I spent a lot of time in Studio 54 in New York City, Kathryn told him.

— Ah ken punters thit went ower thair, Terry retorted arrogantly, — but we hud it here better; Pipers, Bobby McGee's, The West End

Club, Annabel's ... the lot. Edinburgh wis the *real* home ay disco. Cunts in New York tend tae forget that. Here it wis much mair ... undergroond ... but at the same time mainstream, if ye ken what ah'm drivin at.

— I don't get it, Kathryn said assertively.

Terry was trying to get it. It was weird, he contemplated, the wey some Yank birds spoke up when they were jist meant tae be polite and nod vacantly, like a real bird fae ower here would dae. — It's too much tae explain, Terry said, then added, — ah mean, ye'd huv hud tae huv been thaire tae git what ah'm talking aboot.

Blue Mountains, NSW, Australia

Wednesday 7.12 am

I've been taken back into the tent. Helena's got a hold of me. Her hair is in two pigtails, her eyes are red like she's been crying. — You're so fucked, you can't understand what I'm saying to you, can you?

I can't speak. I wrap an arm around her shoulders, and try to apologise but I'm too fucked up to talk. I want to tell her that she's the best girlfriend I've ever had, the best that anybody's ever had.

She grabs my head in the palms of her hands.

— LISTEN. CAN YOU HEAR ME, CARL?

Is this recrimination or reconciliation . . . — I can hear you . . . I say softly, then in surprise that I can hear my own voice, I repeat with more confidence, — I can hear you!

— There's no other way I can tell you this . . . fuck. Your mother phoned. Your father's very ill. He's had a stroke.

What . . .

No.

Don't be daft, not my old boy, he's fine, he's as fit as a fiddle, he's better than me . . .

She's no kidding but. She's no fuckin kidding.

FUCKIN . . . NAW . . . NO MA AULD MAN . . . NO MA FAITHER . . .

My heart's thrashing in my chest in panic, and I'm on my feet and trying to find him, looking for him as if he's in the tent. — Airport, I hear myself say. A voice coming from me. — The airport . . . hooses and shoaps . . .

— What? Celeste Parlour goes.

— He's saying he wants to go to the airport, Helena says, used to my accent, even when ah'm cabbaged.

—No way. He can't travel today. Yer going nowhere, mate, Reedy informs me.

— Just get me on that plane, I say. — Please. A favour.

They know I mean it. Even Reedy. — No worries, mate. Do you need to get changed?

— Just get me on that plane, I repeat. Broken record. Just get me on that plane.

Oh my god . . . I've got to get tae the fuckin airport. I want to see him, no I don't.

NO

NO, YOU'RE NOT ON, AH'M NO HUVIN THIS

No.

I want to remember him as he was. As he'll always be to me. A stroke . . . how the fuck can he have had a stroke . . .

Reedy shakes his head. — Carl, you smell like a filthy old dog. They ain't gonna let yer on no plane in that state.

A moment of . . . not exactly clarity, but control. The exercise of will. How horrible it must be to always be straight, to have the burden of will all the time, to never be able to surrender it. But I've surrendered it at the wrong fuckin time. A drawn breath. An attempt to open my eyes and focus through the noise, dislocation and hold up those tired shutters of eyelids. — What do you think I'm saying to you?

— Yeah, Carl, I hear you, you want me to get you on that plane, Helena says.

I nod.

Helena starts to look and sound like my mother. — I just don't think it's a feasible option at the moment, but it's your call. Your bag is here. I've got your passport and I've booked a ticket on my credit card. You'll pick it up at the British Airways desk. I've got the locator number here. I'll take you to the airport now.

She's done it all for me. I nod humbly. She is the best. — Thanks for doing this for me. I'll pay you back . . . I'll clean up, sort masel out.

— There's a bigger issue here, you selfish bastard. You tried to kill yourself!

I laugh loudly. What bollocks. If I'd tried to kill myself I wouldn't do it with drugs. I'd jump off a . . . off a cliff or something. I was just looking for somebody.

— Don't laugh at me, she shouts. — You took all those pills and wandered off out into the bush.

— I just took too many drugs. I wanted to stay awake. Now I need tae see my Dad, oh my God my perr fuckin faither . . . Celeste's arms go round me.

— How long's he been up now? Helena asks Reedy.

I'm sorry Helena . . . I'm weak. I'm running again. Holding out and running from a good thing: Elsa, Alison, Candice, then you. And all the other ones I wouldn't let get anywhere near as close.

— Four days.

I feel like I've become a subject again. I think loudly, — Airport. Please. Do it for me, please! and I hope it comes out as a shout.

He's dying.

And I'm lying fucked, in the bush, on the other side of the world.

Now we're in the jeep, and tumbling over the stones put down to stop the old dirt track washing away. It jolts and it tears and I rattle in the back seat. I see the nape of Helena's neck, the braided bunches of her hair. There's a trickle of sweat on the back of her neck and I've an almost overwhelming urge to lick it, kiss it, suck it, eat her like I was a fuckin vampire, which I probably am, though of the social kind.

I resist as the road forks and the mountains cast long shadows and I think in a second of panic that we've taken the wrong fork, but what the fuck do I know. The rest of them seem cool enough. Celeste Parlour spots my anxiety and asks, — You alright, Carl?

I ask her if she supports Arsenal and she looks at me as if I'm mad and then goes, — Nah, Brighton mate.

— The Seagulls, I smile. They still going? They were in trouble when I was last back in the UK . . .

Celeste smiles benignly. I look round at Reedy with his coppered, weather-beaten skin, tough and slick as expensive leather. — Leeds, eh Reedy?

— Fook Leeds, I'm Sheffield United.

— Of course, I say as we pull onto another gravel track, then onto a tarmacked road. Lucky Reedy's sound, I deserved the nut worked onto me for a *faux pas* like that. He was a boy, back in the day. Blades Business Crewe.

It's plain sailing all the way, Helena driving in a silence which I sense is violent but which I feel too weak to try and break up any more, and Parlour and Reedy are comfy enough with it.

I doze off, or trip into a strange zone and then I wake with a start, feeling my life force snapping back into the jeep from far away. We're on the highway to the airport. A nightmare of travel with a bigger one to come. But I have to do this.

My father's dying, maybe even dead. Fuck that. What was it Wee Gally said, when he told me he was sick? Let's no bother huvin any fuckin funerals until we've goat some cunt tae bury.

Please let it not be my father. Duncan Ewart from Kilmarnock. What were his ten rules?

1. NEVER HIT A WOMAN
2. ALWAYS BACK UP YOUR MATES
3. NEVER SCAB
4. NEVER CROSS A PICKET LINE
5. NEVER GRASS FRIEND NOR FOE
6. TELL THEM NOWT (THEM BEING POLIS, DOLE, SOCIAL, JOURNALISTS, COUNCIL, CENSUS, ETC.)
7. NEVER LET A WEEK GO BY WITHOUT INVESTING IN NEW VINYL
8. GIVE WHEN YOU CAN, TAKE ONLY WHEN YOU HAVE TO
9. IF YOU FEEL HIGH OR LOW, MIND THAT NOTHING GOOD OR BAD LASTS FOR EVER AND TODAY'S THE START OF THE REST OF YOUR LIFE
10. GIVE LOVE FREELY, BUT BE TIGHTER WITH TRUST

I've been found wanting, especially in 2 and 8. The others I've probably done okay in.

But Reedy's right. I do smell like an old dog, and I feel like one. I remember the corpse of a rotting dingo, by the side of the road in Queensland. Not a car in sight, a clear horizon for miles. That fuckin animal must have been really stupid to have got hit. More likely it was a suicide attempt! Could a dog, in its natural environment, wild as fuck, actually be suicidal? Ha ha ha.

Gorges, cliffs, gum trees . . . the blue haze of the eucalyptus which gives the mountains their name.

Lost contact with home at Christmas.

The suburbs suddenly swallow us. We're back on the Western motorway.

I remember when we first moved to Sydney. I couldn't believe that the Bondi beach in Sydney, like the Copacabana in Rio, was just about as far out as Portobello was from the centre of Edinburgh. Mair sand but. We got our apartment out there. Me and Helena. She took her pictures. I played my records.

Edinburgh, Scotland

Wednesday 8.07 pm

Air-brush It

Franklin was devastated. Where the hell could she have gone? The gig was tomorrow night. He had to keep this out of the press or Taylor would just drop her. He picked up the album cover which featured an air-brushed photo of a fresh and healthy Kathryn. He saw a pen on the writing desk in his room and scrawled, with great venom and spite, the words DUMB FUCK across it.

—Mutton dressed as mutton, he said bitterly to her smiling portrait.

And now he had that fucking reception for her, the one the Edinburgh Festival people had put on for them. What was he going to say to them?

An Urban Myth

Kathryn was wary when Terry flagged down a taxi. A drink in the pub across the road was one thing, but getting into a cab with this guy was upping the stakes. But his face seemed so eager and friendly as he held open the door of the taxi that Kathryn couldn't do anything other than step in. He was chattering incessantly as she was trying to find her bearings as a busy street flashed by. To her relief, it seemed to be still the inner city when they alighted, even though it was a less affluent quarter.

They had taken the taxi to Leith and went into a pub in Junction Street. Terry was from the west side of the city and reckoned that there was less chance of running into someone he knew down here. He set up more pints. Kathryn was soon drunk and found that the lager was making her babble.

— I don't wanna tour or make records any more . . . she fretted, — I feel my life isn't my own.

— Ken what ye mean. That Tony Blair cunt, worse than Thatcher that wanker. He's goat this New Deal shite. Ye huv tae dae eighteen hours' work or the cunts stoap yir giro. Eighteen hours' graft a week some cunt gets oot ay ye for fuck all. Slave fuckin labour. What's aw that aboot? You tell me.

— I dunno . . .

— You've no goat him though, eh no. You've goat the cunt that's shaggin him, that cunt wi the hair . . .

— President Clinton . . .

— That's the boy. Aye, that Monica bird gied him a blow-job so eh goes n says tae Tony Blair, you kin replace Monica if ye back ays up wi bombin that Milosevic cunt.

— That's nonsense, Kathryn shook her head at Terry.

Terry was a believer in the force, rather than the detail of argument. — Uh, uh, that's what thi want ye tae believe, aw they cunts. Ah goat it aw fae a gadge in the boozer whose sister mairried a top civil servant boy doon in London. Aw the news they try tae keep back fae ye. Couldnae run a message, thon twats. New deal, ma erse. The thing is, ah hate workin n aw. Ah'm only daein the windaes tae help oot Post Alec, but eh. The juice lorries, that wis ma game. Tae gie me ma proper title ah wis an Aerated Waters Salesman. Goat peyed oaf back in 1981. Ah used tae dae aw the juice lorries roond the schemes: Hendry's, Globe, Barrs . . . ah think Barrs are the only yins left. The Irn Bru kept them gaun. So these dole cunts, the restart fuckers, turn roond n sais tae ays: we'll git ye a joab sellin juice.

Kathryn looked at Terry in utter bewilderment. To her he sounded like the rasping engine of an outboard motor, only much louder.

— Cunts only wanted ays tae work in an R.S. McColl's, Terry explained, seemingly oblivious to her lack of understanding, — but that would huv meant sellin sweeties n newspapers as well as juice n ah wisnae up fir that. That's how ah goat the name *Juice* Terry, ken? The cunt that started R.S. McColl used tae play for the Huns n aw, so thir wis nae wey ah could work thaire. Listen, doll, ah widnae ask, but you must be flush. Kin ye sub ays a score?

Kathryn considered this. — What . . . yeah . . . I got money . . .

— Sound . . . fuck . . . Juice Terry looked around and in a state of
annoyance saw Johnny Catarrh and Rab Birrell entering the pub. He
was wondering what they were doing in this quarter when he noted the
fluorescent greeny-yellow Hibs away top Rab was wearing. There was
a midweek game up at Easter Road and Catarrh and Birrell must have
come into some dosh if they'd been to that and were now making a
night of it down in the historic old port. Terry was always suitably
intrigued when any of his associates seemed to be in the poppy.

Rab Birrell and Johnny Catarrh were equally surprised to see Juice
Terry drinking outside the more familiar environs of The Gauntlet,
Silver Wing, Dodger, Busy Bee, Wheatsheaf and other west-side
boozers he frequented. They moved towards Terry's table but then
stalled noting his female company. Catarrh felt instantly resentful. A fat
cunt like Juice Terry was always surrounded by women. Slappers,
granted, but a ride was a ride and not to be sneezed at. This one was
haggard and skinny, but better turned out than most of Terry's usual
conquests. Mind you, that Louise bird Terry had been shagging was as
tidy as fuck, but she reeked of gangster connections. A few dubious
cunts had given her the message, Larry Wylie being one of them. You
never moved in on fanny that took in that sort of cock unless you were
sure it no longer had claims on a berth there. It was a pisser though, a
Greek god like him currently unable to get his hole for love nor money.

— Awright, John boy, Juice Terry said as Catarrh sat down.
Catarrh hated it when Terry referred to him in that way as he was only
a couple of years younger than the fat, slovenly cunt. It was almost as
bad as being called Johnny Catarrh.

Johnny's real name was John Watson, a common enough one in
Scotland. His older brother Davie was a blues and rock 'n' roll fan and
started calling him Johnny Guitar after Johnny 'Guitar' Watson.
Unfortunately for Johnny, he was cursed with bad sinus and catarrh
problems, and had spent many years unaware that his nickname had
been corrupted.

Rab Birrell had stopped off at the fag machine to purchase some
Embassy Regal before joining them. Terry made the introductions.
Catarrh had heard of Kathryn alright. — Muh Ma's your number-one
fan. She's goat tons ay your records. She laps you up. She's gaun tae
the concert the morn. Ah read aboot ye in the *Evening News*. Sais ye hud
split up wi that boy fae Love Syndicate.

— That's correct, retorted Kathryn steelily, thinking of that
Copenhagen hotel room, — but that was a while back.

— Ancient history, but, eh, Juice Terry confirmed. Catarrh sucked some mucus down the back of his throat. He wished that he'd remembered to get his garlic pills. They were the only remedy.

— Ah could settle fir your life right enough, Rab Birrell considered, declining as Juice Terry crashed the ash. Johnny didn't want one either. They were Silk Cut and Catarrh was a purist when it came to cigarettes. — Ah'm a Regal eagle, he smiled, pulling out an Embie.

— Aye, Rab continued addressing Kathryn, — the rock 'n' roll lifestyle but, ah could go for that. Tons ay birds . . . mind you, you dinnae huv tae worry aboot that, no wi you bein a bird, eh no, ah mean unless yir like, em . . . ken what ah mean but eh . . .

Juice Terry had been mildly pissed off about his friends' intrusion into his and Kathryn's little scene, now Birrell's rambling was starting to really irritate him. — So what are ye fuckin well tryin tae say, Rab?

Rab climbed down, realising that he was a bit drunk and pretty stoned from all the joints he'd smoked at Easter Road, and that Juice Terry could be a nippy cunt who was known to be able to punch his considerable weight. How the fuck did that fat tea-leaf pill a bird like that? Thirty-six years auld and still livin at hame wi ehs Ma. — Jist makin the point, Terry, he said defensively, — the point bein that guys in bands can have thir pick ay birds. If thir famous likesay. But any bird can huv thir pick ay guys . . . is that no right, Johnny? He turned to Catarrh in appeal.

Catarrh was suitably flattered. It meant that Rab was acknowledging his background of playing in bands or his expertise with women, neither of which he'd seen fit to refer to before. He was flummoxed by this welcome, if obscure, flattery. — Eh, aye . . . jist aboot. No an auld hound couldnae, but any young bird likes.

They considered this point for a while and then looked at Kathryn in appeal. Their accents were almost impenetrable to her, but being drunk was helping. — I'm sorry, I don't quite understand.

Juice Terry slowly explained the proposition to her.

— I guess so, she replied warily.

— Nowt tae guess, Catarrh laughed, — thet's the wey it goes. Always hus been, always will be. Endy story.

Kathryn shrugged. Juice Terry drummed his empty glass on the table. — Set 'em up then Kath, eh hen. There's the bar, he pointed a few feet away. Kathryn looked uneasy at the throng of packed bodies between her and the bar. The alcohol was definitely assisting though.

The doctor had told her not to drink on those anti-depressants but Kathryn had to admit that she was enjoying herself. Not the company especially, though it was certainly different to what she was used to, but the lack of inhibition, the feeling of breaking out and letting go. It was good to be away from all the management, band, crew and record-company assholes for a while. They would be wondering about her. Kathryn smiled to herself and pressed towards the bar.

Juice Terry looked up and watched as she jostled to the bar. — She's intae that wimmin's lib in aw they songs, so she kin go up n git the Don Revie in.

Catarrh nodded in empathetic agreement. Rab Birrell studiously avoided reacting, which vexed Terry a little.

While she waited as the pints of lager were being poured, Kathryn was apprehended by a large woman with thick arms, steel-wool hair and glasses. — It's you, eh! she asked.

— Er, I'm Kathryn . . .

— Ah kent it wis you! What ye daein here!

— Er, I'm in with some friends — er Terry over there . . .

— Yir jokin! That fuckin waster, Juice Terry! A friend ay yours! The woman wobbled incredulously. — It's aw he kin dae tae git oot ay his bed once a fortnight tae sign oan. How dae ye ken him?

— We just got talking . . . Kathryn said, her own amazement mirroring the woman's as she contemplated the question.

— Aw aye, eh kin dae that aw right. That's the one thing eh kin dae. Jist like ehs faither, she spat with real hostility. — Listen, hen, the woman pulled out a taxi card, — will ye sign this fir ays?

— Yeah . . . of course . . .

— Ye goat a pen?

— No . . .

The woman turned to the barman. — Seymour! Gies a fuckin pen! Gies it! Here!

Her raucous tones stung the already overworked barman into further activity. Terry heard them, recognised them and looked up in slow apprehension. It was that big cow his auld man had been with, after he'd left Juice Terry's Ma. Big Paula fae Bonnington Road. Her that used tae run the pub. Kathryn was talkin tae her n aw! This was fuckin nonsense, Terry thought, ye come doon tae Leith tae avoid cunts ye ken and ye find yirsel surrounded by them.

Kathryn was happy to sign and get back to Terry and the boys with the drinks. Terry had resolved to ask her what Big Paula was saying about him but had got into an argument with Rab Birrell which was becoming increasingly hostile. — Any cunt that does that deserves tae fuckin well die. That's ma view, Terry snapped, challenging Rab.

— Bit that's shite, Terry, Rab argued, — that's what ye call an urban myth. The casuals widnae dae that.

— These casual cunts are fuckin bampots, Terry stated. — Razor blades in the flumes? What's aw that aboot? You tell me.

— Ah've heard that story, Catarrh agreed. In fact, this was the first occasion he'd heard this. Catarrh had run with the fitba casual boys years ago but had extricated himself when the enterprise became a little rich for his blood. None the less, he still did everything in his power to stoke up their notoriety and his celebrity by association.

This annoyed Rab Birrell. He'd enjoyed being a casual, although those days were long-gone for him. It was far too heavy now with all that surveillance shite these days, but he'd loved it. Great punters, great times, great laughs. What the fuck was Johnny playing at spouting all that bollocks? Rab Birrell hated the way that people were so anxious to believe over-the-top bullshit. To his mind, it only kept others in a state of fear and served as a social-control mechanism. He loathed but understood the manner in which some of the police and media celebrated that kind of nonsense, after all it was in their interest. But what was Johnny doing backing up that sort of shite? — Bit that's aw it is, jist a fuckin story . . . made up by some twats . . . ah mean, what would they want tae dae that fir? What would the so-called casuals, even though they dinnae exist any mair, want tae be pittin razor blades in the flumes at the Commie Pool fir? Rab Birrell reasoned, looking at Kathryn in appeal.

— Cause thir bams, Juice Terry said.

— Look Terry, you never even use the Commie Pool. Rab Birrell again turned to Kathryn. — Eh cannae even swim for fuck's sake!

— You can't swim! Kathryn accused, giggling slightly at the thought of Terry's love handles spilling over a tight pair of swimming trunks.

— That's nowt tae dae wi anything. It's the mentality ay cunts thit pit razor blades on the flumes ay a public swimmin pool that wee bairns yaze, what dae ye say tae that? he cross-examined.

Kathryn considered this. It was the work of sickos. She thought that kind of thing only happened in America. — I guess that's pretty gross.

— Nae fuckin guessing aboot it, Terry stormed, switching back to Rab Birrell, — it's oot ay order.

Rab shook his head. — Ah agree wi ye. Ah'm agreein that tae dae that is oot ay order, bit that's no the casuals, Terry. No way. Does that sound like them tae you? Aw aye, we've formed a mob tae go swedgin at the fitba, so lit's aw go doon the Commie Pool and pit razor blades in the flumes. That's bullshit. Ah ken a lot ay they boys; it jist isnae thair fuckin style. Besides, thir isnae even any casuals these days. Yir livin in the past.

— Bams, said Juice Terry stroppily. While he had to admit that what Rab Birrell said was logical and probably correct, he hated to be bested in an argument and grew even more belligerent. Even if it wasn't the casuals who did that, Birrell should be big enough to concede the more general point that they were bams. But naw, no smart poofy college-cunt Birrell. It proved another point to Terry: never gie a schemie an education. There was Birrell on some poxy course at Stevenson for ten minutes and he thinks eh's fuckin Chomsky.

— Ah'd heard that happened at the flumes. Heard that the blood flowed rid fae one ay the chutes intae the pool, Catarrh stated with insect coldness, his eyes narrowing and his lips tightening. He savoured the shiver and disgusted pout he thought he saw from Kathryn. — Flowed rid, he repeated under his breath.

— Bullshit, said Rab Birrell.

Catarrh though, was warming to his theme. — Ah ken they boys as well as you Rab, you should ken that, he said in an ominous tone, hoping that Kathryn would pick up the enigma and sense of danger in it, be suitably impressed, blow out Juice Terry and take Catarrh home with her to America. They'd go through a ceremony, if only for green-card purposes, and resident alien status would be his. Then he'd be installed in a studio with a top backing band and return to Britain with a triumphant string of Claptonesque guitar-led hits behind him. It could happen, he thought. Look at that Shirley Manson lassie oot ay Garbage, her that used tae be in that Goodbye Mr McKenzie. One minute standing behind Big John Duncan and a set ay keyboards on stage at The Venue, the next setting America alight. He could do the same. Then they'd call him Johnny Guitar, his real name, instead of the hideous degradation he'd been saddled with.

Juice Terry had the munchies bigtime. He was thinking that he could go a curry. Terry was fed up with the way the conversation was heading: straight into Catarrh's casual tales. He would go on for ever if you let him. Everyone else had heard them several times before, but that never stopped Johnny. Especially now that he had a new ear to bend in Kathryn. Terry fancied that he could see way down the line to Catarrh on his deathbed. There he would be lying, a ninety-year-old wizened Catarrh with tubes hanging out of him. A dithering, sedated auld wife and concerned children and grandchildren would have their ears close to him to hear his breathless, croaking last words and they would be: . . . — and then thir wis that time we were at Motherwell . . . nineteen eighty-eight, eighty-nine season, ah think . . . we hud a mob ay aboot three hundred . . . aaagghhhh . . .

Then the line on the ECG would go flat and Catarrh would head off to that great swedge in the sky.

No, Terry wasn't having any of that shite this evening. That cunt forgot that it was people like him, Juice Terry, who put in their shift on the terracing before there was a big, hard, fashionable team as back-up. The old scarfer crew back in those days were, admittedly, a pretty crap mob. They tended to romanticise the odd glorious victory, but gloss over or ignore the numerous times that they were ran; Nairn County (pre-season friendly), Forfar, Montrose. Also, they had more vindictive battles with each other than with anybody else. A shite mob really. He had to admit that the casuals who followed them were a class apart, but no Birrell or Catarrh. They were never anything like top boys.

Terry changed the subject quickly. — Bet you've goat tons ay dosh but eh, aw they hit records, he ventured at Kathryn, returning to one of his own familiar themes. Fuck Catarrh, he was the one setting the agenda here.

Kathryn smiled benignly. — I'm lucky I guess. I get well paid for what I do. I had a run-in with the IRS a while ago, but my back catalogue's doing okay. I got a bit put by.

— Ah'll fuckin bet ye huv! Terry sang, pulling in Catarrh and Birrell. — John Boy! Rab! Hear this! What's aw that aboot? You tell me! He nodded at Kathryn.

Her eyes took on a faraway look. — Sometimes money isn't everything . . . she said softly, but nobody was listening.

— Well peyed fir whit she does! Gold records! Number-one hits! Ah'll bet yir fuckin well peyed! Right then, Terry rubbed his hands together, — it's settled. The Ruby Murray's oan you!

— What . . . Ruby . . .

— The curry, Terry smiled, — bit ay grub, he added, making eating gestures.

— Could handle a fuckin nosebag but eh, Rab Birrell admitted.

Catarrh shrugged. He didn't like to waste drinking-time eating but you could get lager with a curry. He would have some popadoms, they fitted the bill. Johnny instinctively distrusted any kind of foodstuff which didn't resemble crisps.

— I don't wanna eat anything . . . Kathryn said in horror. She had come out to get away from Franklin and his obsession with her eating. Her drink-addled mind seized the full implications of this. Perhaps they had been hired by that control freak, to get her to eat. It may be all an elaborate ruse, the whole damn thing.

— Right, ah'm no sayin that you huv tae eat, that's your business, bit ye kin watch us. C'moan Kath, you've goat the poppy. Ah'm skint till ma giro oan Tuesday and thir's nae chance ay a sub fae that Jewish cunt Post Alec until ah've done the fill week at the windaes.

— I wanna buy dinner for you guys. I can do that, but I don't wanna eat anything . . .

— Barry, Terry enthused, — ah like a bird that pits her hand in her purse. Ah'm no one ay they auld-fashioned cunts, ah believe in equality fir fanny. What wis it that commie cunt said? Terry asked, turning to Rab, — You should ken this bein a student, Birrell. Fae each accordin tae thir abilities tae each according tae thir needs. That means thit you're in the chair. This is Scotland, we share n share alike here, Terry said, then considered the itch in his piles and the damage a vindaloo could do the next morning. Fuck it though, you sometimes just had to go for it.

— Okay, Kathryn smiled.

— See you, Catarrh slurred, — you're sound, ken that, he said, touching Kathryn's forearm gently. — Thir's tons ay manto aroond here thit never think aboot pittin thir hand in thir purse.

— Some ay thum oan fuckin good wages n aw . . . her thit works fir the Scottish Office . . . Terry shook his head bitterly, recalling a night out he'd had a while back with a lassie he'd met in the Harp. The cow guzzled her wey through half his fuckin giro in Bacardi and vanished withoot gieing him as much as a peck on the cheek. While he was annoyed at Johnny's ostentatious display of tenderness towards Kathryn, he was forced to admit that he had a point.

— What is this manto? Kathryn asked.

— Eh fanny . . . eh birds . . . chicks, ken? Terry explained.

— My god. Don't you guys have any personal politics?

Juice Terry and Johnny Catarrh looked at each other for a couple of seconds and shook their heads slowly in unison. — Nup, they agreed.

Pished, Drugged, Laid

Charlene stood before Lisa, who was grinding her teeth in exasperation. Before her friend could speak, Lisa said, — Aw it's you. Right. Wir gaun oot. Wir gittin pished, drugged and laid.

— Can I come in for a bit first, Charlene asked meekly, her dark, haunted eyes staring right into Lisa's essence.

Lisa looked at the bags at her friend's feet, and Richard, the video and vibrator were erased from her mind like they never happened. — Aye . . . come in, Lisa urged quickly, stopping to pick up one of Charlene's bags.

They went through to her lounge and dropped them on the floor. — Sit doon, Lisa ushered, — what's up? Wis thir naebody in?

Charlene's eyes looked strange and wild to Lisa, and the younger woman cackled like a witch, a flickering spasm twitching the side of her face. — Aw aye, somebody wis in awright. Somebody was fuckin well in.

Lisa felt the muscles in her own face stiffen. Charlene seldom swore, she was a puritanical wee bird in lots of ways, she considered. — So what wis . . .

— Please, just let me talk, Charlene said. — Something happened . . .

Lisa quickly stuck on the kettle and made some tea. She sat in the chair opposite the couch on which Charlene had crumbled, and listened as her mate poured out to her what she had been greeted with on her return from Ibiza. As she talked, Lisa saw the reflecting light hitting the silk walls which framed Charlene, so small on the couch opposite her.

Don't tell me this, hen, don't tell me this . . .

And Charlene kept talking.

In the walls she could see the reverb of the darkened old pattern underneath, clashing with the new stuff. It was the wallpaper, the old horrible wallpaper, it seemed to keep coming through the paints. Three coats, with good silk vinyl paint as well. You could still see the crap coming through but, still make out that nasty old pattern.

Please stop . . .

Then, just when she thought her mate had finished, Charlene abruptly recommenced, switching into this cold monologue. For all the terror and nausea it induced in her, Lisa couldn't bring herself to interrupt. — His stumpy nicotine stained fingers with the dirt under the nails pushing and thumping at my almost hairless vagina. The whisky breath and accompanying gasp in my ear. Me, rigid and fearful, trying to keep quiet, in case she woke up. That was the joke. She'd dae anything *no* tae wake up. Me, trying to keep quiet. Me. The sick, dirty diseased creep. If he was somebody else, or I was somebody else, I might even feel sorry for him. If it had been another fanny his finger was inside.

She should have stripped the walls. Got rid of all that old shite. No matter how many coats you put over it, it always came through.

Lisa went to speak, but Charlene raised her hand. Lisa felt frozen stiff. It was so hard for her to listen, she could only imagine how difficult it must have been for her pal to start speaking, but now the poor lassie couldn't stop if she wanted to. — I *should* be a frigid virgin, or a nympho; I should be, what is it they call it, sexually dysfunctional. No way. My ultimate revenge on him, ma metaphorical two fingers to his literal one, is that I'm no . . . Charlene stared off into space. When she continued, her voice rose an octave, it was like she was talking to him. — and I'm glad of my hatred and contempt for you cause I know how to receive and give love you sad prick, because I was never the one who was strange or weird or repressed and I never fucking well will be . . . She turned to Lisa and jolted where she sat, as if switching back into the space she was occupying. — Sorry Lees, thanks.

Lisa was across onto the MFI couch and hugging her friend for all she was worth. Charlene briefly took the comforting, then pulled away a little, looking at her with a calm smile. — Now what was aw this fighting talk aboot gittin pished, drugged and laid?

Lisa was taken aback. — We cannae . . . ah mean . . . she stuttered in disbelief, — . . . what ah'm tryin tae say is that, eh, it might no be the best time for you . . . I mean, we've done aw that for two weeks an it didnae make him go away.

— Ah only went away cause ah thought that he wis gone for good. Why did she let him back in the hoose? It's ma fault, ma fault for gaun away. Ah shouldnae huv went away, Charlene shivered, her goldringed fingers wrapped round a mug of tea. — Wir gaun oot though, Lisa. One other thing, can ah crash here for a bit?

Lisa crushed Charlene further, — Ye ken ye can stey here for as long as ye like.

Charlene forced a smile. — Thanks . . . did ah ever tell ye aboot ma rabbit? She trembled as she held the cup in both hands though it was warm in the flat.

— Naw, Lisa said, bracing herself, looking at the walls again. They definitely needed more paint.

A Welcome Alternative to Filth and Violence

The Festival Club is hell for Franklin, but the organisers of the event insisted that he and Kathryn come along. A brightly dressed man in a blue corduroy jacket and yellow chinos bounded up to Franklin and limply shook his hand. — Mr Delaney, Angus Simpson from the Festival committee. Excellent to see you, he said, in an English public-school voice. — This is Councillor Morag Bannon-Stewart, who represents the City Council on the committee. Eh . . . where's Miss Joyner?

Franklin Delaney let his face twist in a saccharine smile. — She had a slight cough and a tickle in her throat, so we decided that it was better she stayed in and had an early night.

— Oh . . . a pity, there's some people from the press and local radio here. Apparently, Colin Melville from the *Evening News* just had a phone call on his mobile, saying that she'd been seen out in Leith tonight . . .

Leith. Where in fuck's name was that, Franklin itched to ask. Instead, he said coolly, — I think she did pop out earlier, but she's safely tucked up in bed now.

Morag Bannon-Stewart took a step forward into Delaney's personal space and whispered, whisky-breathed, — I do hope she's alright. It's so good having a popular artist that all the family can enjoy. This used to be such a wonderful Festival. Now it's a celebration of filth and violence . . . He studied the broken blood vessels in her papier-mâché face as she ranted on.

Tensing up, Franklin threw back his double scotch, then signalled for another. That fuck-up Kathryn. Now he had this semi-drunk old bat from the council hitting on him. But the radio guy said she was seen in Leith. That couldn't be more than a taxi ride away. As soon as he could, Franklin excused himself by making out he was going to the toilet. Instead, he sneaked out the door into the night air.

Gimme Medication

In the curry house something strange was happening to Kathryn Joyner. The American singer was feeling a real, deep, violent hunger. The lager and one of Rab Birrell's joints they'd smoked going round the corner had brought on the munchies and the curry smells were intoxicating. Try as she might Kathryn could not stop a tight ball of hunger stick fast in her throat, almost choking her. The crisp, inviting bhajis, the aromatic and spicy sauce which covered tender chunks of the marinated beef, chicken and lamb dishes, the colourful vegetables sizzling in their pans, they made her taste buds throb from two tables away.

Kathryn couldn't help herself. She ordered up with the rest of them and when the food came, she attacked the dishes with a ferocity which might have raised more than an eyebrow in fussier company but which seemed perfectly natural to Rab, Terry and Johnny.

Kathryn wanted the void inside of her filled: not with medication, but with curry, lager and naan bread.

Terry and Rab had restarted the old argument. — Urban myth, Rab declared.

— See if ah wis tae punch you in the mooth, wid that be an urban myth?

— Nup . . . Rab replied warily.

— Well fuckin shut it aboot urban fuckin myths. Terry stared at Rab, who averted his gaze to his fork.

Rab was angry. Obviously at Terry, but also at himself. He'd picked up a load of jargon from the Media and Communication Studies Course he had enrolled on at the local FE college and he was tending to use it more and more in everyday conversation. He knew that it irritated and alienated his mates. It was just showboating, as he could express the same concepts adequately enough in words that were common currency. Then he thought, fuck it, am ah no allowed tae have new words? It seemed such a self-defeating cultural constraint. But this was really irrelevant as he was mainly angry because he was Billy 'Business' Birrell's brother. Being 'Business' Birrell's brother carried certain burdens of expectation, one of them being that you didn't back down to cunts like Juice Terry.

'Business' was a heavy puncher and won his first six professional fights inside the first few rounds on knockouts or stoppages. His seventh contest, though, was a disaster. Highly fancied, he was outboxed and outpointed by Port Talbot's Steve Morgan, a skilful southpaw. During the fight the normally explosive 'Business' looked listless and sluggish, rarely throwing a punch on target and a sitting duck for Morgan's searing jab. The consensus was that had Morgan carried a punch, 'Business' would have been in real trouble. The officials and ringside doctor picked up that something was wrong.

A post-fight medical and subsequent tests revealed that Billy 'Business' Birrell suffered from thyroid problems which adversely affected his levels of energy. While medication could control this, the British Board of Boxing Control were forced to revoke his licence.

However, 'Business' was respected and known to be a man not to mess with. The fact that he'd been beaten by his medical condition, rather than by his opponent, and that he had refused to go down or capitulate in any way further enhanced his heroic status locally. Rather than curse the cruel luck which snatched possible greatness from him, Billy Birrell had cashed in on his local fame and opened a popular and profitable pre-club bar called, inevitably, The Business Bar.

The problem Rab Birrell had was that, as a thoughtful and speculative man, he lacked the explosive dynamism to match his brother's fighting prowess or entrepreneurial zest. Rab felt that he was always going to play second fiddle to 'Business' and was caught between trying to establish himself in his own right and allowing himself to be carried along on his brother's slipstream. He felt, whether it was real or imagined, that he was looked down on by the type of people who idolised his brother.

While Rab was pondering this, Juice Terry was trying not to believe his ears. He had positioned himself on the same side of the table as Kathryn and was shocked when she pulled him to her and whispered in his ear, — Listen Terry, one thing I want you to know, there ain't gonna be any sex between us. You're a neat guy and I like you as a friend, but we ain't gonna screw. Okay?

— You're intae Catarrh ... or Birrell ... Terry felt his world falling apart. His sexual options were shutting down faster than the hospitals, while Rab's and Johnny's, by contrast, were opening like prisons. He'd been bombed oot with that Louise as well. A tidy wee lassie, but a bit young for him and more importantly, knocking about with Larry Wylie, who was back outside. So that was that. Louise, though, she never had any records on the jukey in the Silver Wing or the Dodger.

Kathryn was repelled and at the same time attracted by what she saw as the monstrous ego of Terry and his friends. There they were, three semi-bums from a shitty part of a city she had barely heard of and they acted like they were at the centre of the universe. She'd never known any of the rock 'n' roll greats to have egos that size. The thought of her, Kathryn Joyner, who'd been all over the world, who'd graced the covers of style and fashion magazines, going with one of those under-achieving slobs was ridiculous.

Absolutely ridiculous.

Kathryn cleared her throat. She gripped Terry's arm lightly, as much to orientate herself as to comfort him. And she'd liked it when Johnny Catarrh did it to her.

— No, I ain't into any of them. We're friends, you, me and the boys. That's all it is, that's all it can ever be, she smiled and looked around. — I gotta find the restroom, she announced, pulling herself up and moving with a slight stagger in the direction of the toilet.

— How is it they septics call the lavvy the restroom? Ye dinnae go thair fir a rest, Rab Birrell laughed.

— Ye jist go thair tae pish n dae drugs, Johnny considered.

Terry waited in silence until she disappeared behind the toilet's swing doors and then turned to Rab. — Fuckin skinny stuck-up rich American cunt . . .

Rab Birrell smiled broadly in between his mouthfuls of chicken jalfrezi. — You've changed yir fuckin tune. What happened tae Kathryn this n Kathryn that?

— Pah, fuckin septic cunt, Terry muttered bleakly. Few people took rejection well, but Terry was worse than most.

Birrell's eyes lit up in realisation. — She fuckin KB'd ye. Ye thoat ye wir oan yir hole n she KB'd ye!

— Fuckin smart cow thinks thit she kin jist swan aroond wi the likes ay us whin it suits her . . .

— Dinnae start hatin her jist cause she's no gaunny gie ye yir hole. If ye hated every fucker that didnae want tae shag ye it'd be a fuckin long list! Rab took an enjoyable gulp of Kingfisher, draining his glass, and signalled for another round as Catarrh nodded in grim enthusiasm.

— It's cause ah'm a pleb tae the likes ay her, that's what it is, Terry said, buoyed up slightly at the prospect of more beer paid for by Kathryn.

— Terry, that's nowt tae dae wi it, Rab dismissed, — the lassie jist disnae fancy ye.

— Naw, naw, naw, Juice Terry said wearily. — Dinnae lecture ays oan birds, Birrell, ah fuckin understand birds. Nae cunt kin tell me aboot fanny. Nae cunt roond this fuckin table anywey, he said challengingly, drumming the table for effect.

— American birds ur different, Catarrh ventured, instantly regretting it.

Juice Terry's smile widened like the River Almond hitting the Forth Estuary. — Right then, John Boy, you're the big fuckin expert oan American fanny. Aw they American birds you've shagged, compared tae aw they Scottish yins. So you tell ays the difference then! Terry let out a raucous, breathless laugh and Rab Birrell could feel his sides shaking.

Catarrh shifted slightly in his seat, his expression and tone taking on a sheepish, defensive bent. — Ah'm no sayin thit ah've shagged tons ay American birds. Ah'm jist sayin thit American birds are different . . . like oan the telly n that.

— Shite, Terry snapped. — Fanny's fanny. Same the world ower.

— Listen, said Rab, changing the subject to spare Johnny's blushes, — ye think that she's stickin her fingers doon her throat n pukin up aw that curry in the bogs?

— She'd better fuckin no be. A fuckin waste, Terry stated. — Fuckin bairns starvin, oan the telly n that, n some cunt daein that!

— That's what they dae though, birds like that, bulimia or whatever ye call it, Catarrh considered.

Kathryn returned from the toilet. At one stage she thought that she was going to be sick, but it passed. Normally, she did go to vomit up that toxic food before it converted into fat cells, corrupting and warping her body. Now it felt comforting, that heavy, warm, fluid centre, which had once spelt disease.

— See that club's oan the night, at the Shooting Gallery, fir the Festival, ken? Rab Birrell offered.

— Barry. Fancy a bit ay clubbin eftir, Kath? Trip the light fantastic? Juice Terry ventured.

— I'm nat really dressed for it . . . but I don't wanna go back to the hotel . . . but . . . well, okay, she said. It seemed important to stay out, to keep going.

— Need tae get some drugs but. Speed n some eckies, eh, Rab said. Then he turned to Catarrh. — Ye gaunny phone Davie?

Terry shook his head. — Fuck speed, git some charlie fir later oan. Is that cool, Kath?

— Yeah, why not, Kathryn acquiesced. She didn't know where this adventure was heading, but she had decided now that she was along on the trip all the way.

Rab saw Terry's face distort with a twist of smugness. — Kath's in the rock 'n' roll business, Rab. She's no wantin any ay yir schemie speed. Nothin bit the best now.

— Ah like speed, Rab protested.

— Awright Birrell, play the fuckin workin-class hero aw ye want. Yi'll git nae medals fae us though, mate, right John Boy! He turned to Catarrh.

— A bit ay charlie would be sound, Catarrh said, — fir a change likes, Rab, he appealed to Rab in order to mitigate his betrayal. Catarrh was normally a big speed freak and snorting coke played havoc with his already dodgy sinuses.

The Rabbit

Lisa had remembered Angie talking about Mad Max, Charlene's rabbit. The one she had as a kid. She minded her once saying something on a come-down after a night's clubbing and pill-popping. Something weird, where you can't quite remember the detail, but you recall the ugly, troubling sensation. Something that can be easily parcelled off and filed under 'druggy shite'.

Something happened to her rabbit. Something bad, cause Charlene had been off school for a bit. That was as far as it went in Lisa's memory.

Then Charlene started to talk again. About the rabbit.

Charlene told Lisa that she loved the rabbit, and how the first thing she did every morning was go down to the hutch and check on him. Sometimes, when the drunken shouts of her father or the sound of her mother's screams got too much, she'd sit at the bottom of the garden, holding and stroking Mad Max and willing it to stop.

One day when she came home from school, she saw the hutch door open. The rabbit had got out. Something caught the corner of her eye and she slowly looked up at the tree. Mad Max was nailed to it. Huge, six-inch nails, smashed right through his body. Charlene tried to pull him off the nails, to cuddle him, even though she knew that he was dead. She couldn't pull him off. She went inside the house.

Later that night, her father came in drunk. He was shouting and sobbing, — The bairn's rabbit . . . they gyppo cunts next door . . . ah'll fuckin kill thum . . . He saw Charlene sitting in the chair. — We'll git ye another rabbit, hen . . .

She looked at him in simple, contemptuous loathing. She knew what had happened to the rabbit. He knew that she knew. He slapped her ten-year-old face hard, and she fell to the floor. Her mother came in and protested and he hospitalised her, knocking her unconscious and breaking her jaw with one punch. He then went off to the pub, leaving the kid to call 999 and an ambulance. Through her shock it took her what seemed ages to manage to dial.

After having told her this story, Charlene stood up briskly, and smiled cheerfully. — Whaire are we gaun then?

Now Lisa wanted to go to bed.

An American in Leith

It proved difficult to find a cab, and three went past him before Franklin flagged one down and headed off to Leith. He instructed a driver, whom he thought was surly, to stop at the first bar in Leith that had a late licence.

The driver looked at him as if he was mental. — Thir's loads ay them open late. It's the Festival.

— The first one with a late licence in Leith, he repeated.

The driver had been working a long, tiring shift, taking daft cunts who didn't know what they wanted to do, or where, or when, around the town. They expected him to have an encyclopaedic knowledge of the Festival. Number thirty-eight, they'd shout for the venue, as if they were in a Chinese takeaway. Either that, or they'd name the actual show. The driver was sick and tired of it all. — Thir's Leith n thir's

Leith mate, he explained. — What you ken as Leith might no be what ah ken as Leith.

Franklin looked nonplussed.

— Dae ye mean doon the Shore, or the Fit ay the Walk, or Pilrig, where Edinburgh becomes Leith? *Whaire* in Leith?

— Is this Leith yet?

The driver looked at the Boundary Bar. — This is the start ay it. Jist git oaf here n keep walkin. Thir's a loat ay pubs but.

Franklin exited and wearily handed the man some cash. It was no real distance at all. He tried to do a quick calculation and fancied that he could have covered Manhattan for the same tariff. Angrily Franklin entered a spartan bar, but there was no Kathryn to be seen. Indeed, it was impossible to even visualise her in such a place. He didn't stick around.

Passing another bar, he discovered that the driver was right, she could be anywhere, they *did* all seem to have a late licence.

In the next one, there was still no Kathryn, but he ordered a drink. — Large scatch, he nodded to the barman.

— Is that an American accent mate, aye? a voice said in his ear. He'd been vaguely aware of somebody standing next to him. Turning, he saw two men, both with crew-cuts. They looked conventionally tough, one of them with dead eyes, totally at odds with his big smile.

— Yeah . . .

— America, eh Larry. Ah fuckin loved ower thair but. New York, that's whaire ah wis. Ye ower here fir the Festival mate, aye?

— Yeah, I'm . . .

— The Festival, the man snorted. — Load ay fuckin pish if ye ask me. Wastin fuckin good money oan nowt. Hi! he shouted at the barman, — another fuckin whisky fir oor American buddy here. Fir me n Larry n aw.

— No, really . . . Franklin began to decline.

— Aye really, the man said, in a tone so coldly insistent it was all Franklin Delaney could do to stop himself shuddering.

The barman, a big, ruddy, stocky man with black-rimmed glasses and a sticking-up mop of sandy-coloured hair sang cheerfully, — Three large whiskies comin up, Franco.

The other man, the one called Larry, let his face crease in conspiracy. — Tell ye what but, mate, American burds, game as fuck. Well up fir it. That's what ah dae whin it's Festival time, fire intae

anything wi an American accent. Aussies, New Zealanders n aw.
Game as fuck, he said, lifting the glass to his lips.

— Ignore that cunt, mate, eh's a fuckin sex case, the man called
Franco said, — aw eh thinks aboot is gittin ehs hole.

— Naw bit, Franco, some cunts say it's the colonial thing, brekin
away fae the hang-ups ay the auld world. What dae you think mate?

— Well, I don't really . . .

— That's fuckin shite, Franco snapped, — burds ur fuckin burds.
Disnae matter whaire the fuck they come fae. Some ride like fuck,
some dinnae.

Larry raised his hands in appeasement, then turned to Franklin
with a glint in his eye. — Tell ye what but, mate, you settle an
argument, between mates, likes.

Franco looked at him challengingly.

— Naw bit, this cunt's a man ay the world, you've travelled aboot
a bit, eh mate? Larry quizzed, a mischievous smile on his lips. — So tell
ays, if ye kin, dae American burds shag mair thin European burds?

— Look, I don't know, I just want to have a drink in peace and
head off, Franklin replied.

Larry looked at Franco, then he lunged forward, grabbed
Franklin's lapels and bundled him against the bar. — So we're no
fuckin good enough tae drink wi, ya fuckin Sherman cunt? Take a
fuckin drink oaf us n aw!

Franco stepped in and started to slowly prise Larry away. But
Larry kept his grip on Franklin, whose heart was pumping.

— Settle down now, lads, the barman said.

— Lit go ay that cunt, Larry, ah'm fuckin well tellin ye, Franco
said in a low voice.

— Nup. Eh's gaun ootside wi me. Eh's gittin done.

— If thir's any cunt gaun ootside wi you, it's me. Ah'm fuckin seek
ay your patter, Franco growled.

— I only wanted a drink, Franklin pleaded.

— Right, Larry said, letting go of Franklin. He pointed over
Franco's shoulder at the American. — You're gittin it, he snarled,
before heading out the door. Franco followed him, turning quickly to
the visitor and saying, — You wait here.

Franklin wasn't going anywhere. Those guys were animals. He
watched the guy stride, gunfighter-style and with murderous intent, out
the door after his former friend.

The barman rolled his eyes.

— Who were those guys, Franklin inquired.

The barman shook his head. — Dinnae ken. Thir no regulars in here. They looked bad news, so ah jist thoat ah'd better humour thum.

— I'll take another scatch, a large one, Franklin said nervously. He needed it to stop shaking.

The barman came back with a double. Franklin went to reach for his wallet in his inside pocket. It was gone.

He ran outside to where the two fighting men would be, only they weren't fighting. They were gone. He looked up and down the darkened thoroughfare. All his cards and his big notes were gone. He checked his money in his trouser pockets. Thirty-seven pounds.

The barman appeared in the doorway of the bar. — Ye gaunny pey me fir that drink, or what? he asked sourly.

Stone Island

Davie Creed had got stocked up on the pills and powders for the weekend, but it seemed like every cunt wanted them tonight. That was the Festival. That Lisa bird was tidy. Her mate was worth one as well, a bit po-faced though. Creedo had tried to get them to stay but they'd been anxious to move on. He would have caught up with them later, but the phone kept ringing. Later on Rab Birrell came up with Johnny Catarrh and some fat corkscrew-heided cunt and this skinny hag with an American accent. Looked like an older, Belsen version of that Ally McBeal on the telly. Possibly worth one if a bit pished.

That corkscrew-heided cunt looked well dodgy. Creedo didn't like the way he was eyeing the record decks and the telly. A tea-leaf if ever there was one. And these threads . . . what a fuckin jakey. And Rab Birrell, in a replica away top! Creedo fingered the button-on Stone Island label on his shirt, its comforting presence ensuring him that the world hadn't gone crazy after all, or if it had, he'd managed to isolate himself from its lunacy.

Terry had heard of Davie Creed. He hadn't realised that the boy had such prominent scars. It really was quite a bad pattern. Catarrh had said that somebody had decked him, stuck a metal milk crate on his face and jumped on it. Normally you took Catarrh's stories with a pinch of salt but in this case it looked exactly like that had happened.

Try as he might, Terry couldn't stop looking at Creedo's scars.

Creedo caught him and all Terry could do was smile and say, —
Cheers for sortin us oot, mate.

— Ah sort oot they boys anytime, he said, taking care to coldly
freeze Terry out of the equation.

Rab Birrell was looking at Davie. He hadn't got fat, and he had the
same thick fair hair, but his face had bloated and reddened
incongruously, probably due to the drink and charlie. It got some
people like that. Catching the tense vibe in the room, Rab said the first
thing that came into his head. — Saw Lexo the other night . . . his
conviction faded as he recalled that Creedo and Lexo had fallen out
years ago and never got back on terms, — at the Fringe Club likes.

Terry said something like, — So that's where all the sartorial boys
about town are drinking now!

Creedo choked in a silent rage. Birrell and Catarrh had brought a
wide jakey cunt up here and they were now bandying Lexo fuckin
Setterington's name aboot, in his fuckin hoose. — Right, ah've got
things tae dae, ah'll see yis. Creedo nodded to the door and Rab and
Johnny were only too happy to leave.

At the bottom of the stair Terry said, — Tell ays that cunt wisnae
nippy as fuck.

— Ye goat the drugs, Terry, that's aw that we wanted.

— Manners cost nowt, what kind ay impression is that tae gie an
American guest ay Scottish people?

Rab shrugged and opened the stairdoor. In his peripheral vision he
noted a taxi and bounded into the street, flagging it down.

Sydney Airport, NSW, Australia

Wednesday 11.00 pm

I really need something for the plane. Tranquillisers or shite like that. I'm charging into the chemist and I almost knock over a display of razors. Cunt, cunt, cunt. — Cunt, I spit through my teeth, and the wee lassie on the counter looks at me, sees a smelly fuckin jakey. Helena's up alongside me, graceful and clean, like a careworker with an unruly client, sorting it out as change flies out my pocket, through my hand and across the floor.

Reedy and the Parlour Maid stand back, a bit embarrassed at this. It's the same story at the booking desk, then the checking-in desk, then customs. But I got on the flight, Helena's powers of persuasion thankfully stronger than officialdom's bullshit. Without her, I'd never have lasted five minutes in the airport, let alone got on the plane.

I've got to get home though.

My old man. All the poor old bastard ever asked of me was that I keep in touch. I couldn't even do that. A selfish, selfish, selfish cunt. It was never in my genetic inheritance to be that way. My mother, my father, they were never like that, nor their parents, never so spoiled, self-indulgent, weak and egotistical.

Be yourself, he always used to say to me when I was a kid. I was always a bit hyperactive, always having tae fucking well show off, and my mother used to worry how I'd be at family do's, whether or not I'd be an embarrassment. My old boy never bothered but. He'd just take me aside and tell me to be myself. That's all you need tae dae in life. Just be yourself, he'd tell me.

Far from being an easy option, it was the most difficult, challenging thing anybody ever asked of me.

Now I'm ready to go through the gates and I've said goodbye tae Reedy and Celeste Parlour, who've headed to the bar. Helena's here with me and I'm squeezing on her hand, wanting to stay, needing to go. I'm looking into her eyes, unable to speak, hoping that it's all in there, but fearing that all she can read is my fear and anxiety for my old boy. I think of the time she said to me that she'd love to see London. I launched into a tirade telling her that London was a dull, overhyped, repressive and snobbish city; that Leeds or Manchester were far more interesting places to be in England. I just hated the lazy, touristy complacency of her remark. Of course, I was giving away my own neuroses, all my own hang-ups. It was a simple, innocent comment, and I acted like a boorish, overbearing cunt, as I always did to anyone I was in a relationship with for too long. Excessive drugtaking has reduced me to a twitching, bitter shell. No, it's not even a good excuse. My head's fuckin gone; all the drugs've done is helped me along the way.

She holds me tight. She's so scrubbed, and clean, all the things I'd sneer at, which I really loved about her. I know that she's doing this out of duty, that this is her parting shot and she's going to tell me that it's all over after this. I've been here before, it's no more than I deserve, but I want things to be different. — I'll phone your mother and tell her you're on your way, she says. — Try to call her from Bangkok. Or if you feel too fucked and you think it's going to upset her, call me and I'll phone her. Carl, you really should go through now.

She moves away, and I feel her hands slip through and out of mine, with a sick, jarring blow to my heart. — I'll phone you. I've got a lot of things I need tae say . . . I . . .

— You should go, she says, and turns away.

Shell-shocked, I stagger through the airport security. I look around to see if she's there but she's gone.

Edinburgh, Scotland

Thursday 12.41 am

The Bitterest Pill is Mine to Take

Kathryn had done loads of coke at one time, but she'd never tried ecstasy before. She felt a sense of trepidation as she swallowed the bitter pill. — What happens now? she asked Rab Birrell, looking round at the growing throngs of people in the club.

— We jist wait till it comes oan, Rab winked.

So they did. Kathryn was just starting to get bored when she felt a beautiful nausea gripping her. But the queasy feelings quickly wore off and she was soon aware that she was never so light or tuned into the music. It was fantastic. She ran a hand down her bare arm, enjoying a delicious, rapturous unravelling of tension. Soon she was on the edge of the dancefloor, settling into the deep house groove, moving by unselfconscious instinct, lost in the music. She'd never danced like this before. People kept on coming up to her, shaking her hand and hugging her. When they did this after a gig when she was wired, it felt intrusive and made her anxious. Now it felt wonderful and warm. Two of the people hugging and greeting her were girls called Lisa and Charlene.

— Kathryn Joyner, a top head . . . Lisa said in an enchanted endorsement.

Catarrh saw his chance and moved in. He started dancing with Kathryn, pulling her in towards the heart of the bass. Kathryn felt herself being swept along with the groove in a bouncy rush. Catarrh was an old soul boy, and he really knew how to dance to house music.

Juice Terry and Rab Birrell looked on from the bar in mounting dismay though Rab managed to draw considerable comfort from the fact that Terry looked even more upset than he did.

Terry couldn't stand it any longer, he decided to head to the toilet, maybe take a line ay that charlie. He didn't go out so much these days, but when he did, he preferred charlie to E's. In fact, he didn't know why he'd taken a pill. The booths were full of people doing lines though, and it was better to save the charlie for later. Standing at the latrine, Terry whipped out his cock and did a long E pish, the kind that never seem to be finished, even when they are.

Not enjoying the sensation that he was pissing his troosers and continually checking to make sure that it was just an illusion, Terry tried to fix his hair then exited. Outside the toilet, three girls, done up to the nines in club gear, were talking, smoking cigarettes. One in particular looked stunning to him. She'd made a real effort and he always appreciated lassies that did that. He approached cheerfully and said, — You look gorgeous, doll, it hus tae be said.

The girl looks this fat guy in the strange threads up and down. — And you look auld enough tae be ma faither, she replies.

Terry winks at her pals then smiles at the girl, — Aye, and ah would've been n aw if that pit bull terrier hudnae been chewin oan yir Ma's minge at the time, he states cheerfully, exiting with the laughter of the lassie's friends sweet music in his ears.

Terry got back to the bar where Rab was still standing, watching Johnny and Kathryn dancing. — John Boy's enjoying ehsel.

— That's the only wey Catarrh kin bag off. Stick oan a white shirt, neck an ecky and dance wi a bird that's E'd up, Terry sneered. Although he'd put that cheeky fucker outside the toilets in her place, he was still rankled at her comment. He looked at Birrell and Catarrh. The five or six years between him and them seemed more like ten. Somewhere between his age and theirs, gadges had started to look after themselves a bit better. Terry lamented the fact that he was just on the wrong side of a cultural schism.

Catarrh was well into his pills, and he loved the way they made him effortlessly surrender to the beat. He put Kathryn through a pretty gruelling shuffle on that dancefloor, waiting until the glistening beads of sweat which formed on her head underneath those strobes merged into their first rivulet, before taking that as his cue to nod across to some free seats in the chill-out area.

— You sure can dance, Johnny, Kathryn said as they sat down close to each other and pulled on the Volvic. Johnny had a chaste arm round her thin torso which felt good for them both. There was something really fresh and beautiful about this boy, Kathryn told herself, feeling the pill flutter through her as she luxuriantly spread her arms.

— Ah play guitar n aw, ken. That's how ah got ma name, Johnny Guitar. Played in bands fir years. Ah love dance music, but ma first love is rock 'n' roll. Guitar, eh.

— Guitar, Kathryn smiled, looking searchingly into Johnny's magnificent, dark eyes.

— Aye, see thir wis this boy called Johnny 'Guitar' Watson n that wis barry cos wi baith played guitar n hud the same name eh. That wis how ah goat the name Johnny Guitar, eftir the boy. Black boy likes, American n that.

— Jahnny Guitar Wahtson, I guess I've heard of him, Kathryn lied, in that vague American stoner way, which seemed designed not to cause too much offence.

— Ah like ma acoustic, but ah kin be the mad axe warrior fae hell whin ah like tae n aw. And wir no jist talkin aboot a few Status Quo numbers or *Smoke an the Water* here . . . so, Catarrh prepared his pitch, — . . . if yir ever needin a guitarist, ah'm yir man.

— I'll bear that in mind, Johnny, Kathryn said, stroking the back of his hand.

This was all the encouragement Catarrh needed. A myriad of opportunities shuffled through his brain. Elton John and George Michael on stage in a massive, televised, stadium charity extravaganza, when who should come on, from each wing, wielding their axes, looking cool and focused, but with those slightly ironic, knowing nods to the audience and the cameras, but Eric Clapton and Johnny Guitar. Elton and George would ceremoniously bow and wave each axeman to the front where a blistering, showy-but-tight-as-a-duck's-arse guitar duet building up to new heights through its twenty-minute duration would be picked and battered from the strings of those Gibson Les Pauls by the legendary guitar hands, sending the audience into a state of uncontrolled rapture. Then Elton and George would move back to the front of the house and recommence *Don't Let the Sun Go Down on Me* and a close camera shot would reveal, to billions of viewers, the tears streaming down Elton's face, so overwrought would he be at the blinding performance of the maestros. At the end of the song, he'd completely break down and implore: — Come back on . . . Eric . . . Johnny . . . and the two axemen would look at each other sagely, in mutual respect, shrug and reappear to the biggest cheer of the night. Catarrh would stride forward confidently (his talent deemed that he had a right to such a stage) but not arrogantly (he was, after all, still an ordinary guy from the Calders, that was why the punters loved him) and give that slightly self-deprecating smile which made the guys envious and the chicks wide and wet in the nether regions.

Elton would extravagantly hug the maestros, overcome with emotion. Hysterically and in halting sobs he'd introduce them as '. . . my great friends . . . Mr Eric Clapton and Mr Johnny Guitar . . .' before being led from the mic by a sympathetic George.

Elton and George would take turns to hug Guitar, which might be a bit dodgy with the boys watching it on the Silver Wing telly, what with them being poofs and all that. But the gadges would surely understand that showbiz people, *artists*, were, by their nature, more expressive and passionate than the rest of humanity. Mind you, Guitar didn't want anybody taking the piss. The bitter punters left behind, Juice Terry being a prime example, would play up that one for all it was worth. Ugly rumours would be developed on the basis of one innocent, emotional, theatrical guesture. Johnny would have to think long and hard about those hugs from Elton and George. They could be misconstrued by the unaware and twisted by the jealous. He thought of Morrissey singing *We Hate It When Our Friends Become Successful*. Well, they would just have to, because Johnny Guitar, yes, that was GUITAR, not Catarrh and not John Boy, was on the move. Kathryn Joyner was just a stepping stone. She was a nobody. Once he was established, that old dog would be traded in for a succession of younger models. Pop starlets, TV presenters, party chicks, they would all come and go as he played the circuit with ruthless abandon before finding true love with some intellectual but beautiful woman, perhaps a young post-modern academic, who would have the brains but also the heart, to understand the complexity of the mind and soul of a true artist like Johnny GUITAR.

Things couldn't be taken for granted though, Juice Terry was a rival. But he just wanted to use Kathryn. Granted, Johnny did too, but he was using her to become ultimately independent and self-sufficient. Terry's vision ended at her shelling out for a few beers, some charlie, a curry and then shagging him before they settled down to a night of watching the telly in that stagnant pit of his. That would be a result as far as that fat frizzy-heided jakey was concerned. It would be criminal to let Kathryn be exploited for such trivial concerns. She was worth more than being used as a glorified remote control.

And then there was Rab Birrell. The typical cynical schemie

intellectual, too much of a critic to ever achieve anything in life. Birrell, so smug about telling you how things are and what is and isn't shite that he forgets that the years are rolling by and he's still done nothing more than sign his name every fortnight and do a few modules at Stevenson College under the twenty-one-hour rule. Birrell, who actually believed that talking his pompous shite about politics to half-pished or jellied cunts in west-side pubs was going to raise their consciousness and inspire them to take political action and combine to change society. What would Birrell want with Joyner? To tell the daft Yankee cow that she was suffering from false consciousness and should reject the world of capitalist entertainment and give her money to some bunch of nae-mates sad cunts who called themselves a 'revolutionary party' soas that they could go and visit other dippit fuckers like themselves in different countries on 'fact-finding missions'? The problem was that Birrell's poxy nonsense might have a moonies type of appeal for a rich Yank who had probably tried every other kind of religion, politics, medicine or lifestyle fad going. Rab Birrell, in his self-righteous way, was more dangerous to Johnny's ambitions than Juice Terry. After all, she'd soon get bored of living on the dole in Saughton Mains with a fat cunt and his mother. It was a long way from Madison Square Gardens. But those political and religious cunts could get right intae yir heid. Brainwash ye. Kathryn had to be protected from them as well. Johnny shot a glance over to the bar where the predators were grazing at their watering hole. Spurred on, Catarrh continued, — Ah write songs n aw.

— Wow, Kathryn said. Johnny liked the circles her mouth and eyes made when she did that. That was it with Americans. They were so positive about things, no like here in Scotland. You couldnae share your dreams and visions here, not without some bitter cunt sneering at you. That 'ah kent his faither' brigade. Well they could aw fuck off, because his faither kent them as well and they were, are, and would always be a set of fuckin wankers.

Kathryn felt another rush from the ecstasy and she had a surge of goodwill towards Catarrh. He was a really cute guy, in a dirty, ratty sort of way. Best of all, he was thin.

— Thir's one ay the songs thit ah wrote . . . it's called *Social Climber*. Ah'll jist sing ye the chorus: 'Ye kin be a social climber, ye kin git right oaf the dole, but remember who yir friends are, or you'll faw doon a black hole . . .' Catarrh crackled, sucking down more mucus from the back of his nasal cavities to lubricate his dry throat. — But that's jist the chorus likes.

— It sounds really neat. I guess it's saying that you gotta remember your roots. Dylan wrote something similar . . .

— Funny you sayin that, cause Dylan's one ay ma biggest influences . . .

Back at the bar, Terry and Rab's brief unity didn't last. Frustrated at Catarrh's success, Terry was getting a mischievous rather than loved-up buzz from the E. — 'Business' Birrell. That's a good yin, eh, he laughed, looking at Rab for a reaction.

Rab looked away and shook his head with a tight smile.

— Business Birrell, Terry repeated softly, his voice wobbling in mirthful disdain.

Even through the luxuriant bullshit-free clarity the pills afforded him, Rab had to admit that Terry was a supreme wind-up merchant. — Terry, if you've goat anything tae say tae ma brar, say it tae him, no me, Rab smiled again.

— Naw, ah'm just thinkin aboot the headline in the paper that time, Birrell Means Business. Mind ay that?

Rab slapped Terry on the back and ordered a couple of Volvics. He couldn't be arsed getting into it. Terry was okay, he was his mate. Yes, he was jealous of Rab's brother, but that was an issue for Terry to resolve. Sad cunt, Rab thought cheerfully.

In Terry's head he was playing the mantra: Billy Birrell, Silly Girl. He minded that one: fae way back at primary school. Then there was Secret Squirrel. He had made that yin up. Billy hated that! This starts Terry thinking back though, or rather forward from that point, about how pally he and Billy Birrell were. They were great mates; it wasn't Terry and Rab or Terry and Post Alec back then it was Terry and Billy, Billy and Terry. The two of them, and Andy Galloway. Galloway. He was some cunt. You missed that wee fucker. And Carl. Carl Ewart. N-SIGN. The techno star. It had been Terry that had given him the name. Terry tried to think about the influence the name N-SIGN had on Carl's deejay career. It meant everything. He was entitled, surely, to a cut of his old mate's earnings for suggesting that. Carl Ewart. Where was that cunt now?

Rab sucked on one of the Volvics and let the music take him into the dance. The pills were excellent. He was cynical of E's potential as a life-changing force; it had motivated him into going to college, but he felt that he had taken it as far as it could go. It was now just in the alcohol, speed, charlie, and, on occasions, downer mix which made up the menu on nights out. When you got pills of this quality though, it made you reconsider. A vibe of the good old days of a few years back was apparent: the place was glowing in that sense of carefree unity. And now, without actually realising what he was doing, he was talking to not one, but two fuckin gorgeous birds. More importantly, from Rab's point of view, he was doing it without any of the bullshit baggage of self-consciousness or trying to be smart or aggressive to hide the fact that he was a shy Scottish schemie with a brother and no sisters and had never really learned how to talk to women properly. But no problem now. It's easy. You just say, how's it going, having a good one? and things flow without testosterone or social conditioning playing their ugly tricks. You see one of the girls, Lisa's her name, she's dancing away, her long blonde hair swishing side to side, her white top glowing with an electric-blue sheen, her arse looking like it rules the world, and it does, as she swings in a sensuous groove. He sees the deejay, Craig Smith, executing a difficult mix and pulling it off with the casual nonchalance of an experienced New York pizza chef in Little Italy, throwing together one of those appetising creations. All those girls and the deejay just working them all, knowing that the boys will fall into line. That's Lisa, a willing prisoner of the groove. But it's the other one, Charlene, that dark-heided wee gypsy-lassie who Rab finds the real work of art in this exhibition of the sheer, overwhelming, magnificent beauty of women. She's telling him that she's wanting to gouch and now she's sitting on the knee of one Robert Birrell in order to do this and she's rubbing his back and he's stroking her arm and she says to the boy Birrell, — Ah like you. Does the Birrell gadge mumble something in gruff embarrassment, does he spoil the moment by the alcoholic, flighty, 'Ye fancy a shag then?' or does he look around all paranoid, worried that he's been set up for ridicule by some so-called mate like Juice Terry?

Does he fuck. Robert Birrell just goes, — Ah like you n aw, and there's no self-conscious, jerky, frozen-time look into the eyes, no tense pause for the interpretation and misinterpretation of the signal. There's just two mouths and tongues coming together in a relaxed, languid way and two psyches twisting together like snakes. Rab Birrell is both pleased and disappointed at the same time to note that there is no erection in sight because he is on a transcendental love trip with this Charlene lassie but a shag would be nice and he must bear this in mind because priorities change later but fuck that just now. Just sitting here snogging, touching her arm. After Joanne had gone, he'd spent a night screwing a girl he'd picked up in a pub, without getting anywhere near this level of intimacy.

Lisa is next to them and she's saying to Rab, who's come up for air, — Ye like cocktails?

— Aye . . . Rab says hesitantly, thinking that this lassie has no need to buy him a drink, an expensive cocktail . . . besides, he's on the E trip . . .

Lisa looks at Charlene and laughs, — She could tell ye a few.

Taxi

— Yuv goat tae admit it but, eh pal, thit Scotland's a friendly place, the young guy at the bar said to him. Franklin thrust his hand further into his trouser pocket. — Eh that's right pal, eh.

— Yeah, he replied nervously.

— We're different fae the English, the young man emphasised. He was skinny, had short hair, bad skin and wore a long sweatshirt, which hung on him like a tent, and baggy trousers frayed at the edges. The last couple of pubs had been brighter than the first ones, but there was still no Kathryn.

— Ah kin git ye anything ye like but, mate, you name it. Ye wantin a bit ay broon?

— No, I don't want anything at all, thank you, Franklin countered curtly. His hand tightened round the notes in his pocket.

— Ah kin git ye some speed, good stuff. Or some E's? Pure MDMA mate. Charlie. Oaf the rock n aw mate, best yuv ivir hud, the youth scratched at his arm. Two white marks out each side of his mouth gave his lower jaw a puppet-like appearance.

Franklin gritted his teeth. — Nothing thanks.

— Git ye some jellies. The boy's jist ower the road. Geez twenty offay ye the now, n ah'll be back in a minute.

Franklin just stared at the young man.

The youth extended his palms. — Awright then, ye kin come up tae the boy's hoose wi me. Test the gear. How does that sound?

— I'm telling you, I'm not interested.

A group of stout men in their fifties were playing darts. One of

them came over. — The boy telt ye, ya junkie cunt, eh's no interested.
Now git the fuck oot ay here!

The young boy cowered away, and headed for the door. As he
exited, he shouted back at Franklin, — You're fuckin well chibbed, ya
fuckin Yankee cunt!

The darts players laughed. One of them came up to Franklin. —
Ah'd git oot ay here if ah wis you, mate. If ye want tae drink in Leith,
yir better gaun doon tae the Shore. Roond here yir face's goat tae be
kent or yi'll git some cunt oan yir case. It might be welcome, it might
no, but that's what'll happen.

Franklin gratefully took the man's advice, his own experience not
exactly contradicting that proposition. He headed down to the
waterfront and had a couple of lonely, maudlin drinks. There was no
sign of Kathryn and there were loads of pubs and restaurants here. It
was useless. He'd called back at reception, but she hadn't returned to
her room. Despite this, feeling defeated by now, he intended to turn in.
He got another cab back up to Edinburgh.

— American, aye? the cabbie asked as they sped up the Walk.

— Yeah.

— Over fir the Festival?

— Yeah.

— Funny, cause you're the second American ah've hud in ma cab
the night. You'll never guess who the first one wis, that singer, Kathryn
Joyner.

Franklin fused rigid with excitement. — Where, he asked calmly,
trying to keep control, — did you take her?

Stars and Cigarettes

Terry and Johnny, both attempting to pursue a certain agenda, were
getting a bit irritated as people kept coming up to Kathryn. This E'd
brotherhood and sisterhood was okay, but they had business to attend
to. Thus Terry found himself in accord with Catarrh when Johnny
asked Rab Birrell, — Let's go back tae yours.

— Eh, awright, said Rab ... I'll just see. He hedged his bets,
looking over at Charlene and Lisa. Rab was determined that he was
going nowhere without Charlene. They were up for it, but it was

Kathryn who was at first reluctant. — Terry, I'm having such a great time!

As usual, Terry had an answer. — Aye, but that's when ye should move oan. Whin yir huvin a great time. Cause if ye wait till yir huvin a shite time before ye go, ye jist take that shite time wi ye tae the next place.

Kathryn thought about this, and conceded the point. This night had started off strange, but had slowly turned into something wonderful. And Terry had come through for her so far, so she was happy to go along with him. Terry, for his part, was surprised to see that two of the girls he'd seen earlier on were with Rab Birrell. They were the ones who'd been with the lassie he'd insulted.

Lisa looked at him and pointed, — That wis brilliant! Her Ma's minge gittin eaten by a pit bull!

Rab looked nonplussed as Charlene and Lisa laughed their heads off. Terry did too, then said, semi-apologetically, — Sorry tae take the pish oot ay yir mate . . .

— Naw, it wis barry, Lisa smiled, — she's a stuck-up cow, her. She wisnae wi us. We jist bumped intae her, eh Char?

— Aye, Charlene agreed. Rab had given her some chewing gum and she was chomping twenty to the dozen.

— Great, Terry nodded, all the time aware that he'd have never dreamed of apologising if he believed the girls were really offended.

They got their coats and exited into the cold. Kathryn was transfixed by the E-inspired orange sodium tracers from the street lamps and she didn't see the man get out of a taxi and walk right past them into the club. They carried on down the road for a bit, before veering off a sidestreet and into a stair. The steps were worn down as they climbed up one flight, then another. — Where's the goddamn elevator, huh Kath, Terry coughed in a put-on American drawl as they mounted step after step to the top-floor flat.

— Too fuckin redge, ya cunt, Kathryn said in a bad Scottish accent, trying to mimic a phrase Johnny Catarrh had taught her in the club.

So the American singer Kathryn Joyner found herself back at the flat of Rab Birrell. Lisa was impressed by the size of Rab's record collection. — Magic, she said, rummaging through the vinyl and CDs which were racked on the walls. Rab Birrell neglected to mention that most of them were somebody else's, a deejay pal of theirs, and he was just looking after them, and the flat for that matter. — Anything anybody wants tae hear?

— Kath Joyner! Terry shouts — *Sincere Love*!

— No Terry, damn you! She never sang that fucking song any more. Never since Copenhagen. She hated it. It was the one she'd co-written with *him*. It was the one that every asshole seemed to ask her for.

Charlene makes a plea, — No mair dance music the now, Lise, ah'm danced oot eftir that fortnight in Ibiza. Find some indie stuff, some rock 'n' roll.

— A wee bit thin on the ground wi that, Rab confesses.

— Current rock 'n' roll music's shite. The only person daein anything interestin thair now is Beck, Johnny ventures.

Kathryn's eyes widen. — Gad Jahnny, thet is so right! Play Beck. Beck is just the coolest spirit!

— Aye, that's barry, Terry agrees, moving over to help Lisa search. He looks in the pile of seven-inch singles. — Goat it, he says, moving over to the record deck. He puts the music on, and the familiar pub jukebox riff of *Hi-Ho Silver Lining* fills the air.

— What the fuck is that? Lisa asks, as Rab starts sniggering. Johnny does too.

— Beck. Jeff Beck, Terry went, singing, — Ha ho silvah ly-nin . . .

Kathryn looks solemnly at him. — That wasn't the Beck we had in mind, Terry.

— Right, Terry says, deflated, sitting down on a beanbag.

Rab Birrell gets up and puts on Shannon's *Let the Music Play* and starts briefly dancing with Charlene and Lisa, before grabbing Charlene's hand and leading her over to a seat built into the bay window of the flat.

Terry feels old and humiliated. To console himself, he starts racking out lines of cocaine on a CD case.

— Fuck off Terry, we're still oan the E vibe the now, Rab says, turning from the window seat in the flat.

— Some ay us kin handle our drugs, Birrell.

Kathryn is also content to stay on the E vibe. After Shannon finishes, someone puts a CD on. Kathryn likes the music, and she is up dancing with Johnny and Lisa. This young girl seems very beautiful to the American singer, but she is appreciative rather than intimidated by it. The music is fantastic to Kathryn's ears, beaty, driving but soulful, and full of rich textures. — Who is that?

Johnny hands her the CD case. She reads:

N-SIGN: Departures

— Mate ay Terry's here, Johnny says, then, noticing her interest, starts to regret it. — Fae ages ago like, eh adds, going into a seductive, off-beat dance movement which both Kathryn and Lisa, to his relief, decide to copy.

Rab Birrell is sitting holding hands with Charlene, pointing out at Arthur's Seat. — It's a beautiful view, she says.

— You're a beautiful view, he tells her.

— So are you, she replies.

Terry, miserable on the beanbags, overhears this. Birrell's got a new girlfriend. Now we're all forced to witness a sickening display ay E-induced smarm as he gets his hole for the first time in yonks. Beck. Who the fuck was that? Some fuckin American poof. He could kick himself. Bad referencing was an unforgivable crime in some quarters, worse than no referencing at all. And the place in the big, wide world where it would be most harshly judged would be in the anal, student gaff of that cunt Rab Birrell. It was fast turning into a nightmare, Terry thought, as he fine-chopped the lines of coke, which nobody but him seemed to want. Catarrh has two birds slavering all over him, and Rab Birrell's playing mister fuckin smooth because he's E'd up. Terry takes brutal stock of Rab's student pad. The wallpaper. The beanbags. The plants. Two fuckin guys in a flat wi plants! Rab Birrell, the so-called Hibs boy as well. But that cunt was always mair CC Blooms than CCS. In the District Court of his mind where Rab Birrell is on trial charged with being a poncy student cunt, Terry is assembling an absolute fucking welter of evidence. Then he sees it. It's the artefact which digs at him at a new level, way beyond irritation, slapping him into dumbfounded outrage. It's a poster of a soldier being shot with the word WHY followed by a question mark. That, to Terry, just sums up that cunt Birrell: his politics, his affectations, his stupid student shite. He could almost hear him now, saying to that daft wee clubber lassie, aye, it makes ye think, doesn't it, then going off into one of his daft lectures about whatever garbage him and his new college chums talked about. Stevenson College Birrell, Stevenson College.

And Rab's brother. Billy. His old best mate. Terry minded the time, the one and only time, he'd gone into the Business Bar, and okay, he'd had a few and he'd been in overalls from daeing a bit of painting on the side. But 'Business' had all but blanked him, given him a disdainful, — Terry, followed by a 'come back when yir better dressed' look which had made Terry feel like a total cunt in front of the posh George Street wankers who drank in there. Through the druggy reverb and N-SIGN's music, he fancied that he could hear them now, 'I actually know quite a lot of rather unsavoury people in this town. Have you met Billy Birrell? The ex-boxer? Runs the Business Bar? You must come in and meet Billy. He's a character.' And there would be 'Business' Birrell, the fucking Rembrandt Kid, saying in hushed tones to one of the wee lassies he employs in order to get into their knickers, 'Look after Brendan Halsey. A big noise in Standard Life. Oh look, there's Gavin Hastings! Gavin!'

Birrell. Making a cunt of himself. He'd never be one of them, and they'd never really accept him. Just standing there and letting them patronise him, and him not even seeing it, or worse, him noticing it and putting it down to 'business'.

The Birrells and their fuckin pretensions.

Rab was looking at the poster which Charlene had taken a fancy to. — It really says a lot that poster, eh? she said, urging him on in support.

— Aye, Rab replied with less enthusiasm than he felt she wanted. He hated the poster with a vengeance. It was put up by his flatmate, Andrew, and Rab always joked about that nauseating student left-wing kitsch but this one really did irritate him. To Rab it epitomised that smug, complacent right-onness. Let's make those daft wee statements to show how profound and sussed-out we are. It was a load of bollocks. Andrew was okay, but he didn't give a flying fuck about war. It was just a lazy way to a pompous cred.

He turned to see Terry looking at the poster with an expression of abject disgust, and he knew what Juice was thinking and he had an urge to shout 'It's no fuckin mine, right.' But Charlene was tugging at his hand and they were off to his bedroom to cuddle, snog, whisper secrets and if it led to them exploring each other and sharing body fluids as well, then that was okay by one Robert Stephen Birrell. Rab Birrell was enjoying the passivity, the freedom from the burden of being the uncool cunt in the transaction who was always pushing. Sometimes we still need a good pill to decondition us, loosen us up, get rid of all the uptight shit.

Terry watched them go through to the bedroom with something approaching rank despair. Not only had Birrell and Catarrh hijacked his night with Kathryn, they had rubbed his nose in it by pointing out that this prize he coveted was a mere bauble to be discarded when brighter ones came into view. Catarrh was going home with the two of them if he wasn't careful. Catarrh in a threesome and Terry on his puff. Catarrh! The warning bells rang to a crescendo in Terry's head. Snorting one line, then another, he felt his heart race and his spine fuse into a rod of iron. He stood up and bounded to the door, exiting into the hallway. A few moments later, he returned draped in a white duvet, a similar colour and material to Johnny's shirt. Striding onto the floor, Terry slowly insinuated himself behind Johnny and started doing an exaggerated parody of Catarrh's stylised dancing.

— Terry, what are you doing? Kathryn laughed, as Terry undulated, and Johnny looked self-consciously over his shoulder. Lisa sniggered loudly like a washing machine in the spin cycle. That Terry was a radge.

— Jist rippin oaf a wee bit ay yir style thair, John Boy, he smiled at Johnny, who felt his lip involuntarily curl downwards.

Catarrh had always had problems with Terry's bluster and was instantly regretting letting himself be so effortlessly forced into a subservient role. He could feel his confidence running down with the E rushes. All he could do was dance on and ponder the dilemma. Kathryn or Lisa, Kathryn or Lisa . . . an old boiler but a career or a tidy young bird and a barry shag . . . that global stage with Elton and George was getting further away. But he didn't need showbiz poofs in tow. That sort of company would be more harmful to his career than good. The teen market was of prime consideration, that was the reason why so many members of boy bands stayed in the closet. Fuck all that. Lisa or Kathryn . . . That Lisa was a ride. Okay, he'd give Kathryn one, but she was definitely past her best. Lisa seemed a bit of a cocktease mind you. Fuck it. Going for Kathryn would be putting the career first and have the added bonus of leaving that fat cunt Juice Terry to a night of frustration.

But Lisa was eyeing up Terry with much more interest than Johnny had cottoned on to. He was quite fat, but the nose–hands–feet matrix she used in such calculations added up to a well-packed lunchbox.

Kathryn was well into Johnny. Johnny was beautiful. — Johnny's beautiful, she told Terry imperiously, as Johnny sucked on some mucus. She put her arms around him, both of them oblivious to

Terry's teeth chattering together. — Wanna make out? she whispered in his ear.

— Eh? Catarrh replied. What the fuck was she on about?

— I guess I wanna sleep with you.

— Barry . . . eh, back at the hotel then but, eh? Catarrh suggested, anxious to separate her from the pack. That wee Lisa, tidy, but going nowhere. She'd still be waiting for one after he came back from the first tour Stateside. He'd try and fit her in. The career, after all, had to come first.

— No . . . I don't wanna go there, Kathryn said. — Is there a spare room?

— Aye . . . Rab's mate Andy's room . . . Catarrh thought, without enthusiasm. Who in their right mind would want to fuck on a worn-out mattress under the spunk-stained duvet of a student wanker's bedroom when they could be in a top suite at the Balmoral? There was only one possible answer: a rich cow slumming it. Johnny had heard that some rooms in the Balmoral had mirrors on the ceiling. Still, as the Yanks would say, it was her call. They vanished through to the hallway, leaving Terry in a high state of agitation.

Lisa looked at him. — That's jist you n me then, eh.

Terry looked at her pout, and beneath it her white top and black trousers. He felt a hoarse tickle in his throat. Terry hated chatting up lassies when he was E'd. The nudge-nudge, wink-wink, carry-on ritualism of the British chat-up came easy to him, and he detested having its easy banalities undermined and subverted by the ecstasy. The bullshit tapes had served him well, and he didn't want them wiped clean. In their absence he couldn't think of what to say. — Ah used tae work oan the juice lorries, he explained, — but this wis way back . . .

Johnny and Kathryn were looking out the window over the inky sky. There was a beautiful display of stars. Johnny tugged on his Regal as he watched them twinkle. Kathryn looked at Johnny, then the cigarette, then the stars. — I guess this is like some arthouse existentialist movie moment, Johnny, she speculated.

Johnny nodded slowly, not looking down at Kathryn, who was curled into his side. The stars were shimmering, sending strange codes across the universe to each other. — Don't you think there's anything beyond that? Kathryn asked.

— Ah've tried tae pack it in before, bit it disnae really bother ays, eh no.

Kathryn wasn't hearing him. — I just think . . . space, she said dreamily.

Johnny looked up at the sky, then at the burning fag. — Cigarettes, he reasoned, almost to himself. Of course Johnny appreciated the blistering array of starlit expanse and the possibilities it seemed to offer, but he declined to mention this to Kathryn. It would be too much hassle to tell her that she was in a part of Scotland where sharing dreams was a bit like sharing needles; it seemed a good idea at the time but it only served to fuck you up. Besides, he wanted a ride. He turned to her and their lips met. It was a short stagger to the mattress and duvet, Catarrh hoping that by the time they got there his passion would be such that bedding down in the stale crumbs and spunk of a student wanker would be an irrelevant consideration.

In-Flight

4.00 am

The air hostess is looking at me in a thinly disguised state of horror. I'm a mess: the dirty, minging clathes, the shaved head (too much dust and dirt in the desert for the locks) and the smell of me: rancid chemical discharge mixing with the earth of the New World. Sweat and muck streaks across my face. The air hostess looks at a well-manicured cabin steward who catches sight of me and rolls his eyes. The poor cunt sitting next to me is arching his body as far away as he can. I'm in no fit state to fly. I'm in no fit state to do anything.

The plane roars forward; I'm pinned back in the seat and we're up in space.

— We had the space, Helena, I hear myself say a couple of times as the aircraft levels out. The guy next to me recoils further in his seat. Another air hostess comes over to me. — Are you okay?

— Yes.

— Please be quiet. You're disturbing people.

— Sorry.

I'm trying to keep my eyes open, although I desperately need to sleep. As soon as they shut I'm in a world of fucking madness; demons and serpents surrounding me, the faces of the forgotten and the dead crowding in, and I start to rant before forcing myself into a consciousness which is impossible to maintain.

Ignorant and enlightened.

The ignorant will never stop the enlightened taking drugs. Ah agree wi that auld Kant Immanuel and the Last Cannibals; the phenomenal and the noumenal are the same thing, but each person can only see the phenomenal, through our ain perspectives.

That's why I remember the best piece of advice my auld man ever gave me: never trust a teetotaller. It's like saying: I'm an ignorant, small-minded wanker. Awright if they tried to compensate for the lack ay drugs wi a brilliant imagination. But if they have one they keep it well-hidden. Wha . . .

WHAT . . . a shadow at my side.

— What would you like to drink? the steward asks.

What?

Consumer choice versus real choice.

Thirst is the issue, drink is the need. What to drink: coffee, tea, coke, Pepsi, Virgin, Sprite, diet, decaf, additives . . . by the time you've made the token choice you've eaten up a bigger chunk of your allocated three score and ten than any drugs could have. They try to con you that making that kind of choice day in, day out, makes you feel free or alive or self-actualised. But it's shite, a lifebelt to stop us all from going fuckin mad at the lunacy of this fucked-up world we've let them shape around us.

Freedom from meaningless choice. — Water . . . sans gas . . . I cough.

At first I'm thinking that I'm back there again, and I feel the acid dust in my nasal cavities, on my lips, face and hands, the strange, cool air, and from a distance the boom of the bass, and the voices: whoops, shrieks and whispers.

WHOOP BONG

But I'm on the plane with the little bad bears

Trying to obliterate my mind through drugs. Now it was coming back, the sickness, the pains, spasms and chills rivalling anything thought up by the demons.

But they kept trying, these little bears. One, perched on the seat in front of me, is particularly persistent.

YOU'RE FUCKIN OURS, YA WEE CUNT

YOU'VE NIVIR BEEN ANY USE, CARL, NAE USE TAE NAE CUNT

YE CANNAE KID US, MATE, WE KEN YE. WE KIN SMELL YIR FEAR, TASTE YIR FEAR

WE KNOW YOU FOR THE USELESS CRAPPIN, COW-ARDLY PIECE OF SHITE YOU ARE

YE DIDNAE WANT TAE WORK, YIR COMMIE FAITHER DIDNAE WANT TAE WORK

Oh my god . . .

And one wee bear's nipping at my hand, biting it, and it's me, with the lighter, I've been clicking it through nerves; no fag to light, just burning my hand with the flame. — Nae fags? Whaire's the fags . . .

— What is wrong? The hostess says.

— Got a cigarette?

— No smoking! It's against civil-aviation laws, she says tersely and turns away.

Fuckin hell, I'm going to die. This time, I'm really going to die. I just can't envisage a way through this. Ohhh . . .

No.

You're not going to die.

We don't die. We're immortal.

Like fuck; that's what we used to think.

Naw, we fuckin well die awright. It doesnae keep gaun oan. It ends.

Gally.

Edinburgh, Scotland

8.26 am

Our Bona Fide Guests

Lisa was pleasantly surprised to find out that Terry was a brilliant shag. They'd been screwing most of the night, but as they'd been doing a lot of charlie, they were unable to enjoy much post-coital harmony, writhing and sweating in each other's arms, their hearts thudding. But that Terry knew what to do awright and when he got fed up being inventive, that big knob of his could pound you until your ears bled.

Now she was on top of him, and, aye, he was a bit of a twisted fat cunt, always going for her arse, she knew the type, but no way was she taking that thing up the shit-tube. She rammed her finger up his hole, to get a reaction. She did that to most guys who tried to bum her, it soon made them behave and treat her like a lady.

Terry let out an agonised shriek, beyond desire or elation, and his erection crumbled as he pushed her away from him, pain etched into his face.

— Ah nivir took you for the squeamish type. Thought ye wir nice n dirty. Different when it's yir ain ring, is it son?

Terry was breathing heavily, his eyes watering.

— Aye, no nice, is it, Lisa observed.

— It isnae that, he gasped through gritted teeth, — it's the Rockfords, they've been giein ays gyp for days. Terry had to get up and find something to put on his piles. After a while he settled for some of Lisa's Nivea hand-cream. It helped, but he couldn't settle. They had another line of coke.

Terry started rummaging around as he tended to do in people's houses. As he generally entered their homes without an invitation and in the company of Post Alec, he was conditioned into behaving in the same manner on occasions when he was a bona fide guest. To his delight he found an essay of Rab Birrell's from his college. He started to read it. This was so over the top, it simply had to be shared. Terry decided to rap on every door, saying it was imperative that people got up straight away, offering the false inducement of breakfast.

He banged on Johnny and Kathryn's door first. — John Boy! Kath! Check this oot!

Johnny was both irritated and grateful for Terry's intervention. Aye, he'd just got off to sleep and he was cursing the annoying fat cunt. But on the other hand, Kathryn had been at him all night, and he couldn't bring himself to fuck her again. He sucked in a breath as she stretched and turned to him, her eyes wide and lips wet.

— Johnny . . . you are baaad . . . she said, her hand wrapping round his soft cock.

— Eh, we'd better make a wee move . . .

— What about a quickie? she quizzed, breaking into a smile.

A crack of light illuminated that almost transparent skeletal frame of hers. Johnny tensed in horror and sucked back some mucus. There was a lot, and he couldn't spit it out so he had to swallow. It went down his throat like a pebble, causing his eyes to water and his stomach to turn over. — A quickie . . . that word isnae in ma dictionary, he said, steeling himself. — Ye dae it right, or no at aw.

Allowing herself a smile of encouragement, Kathryn looked at the clock and asked, — It's so damn early . . . what does Terry want?

Johnny rummaged, with his foot, in the bottom of the bed. He found his underpants, sprang out of bed and put them on. — Be some sort ay scam wi Terry, he considered.

Kathryn didn't mind getting up. She was anxious to carry on the adventure. This crappy bed was full of scratchy crumbs and saturated with their sweat and body fluids. She got dressed slowly, thinking about asking for the shower, but maybe it was bad protocol. Did they wash here in Scotland? She'd heard things, but that was about Glasgow. Maybe Edinburgh was different. — You know, this trip has been an education, Johnny. I learnt that you guys live in your own world. It's like . . . what happens to you and your friends is more important and more worth talking about than what happens to the likes of . . . She felt the word 'me' freeze on her lips.

Johnny felt that he should laugh dismissively or be offended. He did neither, looking at her open-mouthed as he pulled on his jeans.

— It's just that when you've done what I have, when you've

devoted your life to . . . well, that's pretty hard to take . . . Kathryn said distractedly.

— I just want to make things as easy as I possibly can for you, Kathryn, Johnny said, chilling himself by reflecting how blandly sincere he sounded.

— That's the nicest thing anybody said to me, she smiled and kissed him on the mouth. Johnny ignored his stiffening prick, glad of Terry's second heavy knuckle-rap on the door.

Rab and Charlene were draped around each other, fully clothed, on the bed when a wired Terry came in. — Wakey, wakey, he shouted. — Brekkie's ready! Terry couldn't hide his elation at seeing Birrell in that state of full dress. That cunt hadn't got his hole! Probably bored the lassie tae sleep wi his college tales. The aural equivalent ay that fuckin date-rape drug, although she'd wake up quick enough if Birrell tried tae git her keks off! Buzzing with coke, Terry stuck his hand down his jeans and boxers to feel his own sweaty tackle, which, he considered, even a full charlie session hadn't diminished. A different story here, Birrell, a different fuckin story here!

The first face Rab wanted to see when he opened his eyes was the dozing Charlene. She was lovely. The last face he wanted to see was the next one, Juice Terry's fat chops which awaited him, shouting, — Wakey, wakey!

Terry was strutting around the hall like an actor rehearsing lines, while Lisa was laughing and wringing her hands together in anticipation, as the others emerged.

— What's the story here? Johnny asked.

Terry waited until everybody had gathered round in bleary confusion and then produced the essay and began reading it out loud.

— Listen tae this. Stevenson College, Media and Cultural Studies, Robert S. Birrell. *Ma, He's Making Eyes at Me* by Lena Zavaroni discussed from a neo-feminist perspective. Ha ha ha ha . . . deek this bit here . . .

in spite of her mounting arousal in the face of the growing attentions from her would-be suitor, Ms Zavaroni maintains her mother as a continuous reference point.

> Every minute he gets bolder
> Now he's leanin on my shoulder
> Mama! He's kissin me!

This declaration constitutes an exceptional display of sister-hood, illustrating a bond far beyond the mother–daughter inter-generational relationship. We learn at this point that the Zavaroni character, or more accurately *voice*, trusts her mother as a confidante in circum . . .

— Leave it, Terry. Rab ripped the papers from Terry's hand. Lisa was laughing in gleeful disgust as she watched Charlene's adoring eyes on Rab. It was repulsive.

— An 'A plus' n aw! Phoah! Terry mocked. — Gold star fir Rab!

— That wis great though, Charlene said to Rab.

— I guess I never thought that much about the content of the lyrics in that number before, Kathryn said. She didn't mean it to sound sarcastic but Terry's laughter and Rab's tetchy expression showed her it had certainly been taken that way.

Rab quickly changed the subject, smiling at Charlene in sheepish, grateful acknowledgement and suggesting that they all go to the café for breakfast, then a beer. Terry had already undertaken a systematic audit of the contents of the fridge and the cupboards in Rab's kitchen. — The only place we'll git a bit ay nosh is the café. Ah wis huvin a look at some ay the stuff you've goat ben thaire. It's a right lesbian larder this, Rab, it hus tae be said. Two guys livin thegither, eatin like that? Phoah.

— Are you gaunny talk shite aw day or are we gaunny go tae the café? Rab snapped.

— I guess Terry could do both, Kathryn quipped, to Johnny's laughter.

— Fuck the café, Birrell, ma appetite's shot tae pieces wi these pills n that charlie. Lit's git a few beers in, Terry said, smiling coolly at Kathryn. That cheeky fuckin Yankee cunt wis gittin intae the crack. Well, she'd better no get intae it too much at his expense or she'd fuckin well get it back tenfold. Nae fuckin star treatment here.

Lisa and Charlene nodded in agreement, and Kathryn and Johnny did too. Terry drank in the approval.

— Bacon, egg, sausage, tomatay, mushroom . . . Rab protested.

— Fuck off, Birrell, Terry scoffed, — wir oaf oor tits here still, or at least the heavyweight crew are, eh Leez, he winked at Lisa who gave Rab a hard stare, — . . . it'll be months before we're ready fir solids.

Kathryn was especially happy to carry on drinking. She put an arm around Johnny. That boy could fuck. Every time she put her hand on that prick in the night it had stood to attention. Then she was right on him, enclosing him, pulling him into her and he was giving it to her as though his future depended on it.

— Eh, you've got the gig the night, mibbe ye need tae git some kip, back at the hotel n that, Johnny ventured.

Kathryn shivered inside. She wanted to keep going. — I've got plenty of time to go for a goddamn beer first. Don't be such a drag, Johnny, she teased.

— Jist sayin likes, Johnny moped. He had to admit that he would have to recharge the batteries before getting back into the scratcher with her. The fuckin randy cow wouldnae leave ays alaine aw night, he reflected. If she wanted that level of sex all the time, well, apart from anything else, there was no way he'd be able to keep up to pace with the guitar. Contracts would have to be signed sharpish, before he was shagged away to nothing.

— Aye, Johnny, dinnae be a fuckin radge. The lassie's entitled tae a bevvy when she's in Scotland, right Kath? Terry felt like adding, 'Especially eftir spendin the night wi a daft wee cunt like you', but he bit his tongue. Besides, he had done alright. Lisa stood up and took his hand. — C'mon, sexy, she laughed. Terry puffed himself up like a rooster and moved over to the coffee table.

Rab Birrell felt almost physically sick. That mingin fat jakey cunt always seemed tae get his fuckin hole. He remembered Joanne, his old girlfriend, telling him that her pal Alison Brogan said that Terry was the best shag she'd ever had. Juice Fuckin Terry! It beggared belief. — Erection like one tin ay Irn Bru stuck oan toap ay another, Alison had told Joanne, who gleefully passed the news on to Rab. The thing was, at the time, Rab minded being pleased for his friend. He wasn't fuckin pleased now.

— Thing is but, Rab, Terry smiled, raising an eyebrow and squeezing Lisa's hand, — ah've goat tae tell Alec that ah cannae dae the work wi um at the hotel. The windaes like. Ye goat any beer left?

— Aye . . . Rab had plans for that carry-out, but he guessed that it would be futile to lie as Terry would already have been through every cupboard in the gaff, — . . . but it's eh . . . Andrew's . . .

— Wi'll fuckin well replace it, Rab. Kath's goat poppy! Terry snapped in stagey outrage.

— Yeah, that's cool. I can buy the drinks from you, Kathryn volunteered.

— Naw, ah didnae mean . . . Rab vainly protested. The bastard

had got him again, made him look petty. Rab Birrell turned in time to
clock Terry's gleefully sadistic grin. He had really wanted to hit a café
or get some food in from the garage and do a fry. He wasn't hungry
either, but his stomach tended to give up what he drank if there was no
lining of food in it. Now they were off out on the pish, heading straight
out to Post Alec's and they were using his beer. He'd try to grab a roll
en route. This thought all but evaporated, though, after he had one of
the killer lines of posh Terry had racked up.

Kathryn was relieved at this. Her eating disorder, aided by the pills
and powders, had reasserted itself and she couldn't handle the idea of
fried food. Rab Birrell's attempts to tempt her with his description of
the Scottish breakfast had merely restored her dread of solids.

— Alec's no gaunny be chuffed aboot this. Wakin um up at this
time in the mornin and tellin um eh's working oan ehs ain . . . Johnny
reasoned as the lager clanked in the binliners he carried, — especially
as we've nae purple tin. Alec'll no be intae this continental shite.

— Which was purchased by a certain student ponce named Robert
S. Birrell! Terry laughed, tensing into seriousness as they flagged down
two of a group of approaching taxis.

— We've goat a cairry-oot, Terry, that's aw that he'll be worried
aboot, Rab said, almost to himself.

It had been a long time since Terry had been up the town. He
normally never got further than Haymarket, and only that far in a
bleary state. The gentrification and commercialisation of his city was
doing his head in. He looked across at the new financial district and up
Earl Grey Street. — Whaire the fuck's Tollcross gone?

Nobody answered and soon they were rendezvousing at Alec's
place in the Dalry colonies.

— Jamboland, Rab said, stepping out of the taxi.

— Neat, Kathryn replied.

— No really.

Terry shot Rab a look of disapproval. — Shut the fuck up aboot
the fitba for a minute, ya borin cunt. It's Hibees this, Jambos that, wi
you. Kathryn's no interested.

— How dae you ken? You cannae speak for her.

Terry let out a long, exasperated breath, then shook his head. This
cunt Birrell was a glutton for punishment. He never knew when to give
up. Well, that didn't matter, cause Juice Terry would slap the cunt
down all day if he had to. Savouring a vestige of twisted, paternalistic
affection, Terry looked at Rab Birrell and Kathryn in turn. When he

spoke it was in clipped but indulgent tones. — Right, Kath. Hibernian Football Club. Heart of Midlothian Football Club. What do these names mean to you? he asked.

— I dunno . . . she began.

— Nothing, he said curtly, turning to Rab, who was now looking quite uncomfortable. — So shut the fuck up, Rab. If you please.

Rab Birrell felt gutted. That cunt Terry! That fuckin . . .

— Well, I did notice Hibernian on Rab's badge, she said, pointing at the crest on Birrell's away strip.

Rab saw a shard of light and recklessly rushed into it. — See, he said. That was the annoying genius of Terry. If you ignored him, he just walked all over you. If you got into it with him, you demeaned yourself by getting down to the cunt's level. And he always excelled in disguising his pettiness as something higher.

— I do beg yir pardon, Roberto. Kathryn did notice the badge on that colourful, if no exactly fashionable, strip that you've been wearing aw night, so by aw means please feel free tae give us aw a, what would you students call it? . . . a retrospective analysis ay the nineteen ninety-one League Cup-winning season. Or mibbe, as an alternative, he pulled an exaggerated, cheery face, — we could just go up and see Alec and have a wee drink.

They mounted the steps to Alec's, and Terry rapped on the door, Rab stunned and silent behind him.

Kathryn was still a bit spaced-out. The food, the drink, the pills, the charlie and the shagging from Catarrh had left her in a dislocated, slightly deranged state. Now a door was opening at the top of a set of steps and a red-faced man appeared before them. Kathryn was roughly aware that he was the same one who was cleaning her windows yesterday with Terry. He wore a yellow T-shirt with a withered plastic cartoon man on it. The shade-wearing man was in a big car with an implausibly large-breasted woman curled under his arm. One of his hands grasped a foaming glass of beer, the other was on the steering wheel. There was a faded slogan underneath it: I LIKE MY CARS FAST, MY CHICKS HOT AND MY BEER COLD. Post Alec looked in disbelief at their assembled ranks, letting out a throaty incomprehensible sound. — Ahy . . . yay . . . Kathryn couldn't ascertain whether it was a greeting or a threat.

— Shut yir fuckin mooth, ya moanin jakey cunt, wuv goat a cairry-oot here, Terry shook the bottles at Alec. He nodded to Kathryn. — Kathryn fuckin Joyner, ya cunt!

Alec looked at Kathryn, his blue eyes sparkling in his destroyed red-lead-paint face. Then he switched to the others . . . the usual collection of youngish wasters and daft wee lassies trailing along in their wake. What the fuck were they after? His eyes settled on the clanking binliners. The cunts had drink . . .

— Alec, Catarrh said meekly, before gobbing some snot over the balcony.

Post Alec ignored Johnny, ignored them all. He knew to go straight to the source of any trouble, and exactly where that source was. Looking straight at his mate, he argued in a low moan, — It's no oan, Terry, but he was already moving into the house and shaking his head and Terry was following him in, — this time ay the fuckin mornin. Pit the beer in thaire, he said pointing at the fridge.

— Ah sais stoap fuckin moanin, Terry laughed, handing him over a bottle of beer. He started issuing the drinks and making introductions.

— Listen, what aboot the windaes? Alec asked.

— Plenty time fir that. The boy's gaunny be in the PMR fir a wee bit yit, Alec. Wi kin take a day oaf oan the pish.

— Wuv goat tae dae this job, Terry. Ah'm tellin ye.

— One day isnae gaunny make any fuckin odds. A day for democracy, Alec, a day fir the common man.

— Norrie's livelihood!

— One day, Alec, then we blitz the joab. Soak up the Festival atmosphere! Dinnae be sae fuckin humpty! Git a bit ay culture intae they bones ay yours, Alec, that's what you need. Yir too caught up in the philistine world ay commerce, that's your problem. A wee bit ay art fir art's sake!

Alec had already opened a beer, not bothering to check the label. Rab Birrell sat down around the big table, pulling Charlene onto his knee. He wanted Terry to register that Alec hadn't even noticed that the beers were continental lagers, but Terry wasn't paying attention.

Lisa sat on a rickety kitchen chair and looked at Charlene canoodling with Birrell. She was eating out of his hand. That lassie could be so undignified. He was a ponce, that Rab. Not like Terry. He was an animal. It was brilliant. He had a great personality as well, no like some younger laddies ye met. Lisa sat forward and wedged her legs tight together. She could feel the throb where he'd fucked her. Big and hard. Yes. Yes. Yes. The coke still buzzed in her as she sipped at her beer and made a sour face. It was pony, but she let it shift some dregs of powder from the back of the throat. Lisa wanted to drink some cocktails and then go back with Terry for another session. He was into that Kathryn Joyner though, you could tell. She was okay, but she was an auld boot and as skinny as fuck. Thinness looked daft on a woman that age. Scraggy.

Kathryn looked at the two young Scottish girls and at first she thought of Marleen Watts, the blonde cheerleader back at school in Omaha. Then Marleen became not one, but two blondes, the ones who looked up at her from the bed from either side of Love Syndicate's Lawrence Nettleworth. The man who was her fiancé. Then that image faded and in her mind's eye the young Edinburgh girls became a vision of what she had lost. When E'd last night she appreciated their youth, now she was coveting it. She wanted to throw up everything she had consumed. And yet

And yet last night had been so good, it all just didn't really seem to matter. It came to Kathryn in a flash: she had to get out more.

Now she was talking to Lisa, about something she'd never talked about before. The discussion had gone from music, to fans, to obsessive fans. — So you hud a stalker, Kathryn? That must've been scary as fuck, Lisa said.

— Yeah, it was pretty awful at the time, I guess.

— He must've been a fuckin sad case, Charlene said with real bitterness.

— In a way it is sad, I read a laht about it when I had mine. It's a shame, they really need treatment, Kathryn said.

Terry snorted in contempt at this comment. — Aye, n ah ken the fuckin treatment they need n aw: a fuckin burst mooth. Sad fuckin cunts. That's the fuckin treatment ah'd fuckin well gie they cunts.

— They can't help it, Terry, they become obsessed, Kathryn repeated.

Terry hissed in dismissal. — That's a load ay American shite. Ah become obsessed wi people, he thumped his own chest. — Every cunt does. So what? Aw ye dae is huv a wank aboot them, then ye become obsessed wi somebody else. What sort ay fuckin radge wants tae stand aroond ootside hooses in the cauld street waitin fir somebody they dinnae ken tae come oot? Answer ays that if yis kin, he looked challengingly around the table. — Kin yis fuck. These cunts need a fuckin life, he said dismissively, slugging back some beer. He turned to Alec, who was telling Rab about some disability pension he was entitled to. — You ivir been stalked, Alec?

— Dinnae be stupid, Alec replied morosely.

— Stalked by a few fuckin publicans that've been daft enough tae gie ye a slate, eh Alec? Rab ventured.

Alec shook his head, waving his beer around to make a point. — Aw that stuff, it's aw American, he advanced, then in sudden recognition turned to Kathryn, — nae offence like, hen.

Kathryn smiled cagily. — None taken.

Terry was considering this point. — Alec's no wrong but, Kath, it's the fuckin Yanks thit cause aw the bother in the world the day. Ah'm no slaggin you oaf or nowt like that, but it hus tae be admitted. Ah mean, aw that serial-killer shite that they huv, ower thair: what sortay wey is that tae behave? Terry challenged. — Some sad, glory-huntin cunts tryin tae make a name fir thumsels.

Lisa smiled, and looked at Rab, who seemed as if he was going to say something, but instead had decided to try and get a stain out of his strip.

— It widnae happen in Scotland, Terry contended.

— Naw but, Rab interjected, — that Dennis Nilsen boy wis Scottish, n he wis the biggest ever serial killer in Britain.

— Wis eh fuck Scottish . . . Terry began, but the confidence ebbed from his voice as recognition bit home.

— Aye eh wis, eh wis fae Aberdeen, Rab stated.

They looked around at each other. — Eh wis, Johnny agreed, and Charlene, Lisa and Alec nodded in confirmation.

Terry wasn't going to be outdone. — Awright then, but notice that eh didnae kill any cunt in Scotland, it wis whin eh moved tae London eh started aw that, Terry smiled.

— So? Lisa said, sitting up in the chair and staring at him.

— So eh wis corrupted by the English. Scotland hud nowt tae dae wi it.

— Ah dinnae see how ye kin say that whin the boy wis brought up in Aberdeen, Johnny shook his head and sucked back some snotter. The charlie was fucking his beak right up. It seemed to stream out the front and be blocked up the back. How was that possible? This fuckin nose.

— Aberdeen but, Terry scoffed — What else kin ye expect fae they cunts? They shag thir fuckin livestock up thaire, so thir no gaunny huv any respect fir people, now ur they?

Johnny was struggling with his breathing and Terry's line of thought. — What dae ye mean by that?

— Well, think aboot it: a cunt like that goes tae the big city, thir's nae sheep tae abuse, so eh jist turns oan people n starts abusin thaim. It's the modern society, Terry argued, — littin they cunts travel, takin thum ootay thir natural habitat, it gits thum aw confused, he shrugged, breakin off and nodding to Lisa. — Anywey, this conversation's gittin a wee bit depressin. So ah think it's time fir another wee poodle's leg, he said, producing a wrap of cocaine from his pocket.

Rab and Johnny started spitting out the riff from *The Eye of the Tiger* as Terry started chopping out more lines of coke. At that point the letterbox rattled and they looked around the table at each other in paranoia, especially Alec. — Put that shite away! Ah'm no wantin drugs in ma hoose! he whispered with urgency.

Terry shook his head and ran his hand through his corkscrew hair. It was heavy with sweat. — It's jist the fuckin post, ya daft cunt. *You* should ken that. This, he observed, looking at the lines of cocaine, — is only a wee bit ay personal. Move wi the times Alec, dinnae be such a dinosaur!

It was indeed the mail, and Alec went through to pick it up, grumbling, — Well dinnae expect me tae touch that shite, it'll kill yis, he wheezed, exiting as they laughed, nudging each other, nodding at the cans and bottles strewn all over the kitchen. They clammed up like naughty kids in the presence of a teacher as Alec headed back in, black-framed reading specs on, scrutinising a red phone bill. — Ah need tae finish that joab fir Norrie, Terry, he moaned.

— Soon, Alexis, soon.

They snorted another line of posh, all except Alec. The cocaine seemed to change the dimensions of the kitchen. It had first seemed intimate and welcoming, even in its squalor, but now it was as if the walls were inching in as they themselves expanded outwards. Everybody was talking over everyone else in a cacophony of noise. The dirty, unwashed dishes, the smells of stale fried food, it all grew intrusive and distracting. They decided to hit the Fly's for a few beers.

Bangkok Airport, Thailand

4.10 pm

Bangkok. The worst is still ahead, a terrifying thought. But the madness has abated. The girls in the gift counter at the airport look fantastic, better than any of the whores downtown. I wonder how much they get paid for that. Their scrubbed decency. The way they smile all the time. Are they happy, or is it just American customer-care smarm at work? Emotional labour, you get all that in the service-industry world we live in. Smile, though your heart is breaking. We're all like the slaves in the fields now, putting on the front that says 'everything's fine, boss' while we worry about how to make ends meet.

You come out of Australia, travel north-west then west-west and it all gets uglier. I got the lassie to sing that Bowie refrain 'draw the blinds on yesterday and it's all so much scarier' for that track I've been trying to do. It's shit but. My music is shite. I don't feel it any more. This is the most sensible thought I've had in ages, which means that I'm getting it together a bit now. We are the HM, the HMFC. We won the fuckin cup and I missed it.

Sydney but, another world. Fuck the Scottish Cup; pulling right up into the square between them and letting rip on the sound system. *Mixmag* or maybe it was *DJ* carried the article HAS N-SIGN LOST THE PLOT?

Lost the plot?

Never fuckin well had it to lose.

As if any cunt cared. That's the beauty of being a deejay, you may have your acolytes but you are eminently replaceable. In fact, you're just holding back those who have more to say, but it's the same with artists, writers, musicians, TV personalities, actors, businessmen, politicians . . . you carve out your wee niche and you just sit there, gumming up the social and cultural pipelines.

N-SIGN cunts it up in Ibiza. N-SIGN top caner. Fuckin shite. All the dance press: fuckin mythologising shite. I used to love it all as well, I really did.

Helena's sorted this out for me.

Helena, I can't stop thinking about her now, when it's too late. The story of my life. Care from afar. Pine from a distance. Pledge all the things I'm going to say to her until she's in the same room as me when I can only say something bland. I need to tell her I love her. I need a fuckin phone. There's still the demon's face and the little bears that dance around with the accordions, and I'm trying to explain to them that I need my mobile phone to phone my girlfriend and tell her I love her.

A woman sitting opposite me holding a child reaches over and shakes me. — Please be quiet . . . you're frightening him . . . She turns to the advancing hostess.

Thirty-five and I'm already *persona non grata*: fucked, past it, a non person. My needs are nothing. The kid there, he's the future. And why not? — I'm sorry, I plead, — I'm a coward, I've been running away from love. I need to phone my girlfriend, I need to tell her I love her . . . I look around at all the horrified faces, the O of the air hostess's mouth. I think that if it was an American film they'd all be cheering and whooping now. In real life they just think, air rage, a nutter on board who could feasibly jeopardise all our fucking existences even though it may just be related to the fact that we're squashed up like sardines back here and we lose ten feet per year in the second-class to the first-class and if I precipitated a crash, killing 'some of the finest business brains' up front, would capitalism grind to a halt, would the multinationals crumble? Of course, just like there would be no more dance music with the demise of N-SIGN Ewart.

A girl is talking to me. — If you don't be quiet and keep your seat belt fastened and sit still, we'll be forced to apply physical restraints, I think she says. I think that's what she said.

Maybe I'm just gieing my mind a treat.

Another crap airplane meal, another Bloody Mary to stop the shakes. The voices in my head are still there, but are less threatening, like tripping, speeding friends chatting in the next room, maybe making one or two thoughtless but not really malicious comments. I don't mind this kind of insanity, it can be quite comforting.

I'm on the plane again. Going home.

All those bodies. No, not another funeral. *Your mother seems to be fearing the worst.*

The worst. I don't know about the worst. Yes I do.

Gally died.

Then came the second shock, it should have been a minor one but it wasn't. The news was that on the day before Gally's death, Polmont had been viciously attacked in his own hoose. He barely survived. We never knew about this at the time. Aye, it should have been a minor shock, because we didn't give a fuck about Polmont, but it seemed so inextricably linked tae Gally's demise.

There was a lot of rumours going around. It was a strange few days leading up to Gally's funeral. We seemed to need to believe that Gally had nothing to do with the assault on Polmont, and everything to do with it at the same time. It was as if both things were required to somehow vindicate his life, or more likely his death, in our eyes. Of course, you couldn't get both, you could only get the truth.

Nobody seemed to know in those confused days, just what exactly had happened to Polmont. Some say that he was shot in the neck, others that he had his throat cut. Whatever it was, he survived the attack and spent some time in the hospital. The wound had definitely been in the throat, because his voice box was shattered and, in order to speak, he had one of those funny things installed, the ones that you press. The Dalek, we called him.

Obviously, the finger was pointed at Gally, but I knew the wee man didnae have that in him. For my money, it had to be one of Doyle's mob. They were volatile cunts and no matter how hard you believe you are, just because you're in that company, you're actually one of the most vulnerable people on Earth, when the fall-out comes. As it always does. Polmont could have wound up one of them for any number of reasons; grassing up, ripping off, shitting out, all valid reasons in their book for extreme chastisement.

Shortly before the funeral I got a phone call from Gail. I was flabbergasted when she said that she wanted to see me. She pleaded, and I didn't have the heart to say no. I was Gally's best man, she said. Then she appealed to my vanity and sense of self by saying that I was always fair, that I never judged people. This was patent bullshit, but we always like to hear what we want to hear. Gail was an ace manipulator, and she did it without realising, always the best way.

I mind the wedding. I was a bit green for the best man's speech but the older cunts indulged me. There was an ugly, unspoken consensus, or maybe it was just my paranoia, that Terry would have been the best man for the job. More confident, worldly, that bit aulder, a married man with a kid on the way. Fuck knows what I said, I can't remember.

Gail looked beautiful, she looked like a real woman. Gally, by contrast, seemed to shrink further in the jaykit, with the ridiculous kilt. He looked about twelve years old instead of eighteen, no that long oot the YOs. The wedding photos said it all, a complete fuckin mismatch. There were some dodgy cunts on her side at the reception, a Doyle sister and a couple of cunts who I didn't know but who hung aboot with Dozo. I still have some of the wedding pictures. The Doyle sister and Maggie Orr were the maids of honour. I look about fourteen tae Gally's twelve, wee laddies with our mas, or big sisters at any rate.

I was chuffed because I was there with Amy, from the school. I lusted after that lassie for two years, then when I went oot with her — I think the wedding was our second date — all I could do was look for flaws. Once I'd got a shag, that was it. There I was though, swanning around with the squeaky arrogance of the just-had-his-hole kid, as if I'd invented sex.

Gail stole the show. She was sexy. I envied Gally. Just out the nick and going to bed every night with a lassie who was eighteen going on twenty-one. Even though the shotgun marks were almost visible on the side of his head, Gail wasn't showing. Terry's wife, Lucy, she was up the stick at the same time. I mind of Terry and her having a blazing argument and her going hame in a cab. I think Terry went away with the Doyle sister later on.

I wanted to meet Gail in a bar, but she said she really needed to talk in private, and she came to my flat. I was concerned. I worried that if she wanted me to fuck her, I wouldn't be able to say no.

In the event, I shouldn't have been bothered. Gail was a mess. She looked terrible. All her vivaciousness and aggressive sexuality had drained away. Her hair was lank, there were circles under her eyes. Her face looked swollen and puffy, and her body looked shapeless in the baggy, stretched, cheapo leisurewear she wore. I suppose it was hardly surprising: she'd lost her daughter's father and now her boyfriend had been shot in the neck. — Ah ken ye must hate me, Carl, she said.

I said nothing. It would have been pointless to deny it, even if I had been of a mind to want to try. She could see it writ large, all over my face. All I saw was my best mate lying still on the ground.

— Andrew wisnae a saint, Carl, she pleaded. — Ah ken ye were ehs friend, but thir's a side tae people in relationships . . .

— Nane ay us are saints, ah said.

— Eh hurt wee Jacqueline badly that time . . . eh went mad that night, she bubbled.

I looked coldly at her. — Whaes fault wis that?

She never heard me, or if she did, she chose to ignore the question. — Me n McMurray . . . we were finished. That wis the daft thing. It wis over. Andrew didnae need tae dae that . . . shootin him in the throat . . .

I felt a dry choking sensation in my *own* throat. — Andrew didnae dae anything, I rasped, — and even if eh did, dinnae flatter yirself that eh did it for you. Eh did it for *him*, cause ay the way that McMurray cunt fucked things up for him!

Gail looked at me, disappointment etched on her face. I'd obviously let her down, but I was annoyed that she should have any fuckin expectations of me in the first place. The Regal she had lit up seemed to have been smoked in two inhalations and she got out another. She offered me one and I really wanted a fag, but I said no, because taking anything off that fucking cow would have been an insult to Gally. I sat there unable to believe that I thought I might end up in bed with that fucking monstrous entity. I thought about her and McMurray, Polmont, the Dalek. — So ye packed him in n aw. Ye must be shaggin some other sad cunt, eh? One ay the Doyles, wis it? Did ye git him tae dae Polmont?

— Ah shouldnae huv come . . . she said, getting up.

— Aye, right ye shouldnae uv. Jist git the fuck ootay here, ya fuckin murderin bitch, ah sneered, as she left.

Ah heard the front door shut and felt a surge of regret and sprang to my feet. From the landing I saw her below, the top of her head disappear round the stair bend. — Gail, I shouted, — I'm sorry, right. I heard her heels click on the stone steps. Then stop for a second, then carry on.

That was as much as she was getting.

Edinburgh, Scotland

10.17 am

Young Cunts

On entering the Fly's Ointment public house, Alec noted one of his drinking partners up at the bar. — Alec, Gerry Dow nodded, with a slight frown as he saw the crowd pile in behind his friend. Gerry was old-school to the extent that he resented any young cunts in a pub. The definition of 'young cunts' covered everybody younger than himself: i.e., under fifty-seven. They had simply not served their apprenticeship in drink and therefore couldn't be trusted to behave with dignity when intoxicated. Not that Gerry or Alec could either, but that wasn't the point.

Rab Birrell and Juice Terry were first up to the bar, the latter's coffers swelled by another loan from Kathryn.

— Fuckin Batman and Robin here came roond fir ays this mornin, Alec informed Gerry, thumbing at Rab and Terry.

— Well that must make you the Joker then, Alec, or that cunt Mr Two-Face, Terry laughed.

— If ah hud a fuckin coupon like yours, Alec, ah'd want a second face n aw, Rab Birrell sniggered, and Terry started guffawing.

— Awright, ya cheeky cunts, git the fuckin nips in fir me n Gerry here, Alec slurred, the few beers he'd had stoking up the previous day's drinks in the alcohol-to-urine processing plant that was Alec, all the way back to the 28th of August, 1959.

— Cannae make ye oot thair, Alec. Is that you bein the Riddler now? Terry gagged with laughter.

— You're the fuckin Riddler, son. So solve this puzzle. Two halfs ay special and two whiskies. Grouse, Alec demanded.

Terry was still amused. — So ah'm the Riddler — that must make you that Mr Freeze cunt, Alec.

Rab cut in, — Or Mr Anti-Freeze, cause eh'd fuckin well guzzle that if eh goat the chance!

As Terry exploded again, Rab was enjoying the feeling of solidarity with him, even if it was at Alec's expense. It served to remind him that he and Terry were still, after all, meant to be mates. But what did that mean? Surely it was 'mates' as defined by Terry, i.e., people that you can abuse with greater impunity than you would ordinary members of the public.

Terry had pushed in beside Lisa and Kathryn, putting another body between Rab and Charlene. — Wir oan the karaoke the night. Doon the Gauntlet. You n me. *Islands in the Stream.*

— I can't ... I got this fucking gig ... The prospect terrorised Kathryn. She didn't want to think about it.

— Aye, doon the Gauntlet, but. *Islands in the Stream*, eh.

— I can't cancel out a goddamn gig at Ingliston, Jerry. They've gone and sold three thousand tickets.

Terry looked at her doubtfully, shaking his head. — Whae sais? Yuv goat tae go wi the vibe. They cunts that manage ye, thair no mates ay yours, no real mates. Ye want some cunt like me as yir manager. Think ay aw the publicity ye'd git if ye went missin! Ye could stop at mine for a bit. Nae cunt wid think ay lookin fir ye in the scheme. Ah mean, in the spare room thit ma Ma hud, n ye could ... eh, jist chill. Terry was about to say that he needed somebody to cook and clean but he just managed to stop himself in time.

— I dunno, Terry ... I guess I dunno what I want ...

— Nae cunt's gaunny find ye at ma bit. It's a good scheme; no like Niddrie or Wester Hailes. Graeme Souness came fae oot that wey, no that far fae me. He kens how tae dress, designer suits n that. Loads ay cunts in the scheme's boat thir hooses. Aye, ye git a mair entrepreneurial type fae that scheme. Take moi, for example.

— What?

— Ah dinnae expect ye tae grasp aw this the now, but the offer's thaire, Terry told her. Out of the corner of his eye he saw Johnny starting to doze off, his head falling forward then shuddering back awake. Catarrh was fucked. Fuckin lightweight cunt. What was needed was to keep moving, sort out some drugs: speed, or even mair charlie. He had an idea, announcing it loudly across the table, and specifically at Rab. — This is a wee bit low-life fir our American guest. What aboot one in the Business Bar?

Rab was alarmed. Kathryn noticed, but couldn't work out why. —
What's the Business Bar?

— His brar's.

Lisa looked at Rab in astonishment. She had thought him a bit of a
wanker, the kind of sincere studenty type that Char always seemed to
go for. — Are you Billy Birrell's brother?

— Aye, Rab said, feeling chuffed and hating himself for it.

— Ah hud a mate that worked in the bar, Lisa informed Rab. —
Gina Caldwell. Ye ken her? She was almost going to add that Gina
shagged 'Business' but checked herself. It was more info than they
needed. A weakness of hers, she reflected in amusement.

— Naw, ah nivir really go thair, Rab said.

— I'm happy to stay here, Charlene said, too quickly for Lisa not
to give her a glance. There she was again.

Rab turned to Lisa. She was a cool bird, but she was giving him a
vibe. Through a wave of tiredness he thought about how he wanted to
get on with her, if only because she was Charlene's mate. — It's only
cause ma mother's hud a hysterectomy that ah'm wearin this strip . . .
he mumbled, but all she got was his lips moving.

Terry steamed in. — I'm sure that my auld mucker 'Business' would
be very, very hurt if he found out that we were on the toon wi Kath Joyner
and we didnae bring the lassie in tae say hello. I think that a spot of early
lunch in the Business Bar might be just the thing, he smirked, drinking in
Rab's discomfort. Even jakied out and with Post Alec in tow, they'd have
to get in. It was his brother and Kathryn Joyner.

— It's no just Billy's bar, eh's a partner wi Gillfillan. Eh's goat tae
watch . . . it's no jist Billy . . . Rab pleaded to nobody in particular and
consequently nobody was listening. He was full of trepidation. Terry
was enjoying this. Catarrh was coming intermittently out of his coma
for long enough periods to nod encouragement to Terry and to repeat
the odd mantra of 'Business Bar'. Fuck it, Rab considered, he was with
Charlene, and nobody else. Terry could take Alec along, and Johnny.
But why the fuck should Alec not be allowed to drink in a pub in his
own city? Especially as it rolled out the red carpet for all those Festival
snobs who were just up here for five minutes. The fuckin door policy. A
stylish café. Style fascism was just another way of reasserting the class
system. Fuck that. His own brother surely wouldn't be such a cunt!

Surely not.

Lisa didn't like this pub. She'd lost a nail extension and got a beer
stain on her white top. She was keeping an eye on Charlene. She

shouldn't have let her go with that Rab, with anybody, come to think of it. She seemed alright just now, but the comedown was surely approaching. This pub wasn't the best place to have it. The Business Bar sounded better.

The Fly's Ointment seemed to her like a clearing house for lost souls. Lisa fancied that she could see the dramas of future despair in pre-production: the rapist chatting to his victim; the crook drinking easily with the guy who'd eventually grass him up; the boisterous bosom buddies in the corner, waiting for the alcohol to eventually overload and overheat the brain, when, in rage or paranoia, one would be smashing fist or glass into the other's face, long before closing time. The ugliest and the scariest thing of all, she thought, looking round at her own company, was that you couldn't sit back smugly and exclude yourself from the equation.

Lisa saw a worn-out woman sitting, looking in distress, her looks gone before their time, and a fat ruddy man sitting next to her glowing, talking loudly in a half-laugh, half-sneer, words she couldn't make out. No doubt though who was in control there. Another woman in a man's world, always vulnerable, she thought. She felt her hand tighten on Charlene's, wanted to ask her if she was okay, was the comedown kicking in, were the demons starting their remorseless dance, but no, she was laughing and her eyes were still big and engaged. Still off her tits, not yet turning in. But that might come. Who the fuck am I kidding, it will come, for everyone. Occupational caning hazard. So watch her.

But somebody else was watching her. And no, Lisa still didn't trust him. She would trust Rab Birrell with any of her other mates, it wouldn't be an issue, it wouldn't be her business, but no Char, no now. And now he was taking her by the hand and leading her up to the bar and Lisa was up too, instinctively following them. Terry grabbed her hand as she went past in pursuit. He winked at her. She smiled back, then nodded to the bar, continuing her surveillance.

She saw Rab with Charlene, he had ordered two pints of water, into which he poured the contents of a packet he took from his jacket pocket, making the liquid cloudier, the sediment not dissolving completely. — Drink it, he smiled, raising one glass and gulping.

Charlene hesitated. It looked vile. — You're joking, she laughed, — what is it?

— Dioralyte. One of these in ye and you replace the fluids and the salts the bevvy and drugs take out. Cuts the severity of the hangover by about 50 per cent. Ah used to think it was daft, a bit poncey, but for sessions like this, ah always dae it. Nae point in lying in your bed feeling ill for a few days and jumping out yir skin when the phone rings when you dinnae have tae . . . well, no as much, he smiled, raising his glass.

That sounded good. She forced it down, as Lisa approached in horror, her head full of images of rhoyponol and GHB. No way was he taking her home. — What's that ye gied her? she started to ask Rab, but felt her voice tailing off as he gulped down the last of it, before explaining to her.

On their second drink, Alec and Gerry were in song at the bar. — Yew-coaxed-the-bluesss-right-out-of-the-horn-ma-ae-ae . . .

— Keep it doon, boys, the barman warned.

— Drink in here enough . . . only fuckin singin a wee song, Post Alec grumbled, then ignited in sudden inspiration, — Eyamalinesmin from the counteee . . .

Alec never got to mention that he guided the main line. — Right, Alec, that's it, oot, the barman snapped. He'd had enough; yesterday, the day before. Alec had managed more last warnings than one of his heroes, Frank Sinatra, had last concerts. Now it was enough.

Terry stood up. — Right everybody, let's go. He turned towards the barman. — Wir gaun tae a mair salubrious haunt, the Business Bar, he said loftily.

— Aye, that'll be right, the barman scoffed.

— What's that meant tae mean? Terry asked.

— Aye . . . fuckin radge, Catarrh spat, backing up his friend.

— You'll no git served in thaire, and ah'll tell ye something else, if yir no oot ay here right away, ah'll be right oan tae the polis.

— Kathryn Joyner here, Terry slurred, pointing at Kathryn, who was trying to disguise the fact that she was mortified.

— Yeah, it's been swell. Let's go, she urged the others.

As they were leaving Charlene saw him, he was just sitting there.

BANG

That fuckin thing   **It's your dad**

And then he saw her and smiled widely. — There's ma wee lassie, he said, slightly drunk with his friends, playing dominoes.

let them know, let them know   **not your own faither**

LET THEM KNOW

— Wee lassie, naw, I'm no a wee lassie now. I was when you interfered with me, she said calmly. — Nae mair silence, nae mair lies, she looked him in the eye. Watched that sick, sugary sparkle leave it, as his friends bristled in their seats.

— What?

Charlene felt Rab's grip tighten on her shoulder and she twisted and ducked to shrug it off. Lisa had recognised Charlene's father as well. She moved alongside her friend and Rab. — That's him? Charlene heard Rab ask Lisa, who nodded sombrely.

Lisa thought then how she must have told him, told Rab.

Rab pointed at the man, his steady voice saying, — You are a fuckin disgrace. He looked around at the men beside him. One or two of them had hard faces, one or two had reputations. — Youse are fuckin disgraceful n aw, drinkin wi that rubbish, he shook his head.

The men tensed up, they weren't used to being spoken to like that. One of them looked at Rab, his face set in annihilation mode. Who were these cunts, this young guy and these lassies, and why were they slagging off the company?

Charlene sensed she had the ball at her feet. How to play it, how to play it.

It's your father   **dirty fuckin sick prick**

this is not the time or place   **when is, the dirty fuckin**
**   sick prick**

embarrassment to everybody   **tell them all, tell them all**
**   there's a beast in this bar**

let him go, walk away, he's not worth it
**   tell the scumbag**
**   what he fuckin is**

She sucked in air and looked at the men at the table. — He used to say I was peculiar, cause I didn't like him fingering me, she laughed coldly and turned to her father. — I've had more real sex, better sex than a sad fucker like you ever could. What have you done? You've put your dick in an insecure, stupid woman and your finger in a child, who used to be, but isnae now, your daughter. That's the only sex you've had, you pathetic damaged piece of fuckin shite. She turned to the men at her table. — What a fucking stud, eh?

Her father was silent. His friends looked at him. One spoke up for him. The lassie must be mad, twisted, out of it on drugs, not knowing what she was saying. — Out of order. You're out of order, hen, he said.

Rab was swallowing hard. He never got into violence outside of football, it had never seemed to be part of anything. Now he was ready to go. — Naw, he snapped, pointing straight at him, — you're out of order, drinking with this sick cunt here.

The harder guy ignored Rab Birrell, instead turning his attention to his own friend. His drinking partner, the man called Keith Liddell. But who was he? Just a guy he drank with. Traded porn mags and videos with. It was just a laugh, just a bit of relief for a single man. That was all he knew about him. But he saw it now, saw something creepy and sick and diseased in him. He wasn't like this man, he wasn't like Keith Liddell. He drank with him, but this man was nothing to do with him. The man scrutinised Keith Liddell. — This your lassie?

— Aye . . . bit . . .

— Is what she says right?

— Nup . . . Keith Liddell said, his eyes watering — it . . . it isnae . . . he shrieked like an animal in pain.

In a blinding movement, his mate's huge, tattooed fist thrashed into his face. LOVE. Keith Liddell sat there, almost too shocked to even feel the blow. — Dae me a favour, and especially dae yirself a favour, and git the fuck oot ay here, his ex-friend said. Keith Liddell looked around the table and they either glared or averted their eyes. He stood up, his head hung low while Charlene stood her ground, her eyes boring into the back of his head as he floated like a ghost to the far side door.

Rab went to follow him, but Lisa tugged on his arm. — We're gaun the other way.

For a second Rab felt desperate to kick it off, pumped up to the extent that his head and body were almost spinning with adrenaline. Johnny's face came into his line of vision, in back-up mode, twisted and pinched. Rab felt himself almost sniggering as the tension drained from him. He grabbed Charlene's hand.

Charlene was only in shock for a second. As she went to the door, images flooded her mind, a loving, dutiful, affectionate father. It wasn't hers, it was somebody else's. The one perhaps she wanted him to be. At least he'd always been a bastard, he'd left no real set of contradictions for her to resolve. You couldn't lament scum. Charlene thought she'd cry, but no, she was going to be strong. Lisa guided her into the toilets, Rab reluctantly loosening his grip.

Locking her friend in a tight embrace, Lisa urged, — Let's get you hame.

— No way. I want tae stey oot.

— C'moan Charlene, eh . . .

— Ah said ah want tae stey oot. I've done nothing wrong.

— I know, but you've had a fuckin big upset . . .

— Naw, she said, suddenly harder than Lisa had ever seen her. — I've done nothing wrong. Aw ah've done is lanced a boil. Ah can't be bothered any mair: dealing with what he's done, and what she's let him dae. Ah'm just fuckin well fed up wi it, Lisa. It bores me now. Let thaim handle it, thaim oot thaire! She gestured aggressively back at the door.

Lisa pulled Charlene closer to her. — Okay, but ah'm watching you doll.

They applied some make-up and exited just as Terry came over, irritated that he'd missed something. — What was aw that aboot? he asked.

Lisa smiled, — Jist some cunt gittin wide, she linked arms with Charlene. — Rab sorted it, she said, pulling Rab to her and kissing him on the side of the face, noting that he was too focused on Charlene to even notice. Then she nipped Terry's arse. — C'mon, lit's git oot ay here.

They headed outside and wound their way in twos and threes into town, squinting in the sun, dodging tourists as they straggled through the West End. — Ah dinnae ken aboot this, Alec moaned. He preferred to drink in places where the spaces between pubs could be measured in yards at the most.

— Not to worry, Alexis, Terry said, giving Lisa's shoulders a squeeze, — my good friend William 'Business' Birrell will make us more than welcome at his charming little hostelry, he contended camply, before turning to Rab. — Is that not right, Roberto!

— Aye . . . right . . . Rab said warily. He'd been trying to explain something to Charlene without sounding like a patronising dick. Last night had been a disaster. The lassie saw him as a social worker when all he wanted was a ride . . . well, a bit of love and romance really, but you needed a ride tacked on the end. It was essential. But last night when they'd done the lot except put it in, she'd gone on about condoms, before the sickening truth had come out. But she'd handled it well, he'd backed her up and they were closer than ever. Lisa was even up for him now.

— It'll happen soon, Rab, she said to him.

— Look, ah jist want tae be wi you. Let's just get on wi that and we can decide how as we go along. Ah'm gaun naewhaire, Rab said, surprising himself by how noble he sounded, how *pure* he felt.

I've fuckin well fallen in love, Rab thought. Ah came oot for a drink and hoping for a ride, and ah've fuckin well fallen in love. And he felt like a foolish god.

Even from the West End, cunted and without his glasses, Alec fancied that he could still see the cleaning platform outside the Balmoral Hotel. As they got closer before turning off towards George Street, Terry looked up and shuddered. He wouldn't, couldn't go up there again. It was too high. It was too easy to fall.

Wanking

Franklin had been up all night, unable to settle. His stomach churned and he couldn't sleep. He'd scream in his head, fuck that selfish bitch, why should I bother? Then minutes later he'd be fretting, phoning around clubs and late-night bars, checking Kathryn's room.

He tried wanking to the porn channel as a means of relaxing. Through his anxiety he took ages to reach a climax, and when he did he felt sick and hollow. Then he remembered, my God, the fucking wallet! The fucking cards! Noting the time difference in New York, he phoned up some numbers to cancel them. It took him ages to get through. By the time he did, the assholes who dipped him had got through about two thousand pounds' worth of goods.

Eventually, he fell into a sick slumber. When he awoke with a shuddering start, it was nearly lunchtime. Despair turned to gallows humour. Everything's gone, he told himself. It's over.

She'd never done this before, gone missing on the eve of a gig. Everything's gone.

He thought about Taylor.

Franklin was off out. Fuck that bitch; if she could do it, then so could he. He was going to have a drink in every single bar he could find in this godforsaken hole.

Heathrow Airport, London, England

6.30 pm

Britain. No, it's England. It's not Scotland. Britain never really existed. It was all some PR con in the service of the Empire. We've different empires to serve now, so they'll tell us that we're something else. Europe, or the fifty-first US state or the Atlantic Islands, or some shite like that. It's all fuckin lies.

But it was always really Scotland, Ireland, England and Wales. Off the plane. Onto the plane. Off to Scotland. Not much more than an hour away.

I can't get on an Edinburgh plane. The first one is for Glasgow. I don't want to sit here, even though the next Edinburgh one'll get me home at almost the same time, by the time I train it through. It seems important to keep moving though, so I buy a Glasgow ticket.

I phone my mother.

It's great to talk to her. She seems together, but she's a bit away, like she's on Vallies or something. My Auntie Avril comes on the phone, tells me that she's bearing up well. There's no change in the old man. — They're just waiting, son, she says.

It's the way she says it. They're just waiting. I go into the bogs, sit down in paralysed anguish. No tears come, and it would be pointless, like trying to empty a reservoir of grief by drip feed. I'm being daft. My old boy will be okay. He's invincible and the doctors are fuckin wankers. If he does die it'll be because he's been left out in the fuckin car-park on the rubbish skip with another dozen non-rich patients instead of in a proper hospital bed, getting treatment that he's fuckin well paid for all his life through his stamps and his taxes.

All I can think of is my Ma's place. Get a kip, shave and shower and wash off the external dust and grime and then I'll see everybody.

Maybe even catch up with some of the boys. Well maybe yes, and maybe no. I'm too fucked to feel anything about Scotland, only being an hour away. I just want a bed.

Lies.

It was all lies. We kept away from each other because we reminded each other of our failure as mates. For all our big talk, our friend had died alone.

It was all lies.

I kept away from Terry and Billy.

Gally told me that he had the virus. He'd banged up a couple of times in Leith with a guy called Matty Connell. Just two or three times, depressed at how things were going with his kid. The nutter his bird was with, the one the kid called Dad.

Mark McMurray was the boy's name. Gail's felly. Doyle's mate. He'd taken a piece of Gally on two occasions.

Polmont, we used to call him. The Dalek.

Poor Polmont. Poor Gally.

Gally's first ride produced a pregnancy and a loveless, shotgun marriage.

His first or second bang-up produced the virus.

He told me that he couldn't handle the hospice, couldn't handle everyone, his Ma n that, knowing it was drugs; heroin and AIDS. He thought he'd already taken almost everything from his Ma, he couldn't take any more. He probably thought that death by drunken misadventure sounded better than death by AIDS. As if she'd see it that way.

Gally was a proper boy though, right enough.

But he left us.

He left us, I saw all that, the way he looked straight ahead as we started shouting for him no tae be sae fuckin daft, and tae git back ower the rail. Gally had always been a climber, but he was over the railing at George IV Bridge and looking down onto the Cowgate below. It was the *way* he was looking down, in a strange trance. And I saw the lot, I was the closest. Billy and Terry were heading down towards Forrest Road, showing him that they were unimpressed by his attention-seeking.

I was right beside him though. I could have touched him. Reached out and grabbed him.

No.

Gally briefly snapped out of the hypnotic state and I saw him bite his lower lip, and his hand went up to that lobe and he twisted on his earring. It seemed that even after all those years, it was still always getting scabby and weeping. Then he shut his eyes and stepped or fell, no *stepped*, off that bridge, falling sixty feet and smashing onto the road below.

I roared, — GALLY! WHAT THE FUCKIN . . . GALLY!

Terry, turned, froze for a second, shrieked something, then grabbed his ain hair in his hands and started stomping his feet on the spot, like he was on fire and trying to put it out. It was a mad St Vitus number, like something connected to him was perishing, being torn from him.

Billy went straight down the small winding road which took him to the street below.

I looked over the balustrade and saw Gally lying, almost like he was just playing dead, on the road below. I mind thinking that it was somehow all a joke, a piss-take. Like he had somehow miraculously managed to climb doon onto the road and was lying down, kidding on, like when we were kids and we 'shot' each other, at Japs and Commandos. The evidence of the eyes seemed weirdly contradicted by a horrific hope, so strong it nauseated, that this was just a bizarre set-up. Then Terry looked at me and shouted, — Come oan, and I followed him down the narrow lane to the main road below where Gally lay.

There was a pounding in the side of my face and the tendons in the back of my neck felt like knives. There was still a chance we would surely be back to what we were: just a bunch of cunts out on the piss. But this fantasy, this hope, was shattered when I saw Billy cradling Gally's body.

I mind of this drunken, dopey cow who just kept on saying, — What happened? What happened? Repeating it over and over like a moron. I wanted her to be dead instead of him. — What happened? What happened? Now I realise that the poor lassie must have been in shock. But I wanted it to be her instead of him. Just for a second or two, then I didn't want anybody to die ever again.

Most of the people gathered around had come out of the pubs, and they were all looking for the car that had run over Gally, trying to work out which way it had went. Nobody thought to look up to the Bridge.

Then I'm standing in what I think is silence, but they all look at me like I've been hurt, like I'm bleeding badly and Terry comes over and shakes me like I'm a wee bairn, and it's only then that I realise that I've been screaming.

Billy's jist holdin Gally and sayin softly, wi a sad tenderness I've never heard before or since from anybody, — What did ye dae that for, Andy? What fir? Surely it wisnae that bad. We could've sorted it oot, mate. The boys. What fir that but, Wee Man? What fir?

That was the last time it was special. After that we kept away from each other. It was as if we learnt about loss too young and wanted to take ourselves away from each other before the others did it first. Even though we wirnae really that far fae each other; me, Billy, Terry and I suppose Gally became the four corners ay the globe after that night.

Now I'm going back.

The coroner returned an open verdict. Terry refused to even consider the possibility of suicide. I think Billy guessed though.

I went to London, basing myself there. A residency in a small, happening club which moved to bigger premises. Then onto a big, corporate superclub. I made a few tunes of my own, then did a few mixes. Then an album, then another one. Basically, I lived out the old Snap fantasy of success while trying to play bass. I was never a bassist though; never a Manni, Wobble, Hooky or Lemmy, not even a fuckin Sting. I didn't get a bass *feel* from my ham-fisted efforts, which were never in synch with my internal vibe, but I did get a bass *ear*. That helped a lot when it came to mixing records. Things happened slowly, but steadily. A big dance record, *Groovy Sex Doll*, which crossed over into the mainstream charts. That set me up bigtime. They played it on *Top of the Pops*, with me pretending to play a keyboard while some lycra-clad models from an agency danced away. I took off on a vodka and cocaine binge, shagged one of the models, hung around the Met Bar and some Soho clubs, had deep and meaningful discussions with various pop stars, actors, writers, models, television presenters, artists, newspaper and magazine editors, and exchanged loads of phone numbers. Heard the accents on the voicemail change. What should have been an interesting two months, a summer, became a turgid six years.

I don't regret doing it. You have to run with it when it's your time, or else you'll lament it later. I do regret sticking around for too long, letting that sad, sickening, destructive process grind me down. On a plane back from New York and an excellent gig at the Twilo, I made a career decision: I wasn't for having a career any more.

I had a foot in both camps, as I'd always admired the house heads who kept it real: Dave the Drummer, the Liberator boys, that sort of crew. Basically, that was my time, the underground parties, teaming up with the tribes. The blunt truth of it is that it's better. It's better fun, a better laugh. So it was a purely calculating, mercenary move on my part, leaving the boiled-frog environment of the celeb circuit.

So I was playing at the old-skool raves and parties; the dance music press were asking: HAS N-SIGN LOST THE PLOT and I was having the happiest, most fulfilled time of my life. Then the Criminal Justice Bill started to kick in, and beneath the toothy smiles the UK continued to be an oppressive place for those who didn't want to party on their terms. And their parties, their Cool Britannia parties: they were fuckin shite.

So we moved; first Paris, then Berlin, then Sydney. Spiral punters, Mutoid punters, they all seemed to wash up in Sydney. Lately I've been getting fucked up a lot. That always tells me it's time to move on. Some people spend years in counselling trying to cope with being fucked up. I just move on. The fucked-upness always goes. The conventional wisdom is that you're running away, you should learn to cope with being fucked-up. I don't hold with that. Life is a dynamic rather than a static process, and when we don't change it kills us. It's not running away, it's moving on.

Yes. This has made me feel better. You can't beat self-justification. I'm not running away, I'm moving on.

Moving on.

The last time I saw them was at the funeral, nine years ago. The funny thing was with the likes of Billy, Terry, Topsy, I never thought about them as much as I thought I would. It's only now, now that I'm so close to home.

The connecting flight to Glasgow, I'm on and with a complimentary copy of the *Herald*. Weedgies. I fuckin love those cunts. They never, ever disappoint. Back home again. I always get this strange buzz when I go back to Scotland. It hits me that, in spite of the dread, it's been a long time and I'm actually excited. I hope there's still a father for me to see when I get there.

There'll be nae Gally though.

I loved wee Gally, that little cunt, that selfish fuckin little shitbag. Probably more than ever now, because he's potted. He doesnae disappoint anyone now, he only did that the once. The image of his broken body on that road will stay with me for ever.

The girl back in Munich, years ago, ninety, ninety-one, eighty-nine or some shite, Elsa her name was. Gally went away with her mate. —

Your friend is strange, she said, — he did not, with Gretchen . . . they did not . . . she liked him, but they did not have proper sex.

I was wondering what he was thinking of. Now I knew, like he knew. He was far too nice a guy to fuck anybody with the virus.

He apprenticed us all in loss.

If only he loved himself as much as he loved the rest of the world.

He's deid, so he's easier to love than Terry or Billy. I still like them though; so much I can't let them subvert the way I feel about them by allowing them anywhere near. I like the *idea* of them. But we can never have what we had; it's all gone: the innocence, the lager, the pills, the flags, the travel, the scheme . . . it's all so far away from me.

What was that Bowie refrain we sampled: Draw the blinds on yesterday . . .

The bus back into the city centre. I'm fucked. Actually I'm beyond fucked. Sometimes I feel like I'm seeing through my ears instead of my eyes. Buchanan Street Bus Station.

Edinburgh, Scotland

2.02 pm

The Business Bar

The Business Bar was crowded. Festival punters and office workers merged easily in a smug but probably unfounded complicity, imagining that they were in a place which was at the centre of the world for those three weeks of the year. Billy Birrell was standing at the bar, holding court, drinking a Perrier water. His eyes raised in a surprised but not hostile manner as he caught sight of his brother. A fuckin Hibs away strip. Still, at least it was further proof that he wasn't hanging around with aggro-merchants. Then Billy saw Terry and his face visibly dropped. But he was with someone . . . that lassie . . . it was Kathryn Joyner! Here, in the Business Bar! She was getting some looks as well, but what was she doing with them?

— Billy! How goes it? Juice Terry extended a hand which Billy Birrell grasped tentatively. Terry looked in bad shape. Overweight. He really had let himself go.

— Awright, Terry, Billy Birrell said. He shot his brother Rab a glance. Rab shrugged back sheepishly. Lisa looked Billy Birrell up and down, evaluating eyes blazing like Don King's.

Terry ushered Kathryn towards Billy. — Vilhelm, I'd like you to meet a good friend of mine. This is Kathryn Joyner, Terry felt his shoulders shake as he added, — she's been known to chant the odd number. Kathryn, this is an old associate of mine. Robert's brother Billy . . . or 'Business', to give him the title we locals are wont to use.

Billy Birrell knew that Terry was wasted and just being a wide cunt. He really never changes, Billy thought, with a contempt so fierce it caused his guts to burn and almost made him shudder. Attending to the American singer, Billy couldn't help but think, god, this woman looks rough. — Kathryn, he smiled, extending his hand. He turned to a girl behind the bar. — Lena, can we have some champagne down here; a magnum of Dom Perignon, I think.

Terry was looking at a picture of Business Birrell with the footballer Mo Johnston on the wall. — Mo Johnston: a character, eh Billy?

— Aye . . . Billy said warily.

He looked at some more pictures behind the bar. — Darren Jackson. John Robertson. Gordon Hunter. Ally McCoist. Gavin Hastings. Sandy Lyle. Stephen Hendry. Characters, eh Billy?

Business Birrell bit his lower lip and glanced swiftly over at his brother, an expression of accusation forming on his sharp features.

While everybody was tentatively checking each other out, Post Alec had already arsed half the champagne, and was talking to two arty, Festival, touristy women. — . . . course, ay cannae work cause ay ma back . . . bit ah'm daein the windaes fir a mate . . . The dissonance of this comment sank home and Alec stood for a moment stupefied by guilt and drink. He fought through this paralysis by bursting into song. — A wee song! Cause your mine . . . me aw my . . . spe-shil lay-dee . . .

Lisa smirked at this, eagerly lifting a glass of champagne and passing others to Rab and Charlene.

Terry laughed. —Jakey alert! Then he turned to Kathryn and put one arm round her waist and another round Billy Birrell's shoulder. — Ma auld mate Billy Birrell, Kath. We wir mates, long, long before ah wis mates wi Rab, he explained. — Of course, eh disnae like tae be minded ay they times now. Eh no, Billy?

— Ah dinnae need tae be minded, Terry. Ah mind well enough, Billy told him coolly.

To Terry, this sober Billy Birrell was so unyielding, it was like he was made out of bronze. The cunt looked well, but why wouldn't he? He was probably on every exercise programme and special healthy eating diet and nothing-to-excess lifestyle you could think of. He'd aged a bit of course; his hair was thinner, and his face a bit more lined. Birrell. How did that fucker get *any* lines on his face when he never moved it? But it *was* Billy, he did look good, and Terry felt a pang of nostalgia. — Mind wi went tae the National at Aintree. The World Cup in Italy, '90. The Oktoberfest in Munich, Billy?

— Aye, Billy said with more wariness than he intended.

— Ah've seen the world, ye see. It's the fuckin same everywhaire really, eh Kath, Terry said. Then, without waiting for a reaction added, — Used tae box, oor Billy Boy did, Kath. Couldnae box eggs mind you, Terry clenched a fist and gently pressed it against Billy's chin. — Could've been a contender, eh champ? Billy pushed Terry's hand away. Instinctively, Terry tightened his grip round Kathryn's waist. If Business was going to put Terry down, then she was going with him. See how the image-conscious cunt liked that. The spin the *Evening News* would put on it:

> American singer and international celebrity
> Kathryn Joyner was knocked over in an
> incident in a city pub yesterday. It is understood
> that capital sporting personality Billy 'Business'
> Birrell was involved.

Billy Birrell. His friend. Terry thought of Billy and him with their sports duffel-bags, striped sloppy-joes, naytex jeans and parkas. Then onto the Ben Shermans and Sta-prest, through to the capped-sleeved T-shirts, the Adidas and the Fred Perry. A twist of poignancy shot through him, instantly metamorphosising into melancholy. — Ah went doon tae Leith Victoria that time wi ye Billy . . . ah should've stuck it oot. Mind Billy . . . mind . . . Terry's voice went low and desperate and almost broke as he thought of Andy Galloway, lifeless on the tarmac, N-SIGN Ewart over in Australia, or wherever he was, his mother, Lucy, his son Jason, a stranger, Vivian . . . then he squeezed tighter at Kathryn.

Jason. He picked the name. That was it. He'd said to Lucy that he'd never be like that old cunt, the bastard that left him and Yvonne, that he would be a good faither. He'd become so obsessed with making himself appear different from the fucker, he'd not noticed it had all been superficial characteristics he'd worried about and that they'd turned out like two peas in a pod.

Terry remembered the time that he'd tried to make an effort to become part of Jason's life. He'd collected him from Lucy's and taken the kid to the match at Easter Road. The boy was bored, and making conversation was like pulling teeth. Once, submitting to a pang of emotion, he tried to hug Jason. The kid was as tense and embarrassed as Birrell was now. His own son had made Terry feel like somebody from the beast's wing in Saughton.

The next Sunday, he thought that he'd take Jason to the zoo. He'd accepted that the kid might want company nearer his own age. He'd heard that Gally's mother had wee Jacqueline some weekends, and she was not much younger than Jason.

He went to Mrs Galloway's door. — What dae you want? she asked, in a ghostly coldness, her large eyes – eyes just like her son's – expanding, sucking you in.

Terry couldn't stand her look, it cut him to the quick. Under that gaze he felt like a would-be escapee from a concentration camp, blinded by the searchlight beams. Nervously he coughed. — Eh . . . ah heard ye hud the wee lassie some weekends . . . eh, ah wis jist thinkin like, ah'm takin the wee boy tae the zoo oan Sunday . . . if ye wanted a brek ah could take wee Jacqueline n aw like . . .

— You must be joking, she said icily, — let ma granddaughter oot wi you?

She didn't need to add 'after what happened to my son', it was written in her face.

Terry went to say something, felt the words stick in his throat as emotion threatened to overwhelm him. He forced himself to look pointedly at Susan Galloway, understanding her pain through his own hurt. If he could just fight through that hurt and hold the stare, then maybe she'd come round and they could talk properly, share the pain. Like Billy fuckin Birrell would have done. He once saw Billy in his big flash car, Mrs Galloway getting out, and Billy helping her with her shopping. Aw aye, Birrell's little practical help would be welcome of course, that would do nicely. But Birrell was a 'capital sporting personality' and now a successful businessman. Even Ewart, that drug-addled cunt, was a top deejay and rumoured to be a millionaire. Naw, you needed a scapegoat, and in this age the guy left behind in the scheme fitted the bill. It dawned on him then that this was his lot. And he'd loved Gally just as much as the rest of them. Turning away from his dead friend's mother, Terry walked off in sobriety as unsteadily as the hopeless, pathetic drunkard she believed him to be.

Now he was even more unsteady. He held onto Kathryn tighter still, and looked over at Lisa who gave him a beaming smile. She was a brilliant lassie, a cute, sexy bird who loved drinking cocktails and getting fucked. Couldn't be more his type, a dream come true really. Over the years he'd let his standards slip, but now he was with Lisa. She should be more than enough . . . and so Juice Terry bolstered his ego and restored his equilibrium. He would have to do better. Get out more. Take an interest. He was moping away for a Golden Age that had never existed and life was passing him by.

Billy, in the meantime, had grown tired of him. He'd had enough of this joker, swaying about in the non-existent breeze and pulling Kathryn Joyner around like the woman was a rag doll. — Terry, you've had enough, mate. Ah'll git ye a taxi hame.

— Ah dinnae need a taxi, Birrell, Juice Terry Lawson said testily, picking up his glass of champagne and sipping it royally, — ah'll jist huv a glass ay champers here, then ah'll go.

Billy looked stoically at Terry. There was no friendship, no history in his glance, and Terry felt its chill. He was being viewed as nothing more than a potentially troublesome drunk. No past. No Andrew Galloway. Like it never happened. Like the boy never lived. Aw aye, they'd said a few things at the funeral, but they were still both in shock. After that Billy never fuckin well said anything. After it happened, he just focused on his fight. The thing was, before that fight, Terry was so proud of Billy. 'Business' was a name he used freely without piss-taking irony. His mate was going to be the champion of the world. Billy was a machine. But later, when that boy from Wales did him, Terry had felt a malevolent satisfaction through his wounded pride.

Billy turned away. Terry was a waster. He'd gone downhill. Oh aye, he was still a wind-up merchant but bitterness had got into it. He wished that he hadn't cut Terry off like that, all those years ago, but the man was a liability. A lot of people said that he never came to terms with Gally's death. But he, Billy Birrell, was as upset as anybody about what happened. But you had to put it behind you, you had to move on. Gally would have wanted it that way, he loved life, would've wanted the rest of them to get on with it, to make the most of it. Terry was acting like he was the only one hurt by what happened, like it gave him an excuse, a licence, tae be a fuckin wide cunt with everybody. You suspected that if it wasn't Gally, he'd find some other justification to be a cunt.

Of course he wanted to tell Terry that when he went into the ring with Steve Morgan from Port Talbot, Billy Birrell was ready to tear the boy apart. Somebody was going to get it for what happened to Gally.

When he got into the ring he just couldn't move.

The thyroid thing was blamed, and it was a factor, but Billy knew he could have done Morgan from his death-bed. The first round clash of heads, the blood from Morgan's nose. Then it happened. Something about Morgan seemed so familiar. He'd never seen it before, but now he saw it in painful clarity. The close-cut black hair, the big brown eyes, the sallow skin and that hooked nose. The jerky gestures and the troubled, wary expression. And the blood, trickling slowly from that nose. It suddenly dawned on Billy that the Welsh boxer was the spit of Gally.

Nope, Billy couldn't move.

He couldn't throw a punch.

Billy knew that there was something wrong. He'd first felt it just before he went to Munich. He'd tried to conceal it from Ronnie, who'd tried to conceal it from the sponsors. Fitness was all. Billy reasoned that if you weren't fit, you couldn't do what it was essential to do in order to win at any one-on-one sport — be it boxing or tennis or squash — and that was to dictate the pace. In a one-on-one contest, competing at the other person's pace was demoralising, and unsustainable. That was why Billy reckoned that when he stopped going forward, he would be finished with the fight game. But there was the matter of this particular Morgan fight. His future opportunities relied so much on it. Raw pride carried an exhausted Billy Birrell into the ring. Dictating the pace was out of the question; the only chance Billy now had was a puncher's chance. And, when the ghost of Galloway came waltzing towards him, that had gone.

But he was too proud to tell that to Terry, or anyone else, too proud to tell him that he was in shock still from the death of a friend. How lame and pathetic would it have sounded? A boxer, a professional, should be able to rise above that. But no. Thyroid and grief had conspired and Billy's body had gone and was not moving for him. That was his last time in the ring. It told him that he wasn't cut out for boxing. He was probably being unfair on himself, but Billy Birrell was a perfectionist, an all-or-nothing type of person.

When the medical examiner identified the thyroid deficiency, and said that it was a miracle Billy had managed to climb into the ring, he became an overnight hero. Anyway, the British Board of Boxing Control could not allow him to fight taking thyroxine. They became the villains. By popular demand, and after an *Evening News* campaign, there was a civic reception at the City Chambers. Davie Power and other sponsors realised how much the tendency to ennoble glorious defeat was ingrained in the Scottish psyche. The Business Bar went ahead.

Billy looked around at the airy, spacious bar, and its largely affluent clientele. As he was contemplating his past paralysis, Johnny Catarrh was spurred into action. Johnny had been letting go some gassy, chemical farts, which had been embarrassing enough in the busy bar.

Now he suspected follow-through, and made a hasty lunge to the toilet in order to investigate.

Billy hadn't spoken to Johnny yet, and was about to say hello, when Catarrh sped past him. Ignorant cunt, off his tits. What the fuck was Rab doing bringing this lot here? Especially Lawson. Billy looked at Terry, his alcohol-bloated face, his charlie-arrogant mouth, spewing his bombast across the bar, causing paying regulars to glance around uneasily. And there he was, quaffing Billy's expensive champagne. This cunt had to go. He was . . . Billy's line of thought was broken when he saw a man storm up to the bar and grab Kathryn by her arm. — What in the name of suffering hell have you been doing? he demanded in an American accent.

Billy and Terry moved forward as one.

— Franklin . . . have some champagne! Kathryn squealed happily. Billy backed off. She knew the guy.

— I don't want champagne . . . I've been going fucking crazy . . . you goddamn fucked-up selfish . . . you . . . you're drunk! Goddamn it, you've gotta sing tonight!

— Take yir fuckin hands offay her, cuntybaws! Naebody's singin the night! Juice Terry snarled.

— Who the hell is this? Franklin asked Kathryn in outraged disdain.

— This is the cunt that's gaunny burst your mooth, ya fuckin radge! Terry snapped as he hit Franklin on the jaw. The American staggered back on his heels and fell over. Terry moved forward to put the boot in but Billy was in between him and his intended prey. — You're out of order, Terry! Git oot ay here!

— That cunt's oot ay order . . .

Kathryn was picking Franklin up. He was rubbing his jaw and looking unsteady on his feet. Then he started throwing up. There was a cheer from a beery crowd of rugby types in the corner.

Billy grabbed Terry's arm. — Let's talk aboot this, mate . . . He ushered him to the back door of the pub. They stepped outside together into the small yard stacked with barrels and crates. The blinding sun shone overhead in a cloudless blue sky. — You n me need tae huv a proper blether, Terry . . .

— It's too fuckin late fir that, Birrell . . . Terry swung at Billy who easily sidestepped him and floored him with a sweet left hook.

As Terry sprawled on the deck, Billy rubbed at his knuckles. He'd hurt himself. That fat, stupid cunt!

Rab, Charlene, Kathryn, Lisa and Post Alec followed them outside. Alec lurched up to Billy. — Awright, champ? He assumed the stance and sparred for a bit, throwing short punches at a static Billy. Then he was seized by a violent coughing fit and leant against the wall hacking up phlegm. While this was going on, Kathryn and the others were attending to Terry. Franklin came up to them and shouted at her. — If you don't come back to the hotel now, you are goddamn finished!

Turning around, Kathryn screamed like a banshee at him. — You don't tell me I'm finished! You tell me nothing, asshole! Consider your fucking fat sweaty ass fired!

— Aye, that's you telt, now git tae fuck! Lisa spat at him, thumbing in the direction of the door.

Franklin stood and looked at them for a while. This crazy bitch had been brainwashed by a bunch of Scottish lowlifes . . . they must be part of a crazy cult. He knew this was waiting to happen. He looked at the badge of Rab's strip. What the fuck was all this shit, some Celtic Scientologist brainwashing bullshit? He'd see about this!

— Move, Billy Birrell said coldly.

Franklin turned on his heels and stormed off.

— Nae offence, Rab, Billy said, looking at him, then at Kathryn, — but maybe youse better think aboot callin it a day and getting some sleep.

They looked at each other, then at Billy. Rab nodded and they picked up Terry. Lisa shouted something at Billy who looked straight at her. He watched them lurching out, his brother and one of his oldest pals, and shook his head slowly. Billy contemplated the difference between the likes of them and him. They saw the car, the clothes and the smart bird on your arm. They never saw the graft, never faced the risks or felt the anxiety. And sometimes he envied them, just to be able to let go and get fucked-up like that. It had been a long time since he'd allowed himself that luxury. But he didn't regret what he was doing. You needed respect, and the only way you could get it in Britain if you weren't born with a silver spoon in your mouth, or had the right accent, was through having money. You used to be able to get it in other ways, like his old man, or Duncan Ewart, Carl's dad. But not now. You see the contempt punters like that are held in now, even in their own communities. They say it's all changed, but had it fuck changed. Not really. All that happened was . . . fuck this.

What would Gally have been like now, if he was still here?

Gally's eyes often haunted Billy. He saw them mostly if he was sleeping alone, when Fabienne was back in France, an off period in their on-off relationship, and he hadn't got round to replacing her with a local version. The big eyes of wee Andy Galloway; never those lively, busy ones, but vacant and black with death. And his mouth, open in a soundless scream, the blood pouring from it, staining his big white teeth. Still more of it had run out of his ear, past that gold stud in his lobe. The metallic smell of it on Billy's hands and clothes as he supported the lifeless head. And the weight of him. Gally, so small and slight in life, seeming so heavy in death.

Billy's own mouth had seemed to fill with that metallic taste of blood, as if he'd been sucking on an old two-pence piece. Later he'd tried to brush it out, but it kept coming back. Now, in this bar, all those years later, it seemed to be there again. Loss and trauma left its own phantom aftertaste; his stomach warped and cramped around some- thing as unpliable as a chunk of marble.

And then, the way the blood bubbled out of Gally's mouth, as if just for a second he was breathing, taking a final breath. But Billy didn't allow himself that thought, he knew Gally was gone and it was just air in his lungs escaping.

He minded Carl screaming and Terry was pulling at his own hair. Billy wanted to batter them both and tell them to shut up. Shut the fuck up for Gally. Show some fuckin respect for the boy. After a bit, Terry caught his eye. They nodded at each other. Terry slapped Carl. No, boys never slapped in Scotland. Cockneys gave the missus a slap, that was where it came from, a good slapping. This was a clout, a clatter. Terry kept his wrist firm, it wasn't a lassie's or a poof's slap. Billy minded that. It seemed so fuckin important at the time. Now, to him, it seemed beyond both sad and sick and just completely bizzare. It wasn't our bad habits which really scared us; we got too used to them, they only worried others. It was the odd, unpredictable, brutal impulse you fought to restrain, the one that the rest never even saw and hopefully never would.

But they did with Gally.

Sometimes Billy never understood how he kept it all in his head. He knew that personality was generally seen as action rather than words or thoughts. Long before he took up boxing he had learned that fear and doubt were emotions best left unexpressed. They often burned all the harder for the suppression, but he could do it. He had no time for the ghoulfest of the confessional culture; when such emotion threatened, he bit hard on it as if it was a pill and swallowed the energy that was released from it. Better that than giving some other cunt the power to dismantle your head. It normally worked, but it failed him once.

When Gally's ghost came floating into the ring.

And it had come back all too strongly recently. Billy was thinking about Fabienne, thinking about his partnership with Gillfillan and Power, and he'd taken a walk in the cemetery where Gally was buried. He came close to the grave and saw a guy muttering away beside it. As he got closer it was like the guy was talking to Gally. Embarrassed, Billy walked on and dismissed the thought. The boy was probably just some community-care jakey mumbling shite. He didn't look the part though; he wore a tie and it was like he had a uniform under his overcoat.

It disturbed Billy. He was almost sure the man had said 'Andrew'. In all likelihood just the phantom imprint of his old grief, but it twisted away through him like the weeds and vines in the cemetery.

Islands in the Stream

Though feeling the dull ache in his jaw, Juice Terry brimmed with victory as he struggled across Princes Street with one of Kathryn's suitcases. He'd get her down the Gauntlet, and everybody would see that he, Juice Terry, was still THE FUCKIN BOY when it came to, well, everything. It had been a mistake though, having a go at Birrell, he admitted to himself. It was a good, clean shot, Terry reflected in stubborn admiration. They say that a boxer's punch is the last thing that goes. Birrell's reflexes had been impressive too, though. Mind you, Terry thought, I'm fuckin pished and you could probably see my punch coming fae the other end ay Princes Street.

Now Terry was part of a wasted convoy carrying Kathryn's luggage. Johnny and Rab also had a case each, Lisa and Charlene had some smaller bags. Kathryn carried nothing. — I should help you guys ... she half-heartedly protested. — Maybe we should get a cab ...

Terry's head was buzzing. They were all in there, Lucy, Vivian, Jason, his mother, all jockeying for position.

The rest were lost causes, but surely no Jason. Why didn't he have a relationship with Jason? He'd pandered to the wee cunt. The zoo my arse, ah should've made him go tae the fitba, he thought. Too fuckin dear though these days; besides, the wee guy had shown no interest.

Terry had to concede that it was understandable, as he himself was starting to relate to the father he'd always hated. Before, all he saw was the bastard's actions, his cruel, negligent selfishness, not the underlying reasons for such actions. Now he was reluctantly coming to understand them in terms of his own motivations. The auld cunt just wanted a decent ride, a hassle-free life, easy money and a bit of respect. And yes, as a result he had treated his wife and kids badly. But the poor bastard had been born into circumstances whereby he couldn't accrue the monetary or social resources to put the satisfactory financial spin on things. Rich men treated their partners just as well or just as shabbily as schemies. The difference was that the cunts could keep them sweet with a big pey-oaf if, and when, it all started to go wrong. That was it. And they could do it impersonally through lawyers.

Terry had to admit that the possibility that the wee man would turn out different might not be a bad thing. Would he be like Terry? Terry tried to look twenty years down the line and see a couple of fit blonde birds going through a lesbian sex ritual in front of a grown-up Jason who was the image of Terry. Then he (Jason/Terry) would join in, fucking one after the other in different positions before blowing his muck. Then he'd peel off the virtual-reality glasses and headset and be sitting with a limp, leaking cock in a scabby run-down room full of takeaway cartons, full ashtrays, dirty dishes and empty beer cans. Terry looked forward to the twenty-first century getting properly started.

But that was the hereditary scenario. In the environmental one he envisaged the wee man as a specky cunt with a dull wife and couple of small consuming agents as kids, in a Barratt box in the suburbs. And she'd be there, Lucy, visiting on Sunday with Gawky for the roast. It would all be so nice and idyllic when they'd see a ragged, pish-sodden jakey figure staring in the window. It would be Post . . . Juice Terry . . . no, fuck that. He'd show them all one day. He ran his hand through his still-thick corkscrew hair and felt sad that he couldn't feel more than self-pity and mawkish sentiment.

He'd entertained loads of revenge fantasies, which shocked and repelled even him. Lucy dressed in a Hearts top with number 69 SLAG on the back of it, and him giving her an ungreased one up the chapter and verse. But she was no Jambo, she hated all fitba. It was probably his old man he was thinking of; indeed, when inside Terry's head he was going at it full pelt, he kept intercutting the scene with images of his father wearing a ridiculous maroon rosette at a Hearts–Rangers Scottish Cup final back in the seventies. Fuck it, you should never analyse your own sicknesses too much, it only compounded them.

If any cunt should have got a punching, it was the gawky cunt, the fuckin lab technician who was shagging her. And he would have as well, had Terry not been fucking Vivian at the time and the boy's intervention given them the chance to get it on. But this fuckin beanpole with the long hair, rash of spots and the protruding Adam's apple. Looked like one of these heavy-metal virgins from Bonnyrigg or the like, who played records of male-domination fantasy and who'd go into fits and stutters just talking to a lassie. In fact, Terry had subsequently learned that Lucy had chatted *him* up, at a works night in Kirkcaldy, the Almabowl.

Terry almost laughed out loud when she came round and that cunt was there, with his hands by his side, opening and closing his fists, as if he was going to start something. She was packing and getting the kid ready. He should've battered the guy to a pulp because he was taking his wife and his son away. But he couldn't, because all he could think of was Vivian, how he'd precipitated the situation to get Lucy to leave him, take the responsibility of the kid away in order that he could act the hurt, deserted and abandoned one. And they'd played right into his hands. Now he'd be free of the red bills, the tenancy, the cold silences flaring into vicious arguments, the moans, her desires for a house in the suburbs and a garden for the bairn so he wouldn't have to play in the streets of the scheme like Terry did. Oh, how he'd savour freedom from all the ugly deceit. Yes, when the door closed, he contemplated his loss and had an indulgent wee whinge to himself, then packed up his own stuff, and, to her abject horror, moved straight back into his Ma's house.

He was shaken from his thoughts by a whine from Johnny. Yes, that lightweight was fuckin well toiling. — Ah dinnae see how ye jist couldnae book another room in the Balmoral, he was suggesting mournfully to Kathryn.

— I don't want to be anywhere near that asshole Franklin, Kathryn cursed. It had taken them ages to find a room in a city-centre hotel, even for Kathryn Joyner. Now they were heading down Princes Street to Haymarket and a smaller, but comfortable, billet.

As they checked Kathryn in, Terry mused, — Ye wir perfectly welcome tae stey at mine, wi nae strings attached, he told Kathryn.

— Terry, you're a guy. There's always strings attached.

The Yank lassie wisnae as daft as she looked but. — Jist sayin, Terry ventured, it's dead near the Gauntlet. Fir the karaoke, ken?

— I gotta go to Ingliston and do this show, Kathryn told him.

— But ye sacked the boy . . . Terry bleated.

— This is just something I gotta do, she told him briskly.

Rab Birrell started dragging a case upstairs as the desk clerk issued Kathryn with her key. — Be telt, Terry, it's up tae Kathryn, he said.

— Aye, wi'll make the Gauntlet fir last orders in a fast black eftir the gig, Johnny said, and wondered why he was parroting Terry as he was absolutely fucked and just wanted to get his head down.

After waiting around while Kathryn got dressed, they piled into the stretch limo that Rab had called to re-route from the Balmoral, and headed out to Ingliston. Johnny sprawled across one side of the car and dozed off. He'd been looking forward to riding in a motor like this, now the experience was passing him by as surely as the busy city outside was.

Charlene was curled into Rab's side, enjoying herself. Lisa and Terry helped themselves to drinks from the cabinet. Lisa could smell herself now, her top was dirty and her pores would be blocked, but she didn't care. Terry was babbling into Kathryn's ear, and she could tell that the American singer was grateful when she intervened. — Leave Kathryn alaine, Terry, she's goat tae get ready. Just shut the fuck up.

Terry looked open-mouthed in appeal.

— Ah sais shut it, she urged.

Terry laughed and squeezed her hand. He liked this lassie. Sometimes it could be quite enjoyable being ordered around by a bird. For about five minutes.

Inner-city tenements gave way to grand villas, which became bland suburbs and motorway slip-roads. Then a plane roared above them and they were pulling into the car-park of Ingliston showgrounds. They had trouble shaking Johnny awake, and Kathryn's security were not amused when they saw her entourage, but they were so relieved to see her that they unquestioningly issued every member of the party with backstage passes.

In the Green Room, they got stuck into the free food and drink as Kathryn hid in the toilet, puked and psyched herself up.

Kathryn Joyner shakily took the stage at Ingliston. It was the longest walk to a microphone she had ever had; well, maybe not as bad as the time she'd staggered on in Copenhagen after coming from that hotel room via the hospital where they'd just pumped the pills out of her stomach. But this was bad enough: she thought she was going to pass out under the heat of the lights, and was aware of every drop of the aching, grimy pain the drugs had left in her undernourished body.

Nodding to the musicians she let the band strike up *Mystery Woman*. When she sang, her voice was barely audible for the first half of the first number. Then something both perfectly ordinary and enchantingly mystical happened: Kathryn Joyner felt the music and clicked into gear. In truth, it was a no more than adequate performance but that was a lot more than she and her audiences had grown used to, so in that context it constituted a minor triumph. Most importantly, a nostalgic, appreciative and pretty drunk crowd lapped it up.

At the end of the set they called her back out for an encore. Kath thought of the hotel room in Copenhagen. Time to let go, she thought. She turned to Denny, her guitarist, who was a veteran session man. — *Sincere Love*, she said. Denny nodded to the rest of the band. Kathryn stepped out to great applause and took the microphone. Terry danced in the wings.

— I've had a great time in Edinboro' City. It's been the best. This sang is dedicated to Terry, Reb and Jahnny from Edinboro', with Sincere Love.

It was a fitting climax, though Terry was a bit put-out that she hadn't given him his proper title of Juice Terry. — It would've meant mair tae any cunt oot thaire fae the scheme, he explained to Rab.

Franklin Delaney tried to greet her as she stepped off-stage, only to be intercepted by Terry. — We've a gig, he said, as he pushed her former manager aside. Kathryn brushed away the security guards who were ready to intervene.

Terry led the way, striding out across the car-park to the taxis, which were waiting to ferry them to the Gauntlet public house in Broomhouse. Kathryn was seeing things come to her in powerful clarity, not on an intellectual level – she was so fucked she could barely think straight – but this was it, this would be her last gig in a long time.

To the outside world she'd been a phenomenal success, yet to Kathryn Joyner, the years of her youth had flown by in a series of tours, hotel rooms, recording studios, air-conditioned villas and unsatisfying relationships. Since the stultifying boredom of the small town near Omaha, she'd lived a life on a schedule dictated by others, surrounded by friends who all had a vested interest in her continued commercial success. Her father had been her first manager, before their acrimonious split. Kathryn thought how Elvis had died, not in a Vegas Hotel in a jumpsuit, but at home on the toilet in Memphis, surrounded by family and friends. It's as likely to be the people who love you who precipitate your demise as the new hangers-on. They're less likely to notice your incremental decline.

But it had suited her. For a while. She hadn't realised she was on a merry-go-round until she couldn't get off. This starvation shit, it was all about trying to exercise control. Of course, they had all told her that, but now she was feeling it, and she was going to do something about it. And she was going to do it without the rescue fantasy figure who always showed up on cue when things got too much, who could recommend a new date, or look, or consumer durables, or a piece of real estate, or self-help book, revolutionary diet, vitamins, shrink, guru, mentor, religion, counsellor, in fact anybody or anything who could paper over the cracks so that Kathryn Joyner could get back into the studio and on the road. Back to being the cash-cow that supported the infrastructure of the hangers-on.

Terry, Johnny, even Rab, she couldn't trust those guys any more than the rest. They were the same, they couldn't help it, swallowed up by that disease that seemed to grip everyone more every day, the need to use the vulnerable. They were nice enough, that was the problem, they always were, but dependency on others and, conversely, theirs on you, just had to stop. They'd shown her something though, something useful and important, during those last few days of drug-addled nonsense. Strange as it was, they cared. They weren't world-weary or blasé. They cared about things; often stupid, trival things, but they cared. And they cared because they were engaged in a world outside the constructed world of the media and showbusiness. You couldn't care about that world, not really, because it wasn't yours and it never could be. It was sophisticated commerce, and it just chugged on.

She was going to sleep for a few days, then she was going home and disconnecting the phone. After that she was going to rent a modest apartment somewhere. But first she'd sing to a public. Just one more time.

So it was that Juice Terry Lawson and Kathryn Joyner duetted on *Don't Go Breaking My Heart*. When they were announced winners of the prize of a range of kitchen accessories supplied by Betterware, they encored with *Islands in the Stream*. Louise Malcolmson was hostile, especially as she and Brian Turvey had given a good account of themselves with *You're All I Need to Get By*. — Fuckin crawlin up that rich Yank cunt's erse, she said in loud drunkenness.

Lisa's face hardened, but she said nothing. Terry had a quiet word with Brian Turvey, who took Louise home.

In future years they'd say that Kathryn Joyner's last gig was in Edinburgh, and they'd be right. However, very few would know that it wasn't at Ingliston, but the Gauntlet public house in Broomhouse.

If the Ingliston gig was a watershed for Kathryn, so was the Gauntlet one for Terry. When they'd headed off, he'd deliberately left his jacket over the back of a chair in the pub. He'd never keep shagging cool young lassies like Lisa dressing like a twat. He resolved to make more of an effort to slim down, kick those Häagen-Dazs, white-pudding supper and masturbation sessions into touch. Somewhere along the line, he realised, he'd lost a bit of pride in himself. And it didn't necessarily mean dressing up like a poof, because Ben Sherman was back now. He'd had his first one at ten. Maybe this was the indication of a Juice Terry revival in middle age. Get a haircut as well. It grew so quickly, but a number one or two every other Saturday would be cool, if he could lose the weight. Buy some Ben Shermans, new jeans. Do over a fuckin clathes shop! Maybe a leather bomber jacket like Birrell's. He had to admit that was smart. New Terry, New Clathes.

Aye, he'd be in that Tony Blair cunt's Cabinet soon! That boy had it sussed, it didnae matter what you did, as long as you looked and talked the part. That was all people in Britain wanted, a sympathetic ear from a well-dressed and well-spoken man. Somebody who told them that they were all very important. Then you could sit back contentedly when they shat all over you and showed you that you were fuckin nothing. It was the spin that was important though.

After, they planned to go back to Terry's for a party. Kathryn was exhausted and wanted to crash in her hotel room. — I need the goddamn hotel ... she kept muttering deliriously. Johnny was comatose. No way was that dirty wee cunt kipping with her tonight, Terry thought, slipping Lisa and Charlene his keys and instructing them to get Johnny's head down. Rab and him would take Kathryn out to the hotel and then they'd come straight back to his.

Rab wasn't too pleased, but Terry flagged a taxi and it was a *fait accompli*. Lisa and Charlene already had Johnny in another one.

As they came into the scheme, Lisa minded that she had an auntie and a cousin who lived here. She didn't know them well. She did mind, as a kid, coming for spaghetti hoops on toast. One of her cousins had died years ago, he'd fallen off a bridge when he was drunk. Just another young guy who went out on the town, full of life, and came back cold and dead. Her mum and dad had gone to the funeral.

Since she'd last been here, the buildings had broken out in a rash of satellite dishes. Adjacent to the bucket holder, the wall had been pished up against that often that the cladding had been badly stained and it seemed to be dissolving in parts. She didn't know whether her Aunt Susan's was this one or the one behind. Maybe Terry knew her.

Lisa saw that Charlene was totally fucked, and she wanted to get her head down. And that Johnny laddie: he was done in as well.

Glasgow, Scotland

5.27 pm

Buchanan Street; the stench of diesel fumes and Weedgies filling the air, disconnected currents of harshness that the new shopping malls and designer boutiques seem to strangely accentuate rather than cover up.

I can't even mind where Queen Street station is from here, it's been so long. Of course, it's only just down the road. My mobile doesnae work, so I call my mother from a payphone. Sandra Birrell answers. My Ma's at the hospital. With my Auntie Avril.

She tells me how things are. I mumble some shite for a minute then go to get the train realising that I haven't asked after anybody, I haven't even asked after Billy.

Billy Birrell, all those aka's; some that he liked, some that he was nippy as fuck about. Silly Girl (Primary). Secret Squirrel (Secondary). Biro (scheme mob name, arsonist thug). Business Birrell (boxer). It's been a long time. The best cunt I've ever met in my life. Billy Birrell.

Now I need to move back. I head round to Queen Street and get onto the train.

I recognise a boy on this train. I think he's a deejay, or something to do with clubs. A promoter? Runs a label? Who knows. I nod. He nods back. Renton, I think they call him. Brother in the army that got killed, a guy who used to go to Tynecastle back in the day. Not a bad guy, the boy's brother that is. I never thought much of that cunt, I heard he ripped off his mates. But I suppose we have to be strong enough to live with the fact that those closest to us will disappoint us from time to time.

Gally's funeral was the saddest thing I've ever been to. The only thing that was strangely uplifting about it was Susan and Sheena. They clung to each other like limpets by that graveside. It seemed as if the bricks of maleness around them, Mr G. and Gally, had been exposed as straw and just blown away. It was only them now. Yet through the sheer and utter devastation of it all they seemed so strong and so righteous.

They had a family plot. I was one of the pall-bearers and I helped carry the coffin and lower Gally into the ground. Billy helped as well, but Terry wasn't asked. Gail, as she said she would, stayed away and kept Jacqueline away. It was for the best. Gally's old man was missing, probably inside.

My mother and father, and the Birrells, they were there, including Rab Birrell and a couple of Gally's fitba mates. So were Terry's Ma and Walter. Topsy turned up. The biggest surprise was at the hotel, where Billy told me that Blackie fae the school had shown up. He was now the headmaster and he'd heard that a former pupil of his had died. I hadn't seen him in the chapel or round the graveside, and he didn't come back to the hotel, but Billy assured me that it was him, standing sternly in the rain by the graveside, his hands clasped together in front of him.

The gravel from the path got stuck in the treads of my shoe, and I remember being annoyed about that at the time. I wanted to punch some cunt, just because of some fuckin gravel in my shoe.

It was an ugly, cold morning, the wind drove into us from the North Sea, gobbing rain and weak snow into our faces. Thankfully, the minister kept it short and we shivered down the road to a hotel for tea, cakes and alcohol.

At the do, Billy was shaking his head, mumbling to himself, still in shock. I worried about him at the time. It wasn't Billy Birrell. He looked the same but it was like his focus and undercurrent of power had gone. The batteries had been taken out. Billy had always been a tower of strength and I didn't like seeing him like that. Yvonne Lawson, who was crying, was holding his hand in shock. Billy was fucked and he had a fight coming up.

I had one of Susan's hands in both of mine, and I was saying the old speech, — If there's anything . . . anything at all . . . and her tired, glassy eyes smiled at me, like her son's, as she told me that it was alright, that her and Sheena would manage.

When I went to the toilet for a pish, Billy came up to me and hesitantly started telling me something about Doyle that I vaguely got through the drink and grief.

Doyle had come down to Billy's club after training. He was waiting for Billy. — Ah thought, he said, fingering his scar, — this is drastic, here we go again. So ah tensed up. But eh seemed tae be oan ehs ain. Eh said that eh kent ah wis in wi Power n that, eh didnae want any bother, eh jist wanted tae ken something. Then eh sais tae ehs, wir you wi Gally doon at Polmont's that night?

But back then, at the funeral, I didnae really want tae hear this. Ah'd had enough and ah was selfish. After Munich, aw that shite, that was like a line I'd drawn under that part of my life, that part of my life in my hometown. I just wanted tae bury my mate and move on. The night we'd went out, the night Gally jumped, it was just an old-time's-sake do for me, before I headed to London.

Billy dug his hands deep in his pockets, making himself go aw stiff and rigid. I remember being more struck by that than what he actually said at the time, as it was not the body language you associated him with. Billy normally moved in a fluid, graceful, easy way. — Ah sais tae him, what's it tae dae wi you? Doyle said Polmont said thir wis naebody else there, it wis jist Gally. Ah jist want tae ken if that's right.

— Well, ah wisnae thaire, ah telt him. So, Billy said, looking at me, — if thir wis anybody else, well, Polmont obviously never grassed um up tae Doyle.

— So? I asked, shaking oot ma cock and sticking it back in my flies. As I said, I wasn't interested. I suppose I still felt a great resentment towards Gally, at what I saw as his selfishness. Susan and Sheena were the main concerns for me now; as far as it stood with me, that day was about them. I certainly had nae wish tae discuss fuckin Doyle, or Polmont.

Billy rubbed his close-cropped scalp. — Ye see, what ah didnae tell Doyle wis that Gally belled me and asked me if ah'd go doon wi um tae see Polmont. Billy let out a long exhalation. — Well, ah kent what eh meant by *see*. Ah telt um tae leave it, telt um that we'd aw goat in enough bother cause ay that wanker.

I couldn't take my eyes off Billy's scar, from the time he'd been smashed in the face with Doyle's flenser. I could see his point, he didn't need that shite again; he had a fight ahead. I think Billy wanted to move on as much as I did.

— Ah should've done mair tae talk him oot ay it, Carl. If only ah'd just went roond tae see him . . .

At that point I came so close to telling Billy what Gally had telt me: about him being HIV. That, to me, was why Gally jumped. But I promised Gally. I thought about Sheena and Susan through in the lounge bar, how if you told one person something like that, they had a habit of telling somebody else . . . then it was out. I didn't want them hurt further, knowing the wee man had jumped because he didn't want to die of AIDS. All I could say was, — There was nowt you or anybody else could dae, Billy. His mind was made up.

And with that we went through and joined the rest of the mourners.

Terry, so big, fat and loud, seemed to shrink, to diminish in that room. Even more than Billy, he wasn't himself. He wasn't Juice Terry. The quiet, powerful animosity coming to him from Susan Galloway was tangible. It was like we were kids again and Terry, as the eldest, had let that happen to her boy. Billy and I seemed exempted from her rage at the death of her son. In contrast, she had this primal hatred for Terry, as though he was the big contaminating force in Andrew Galloway's life. It was like Terry had become the Mr Galloway, the Polmont, the Doyles, the Gail, that she could hate.

Now I'm on this train looking out. It's stopped at a station. I glimpse at the sign on the platform:

Polmont

I turn back to my *Herald*, the one that I've read about three times, cover to cover.

Edinburgh, Scotland

6.21 pm

Git Her Shoes Oaf! Git Her Slacks Oaf!

In the cab, Rab heard Terry mutter something about Andy Galloway, his brother's mate. Rab had known Gally well; he was a nice guy. His suicide had cast a large shadow over them all, especially Terry, Billy and, he supposed, Carl Ewart. Carl was doing okay now though, at least he had been, and he probably never gave any of them a second thought.

Gally's funeral had been weird. People you thought wouldnae know Gally were there. Gareth was there. He'd worked with Gally in the Recreation Department. Rab minded Gareth's words. — We tend to be rather murky little ponds, containing many layers of suspended dirt and grime and our greatest depths are stirred by the strangest of currents.

This, Rab reflected, was the cunt's way ay saying that we can never really ken each other.

Up in the room of the hotel, a weary Kathryn flopped onto the bed, and promptly slipped into unconsciousness. — Right Rab, help ays git her in the bed, Terry said. — Git her shoes oaf.

Complying wearily, Rab deftly eased off one shoe, while Terry roughly twisted the other from Kathryn's foot, making her wince through shut eyes.

— Help ays git her slacks oaf . . .

For some reason Rab felt something rise in his chest. — Yir no takin the lassie's troosers oaf, Terry, jist stick the cover ower her.

— Ah'm no gaunny fuckin rape her, Rab, it's jist tae make her mair comfy. Ah dinnae need tae dae that tae git *ma* hole, Terry snorted.

Rab stopped dead and looked Terry straight in the eye. — What the fuck's that meant tae mean?

Shaking his head, Terry looked back at him and smiled. — You wi that wee Charlene bit. What wir ye playin at, Rab? Ah mean, what's aw that aboot? You tell me.

— You fuckin well mind yir ain business . . .

— Aye. You gaunny make ays like?

Rab moved forward and pushed Terry in the chest, forcing him back onto the bed and causing him to fall on top of the stunned Kathryn who groaned under his weight. Terry sprang to his feet. He was livid. He'd already been gubbed by one Birrell today and this other cunt was getting it for them both. Rab saw the signs and moved away swiftly, Terry chasing after him. Rab Birrell ran out the door and up, rather than down, the hotel staircase. Kathryn groggily shouted after them, — What are you guys doing? What is this?

Terry was going to stomp that cunt Birrell into the ground. He should have years ago. In his frenzied mind, the Birrell brothers became indivisible as he charged up the steps in pursuit of Rab. As his quarry ran round the bend in the stairway, Terry lunged to grab at him, but his weight shifted and he lost his footing, tipping over the rail into the stairwell. As he cowped over, Terry made a frenzied grip at the sides of the banister. Fortunately for him the well was very narrow and he became wedged in with his beer-gut girth.

HERE IT FUCKIN IS

THIS IS HOW IT ENDS

Crammed upside-down between banisters, with his heart beating wildly, Terry could see the polished wooden floor of the hotel lobby, some fifty foot beneath his head.

THIS IS IT

THIS IS HOW IT ENDS

Then in a flash Terry envisioned chalk marks around a smaller, slighter body on the floor below him, showing him where to fall, where the optimum position to attain death lay. It was Gally's outline.

AH'M JOININ THE CUNT

IT SHOULD'VE BEEN ME AW ALONG

Venturing back down the stairs, Rab Birrell stopped, examining the extent of Juice Terry's plight: his friend's face pressed upside-down against the wooden bars of the handrail. — Rab . . . Terry wheezed, — . . . help ays!

Looking coldly at Terry, all Rab could feel was his own anger surging through the lens of over ten years of petty humiliation, a lens which was Terry's sweaty, corkscrew-heided face. And Charlene, a young lassie who deserved better, who needed understanding; it would be her lot in life to have her problems sneered at by bigoted cunts like him who measured a woman solely by the speed in which they opened their legs. Help him? Help fuckin Lawson? — Ye want fuckin help? Ah'll gie ye fuckin help. Here's a helpin hand, Rab stretched out his hand.

From his twisted vantage point upside-down, Terry looked in bemusement as Rab's hand came to him. But his arms were pinned. How could he grab it? How could he ... Terry was just about to attempt to explain his plight, when to his horror he realised that the hand was making a fist and it was coming through the bars straight into his framed face at considerable force.

— THAIRE'S A HELPIN HAND, YA CUNT! WANTIN ANOTHER? Rab screamed.

— FUCK ... YA FUUCKHHNNN ...

— What does Birrell mean? Birrell means business. Mind ay that one? Eh? Well it's this fuckin business! Rab smashed his fist into Terry's teed-up face again.

Terry felt his nose burst and a sickening dizziness fill his head. He threw up, his puke falling down the stairwell and splattering on the floor. — Rab ... stoap ... it's me ... ah'm slippin Rab ... ah'm gonnae faw ... Terry wheezed and coughed in desperate plea.

— OH MY GAD, WHAHT'S HAPPENED TO HIM!? WHAHT ARE YOU DOING TO TERRY? Kathryn screamed, from the stair below.

Kathryn's obvious alarm, and the helpless, begging tones coming from Terry, brought Rab to his senses. In a panic, he grabbed a hold of Terry's hips and waist and pulled. Kathryn moved in to grip his legs, as much to keep herself upright as to secure him. Terry managed to wedge his arms against the steps of the stair and started to push up. He painstakingly struggled and twisted his way to freedom. Grappling over the other side to safety, he straightened up and found himself on the right side of the banister, breathing heavily.

Terry gave thanks for all those years of excessive beer-drinking and takeaways. Without them he would have fallen to certain death. A lesser man, body honed on exercise and diet rather than sloth, indolence and abuse would be dead by now, he reflected. A lesser man.

Rab Birrell stood back, both relieved and ashamed, as he

contemplated his sweaty, bleeding friend, whose face was swelling up.
— Ye awright, Tez?

Terry grabbed Rab Birrell's hair and yanked down his head, booting him in the coupon. — Fuckin great! We'll see who fuckin well means business now, Birrell! Terry gave Rab another harsh dig in the face with his boot. There was the chopping-vegetable sound of a mouth bursting, followed by steady drops of blood onto the stairway's thick pile.

Kathryn was on Terry's back, tearing at his mop of hair. — Stap it! Stap it the pair of you, goddamn it! Let him go! Terry tried to roll his eyes backwards almost in the hope that Kathryn would see them and realise that the situation was under his control, but he couldn't make eye contact with her. When he saw two uniformed men, one of whom he vaguely recognised, bounding up the stairs, two at a time towards them, he complied, releasing Rab, whose eye was already swelling where Terry's boot had connected with it, and who was trying to staunch the flow of blood from his mouth. Rab raised his head as Terry's gub came into his sights. As he was about to let fly he was grabbed and bundled to a bend on the stair by the two porters who had come to investigate the fracas, one of whom Terry had clocked as quite a tidy cunt from Niddrie.

Baberton Mains

He'd been on a payphone at the almost deserted station at Haymarket for what seemed like hours, now practically destroyed with the time differences and the drugs comedown. His nose was blocked completely, forcing him to breathe through his mouth, and every time he drew a breath it twisted and gouged like broken glass in his dry, ulcerated, throat.

The rank was empty. No taxi had its sign up. The Festival.

The taxi firms seemed to treat him like he was some sort of comedian, a hoax caller. Exhausted, Carl Ewart began the soul-damaging ritual of heaping his bags up the stairs. From the corner of his eye he saw a strong, tanned arm grab one of his bags. A fuckin thief: it was all he needed!

— You're mawkit, Mr Ewart, the thief said. It was Billy Birrell.

All Carl wanted was a few recuperative hours before the horror of facing his distraught mother and his stricken father. But there were no taxis and thank God for Billy. — I'm fucked, Billy, the jetlag. I'd been playing at a rave when I heard . . .

— Say no more, Billy told him. Carl remembered how comfortable Billy was with silence.

— Nice motor, he observed, sinking into the comfortable upholstery of Billy's BMW.

— It's awright. Ah hud a Jaguar before but.

Over the road at the Clifton Hotel, something was going on. Carl heard the shouting in the street.

— Drunks, Billy said, concentrating on the road.

But they were recognisable.

It was . . .

Fuck naw, surely no

It was Billy Birrell's brother, Rab, and he was being cautioned by a police officer. Carl and Billy were encased in the motor, only about twenty feet away from where it was all happening.

Billy's brother was in a strange yellowy-green shirt, which was splattered with blood. Carl was tempted to shout, to shout 'Rab', but he was too fucked, too drained. And he needed to get home now. He looked again and there was a woman he vaguely recognised . . . but he could also see that corkscrew heid and that sweaty face, shouting the fuckin odds as usual. It was Terry. That fat cunt Juice Terry! The woman seemed to be talking loudly and she was defending Terry and Rab. Even this po-faced jobsworth polisman was deferring to her.

Then the BMW sped through the amber light and headed down the Haymarket loop and back onto the Dalry Road.

Settling back into Billy's passenger seat, Carl felt a right cunt at not telling his old pal that his brother was in bother, but he couldn't waste any more time. Home; changed; hospital. He thought of the word EWART shouted in Terry's raucous tones. No. It had to be Baberton, then the Royal Infirmary.

Baberton.

It wasn't his old house, it was his mother's house. He always hated it, and only really lived there a year before moving into his own place.

Terry.

Great to know that he still feels passionate enough about things to be a complete arsehole.

Fuckin stupid cunt.

Billy.

Right here beside him, driving him to the hospital; Terry outside in the street, in bother with the cops. That old cliché about the more things change, the more they stay the same, filtered through Carl's tired mind.

Terry. When was the last time he saw him? After the funeral. At Billy's fight. Carl was with Topsy and Kenny Muirhead. Terry was with Post Alec and some other guys.

Billy's fight, Billy's non-fight, he thought, as he watched his friend in profile. Doyle's hatchet scar had faded over the years. Back at Leith Town Hall that night but, Carl always fancied that there was more to it than the thyroid. Billy seemed haunted; it was as if every doubt he ever had about everything ever in his life just flooded his mind in that instant and completely paralysed him.

He minded Terry laughing and sneering with derision as he left and made his way down Ferry Road. There was a brawl outside as some boys attacked Morgan's supporters who'd come up on a coach. A boy from Wales got badly glassed.

And he heard Terry, that fat cunt Lawson, shout back towards the Town Hall, — That's the wey it's done, Birrell, at Billy's brother Rab, who was on the steps, and he knew then that he never wanted to see the fucker again.

Billy waited downstairs with Sandra, his mother, as Carl dived upstairs for a quick shower. He could have stayed under the comforting jets for ages, then just flopped into bed, but the circumstances kept hitting him, and he exited in haste and put some new clothes on.

— There's no a pick oan ye, laddie, Sandra said, squeezing his frame as he kissed her, then did the same to his mother's sister, Avril. It was good to see them again.

Billy and Carl headed up in the car to the hospital. Carl was rabbiting at Billy. — I never saw Hearts win the Cup, Billy, I never even knew until a few months after that they'd won it . . . It sounded bizarre now, not to care. Where the fuck had his head been at? — How long's it been since Hibs won it then, Birrell? Eh?

Billy smiled and pulled out a mobile phone and dialled a number. There was no reply. — Lit's get up that hospital, he said.

Carl was dying a few more deaths in the car. He couldn't handle seeing his dad, not the way he feared that the old man might look. Avril and Sandra were big, chunky caricatures of the women he'd known as a kid. What *would* his dad look like, his mother even? Why did it matter so much? It's cause I'm in love with youth, he considered miserably. He spent his time surrounded by girls half his age, feeding his ego, his denial of the ageing process, his own personal flight from responsibility. But was that necessarily a bad thing? Not until now; but now, because he loved his mother and father and needed to be there for them, it surely fucking well was. It was no preparation for times like these.

Carl's mind was in overdrive. If it would just get into harmony with his fucked body. That was the real torture of drink-and-drugs hangovers: the way they pushed your mind and body in different directions. Now Carl was considering the illusion of romance, which evaporates with the passing of youth. The ugliness of pragmatism and responsibility will wear down on you like waves on a rock if you let it. When you saw them on the screen telling us to be like this or do that, and buy this, and be that, and we sat at home, confused, complacent, tired and fearful, you knew that they'd won. The big idea had gone and it was just about selling more product and controlling those who couldn't afford to buy. No utopias, no heroes. It *wasn't* an exciting time, as they constantly hyped it up to be, it was boring and exasperating and meaningless.

His old man's illness brought everything back to basics.

Slipping

They had moved him. He was now in a room with three other beds, but she saw him straight away. Maria didn't concentrate on the people in the beds, she moved towards her husband. Approaching Duncan, she heard his shallow, ragged breathing. She watched the thick blue veins on his wrist recede into his hand. The hand she'd held so many times, since he'd slipped the engagement ring on her finger as they sat in the Botanic Gardens at Inverleith. She went back to her office in the solicitor's, light-headed, ready to fall over every time she looked at it. He took a bus back to the factory. He told her all the songs that played in his head.

Now he was monitored by an electrocardiograph, the heartbeat traced by a green line of light on the cathode-ray tube. There were some cards on the locker, which she'd opened and put beside him:

GET WELL SOON

SORRY TO HEAR YOU'VE BEEN UNDER THE WEATHER

and one with a buxom, short-skirted nurse clad in stockings and suspenders. She's bending over a sweating, drooling man in a bed whose erection is visible making a tent pole under the covers. A small bespectacled doctor says:

HMM, TEMPERATURE STILL RUNNING A LITTLE HIGH, MR JONES, only Jones is crossed out and EWART is scrawled alongside it. Inside it's signed, 'From the Awkward Squad, Gerry, Alfie, Craigy and Monty'.

The boys from the old works, long shut-down. It seemed more than ridiculous, the banality of the card. More likely they didn't know the seriousness of it all, the extent of it. The doctors had warned her to expect the worst.

There was a more appropriate card, sent to her from Wullie and Sandra Birrell: THINKING OF YOU.

And Billy had called, asking her if he could do anything. He was a nice laddie, doing well, but he never forgot the people he knew.

There he was. Billy. He was here. With Sandra. And Avril. And Carl!

Carl was here.

Maria Ewart hugged her son, and was briefly concerned at his thinness. He was skinnier than ever.

Carl looked at his mother. She was older, and she looked so worn-out, not surprisingly. He looked down at the parcel of shrivelled flesh and bone which was his father. — Eh's still under, still asleep, she explained.

— We'll sit wi um fir a bit, if youse two want a word, Sandra said.

— Goan, git a coffee, she urged Maria.

Maria and Carl went out arm-in-arm. Carl didn't know who was supporting who: he was totally fucked. He wanted to stay with his dad, but he wanted to talk to his mum. They went over to the vending machine.

— Is it that bad? Carl asked.

— Eh's goin, son. Ah don't believe it, but eh's goin, she sobbed.

— Aw Christ, he said as he held her close. — Ah'm sorry ah've been so selfish. Ah wis at a gig, ah goat here as soon as Helena told me.

— She seems nice, his mother said. — Why haven't I spoken to her before? Why did you shut her out of our lives, son? Why did you shut yourself out?

Carl looked at his mother, tried to work out whether he saw betrayal, or just incomprehension in her eyes. Then he saw it *through* her eyes for the first time: she was acting as if *she'd* done something wrong, as if she was in some way responsible for his fuck-ups. No way; he could look himself in the eye and say that as far as that was concerned, he was a self-made wanker. — I just . . . I just . . . I don't know. I don't know. I'm so sorry. I've not been much of a son to him . . . or you, he bleated, the depth of his self-pity, of his self-loathing, stunning him.

His mother looked at him, with a great sincerity in her eyes. — No. You've been the best son we could have hoped for. We had our own life and we encouraged you to have yours. We just wished you'd kept in touch a bit more.

— . . . I know. I was thinking . . . you always think that there'll be time tae catch up again. Tae square things. Then this happens and you realise that it's no like that. I could've done more.

Maria watched her son twitching and stuttering in front of her. He was a mess. All she had wanted was the odd phone call, to make sure he was okay, now he was getting all worked-up and self-destructive over nothing. — Come on, son. Come on! she said, grabbing his head in her hands. — You did everything. You saved our home from getting repossessed, saved us from getting flung out on the street.

— But I had the money . . . I could afford it, he began.

His mother shook his head again, then let go. — No. Don't belittle it. You don't know how much it meant to us. You took us to the States, she smiled. — Oh, I know it's nothing to you, but to *us* it was the holiday of a lifetime. It meant so much to your dad.

Carl's head pounded with relief at his mother's words. He'd been too hard on himself. Thank fuck I took them over to the States, took the old boy to Graceland. Saw him standing over Elvis's grave with a tear in his eye.

The strange thing though, what really blew him away, was taking him to a bar in Leeds called Mojo. When they played the live version of the *American Trilogy* at closing time, and set the bar on fire with lighter fuel, with everybody standing to attention. His father couldn't believe it, because until then Duncan had never believed that people of that generation, the Acid House generation, could be so passionate about Elvis. Then Carl took him to Basics and gave him an E. And he got it. He knew it wasn't, would never be his in the way that it was his son's, but he got it.

Carl wondered if he should tell his mother this. That time her and Avril went away for a weekend in St Andrews. He took Duncan to the Liverpool v. Man United game, then to Mojo through in Leeds, and on to Basics. He'd told her everything, except for the E. No, maybe now wasn't the time.

Maria looked at her son, sipped her coffee. What was he playing at? He had everything that her and Duncan had wanted all their lives, freedom from the nine-to-five, but he didn't seem to appreciate it. Maybe he did in his own way. Maria didn't understand her son, and perhaps she never would. But maybe that was the way it was supposed to be. All she understood about him was her love for him, and that was enough. — Let's go back in.

They replaced Sandra and Billy round Duncan's prostrate body. Carl looked at his father again, and an almost unbearable tightness rose in his chest. He waited for the intensity of it to wane, but it never did; it remained a constant, unceasing crush.

Then Duncan's eyes flickered open, and Maria saw the crazy light in them that was his life force. She heard a great tune, saw a glorious Kilmarnock victory, even though she'd never been to a football match in her life, and most of all she saw him, as he always was, when he looked at her. The warped, worldly flesh around his face seemed to vanish as she was sucked into those eyes.

Carl saw the moment between them, felt the flashback of that childhood redundancy, that sense of himself as surplus to requirements. He slid back in his chair. This was their moment.

But Duncan was trying to speak. Maria watched with sick dread as the green line on the instrument started to peak and trough erratically. He was in distress. She grabbed his hand and bent over him to hear him rasp urgently in a low expulsion of air, — Carl . . . whaire's Carl?

— Here ah'm, Dad, he said, sitting forward and squeezing his father's hand.

— How's Australia, Duncan wheezed.

— Fine, was all he could say. It was fucking lunacy. How's Australia. Australia's fine.

— You should keep in touch mair. Your mother . . . you get your mother in an awfay state sometimes. Anyhow . . . it's good tae see ye . . . his eyes glowed warmly.

Carl nodded. — And you, he smiled. The simplicity of it all didn't seem as banal any more. Rather, it was all the sophistication, the embroidery and embellishment and the constant searching for profundity that now seemed the trivial sham. They were content just to be with each other.

Fucked and Hassled

Juice Terry twisted his head and looked quickly across the other side of Dalry Road. Rab Birrell was still following him, though keeping a discreet distance. Haughtily, Terry turned his back and continued his stride down the street. A taxi flashed past, ignoring him as he stuck his hand out.

At least he'd got rid of that American cow, Terry thought. She was crashed out back at the hotel, and she said she'd phone him in the morning. All her bullshit about planning to stay over in Edinburgh for a while: she'd be out on the first plane as soon as it was light.

The odd drunk bobbed and weaved down the road. Terry noted, with glee, a couple of tidy-looking boys heading down Birrell's side of the street, straight towards the student cunt. Maybe he'd get one of those pointless kickings which tended to be meted out disproportionately highly on the streets of Scotland from some working-class males to others. Not for profit, or even to enhance macho reputation, but almost out of a bizarre protocol. But if they gave the cunt a hard time, what would he do? He'd have to back the bastard up. Let them get a few good shots in first though. But no, Birrell knows them. He's even shook hands. They stand in conference for a bit, then head their separate ways, Rab resuming his pursuit of Terry.

Rab Birrell reached for his mobile phone in the pocket of his brown leather bomber jacket, and switched it on. He dialled the numbers of two taxi firms he knew off by heart. They were both engaged. He put the phone back into his pocket. Rab was bad at keeping the huff, and was starting to feel the embarrassment at the situation, overcoming his anger with Terry. He crossed into the middle of the deserted road, standing on the white lines of no-man's-land. — Terry, c'moan mate . . .

Terry stopped, turned and pointed his finger at Rab. — Dinnae think you're gittin intae ma hoose. Yir as well jist gaun hame, Birrell!

Rab shuffled in the middle of the road. — Ah fuckin telt ye, ah said ah'd git Charlene, then ah'll go.

Who the fuck was he, Terry wondered. That cunt Birrell thought that he could sook back in after nearly causing ma death. — Hmmmph. Back ower yir ain side ay the road, Juice Terry Lawson moaned, sweeping his hand through his hair.

— Terry, this is just pathetic! C'moan! Rab took a step forward.

— YIR AIN FUCKIN SIDE, BIRRELL! Terry roared, adopting a scrapper's stance. — Git tae fuck ower thaire!

Rab tutted in loud exasperation, jerking his eyes heavenwards, before heading back over the road. Two men were approaching, this time on Terry's side of the street. They wore leather jackets and tight trousers. Their hair was cut short and one had a prominent moustache. Terry hadn't seen them until they were a few steps in front of him.

— A wee tiff, is it? the one without the mowser lisped. — This yin here's jist as bad, he pointed at his friend.

— Whaaat?!

— Oh sorry, I think I've got it wrong.

— Aye, ye fuckin well did, Terry snapped as he passed them, but then started laughing to himself. How did it look, him and Rab on opposite sides of the road, bickering away at each other. He was being silly, but he was still shook up after hanging upside-down and staring death in the face. And Birrell wanted him to act like fuck all had happened.

Another taxi whizzed by. The taxi cunt's mumpy face as he shook his head glumly, cruising past Terry. Then he heard a car stop over the other side of the road. It was another cab and Birrell was climbing into it. Terry started to cross, but the car shot off, leaving him stranded. He saw Rab in the back, receding from him down the road, face set in a saucy wink and giving him the thumbs-up.

— FUCKEN BIRRELL BASTARDS!! Terry screeched skywards, as if pleading to a higher power.

Rab chuckled in the back of the cab, before instructing the driver to do a U-turn. They pulled up and he opened the door in front of Terry, who looked bitterly at him. — You getting in?

Terry climbed wearily into the cab, and was resolutely silent most of the way out to the scheme. As they drove past the Cross, Rab started laughing. Terry tried to fight it for a bit, but couldn't help joining in.

When they got back they found Lisa was sitting up watching the telly. Charlene was asleep on the couch. — Yis git Kath oaf tae bed safely then?

— Aye, Terry said.

Lisa looked at their marked faces, Terry's swollen eye, the blood on Rab's jacket, his mouth. — Youse been fightin?

Terry and Rab looked at each other. — Eh, just some boys gittin wide oan the wey hame, Terry said.

She went up to Terry. — You're a mess, she said, putting her arms round his neck.

— Ye should see the other cunt, Terry replied, stealing a glance over at Rab.

Rab didn't want to wake Charlene, but he got on the couch with her, and into an embrace. She opened her eyes for a couple of seconds to register him, went, — Mmmm, and then drifted off again, tightening her grip around him. Rab let exhaustion take him into unconsciousness.

Terry and Lisa were still feeling a slight buzz, though starting to zone off a little bit, in front of the fire. Soon they too fell into a slumber.

A sharp, chirpy insistent buzzing in the room brought them back to consciousness, one by one. It was Rab's mobile.

Terry was livid. Could that cunt not switch that fuckin schemie toy off? Rab tried to fish the phone out of his pocket without disturbing Charlene. It proved impossible and the phone slipped out and fell on the floor. Rab scrambled to it, getting it into his grip. — Hello . . . Billy . . . What? . . . Naw . . . Yir jokin.

Terry was about to berate Rab for leaving his mobile switched on, but was intrigued that Billy called. — If he's phoned tae apologise for ehs behaviour earlier the day, tell um tae fuck off!

Rab ignored Terry as he listened to his brother. — Right . . . Rab said a few times, eventually hanging up. He looked over at Terry. — You urnae gaunny believe this. Carl Ewart's back, n ehs auld man's in hoaspital.

— Duncan? Terry asked, with real concern. He'd always liked Carl's dad.

His head thumped. Carl was back. Fuckin hell. Carl. Inspiration flashed in Terry's nut. He could feel a scam coming on, and his mate needed him. Carl. Terry got up, and left a groggy Lisa on the floor. It was bad form leaving a bird like that, especially as they were a vital component in Terry's 'Shh! The Six S's Hangover Cure', which he'd one day resolved to write a book on. This consisted of, in order: shag, shit, shave, shower, shirt and shandy. The latter was the pint of lager tops in the pub, that first-pint inch of lemonade which never survived the subsequent rounds. But he went through to the bathroom, ran a quick bath and got changed.

When Terry re-emerged, face red with the heat from the bath, Lisa looked up from her place on the rug. Rab and Charlene were comatose again on the couch.

— Where are ye gaun, Lisa asked.

— Gaun tae see ma buddy, Terry said, pulling back the curtains to let the light in. The streets were deserted but the birds were singing in the trees outside. He turned back to Lisa. — Ah'll no be long. Thir's a proper bed up thaire if ye want tae crash oot, he smiled. — Ah'll phone back here in a bit. Rab! Terry shouted.

Rab twisted round and moaned, — What . . .

— Look eftir the ladies. Ah'll call ye oan the mobby.

The End

Billy Birrell was surprised to see a scrubbed and changed Juice Terry Lawson heading down the corridor towards him. Terry's eye was out. That wasn't me, he thought, I punched the cunt on the jaw. Maybe he fell onto it after that. Slightly guilty, Billy said, — Terry, in conciliatory tones.

— They in thaire, aye? Terry looked into the ward.

— Aye. Ah'd leave them but. Duncan's no goat long. Muh Ma's jist gone away, but ah'll wait here fir thum, Billy explained. — Thir isnae much ye kin dae, mate.

Aw aye, Terry thought, and what the fuck are *you* gaunny dae, bring the poor old cunt back fae the deid? That toss-bag Birrell was still tryin tae play the big virtuous cunt. — Ah'll wait for them as well, Terry sniffed. — Carl's ma mate n aw.

Billy shrugged, as if to say, suit yourself.

Terry minded that Billy was far less sensitive than his brother, and impossible to wind-up or guilt-trip in the same way. The only way you could get to the cunt was through direct insult, and then you risked a punching, something he'd also been reminded of lately.

Thinking along the same lines, Billy said, — Sorry aboot huvin tae hit ye thair Terry, but ye hud a go. Ye left ays nae option.

Ye left ays nae option. Hear that cunt, Terry thought, does eh think eh's in fuckin Hollywood or something. Fuck it though, Carl's auld boy

was dying. It wisnae the time tae go aw daft. Terry extended his hand.
— Fair do's Billy, sorry tae act the cunt, but thir wis nae herm meant.

Billy didn't believe a word of that, but you couldn't get into that
kind of shite right now. He took Terry's hand and shook it firmly.
When they broke off, there was an awkward silence. — Any nice lookin
nurses aboot? Terry asked.

— Seen a couple.

Terry craned his neck and looked into the ward. — Is that Ewart
thaire? Eh's still a skinny cunt.

— Eh's no really changed that much, Billy agreed.

Over her son's shoulder Maria Ewart could see Billy Birrell and
Terry Lawson, his old pals, standing back in the doorway at the exit
from the ward.

Maria and Carl crouched closer as Duncan tried to talk again. —
Mind the ten rules, he wheezed at his son, squeezing his hand.

Carl Ewart looked at the broken parody of his father, sprawled
under the sheets in his bed. Aye, they really worked for you, he
thought. But just as this thought formed in his head, it was
overwhelmed by a surge of passion from his heart which lifted right
through him, stopping at the arc in the roof of his mouth. Words were
spilling out of him, like shimmering golden balls of light, and they were
saying, — Of course I will, Dad.

When Duncan died, they hugged his corpse in turn, crying and
moaning softly, aching all over and inside with the unbelievable pain
and disbelief of loss, tempered only with the relief that his suffering was
over.

Terry and Billy stood outside in glum silence, just waiting until they
could be of service.

There was a red-headed nurse and Terry felt his fevered brain
becoming obsessed with her pubic hair. In his mind's eye he could see
a piece of grey matter inside his own skull, with silky, ginger curls
spinning from it. The woman had a sweet, freckled face, and she gave
him a smile and he felt his heart drip like honey spilled from a jar.
That's what he needed, he considered, a classy wee bird like that to
look after him. One like that, and one like wee Lisa, a bit mair feisty
and game. One was never enough. Two birds, both of whom were up
for it, but also into each other. He'd be like that *Man about the House*
cunt in that old sitcom. But the birds would need to have lesbian
tendencies as well. No too much soas yi'd git left oot mind, he thought,
fine-tuning the fantasy a little.

— How's Yvonne daein? Billy asked.

— Still mairried tae the Perth boy. Big St Johnstone fan. Follays them everywhere. The bairns are gittin big.

— You seein anybody?

— Well, ye ken how it is, eh? Terry smiled as Billy gave an expressionless nod back. — Yirself?

— Been wi this French lassie for a couple ay years, but she moved back tae Nice at Christmas thaire. Long-distance romance; nae good, he said.

They carried on like that, until they felt it appropriate to go in and see Carl and Maria. Billy put his hand on Maria's shoulder, and Terry copied the gesture with Carl. — Carl, he said.

— Terry.

Billy whispered to Maria, — Just let me know what ye want tae do. Okay? We can go or stay here for a bit.

— You go hame son, ah'd like tae stey for a bit, she said.

Carl felt a bit jealous; Billy was doing what he should be doing, saying what he should be saying. Not that Billy said much, but when he did, it was usually spot-on. Knowing when to shut the fuck up was a great and underrated talent. Carl could spraff shite with the best of them, but sometimes, especially at times like these, you could sense the limits of bullshit. It was the likes of Billy, the timely interventionists, who really had it sussed. — Naw, we'll stick aroond. Till yir ready. Thir's nae hurry, he told Carl's mother.

They stayed long after the line on the oscilloscope was flat. They knew Duncan wasn't there any more. But they hung around for a bit, just in case he came back.

Billy called Maria's sister, Avril, and his mother, Sandra. Then he drove them all out to Sandra's. The women sat in with Maria, while the boys went out, walking aimlessly, finding themselves in the park.

Carl looked up at the dull sky and started to convulse in tearless, heavy sobs that shook his thin frame. Billy and Terry glanced at each other. They were embarrassed, not so much of Carl, but for him. He was still a gadge, after all.

But through Duncan's death something hung in the air between them. There was just *something*, some kind of second chance, and even Carl seemed to sense it through his grief. He seemed to be trying to steady himself, to catch a breath, to say something.

They saw some young kids, they must have been about ten, playing football. Billy thought back to when they used to do the same. He considered time, ripping the guts out of people, then setting them in stone and just slowly chipping away at them. The newly cut summer grass had that sweet-and-sour whiff. The machines seemed to tear up just as much dogshit, ripping open toalied-over crusts. The kids were fighting with grass, stuffing it down each other's necks, just like they used to do, not even thinking about being smeared with canine shite.

Billy looked over to the corner of the park, beside the wall where everybody went to fight, to settle disputes which had broken out in the playground or the scheme. He'd battered Brian Turvey a few times there. Topsy, Carl's mate. A game boy but, didnae know when he was beaten. Kept coming back. That tactic often worked: he'd seen a few guys who had done Topsy be worn down by his persistence and just capitulate on the second or third time so that they could live in peace. Denny Frost was an example. Half-killed Topsy a few times, but got so sick of being attacked or pulled up that he just got it over with, lying down to the boy.

It never bothered Billy though, he'd kick Topsy's arse every day of the week for the rest of his life if the cunt wanted it. After the third time, Topsy had the good sense to consider that the long-term effects of the Doctor Martin boot on the brain cells might impair future economic and social opportunities. He was a game cunt but, Billy reflected, with a strange mix of approval and contempt.

Terry breathed in the damp, fetid air, its fusty vapours tugging at his throat and coating his lungs. The alcohol and charlie binge had given his immune system the dynamo of a low T-count hiver and he fancied that he could *feel* the tuberculosis incubating in his lungs.

The grey gets in, Gally once told him. Not after the first time, but the second time, when he'd done that eighteen months in Saughton. When Gally came out he said he'd felt part of the grey matter in his brain setting into breeze-block concrete. Terry thought of himself; yes, there were now some grey hairs in the temples of that brown corkscrew.

The grey gets in.

The scheme, the government employment scheme, the dole office, the factory, the jail. Together they created a squalid stink of low expectation which could choke the life out of you if you let it. There was a time when Terry felt that he could keep it all at bay, when the weaponry in his social arsenal seemed substantial enough to just blow big Technicolor holes in it all. That was when he was Juice Terry, wideo, fanny merchant, and he could skate above the ice as deftly as

Torvill and Dean. But struggle, survival, they were a young cunt's game. He knew some of them, the young team, and how they now held him in the same affectionate contempt with which he had regarded Post Alec.

Now the ice was melting and he was sinking fast.

Becoming one with the grey.

Lucy had told him about the problems their son was having at school. Like father . . . it was the unspoken assertion on her lips. He thought of his own father, as estranged from him as he was from his son. Terry had a sickening, mature reflection that there was nothing he could do to be a more positive influence on the kid's life.

Still, he had to try.

At least Jason had him, poor bastard. Jacqueline didn't have Gally.

Carl was getting his breathing under control. The air smelt sweet and strange, yet common to his experience. The park seemed familiar and different, all at once.

Terry's glance was a plea for affirmation. Billy was lost in thought, but it was like he was groping for something. He looked to Carl who nodded at him.

Billy began to speak slowly and deliberately, looking at the broken glass and the purple tin at his feet. — Funny, he began, as if he were a lawyer, — eftir it aw came oot, Doyle came doon tae the gym. Ah goat in the car wi him. Eh said tae ays, ma mate's soundin like a Dalek. Your mate's lucky eh's deid. It disnae need tae go any further now. Billy shot hard, alternate glances at Carl then Terry, then Carl again. — Tell ays, Carl, you wirnae thaire that night, roond at McMurray's, wir ye?

— Ye mean wi Gally likes? Carl asked. He was thinking back to the funeral. Billy had mentioned this.

Billy nodded.

— Nup. Ah didnae ken that McMurray had been done that weekend. Ah just thoat we wir oot on the pish, ah didnae huv any idea that Gally did that.

Terry shuddered inside. He had never believed that confession was good for the soul. Growing up in police interrogation rooms had taught him that keeping tight-lipped was the best policy. The dice was loaded against you when it came to officialdom. The way was to tell them fuck all, and only that if they beat it out of you.

But something was happening; the pieces of the circumstances of Gally's death were coming together. Terry's head was buzzing.

Looking at Carl and then Billy, he said quietly, — Ah went roond tae Polmont's that night wi Gally.

Billy shot a glance at Carl, and they both looked back at Terry. Clearing his throat, Terry continued, — Ah didnae know eh goat in touch wi you first, Billy. It must've been eftir you telt um tae leave it. We went for a drink, n ah tried tae talk um oot ay daein anything. We only had a couple, doon the Wheatsheaf, but ah kent that Gally's mind was made up to confront McMurray. Ah wanted tae be thaire, cause . . .

— Ye wanted tae back up yir mate, Carl finished the sentence for him, looking coldly at Billy.

— Back up ma mate? Ha! Terry laughed bitterly, tears welling in his eyes. — I fuckin well shat aw ower ma mate!

— What ye oan aboot, Terry? Carl cried, — ye went doon thaire tae back um up!

— Shut up, Carl, git intae the fuckin real world! Ah went thaire cause ah wanted tae hear whit wis gaunny be said between they two, because . . . because thir wis things thit ah didnae want McMurray tae say tae Gally . . . if eh telt Gally . . . ah jist couldnae huv it.

— You fuckin . . . you fuckin . . . Billy wheezed. Carl put his hand on his shoulder.

— Calm doon, Billy, listen tae Terry.

— Thir wis things wi me n Gail, Terry coughed, — McMurray n her hud split up cause ah wis . . . but it hud been gaun oan fir years. Ah didnae want Gally tae ken. Gally wis ma mate!

— Ye should've fuckin well thoat ay that when ye wir shaggin ehs wife every time his back was turned, ya cunt, Billy spat.

Terry raised his head to the sky. He seemed in great pain.

— Just listen, Carl pleaded with Billy. — Terry, he urged.

But Terry couldn't be stopped now. It would have been like trying to squeeze toothpaste back into a tube. — Gally took the crossbow, wrapped it in a black bin-liner. He was gaunny dae McMurray. Ah mean really dae the cunt. It wis like eh didnae care aboot anything else. It wis like eh hud nothing to lose.

Carl swallowed hard. He'd said to Gally that he'd never tell anybody about the HIV.

— Aye, Terry coughed, — Gally wis different. Something had cracked in um. Mind how eh wis in Munich? Eh wis worse that night, fuckin deranged the cunt wis, he tapped his head. — The wey eh saw it, McMurray took ehs liberty, ehs wife, ehs bairn. Made him hurt the bairn. Ah tried tae talk him oot ay it, Terry said, now whining, — but ken what? Ken what kind ay cunt ah am? Part ay ays thought that if eh goes thair n does McMurray, then it's awright. It's a fuckin result.

Billy looked away.

Terry clenched his teeth. His nails dug into and scrapped along the green paint of the park bench. — Ye ken the state eh wis in then? Ye remember the perr cunt's state ay mind? Us, daft laddies, jokin n drinkin, while that perr cunt wis crackin up . . . cause ay me.

Carl closed his eyes and raised his hand. — Cause ay Polmont, Terry. It wisnae you she left um fir, it wis Polmont. Mind that. It wisnae right what ye did, but she didnae leave him cause you wir shaggin her. She left him fir Polmont.

— That's right, Terry, keep it in perspective, Billy said, and reached out and pulled on his sleeve, looking away, before asking: — What happened thaire, mate?

— The funny thing wis, Terry began, — we thought we'd huv tae kick the door doon. But naw, Polmont just opened it and let us in. He walked through, like eh expected us. 'Aw it's youse,' eh goes. 'Moan in.'

— Ah mean, we jist looked at each other. Ah wis expectin the Doyles tae be thair, expectin some kind ay trap. Like a big fuckin ambush. Gally seemed tae freeze. Ah took the bin-liner oaf um. Gie's that, ah telt um.

— Polmont . . . eh, McMurray but, eh wis in the kitchen oan ehs tod, makin some coffee. Cool as fuck; no even cool, mair resigned. 'Ah'm gled yis came along,' eh telt us. 'It's time wi sorted aw this oot,' eh goes, but eh's lookin at me rather thin Gally.

— Gally looked at me, aw confused. This wisnae what eh expected. It wisnae what *ah* expected. Ah wis shitein it. It wis guilt, but it wis mair thin that. It was the thought ay Gally hatin ays, us no bein mates any mair. Eh wis startin tae tipple something wis up.

— Then McMurray looked at um. 'You did time for what ah did, n ye never grassed ays', eh said tae Gally. 'Then ah took up wi yir bird . . .'

— Gally looked at him, stood thair glarin in shock. It wis like the cunt'd taken aw the words oot ay the perr fucker's mooth, stolen ehs big fuckin speech.

— Polmont wisnae gloatin but, it wis like eh wis tryin tae explain. But, me, ah didnae want um tae explain. Ah wanted ehs mooth shut. But eh went oan aboot ehs Ma, tellin Gally aboot the night way back, ootside Clouds. Ehs Ma hud died earlier that year, eh said. Wi cancer.

She wis jist thirty-eight. Ah mean, Terry said, — ah'll be that age next year. But eh kept gaun oan aboot it. Eh telt ays thit he jist went mental. That eh lost it. That eh didnae gie a fuck aboot anybody . . . eh wis a young laddie . . .

— N Gally spoke up at last, eh goes, 'Ah did time for you. Ma bird, ma daughter's wi you!' eh squealed in pain.

— 'Yir bird isnae wi me. She's away. Took the bairn,' eh says, lookin straight at me.

— Gally goes, 'What are ye oan aboot . . .?'

— Ah shakes the bin-liner. 'Eh's bullshittin ye, Gally,' ah telt the cunt. 'Fuckin bullshittin ye! Gie the cunt it!'

— Polmont ignores me, turns tae Gally. 'Ah loved her. She wis a cow, but ah loved her. Still do. Ah love the wee lassie n aw, she's a great wee bairn. Love her like she's ma ain . . .'

— Gally got radge at this. 'She's no your ain!' Eh stepped forward.

Terry stopped, swallowed hard. Carl started to shiver, put his hands to his head. Billy looked not so much at Terry as into him, trying to see his soul, trying to see the truth.

Terry took a deep breath. His hands shook in front of him. — Polmont was gaunny say it then, ah kent what eh wis gaunny say tae Gally in front ay me. Or mibbe eh wisnae, ah dinnae ken! Ah didnae ken! Ah dunno if ah meant tae scare um or shut um up or if it wis an accident, but ah pointed the bow at him and ma finger wis roond the trigger. It jist went off or ah fired, ah still dinnae ken, whether ah meant it or no, ah jist felt this wee bit pressure.

Billy was trying to work this out. What was McMurray going to say to Gally? Surely that Terry had taken Gail away from McMurray. Surely that was it. Or that Terry had been shagging Gail for years. When they got married, Carl was the best man. Billy remembered his speech. He said that Terry should have been the best man, cause it was him that got Gail and Gally thegither. Terry.

The words he used: Terry was Cupid.

— Aw fuckin hell, Terry said, taking a gulp of air and continuing in a low whine. — Thir wis a hissin sound and the bolt ripped oot through the bag. It flew straight intae his neck. Eh didnae scream, eh jist staggered back n made a gurglin sound. Gally edged away. Polmont's hands were at his ain throat, then eh went ontae ehs knees and the blood came oot, dribblin ontae the kitchen flair.

— Gally was in shock. Ah grabbed ehs airm and pilled him oot the door. We went doon the road. Ah wiped the crossbow clean, broke it up and dumped it oot at Gullane.

Juice Terry Lawson paused, feeling a slight smile play on his lips at the thought of Gullane, and he glanced briefly at Billy, who remained blank-faced. So Terry continued. — On the wey oot, we stoapped n Gally called an ambulance for Polmont. It saved the cunt's life. Gally did! Gally saved ehs life! Every cunt thought that he shot Polmont but it was me! It wis me! He wis the yin that saved the cunt's life. Ah'd huv let that fucker bleed tae death. The bolt hit ehs Adam's aypil; it missed the spinal column, the carotid artery and the jugular vein. But eh would have choked on ehs ain blood! If it hud been up tae me! The ambulance came and they wheeled him in and gave him an emergency op. It crushed his voicebox, now eh's got one ay they robot things that eh presses in ehs throat. But eh nivir said nowt, the boy never grassed ays. Eftir Gally died ah thought eh would've.

Carl looked at Terry. — The cunt couldnae fuckin well speak tae grass anybody. He forced a strange laugh.

It didn't lighten Terry's mood though. — Gally jumped cause eh kent aboot me n Gail . . . n when eh died eh took the blame wi um, n it kept the likes ay the Doyles oaf ma trail . . . Ah shot Polmont, n ah killed Gally!

Carl was the only one who knew that Gally was HIV positive. Gally had made him swear not to tell. But Gally would understand. He felt sure that Gally would understand. — Listen, Terry; you n aw, Billy. Ah've goat something important tae tell yis. Gally wis HIV positive. Wi the skag. Eh used tae bang up wi Matty Connell n aw they cunts doon in Leith, some boys that've been deid for years.

— That's drastic, that's . . . Billy said, trying to get to grips with it. Terry was silent.

— Eh only got intae it cause eh wis fucked off aboot Gail n Polmont n the bairn, Terry, Carl said. He raised his voice. — Terry! You fuckin well listenin tae me?

— Aye, Terry said meekly.

— So it *wis* that cunt Polmont that fucked him up by taking the poor wee cunt's liberty, he said, his eyes red. — Ah mean, ah'm sorry tae hear aboot the boy's ma, and ah am, cause ah've jist . . . ma faither. But two wrongs didnae make a right, n he hud nae right tae dae that tae Gally.

Billy ruffled Terry's curls. — Sorry tae gie ye a hard time thair. This shocked Terry, even through his dejection. But, Terry reflected, he didn't really know the boy now. It had been ages. How much did you change? — Ye did the right thing, Terry, Billy added. — Mibbe ye did it for the wrong reasons, but ye still did the right thing, ye backed um up, like ah should've.

— Naw. Terry shook. — If ah'd stoaped um fae gaun eh'd huv been here the day . . .

— Or me, when eh asked me first, Billy said.

— That's fuckin bullshit, Carl said, — it wid huv made nae difference. Gally topped ehsel because eh wis fucked up by what had happened tae him wi Polmont n Gail. Eh never knew aboot you n Gail, n ye wir enough ay a mate tae try n spare um that. Ye risked a bad doin fae the Doyles and a long prison sentence for assault, or worse, jist tae keep Gally fae knowin. But the HIV wis the last straw wi um. Eh would've topped ehsel anywey.

— Aw this stems fae Polmont slashin that boy, Billy said.

— How far back dae ye want tae go? Should Gally huv hud the blade oot at Clouds?

— It's me. It stems fae me no being able tae keep ma fuckin cock in ma troosers, Terry said miserably.

Carl smiled. — Look Terry, you and Gail were in a shaggin scene. Big fuckin deal. Yi'll never stop people wantin tae shag. It always hus happened, it always will. It cannae be avoided. Gaun aroond aw tooled-up can be avoided. Eh topped ehsel cause he hud the virus. It wis his choice. It wouldnae huv been mine, but it wis his.

It was Polmont, Carl considered. He thought of his father, the influence he'd had on Gally growing up. The rules: never grass. No, sack that thought. But that was the problem with a moral code, everyone had to subscribe to the same one for it to work. If a few people took the piss and got away with it, everything collapsed.

Billy thought back to the time with the Doyles at the Wireworks. How Doyle had asked about Gally for the fitba a few Setirdays later, and how the Wee Man had been so eager to impress. About how this had carried on to Clouds when Doyle was fighting with the boy. What had come from that? All this? Surely not? Life had to be more than a series of unsolvable mysteries. Surely we were entitled to some fuckin answers.

To Carl Ewart, the world seemed as brutal and uncertain as ever. Civilisation didn't eradicate savagery and cruelty, it just seemed to render them less lurid and theatrical. The great injustices continued and all society seemed to do about it was obscure the cause-and-effect relationships around them, setting up a smokescreen of bullshit and baubles. His worn-out brain raced with thoughts which staggered between murkiness and clarity.

Billy had to phone Fabienne in Nice. He'd get out there next week, relax for a bit on the Côte d'Azur. He'd been working too hard, taking too much on. One day he'd be independent of Gillfillan and Power, that was always his goal and he never let up in pursuit of it. But when he saw the likes of Duncan Ewart, or when he thought about age's reductive effects on his own parents, well, life was too short.

— How's . . . eh, your thyroid gland, Billy? Carl asked.

— Fine, Billy said, — but ah need the thyroxine. Sometimes ah forget n take too much, n it's like ah'm oan speed.

Terry wanted to talk some more. Billy had a French girlfriend, Rab had said. Carl had a lassie out in Australia, a New Zealander. He wanted to know about them. There was so much more to talk about. He'd see Lisa later on. It was great to see Carl again, even under the terrible circumstances with poor auld Duncan.

To think that he'd been so down on Carl after Gally's death. He'd misread things, thought that Carl wanted tae get intae all that 'lit's jist take an E and tell each other how much we miss and loved Gally'; thought that he was just into cheapening his memory. But it wasn't like that. It never had been.

Carl was thinking about this. The memory of Gally seemed to be sliding in and out of reality, like he himself was on the plane. He morbidly saw this as a sure sign that death was closing in. He saw it in his father's eyes. He'd cool it on the drugs and get into shape. He was a middle-aged man, halfway through his three score and ten, not a boy.

— Can ah buy you boys a drink, Terry asked.

Billy looked at Carl, raising his eyebrows a little.

— Ah could handle a beer, but just a couple, eh boys. Ah'm beyond fucked and ah should get back tae muh Ma's, Carl said.

— Ma auld lady's wi her, Carl, n yir Auntie Avril n aw. She'll be fine for a bit, Billy said.

— Wheatsheaf? Terry suggested. They nodded. He looked at Billy. — Ye ken something, Billy? Ye never say 'brutal' anymair. Ye used tae say it aw the time.

Billy thought about this, then shook his head in the negative. — Ah cannae mind ays ever sayin that. Ah used tae say 'drastic' a lot. Still do.

Terry turned to Carl in appeal. Carl shrugged. — Cannae mind any ay us sayin 'brutal'. Billy used tae say 'desperate' sometimes, ah mind ay that.

—— Maybe that's what ah wis thinking aboot, Terry nodded.

They walked across the park, three men, three middle-aged men. One looked a bit plump, the other muscular and athletic and the final one was skinny and dressed in clothes some might have considered a bit young for him. They never said that much to each other, but they gave the impression of being close.

Reprise 2002:
The Golden Era

Carl pulled the sliding shelf out from underneath the mixing desk, exposing the keyboard. His fingers flitted across it, once, twice, three times, making minor but crucial modifications on each occasion. He was aware of Helena coming into the room. Had he not been so absorbed, his heart would have sunk to note Juice Terry following her. Terry crashed heavily down on the large couch in the corner, groaning in loud, unselfconscious distraction and stretching, letting out a roar which climbed to orgasmic proportions as his body reached its tensile limits. Content, he started browsing through an assortment of newspapers and music magazines. — Ah'll no disturb ye, boss, he said with a wink.

Carl caught Helena's 'I'm sorry' expression as she left the room with feline stealth. That was the problem of being back in Edinburgh, and having your studio in your house. It could get like Waverley Station and Terry, in particular, seemed to have taken up residence on that fuckin couch.

— Ah mean, Terry continued, — the creative juices n aw that. Thir must be nowt worse thin whin yir oan a roll tae huv some cunt come in n start rabbitin away in yir ear.

— Aye, Carl said, getting down and looping his keyboard riff.

— Tell ye what but, Carl, ah'm gittin gyp bigtime offay that Sonia bird. Baith sides: dodgy. Keepin well away fae that anywey. SWAT-team shag; ye go in, dae the biz, then git the fuck oot as soon as possible. SAS-style, he explained, then, putting on an upper-crust accent, added, — so many dehm fine cheps didn't make it bek.

— Hmm, Carl purred, almost lost in music and only vaguely aware of what Terry was on about.

Silence may have been golden for some, but for Terry empty airways constituted waste. As he flicked through the *Scotsman* he contended, — Tell ye what but, Carl, this fuckin Queen's Golden Jubilee's gittin oan ma nerves, it's aw ye hear ay.

— Aye, Carl said distractedly. He dug his heels into the carpet and dragged himself and his castored chair across to the record deck where he stuck on an old seven-inch Northern Soul single. Then he twisted back to his huge mixing desk and computer, the sample he'd just taken going round and round on the loop. He clicked the mouse deftly, plundering a bassline.

It was overlaid by a sharp, intermittent ring. Terry's mobile had gone off. — Sonia! How's it gaun darlin! Funny, ah wis jist aboot tae phone you. Great minds think alike, he rolled his eyes at Carl. — Eight's hunky-dory by me. Course ah'll be thaire! Aye, ah goat it. Forty-two quid. Looks the biz but. See ye the night. Ciao, doll!

Terry read one of the reviews in a music paper.

N-SIGN: *Gimme Love* (Last Furlong)

It seems like N-SIGN can do no wrong since his dramatic resurrection. Last year we had the bizarre team-up with MOR star Kathryn Joyner, yielding the century's Ibiza anthem, *Legs on Sex*, followed by the No.1 album, *Cannin It*. The new single finds the man in a more soulful mood, but it's an irresistible offering from the too-long-missing-assumed-fucked gadgie of the groove. Beyond wicked; follow your feet and your heart across that dancefloor. 9/10

Best thing that happened tae Carl, Terry considered, and he was just about to share that thought as his mobile went off again. — Vilhelm! Aye, ah'm here wi Mr Ewart. The creative juices ur flowin awright, kin ye no hear um, he asked, briefly holding the phone in Carl's direction and making orgasmic noises. — Oooohhh . . . aaagghhhh . . . oooh la la . . . Aye, eh's daein fine. So that's defo? Good, ah'll tell the man himself, he turned to Carl. — Rab's stag's oan the weekend ay the fifteenth, in Amsterdam. That's defo. You're okay wi that?

— Should be, Carl replied.

— Hi! Nivir mind fuckin well should be! Git it doon thaire, Terry commanded, pointing to Carl's big black desk diary.

Carl moved over to the book and picked up a Biro. — Fifteenth ye say . . .

— Aye, fir four days.

— Ah've goat this track tae finish . . . Carl moaned, writing: RAB'S STAG A'DAM in four boxes anyway.

— Stoap the whingein. All work and nae play, ye ken whit they say aboot that. If Billy here can take four days oaf fae the bar . . . Billy? Billy! BIRRELL YA CUNT! Terry shouted into the dead phone. — The ignorant cunt's only gone n hung up oan ays again!

Carl smirked a little. Terry's new found enthusiasm for the mobile phone had been a curse to all his friends. Billy had the best management technique though. He simply passed on the required message and then hung up.

— See bit, Carl, yuv goat tae admit, Terry advanced, returning to an earlier consideration, — it wis me thit goat ye teamed up wi Kathryn Joyner, by me meetin her in the Balmoral n bringing her oot, makin mates wi her.

— Aye . . . Carl conceded.

— That's aw ah'm sayin, Carl.

Carl cupped a headphone over one ear. That was all Terry was saying. That would be the fuckin day.

Terry rubbed his number-one cropped hair. — The thing is but, it really kicked things oaf fir ye big time again . . . ah mean eftir that hit, the album wis guaranteed tae dae well . . .

Carl put the headphones down, clicked the mouse a couple of times to exit from and shut down the programme. He swivelled around in the chair. — Awright Terry, ah ken ah owe ye a favour mate.

— Well, Terry began, — thir is a wee something . . .

Carl braced himself, sucking air into his lungs. A wee something. There was always a wee something. And thank fuck as well.